南海之帝为倏，北海之帝为忽，中央之帝为浑沌。倏与忽时相与遇于浑沌之地，浑沌待之甚善。倏与忽谋报浑沌之德，曰："人皆有七窍以视听食息，此独无有，尝试凿之。"日凿一窍，七日而浑沌死。

——《庄子·内篇·应帝王》

国家社会科学基金一般项目"科麦克·麦卡锡小说研究"
（项目编号：13BWW039）

倏忽之间

当代美国作家
科麦克·麦卡锡小说研究

张小平　著

人民出版社

目　录

序　一

芳林新叶催陈叶

杨仁敬

提起美国后现代小说作家，我国读者可以列举出一大串名字，如海勒、品钦、库弗、罗思、苏克尼克、多可托罗、德里罗、伏尔曼、鲍威尔斯和莫里森等，可是说到科麦克·麦卡锡，读者们也许就有些陌生了。

其实，科麦克·麦卡锡（Cormac McCarthy, 1933—　）也是一位很重要的美国后现代派小说家。他的长篇小说《骏马》曾荣获 1992 年美国国家图书奖。他曾被誉为美国"新南方作家"，与著名作家福克纳、奥孔纳和斯泰伦相提并论。不过，我国学界对科麦克·麦卡锡作品的研究方兴未艾，还处于空白状态。张小平教授这部专著《倏忽之间——当代美国作家科麦克·麦卡锡小说研究》恰好填补了这个空白，因此它具有重要的学术价值和现实意义。

《倏忽之间——当代美国作家科麦克·麦卡锡小说研究》是张小平教授 2018 年完成的国家社科基金一般项目的结题之作。她精心地运用混沌理论，系统地解读和评析科麦克·麦卡锡的小说，揭示它们的"混沌"、荒野和非线性的叙事内容，不确定性和蝴蝶效应的叙事策略，奇异吸引子、分形与自相似的空间构型，曼陀罗格式塔的文本世界以及暴力仪式化等独特的艺术手法，充分显示了科麦克·麦卡锡小说的社会意义和艺术特色，特别是对美国后现代派小说的贡献。

张小平教授 2009 年考取厦门大学英文系博士研究生，师从詹树魁教授研读美国当代文学，尤其是美国后现代派小说。入学时，她已经是个年轻的英语教授和有着多年工作经验的处级干部了。她虚心好学，积极上进，严格要求自己。在校期间，她刻苦钻研，努力读书，门门功课成绩优秀。她选择美国作家科麦克·麦卡锡小说作为博士学位论文的研究方向，经过三年的不懈努力和专心研究，毕业论文答辩时受到吉林大学胡铁生教授、中国人民大学陈世丹教授等校内外专家的一致通过，成绩优秀。毕业后，她赴扬州大学任教。翌年，也就是 2013 年，她顺利荣获了国家社科基金一般项目的立项，开始了美国文学研究的新征程。

《倏忽之间——当代美国作家科麦克·麦卡锡小说研究》是一部内容新鲜而丰富的开拓性力作。我感到它具有下列几个特色：

第一，巧妙地运用混沌理论和詹姆逊与哈桑的相关后现代主义论述，使专著评论科麦克·麦卡锡小说评出了新意。混沌理论兴起于美国 20 世纪七八十年代。1987 年，美国学者埃德加·格里克发表了《"混沌"：形成一门新学科》一书，混沌理论进一步火起来，但国内评论界用得不多。专著详细评介了混沌理论及其与文学批评和科麦克·麦卡锡小说的关系，而不是匆匆一带而过，草草了事。专著指出，"混沌"是一种新语言和新范式。它与暴力、荒野、空间形式和非线性有密切的关系，还联系了我国古典名著《周易》。这使专著的评论显得多姿多彩，生动有趣。专著还结合文本细节，评析了麦卡锡小说的不确定性、互文性和内在联系性。

第二，重视文本分析，走进麦卡锡小说的文本世界，揭示其曼陀罗的"混沌"格式塔和温克尔的现世"幽灵"，充分展示了作家小说中的镜像和多维参照的特色。专著评析范围广，涉及麦卡锡的多部小说，既有获大奖的《骏马》、代表作《血色子午线》，又有《上帝之子》、《穿越》、《路》、《老无所依》和《萨特里》等。用理论阐释文本，又以文本论证理论。二者相互结合，交相辉映，体现了作者对麦卡锡小说的深刻理解和把握，以及研究的实力和潜力。

不仅如此，专著还评述了麦卡锡小说《血色子午线》与 19 世纪美国作家詹姆斯·库柏的《最后的莫希干人》（1826）的互文性，麦卡锡小说《外围黑暗》与当代美国南方的著名作家威廉·福克纳的《押沙龙，押沙龙!》（1936）的互文性，从另一个侧面展现了麦卡锡对美国优秀的小说传统的继承和创新。

第三，突出重点，兼顾一般，全面展示科麦克·麦卡锡小说的叙事内容、叙事策略和艺术特色。在全书评论中不难发现，《血色子午线》和《骏马》是重点，涉及两本小说从内容到形式的方方面面。前者评析了小说中作为真理结构的暴力、人性、"眼球民主"、符码和现代性，又论及它的人物、文类、迭代、风景、语言和"混沌三明治"。后来又评析其暴力的仪式化，小说的躯体、死亡和镜像。后者成了全书第四章的主体，阐述了荒野中的骏马与吸引点，奇异吸引子与跨尺度的多维自相似，给人留下深刻的印象。

与此同时，专著又对麦卡锡其他重要小说进行剖析。如作为寓言的《上帝之子》，它的空间限制、动物隐喻与返祖式退化中表现的暴力、涡旋和非线性；《穿越》中的狼、荒野和神话所揭示的分形与自相似；《路》中的不确定性、文学生产场与"混沌"的边缘，它的旅行叙事所呈现的迷途追寻与失落救赎；《老有所依》中的蝴蝶效应和"混沌"宇宙以及《萨特里》的都市荒野，从旧南方走向新南方。这一切，重点和一般相结合，共性与个性融为一体，全方位多角度地烘托了科麦克·麦卡锡小说的思想内容、社会理想和艺术特色，给我国读者客观公正地提供了一幅美国作家科麦克·麦卡锡完整而独特的形象。

《倏忽之间——当代美国作家科麦克·麦卡锡小说研究》的问世成了张小平教授学术道路的新起点，她由一位博士成为年轻的博士生导师，可喜可贺，令人称赞！今天，新时代要求我们有新作为新成果，一代新人在成长。唐朝诗人刘禹锡说:"芳林新叶催陈叶,流水前波让后波。"创新的热潮席卷全国,外国文学的大繁荣即将来临。我热诚地希望张小平教授认真总结经验,戒骄戒躁,满怀激情和信心再出发,写出第二部、第三部美国文学的新论著,为我国高校美国文学的教学和研究再谱新篇!

是为序。

2020 年 12 月于厦门大学

序 二

独立而不改

詹树魁

老子在《道德经》说道："有物混成，先天地生，寂兮寥兮，独立而不改，周行而不殆，可以为天下母。"他称之为"道"，而"道之为物，惟恍惟惚"。他认为天地万物，"混沌"而有序。庄子认为"混沌"存在于倏忽之间。人类从来都没有停止对这个大千世界的探究，期盼较为系统地对世界的认知加以表述，使之能自圆其说。因此，从某种意义上说，由于认知世界的角度不同，便有了种种纷杂的"理论"。各领域各学科皆然，文学批评何尝不是如此。

张小平教授的专著《倏忽之间——当代美国作家科麦克·麦卡锡小说研究》，依据混沌学与后现代主义以及空间形式等相关理论，采用辩证的批评方法，将历史分析、文化研究与具体的叙事内容、叙事结构以及话语分析相结合，从研究理论框架的探讨到麦卡锡小说"混沌"的叙事内容、叙事策略、空间构型以及文本世界五个方面，展开研究麦卡锡小说的"混沌"世界。看到她的这部有着学科前沿意义的专著，很是为她高兴，同时也深感她在近几年的治学道路上所付出的辛劳。

张小平 2009 年考取厦门大学英语系现当代英美小说专业博士生时，已经具有教授职称，专业基础扎实，品学兼优。在研读各门课程的同时，课余尤其喜欢读美国 20 纪末、21 世纪初最重要的小说家之一的科麦克·麦卡锡的作品，漫游在麦卡锡"荒漠"的艺术世界里。她时常和我谈论要研究麦卡锡的作品，但尚未找到适当的视角，我也是"混沌"莫展。后来我想起我在美国加州大学作访问学者时的导师 N. Katherine Hayles 教授有关混沌理论的专著 *Chaos and Order: Complex Dynamics in Literature and Science*，回国后还没来得及细读，就交给了她，看看是否对她有所启发。没成想她读过后一发不可收拾，广泛搜集国内外有关资料，倾心研读，做了大量的笔记。大约用了半年的时间，几易其稿，撰写了详细完整的论文写作大纲，之后论文写作的过程便相对容易多了，当年我的老师杨仁敬教授也是这样要求我的。她的博士论文受到论文答辩委员会委员的一致好评，评为优等。

张小平教授的此部专著《倏忽之间——当代美国作家科麦克·麦卡锡小说研究》是她 2013 年立项的国家社会科学基金一般项目的研究成果，是她当年博士论文的升华和层跃，也是她毕业后多年来持续潜心研究麦卡锡不断取得的新的成果的结晶。

这部专著高屋建瓴，从中国传统文化与传统哲学和西方哲学思想统一考量出发，并跨越时空，将中国《周易》、老庄哲学以及其他中国古代文化中对宇宙、人类世界以及人的看法与西方的混沌理论以及麦卡锡的"混沌"世界联系起来，这种大胆地研究视角，使得专著具有明显的研究广度和理论高度。

专著将麦卡锡的小说置于后现代主义和混沌理论的框架之中，从而将麦卡锡的作品剥离了"通俗文学"、"南方文学"和"西部文学"的批评旧槽，这样既体现了麦卡锡作为美国后现代主义作家的重要地位，又开辟了麦卡锡研究的崭新的视角。专著借助"混沌"这把钥匙打开麦卡锡小说的艺术世界，为此打造一座沟通科学与人文、科学与文学、科学与哲学、文学与空间（性），甚至东方与西方之间的桥梁，详细介绍了混沌学的来龙去脉，从而使读者一书在手，就如读百科全书的词条一样，清楚地了解了混沌学说的林林总总，也全面了解了麦卡锡小说的"混沌"世界。

专著尽管探讨"混沌"和混沌学，但对麦卡锡小说的研究并不"混沌"，纷杂的理论观点和翔实的文本分析相结合是此专著的另一大亮点。作者并没有一味长篇累牍地大谈理论，而是边谈混沌理论边谈麦卡锡的具体作品。为了让理论服务于麦卡锡研究，作者巧妙地将作家的作品分别置于全书的各个章节，使晦涩的混沌学词条在具体的文本分析中有了具象的活力。

混沌理论和麦卡锡研究在国内学界尚属起步阶段，张小平教授的专著《倏忽之间——当代美国作家科麦克·麦卡锡小说研究》填补了空白，使我们对混沌理论和这位极其重要的美国后现代主义作家从此不再陌生。看到张小平教授的又一成果，年已古稀的我着实感到高兴。我愿我的师辈们健康长寿，我愿我的学生们青出于蓝而胜于蓝，我愿将来拄着拐杖，欣喜地仰望他们的丰硕成果！

是为序。

2020 年 12 月于厦门大学

引　言

　　某种程度上，艺术就是关于世界对于人类要用什么来运行的理论。事实证明，我们不可能真正了解我们所处的世界。艺术家们能做的无非是认识其中一小部分细节，然后再来弄清楚它们到底怎么回事罢了。

——密歇尔·费根鲍姆《混沌：创造一门新科学》

　　20 世纪 60 年代之后，作为后工业社会文学和文化领域显赫而又流行的一种思潮，后现代主义与西方的启蒙思想展开了激烈的论战。后现代主义以"对宏大叙事的质疑"[1]（也可说"质疑大叙述"[2]，或"去创造/解构[3]、"去自然"[4]，甚至"去合法性"[5]等概念），挑战了整个西方人文主义业已提出的普世真理。与这一思潮同时出现的混沌理论，在科学领域也异军突起，对经典科学发起了挑战。混沌理论认为，宇宙并非一个有着完

---

[1]　Jean-François Lyotard, *The Postmodern Condition: A Report on Knowledge*, Minneapolis: Univ. of Minnesota Press, 1993, p.xxiv.

[2]　Linda Hutcheon, *The Politics of Postmodernism*, New York and London: Routledge, 1989, p.3.

[3]　Ihab Hassan, *The Postmodern Turn: Essays in Postmodern Theory and Culture*, Columbus: Ohio State Univ. Press, 1987, p.91.

[4]　N. Katherine Hayles, *Chaos Bound: Orderly Disorder in Contemporary Literature and Science*, Ithaca and London: Cornell Univ. Press, 1990, p.265.

[5]　Jean-François Lyotard, *The Postmodern Condition: A Report on Knowledge*, Minneapolis: Univ. of Minnesota Press, 1993, p.37.

美运行秩序的机器，而是一个"决定性的混沌"（deterministic chaos），呈有序之无序或无序之有序的特点。混沌理论对宇宙和世界的认识，完全改变了过去 300 年来经典科学带给人们对世界的普遍认知。后现代主义与混沌理论在当代不仅共生，更是共长。正是在此宏大的历史文化背景下，催生和培育了当代美国文坛翘楚——科麦克·麦卡锡（Cormac McCarthy, 1933）的文学创作。

本书主要聚焦当代美国作家麦卡锡的小说创作，研究麦卡锡小说中的"混沌"问题。书稿从麦卡锡小说的"混沌"入手，整体考察麦卡锡小说的叙事内容和叙事形式，研究麦卡锡小说中人类世界、自然世界乃至艺术世界整体呈现出的"混沌"现象和"混沌"的审美效果。在麦卡锡的小说中，我们发现，"混沌"不仅作为重要隐喻来呈现作家笔下的人类世界，更是作为一个重要概念贯穿在麦卡锡的叙事作品中。其小说的叙事内容、叙事策略、叙事形式乃至整个叙事作品的审美构型，都与"混沌"这一概念密不可分。不仅如此，作为当今混沌理论的重要概念，"混沌"也是通往麦卡锡小说世界、揭秘其小说之复杂性而采用的重要理论依据和批评方法。

对麦卡锡小说的研究缘起，在于国内外学界研究的不平衡。麦卡锡已被越来越多的学者、读者所了解、关注和研究，他被看作 20 世纪末和 21 世纪最伟大的美国小说家之一，当下我们要谈论美国文学，尤其是美国小说，麦卡锡几乎是绕不过去的山峰。哈佛大学著名文学评论家哈罗德·布鲁姆（Harold Bloom）教授曾将麦卡锡与菲利普·罗斯（Philip Roth）、托马斯·品钦（Thomas Pynchon）以及唐·德里罗（Don DeLillo）一起，看作"当世最伟大的四位小说家"[①]。然而，与其他三位小说家在学界的影响力以及他们被研究的广度和深度相比，麦卡锡的研究还远远不够。在中国

---

① George Brosi, "Cormac McCarthy: A Rare Literary Life", In *Appalachian Heritage* 39.1, Winter, 2011.

学者的研究视野内，麦卡锡很多年来"默默无闻"，近乎"缺席"。就麦卡锡对美国文学乃至对世界文学的贡献来说，他的光芒和伟大我们不能视而不见，闭眼甚至塞听都不再可能。面对麦卡锡研究的国外热潮，作为中国学者，我们不仅要发声，更要让麦卡锡与他的文学创作走向中国。这才是本书探讨麦卡锡的小说作品试图勾勒他的艺术轨迹的原因所在。在细致深入探讨麦氏作品之前，有必要了解麦卡锡本人与他的创作生涯及其迄今为止所取得的文学成就。当然，对麦卡锡国内外的研究现状做以梳理，为此后研究其人其作，也至为重要。

第一节　麦卡锡的文学生涯与成就

1933 年 7 月 20 日，麦卡锡出生于新英格兰地区罗德岛的州府普罗维登斯，原名叫小查尔斯·约瑟夫·麦卡锡（Charles Joseph McCarthy, Jr.）。为了区别于父亲，麦卡锡的名字多了一个"Junior"，也就是小麦卡锡。老麦卡锡是一名律师，在田纳西州流域管理局工作。麦卡锡的母亲名叫格蕾蒂斯·麦克格雷·麦卡锡（Gladys McGrail McCarthy），是一名爱尔兰后裔，笃信天主教。麦卡锡有兄妹六人，他本人排行老三，家里有三个姐妹和两个兄弟。麦卡锡四岁的时候，随父母和两个姐姐搬到了田纳西州的诺克斯维尔市，之后他还有一个弟弟与两个妹妹相继出生。他们在诺克斯维尔市生活了多年，麦卡锡还在田纳西州完成了他小学到中学的教育。田纳西州算得上麦卡锡的故乡，他的很多小说都以田纳西州为背景。1943 年，麦卡锡一家人搬到了诺克斯维尔市的东南郊，此处离塞维尔县不远，此时老麦卡锡已经升任总法律顾问的助理。南方的荒野生活，尤其是田纳西州的山区生活，对麦卡锡影响颇大，不仅他后来的阿巴拉契亚山脉小说（也称南方小说）都以田纳西州的荒野为背景，甚至因为早年接触到了阿巴拉契亚的山民，使得他更为关注社会底层人民，并在小说中对他们以及他们居住的荒野投注了很大的热情。据麦卡锡同学麦克·吉布森的回忆，麦卡锡喜欢荒野生活，中学时代就喜欢野外冒险，经常与同学们进入诺克斯维尔市的荒野地带，如布朗山和红山，甚至麦卡锡还和兄弟姐妹将地毯铺在家门口的草地上，宿营过夜。①

麦卡锡后来改名为科麦克·麦卡锡（Cormac McCarthy）。②"科麦克"在盖尔语中等同于"查尔斯"，"据说是麦卡锡父亲的爱尔兰姑妈给他起的绰号"③，但也可能是麦卡锡参观考克县城的布拉尼城堡（Blarney Castle）后获得的灵感。布拉尼城堡是古爱尔兰一个名为科麦克·雷迪尔·麦卡锡（Cormac Laidir McCarthy）的国王在15世纪修建而成，麦卡锡自认为是科麦克国王的后裔。④尽管改名不过是生活中的一个小插曲，却依稀能辨麦氏少年拥有的远大抱负。

麦卡锡从小被培养成为一名天主教徒，在他1951年进入田纳西大学之前，一直就读的是当地的天主教学校。大学期间，麦卡锡已显露出文学天赋，他创作的短篇小说获得过英格拉姆—梅丽尔创作奖，奖金是125美元。1953年，麦卡锡离开田纳西大学，参加了美国空军，他的部队一直驻扎在阿拉斯加。服役期间，麦卡锡阅读广泛，并主持一个电台节目。对于麦卡锡来说，阅读不仅消磨时光，更是为了打发军旅生活的无聊和乏味。阅读从来不会浪费人的时间；相反，阅读更会丰富人的心灵。大量阅读为麦卡锡以后的写作打下了良好的基础。1957年，麦卡锡重返田纳西

---

① 参见贺江：《孤独的狂欢——科马克·麦卡锡的文学世界》，上海三联书店2016年版，第2页。

② 国内学者大都将麦卡锡的名字译为科马克·麦卡锡，但笔者偏爱"科麦克·麦卡锡"这一译音，毕竟"科麦克"更接近其名字的英语发音。

③ Steve Frye, *Understanding Cormac McCarthy*, Columbia: The Univ. of South Carolina Press, 2009, p.2.

④ See John Cant, *Cormac McCarthy and the Myth of American Exceptionalism*, New York and London: Routledge, 2008, p.18.

大学。可惜，两次进入大学的麦卡锡，最终没有完成学业，没能取得学士学位。尽管如此，大学生活还是让麦卡锡收获了很多，他在读书期间创作的两篇短篇小说——《为苏珊而醒》（"Wake for Susan"，1959）和《溺水事件》（"A Drowning Incident"，1960），均发表在田纳西大学的文学增刊——《凤凰》上，还得了奖。麦卡锡作品中的常见主题，比如死亡、梦幻、暴力等，都在这两部看似稚嫩的短篇小说中有所体现。1961 年，麦卡锡彻底放弃了大学的课程学习，离开田纳西大学。同年，他便与校友李·霍丽曼（Lee Holleman）结婚，并育有一子，名唤卡伦（Cullen）。麦卡锡夫妇离开诺克斯维尔城，在新奥尔良和芝加哥寻找工作。1964 年，麦卡锡和家人又搬回诺克斯维尔城的塞维尔小镇，并与霍尔曼分手。霍尔曼是个诗人，她的诗集《欲望之门》里详细描述过她的这段婚姻。

　　麦卡锡的小说有很强的地理性。正如山姆·谢泼德（Sam Shepard）所说，"想象是伟大的，前提是想象要能找到你。但是，想象从来不会到达比你的经历更远的地方"[1]，说得通俗点，就是时下人们口中流行的"诗与远方"。没有远方的经历，何谈诗意的想象。换言之，一个人的想象建立在经历和生活体验之上。作家更是如此，经历要进入作家的记忆，并通过想象力流淌于笔端。麦卡锡第一阶段的小说创作，包括《果园看守者》（*The Orchard Keeper*，1965）、《外围黑暗》（*Outer Dark*，1968）、《上帝之子》（*Child of God*，1974）以及《萨特利》（*Suttree*，1979）四部小说。这一阶段他的小说经常将背景放置在他的家乡诺克斯维尔附近的阿巴拉契亚山区，或者放置在他曾经的家乡田纳西州的东北部。尽管麦卡锡早期作品不多，但还是得到了人们的认可。麦卡锡的第一部小说《果园看守者》由威廉·福克纳（William Faulkner）生前的著名编辑——阿伯特·艾

---

[1]　See Barcley Owens, *Cormac McCarthy's Western Novels*, Tucson: The Univ. of Arizona Press, 2000, p.21.

斯肯（Albert Erskine）编辑并在兰登书屋出版。艾斯肯算得上麦卡锡的知音，他之前曾是福克纳著作的编辑，也为罗伯特·潘·华伦（Robert Penn Warren）和拉尔夫·埃里森（Ralph Allison）编辑出版过著作。小说出版后，获得了《纽约时报》与《星期六评论》的好评，麦卡锡也为此获得了美国艺术和文学学会资助的 5000 美金，到访欧洲，并凭借此书获得当年的福克纳基金奖①。次年，也就是 1966 年，麦卡锡获得了洛克菲勒基金会的奖金。接着，1969 年，麦卡锡再以此书获得了古根海姆奖学金。这些奖金的获得为一贯生活艰辛的麦卡锡赢得了 20 年的生存资金，得以安心写作。1967 年，麦卡锡乘坐轮船前往欧洲，船上他邂逅了身兼歌唱家和舞蹈家的安妮·黛丽苏（Annie DeLisle）。两人迅速坠入爱河，并在认识当年就于英国汉普郡的一家教堂结了婚。麦卡锡作品中常见的暴力、荒野、人性以及生存的主题已经出现在他早期的小说中，可以说，麦卡锡早期的阿巴拉契亚山脉小说，追寻福克纳（William Faulkner）、奥康纳（Flannery O'Connor）与麦克卡勒斯（Carson McCullers）等缔造的南方文学传统，以恐惑（Cuncanny）、暴力、超现实主义以及丰富的宗教内涵而见长。

1976 年，麦卡锡搬到了德克萨斯州的埃尔帕索，约一年后，他与黛丽苏分手，并在 1978 年正式与黛丽苏离婚。这次的美国西南部搬迁，据说是麦卡锡为他的新书——《血色子午线或西部的晚红》②（*Blood Meridian; or The Evening Redness in the West*, 1985）收集小说创作材料而特意为之。为了写好这部小说，麦卡锡甚至还自学了西班牙语，深入墨西哥腹地进行实地考察，收集了大量珍稀的历史资料和文献。在他的西南部小说中，西班牙语大量存在，人物对话中有很多西班牙语。尽管麦卡锡为他的这部从阿巴拉契亚山脉到西南部小说的转折之作，投入了大量的精力和时间，然

---

① 福克纳基金奖，现已经更名为福克纳笔会奖。
② 《血色子午线或西部的晚红》经常被简称为《血色子午线》。之后文中出现，本书依学界惯例予以简称。

而由于小说对暴力的白描与人性黑暗的披露，依然引发了批评界的争议。麦卡锡的批评者早期基本上分为两大阵营，一派以研究者维瑞安·贝尔（Vereen M. Bell）为首，一派以研究者阿诺德（Edwin T. Arnold）为核心。就麦氏小说的暴力主题，很多学者支持贝尔，毕竟这是他们认定麦卡锡小说存在虚无主义的最好支撑；阿诺德的追随者也很多，他们普遍认为麦卡锡是一个道德主义者。尽管麦卡锡的这部转型之作存在争议，但最终还是得到了麦卡锡研究者的广泛认可，认为是麦卡锡小说创作史上最好的作品之一。布鲁姆教授对这部小说更是赞誉有加，并将其与麦尔维尔的《白鲸》及福克纳的《当我弥留之际》相提并论，称之为美国文学的典范之作。布鲁姆言称："还没有哪位当世的美国小说家能写出一部像《血色子午线》这样的小说，品钦也不行。与我欣赏的其他当代小说一样，此书不仅有力而且让人铭记。它就是德里罗的《地下世界》（Underworld）；罗斯的《被缚的朱克曼》（Zukerman Bound）、《安息日的剧院》（Sabbath's Theatre）及《美国田园诗》（American Pastoral）；品钦的《万有引力之虹》（Gravity's Rainbow）与《梅森与迪克森》（Mason & Dixon）"[①]。

麦卡锡兴趣广泛，西部荒野对他的吸引力一生都在。在他罕见的一次报纸采访中，他与采访者谈到了响尾蛇，甚至他与美国生态主义作家爱德华·艾比（Edward Abbey）还设想"将北美狼重新引进到西南部的亚利桑那州"[②]。麦卡锡早期的小说中，小说主要人物在结尾时总会被设计去往西部，似乎西部荒野是解决麦卡锡作品人物生活困难和人生困境的理想之所。有趣的是，麦卡锡本人的人生轨迹与他小说中大多数人物的行动一致，他在 20 世纪 70 年代末，也将家搬迁到了美国的西南部。当然，麦卡锡之所以有能力搬迁，要归功于他的阿巴拉契亚山脉小说的最后一

---

① Harold Bloom, *Novelists and Novels*, New York: Checkmark Books, 2007, p.532.

② Richard B. Woodward, "Cormac McCarthy's Venomous Fiction", In *The New York Times Magazine*, 19 April 1992.

部，即《萨特利》。此书在 1981 年荣获了麦克阿瑟基金会的天才奖，奖金二十三万六千美金。麦卡锡的获奖得益于他同时代多名作家对他的推荐，如贝娄（Saul Bellow）、华伦（Robert Penn Warren）和谢尔比·福特（Shelby Foote）等，他们对他的小说《萨特利》极为欣赏。麦卡锡据说是美国文学艺术界第一个获得此项殊荣的作家。这次巨额奖金的获得，不仅改善了麦卡锡一直拮据的生活状况，也使他有机会认识诺贝尔奖获得者，大名鼎鼎的粒子物理学家默里·盖尔曼（Murry Gell-Mann）。

人生是一个重要的"混沌"系统。对于麦卡锡来说，遇到盖尔曼就是他人生的"混沌"。盖尔曼是美国圣菲研究所的创建者之一，当时已在圣菲研究所工作。圣菲研究所是当今重要的国际智库之一，创办于 1984 年，汇聚了全球众多专业领域的精英学者。从生物学到混沌理论，他们的研究领域无所不及。混沌理论的研究，在全球大致有三大派别，分别是以圣菲研究所为代表的美国学派，以比利时科学家伊利亚·普利高津（Ilya Prigogine）和他的追随者为代表的欧洲学派，以中国科学家钱学森为核心的中国学派。与盖尔曼的相遇，对麦卡锡的文学生涯非常重要，他的很多作品从此都与"混沌"有关。也正是这一点，使得麦氏的叙事作品与其他同时代作家有很大不同，可以发现，麦卡锡的小说洋溢着一种独特的"科学性"。不过，从麦卡锡的早期小说里，我们也能发现"混沌"的色彩，这与他少年时代养成的广泛兴趣分不开，也与混沌理论对他生活的时代社会各方面的影响不无关系。圣菲研究所开放、包容而又辩证折中的研究方法，深深吸引了麦卡锡。20 世纪 80 年代末，麦卡锡成为圣菲研究所唯一一位没有博士学位却以作家身份进入研究所工作的研究员。同一时期，麦卡锡开始了他人生的第三次婚姻。他的新夫人是德克萨斯大学的高材生詹妮弗·温克利（Jennifer Winkley）。为了离圣菲研究所近一些，麦卡锡将家从埃尔帕索搬到了新墨西哥州的圣菲，从此定居下来。他非常喜欢研究所的工作氛围，用他自己的话来说，"（他）喜欢和聪明有趣的人打交道"，当然，更重要的是"研究物理现象会让人清醒，也会使你对你的思考方式有所负责"①。

随着麦卡锡到美国西南部定居，他的创作也有了重要变化。不仅告别了他早期的阿巴拉契亚山脉小说，也从此转到了西部小说的创作领域，他的西南部作品通常被学界认为是新西部小说或后现代西部小说或重访西部小说，有人还干脆将麦卡锡的西南部小说称作后天启西部小说。麦卡锡小说创作的西南部"转向"，标志着"与他的过去，包括家人、妻子以及他南方小说的事业，戛然而别"②。此一作别是好是坏，我们暂时不能做以定论，但有一点已经明确，在麦卡锡的西南部小说创作阶段③，他的运势"就如乘了火箭一样急剧上升"④。随着小说《骏马》（*All the Pretty Horses*, 1992）的出版，麦卡锡声名鹊起。这部典型的西部小说好评如潮，获得了美国国家图书奖、美国书评人大奖，并一度飙升为《纽约时报》最畅销图书之一，"成为文学创作类中最受人尊敬的书籍"⑤。《骏马》看似是一本畅

---

① Richard B. Woodward, "Cormac Country", In *Vanity Fair*, August 2005, July 18, 2001, p.98.

② Robert Jarrett, *Cormac McCarthy*, New York: Twayne, 1997, p.4.

③ 学界对美国西南文学迄今没有准确界定，但肯定的是，美国西南文学是对美国西南区域的书写。西南区域指的是从美国新墨西哥州与德克萨斯州的佩克斯河流域至加利福尼亚州的萨利纳斯河流域广袤的半干旱地区，地理空间辽阔，地理景观复杂。总的来说，美国西南文学属于美国西部文学，但却又有自身独特的界域性、族裔性和国族性等特征。美国西南文学的代表性作家有薇拉·凯瑟（Willa Cather）、玛丽·奥斯汀（Mary Austin）、欧亨利（O. Henry）、爱德华·艾比（Edward Abbey）、斯科特·莫马迪（N. Scott Momaday）、希尔科（Leslie Marmon Silko）、山姆·谢泼特（Sam Shepard）和科麦克·麦卡锡（Cormac McCarthy）等，创作主题、写作风格和文学体裁多元而复杂。本书认为麦卡锡中后期的小说属于美国西南文学而非广义上的西部文学。

④ Barcley Owens, *Cormac McCarthy's Western Novels*, Tucson: The Univ. of Arizona Press, 2000, p. xiii.

⑤ Barcley Owens, *Cormac McCarthy's Western Novels*, Tucson: The Univ. of Arizona Press, 2000, p. xiv.

销书，但却"有着严肃艺术类图书的优点"①。2000 年，小说《骏马》被著名导演索恩顿（Billy Bob Thornton）搬上银幕，获得巨大成功。继《骏马》之后，麦卡锡的另两部边境小说《穿越》（*The Crossing*, 1994）和《平原上的城市》（*Cities of the Plain*, 1998）相继问世，同样获得了学界和读者高度的赞誉，这三部小说通常合称"边境三部曲"。1993 年第一届麦卡锡研究学术会议在美国召开，议题关于麦卡锡本人及其创作。几乎同期，麦卡锡的小说也受到了媒体的热捧，好莱坞发现了麦氏小说这个"富矿"，并将他大部分的小说都搬上了银幕。迄今，麦卡锡的多部小说都得以改编，并借银幕的传播赢得了更广大的读者群，为更多人所了解和欢迎。

麦卡锡最近的两部小说——《老无所依》（*No Country for Old Men*, 2005）和《路》（*The Road*, 2006），可归于新墨西哥阶段小说。《老无所依》由著名导演科恩兄弟（Joel and Ethan Coen）执导，除了获奥斯卡最佳影片奖外，还获得了全国影评协会、美国导演协会以及纽约电影评论界授予的奖项，甚至摘得戛纳电影节的金棕榈奖。1998 年，已是耳顺之年的麦卡锡，喜得贵子，他的最新小说《路》就是献给儿子约翰·弗朗西斯·麦卡锡（John Francis McCarthy）的礼物。小说《路》描述了后天启时代可怕的人间景象，弥漫其中的父子情深，给读者留下了很深的印象。小说《路》无论是在一般读者群还是在学术研究领域，受欢迎的程度都远远超过当年的小说《骏马》。而且，评论界对这部小说的热情不亚于当年他们对《血色子午线》和《穿越》的青睐，或许缘于这些小说都对人性的哲学思考以及对人与世界关系的观察，丰富而复杂。《路》称得上麦卡锡的巅峰之作，最终为麦卡锡赢得了普利策小说奖，甚至还获得了英国最古老的"布莱克小说纪念奖"。著名导演约翰·希尔寇特（John Hillcoat）将小说《路》搬上了银幕，中文通常片名译为《末日危途》。

---

① Barcley Owens, *Cormac McCarthy's Western Novels*, Tucson: The Univ. of Arizona Press, 2000, p. xiv.

除了上述 10 部小说以外，麦卡锡迄今还创作了 2 部戏剧，分别是《石匠》（*The Stonemason*, 1994）和《日落号列车》（*The Sunset Limited*, 2006）；3 部电影剧本，分别是约 20 世纪 80 年代中后期的《鲸鱼与人》（*Whales and Men*）、《园丁的儿子》（*The Gardener's Son*, 1976）与《法律顾问》（*The Counselor*, 2013）。2007 年 6 月，一向羞于在镁光灯下露面的麦卡锡，让"麦粉"们惊爆了眼球。他接受了美国著名脱口秀主持人奥普拉（Oprah Winfrey）的邀请，出现在奥普拉读书俱乐部的日间节目里，话题是他的最新小说《路》。作为美国最受欢迎的电视脱口秀节目之一，奥普拉读书俱乐部能够让其推荐的作家大红大紫。为了这次麦卡锡的电视采访，诺普福（Knopf）出版社加印了 95 万册小说《路》的平装本，一夜间"洛阳纸贵"，麦卡锡也从此家喻户晓。

可以说，当下的麦卡锡已彻底作别了他之前"远离尘嚣"的日子，鲜花与掌声环绕着这位美国文坛的"老将新秀"。小说《路》在 2010 年被《纽约时报》评为过去 10 年来百部美国最佳作品之一，并荣登榜单第一名，而他的小说《血色子午线》，2006 年时也位居过去 25 年来美国最佳小说排行榜的第二名。此外，《血色子午线》还高居《时代周刊》评出的自 1923 年到 2005 年百部最佳英语语言类作品之一（包括小说和非小说）。美国著名小说家拉尔夫·埃里森曾感叹说，麦卡锡是"一个值得阅读且让人羡慕的作家；老实说，是一个让人嫉妒的作家"[①]。2008 年，麦卡锡荣获索尔·贝娄笔会小说创作终身成就奖。可以说，时下的麦卡锡不仅在美国受人欢迎，且享誉欧洲，尤其是英、德两个国家。

作为一个自学成材的作家，麦卡锡拥有丰富的科学、哲学、宗教、文化和文学知识，不仅作品吸引广大读者，有了坚决拥护他的"麦粉"们，而其本人也极具个人魅力。人人都要工作，人人都能工作，但并非所有的

---

① Cormac McCarthy, *The Child of God*, New York: Vintage International, 1973, the leaf page.

工作都为人热爱。如果有份喜爱的工作，这是做人的福祉。麦卡锡不无自豪地回答奥普拉的提问。他说，"这是上帝的赐福"，因为"或然率会将我们每一个人掷入幸运或不幸的轨道上去，这一点与拉斯维加斯弹球手或者股票市场分析师的运气是一样的"①。麦卡锡是幸福的，因为上帝赐予他一份深爱的写作事业，并且他能甘之如饴。麦卡锡至今宝刀未老，他依旧走"在路上"。2005 年麦卡锡接受伍德华德（Richard B. Woodward）为《名利场》杂志所作的专访时说到（这是他一生接受伍德华德采访的第二次），他目前正着手创作的新作有四到五部。② 或许，作为"麦粉"，有一天我们能像麦卡锡所说的那样，"有幸"看到他的新作。对此，我们期待着，也有信心。

第二节　麦卡锡的国内外研究现状

　　尽管麦卡锡的创作已历 40 年之久，但他一直都相对比较小众，很多年来他的名望仅限于他的崇拜者和小部分的批评家们。1992 年小说《骏马》的面世，才让他走进了大众的视线，也获得了批评家们的一致好评。就麦卡锡的作品在读者和学界的被接受状况来看，麦卡锡批评可分两个阶段。第一阶段主要是对麦卡锡进行评估，试图将其本人及其作品经典化；第二阶段的麦卡锡批评，相对比较成熟，研究角度更加多元。如果说第一阶段对麦卡锡的评价主要集中在"麦卡锡为何如此优秀"的问题，那么第二阶段的评价则集中讨论"麦卡锡为何如此重要"的问题。换句话说，评论界第二阶段则是试图将麦卡锡置于当代美国文学的经典作家行列。

　　20 世纪 90 年代之前，麦卡锡批评集中讨论了他作品的地域特色，在

---

① Kenneth Lincoln, *Cormac McCarthy: American Canticles*, New York: Palgrave Macmillan, 2009, p.14.

② See Richard B. Woodward, "Cormac Country", In *Vanity Fair*, August 2005.

此期间，只有一部专著——《科麦克·麦卡锡的成就》(*The Achievement of Cormac McCarthy*, 1988) 出版，作者是南方文学的杰出学者贝尔。贝尔在麦卡锡的"边境三部曲"出版之前，就是麦卡锡的研究者。他对"边境三部曲"之前作品的研究和批评，将麦卡锡提升为一个优秀的南方文学作家。也是因为贝尔的积极推动，麦卡锡批评者一致认为他是继福克纳、奥康纳以及詹姆斯·迪奇 (James Dickey) 之后杰出的南方现代传奇作家。

　　20 世纪 90 年代之后，麦卡锡批评进入了新的成熟期。① 这一阶段涌现了至少 10 部的麦卡锡批评专著，其中 6 部著作主要是收录了不同研究者的批评论文。除此之外，主流刊物发表的关于麦卡锡研究论文超过 100 篇。就美国国内对麦卡锡研究而言，20 世纪 90 年代之后，约 28 篇硕、博士论文集中讨论了麦卡锡及其作品，包括麦卡锡与其他作家的比较研究。②1999 年"麦粉"们成立了"科麦克·麦卡锡研究会"(The Cormac McCarthy Society)，并开通了线上讨论的研讨网站，同时还创办了专门的学术刊物——《科麦克·麦卡锡研究期刊》(The Cormac McCarthy Journal)，致力于研究麦卡锡及其作品。1999 年秋季，著名的学术期刊《美国西南文学》(Southwestern American Literature) 还专门做了一期讨论麦卡锡西部小说的专刊。2000 年春季，另一家学术刊物《南方季刊》(The Southern Quarterly) 也发行了一期麦卡锡研究专刊，来讨论麦卡锡其人其作。可以说，整个 90 年代，麦卡锡的研究呈蔚然之势，麦卡锡研究者从不同角度运用多个批评理论来探讨麦卡锡的创作，麦卡锡的戏剧作品与影

---

① 著名麦卡锡研究学者瓦莱克 (Rick Wallach) 认为豪洛维 (David Holloway) 的专著《科麦克·麦卡锡的晚期现代主义》(*The Late Modernism of Cormac McCarthy*) 的出版，标志着麦卡锡批评进入一个新的成熟期 (见 Rich Wallach, "Foreword", In *The Late Modernism of Cormac McCartthy* by David Holloway, Connecticut and London: Greenwood Press, 2002, pp.1–13.)

② 研究数字来自于对国内外主流数据库包括 Galegroup, JSTOR, PQDT 以及 ProQuest 等的搜索评估后得出。

视剧本也在讨论行列。

因为麦卡锡的创作始于 20 世纪 60 年代，这一阶段普遍认为是后现代主义的发轫期①，因此，围绕麦卡锡其人其作最热烈、最为学者关注的研究角度，就是如何对麦卡锡小说进行确切定义，研究作家本人是否属于后现代主义作家之列。继贝尔 1988 年第一部将麦卡锡经典化的专著出版之后，罗伯特·杰莱特（Robert Jarrett）的著作《科麦克·麦卡锡》（*Cormac McCarthy*, 1997），可谓一部麦卡锡研究划时代意义的批评专著。杰莱特认为麦卡锡的创作存在着从现代主义到后现代主义的转变，指出《血色子午线》之前的麦卡锡的小说属于现实主义和现代主义，而《血色子午线》之后的则属于后现代主义小说。② 杰莱特的观点受到评论家约翰·康特（John Cant）的挑战。康特认为将麦卡锡的作品如此标记有点模棱两可，他借利奥塔（Jean-François Lyotanrd）对后现代主义判断的经典观点——对元叙事的质疑，提出"麦卡锡作品一以贯之的主题之一，便是他对美国例外论这一宏大叙事失败的描述"③。康特的麦卡锡研究专著——《科麦克·麦卡锡与美国例外论神话》（*Cormac McCarthy and the Myth of American Exceptionalism*，2008），将麦卡锡的所有作品纳入了研究视野，主要讨论麦氏作品对美国例外论这一宏大叙事的重写。他指出，麦卡锡作品尽管形式不同，但麦卡锡却有意将他的作品写成神话的形式，"旨在用曾经强有力但今天却不一定还有影响力的神话说明，用神话来建构个体的意识层

---

① 对于后现代主义小说的起始，学者们仁者见仁，智者见智。笔者同意杨仁敬教授所说，"后现代派小说是两次世界大战的后果，1961 年约瑟夫·海勒的《第二十二条军规》的出版，使得黑色幽默登上了文学的舞台，标志着美国文学中后现代派小说的开始"。参见杨仁敬：论美国后现代小说的嬗变，《山东外语教学》2001 年第 2 期，第 1—14 页。

② See Robert Jarrett, *Cormac McCarthy*, New York: Twayne, 1997, pp. vii–viii.

③ John Cant, *Cormac McCarthy and the Myth of American Exceptionalism*, New York and London: Routledge, 2008, p.5.

面，具有颠覆性的后果"①。

实际上，康特旨在说明麦卡锡是个历史重访主义者（revisionist），而这一点却恰是后现代派作家在他们作品里呈现的一种趋势。康特将麦卡锡看作美国神话的重访主义者的观点，得到了詹姆斯·J.多纳休（James J. Donahue）的呼应。多纳休的博士论文《重写美国神话：60 年代后美国历史边疆传奇小说研究》（*Rewriting American Myth: Post 1960s American Historical Frontier Romances*, 2007）认为，麦卡锡的作品批评了丹尼尔·布恩（Daniel Boone）神话中潜藏的种族主义，从而重写了美国的边疆神话。实际上，麦卡锡对美国神话的后现代主义重写在多纳休的研究之前就有讨论，巴克利·奥文思（Barcley Owens）的著作《科麦克·麦卡锡的西部小说》（*Cormac McCarthy's Western Novels*, 2000）中就有相关研究，可惜，在康特和多纳休的研究中并没有被提及。奥文思的研究主要聚焦麦卡锡小说的常见主题，也就是暴力问题。在对麦卡锡的四部西部小说进行探讨后，奥文思指出，麦卡锡西部小说中呈现的暴力问题是对人性中暴力的折射，也是对美国文化中暴力因素的一种重估。在奥文思看来，麦卡锡的四部西部小说，是对美国神话的批评，尤其是披露了美国神话中的理想主义对美国年轻人的毒害。奥文思的这一观点，得到了麦克吉尔克里斯特（Megan Riley McGilchrist）的呼应。在麦克吉尔克里斯特的专著《科麦克·麦卡锡与华莱士·斯岱格纳的西部地景：边疆神话》（*The Western Landscape in Cormac McCarthy and Wallace Stegner*, 2010）一书中，她将麦卡锡的西南部小说置于后越南战争的大背景下，讨论了小说中的西部地景和自然再现。她认为，"麦卡锡的西部地景来自于西部神话的中心"②，麦卡锡的作品旨在提醒读者，西部只是"现

---

① John Cant, *Cormac McCarthy and the Myth of American Exceptionalism*, New York and London: Routledge, 2008, p.9.

② Megan Riley McGilchrist, *The Western Landscape in Cormac McCarthy and Wallace Stegner: Myths of Frontier*, New York and London: Routledge, 2010, p.3.

实空洞的拟像"，而不再是"英雄主义和希望的故乡"①。

　　与上述批评家的观点不同，豪洛维（David Holloway）将麦卡锡看作一位"晚期现代主义者"，并在他划时代的专著《科麦克·麦卡锡的晚期现代主义》（*The Late Modernism of Cormac McCarthy*，2002）中做了论证。豪洛维提出麦卡锡的作品不能被看成现代派，也不能被看作是后现代派。他运用詹姆逊（Fredric Jameson）的术语"符码转换"（transcoding）这一类别特征分类标准，将麦卡锡的作品与宏大的历史文化语境相联系，认为麦卡锡的作品属于"晚期现代主义"。就豪洛维而言，晚期现代主义"是一种拥抱后现代各个方面的写作方式，其目标是在后现代所描述的状态之外或者其中，规划出自己的路径"，同时，这种写作"抓住了后现代主义的各种特点试图用其之矛来攻其之盾，最终从后现代内部来对后现代进行辩证的否定"。② 与豪洛维的观点相近，吉奥格·吉耶曼（Georg Guillemin）认为麦卡锡的作品虽然有寓言的维度，但又不同于后现代主义写作，因为麦氏作品"通过寓言的运用而将寓言做了修复，通过互文的运用而将类型化的结构做了修补"③。同时，吉耶曼指出，麦卡锡寓言式的"图像呈现带有米哈伊·巴赫金所定义的狂欢的现实主义特色"④。

　　除了将麦卡锡定义为现代主义作家或后现代主义作家之外，有的评论者对麦卡锡的研究相对折中。他们认为麦卡锡的作品是后现代主义的，甚至已经超越了后现代主义而确立了个体独特的作品特色。奥文思以麦卡锡

①　Megan Riley McGilchrist, *The Western Landscape in Cormac McCarthy and Wallace Stegner: Myths of Frontier*, New York and London: Routledge, 2010, p.8.

②　David Holloway, *The Late Modernism of Cormac McCarthy*, Connecticut and London: Greenwood Press, 2002, p.8.

③　George Guillemin, *The Pastoral Vison of Cormac McCarthy*, College Station: Texas A & M Univ. Press, 2004, p.10.

④　George Guillemin, *The Pastoral Vison of Cormac McCarthy*, College Station: Texas A & M Univ. Press, 2004, p.10.

小说《血色子午线》为个案做出分析，他指出，麦卡锡对暴力问题的表证呈后现代主义特色，在这同时麦卡锡还糅合了其他流派的特色，尤其是"自然主义的转向"①。凯尼斯·林肯（Kenneth Lincoln）对麦卡锡作品的判断令人信服，其观点也更有开创性。林肯的专著《科麦克·麦卡锡：美国的颂歌》（*Cormac McCarthy: American Canticles*，2009）认为，麦卡锡的作品是一种"超现实主义"（hyperrealism）写作，原因在于麦卡锡的作品总是邀请他的读者去体察作品背后的深度与高度，甚至体察其背后具有讽刺性断裂的那一面。对于林肯来说，"超"这一概念本身就暗示了既定共识之外"激进"数据（radical data）的维度，而"超空间"（hyperspace）更是在三维空间之外定位了新的时空物理学。林肯在他的书中写到，扭曲可以揭示潜藏的深度，幻觉可以召唤出全息似的真实性。尽管麦卡锡的超现实小说呈现给读者的是现实的碎片，然而仔细思考，却发现这"远比平面的'现实'更加接近于真实的生活，也就是说，艺术距离生活断裂的那一面更为接近，且离突破性的发现并不遥远"②。实际上，林肯的观点还是后现代主义的，只是他的判断相对折中。我们知道，小说总是趋向于运用"幻觉"来表现现实中的意象，而后现代派小说就是对现实的一种"模拟"，尽管其"模拟"是一种折射而非简单的反映，然而其表现的现实已经被戴上了"实在性"被扭曲后的面具。

区分现代派与后现代派小说最经典的判断标准是麦克黑尔（Brian McHale）关于"支配性"（dominant）问题的定义。麦克黑尔指出，文学的现代主义者聚焦于认识论关注这一点上，也就是说，如何解释这个世界才是主要的。而到了后现代主义时期，后现代主义者的主要支配性问题则成了本体

---

① George Guillemin, *The Pastoral Vison of Cormac McCarthy*, College Station: Texas A & M Univ. Press, 2004, p.10.

② Kenneth Lincoln, *Cormac McCarthy: American Canticles*, New York: Palgrave Macmillan, 2009, p.20.

论的问题，也就是说，转到了询问世界究竟是什么样的问题上来。① 基于麦克黑尔的定义，马修·吉恩（Matthew Guinn）认为，"麦卡锡的作品存在转折点"。他在细致探讨了麦卡锡的南方小说《萨特利》后指出，麦卡锡在很多地方都不同于那些标准的后现代主义作家，因为麦卡锡"总是与完全的后现代主义情感保持着距离"，毕竟他是"通过将现代主义小说和后现代主义小说的风格和方法融合之后"，从而形成了"自己的风格，以此来超越他的时代"。② 吉恩的观点可谓一种整合。与其观点接近，克里斯托弗·迈特里斯（Christopher Metress）认为麦卡锡既是一个现代派小说家，也是一个后现代派小说家。他从神学视角研究了麦卡锡的小说《外围黑暗》后指出："（作为一个后现代主义小说家）麦卡锡拆解了我们的元叙事，解构了我们之前所有的预判，并将在每一个转向之时将我们扔进了认识论的不确定性中。然而，作为一个道德主义者，麦卡锡又被引入信仰的神秘之中……以至于他还是忍不住用最激情和最真诚的方式，思考到底是什么赋予了生命之意义。"③ 迈特里斯对麦卡锡作品的理解应该说更为准确，判断也更加细微。

就麦卡锡作品的争论来看，豪洛维的判断较为让人信服。他指出，上述种种把麦卡锡纳入现代派或后现代派小说阵营的分类，"会将他们借以命名的流派趋势搞得更加模糊，同时也会对其自身的异质性、矛盾性或者相反性模糊化处理"④。麦克吉尔克里斯特的观点也相对合理，她认为麦卡

---

① See Brain McHale, *Postmodernist Fiction*, London and New York: Routledge, 1987, pp.9–11.

② Matthew Guinn, "Rude Forms Survive: Cormac McCarthy's Atavistic Vision", In *Myth, Legend, Dust: Critical Responses to Cormac McCarthy*, Edited by Rick Wallach, Manchester and New York: Manchester Univ. Press, 2000, p.115.

③ Christopher Metress, "Via Negative the Way of Unknowing in Cormac McCarthy's *Outer Dark*", In *Southern Review* 37.1, Winter 2001.

④ David Holloway, *The Late Modernism of Cormac McCarthy*, Connecticut and London: Greenwood Press, 2002, p.14.

锡的小说"拒绝分类……这并不是说我们不可以用这些批评术语来看麦卡锡和他的作品，只是因为麦卡锡经常超越或者游走在各种批评定义所采用的参数的中间地带"[1]。上述两位麦卡锡研究者的观点，可以作为我们上面对麦卡锡是否属于一个后现代派作家讨论的一个总结。

与上述关于麦卡锡是否属于后现代派小说家的争论紧密相关的另一重要问题也值得我们关注，那就是麦卡锡是否属于地域主义作家。这样的问题原本很老套，因为从麦卡锡开始创作以来，这个问题就被广泛争论，并且在麦卡锡批评的第一阶段，这个问题已被批评家们讨论过。然而，在麦卡锡批评的第二阶段，这个问题却被再度热议。毕竟，麦卡锡的小说有明显的地理特色，一般评论家们都将麦卡锡的小说归于南方或西部小说。[2] 南方文学批评阵营里的研究者们一直将麦卡锡看作南方文学作家，他们希望在麦卡锡的每一部小说中都能发现"救赎或再生因素，或某些肯定的神秘性"[3]，因为这些因素普遍被认为是南方文学的一致特色。著名南方文学评论家沃尔特·萨利文（Walter Sullivan）在麦卡锡刚步入文坛时就非常看好麦卡锡，认为麦卡锡是一位天才作家，让人敬畏，其早期作品应该放入美国南方文学的伟大传统之中。萨利文甚至声称："自斯泰伦（William Styron）之后没有一位南方小说家能有如此良好的创作开端"[4]，可见他对麦卡锡评价极高。然而，南方文学批评家们对麦卡锡的好评时间并不长久，因为麦卡锡的创作从 20 世纪 80 年代就开始了"西部转向"，

[1]　Megan Riley McGilchrist, *The Western Landscape in Cormac McCarthy and Wallace Stegner: Myths of Frontier*, New York and London: Routledge, 2010, pp.46–47.

[2]　为避免机械和简单分类，本研究将麦卡锡的小说分为阿巴拉契亚山脉小说、西南小说以及新墨西哥小说，并未遵循麦卡锡研究所用的普遍方法。

[3]　Dana Phillips, "History and the Ugly Facts of Cormac McCarthy's *Blood Meridian*", In *American Literature* 68.2, June 1996.

[4]　Walter Sullivan, *A Requiem for the Renascence: The State of Fiction in the Modern South*, Atherns: Univ. of Georgia Press, 1976, p.70.

并且呈现出明显的后现代主义特色。这样的"西部转向"在南方文学批评家看来是对南方文学的背弃，而有了"西部转向"的麦卡锡自然成了他们眼中的"坏小子"。"坏小子"（bad guy）一词，是南方批评家布林克梅尔（Brinkmeyer）的术语，专门用来指称那些"对南方文学传统提出批评或者颠覆整个南方文学传统"的作家群。[①] 内尔·萨利文（Nell Sullivan）甚至对麦卡锡如此评价："麦卡锡不仅是个忘记南方社区以及南方神话的艺术家，他甚至是对整个南方古老的秩序与真理这一珍贵传统的宣战"[②]。尽管南方阵营的批评家们一致表现出对麦卡锡的绝望之感，但他们并没有否认麦卡锡为南方文学指明了新的道路，并且在他们看来，麦卡锡的创作已然走进了"后南方文学"这一新的阶段。[③]

政治文化批评也是麦卡锡批评常见的维度。就麦卡锡是否是"地域文学"作家这一论题，西部文学批评阵营里的学者们一致认为，麦卡锡的作品是后现代西部文学或反西部文学或天启式西部文学，尤其是他的西南部文学创作最为明显。西部文学是美国文学的重要分支之一，但被学界经常误读为美国通俗文学的一种。因此，如果将麦卡锡的文学创作置于西部文学的传统之中，无疑提高了美国西部文学的档次，使其艺术价值得到升

---

① 转引自李杨：《美国南方文学后现代时期的嬗变》，山东大学出版社 2006 年版，第179 页。

② Nell Sullivan, "The Evolution of the Dead Girlfriend Motif in *Outer Dark* and *Child of God*", In *Myth, Legend, Dust: Critical Responses to Cormac McCarthy*, Edited by Rick Wallack, Manchester and New York: Manchester Univ. Press, 2000, pp.68–77.

③ "后南方文学"是刘易斯·P. 辛普森杜撰的词汇，原意指的是南方文学"对一度非常强的宗教意味以及具有严肃道德感的社会秩序有着定义和解释视角"的黯然失色。辛普森之后这个词汇逐渐被很多批评家们所接受，用来描述当代文学中"一种明显的南方后现代主义文学形式"。See Lewis P. Simpson, "The Closure of History in a Postsouthern America", In *The Braze Face of History*, Baton Roughe: Louisiana State Univ. Press, 1980, pp.255–276, p.255. See Sarah I. Petrides, *The Postregional Turn in Contemporary American Literature*, Diss. Brown Univ., 2008. Ann Arbor: UMI, 2008, ATT 3318350, p.4.

格。与南方文学批评阵营仅将麦卡锡拘泥于南方文学传统有所不同，西部文学批评家们的视野更加开阔。他们将麦卡锡与他的作品置于更加广阔和深厚的西方文学传统之中，并且指出，麦卡锡不仅主动走向传统，更是超越传统，他的作品不能简单地归于西部文学或南方文学传统，而是属于更大的整个西方文学传统，毕竟麦卡锡的创作观念承继的是整个西方文学的血脉。伟大的《圣经》、黑格尔、尼采、海德格尔、克尔凯戈尔、莎士比亚、康拉德、陀思妥耶夫斯基等，都应该被看作是麦卡锡的文学先祖。有鉴于此，我们可以说，麦卡锡研究中一直都有意识形态的建构和"政治无意识"的想象。除了将麦卡锡的创作分为南方或西部文学这样的二元对立观念外，以马克·A. 伊顿（Mark A. Eaton）为首的学者则创造了一个新的名词来定位麦卡锡的文学创作，那就是南方—西部小说（South-Western）[1]，而约翰·康特本人更是将麦卡锡的早期作品归于阿巴拉契亚山区文学。康特认为麦卡锡的阿巴拉契亚山脉小说比纯粹的南方文学更具"地方"色彩，因为麦卡锡的作品不仅展现了田纳西州西部山区贫穷山民们的生活，更是将山民中普遍存在的暴力问题看作是人性和人类社会的普遍问题，并以不同的形式将其展现得淋漓尽致。[2]

　　除了上述聚焦于麦卡锡作品是否属于后现代派或者麦卡锡本人是否属于地域主义作家的研究之外，麦卡锡研究者们还运用了多种方法从多个角度来讨论麦卡锡本人以及他的作品。有代表性的研究有吉耶曼的《科麦克·麦卡锡的田园观》（*The Pastoral Visions of Cormac McCarthy*, 2004），运用生态主义批评方法探讨了麦卡锡小说田园观的变迁，涉及的研究文本从《果园看守者》一直到"边境三部曲"。瓦利斯·散波恩（Wallis Sanborn）

---

[1]　See Mark A. Eaton, "Dis（re）membered Bodies: Cormac McCarthy's Border Fiction", In *Modern Fiction Studies* 49.1, Spring 2003.

[2]　See John Cant, *Cormac McCarthy and the Myth of American Exceptionalism*, New York and London: Routledge, 2008, pp.31–36.

的著作《科麦克·麦卡锡小说中的动物表征》(*Animal Presentation in the Fiction of Cormac McCarthy*, 2006)在其 2003 年撰写的博士论文基础上修改而成，是对吉耶曼研究的呼应。散波恩的研究聚焦麦卡锡小说中的自然世界，尤其是人类世界之外的动物们，包括野生动物和驯养的家畜。杰·艾利斯(Jay Ellis)的《无处是家园》(*No Place for Home*, 2006)运用了荣格的心理学理论来分析麦卡锡的小说，他将麦卡锡小说中的场景，尤其是房屋、坟墓与篱笆等与麦卡锡小说人物内心潜意识的外化联系起来，具体探讨了"指导麦卡锡描述空间的内在规律"[①]。此外，还有一些著名的麦卡锡研究者，如戴安娜·C.露丝(Dianne C. Luce)、内尔·萨利文、麦克吉尔克里斯特等，他们运用女性主义批评方法来研究麦卡锡的作品。在他们看来，麦卡锡小说中的女性人物，不是缺席便是死亡，而麦卡锡西部的"地景"则更大程度上呈现的是阴柔而非阳刚的特色。

关于麦卡锡小说的主题研究也较为普遍。血腥与暴力这一问题在麦卡锡的文本世界格外突出，自然也引起了研究者的更多关注。暴力犹如幽灵一样，萦绕在麦卡锡文学创作的各个阶段。从他的第一部小说《果园看守者》到他最近的小说《路》中，麦卡锡的所有作品均不同程度地反映了美国社会各个层面上的暴力，以及社会生活表象下涌动的暴力潜流。除暴力问题之外，美国学研究者们还经常将麦卡锡与他的文学先辈们，譬如麦尔维尔(Herman Melville)、爱伦·坡(Edgar Allen Poe)、马克·吐温(Mark Twain)、海明威(Ernest Hemingway)、福克纳、奥康纳以及约翰·豪克斯(John Hawkes)等联系起来，试图将麦卡锡置于美国文学更悠久的传统中去。另外，在欧美国家一直盛行的比较文学研究中，麦卡锡的研究也是焦点。与他同时代的作家，如多克托罗(E. L. Doctorow)、德里罗、约

---

① Jay Ellis, *No Place for Home: Spatial Constraint and Character Flight in the Novels of Cormac McCarthy*, New York and London: Routledge, 2006, p.4.

翰·巴思（John Barth）、奥布莱恩（Tim O'Brain）、托尼·莫里森（Toni Morrison）、希尔科（Leslie Marmon Silko）、斯泰格纳（Wallace Stegner）等，常被用来与麦卡锡比较研究。

　　除了专著，自20世纪90年代之后麦卡锡批评领域也出版了一批论文集，里面收录了不同学者的麦卡锡研究论文。这些研究论文视角多维化，批评方法也呈多元化。分别于1995年和2002年两次出版的论文集《神圣的暴力》（上、下卷）（*Sacred Violence*），在麦卡锡研究领域有很强的影响力，对于麦卡锡批评来说意义重大。麦卡锡著名研究学者爱德华·T.阿诺德与戴安娜·C.露丝主编的论文集《科麦克·麦卡锡研究面面观》（*Perspectives on Cormac McCarthy*, 1999）、《神话、传奇与灰尘》（*Myth, Legend, Dust*, 2001）、《科麦克·麦卡锡研究伴侣》（*A Cormac McCarthy Companion*, 2001）、《科麦克·麦卡锡》（*Cormac McCarthy*, 2002）、《现代批评观点》（*Modern Critical Views*, 2002）等相继出版，不仅丰富了麦卡锡批评研究，也为后来的麦卡锡研究者们提供了很好的参考。当然，这些研究也是本书开展麦卡锡小说讨论的重要参考文献。

　　相比国外对麦卡锡的批评研究来说，中国学者对麦卡锡的研究起步较晚。国内目前对麦卡锡的研究探讨还不够丰富，除了陈爱华的《传承与创新：科马克·麦卡锡小说旅程叙事研究》（2015）、谢登攀的《寻找诗意栖居——科马克·麦卡锡西部小说中的环境伦理》（2016）以及贺江的《孤独的狂欢：科马克·麦卡锡的文学世界》（2016）对麦卡锡的研究是以专著的形式出版以外，只有散见于另外三部著作中对麦卡锡的简单介绍或者麦卡锡个别作品的批评等，他们分别是李杨的《美国南方文学后现代时期的嬗变》（2006）、江宁康的《美国当代文学与美利坚民族认同》（2008）、罗小云的《美国西部文学》（2009）。

　　陈爱华和谢登攀的研究专著对于麦卡锡在国内研究的推动起着重要作用，两者的著作均是在他们博士论文（分别为2012年与2015年）的基础上修改后出版的。陈爱华的研究主要聚焦麦卡锡的旅程叙事，她将麦卡锡的小说置于西方文学宏大的历史文化语境中，《圣经》、古希腊和古罗马神话、欧洲流浪汉小说中的旅程叙事以及美国本土的旅程叙事传统，都被看作麦卡锡旅程叙事身后的"魅影"，成为麦卡锡旅程叙事继承和创新的传统，对于开拓麦卡锡在国内的研究具有重要意义。谢登攀的研究聚焦麦卡锡的五部西部小说，对麦卡锡小说世界中展现的人与自然、动物以及科学技术的关系进行了深入探讨，并在其著作中指出，麦卡锡西部小说中展现出的自然的沦陷与动物的悲惨处境，均是麦卡锡对人类中心主义和现代工业科技的批评，同时也表明麦卡锡对生态中心主义思想、生物中心主义思想以及动物权利思想的赞同，富有创新性。贺江的麦卡锡研究，正如他在其著作的后记中谦说，是本麦卡锡研究的"小"书。可贵的是，"小"书不小。实际上，贺江对麦卡锡的所有小说作品都有涉及，甚至还对麦卡锡的戏剧以及影视作品有所谈及。但是，贺江的著作还属于麦卡锡推介类的著作，期待他麦卡锡研究的大作早日出版。

李杨教授对麦卡锡的研究相对较早。他将麦卡锡与其他同时代的美国南方作家放置在 20 世纪 60 年代之后的历史语境中，主要探讨了这些作家对美国"南方文艺复兴"以来南方文学中的经典主题与题材的挑战与反拨。李杨研究的文本主要聚焦麦卡锡早期的阿巴拉契亚山脉小说，也就是《果园看守者》、《外围黑暗》、《上帝之子》和《萨特利》这四部小说，但受限于李杨的研究主要关注的是后现代时期的美国后南方作家，他对麦卡锡的研究很难细致和深入，而他对麦卡锡南方小说的探讨也没有进行仔细的文本细读，使得他的结论略显潦草。尽管李杨教授的出发点是要研究麦卡锡早期的四部南方小说，但实际上，在李杨教授的著作中，只有小说《萨特利》颇费了些笔墨，而其他三部小说只是匆匆做了概括而已。

江宁康教授在他的专著里对麦卡锡著名的"边境三部曲"做了很好的导读工作。他指出，这三部小说具有很高的艺术审美价值，而小说对宏伟壮美的美国西部地景以及西部牛仔的冒险经历的展现，使得小说对读者非常具有吸引力，因为这些正好迎合了当代美国的文化氛围。此外，他也指出，小说文本中展现的边疆精神、尚武精神以及个人主义重构了美国的国家身份，这也是为什么这三部小说在美国能够获得好评且成功的原因所在。① 江宁康对于麦卡锡作品的研究观点富有原创性，但是因为他的研究是对整个美国民族身份建构的研究，麦卡锡的研究于他来说只是个案，自然限制了他对麦卡锡研究的深入，使得他对麦卡锡的批评至少在他的这部著作中，还只是停留在导读和介绍的层面。罗小云教授的研究聚焦于麦卡锡西南部小说创作阶段的著名"边境三部曲"，运用生态主义批评的视角对它们进行了详细的解读。他认为麦卡锡后期的西部文学作品有了内省的趋势，原因在于，随着美国历史学家特纳（Frederick Jackson Tucner）在其著名的"边疆假设"论中所提出的西部边境作为美国"安全阀"的消失，美国已然没有边疆供人们去开拓开垦。② 尽管罗小云的观点富有说服力，然而在一本试图将整个美国西部文学的发展演变纳入研究框架的著作中，不可能给予罗教授多少空间来让他对麦卡锡的作品加以深入探讨。

相比国内学者在美国文学史以及美国作品选读方面对麦卡锡的研究不够及时，国内报刊对麦卡锡的介绍则显得相对敏感。《中华读书报》、《文学报》、《外国文学动态》、《世界文化》与《译林》等报刊对麦卡锡小说及其获奖情况都做了及时的跟进，并加以介绍和评论。但是，上述报刊对麦卡锡作品的介绍，也相对集中在他的西部小说以及他的后天启小说——《路》，对其早期的阿巴拉契亚山脉小说的介绍与评论几乎空缺。直到 2006 年，麦卡锡的小说《老无所依》被著名导演科恩兄弟改编成电影，并获得多个奥斯卡奖项之后，中国读者才了解到麦卡锡这位已经创作长达 40 年之久的

---

① 参见江宁康：《美国当代文学与美利坚民族认同》，南京大学出版社 2008 年版，第 191—195 页。

② 参见罗小云：《美国西部文学》，安徽教育出版社 2009 年版，第 162—163 页。

美国作家。针对电影《老无所依》的影评文章陆续发表，就主流刊物《电影文学》与《电影评介》等来说，上面刊出的影评文章多达 70 多篇。

令人欣喜的是，近年来，麦卡锡作品的阅读与研究渐成火热之势。从中国较有影响力的数据库——中国学术期刊网（CNKI）上，我们可以查询到，国内直接研究麦卡锡以及他的作品的期刊论文自 1965 年麦卡锡开始创作以来有 40 余篇面世①；而从硕博士论文数据库中发现，硕士学位论文的产出远超过期刊论文，已经多达 43 篇②，博士学位论文有 8 篇③。可以说，国内的麦卡锡研究自 2007 年至 2009 年为研究初期，期刊论文只有 9 篇。而 2010 年之后，随着麦卡锡小说翻译工作的推进，麦卡锡小说的中文版在国内相继出版④，开始有更多的中国学者关注麦卡锡与他的作品。

---

① 麦卡锡的创作已经有 40 余年，40 余篇的研究论文对于麦卡锡研究来说，还属瀚海一粟，相比麦卡锡同时代的重要作家如德里罗、约翰·巴思和品钦等，麦卡锡在中国学界的视阈里依然相对"缺席"和"无声"。

② 2009 年到 2010 年两年间，以麦卡锡作品为选题的硕士论文只有 1 篇，选取的研究文本是麦卡锡最新小说《路》。然而，到了 2011 年，以麦卡锡作品为选题的硕士论文已有 8 篇，其中 3 篇关于西部小说（包括麦卡锡的"边境三部曲"），4 篇关于小说《路》，1 篇关于《老无所依》。惊人的是，从 2011 年到 2018 年，研究麦卡锡的硕士论文一下子上升到了 43 篇之多，不过选题还是集中在麦卡锡的热评作品，其中 2 篇关于麦卡锡的互文研究，1 篇关于阿巴拉契亚山脉小说《上帝之子》，1 篇关于阿巴拉契亚山脉小说《萨特里》。国内研究麦卡锡的硕士论文的猛增，说明麦卡锡已经吸引了国内的外国文学研究群体，成了中国当代美国文学研究的又一热点。

③ 2012 年之前，国内以麦卡锡和麦卡锡作品为选题的博士论文，还是个空白，然而自 2012 年有了首次对麦卡锡研究的 2 篇博士论文先后问世之后，到了 2018 年，就本研究所知，已有 8 篇博士论文完稿。他们的研究视角不仅多元化，而且研究方法也更具综合性和跨学科的特点，从麦卡锡小说的混沌世界、旅程叙事、生态主义思想、帝国意识形态、跨民族与宗教观，直至麦卡锡小说的恐怖政治，新兴的中国年轻学者，其研究视野更加开阔。

④ 麦卡锡迄今共有 10 部小说，《血色子午线》之后的小说，包括《血色子午线》、"边境三部曲"、《老无所依》、《路》都被译成了中文，只有他的 4 部前期的阿巴拉契亚山脉小说还没被翻译出版。欣慰的是，笔者的研究生杨艳等年轻学者已经对这 4 部小说以及麦卡锡的 2 部戏剧作品做了部分翻译，并成为他们学位论文的一部分。

到 2013 年，麦卡锡的研究论文从最初的 9 篇猛增至 24 篇，而从 2013 年到 2019 年，已经有 47 篇左右登载在国内重要学术期刊上。但是，综观这些学术论文，它们大多集中在对麦卡锡的西部小说研究上，尤其以"边境三部曲"研究为首，其中较为有代表性的当属江宁康的论文《当代小说的叙事美学与经典建构——论 C.麦卡锡小说的审美特征与银幕再现》、裴亚丽的《麦卡锡的小说与电影》以及笔者的《"所有的故事都是一个故事"——论麦卡锡〈穿越〉中分形的空间构型》，前两篇论文探讨了麦卡锡"边境三部曲"中的电影叙事技巧以及小说的叙事美学，而最后一篇则认为麦卡锡的小说存在重要的"混沌"空间构型，不仅突出了小说叙事上的自我指涉性，而且也构成了文本形式上重复的对称性。其次，学术论文研究较为集中的便是麦卡锡新墨西哥阶段的最新小说《路》。最后，麦卡锡的中期西部小说《血色子午线》，学者们对其关注度也较高。除了上述 5 部小说之外，麦卡锡的南方小说仅有笔者关于《上帝之子》的 1 篇研究论文公开发表①，以及笔者所带的三名研究生分别以《上帝之子》、《萨特里》和《果园看守者》作为硕士学位论文选题②。而就麦卡锡的戏剧创作研究来说，仅有 1 篇介绍性的论文公开发表③，以及笔者所带的两名研究生分别以《石匠》和《日落号街车》作为硕士学位翻译实践报告而作。④

　　整体上看，国内麦卡锡研究虽然近期有集中讨论之势，但是与麦卡锡

---

① 参见张小平：《从文明到荒野：论麦卡锡的〈上帝之子〉》，《外国文学》2012 年第 2 期。

② 参见彭谦谦：《论科马克·麦卡锡小说〈上帝之子〉中的权利与边缘化》，扬州大学硕士论文，2016 年；顾晓晓：《都市荒野：文化地理学视阈下的〈萨特里〉研究》，扬州大学硕士学位论文，2018 年；李海雪：《论麦卡锡小说的圆形思维：从〈果园看守者〉到〈路〉》，扬州大学硕士学位论文，2019 年。

③ 参见贺江：《科马克·麦卡锡的戏剧创作》，《戏剧之家》2014 年第 8 期。

④ 参见杨艳：《〈日落号街车〉翻译实践报告》，扬州大学硕士学位论文，2017 年；蒋兴昌：《戏剧翻译中的补偿策略运用：麦卡锡戏剧〈石匠〉的翻译报告》，扬州大学硕士学位论文，2018 年。

在美国当代文坛的翘楚地位相比，还是不相匹配。另外，国内麦卡锡研究视角与国外麦卡锡批评相比，除上述叙事美学、电影叙事技巧以及"混沌"的空间构型研究之外，批评视角相对单一。大部分麦卡锡研究者多采用生态主义批评视角，尽管这与麦卡锡作品中的确蕴含有重要的生态思想有关，但也不能忽视与国内研究大多跟风、追逐时尚，总是对国外学者的研究亦步亦趋的习惯大有关系。此外，国内学者的研究还集中在对麦卡锡小说的伦理与道德观念、对帝国意识形态的批判思想、宗教意识以及存在主义思想等的讨论。他们的研究对于丰富麦卡锡研究大有裨益，同时，也是本书开展麦卡锡研究的有益基础。

经过上述国内外麦卡锡研究的梳理，可以发现，尽管自20世纪90年代之后，研究者们一直都在不遗余力地讨论他是否属于后现代主义或者是否是个地域主义作家，然而他们却普遍遗漏了一个重要问题，那就是麦卡锡小说中的"混沌"观念。"混沌"不仅体现在麦卡锡对人类世界的观察，也贯穿在麦卡锡对自然世界的体察，甚至麦卡锡的小说或者说整个艺术创作世界都弥漫着一种浓浓的"混沌"观念。可以说，"混沌"是他的艺术世界，而麦卡锡也借用"混沌"的理论、原则、概念、范畴等，来构筑他小说的叙事内容、叙事策略、叙事空间构型，乃至他整个艺术创作的"混沌"审美。正如本书一开始便说到的，混沌理论与后现代主义理论两大思潮在当代并行不悖，两者同生并存，互有交叉，互有联系，并且麦卡锡的小说创作的确就建立在上述两大人类历史上重要的哲学和文化思潮的背景下，我们讨论前者，必然不能忽略后者，而对后者的讨论一定程度上也要与麦卡锡自身创作强烈的地理背景互相观照。这样麦卡锡是否属于地域主义作家便不再重要，但却能够在讨论麦卡锡小说世界的"混沌"以及麦卡锡小说的混沌性与混沌观的时候，形成一种对话，并成为讨论时一个很好的"互文"。

目前，几乎没有一位研究者系统地讨论麦卡锡小说中的"混沌"，甚至还没有麦卡锡的研究者将麦卡锡的小说当作一个有机的整体，来讨论麦卡锡小说的"混沌"叙事。然而，我们从文献梳理中欣喜地发现，还是有一些学者非常敏锐，他们已然注意到麦卡锡与当代科学转向之间的联系。最早关注麦卡锡小说的叙事策略与混沌理论有所关联的研究者，是高顿·E. 斯莱索格（Gaoden E. Slethaug）。斯莱索格的著作《美丽的混沌》（*Beautiful Chaos*, 2000）提及了麦卡锡的《血色子午线》和《骏马》两部小说，并且麦卡锡的对小说的"混沌"叙事策略进行了讨论。除此之外，就笔者所知，提到麦卡锡与混沌理论关系的研究著作还有艾利斯的《无处是家园》（*No Place for Home: Spatial Constraint and Character Flight in the Novels of Cormac McCarthy*, 2006）以及斯蒂芬·弗莱（Stephen Frye）的《理解科麦克·麦卡锡》（*Understanding Cormac McCarthy*, 2009）。在艾利斯的著作里，他运用了复杂性（"混沌"）理论来解释麦卡锡的主要小说人物为何都是荒野的流浪者。弗莱的研究更是触及了麦卡锡"混沌"哲学观的核心，尤其是他对麦卡锡小说《老无所依》的导读中，指出了混沌理论对小说创作的影响，特别提到了麦卡锡对小说重要人物之一的恶棍安顿·旭格（Anton Chigurh）性格刻画中"蝴蝶效应"的影响。另外，弗莱在对其他小说，如《血色子午线》、《穿越》和《平原上的城市》的分析中，也提到了麦卡锡对宇宙神秘性的悖论式理解，尤其是暴力与宁静、邪恶与善良以及堕落与仁爱等对立关系的并存。遗憾的是，弗莱的研究并没有将上述悖论似的宇宙神秘性的发现与麦卡锡对世界作为"混沌"的观念联系起来，使得他的研究止于导读层面，甚是可惜。

至于斯莱索格，尽管他对麦卡锡的观察富有新意，也较有启发性，但他没有再进一步深入探讨麦卡锡的"混沌"观念以及其他的"混沌"叙事等。不过这也可以理解，毕竟斯莱索格研究的是当代美国文学史中重要的后现代派小说家，而他的著作的研究初衷也在于探讨后现代派小说与科学的联系以及科学如何影响了后现代派小说的创作。至于艾利斯，他也只是在著作的结语部分，提到了复杂性（"混沌"）理论对于说明和解释麦卡锡小说人物的命运有重要意义，而在他探讨麦卡锡小说人物如何受制于空间的研究中，也没有继续深入下去。就弗莱而言，其著作的阅读对象只是麦卡锡研究的新手们，旨在总体介绍麦卡锡及其创作，对麦卡锡的作品做以导读，所以他没有对麦卡锡小说中明显的"混沌"意识、观念、叙事以及美学理念做深入细致的研究。当然，他也没有将麦卡锡作品中表现出的多重悖论关系与混沌理论联系起来。尽管上述国外麦卡锡研究者对麦卡锡作品中的"混沌"有所涉及，他们的研究当之无愧是本研究开展的重要基础，也对本研究有重要的启发意义，然而，他们的研究对麦卡锡小说复杂表面下的浩瀚世界，只是浮光掠影，没有深入进去，终是憾事。

国内学者发现麦卡锡与混沌理论有所关联的学者有陈爱华和李小海。前者在她的麦卡锡小说旅程叙事的研究中，提到了麦卡锡的混沌理论的整体世界观，并且指出，混沌的整体世界观是构成麦卡锡小说旅程叙事的后现代主义特征的重要元素，其研究视角可谓敏锐。[1] 后者将麦卡锡小说《路》和《老无所依》置于后现代主义的语境中，阐释了小说中蕴含的"混沌"和无序主题，并对小说人物命运的不确定性进行了分析。李小海认为，在一个充斥了暴力、无序以及人性堕落的后现代主义社会，麦卡锡用宗教救赎的理想，呼吁人与人之间的怜悯、同情以及人文关怀，其分析合理，具有启发性。[2]

总之，麦卡锡小说是一座丰富的思想宝库，犹如"混沌"，其本身就是我们存在的世界和宇宙的实在性。对于麦卡锡这样的世界级文学大师，其小说特有的"复杂性"和"动态性"使得其小说呈现出独特的"混沌"审美特征，然而对于麦卡锡小说中的"混沌"这一重要问题，却缺乏对它

---

[1] 参见陈爱华：《传统与创新：科马克·麦卡锡小说旅程叙事研究》，中国社会科学出版社 2015 年版。

[2] 参见李小海：《无序的世界与精神的救赎——〈路〉与〈老无所依〉在后现代语境中的混沌阐释》，上海外国语大学博士学位论文，2013 年。

们的仔细探究。即使上文提到的中外学者，在他们的研究中，都没有整体和深入地研究麦卡锡小说中的"混沌"世界。因此，认真梳理国内外学者对麦卡锡的研究文献，不仅为开展麦卡锡小说讨论提供了重要的研究基础，也为本书开展"混沌"研究，留下了许多可以探索且尚能游弋其中的研究空间，这不仅仅是麦卡锡研究的希望所在，更是本研究讨论麦卡锡小说的意义所向。

第三节　本书的研究意义、思路和方法

大千世界，混混沌沌，无序而有序，苍漠而壮美。宇宙万物，芸芸众生，皆存在于"倏"、"忽"之间。倏忽之间为时空一体的"混沌"，而科麦克·麦卡锡就是这"混沌"荒野之苍茫世界的探索者和寻道者。"人人都是其存在的歌者"①，的确如此。作家的笔下，通常多为其熟悉的事物。想象力固然重要，然而，再神奇幻美的想象都不可能超越作者的生活和经历。就麦卡锡而言，他小说的背景从没有远离他的家乡或居住地。其作品地理位置的变移，呼应了作者生活的流动性，作者居住地的迁徙，也影响到了其小说创作流派及其风格的变化。麦卡锡的小说人物也多呈现流动性，他们或因被动，或因主动，或两者兼有的原因，成了荒野上的流浪者。然而，麦卡锡的视野却超越了他所在的地域，他关注的是更为辽阔深远的世界。他的小说被放置在当今两大思潮——后现代主义和混沌理论的语境中。其小说中，人性的黑暗与邪恶、社会的荒野与暴力、荒野的"去自然"、人生的随机与偶然、命运的不确定性与不可预测性，乃至事物发展的不平衡以及因果的不成比例，都在表明后现代时期人类生活的宇宙呈现"决定性的混沌"——有序中的无序或无序中的有序。

---

① Cormac McCarthy, "The Epilogue", In *Cities of the Plain*, New York: Alfred A. Knopf, 1998.

　　美国圣菲研究所是国际混沌理论和复杂性科学研究的重镇。作为研究所的一员，麦卡锡在此的生活与工作，不仅让他熟悉"混沌"，也使他的作品聚焦"混沌"这一当代科学研究和社会文化领域的重要概念之一。在麦卡锡的小说中，"混沌"不仅作为一个重要概念被正式讨论，更是成为其作品叙事的内容和结构，使其小说在当代美国文学中独树一帜。麦卡锡不仅将混沌理论的重要范畴作为其小说的叙事策略，而且采用混沌理论的重要模型构筑其小说的空间形式，有意识地使叙事形式与叙事内容一致，使其小说有了"混沌"特有的复杂性和动态性，呈现出独特的审美特征。

　　本书在研究中，将麦卡锡的小说置于后现代主义和混沌理论的语境中，系统聚焦麦卡锡小说中的"混沌"世界，研究"混沌"如何成为麦卡锡小说的重要主题和内容，麦卡锡如何采用混沌学的迭代、不确定性以及蝴蝶效应作为叙事策略展开叙事，"混沌"的主要模型——奇异吸引子和分形如何作为麦卡锡小说的空间形式来构建小说，以及麦卡锡的小说文本如何呈曼陀罗式的多维联系，并自成一体，化成复杂而又动态的美丽的"混沌"。

　　本书主要依据混沌学与后现代主义以及空间形式等相关理论，采用辩证的批评方法，将历史分析、文化研究与具体的叙事内容、叙事结构以及话语分析相结合，从研究理论框架的探讨到麦卡锡小说"混沌"的叙事内容、叙事策略、空间构型以及文本世界五个方面，展开研究麦卡锡小说的"混沌"世界。具体研究和勾勒麦卡锡小说的"混沌"世界时，本书也试图将文学与哲学、解构与整合、东方与西方、科学与人文的观点相互结合，找到其契合点。有鉴于此，为了更好地促进本研究在一个可行的思想语境中展开讨论，本书对文学作品的分析和探讨会是互文性的，而采用中国传统哲学思想的观点和视角对文本进行解读，其目的是解释性的；而如果涉及历史事件的记述，或者科学和哲学观点，本书并不是用来分析或对上述思想或观点本身进行批评，而是有助于本书展开对麦卡锡小说文本复杂性的分析和研究。更重要的是，本书希望，对麦卡锡小说中"混沌"概念的研究，不仅是对麦卡锡小说叙事内容、叙事策略和空间构型，乃至整体文本世界审美上的"混沌"与复杂性的研究，更是有望勾勒麦卡锡复杂而又"混沌"的艺术世界，从而更好地了解其作品中复杂的人类世界和自然界，折射出当代世界知识域的发展与变化。

本书引言部分介绍了麦卡锡的生平与他的文学创作，以及他在当代美国文坛的重要地位。接着，对国内外麦卡锡小说的研究现状进行了梳理，并在分析麦卡锡小说研究存在的问题基础上提出本书的研究内容、思路和方法。到目前为止，关于麦卡锡的学术批评中，只有寥寥数人简单粗略地提到他与混沌理论的联系，却没有研究者对麦卡锡小说中的"混沌"以及他对"混沌"概念的理解和运用做出系统的研究，甚至还没有研究者将麦卡锡的作品当作一个有机的整体，探讨他的"混沌"叙事和"混沌"美学。

本书的第一部分，"'混沌'、混沌理论与麦卡锡小说"将讨论混沌理论、后现代主义理论与空间形式批评的契合点，为后期研究提供合适的理论批评框架。混沌理论以其对后现代时期人类生活的宇宙呈"决定性的混沌"的认识，揭示了有序与无序、确定与不确定、简单与复杂共生共存的宇宙图景。该部分构建研究的主要理论框架，探讨和寻求混沌理论、后现代主义理论以及空间形式批评之间的共通处和契合点，旨在揭示麦卡锡小说叙事的复杂性。通过梳理"混沌"概念的演绎和变化，并详细讨论混沌理论、后现代主义相关理论及其与中国古代"混沌"思想的联系、交叉与融合，尤其是上述理论和思潮在对世界呈不确定性、开放性、复杂性和整体性等方面的认识与描述，提炼和范化后科学时代的混沌学文学批评方法。

本书的第二部分，将以"'混沌'、荒野与非线性：'混沌'的叙事内容"为题，展开讨论。混沌理论认为非线性是自然世界和人文社会的常态，任何事物和现象之间交互影响与作用，形成纷乱迷离的"混沌"状态。作为

"混沌"的重要隐喻,荒野在麦卡锡小说中与"混沌"同义,以有序中的无序或无序中的有序以及非线性为特征。麦卡锡的小说充满了悖论:有序而无序、对称而不对称、壮美而恐怖。该部分结合人类对世界认识范式的改变与小说创作的关联,以荒野世界中的暴力为切入点,从混沌理论视角研究麦卡锡黑暗而又暴力的小说世界,探讨个体如何卷入暴力的"混沌"系统中,并与社会互为关联、协商乃至谈判。通过暴力的艺术表征,麦卡锡质疑了社会和文化问题中的人性之"恶",挑战了启蒙运动以来西方二元对立的认识论,他激进的世界观颠覆了主体与客体、有序与无序、中心与边缘、自然与文化、人与自然的对立,建构了一个非线性的"混沌"世界。

本书的第三部分,"迭代、不确定性与蝴蝶效应:'混沌'的叙事策略"在第二部分研究的基础上,继而探讨麦卡锡小说的"混沌"叙事策略。我们知道,混沌理论包含迭代、不确定性与蝴蝶效应等重要内容。在他的小说中,麦卡锡采用了混沌理论的重要内容作为小说的叙事策略,使其小说的叙事形式与叙事内容一致起来。该部分会对麦卡锡小说的叙事策略进行探讨,考察迭代、不确定性与蝴蝶效应等混沌理论的重要内容,如何在麦卡锡小说的人物刻画、风景描述、语言风格的形成以及小说叙事模式等方面应用,使其小说呈现出审美效果上的"混沌三明治",兼有"新奇而又熟悉"的杂糅。可以说,麦卡锡小说的叙事策略呼应了混沌理论的重要内容,使得麦卡锡小说有了复杂的动态性,从某种程度上暗示了充满偶然和随机性的人类世界、人生的无意义以及人类现实生活中"牛顿范式"的漏洞,对人与世界的关系进行了深层次的思考。

本书的第四部分,"奇异吸引子、分形与自相似:'混沌'的空间构型",讨论了麦卡锡小说的空间构型。本研究认为,正是"混沌"的空间构型使得麦卡锡的小说有了奇特的"复杂性"和"动态性",从而使得麦卡锡的小说成了一种新颖的"动态"小说。奇异吸引子和分形作为混沌理论的重要模型，在非线性动力系统中用来映射物质运动的"相空间"，在其图形构成中，二者均有跨尺度的自相似之特征。该部分聚焦麦卡锡小说"混沌"的空间构型，考察混沌理论重要模型的构型特征与其构建麦卡锡小说动态空间的可行性联系。该部分主要依据混沌理论和弗兰克（Joseph Frank）提出的理解空间形式之"反应参照"的方法，并适当援引中国传统的"混沌"思想，分析麦卡锡如何在他的小说中采用了奇异吸引子的关键特征——吸引点、分叉点以及自相似等来建构他小说的空间形式，如何在小说的叙事内容与结构形式这一双重层面上形成了分形的空间构型，如何运用"数"三关涉跨尺度的自相似与宇宙中的"混沌"行为，形成麦卡锡小说细节内容上的多维映射，最终使得其小说文本有了多层面与多维度的自相似性。

本书的第五部分，"互文、自互文与曼陀罗：'混沌'的文本世界"，是对麦卡锡小说文本世界整体上的"混沌"性做出分析。本书认为，"混沌"是麦卡锡小说的核心，也是理解麦卡锡小说的关键，更是赖以考察麦卡锡小说整体上具有"混沌"审美效果的必要路径，以及麦卡锡小说审美效果的最终指向。该部分探讨了麦卡锡小说文本世界的整体"混沌"构型，旨在考察麦卡锡"混沌"的世界观与其文本世界呈"曼陀罗"式的自相似结构特征之间的联系。该部分主要运用混沌理论、互文性理论以及其他相关理论等，将麦卡锡小说置于美国文学传统的大背景下进行考察，并借助历时和共时的比较，探讨麦卡锡的小说与美国文学经典的关联、偏离，甚至超越，试图说明麦卡锡走向文学传统的同时也因其独特的"混沌"书写而最终成为美国文学传统的一部分。另外，该部分也对麦卡锡小说在主题以及人物塑造上具有的自相似性进行了梳理，旨在说明麦卡锡的小说文本如何借助互文与自互文，使其小说文本最终呈现出宏观与微观、整体与部分等多维层面上的相互联系，也即曼陀罗的整体混沌构型。

总的来说，"混沌"是麦卡锡作品的核心，也形成了理解麦卡锡小说艺术魅力的张力。本研究认为，科学的复杂世界观让麦卡锡把生活当作叙事,把宇宙看作整体之网,他的小说人物多处于"混沌的边缘",其人生不仅随机而且偶然。麦卡锡小说文本的"对话性"不仅使其作品互为分形,自成一体,又与美国文学传统多方关联,汇入美国文学传统的长河之中。其"可写性"文本引发了读者的"非线性"思考,读者被邀请参与他的创作过程,其作品便有了多种释义,表明后现代时期"混沌"叙事的可行性。总之,麦卡锡对于生活和宇宙中"混沌"概念的认识和讨论,以及他小说叙事内容、叙事策略和叙事结构上的"混沌"性,使得麦卡锡在当代美国文学史的位置不容忽视。作为当代美国文学史上一位颇具影响力的作家,麦卡锡独特的文学创作实践,为当代美国文学点亮了一盏耀眼的明灯。麦卡锡至今宝刀未老,他还走在"路"上。

　　"混沌"是当代自然科学、社会科学与人文研究的重要概念,混沌理论又与后现代主义、空间和空间形式相关理论交叉融合,也与中国传统文化有多维关联。有鉴于此,本书从"混沌"视角研究麦卡锡的小说,可兼顾解构与整合、人文与科学以及西方与东方的交融和对接,在研究方法上具有重要的探索性意义。此外,本书从麦卡锡小说的叙事内容、叙事策略、空间构型及文本世界入手,立体化全方位地探讨麦卡锡小说中"混沌"的艺术世界、人类世界及自然世界,在研究内容上走在国内外麦卡锡小说研究的前沿。最后,本书运用混沌理论的重要范畴、重要模型、主要内容和对世界的认识来研究麦卡锡的小说,对麦卡锡小说的混沌世界进行了详细的界定、拓展和分类,不仅可以把握麦卡锡小说艺术的复杂性,并且在某种程度上也可拓宽混沌理论的文学研究空间,具有重要的学术价值和意义。

　　总之,本书在理论上,把非线性动力学为背景的混沌理论拓展到了文学研究,并结合麦卡锡小说复杂而又动态的"混沌"艺术特点,探讨了麦卡锡小说的混沌世界,可为今后相关研究提供理论参考。在方法上,本研究注重多学科交融和中国文化的本土视角,不仅重视文本细读,同时强调文本与文化以及历史语境的互文性阐释，全面审视麦卡锡小说的混沌世界，具有一定的原创性。在内容上，本研究将麦卡锡的全部作品纳入考察视野，将其作为一个有机整体，深入到了麦卡锡的艺术世界，无疑具有开拓性。

第一章

"混沌"、混沌理论与麦卡锡小说

科学很多时候从屋子里看过去就像是文学批评。

——理查德·鲍威尔斯《伽拉忒亚 2.2》

作为"一个有着高度意指的能指"[1]，"混沌"一词因其挑战了当代人们对生命以及宇宙的传统理解，获得了新的"所指"，很快引起了各个学科领域的注意。正如"美国城郊草坪上生长力极旺的杂草"[2]一样，混沌理论因为聚焦动态系统中的"混沌"，早已逾越了科学领域的藩篱，进入文学和文化领域，成为文学和文化批评界的"新贵"。在美国作家科麦克·麦卡锡的作品中，"混沌"作为重要概念，可谓研究麦卡锡作品的关键词。我们知道，麦卡锡的小说创作始于 20 世纪后半叶风靡全球的后现代主义和混沌理论两大思潮背景下，我们有望借助"混沌"这把新的"钥匙"，打开麦卡锡小说宝库的大门。有鉴于"混沌"一词在麦卡锡小说中的关键地位，本研究进行的必要前提，就是试图打造一座沟通科学与人文、科学与文学、科学与哲学、文学与空间（性）、甚至东方与西方之间的桥梁，为讨论麦卡锡小说的叙事内容与叙事形式上的"混沌"着力奠定

---

① N. Katherine Hayles, *Chaos Bound: Orderly Disorder in Contemporary Literature and Science*, Ithaca and London: Cornell Univ. Press, 1990, p.9.

② John Barth, "PM / CT /RA: An Underview", In *Further Fridays: Essays, Lectures, and Other Nonfiction 1984–1999*, Boston: Little, Brown and Co., 1995, pp.280–290, p.284.

合适的理论批评框架以及相对可行的研讨语境。因此，为了方便开展对麦卡锡小说的讨论，本部分要做的就是了解混沌理论的来龙去脉及其在当代科学文化领域的发展，探讨混沌理论的内容与混沌学批评开展的方法，梳理混沌理论与后现代主义乃至当代文学创作和批评中出现的"空间"转向，试图发现混沌理论与中国传统哲学之间，尤其是与中国混沌学——《周易》就生命与世界的看法上，相互之间存在着的"跨尺度的自相似"，以及对各关键批评要素之间纷繁复杂联系的考量。

第一节　"混沌"与混沌理论

我们人类所居住的世界，无论是其组成、形状还是功能上，原是如此的多元和丰富，无论用什么样的标准来对其分类，最终都将是无功而返。我们每天日常生活中所见的山脉、河流、树叶、云朵、海岸线以及其他司空见惯的自然界的物品，看似很容易知道它们的形状，然而，一旦认真观察它们，却会发现它们实际上形态各异，并不规则，而在这不规则之余，却又有着神奇的跨尺度的自相似。大自然复杂多变，我们日常生活中所看到的和经历的，只有不确定一词能最好概括。即使是我们个人生活的小宇宙，我们也很难把握下一秒钟内会发生什么或出现什么，有时候我们明明是做好了规划和安排，但具体会发生什么和出现怎样的结果，却很难预测。生活中的一切，就如一场飞行，轨迹不由自我决定。这些生活中各种各样的不确定事件，无疑与我们个人生活的小宇宙其周围所在的自然环境有关，当然我们个人所处的社会机构以及我们与之关联的职业团体也会成为影响要素。即使当今时代的科学技术与测量仪器已经足够强大和尖端，微小的变化也会引起系统内巨大的变化，甚至出现一系列的连锁反应。不仅如此，有时候情况却又恰恰相反，巨大的投入，却收效甚微。换句话说，生活系统中很多时候因果不会总成比例。上述关于世界存在着的复杂多变性，正是当代混沌理论关注并研究的焦点。

"混沌"与混沌理论这两个词汇或概念，很容易被人混淆，使用时也的确常被相互替换。因此，展开讨论之前，有必要对混沌和混沌理论进行界定和辨析。实际上，"混沌"是一种状态，而混沌理论却是"一系列赖以处理和解决不能准确求解的非线性数学、运算以及几何技术的集合体"①。作为专业术语，混沌理论常被称作非线性或非平衡动力系统理论，尽管后者不如前者使用广泛，而以"非线性"来限定动力系统，也并不准确，甚至词汇本身就具有模糊性，但人们习惯上用非线性动力系统理论来指称混沌理论。奇特的是，正是混沌理论这一词汇本身的模糊性，吸引了众多科学家和普通民众的关注。从20世纪60年代起，混沌理论逐渐成为不同学科与领域学者们热议的新话题，并在80年代与90年代末，一跃成为众多学科和研究领域的"新宠"。当下，混沌理论已然是一种交叉学科，数学、物理学、化学、机械学、动力学、气象学、地理学、地震学、生物学、生态学及遗传学等众多学科，早已被混沌理论纳入"麾下"，成为其旗下的一个研究类别。当然，混沌理论的核心学科永远是数学和物理学。因其对传统的宇宙观以及生命传统认识论的颠覆，混沌理论引发了物理学领域"范式的改变"②，被誉为继爱因斯坦相对论和量子力学之后人类科学史上的第三次革命。

---

① Ali. B. Cambel, *Applied Chaos Theory: A Paradigm for Complexity*, New York and London: Academic Press, 1993, p.16.

② 科学历史主义学派的代表人物库恩（Thomas S. Kuhn）认为，科学至上主义的问题在于把科学狭隘地看成事实、理论和方法的堆积而没有抓住科学的本质。为此，他提出一种新的科学观，也就是科学是科学共同体出于自己的一套信念而进行的专业活动，所以所谓的科学的标准，就是科学共同体所共同遵守的范式，而科学之所以成为科学就在于范式的形成（可参见 Thoms S. Kuhn, *The Structure of Scientific Revolution*, 2nd ed., Chicago: Chicago Univ. Press, 1970, pp.24–25）。库恩这里所讲的范式，指的是在既定时间内，一群科学家普遍接受的假设、习俗、问题、程序、理论框架以及模式等。所以，范式的改变，用库恩的理解就是一种新的格式塔或心理信念的改变，并非是对世界认识的加深等。

混沌理论可谓击中了人们传统观念的"软肋"，那就是"在宏观的自然世界，一切都可以预测，推而广之，人类的行为也可以预测"[1]。正是如此，混沌理论带来了人们认识上的变革，尤其是改变了我们之前对世界的传统认识。之前世界总被看成一个有着稳定性、可逆性、确定性以及线性特质的机械钟，现在人们却逐步接受了"在一个非线性的混沌系统中，多次反馈环的输入会引起任何一次未来行为长期的不可预测性"[2]的观念。过去的300多年间，我们总是机械地、分析性地甚至均衡性地看待我们所处的宇宙，然而，正是因为混沌理论的出现，我们的观念有了可喜的变化。人们开始重新审视我们的宇宙，发现世界原来充满了艺术的魅力，充斥其中的不再是简单的机械钟这样的呆板意象，而是奇异复杂的意象，它们之间不仅相互联系，且联系紧密。这种新的认识使得人们观察和对待宇宙时，可以像艺术家那样欣赏复杂多变的世界。目前，混沌理论已经不再拘泥于科学领域，而是进入艺术和文学的疆域之中，而与之关联的"混沌"概念也随之起了变化，逐渐成为当今世界新的文化隐喻，受到人们的青睐，越来越得到重视。

一、"混沌"概念的演绎

"混沌"概念并非最近兴起，其"血统"非常古老。中西方的创世纪神话，都有关于"混沌"的传说或记载。"混沌"一词在西方可追溯到公元前8世纪赫西俄德（Hesiod）所作的《神谱》，"混沌"被描述为"混沌一片"以及"造物产生的背景"[3]。古希腊人将"混沌"看作宇宙的本原状态，

---

[1] Joseph Tabbi & Wutz Michael, *Reading Matters*, Ithac & London: Cornell Univ. Press, 1997, p.102.

[2] Thomas Jackson Rice, *Joyce, Chaos and Complexity*, Urbana and Chicago: Univ. of Illinois Press, 1997, pp.104–105.

[3] N. Katherine Hayles, *Chaos Bound: Orderly Disorder in Contemporary Literature and Science*, Ithaca and London: Cornell Univ. Press, 1990, p.19.

经常与原始、无序、黑暗、深渊、蒙昧以及宇宙赖以演化的一种原始物质相关。① 在大多数人类神话的记载中，"混沌"都被看成"宇宙的原初状态"，也即"宇宙形成之前最古老的神祇"②。"混沌"相对于有序这一认识在西方的经典文学作品中时有反映，《圣经》的《创世纪》中，就将"混沌"与有序、黑暗与光明、荒芜与生命相对，此时的"混沌"指的是天地开创前的状态。奥威德（Ovid）的《变形记》中也有"混沌"，是天然的没有形状的一种状态。弥尔顿（John Milton）在《失乐园》中，也将"混沌"写成"自然的先祖"（Ancestors of Nature）、"无政府的君王"（a crowned Anarch），甚至是深如涡旋的黑暗的主要统治者。莎士比亚（William Shakespeare）悲剧《麦克白》中，对"混沌"的认识，类似我们今天日常生活中谈到的"混沌"，也即混乱、无序。

　　中国古老的神话传说中，"混沌"也经常与无序、混乱等词义相关。《山海经》有曰："有神鸟，其状如黄囊，赤如丹火，六足四翼，浑敦无面目，是识歌舞，实惟帝江也。"此处的"浑敦"就是"混沌"，其"无面目"这一特征，和《庄子》所记载的"浑沌"一样："南海之帝为倏，北海之帝为忽，中央之帝为浑沌。倏与忽时相与遇于浑沌之地，浑沌待之甚善。倏与忽谋报浑沌之德，曰：'人皆有七窍以视听食息，此独无有，尝试凿之。'日凿一窍，七日而浑沌死。"③《乾凿度》提出过一套宇宙生成论：浑沦→天地→万物，这里的"浑沦"就是"混沌"，是一种未分离的状态。《神异经·西荒经》记载："昆仑西有兽焉，其状如犬，长毛四足，两目不见，两耳而不闻，有腹而无脏，有肠直而不旋。食物轻过。人有德行而往触之，人有凶德而往依凭之，天使其然，名为浑沌。""浑沌"与饕餮、穷极、梼杌四

---

① See Pierre Grimal, *The Dictionary of Classical Mythology*, Translated by A. R. Maxwell-Hylop, New York: Blackwell, 1951, p.98.

② Robert Bell, *Dictionary of Classical Mythology*, Santa Barbara: ABC-clio, 1982, p.44.

③ 出自《庄子·内篇·应帝王》。

个凶兽合成为上古四大神兽，其不见、不闻、直肠子、不消化的特点，显然说明了"混沌"的"空"之特征。此外，《三五历纪》中也提到："天地混沌如鸡子，盘古生在其中。万八千岁，天地开辟，阳清为天，阴浊为地。盘古在其中，一日九变，神于天，圣于地。"这里的"混沌"用来描述天地未开、状如"混沌"这一宇宙的表现。

《庄子》中的"混沌"被"倏"、"忽"二者凿开七窍而死，言外之意指的是，"大道"本来浑然一体，无所分界，此处的"混沌"也即"大道"。宇宙本来混混沌沌、无有南北，迷迷昏昏、无心无欲，然而，由于天地的开辟，破坏了"大道"的同一；由于南北（倏忽）的出现，有了二元的对立；由于理性（七窍）的思维，破坏了诗意的空灵；由于人类的开化，破坏了原始的敦厚；由于智能的开发，破坏了孩提的童真；由于言识的出现，破坏了太玄遨游的自由。不同于"倏"或"忽"的"混沌"，就是"道"，是"宇宙的原本"，是"人类之初"、"人生之始"。"混沌"位于"南"、"北"的中央，介于"倏"、"忽"的中心，这里的"混沌"就类似于当代科学意义上的"时空一体"。

除了"混沌"，中国传统哲学中还有很多词语都与宇宙的起源有关，如"道"、"太极"、"气"、"太玄"等，它们的共同特点就是将宇宙看作具有"变化"特性的"空"。《道德经》的开篇就有这样的暗示："道可道，非常道，名可名，非常名，无名天地之始，有名万物之母。"这里的"道"先于"存在"，因为大道（"混沌"）的"空"生一，一再生二，二生万物，"道"就成了繁衍万物的源泉。与"空"（"混沌"）的认识类似，《周易》将"无极"（空）看作宇宙万物演化繁衍的根源，因为无极可以生太极，太极生两仪，两仪生四象，四象化八卦，八卦化万物，以此类推，最后形成映射整个宇宙之"象"的九宫图，分中央与休、伤、生、杜、景、死、惊、开八个门。"空"也是以道教和大乘佛教为来源的禅宗最为关注的概念之一。要达到"空"的状态，人们需先得到心灵的宁静和超越，只有这样，方可从"有"中超脱出来。"有"指的是人们世俗生活中的各种欲求。禅宗里的"空"尽管与"有"对立,但它却与西方存在主义讲的"存在"类似。"空"在禅宗的认识中是一种"存在"。有与无,存在与非在,这两个看似独立的两极,却是一对辩证的矛盾。它们相互交融,共生发展,无始无终地变幻和循环。正如《金刚经》中著名的四句偈语所说:"一切有为法,如梦幻泡影,如露亦如电,应作如是观。"有与无、有常与无常,缘来缘去,缘聚缘散,原本就是世间一切事物"变化"的真理:一切都在形成(becoming)中。当然,中国传统思想中"混沌"的含义一直在变化,但无论"空"、"道",还是"太极"、"无极"、"太玄"以及"气"的变化,中国古人对"混沌"的理解,更接近于现代科学意义上人们对"混沌"的认识。当然,传统哲学中对"混沌"的理解还相对"简单",比较朴实。这一点会在下文探讨中国《周易》与混沌理论之间对世界以及宇宙看法上的"自相似"处继续关注。

总之,中西古典中的"混沌"是一个具有丰富内涵的"能指",其所指远不止神话记述中的"混沌"那么简单。传统上我们对"混沌"的理解是与"秩序"对立。"秩序"也一般常被理解成相当于上帝、光明的使者、规律、健康、善、确定、稳定等;而"混沌"则类似于对魔鬼、黑暗、破坏者、疯狂、恶、疾病、不确定、不稳定、流动等的理解。在当代,"混沌"不再是科学发现中的"一种噪音",也远非人们之前对它的认识,而是有了更加丰富的内涵,并且,西方当代科学还借用"混沌"这个概念,赋予了这个古老的旧的概念以新的含义。

正如黑尔斯(N. Katherine Hayles)的观察:"系统愈是复杂,其提供的信息便愈多。这正是认识到了'混沌'超价值的核心,因为我们一定要将'混沌'看成一个有着无尽信息源的海洋,而非一种象征缺席的空。"① 今

---

① N. Katherine Hayles, *Chaos Bound: Orderly Disorder in Contemporary Literature and Science*, Ithaca and London: Cornell Univ. Press, 1990, p.8.

天，我们讨论"混沌"，绝不会将善恶好坏的道德标准强加在"混沌"身上，将其看成世界的负面因素。而传统的秩序与"混沌"二元对立的观点，也随着混沌理论的兴起，得到了彻底的挑战。坎贝尔（Ali. B. Cambel）说过，"混沌代表的是动态物质中不确定的存在或其随机性的一面，而这样的特性绝没有好坏之分或是人们不期望出现的那一面——有时，恰恰相反"①。换言之，"混沌"不仅是"秩序"的对立面；相反，"混沌"可以创造"秩序"，"秩序"可从"混沌"中产生，两者不分彼此，甚至相互转换。用黑尔斯的术语来说："混沌就是有序的无序或者无序的有序"②，意思指的是有序来自无序，无序也可产生有序。确切地说，"混沌"这一悖论式的存在，指的是"处于完全确定和完全随机之间的一种状态"③。从某种程度上，这种理解与我们前面说过的中国传统思想对"混沌"或"道"的理解，强调相反相成、阴阳合一、此中有彼、彼中有此、一中有二、二中有一，有了奇特的呼应。而这样的思想同西方传统思维方式重视界定、区分，强调彼此有别，"说一不二"，有明显的差异。④

二、"混沌"：一种新语言和新范式

"混沌"概念虽血统古老，却凭借当代新兴科学的混沌理论，获得了重生。作为科学术语，"混沌"指的是貌似随机的事件其背后却有内在的联系，貌似无序实则有序。洛伦兹（Edward N. Lorenz）将"混沌"定义为"动态系统中对初始条件或内在变化敏感性的依赖"，指的是根据随机变

① Ali. B. Cambel, *Applied Chaos Theory: A Paradigm for Complexity*, New York and London: Academic Press, 1993, p.15.

② N. Katherine Hayles, (ed.), *Chaos and Order: Complex Dynamics in Literature and Science*, Chicago and London: The Univ. of Chicago Press, 1991, p.15.

③ Joseph Conte, *Design and Debris: A Chaotics of Postmodern American Fiction*, Tuscaloosa: Univ. of Alabama Press, 2002, p.24.

④ 参见张世英：《哲学之美：从西方后现代艺术谈起》，《江海学刊》2009 年第 4 期。

化而出现的一种过程，尽管"这些行为方式的出现实际上受到确然律的限制"[1]。可以说，现代科学意义上的"混沌"，已然有了随机、非线性、不可逆转性以及不确定性等特征。

"混沌"在经典科学阶段经常被当成"噪音"而为科学家忽略，因为秩序和规律才是科学关注的焦点。到了 19 世纪，"混沌"首先在热动力学中被人发现。实际上，热动力学中常说的平衡态也是一种"混沌"，这种平衡态要符合温度、压力、浓度以及化学能等条件，一个封闭系统（守恒系统）中的每一个点几乎与其他没什么差别。换言之，当系统中的熵值达到最高值时，便会形成"混沌"，此时分子紊乱的程度也趋向一个最大值。熵的概念是克劳修斯（Rudolf Clausius）率先在 1850 年提出。根据克劳修斯的观点，当系统的熵值达到最高值时，就会在系统中形成热的平衡态，最终引发整个系统的"热寂死"。热动力学的第二定律对热从有到无以及从有序到无序甚至到最后的不可逆（热寂死）的传播方向，做了很多限制。这样做其实有可能将人们对"混沌"的概念理解倒退到古希腊时代，当时的人们就认为"混沌"（热寂死）是宇宙的最终（初）状态。今天我们知道，热动力学平衡态引发的"混沌"是系统中低级、混乱、安静甚至是异质的宏观表现，而这与现代科学意义上对于"混沌"的理解，有着很大差别。

1963 年，美国麻省理工学院的动力气象学家洛伦兹，在他具有划时代意义的论文《确定性的非周期流》中[2]，更新了人们对"混沌"的认识。他指出，在一个动力系统中，初始条件下微小的变化，能带动系统巨大的长期的连锁反应，这也是为什么长期的天气预报不能够准确预测的原因。洛伦兹的发现与人们的常识正好相反。牛顿经典科学培养与浸染下的人们

---

[1] Edward N. Lorenz, *The Essence of Chaos*, Washington: Univ. of Washington Press, 1993, p.24.

[2] See Edward N. Lorenz, "Deterministic Non-Periodic Flow", *Journal of the Atmospheric Sciences*, 20.1, 1963, pp.130–141.

通常认为，一切都能预测，甚至能够确定。在他们看来，"世界就是一个确定性的画面，如果我们提前预知了宇宙的状态，便可以了解其未来任何一个时刻的状态"①。洛伦兹在他的研究中重新考虑了经典科学研究忽视的偶然性和随机性，并将他对天气系统的研究置于一个开放式的系统（离散系统）内，从而对动力系统内物质的运动轨迹有了新的认识。洛伦兹的发现归功于当代数字计算机的发展，这使他得以实现对大量复杂数字的运算。如今，复杂的数学运算如果借助高速计算机的话，只需要几秒钟便可以得出结果，但是在计算机发明之前，借助最普通的纸和笔，数学家们要耗费成百上千个小时的辛苦，才能计算出来。不仅如此，比纯粹计算还要重要的是，计算机已经实现了帮助科学家们在电脑屏幕上模拟出物质在系统内运动的图像，这些图像才是科学研究中最需要的"关键"所在。正如一位不知名的混沌学专家对此的评价，"如果没有图片的话，数学家们估计要疯掉，因为看不到图片，他们便看不到事物运动和图像的关系，当然，想要了解这些图像是如何完成了人们的直觉猜测，更是不可能的事情"②。

  距离洛伦兹发表关于"混沌"新的认识的论文差不多 10 年之后，也就是 1972 年，他又重新提出了他对"混沌"的新认识。在美国华盛顿特区召开的世界气象研究大会上，洛伦兹在其中的一个分会场上做了重要发言，他的发言题目是《可预测性：巴西的一只蝴蝶翅膀的震动能引起德州的飓风吗?》。洛伦兹这次重提"混沌"，用的是富有诗意的蝴蝶。著名的"蝴蝶效应"正是因为洛伦兹的坚持，很快成了科学家们眼中"混沌"的"本质"，甚至被看成混沌理论的隐喻。起初洛伦兹计划用海鸥来做"混沌"的意象，后来改用了蝴蝶这个美丽的生物，原因在于蝴蝶美丽的形状

---

① David Ruelle, *Chance and Chaos*, Princeton: Princeton Univ. Press, 1991, p.29.

② James Gleick, *Chaos: Making a New Science*, New York: Penguin Books, 1987, p.39

酷似著名的洛伦兹吸引子（Lorenz Attractor）（参见附录中的图1）。作为混沌理论的关键术语之一，"蝴蝶效应"指的是"对初始条件的敏感性依赖"，其意思是随着时间的推移，"输入中的微小变化便能迅速引起输出的巨大变化"，也就是说，"相对简单的动力系统可以展示出非常激进而又不同变化的行为"①。实际上，蝴蝶效应的道理在中国文化中并不陌生，因为我们经常会有这样的常识，"差之毫厘，谬以千里"，或者也会用这样的话来警示生活中要注意细节或细小的变化带来的巨大后果，如"泰山不拒细壤，故能成其高；江河不择细流，故能成其深"、"千里长堤，溃于蚁穴"等这些看似普通的语言其表达的意思与洛伦兹提出的蝴蝶效应非常接近，用来说明细节可以决定成败，微小的变化却会引起巨大后果这样的事物发展规律。西方国家中如古英格兰也有一首著名的民谣，讲的道理类似："钉子缺，蹄铁卸；蹄铁卸，战马蹶；战马蹶，骑士绝；骑士绝，战事折；战事折，国家灭。"铁匠对马掌铁的敷衍，原本只是一件小事，但正是这小小的细节错误，却改变了事物发展的方向，不仅决定了交战双方的荣辱成败，也危及了王国的生死存亡。值得注意的是，不同于日常生活中常为人注意的真理，混沌理论中的"蝴蝶效应"更为关注变化结果呈指数增长这一特点。呈指数增长的意思是，"经过一段时间之后（变化的）量会成倍增长，在之后的同一间隔时间之后（变化的）量又一次成倍增加，这样一次又一次，最后其量的变化便呈指数成长"②。呈指数增长的现象也称作恒定速率的增长，类似于我们银行存款的道理：如果我们存钱的金额以年5%的恒定速率增长，那么，14年后，不考虑税收和通货膨胀的其他因素，之前存钱金额的总数就会增长两倍。

我们拿一枚落叶来做例子。经典科学告诉我们，一枚树叶如果没有外

---

① James Gleick, *Chaos: Making a New Science*, New York: Penguin Books, 1987, p.8.

② David Ruelle, *Chance and Chaos*, Princeton: Princeton Univ. Press, 1991, p.39.

界干扰，注定是要落入地面的，但是这枚落叶何时落地、如何落地以及落到何处，却无从得知，毕竟树叶所在地理空间内空气的湿度、风的速度以及地面的软硬程度，都要考虑进内，这样才可以计算出树叶落地的时间、方式和位置。混沌理论一般假定系统为离散系统，此一系统中，能量的来源会取代摩擦力耗散掉的能量；与此相反，经典科学研究的系统则为理想状态，人们没有考虑摩擦或其他因素。除了落叶，滴水的水龙头也是经常用来说明问题的常规例子。水滴从水龙头流出，正常情况下流水速度是有一定规律的，并且水流的方向也是可以预测出来的。然而，流水系统属于非线性系统，因为当一滴水离开水流，其质量会突然产生变化，每一滴前面滴下的水便会对后一滴水造成影响。如果将水管开大让流水速度加快，那么，水流的非线性系统内就会出现"混沌"，原因在于如果水滴相互之间往下流动的时间缩短的话，水滴之间产生的互动根本无法为人预测。落叶和水龙头的例子都在表明，如果世界被看作一个系统的话，这个系统的特性无法预测但却可以描述，这样的认识正好与经典物理学的范式相反，但却匪夷所思地与量子力学达成了一致。这恰恰是混沌理论这门"可以确定但又不可预测"[①] 的科学的悖论所在。

作为一个专门的科学术语，直到 1975 年，"混沌"才进入科学界的视线。这一年，李天岩（Tien-Yien Li）和约克（James A. Yorke）在《美国数学月刊》上发表了富有开创性的论文——《周期"三"意味着混沌》。文中提出，动态系统常会因为数字"3"的出现而引发系统的"混沌性"。这篇文章的问世，引发了混沌理论研究的热潮，并由此诞生和发展了一门新兴学科，那就是混沌学。当然，混沌理论最终被科学界完全接受并继而享誉整个科学研究圈，不仅仅归因于洛伦兹和李天岩等的贡献，而是有众

---

① N. Katherine Hayles, *Chaos Bound: Orderly Disorder in Contemporary Literature and Science*, Ithaca and London: Cornell Univ. Press, 1990, p.14.

多科学家的热心参与。他们的研究成果对丰富混沌理论并促成混沌学的最终形成，做出了不可磨灭的贡献。亨利·庞加莱（Henri Poincare）、托马斯·S.库恩（Thomas S. Kuhn）、大卫·儒勒（David Ruelle）、罗伯特·梅（Robert M. May）的研究团队、本华·B.曼德博（Benoit B. Mandelbrot）以及米歇尔·费根鲍姆（Mitchell Feigenbaum）等，都是重要的参与者。①

作为当代新兴学科的代表，混沌学确立了复杂性、非线性与随机性在后现代科学中的地位，对以牛顿经典力学为核心的机械论科学图景进行了变革。混沌理论将不稳定性与不可预测性纳入宇宙图景，从根本上改变了人们的决定论观点，对于我们重新认识宇宙以及人类在宇宙中的地位有着重大意义。混沌理论将科学研究从关注宏观和微观世界转向了日常生活中的动力学，使得科学家们开始"讨论涡旋事件，不再将涡旋当作噪音而忽视不谈，同时，混沌理论也将人们的关注点从物理行为的简单的降低模式，转向了复杂的互动系统中"②。因此，混沌理论就"不再是一种理论，

---

① 关于混沌学科学家们，我们可以简单了解一下。庞加莱是一位法国数学家，他在1908年的著作《科学与方式》中讨论了不可预测性与决定性的问题，可惜他的研究方法还不够专业，加上当时也没有数字计算机，庞加莱的研究并没有引起科学界的关注。然而，洛伦兹对混沌的决定性系统的探讨，推进了庞加莱的研究，庞加莱猜想、庞加莱映射以及庞加莱观察宏观问题时所采用的循环方式，在混沌理论中还被使用。库恩是一名科学历史主义学家，他的著作《科学演变的结构》（1970）有助于混沌理论的发展；大卫·儒勒发表在1979年《物理学通讯》上的论文《微观波动与湍流》，引起了人们对动力系统中混沌行为的关注，而他对"湍流"现象的研究也为混沌理论的发展作出了贡献；罗伯特·梅的研究团队也叫动力系统研究集体，里面有四个著名的年轻科学家，他们分别是圣克鲁斯加州大学的罗伯特·梅、多恩·法默（Doyne Farmer）、诺曼·帕克德（Norman Parkard）、詹姆斯·克拉奇菲尔德（James Crutchfield），他们的成果主要体现在1981年发表的论文《奇异吸引子、混沌行为以及信息流》中，在混沌理论发展史上影响颇大；曼德博对混沌理论的贡献在于他在分形几何学方面所取得的成果的实验性；而费根鲍姆的贡献则体现在理论层面，尤其是他对混沌中普遍行为的观察。

② Kevin A. Boon, *Chaos Theory and the Interpretation of Literary Texts: The Case of Kurt Vonnegut*, Lewiston, N. Y.: Edwen Mellen Press, 1997, p.38.

更要被看作一种方式，并非大量信念的集合，而是研究科学的一种思考方式"①。作为复杂性科学研究的重要组成部分，混沌理论引发的科学理论的革命，不仅掀起了自然科学领域的变革，也已渗透到了哲学、人文乃至社会科学领域。可以说，以研究非线性动力系统中事物运行行为的"混沌"为宗旨的混沌理论，早已越过了科学领域的疆界，成了一种认知世界以及我们生活的宇宙的一种方法，一种模式。准确地说，就是一种新的思维和文化的范式。

三、"相空间"的映射：奇异吸引子和分形

物理学是研究物质时空运动规律的科学。除了"蝴蝶效应"对初始条件敏感性的依赖表示的是时间演变中"决定性混沌"的出现以外，混沌理论的其他关键术语，如奇异吸引子与分形，对认识和了解混沌理论也非常重要。奇异吸引子和分形是对"决定性混沌"在空间演变中的拟像。作为混沌系统中的几何本质，两者可谓准确表征了"混沌"系统中事物运动的行为，而分形这一图形本身更是奇异吸引子的几何特征。两者位于相空间中，可以借助迭代或倍周期分叉予以实现。

"相空间"是物理学中建构空间模型的重要工具之一。康德特—吉布斯（John Leeland Kundert-Gibbs）指出，"相空间是一个具有延展性的抽象空间——有些像一张白纸或者像可以伸展、折叠和抻拉的橡皮——具有长宽高这些常见的维度，也有向长宽高这三个方向运动的相关矢量"②。因此"本质上来说，相空间映射了物理学中最重要的两个元素，也就是空间内位置和运动两种元素的总和"③。用格雷克（James Gleick）的话来说，相空

---

① James Gleick, *Chaos: Making a New Science*, New York: Penguin Books, 1987, p.38.

② John Leeland Kundert-Gibbs, *No-Thing is Left to Tell: Zen /Chaos Theory in the Dramatic Art of Samuel Beckett*, Madison / Teaneck: Fairleigh Dickinson Univ. Press, 1999, p.37.

③ John Leeland Kundert-Gibbs, *No-Thing is Left to Tell: Zen /Chaos Theory in the Dramatic Art of Samuel Beckett*, Madison / Teaneck: Fairleigh Dickinson Univ. Press, 1999, p.37.

间则"提供了一种将数字变成图片的方式,并从运动的机械系统或流体系统中提取了基本的信息,尽可能地将其形成了一个灵活的路线图"①。运用相空间的映射有助于将物体运动的特点,借助电脑屏幕上形成的图案,使其图像达到可视化效果。

我们用钟摆的运动和滴水水龙头的例子来映射物体运动的相空间。首先,我们先来映射钟摆的运动行为(参见附录中的图2)。假设系统中只有两个变量:位置和速度。我们运用解析几何(笛卡儿几何)先将这些变量在 XY 轴上标出,一个为水平轴,另一个为垂直轴。这两个变量如果持续变化,最后便会形成许多点的集合的线段,这些点的集合线段是对反馈环的映射。这样的过程可以重复,也就是将其一次次循环往复下去。尽管系统不变,但如果能量在水平上稍高一些,也就意味着钟摆摆动的速度会越来越快,这时候它们便会在相空间内形成一个与第一次形成的轨迹类似的反馈环,不过第一次之后的轨迹会稍大一些。对于动力运动来说,每一条轨迹最终一定会在同一个地方终结,也就是在中心的地方结束,这时其速度为零而位置也可为零。这样的映射没有考虑摩擦的因素,当然,如果我们考虑钟摆运动的摩擦的话,映射的结果就会大相径庭。我们可以观察到系统的轨迹出现了一个中心点,其后每一条运动的轨迹都会逐渐地趋向这个中心点。如果循环往复不再坚持下去,这些轨迹便会呈一个螺旋图形,趋向一个固定点(参见附录中的图3)。因此,在考虑摩擦力的钟摆运动例子中,就会形成一个吸引点,这个吸引点是一个固定点。但在另一个不考虑摩擦力的钟摆运动例子中,则会出现一个周期性的轨迹,也就是有了一种环形的图案,其所"代表的是钟摆对一组特殊的重复的坐标的吸引"②。固定点和有限环(周期轨迹)实际上也是"吸引子",尽管非常简单,

---

① James Gleick, *Chaos: Making a New Science*, New York: Penguin Books, 1987, p.134.

② Jo Alyson Parker, *Narrative Form and Chaos Theory in Sterne, Proust, Woolf, and Faulkner*, New York: Palgrave Macmillan, 2007, p.12.

它们被物理学家们用来代表"达到稳定状态的行为或者自身不停重复的一种行为"①。

与上述固定点或有限环不同，奇异吸引子这个"混沌"的重要标记之一，是由许多的多维相空间内点的集合构成，其实现可以借助计算机完成。根据大卫·儒勒和弗洛里斯·塔肯斯（Floris Takens）给出的定义，奇异吸引子"展示了运动的不可预测性和古怪性"②。在映射混沌动力系统中运动的演变中，就像滴水水龙头和天气的例子一样，我们可观察到奇异吸引子的出现。当我们映射水龙头滴水的运动时，计算机对这一运动的仿真结果，使我们得以了解到无限的时间段之后水滴的位置、速度和质量的三个变量，因此我们也有可能见到了"描述流体系统中运动的吸引子几何图案"③。在滴水水龙头这一典型个案中，运动的轨迹会围绕吸引区中的一些坐标盘旋。这些轨道线有时看似分道扬镳，有时却又紧密地拥挤在一起，但它们绝对不会准确地重复，最终形成了一个独特的形状，而这个形状会不断地演化，这就是著名的罗斯勒吸引子④（参见附录中的图4）。总之，钟摆运动这种系统中的运动属于经典模式，因为其中的运动既可预测又呈决定性，它们的运动轨迹终将落到同一个吸引点上。滴水水龙头的运动则有所不同，盾者是"混沌"系统的典型代表，可以"在周期性和可预测性与非周期性和准偶然性行为模式

---

① James Gleick, *Chaos: Making a New Science*, New York: Penguin Books, 1987, p.134.

② Ali. B. Cambel, *Applied Chaos Theory: A Paradigm for Complexity*, New York and London: Academic Press, 1993, p.60.

③ Jo Alyson Parker, *Narrative Form and Chaos Theory in Sterne, Proust, Woolf, and Faulkner*, New York: Palgrave Macmillan, 2007, p.13.

④ 罗斯勒吸引子是以它的发现者奥图·罗斯勒（Otto Rössler）的名字来命名的。罗斯勒是一名医学博士，他在化学和理论生物学的研究中接触到了混沌。关于罗斯勒吸引子形成的道理也适用于其他吸引子，比如人们经常提到的洛伦兹吸引子和埃农吸引子（Hénon Attractor）等。

之间变动,这一点取决于单个参数的变化"①。

最有趣的奇异吸引子当属洛伦兹吸引子。这种吸引子在电脑屏幕上被映射出来时,看起来如同一只振翅欲飞的蝴蝶,或者如一只正在开屏的孔雀,或者像中国戏曲的脸谱。这样的奇异吸引子还是"三维空间现象的二维再现"②。由于纸张平面性的限制,我们只能用两维来呈现它。实际上,想要呈现出如此复杂的奇异吸引子的图像,要在电脑屏幕上对其仿真影像做上千次甚至上万次的迭代,最终出现在我们眼前的图像,是经过了多维相空间内无限迭代后形成的。在这个美丽的图像中,轨道会在两个吸引点之间来回跳动变换,运动的轨迹也会在不规则的时间间隔之内,从一个翅膀变换到另一个翅膀之中。沿着轨迹移动的点,又会围绕奇异吸引子形成另一个路径,这条路径不会再次重复出现。有一点可以明白,当下一次运动轨迹振动时,我们根本无法预测这种振动会在什么时候出现,因此运动永远都处于不稳定和非周期性之间。洛伦兹吸引子最大的特点就是将抻、拉、折、叠这些动作结合起来,这一点与我们做面包时要对面团揉动时做出的抻、拉、折、叠等动作,很是相似。经过无数次的抻、拉、折、叠之后,我们最终在图形中根本无从找到最初的那个点,当然也根本不会知晓如果我们继续执行相似的迭代重复,这些点到底会形成什么样的图案。

科学家和数学家们发现,混沌动力系统也会出现其他的仿真形状,比如埃农吸引子和日本吸引子等。这些吸引子都有复杂的几何性质,但却有相似的特征:"它们可以折叠、抻拉、展平,有时甚至会出现各种各样的扭曲。混沌吸引子的轨迹会偏离分岔,它们对初始条件非常敏

① Robert Shaw, *The Dripping Faucet as a Model Chaotic System,* Santa Cruz: Aerial Press, 1984, pp.1–2.

② Kevin A. Boon, *Chaos Theory and the Interpretation of Literary Texts: The Case of Kurt Vonnegut,* Lewiston, N. Y.: Edwen Mellen Press, 1997, p.60.

感。"[1] 通常情况下，它们在抻、拉、折、叠之后会具有跨尺度的自相似，这是著名数学家法裔美国人曼德博（Benoit B. Mandelbrot）的发现，一般称作分形维（fractal dimension）。

"维度"（dimension）是几何学和空间理论的常用概念。在相空间内，人们要用不同的变量来确定系统的运动状态，因此变量的数字就要求与相空间的维度相等。在欧几里得几何学中，一个点的维度就是零维，而一条线的维度是一维，一片区域通常是两维，一个圆柱体的维度是三维，也就是说，所有的维度必须是整数。不同于欧几里得几何学，人们可以将分形的维度设定成非整数，比如海葵的维度是 1.6，天空中云朵的维度是 2.35。这样的维度也是可以理解的。我们人类所处的大自然原本多元和复杂，所以我们面前的自然物体，其形状不会总是规则的图形，有时这些形状不仅不规则，甚至也不会平滑，并非所有的物体都会如欧几里得几何学中所讲述的那样，要么是规则的三角形，要么是四边形，或者顶多是梯形、圆柱体、圆锥体、立方体，或者就是一段直线等。实际上还有很多事物，比如海岸线、云朵的形状、奇异吸引子以及国家之间的边境线，都是不规则的图形，而恰是这些不规则的形状，才真正存在于我们周围的大自然或者生活的世界中。它们难以测量，因为这些图形的维度是分形维。也就是说，它们没有整数维，而是一些分形维。这完全不同于我们的常识。

"分形"（fractal）是混沌理论常用的术语之一，是数学家曼德博的新造词，1975 年之后才被正式运用。"分形"一词派生于拉丁语 "fractus"，指的是"打破"或"碎片"。曼德博对此有过说明：

---

[1] Ali. B. Cambel, *Applied Chaos Theory: A Paradigm for Complexity*, New York and London: Academic Press, 1993, p.70.

我们不应该……相信海岸线真的没有形状，海岸线只不过没有防波堤那样的规则形状；我们也不应该相信山脉没有形状，山脉的形状不过没有金字塔或甜甜筒那样准确规则；当然，我们也不能认为星星杂乱无章地胡乱排列，就因为星星之间的距离没有很好地统一布置。这些事物的形状并非天然的不规则，而是受限于我们的好奇罢了；这些图形对于理解生命的真正意义以及了解我们地球上人类存在的图案，只不过不那么方便罢了。①

一般来说，分形是一种可以用数学方式呈现的图案，而大自然经常呈现在我们面前的便是各种各样的分形图案。最基本的分形图案，即使我们将其使劲压缩或者努力扩展，其基本的形状也不会改变，尽管当我们近距离观察它们时，会发现很多结构上与其基本形状类似的小的细节。在这些图形上，处处都呈现出跨尺度的自相似性。

大自然到处都有自相似，最典型的分形当属海岸线了。曼德博发现，英国海岸线长度的变化取决于测量者的度量衡。准确地说，海岸线的长度取决于度量衡选取的不同。这样的发现看似匪夷所思，但科学总在一遍遍地证伪，改变着人们对现实的固有认识。这样的测量结果本身就是一个"混沌"——海岸线的长度不停地变化，这一点与我们从传统欧几里得几何学那里掌握的常识完全不同。度量衡的大小与选取，会使我们对海岸线测量的数字形成结果上的天壤之别。事实就是事实，永远都拒绝直觉。当测量海岸线时，如果"不考虑我们测量海岸线使用的尺子的尺寸的话，那么海岸线上的弯曲会一次次呈某种程度上的重复，似乎此一度量衡与其他

---

① Benoit B. Mandelbrot, *The Fractal Geometry of Nature*, San Francisco: W. H. Freeman and Co., 1983, p.6.

度量衡看起来极其相似"①。除了海岸线以外，另一个最好说明分形自相似特点的例子，当属曼德博集（通常简称为曼德博集，可参见附录中的图5）。曼德博集由于它的"非线性、非封闭性、自相似的特点"②，经常被看作最能说明混沌理论的"符号"。在曼德博集中，可以发现有许多较小的节点连接在图集的主干图形上。如果仔细观察每一个小的节点，将它们按比例一点点地逐渐放大，便会发现每一个小的节点，几乎与图集最上面的那个最大的节点看起来一样（可参见附录中的图6）。如果将每一个节点上的图形放大来看，它们和全景图中主干部分节点的图形一样。如果将观察的焦距再近一些，将图像放大一点，会发现图6中的最上端节点中的图形出现了另一个与其相似的节点。此方式可以此类推，如果我们逐步将图像一步步放大，我们的眼前便会出现一个个彼此大致相似的图形。这样的现象如同附录中的图7被放大后再现的一样。由此可以发现，曼德博集的构型要对相似的形状作无限次递归后才会形成。除了曼德博集，还有一些其他的图形，比如著名的康托尔图集（The Cantor Set，参见附录中的图8）、凡考克雪花图（The Von Koch Snowflake，参见附录中的图9）、谢尔宾斯基三角形（The Sierpinski Triangle，参见附录中的图10）、茱莉亚图集（The Julia Set，参见附录中的图11），它们都与曼德博集一样，也是一种分形图形，是自相似集的典型范例。换言之，这些分形图形都有尺度不变性的特点。如果将其不停地放大，无论它们的尺寸大小是否一样，这些图形看起来却都是一样的。正如坎贝尔所说："分形是由许多由主体部分复制来的尺码不同的小部分组成。换句话说，

---

① John Leeland Kundert-Gibbs, *No-Thing is Left to Tell: Zen /Chaos Theory in the Dramatic Art of Samuel Beckett*, Madison / Teaneck: Fairleigh Dickinson Univ. Press, 1999, p.46.

② John Leeland Kundert-Gibbs, *No-Thing is Left to Tell: Zen/Chaos Theory in the Dramatic Art of Samuel Beckett*, Madison / Teaneck: Fairleigh Dickinson Univ. Press, 1999, p.44.

其中最重要的就是复制"①。

分形的存在表明，在一个有限的空间内，有无限的可能性。宇宙中的很多事物都是相似的，但它们绝不相互复制；它们可以迭代重复，但却绝非简单的重复。换言之，它们所呈现的方式是一种全息的，也就是说系统中的部分与整体之间相互联系、彼此指涉。分形这一特点的呈现，很容易让人联想到中国传统文化中关于庄子梦蝶的寓言。庄子与蝴蝶可谓物我两忘，庄子尽管不同于蝴蝶，却在相互转换中彼此有了同一性。这种宇宙全息论的观点与禅宗的思想也有呼应，如最常被人提及的"一花一世界，一叶一菩提"。一朵小小的花朵，一粒不起眼的沙子，一片普通的树叶，却是复杂多变的大千世界的"拟像"。即使是简单的一片树叶，也可幻化出佛的影像，从中窥到自然的智慧，获得自然的灵气，且二者之间彼此映射、相互指涉。换句话说，分形的自相似这一特点某种程度上与中国传统思想有了呼应，二者在超验主义思想方面的呼应，证明了中国传统文化的早慧性。当然，这也是混沌理论这一后现代主义科学在当今这个时代回归古老的中国传统文化，并在中国传统文化的源头中重新焕发新的活力的重要表现。分形自相似这一发现使得人们在考量外部世界时，得以将宏观世界与微观世界联系起来，其重要的连接媒介便是动力系统中反馈环的无限复杂的迭代，由此便有了"差异的独特性与相异的去相似性"②。

在讨论分形和奇异吸引子时，一定会联系到混沌理论的另一个概念——"倍周期分岔"（period-doubling bifurcation）。倍周期分岔是系统从线性到非线性、从有序到无序之混沌状态的一个主要路径。分岔（bifurcation）的意思指的是"一个分裂处，一个系统会走向此一路径而非

---

① Ali. B. Cambel, *Applied Chaos Theory: A Paradigm for Complexity*, New York and London: Academic Press, 1993, p.186.

② 约翰·布里格斯、F. 戴维·皮特：《混沌七鉴：来自易学的永恒智慧》，陈忠、金纬译，上海世纪出版集团 2008 年版，第 104—105 页。

彼路径的关键点"①。值得注意的是，系统最初的有序组织在经过分岔点之后并没有完全消失，而是产生出无限个自相似的结构来。格雷克清楚地描述了系统趋向"混沌"时的运动，他指出，"这种分岔会越来越快……4、8、16、32……突然就分裂起来。在某一个点之外，'聚集点'会呈周期性地增加，最终形成了混沌"②。这里我们可以用一片树叶顺着溪流而下的常见现象做例。当树叶顺水漂浮，一旦遇到溪流中的石头，树叶便会围绕这块溪流中的石头做出变化，要么原地打转，要么冲向其他方向，溪流中的这块"石头"这时候就构成了溪流动力系统中的"分岔点"。至于系统（树叶的运动）会朝向什么路径发展，一切取决于随机。由此，便会发现分岔点就位于"混沌的边缘"（the edge of chaos）。正是在"混沌的边缘"处，混沌系统会经历较大的改变，借用比利时著名混沌学家普利高津的术语来说，"自组织系统"就此便会出现。普利高津发现，系统中有了自组织系统后，"有序"就会从"混沌"中"涌现"（emerge）出来，此时的系统中"有序"与"混沌"则互为补充。上述变化后出现的系统通常被科学家们称作"离散结构"。按照人们对离散结构的理解，一般认为宇宙是一个非线性或者远离平衡态的"混沌"，有着"复杂性和多元性，并且有明显地朝着差异和复杂性演变的趋势"③。

奇异吸引子和分形是"决定性混沌"在空间演变中的仿真形象，同时也是混沌理论的重要标记。二者可以生成许多奇妙的图案，它们有着对称的不对称，或者跨尺度的递归性对称特征，展现了"系统似乎没有多

---

① Thomas P. Weissert, "Representation and Bifurcation: Berges's Garden of Chaos Dynamics", In *Chaos and Order: Complex Dynamics in Literature and Science*, Edited by N. Katherine Hayles, Chicago and London: The Univ. of Chicago Press, 1991, pp.223–243, p.234

② James Gleick, *Chaos: Making a New Science*, New York: Penguin Books, 1987, p.73.

③ David Porush, "Fiction as Dissipative Structures: Prigogine's Theory and Postmodernism's Roadshow", In *Chaos and Order: Complex Dynamics in Literature and Science*, Edited by N. Katherine Hayles, Chicago and London: The Univ. of Chicago Press, 1991, pp.54–84, p.56.

少规则图案的另一面，那就是稳定性和其潜在的结构"①。奇异吸引子和分形这两种独特的美丽图案，吸引了众多科学家和文学家们。今天"蝴蝶效应"已经家喻户晓，而混沌理论的重要内容、概念甚或原则，比如我们上述的"分形"、"奇异吸引子"、"混沌的边缘"、"跨尺度的自相似"、"倍周期分叉点"、"自组织系统"以及"迭代"等也走进了文学的创作世界。美国作家德利罗就曾指出，"科学赋予我们一种新的语言……科学不仅是新名词的来源，也是人与世界的一种联系"②。美国后现代主义X一代的重要代表作家鲍威尔斯（Richard Powers）也有类似的判断，在他看来，"科学有时坐在屋子里看过去，更像是文学批评"③。事实上，当代许多美国重要作家如巴思（John Barth）、品钦和麦卡锡等都对混沌理论产生了兴趣。在他们的作品中，"混沌"常用来隐喻世界的多元性与不确定性，混沌理论不仅作为一种新的世界观成为美国社会的主要思潮之一，而且混沌理论的内容、概念以及原则也成了他们小说的叙事内容、叙事策略，甚至叙事的空间形式。随后本研究的第四章会专门讨论美国作家麦卡锡小说中典型的"混沌"空间构型这一叙事形式。

第二节 中国混沌学：《周易》

《周易》作为中华民族智慧的结晶，是中华民族传统文化的核心来源。《周易》内容极其丰富，对中国几千年来的政治、经济、文化等各个领域都产生了非常深刻的影响，经常被人们誉为"大道之源"。《周易》认为整个客观世界就是个一体化的大系统，在此系统之内，阴阳两大势力彼此协

---

① James Gleick, *Chaos: Making a New Science*, New York: Penguin Books, 1987, p.56.

② Tom LeClair and Larry McCaffery, *Anything Can Happen: Interviews with Contemporary American Novelists*, Urbana: Univ. of Illinois Press, 1988, p.84.

③ Richard Powers, *Galatea 2.2*, New York: Farrar, Straus & Girous, 1995.

调，相反相成。可以说，正是《周易》对客观世界的理性认识，使得中国古老的《周易》与本书对于"混沌"和混沌理论的思考有了认识上的亲缘关系，因此，本书将其纳入混沌理论的相关场域，进行考量。当然，某种程度上，对《周易》的考量也是因为它本身"他山之石"的功用，可以用来辅助说明"混沌"和混沌理论的重要内容。

成书于3000年前的中国①，《周易》一直是古代中国尊奉的六经之首。②《周易》以宇宙中的人为研究中心，人与自我、人与他人、人与社会、人与自然，乃至人与宇宙的关系，都在《周易》的考察范围。作为中华民族智慧的宝库，《周易》给予古今历史上的许多学者们无上的灵感和智慧，让他们在许多人类未知的领域内孜孜以求，探讨人类所不知的宇宙，而《周易》卓越的智慧和对宇宙真理的揭示，已经为许多科学流派所认可。著名的现当代哲学家冯友兰先生认为《周易》是"宇宙代数学"，其"本身不讲具体的天地万物，而只讲一些空套子，但是任何事物都可以套进去"③。今天，不仅政治、经济、文化等人文和社会科学领域，而且天文学、地理学、地震学、生物学、物理学、化学、生态学、全息科学以及遗传学等许多现代自然科学，也对《周易》青睐有加，重新认识《周易》，试图从中找到源头。

《周易》自诞生伊始，学者们对它的评价便莫衷一是，众说纷纭。《周易》中的"易"字一般被解释为"卜筮"。郑玄《周礼注》有曰："易者，揲著变易之数可占也。"清吴汝纶指出："易者，占卜之名。《祭文》：'易抱龟南面，天子卷冕北面。'是易者占卜之名，因以名其官。《史记大宛传》

---

① 如果我们将《周易》的起源追溯到伏羲画卦（阴阳二爻）时代，当时中国的汉字还没有出现，由此推断，周易的历史就不仅是3000年，而应该有6500多年了。

② 古代中国的经典有六经之说，分别为《易》、《诗》、《书》、《礼》、《乐》、《春秋》。

③ 转引自章关键：《想象的智慧——〈周易〉想象学发微》，复旦大学出版社2007年版，第427页。

说道，'天子发书易'，谓发书卜也，又武帝轮台诏云：'易之，卦得《大过》。'易之，卜之也。说者从简易、不易、变易说之，皆非。"①事实上，《周易》作为卜筮记录的创造性汇编，在古代中国，的确是上层贵族及官僚用来卜算和向神灵询问以及进行预言的重要工具。但是，纯粹认为《周易》是一部卜筮之书，持这种观点的人应该是没有考虑到自孔子作《易传》开始，《周易》的性质就已经发生了变化，不仅其最初的卜算功能已经退居其次，而主要是用来讲述人类社会和宇宙的哲理；而且，自孔子的《十翼》之后，历代易学都是在《周易》这种创造性智慧之上成就的。当然，大部分人都将《周易》作为中国传统哲学的经典之作，历史上的著名哲学家们对其有很多的专门阐释，如王弼的《周易注》、朱熹的《周易本义》、王阳明的《周易外传》以及王夫子的《周易内外传》等。

本书主要关注《周易》的哲学思想，尤其是《周易》就宇宙、人类世界以及人的看法与混沌理论的共鸣和联系，希望可以帮助我们更好地理解混沌理论，继而理解麦卡锡小说中的"混沌"及其笔下的混沌世界。将《周易》和混沌理论做相关考量，并试图使二者对话，固然冒险，毕竟，无论是两者的时间跨越还是空间语境，都存在着巨大差异；然而，如果考虑到中国传统文化与传统哲学经常是西方哲学家和当代许多重要科学家科学考察的灵感来源时②，我们的做法就不再是冒险，而是有了重要意义。某种程度上，我们可以将《周易》看作中国的混沌学或者混沌理论，实际上，《周易》就是中国的混沌学说。

---

① 转引自陈东成：《大易翻译学》，中国社会科学出版社 2016 年版，第 3 页。

② 精神分析学家荣格（Carl Jung）从《周易》中获取灵感，有了他著名的"共时性"（synchronicity）理论；复杂性研究科学家普利高津在北京的一次公开讲座中，也声称自己的复杂性理论来源于中国传统哲学思想，尤其是《周易》；物理学家玻尔（Niels H. D. Bohr）发现太极图是量子力学互补性原理的形象说明，便选定太极图作为他的族徽图案；混沌学批评家黑尔斯更是在她的著作《被缚的混沌》（Chaos Bound）一书中，提到《周易》和《道德经》对她的混沌学批评思想的形成有着重要影响。

《周易》的成书是一个漫长复杂的历史过程，绝非一时一代一人所能编纂。不过，现如今人们对《周易》的成书已经有了共识，认为是历史上不同时期的学者们共同完成了《周易》，具体来说，有伏羲画卦，文王重卦，周公作爻辞，孔子撰《十翼》。《周易》的内容分《经》、《传》两个部分。《经》指的是《易》或《易经》，主要是上经三十卦和下经三十四卦，共六十四卦。每一卦有六爻，爻分阴阳，阳爻以"九"表示，阴爻以"六"表示。各卦中，六爻自而上排列，依其位置高低不同分别叫初、二、三、四、五、上。六十四个卦的爻数共有三百八十四爻（不含乾坤二卦的用爻）。卦和爻各有说明，也就是卦辞和爻辞，卦辞在爻辞之前，一般说明卦名的含义。爻辞是每个卦所在爻的内容，按照先下而上的层次安排。《经》部分可能作于商代，完成于西周时期。《传》也叫《易传》或《易大传》或《周易大传》，包含解释卦辞和爻辞的七种文辞，共十篇，统称《十翼》，包括《彖传》（上、下）、《象传》（上、下）、《系辞传》（上、下）、《文言传》、《说卦传》、《序卦传》、《杂卦传》，相传为春秋战国时期的孔子所撰写。《十翼》中的《系辞传》是"《易传》中最重要、最有代表性的文字，它是我国古代首次对《易经》的产生、原理、意义及易卦占法等所作的全面系统的说明，可视为早期的《易》义通论"[1]。很多时候，人们习惯用《易经》代替《周易》，而许多国外的学者也习惯将《周易》说成《易经》，本书统一采用《周易》（*The Book of Changes*）来命名。

对《周易》中的重要术语我们要做以梳理，试图发现它们与混沌理论的关系以及相互的呼应。第一个重点讨论的术语是"太极"。《周易·系辞上传》第十一章说道："是故，易有太极，是生两仪，两仪生四象，四象生八卦，八卦定吉凶，吉凶生大业。"太极在《周易》中常被看成"混沌"宇宙的本原，宇宙由无而生有，是为太极，太极使得万物归于一。一

---

① 陈东成：《大易翻译学》，中国社会科学出版社 2016 年版，第 6 页。

生二,二也即太极所生的"两仪",也即"阴阳",便是适用于宇宙、自然和人类社会的一条总的原则。《系辞上传》指出:"一阴一阳谓之道"。也就是说,阴阳统一于太极之中。阳之性为刚健,阴之性为柔顺;阳之功能为创造,阴之功能为成全;阳居于领导地位,阴居于从属地位,此二者的关系,既对立,又统一,阴中有阳,阳中有阴,阴阳变动不止,相互依存,"万物负阴而抱阳"(《道德经》第四十二章),最终形成了"天地交泰",也就是宇宙与自然的和谐。从某种程度上,《周易》中阴阳两极的思想,说明了由阴阳两大势力组成的宇宙,彼此间普遍联系,生生不息,变化日新,"是一个一体化的大系统"①。这个一体化的大系统,其内在的动机,需要阴阳协调并济,相反相成。换句话说,阴阳两仪,在动态中变化与发展,从而实现二生三,三生万物,"统领了天地人三才之道"②。借用阴阳两仪,按照大自然的阴阳变化,将阴阳两种符号再平行组合,便有了所谓的四象,也即少阴、老阴、少阳、老阳,接着它们继续变化,便组成了八种不同的形式,也就是八卦。

组成"八卦"的符号表达事物阴阳变化系统,用"━━"代表阳,用"－－"代表阴。根据史料记载,"八卦"起源于三皇五帝之首的伏羲,伏羲氏在天水卦台山始画八卦,一画开天。八卦也称经卦、单卦,或三爻卦,由三个爻自上而下排列组成。将两个单卦上下组合,即可成为六十四卦中的一卦,统称作重卦。八卦是易学体系的基础,也是早期中国哲学的基础。作为最早的文字表述符号,八卦中的每一卦形代表一定的事物,具体可以指自然界中的八种物象:乾代表天,坤代表地,巽代表风,震代表雷,坎代表水,离代表火,艮代表山,兑代表泽。八卦也可代表时间和空间,其时空一体的特点类似现代意义上巴赫金(Mikhail Bakhtin)所说的

① 余敦康:《周易现代解读》,华夏出版社 2006 年版,第 5 页。
② 余敦康:《周易现代解读》,华夏出版社 2006 年版,第 6 页。

"时空体"（chronotope）：乾为立冬，为西北；坤为立秋，为西南；巽为立夏，为东南；震为春分，为东方；坎为冬至，为北方；离为夏至，为南方；艮为立春，为东北；兑为秋分，为西方。总之，一卦为一个整体，前后相连的两卦，形成一个有机联系的统一体。八卦变化的体系可以呈层级式增长。将八卦经过变化互相搭配后形成的六十四卦，是用来象征宇宙中各种各样的自然现象和人类社会现象。它们之间互为联系，体现了宇宙中万事万物之间的普遍联系和整体性的特征。

"太极"、"阴阳"、"八卦"之外，"五行"、"天干"以及"地支"等《周易》的重要术语也要有所了解。"五行"常被人们错误地解释成自然界中的五种物质，比如常说的金、木、水、火、土五种元素，实际上，这种理解比较偏狭。《周易》的"五行"说中所提到的五种物质，并非指具体的事物或现象，而只是古人将地球上所有的事物或性质，概括分类成金木水火土这五大元素或五大特征，是一种认识宇宙以及考量世界的哲学概念。《周易》中的"五行"，不仅指宇宙中的五种基本元素，也可以是现代物理学中常说的"空间位置"（phase locations），其金、木、水、火、土分别对应的是西北和西方、东南和东方、北方、南方、西南和东北这几种不同的方位。中国古人认为，不同的空间位置与天地间的万物密切相关，因此这些空间位置也可以有金木水火土这些物质的性质，比如南方为离，为火，指的是南方天气炎热阳光明媚，有火的性质，而北方为坎，为水，指的是北方经常天气寒冷，有水的性质。上述重要概念之间相互联系互为支撑，共同组成了《周易》的重要思想，对于理解《周易》关于人与自我、人与他人、人与周围环境以及人与宇宙的关系，具有重要意义。本书试图将《周易》置于一个开放而又动态的文本中，下文会继续对上述概念做以阐释，试图使这一古老的中国传统思想集大成者与混沌理论展开"对话"，在"复杂性"中寻找真理。

"太极"可以被看作《周易》的"格式塔"，是一个重要的空间模型，表明了《周易》对天地人这一宇宙共同体的看法。人们经常叫太极图为"阴阳鱼"图，图中的圆圈就是太极，隐喻整个宇宙，此圆圈（宇宙以及宇宙中的万物）可分作两个部分，黑鱼与白鱼，二者相依相抱。黑鱼有一个白眼睛（白点），白鱼有一个黑眼睛（黑点）。白鱼代表阳，阳位于南方；黑鱼代表阴，位于北方；阴中有阳，阳中有阴。阴阳随着能量（气）的增强或削弱，时时变化，相互转换，它们互存互依，你中有我，我中有你，可谓有机结合，对立统一。太极中的阴阳变化，正如混沌理论所说的"决定性混沌"中的有序与无序，彼此间因为系统内初始条件的变化，从而相互生成和转换。太极图可以无限变化。如果我们将阴阳鱼中的白点或黑点依次放大，便会在这些白点或黑点中依次出现一个个较小的阴阳鱼，这种变化可以无限重复，最后我们便会得到无数个太极图的"跨尺度的自相似"，也就是混沌理论所说的"分形"。换句话来说，"太极"就是个大宇宙，是包括天地人在内的大的整体，而太极中的阴阳相互组合形成的各卦则是个小宇宙。大宇宙包括小宇宙，小宇宙又包含在大宇宙中，小宇宙可以看成是大宇宙的一个个小的部分。相对于大宇宙来说，小宇宙就是整体中的一部分，但就小宇宙自身来说，小宇宙又是一个独立的有机体。[1] 实际上，"太极"这一《周易》的格式塔，典型地代表了宇宙中事物的跨尺度的自相似性，这一特征无论是从庞大的银河系来看，还是回到微观的 DNA 基因系统来考察，宇宙中事物的自相似性随处可见。

正如其本身书名的英文翻译，*The Book of Changes*，《周易》是一本谈论"变"的书，因此很多人将《周易》称作《变经》。《系辞上》"参伍以变，错综其数；通其变，遂成天地之文；极其数，遂定天下之象。非天下之至变，其孰能与于之？"上文突出的正是《周易》"变易"的特点。"易"可通"蜴"，也即蜥蜴的"蜴"，蜥蜴因环境不同而时常改变自身皮肤的颜色。唐人孔

---

[1]　参见孙国华：《论〈周易〉的整体观》，《东岳论丛》1998 年第 1 期。

颖达在他的《周易正义》中指出："夫'易'者，变化之总名，改换之殊称。自天地开辟，阴阳运行，寒暑叠来，日月更出，孚萌庶类，亭毒群品，新新不停，生生相续，莫非资变化之力，换代之功。然变化运行，在阴阳二气，故圣人初画八卦，设刚柔两画，象二气；布以三位，象三才也。谓之为'易'，取变化之义。"①《系辞下》"《易》之为书也。不可远。为道也屡迁，变动不居，周流六虚，上下无常，刚柔相宜，不可为典要，唯变为适"，正所谓"生生不已之谓易"。《周易》强调"变"、"易"以及"变适"，说明宇宙间的万事万物都在运动和变化的本质，强调了这种变化是持续不断，并恒久不已，且还要不断地调节和适应，并随着外部环境的变化而变化。《道德经》第四十二章说道："万物负阴而抱阳，冲气以为和"，强调事物有两极，而此两极会变化，并且两极的变化取决于某一极中的许多变量之中的一个变量所做出的微小的变化。朱熹《周易本义》指出："太极者，道也；两极者，阴阳也。阴阳，一道也。太极，无极也。万物之生，负阴而抱阳，莫不有太极，莫不有两仪。系因蕴交感，变化不穷。形一受其生，神一发其智，情伪出焉，万绪起焉。"②朱熹将阴阳的悖论性质说得非常清晰，阴阳不仅对立而且互补，这也正是宇宙运动变化的规律。

《周易》中的阴阳观念接近于混沌理论对人类社会以及宇宙的看法，尤其是后者对"决定性混沌"是为有序的无序和无序的有序之特征的认识。正如黑尔斯所说："混沌理论强调混沌会产生'有序'，正如自组织系统中'有序'与'混沌'的变化一样，而在'混沌'中往往会有秩序这一深层结构存在其中。"③阴阳构成整体，二者难以区分。阴可以变成阳，阳也可

---

① ［唐］孔颖达：《周易正义》，中国致公出版社 2009 年版，第 4 页。
② ［宋］朱熹：《周易本义》，廖名春点校，中华书局 2009 年版，第 1 页。
③ N. Katherine Hayles, *Chaos and Order: Complex Dynamics in Literature and Science*, Chicago and London: The Univ. of Chicago Press, 1991, p.3.

以变成阴。只要太极所在的系统中某一变量产生变化，阴便会逐渐从低一层级上升到高一层级，具体说来，便是从少阴成为老阴。同理，阳的变化也遵循这一原理，可以从老阳降低成为少阳。阴阳的变化就如动力系统中的洛伦兹吸引子一样，在两个吸引子区内相互摆动和徘徊，有时交叉，有时分离，这一切敏感地取决于系统中各个变量的变化。

与混沌理论一样，《周易》也强调"随机"性。《周易》意义上的"随机"，强调的是"时"与"机"（机会）的结合。在《周易》看来，"时"也，"机"也，二者可以相互转化，尤其是在某一个时空点上。我们可以用手枪的"扳机"来做比，说明人类命运变化轨迹的随机性。就在扳机扣响的一刹那，人的命运瞬间就有所改变。故而《周易》强调"时机"的重要性，说明人们要想把握命运，必须抓住"时"、"空"的变化，此一时空发生的事情，决定了个人命运的走向。向左走、向右走或者向中间走，都是人生之路，但一旦在此"时"和"空"中选择，人生之路便有可能发生天壤之别。这很容易让人联想到美国著名诗人罗伯特·弗罗斯特（Robert Frost）的诗歌《未选择的路》（*The Road Not Taken*, 1916），诗歌与《周易》暗示的人生哲理几乎是一样的。面对变化不息的世界，《周易》强调人们要贵时通变。《象传》说："观乎天文，以察时变"，甚至指出，"日中则昃，月盈则食，天地盈虚，与时消息，而况于人乎？况于鬼神乎？"类似的观点在《系辞下传》中也有说明："君子藏器于身，待时而动，何不利之有？"；"刚柔者，立本身也；变通者，趣时者也"；"六爻相杂，唯其时物也"。总之，上述《周易》对随机性的理解，与混沌理论关于人的生命系统为"决定性混沌"的解释有着相似处，由于非线性与不确定性的存在，非线性动力系统中对初始条件敏感性的依赖，造成个体在变动不居的社会中，很难把握自己的人生命运，这也是混沌理论的重要概念"蝴蝶效应"在《周易》中的一个很好"映射"。

作为宇宙的起源，"太极"就是"道"，是宇宙运行的规律。《周易》

强调天、地、人三者之间的关系，并且指出天、地、人之间的关系和规律构成了世界的关系和规律。正如《道德经》第二十五章所说："故道大，天大，地大，人亦大。域中有四大，而人居其一焉。人法地，地法天，天法道，道法自然。"换言之，宇宙或世界的平衡取决于天、地、人三者之间的和谐关系，三者之间是一个整体，相互限制，相互约束。《周易》的"三才"说，"取人居于天地之中之义，初、二为地，三、四为人，五、上为天，以一卦六画象征宇宙整体，天、地、人为其部分，各有其遵循的原则"①。这种将天、地、人连接为一体的观点，强调了事物之间的整体性和普遍联系的特征，"要求人们辩证地对待人与自然的关系，即人与自然相互依赖、相互影响、共存共荣"②。从某种程度上说，《周易》"三才"说中的宇宙整体观，与混沌理论对于世界的看法是一致的：世界是一个有机体，相互联系；世界是复杂与动态的，微小的变化会引起事物发展过程中的巨大变化，某些时候甚至会是灾难性的结果。

不仅周易的"三才"说，甚至周易的"五行"说也在告诉人们世界作为一个普遍联系的整体这一道理。《周易》认为，五行构成了人类与自然界，甚至人体的各个器官都是一个有机的系统。五行不是相互孤立，而是相互促进相互约束。它们之间关系的复杂性意指了世界的复杂性。具体说来，木生火，火生土，土生金，金生水，水生木；同样，水克火，火克金，金克木，木克土，土克水，总之，五行构成了一个整体，一个循环（可参见附录中的图12）。由于五行观念的深入人心，"5"成了中国传统文化中的一个神秘数字。③ 中国人习惯将世界中的一切事物来做五分。常见的有五个方位说，也即东西南北中；五金说，也即金木水火土；五味

---

① 陈东成：《大易翻译学》，中国社会科学出版社2016年版，第32页。
② 陈东成：《大易翻译学》，中国社会科学出版社2016年版，第32页。
③ 中国传统文化上有许多神秘数字，譬如数1、3、5、7、8、9等。可参阅叶舒宪、田大宪：《中国古代神秘数字》，社会科学文献出版社1998年版。

说，也即酸苦甘辛咸；五音说，也即宫商角徵羽；五色说，也即青赤黄白黑；五时说，也即春、夏、长夏、秋、冬[①]；五官说，也就是耳眉眼鼻口。当然，五行说也可用于人体的各个器官，因为人体就是一个小宇宙，具备"道"的一切特征，自然具有五行运化的特点。一般来说，心表示太阳火，肾表示月亮水，脾胃肌肉代表大地土，肝胆为草木，肺与大肠为皮毛和金石，骨骼表示山脉，血液表示河流。正如《道德经》第三十二章："天地相合，以降甘露，民莫之令而自均。"现在我们知道太阳能是地球万物生化的主要原动力，太阳照射大地，地上之水升腾生成云雾，云雾又在适当条件下形成雨露降到地上，是自然而然的天地循环。雨露降下滋润万物，大地方有生机勃勃之景象。人体是一个小的系统和整体，只有心静则可神凝，而神凝后则会气聚，气聚后则阴阳均衡。也就是说，如果要保持身体健康，一个人首先要身心和谐，保持恬淡虚无，只有这样，身体内才可阴阳均衡，此时人的心火下降从而升化肾水，肾水上升至顶化为甘露降下，滋生满口生津，肾心交融，使得体内生机盎然。作为中国传统文化中的一个重要数字，数"5"经常出现在我们的生活中，如五畜（牛犬羊猪鸡）、五果（栗桃杏李枣）以及五谷（稻黍麦稷菽）等，构成了世界的一个有机的整体。综上所说，五行关注的是动态的而非静态的变化，其强调的更多是宇宙中万事万物的系统性而非孤立性。基于五行的观念，大自然常被看作是一个系统而非机器，我们生活的世界也不是经典物理学常说的静态的、简单的、可逆的、决定性的以及一成不变的；相反，世界就是混沌理论所描述的那样，充满了复杂的变化，随机与不可逆才是世界呈现给人们的真实图景。

正如前面所说，《周易》成书于古代，是在历史的变迁中逐步完善而

[①] 现代意义上的季节一般指春夏秋冬，共四季。但对中国古人来说，一切都可五分，因此春夏秋冬中多了长夏之说。

形成，毕竟中国古人对世界与宇宙的看法当时还相对简单，故而《周易》认识世界的方式是靠想象而不是准确的科学考察。《系辞下》说："是故《易》者，象也；象也者，像也。"这里的"象"，也即"意象"、"象征"，其意就是模拟外物。《周易》这种"观物取象"的思维就是《周易》的典型思维特征——"象思维"。"观物取象"中的"观物"不仅是为了"取象"，类似今天数学家在电脑上对物体运动轨迹的"映射"，从而形成相空间的"拟像"，但对于《周易》，也就是"取物之象，或实有之象"①。只有"观物取象"再组成卦，提取"卦象"，预卜吉凶祸福。作为易学核心词"象"，就是指圣人察天观地"类象"出的卦象爻象，卦象爻象含有自然之兆象和想象事物发展的模型的意思。"象"作为元范畴，一开始就不仅仅局限于对眼前事物形象的简单模仿，而是偏重以象义显示的"事类"象征。② 实际上，《周易》象思维中的"象"之所以重要和有意义，就在于其摄"象"以尽"意"，也即常说的"立象尽意"。"象"作为物之象或实有之象，不仅模拟外物，还可以是"媒介"或"桥梁"，需要认识者（主体、卜筮者）借助主体的"想象"来跨过这个"桥梁"，以求打通主体与客体（外部世界）之间的微妙联系，意图找到相应的"卦象"，方可预测事物的发展进程。如此一来，运用"立象尽意"试图预测对于易者（卜筮者）的要求，也就相对较高，毕竟易者要做到主、客体统一。这不同于西方哲学主、客体二分的基本思路，康德试图从认识论的角度寻求的主客体的统一性，发现"物自体"走向不可知论。《周易》"类象"思维的前提"乃是主客一体不分，或者通常所说的'天人合一'。因此，《周易》认识的主客，乃是统一体内部的协调关系，而非从对立走向统一的关系"③，是一种认识上的"协调"，一种运动。换句话说，主体协调卦象与爻象的认识，不仅要在动

---

① 王树人、喻柏林：《〈周易〉的"象思维"及其现代意义》，《周易研究》1998 年第 1 期。
② 参见陈东成：《大易翻译学》，中国社会科学出版社 2016 年版，第 73 页。
③ 王树人、喻柏林：《〈周易〉的"象思维"及其现代意义》，《周易研究》1998 年第 1 期。

态中进行，更需要主体自身的多变和灵活。唯有如此，才可如魏晋玄学家王弼所说："夫象者，出意者也。言者，明象者也。尽意莫若象，尽象莫若言。言生于象，故可寻言以观象。象生于意，故可寻象以观意。意以象尽，象以言著。故言者所以明象，得象而忘言。象者所以存意，得意而忘象。"①换句话来说，《周易》对世界的观察要从"象"出发，但目的不尽在"观物取象"，而是要"立象以尽意"，从而在"象的流动与变化中，最终通过超越象，以达到思维的目的"②。

《系辞上》说："圣人立象以尽意，设卦以尽情伪，系辞焉以尽言，变而通之以尽利，鼓之舞之以尽神。"这段话可以翻译为，圣人创立"象"是来穷尽思想的，创设六十四卦为了反映事物的情伪，撰写卦辞爻辞来准确表达语音，变化会通六十四卦用好天下之利，擂鼓跳舞不过是更好发现易卦的神奇。诚如夫子所言，中国古人早已经认识到语言的局限性，毕竟"书不尽言，言不尽意"，而"象"则有"整体性、形象性、多义性，其中包孕着无限丰富的情趣和意蕴，能够补充语言文字的概括性和局限性"③，所以古人将阴阳爻构成的卦象和爻象看作探讨人类世界之外宇宙本相的基础，试图达到"能够以小喻大、以少总多、以有限喻无限，从中体现了象征的意义，使其既具体又概括，既感性又抽象，使形而下之象能够表达形而上之道"④。尽管卦象、爻象的形式相对简单，却可在变化中逐步复杂化。虽然都是阴阳爻，但是卦不同，卦的意义不同，甚至同一卦中，爻位不同，象征意义也不同。阴阳二爻可生四象，四象生成八卦，八卦又成六十四卦，其变化过程可谓生生不息，而且其动态变化因时空坐标不同，又可产生变化，并在变化过程中映照出世界的复杂之"象"。八卦的任一

---

① 参见（魏）王弼著，楼宇烈校释：《王弼集校释》，中华书局 1980 年版，第 609 页。

② 王树人、喻柏林：《〈周易〉的"象思维"及其现代意义》，《周易研究》1998 年第 1 期。

③ 王树人、喻柏林：《〈周易〉的"象思维"及其现代意义》，《周易研究》1998 年第 1 期。

④ 朱志荣：《夏商周美学思想研究》，人民出版社 2009 年版，第 528 页。

卦符中都有三画六爻，爻分阴阳，阴阳可以不同组合变化，形成六十四卦。不仅如此，六十四卦符中的六行（从初爻到上爻）还可以继续进行变化，也就是其三百八十四爻最终组合变化，"用以描述宇宙中不同状态的数字组合可以达到 4096，也就是电脑术语中的 4k。此动态变化可以继续下去，最终原本六十四个静态的卦象，可以演变成为四千多种不同的图形"[1]。鉴于卦象和爻象的灵活多变，且"其本身和象征乃是动态之象"[2]，再加上解易者个人主观的差异，可以说，有限的"象"，其变化是无限的，正所谓"易道广大，无所不全"。

《周易》中最重要的概念是六十四卦，而这六十四卦则由两个部分组成，分别是卦象和卦辞。卦象可谓《周易》的卦画符号系统，卦辞则谓《周易》的文字符号系统。卦辞类似讲故事，有时也是一种预言，"基本上是对于事物、思想从实际的层面上予以显示的"卦辞，"如同阅读其他文字作品一样，可以通过文字直接知道事物和思想的情形"[3]。除了卦辞，八卦中的每一爻位，也配有爻辞。卦爻辞可以说是作为文字解释出现在六十四卦中的。它们可以因读者不同，或因读者的思想以及阅历不同，有着不同的解释。要想对事物有一个准确走向的预测判断，还必须结合卦画符号体系。"通过卦画系统，我们不可能直接知道事物和思想的实际情形。但是，在先产生的卦画，从《周易》卜筮的实际过程来看，却在使我们最终知晓事物和思想的实际方面，或者说预测事物和思想发展的趋向而言，起着一种根本的引导和指向的作用"[4]。由于卦象的爻位，具有时空坐标的性质，而阴阳爻在卦中的变化又动态复杂，加上爻与爻之间的变化也是动态关系，所以理解卦画与卦辞的不同，最终取决于其所处的时空点的动态变

① Huang Kerson, *I Ching: The Oracle*, Singapore: World Scientific Publishing Co., 1984, p.6.
② 王树人、喻柏林：《〈周易〉的"象思维"及其现代意义》，《周易研究》1998 年第 1 期。
③ 王树人、喻柏林：《〈周易〉的"象思维"及其现代意义》，《周易研究》1998 年第 1 期。
④ 王树人、喻柏林：《〈周易〉的"象思维"及其现代意义》，《周易研究》1998 年第 1 期。

化。上述关于六十四卦的复杂动态变化，正是缘于《周易》对世界和事物发展走向的解释具有"混沌"的特点：确定性与不确定性的结合。

六十四卦演绎的基础是八卦，而八卦之间的相互关系，具体体现在两个图形中，也就是先天八卦图（也叫伏羲八卦图）（可参见附录中的图13）和后天八卦图（也叫文王八卦图）（可参见附录中的图14）。如果简单地将八卦理解成宇宙中的八种自然现象，如同理解五行中的五种物质一样，无疑都是偏颇的，因为八卦中的每一卦，自身都是一个整体，一个宇宙，它们与六十四卦的大整体，可谓有机统一，不可分割。既然八卦也是宇宙的"映射"，我们发现八卦实际上也是相当复杂，许多现代科学如天文学、地理学、几何学、解剖学以及星象学都能从中找到呼应。具体来说，八卦指的是四时、四季、五行以及八个方位等。譬如震卦指东方，也指春天，原因是东方或春天里，一切都是欣欣向荣；而兑卦则指西方，也指秋天，彼时彼地的万物萧瑟凋敝。至于乾坤二卦，更是因阴阳爻位的不同层次，有着动态的差别。

《系辞上传》有曰："是故刚柔相摩，八卦相荡。鼓之以雷霆，润之以风雨；日月运行，一寒一暑。"日月不停地运转交替，形成了寒冷和暑热的季节变化。我们知道，日月的运行是一种空间方位的变化，而寒暑交替的季节变化则是时间的演变。徐道一曾经指出："古代中国的时空混淆一起，时间的变化暗示了动力系统中日月运行的变化。"[①]显然，徐道一先生对《周易》的时空观有所误解，可以说，正是《周易》将时空结合起来考察世界上万事万物的独特特点，才使得《周易》有了当代自然科学的印迹，并且与当代许多自然科学甚至有了"隔空"对话，甚至遥相呼应，《周易》独特的魅力充分表明了中华文明的早慧性。这种文明的早慧，使得《周易》与迄今最现代的科学思想有所相连，并被纳入当代科学思想的知

---

① 徐道一：《〈周易〉与当代自然科学》，广东教育出版社1995年版，第117页。

识场域，也就不足为奇了。上述《周易》对物体运动的阐释思想就非常接近于苏俄思想家巴赫金所提出的"时空体"的认识。巴赫金对时空一体化的认识，基于爱因斯坦时空观的启发[①]，主要强调文学研究中时空的结合。巴赫金的"时空体"关注空间和时间的联系，认为时空之间存在着相互依存、互为尺度、唇齿相依的关系。在巴赫金看来，文学作品中的空间，并不依附于时间而存在或者说空间是时间存在的前提，相反，时空之间的核心关系是同时性的。他强调要在空间中读出时间，也就是说，要"善于在世界的空间整体中看到时间，读出时间，另一方面又能不把充实的空间视作静止的背景和一劳永逸地定型的实体，而是看作成长着的整体，看作事件——这意味着在一切事物之中，从自然界到人的道德和思想，都善于看出时间前进的征兆"[②]。不仅如此，《周易》对宇宙中事物的阐释更加接近于奇异吸引子对相空间的映射。作为相空间事物运行的仿真拟像，奇异吸引子"既是时间的连续体同时也是空间构型——是对时间过程的空间化，也是空间形式的时间化"[③]。此外，八卦中从乾卦到坤卦的排列，也突出了宇宙中事物发展变化的非线性，因为它们自身的变化没有绝对的因果逻辑性，这一观点又一次证明了《周易》与混沌理论对事物变化看法的一致性。

　　总的来说，今天越来越多的学者已经认识到《周易》的重要性，尤其是《周易》与当代自然科学对世界认识的相似性。鉴于上述对《周易》中的重要概念的解释，可以说，《周易》以其丰富的思想和对世界的认识，揭示了许多现代科学意义上对人类所处的世界和宇宙认识的真理。中华文

---

① 爱因斯坦相对论颠覆了西方主客二元对立的观念，强调时空的不可分割性，并且提出时空不是分离的坐标，而是统一的四维整体。

② 巴赫金：《教育小说及其在现实主义历史中的意义》，《巴赫金全集》第3卷，钱中文主编，白春仁、晓河译，河北教育出版社1998年版，第234—235页。

③ Jo Alyson Parker, *Narrative Form and Chaos Theory in Sterne, Proust, Woolf, and Faulkner*, New York: Palgrave Macmillan, 2007, p.26.

明之所以能在世界之林中独领风骚，《周易》功不可没。从本体论来说，《周易》认为世界既是确定的又是不确定的；从认识论来说，《周易》认为世界是可以认识的，但却很难对其进行准确描述。就宇宙中事物的发展来言，《周易》认为事物是运动的，其复杂的发展演变是确定性的，但随机性却决定了事物发展的确定性与不确定性之间的对立统一。与混沌理论对宇宙的看法接近，周易看待世界的方法也是整体的、联系的、复杂的、动态的，甚至是全息的，在它们看来，世界就是确定性与不确定性相结合的"悖论"。换言之，我们人类生活的宇宙呈"决定性的混沌"，也即有序中的无序或无序中的有序。

第三节　文学批评与混沌理论

马克思（Carl Marx）曾经指出自然科学是一切知识的基础，他在著名的《1844 年经济学哲学手稿》中，甚至预言自然科学和社会科学终会结合起来。[1] 法国著名理论家福柯（Michel Foucault）也提出，人文学科"会把数学作为工具"，从而使得他们的研究程序和研究结果以某种数字的形式出现。[2] 尽管利奥塔在他的《后现代状况》一书中认为，科学和文学分属两种不同的话语体系，然而在当今这个时代却仍然有学科交叉和学科跨越的可能性。混沌理论带给我们的是一种真实的"未来的冲击"[3]，自从其 20 世纪 80 年代晚期和 90 年代早期登上历史舞台开始，混沌理论"业已证明其不仅仅是一时的风尚，而是可以为各个学科注入新的灵感的一种切

---

[1] 转引自沈小峰：《混沌初开：自组织理论的哲学探索》，北京师范大学出版社 2008 年版，第 309 页。

[2] See Michel Foucault, *The Order of Things*, New York: Vintage Books, 1973, p.349.

[3] 此一说法源于美国未来哲学家阿尔文·托夫勒（Alvin Toffle）颇有影响力的著作——《未来的冲击》（*Future Shock*, 1970），影响很大。

实可行的重要方法"①。

说实话，将"硬科学"与文学结合起来，尽管有些冒险，但并不奇怪。已经有许多作家尝试将混沌理论的内容当作他们文学创作的主题。著名戏剧作家汤姆·斯托泼德（Tom Stoppard）的《阿卡迪亚》（*Arcadia*, 1993）、小说作家理查德·鲍威尔斯（Richard Powers）的《伽拉忒亚 2.2》，*Galatea 2.2*, 1995）以及通俗作家迈克尔·克莱顿（Michael Crichton）的《侏罗纪公园》（*The Jurassic Park*, 1990）中都有混沌理论的影子。好莱坞大名鼎鼎的电影导演史蒂文·斯皮尔伯格（Steven Allan Spielberg）还将克莱顿的《侏罗纪公园》一书搬上了银幕，这部令人瞠目结舌的电影不仅吸引了普罗大众的眼球，也引起了众多学者的广泛关注，电影让小说一时间"洛阳纸贵"，当然其自身也赢得了相当可观的票房收入。就笔者所知，有一大部分国外著名学者，如黑尔斯、阿吉罗斯（Alexander Argyros）、帕克（Jo Alyson Parker）、维瑟特（Thomas P. Weissert）、斯莱索格、莱斯（Thomas Jackson Rice）、康德特—吉布斯、康特（Joseph Conte）以及吉莱斯皮（Michael Patrick Gillespie）等，已经尝试将混沌理论的概念以及混沌理论的内容和原则引入他们的研究领域，他们中的部分学者已经在他们的文学批评实践中运用了混沌理论。

上述学者中最著名的当属加州大学洛杉矶分校的黑尔斯教授，她认为混沌理论就是：

> 混迹于后现代主义主要特征赖以形成和产生的文化来源中一个著名场地。后现代语境通过提供一种文化和技术的媒介，催化了新科学的形成，这些文化和技术媒介中的主要构成部分，它们相互结合相互

---

① Jo Alyson Parker, *Narrative Form and Chaos Theory in Sterne, Proust, Woolf, and Faulkner*, New York: Palgrave Macmillan, 2007, pp.17–18.

促进，使得它们最终不再是单一分离的各个事件，而是涌现出了一种新的认识，那就是，复杂系统中真正起着建构作用的是无序、非线性以及噪音。①

黑尔斯指出，正是混沌科学给予我们一种新的认识后现代主义的方式，后现代主义与混沌理论是在相同的文化语境中产生和形成。在黑尔斯看来，当代小说中明显的四大后现代主义特质——非线性、自指性、不可逆性以及自组织，在混沌理论中也相当突出。在她对混沌理论、后现代主义文学与后现代主义理论的讨论中，黑尔斯认为，混沌理论"给我们提供了一种思考秩序的新方法，秩序不再被单纯地概念化为一种绝对状态，而是在对称的复制中允许非对称与不可预测性"②。除了与后结构主义有相似处之外，混沌理论"对总体性的怀疑"与后现代主义重要学者如德里达（Jacques Derrida）、詹姆逊、利奥塔与露丝·伊丽格瑞（Luce Irigary）等的观点，可谓不谋而合。不仅如此，混沌理论对迭代、递归循环、非线性与不可预测性等宇宙观的强调，与其他后现代主义理论也有很多相似之处。在她的著作《被缚的混沌》（*Chaos Bound*, 1990）一书中，黑尔斯运用了混沌理论来解释当代美国文学，其中，混沌理论的概念范畴被她灵活运用，用来说明科学、文学与文化现象这三者之间的重要联系。重要的是，黑尔斯在这本著作中，还"提供了混沌学文学批评范式，它们不仅与普通的文学批评范式平行，且使用更加宽泛，（她）还凝练出了一些重要的批评词汇，这些词汇与那些描述物理现象

① N. Katherine Hayles, ed., *Chaos and Order: Complex Dynamics in Literature and Science*, Chicago and London: The Univ. of Chicago Press, 1991, p.5.

② N. Katherine Hayles, ed., *Chaos and Order: Complex Dynamics in Literature and Science*, Chicago and London: The Univ. of Chicago Press, 1991, pp.10–11.

的词汇类似"①。不仅如此，黑尔斯还身体力行，将混沌理论运用到自己的文学批评实践中。综上所述，可以说，黑尔斯是将混沌理论完全看成了后现代主义理论，因为在她看来，二者的产生不仅有着相同的文化语境，并且混沌理论还与后现代主义文学以及后现代主义相关理论有很多的交叉之处。

黑尔斯的观点得到了莱斯和康德特-吉布斯的呼应。莱斯发现，20世纪英美文学的发展几乎与科学的发展同步，然而这样一个可以被看成发展史上的规律却就两者范式的改变来说，在时间上却出现了"红移"现象，也即"多普勒效应"。按照莱斯的理解，尽管两者的发展有同步现象，但文学界对科学理论的吸收消化往往总要迟滞几十年。不过，混沌理论却是个特例，它的出现几乎与文学理论同步，尤其是新历史主义文学批评。新历史主义文学批评将文本置于语境中，不仅从读者和文本的角度研究文学文本，更是将文本与复杂多元的现实联系起来，这与混沌理论的基本观念，尤其是与复杂性科学涌现出的广阔领域有许多关联之处。② 有鉴于混沌理论"对古老的普通的范式之去稳定化和对边缘的重访"，同时考虑到混沌理论对事物从有序到无序或从无序到有序之不确定演变的认识，康德特-吉布斯则指出，混沌理论与女性主义、解构主义、后殖民主义、生态批评主义与性别研究等后现代主义理论有许多重叠之处，尤其是上述诸理论对西方形而上二元对立观念拆解上的相似性。③

正如帕克（Jo Alyson Parker）所说："文学理论家从来不会承认自己是

---

① Michael Patrick Gillespie, *The Aesthetics of Chaos: Nonlinear Thinking and Contemporary Literary Criticism*, Cainesville: Univ. Press of Florida, 1996, p.17

② See Thomas Jackson Rice, *Joyce, Chaos and Complexity*, Urbana and Chicago: Univ. of Illinois Press, 1997, pp.109–110.

③ John Leeland Kundert-Gibbs, *No-Thing is Left to Tell: Zen/Chaos Theory in the Dramatic Art of Samuel Beckett*, Mandison/Teaneck: Fairleigh Dickinson Univ. Press, 1999, p.51.

个科学家，但他们却会承认自己受某科学概念或者范畴的影响，这些概念不仅可以影响文学的研究，同时也对科学研究有所促进。"①帕克指出，"通过吸收（自然）科学的概念范畴，文学理论家们会发现新的解读文学作品和理解文学文本的方法"，毕竟"新的概念会引领新的看问题的途径和方法"。② 根据帕克的观点，我们可以将混沌理论运用到文学批评中来，这有利于我们在批评实践中将形式和内容很好地结合起来，因此至少可以避免结构主义与解构主义解读文学作品出现的弱点。我们知道，结构主义将文本看作一个封闭的世界，关注更多的是文本的形式，而解构主义则使得文本从"语言的牢狱"走向了"政治无意识"，关注更多的是文本的社会和历史语境。女性主义、后殖民主义与性别研究就是很好的例子。它们对文本形式的关注远远没有对文本政治和社会语境的关注那么强烈，以至于其文学研究早已偏离了文学的美学维度，对文学自身"文学性"研究的匮乏，造成了文学在它们那里不过就是政治与社会批评的"注脚"罢了。我们知道，一个文本的全部应该包括文本作者、文本自身、世界与读者四个维度，可谓"四位一体"。一旦文本被作者创作（生产）出来，其最为期待的是读者对文本的介入，唯有这样，此文本才会顺利转化成三种不同的新的文本，那就是，文本（书写出来的文本）、前文本（作者在创作之前所作的一系列材料的集合）和后文本（经过读者介入阐释后的文本）。由于特别强调观察者自身的角度，因此混沌理论文学批评在其批评实践过程中，会更有利于将文本的三种形式真正结合起来，将其作为整体看待并处理。

---

① Jo Alyson Parker, *Narrative Form and Chaos Theory in Sterne, Proust, Woolf, and Faulkner*, New York: Palgrave Macmillan, 2007, p.20.

② Jo Alyson Parker, *Narrative Form and Chaos Theory in Sterne, Proust, Woolf, and Faulkner*, New York: Palgrave Macmillan, 2007, p.20.

　　鉴于上述所说混沌学批评的优势①，我们发现吉莱斯皮与帕克的观点较为一致。吉莱斯皮认为混沌理论之外的其他文学批评就如"瞎子摸象，其批评过程中的或重视主题或重视意识形态的努力，都有可能扭曲所批评文本的原意，因为每一种单一的批评焦点，其结果只能是对所批评文本认识上的碎片化，很难融汇成为一个认识上的整体画面"②。吉莱斯皮对混沌理论批评的认识很是到位，在他看来，混沌学批评才是一种"能够真正接受多元化批评策略，并真实反映我们阅读文学时所遇到的方式"，不仅如此，混沌学批评同时也是"一种批评系统，这种批评系统建基于一种典型的文学阅读方式，可以同时支持面对一部作品时一系列不同的反应，绝不会厚此薄彼"③。

　　与吉莱斯皮的观点一致，帕克也认为混沌学批评是一种"新的理论假设"，这种理论假设不再有非此即彼的二元对立的固化思维方式，而是更加关注多元性。吉莱斯皮指出："简单的输入便会产生复杂的结果，这样一来，根据一定的原因推测出一定的结果之类的可能性判断，便不再是可能的了。"④对于吉莱斯皮来说，文学批评真正需要的是一种非线性的思考方式。也就是说，我们在考虑分析问题时，根本没有绝对的固定的机械的观点，读者的反应与读者的参与介入，才是批评过程中最重要的因素。关注读者的参与介入，并将观察者的思维纳入文学的批评体系中，实际上，

---

① 混沌学是混沌理论学者黑尔斯喜欢运用的一个术语，据说是著名的后现代主义学者哈桑给予黑尔斯的建议。See N. Katherine Hayles, ed., *Chaos and Order: Complex Dynamics in Literature and Science*, Chicago and London: The Univ. of Chicago Press, 1991.

② Michael Patrick Gillespie, *The Aesthetics of Chaos: Nonlinear Thinking and Contemporary Literary Criticism*, Cainesville: Univ. Press of Florida, 1996, p.13.

③ Michael Patrick Gillespie, *The Aesthetics of Chaos: Nonlinear Thinking and Contemporary Literary Criticism*, Cainesville: Univ. Press of Florida, 1996, p.13.

④ Michael Patrick Gillespie, *The Aesthetics of Chaos: Nonlinear Thinking and Contemporary Literary Criticism*, Cainesville: Univ. Press of Florida, 1996, p.17.

帕克和吉莱斯皮的批评认识都可追溯到混沌理论的整体性认识这一重要特征上来。混沌理论认为,世界是一个有机的复杂系统,即使系统中微观上出现微小的偶然性的摆动或变化,也足以引起宏观上系统的巨大变化。

除了黑尔斯、帕克和吉莱斯皮以外,其他学者也采用了混沌理论的概念和范畴进行文学批评。直到目前,从莎士比亚的经典戏剧到当代美国作家托尼·莫里森的小说《最蓝的眼睛》(*The Bluest Eye*, 1970),可以说,无论是单个的文学文本还是一系列的文学作品,它们都被重新置于混沌理论的视阈中进行了讨论。豪金思(Harriet Hawkins)在他的《奇异吸引子》(*Strange Attractors*, 1995)一书中,就将莎士比亚戏剧和弥尔顿的《失乐园》与英国的通俗小说进行比较。他指出,通俗小说对经典作品的戏仿也是一种"重写",这种"重写"本身就是一种混沌理论运用的方式,因为作家在戏仿经典作品而创作出一部部通俗小说之后,便又成就了经典的一个个新的"分形"。在豪金思看来,经典作品自身就是美丽的"奇异吸引子",其中包含了众多文化上的"吸引点"。他还指出,"激情"也可看作是一种"奇异吸引子",而经典作品中的那些富有激情的美丽女子们,譬如苔丝狄梦娜(Desdemona)与克利奥佩特拉(Cleopatra)等,也是一种"奇异吸引子"。

学者们在文学批评实践中对混沌理论的理解较为多元。康德特-吉布斯更多的是对混沌理论相对性的强调。他将混沌理论与东方的禅宗联系起来研究戏剧作家贝克特(Samuel Beckett)的戏剧,在他看来,混沌理论与禅宗在对"空"这一概念的理解上与贝克特的戏剧有了共鸣。据他的理解,"空"并不是"一种否定的或虚无的流动",相反,却是一种"更加肯定的流动",只有在"空"里,我们"对社会所形成的现实的了解,可以借助禅从而远离有序/无序、创造/解构等二元对立的两极，得以认识我们所处的世界其本身就是一个统一体"①。斯莱索格在他对当代美国小说的研究中，也将混沌理论当作他的研究视角。在他看来，混沌理论与后现代主义之间关系极为密切。他的《美丽的混沌》（*Beautiful Chaos*, 2000）一书，可谓混沌学批评史上的一部里程碑著作。斯莱索格在该书中详细讨论了美国后现代派小说中所体现出的有序、无序以及动态系统等混沌理论的相关概念。与斯莱索格的研究方法相似，布恩（Kevin A. Boon）的著作《混沌理论与文学文本的阐释》（*Chaos Theory and Interpretations of Literary Texts*, 1997）尽管早于斯莱索格的著作，但由于布恩的考察对象仅仅是美国后现代主义作家冯内古特（Kurt Vonnegut）的后现代派小说，远没有斯莱索格对整个美国后现代派小说的考察来得丰富和完整，所以布恩的影响力要较斯莱索格稍弱一些。布恩认为，在冯内古特的后现代派小说中，其后现代主义叙事存在着明显的"有序的无序"和"无序的有序"。布恩对后现代主义小说叙事形式与叙事主题上呈现出的"有序的无序"的重大发现，为批评者康特进一步推进并发展。

在《图案与碎片：后现代美国小说的混沌学》（*Design and Debris: A Chaotics of Postmodern American Fiction*, 2002）一书中，康特运用混沌理论考察了美国后现代主义小说，许多美国当代重要的小说家，如约翰·霍克斯（John Hawkes）、凯西·艾克（Kathy Acker）、约翰·巴思、罗伯特·库佛（Robert Coover）、唐·德利罗以及托马斯·品钦等都在他的考察之列。康特指出，尽管混沌理论与后现代主义小说分属两种不同的学科，但它们在发展上却有了神奇的一致之处，二者虽有各自独立的形成发展线索，但在"有序的无序"这一概念上却有了共识。康特在他

---

① John Leeland Kundert-Gibbs, *No-Thing is Left to Tell: Zen/Chaos Theory in the Dramatic Art of Samuel Beckett*, Mandison/Teaneck: Fairleigh Dickinson Univ. Press, 1999, p.20.

的著作中证明了从现代主义到后现代主义这一范式的改变，是如何使得后现代主义作家们在对待世界与社会的复杂性中拥抱科学。在他看来，现代主义文学中，艺术家们还竭力在一个无序、偶然、未完成等的世界中寻找有序与一致，而到了后现代主义文学那里，艺术家们却竭力地描述"有序的无序"这一变化过程。① 上述学者布恩与康特对于"有序的无序"的理解要归功于黑尔斯的真知灼见，是黑尔斯率先提出了混沌理论有两层内涵：一为表面无序的背后隐藏着的有序；二为变化的"混沌"过程中会出现的"自组织系统"，也即有序与形式，而这些是从复杂系统的动态变化中产生和形成的。②

　　总而言之，就如人们对后现代主义的理解存在着分歧一样，文学批评中对于混沌理论的运用和阐释也不尽相同，这一点也正好证明了"混沌"以及混沌理论命名上与其对宇宙特点描述上的魅力。世界上从来没有任何事物会永远稳定和绝对。黑尔斯关于混沌理论和后现代主义、混沌理论与后现代主义作品一致性的观点，帕克与吉莱斯皮关于混沌理论将叙事形式和叙事内容结合起来考察这一批评优势的认识，吉莱斯皮对于文学批评中其非线性思维的倡导，以及其他批评者对于混沌理论概念、范畴与原则所做出的文学批评尝试，都会对于我们解读不同流派的文学作品，有着重要的启示意义，给予我们智慧，赋予我们灵感，当然更是我们进一步探讨混沌学文学批评，考察文学作品，乃至讨论麦卡锡复杂而又动态的小说的重要理论基础。

---

① See Joseph Conte, *Design and Debris: A Chaotics of Postmodern American Fiction*, Tuscaloosa: Univ. of Alabama Press, 2002, p.7.

② See N. Katherine Hayles, *Chaos Bound: Orderly Disorder in Contemporary Literature and Science*, Ithaca and London: Cornell Univ. Press, 1990, pp.8–17.

第四节　空间、空间形式与"混沌"

　　作为一种跨学科理论，混沌理论融入空间形式叙事的批评，使得当代文学较之以前更加复杂。为了更好地理解麦卡锡小说的动态复杂性，尤其是阐释麦卡锡小说中"混沌"的空间叙事形式，我们有必要对20世纪下半叶人文学科与文学作品中出现的"空间转向"做以回顾。继"语言转向"之后，人文学科领域另一重大范式改变，便是"空间转向"。福柯在1967年就曾预言："当前这个时代是一个空间的时代……我们处在一个同时性的时代：一个并置的时代，一个远与近的时代，一个比肩的时代和弥散的时代。"① 同样地，詹姆逊也声称："占主导的文化模式是由空间的分类来定义的，我们身处一个共时的而非历时的时代。"② 与人文学科领域的"空间转向"一致，小说创作也在20世纪下半叶有了空间的转向。20世纪60年代以来异军突起的美国后现代派作家们，不再遵循因果—线性—时间的创作传统，而是让他们的作品尽可能地"在结构与目的上与空间一致"③，将他们的艺术实验进行到了极致，从而走得比他们的现代主义前辈们更远。当代美国文学中出现的空间转向，不仅是对威廉姆·米歇尔（W. J. T. Mitchell）提出的在哲学与艺术领域中出现的"图像转向"的呼应，更是呼应了20世纪60年代以来明显的空间政治氛围，这其中不乏有居伊·德波（Guy L. Debord）提出的社会景观说、福柯的监视说以及鲍德里亚所宣称的拟像文化观。不仅如此，当代美国文学中的空间转向，还对与其

---

① Michel Foucault, "Of Other Spaces", Translated by Jay Miskowiec, In *Dicritics* 16.1, January, 1986.

② See Dick Hebdige, "Subjects in Space", In *New Formations* 11, 1990.

③ Jerome Kinkowitz, "Spatial Form in Contemporary Fiction", In *Spatial Form in Narrative*, Edited by Jeffery R. Smitten and Ann Daghistany, Ithaca and London: Cornell Univ. Press, 1981, pp.37–47, p.47.

几乎同一时代出现的现代科学的"场概念"① 做了强调。②

从词源上来看,"空间"这个词汇起源于拉丁语"spatium",意思是"空隙"或"距离"。人们认识空间通常有两种方式:"一方面是从微观层面上,空间被看作两个事物之间的空隙,也就是使它们分开的东西;另一方面是从宏观层面上,空间被看作一个较大的容器,所有的事物都可以塞进其中。"③ 这种对空间的认识应该缘于欧几里得几何学,后者在近代的经典科学阶段一直决定着西方的思维方式,形成了西方形而上的空间观。柏拉图和亚里士多德都认为,空间就是一个容器,没有任何性质。康德甚至还指出,根本不存在"分散的细小的独立的空间,只有一个无限的连续的统一体,那么这就是宏观的大的空间"④。不同于时间一贯持有的"丰富、生产、生命和辩证"⑤ 等特点,传统上空间一直被看作是"中性的、无意义的、无任何意思的,以及均质的"⑥,似乎对于哲学或科学来说毫无意义。

传统空间观的改变得益于爱因斯坦的相对论。相对论强调物体处在由

---

① 场概念是 20 世纪上半叶许多学科领域中的重要概念,指的是"现实不是由位于空间中的离散物体组成,相反却是由现实中潜在的场构成,它们之间的相互关系产生了物体和空间"。See N. Katherine Hayles, *Chaos Bound: Orderly Disorder in Contemporary Literature and Science*, Ithaca and London: Cornell Univ. Press, 1990, p. xi.

② Joseph Tabbi &Wutz Michael, *Reading Matters*, Ithaca and London: Cornell Univ. Press, 1997, p.11.

③ Russel West-Palov, *Space in Theory: Kristeva, Foucault, and Deleuze*, Amsterdam and New York: Rodopi, 2009, p.15.

④ James M. Curtis, "Spatial Form in the Context of Modernist Aesthetics", In *Spatial Form in Narrative*, Edited by Jeffery R. Smitten and Ann Daghistany, Ithaca and London: Cornell Univ. Press, 1981, pp.161–179, p.163.

⑤ Michel Foucault, *Power/Knowledge: Selected Interviews and Other Writings 1972–1977*, Edited and Translated by Collin Gordon, New York: Pantheon, 1980, p.70.

⑥ Russel West-Palov, *Space in Theory: Kristeva, Foucault, and Deleuze*, Amsterdam and New York: Rodopi, 2009, p.16.

空间的三维连续区和时间的一维连续区所组成的四维连续区内。时间是空间的第四维度，它们不可分割，融合在一个均匀的四维连续区内。爱因斯坦相对论提出的空间中的时间与时间中的空间观，彻底颠覆了牛顿物理学意义中的时空观，使得空间不再如近代以来一直支配着人们认识中的所谓中性、均质、孤立、静止甚至鲜艳的特质。20世纪60年代兴起的混沌理论更是将爱因斯坦的相对论往前推进了一大步，混沌理论更多地强调和关注时间化的空间中事物的运行轨迹和规律。这一点我们在本章的第一节已经有所讨论，这里不再赘述。与科学对于时空认识的变化一致，哲学家们对经典的康德哲学也发起了挑战。现代主义时期的两大哲学家，威廉·詹姆斯（William James）与亨利·柏格森（Henri Bergson）都对传统的时空观提出了不同的意见。詹姆斯认为康德提出的统一空间是不可能存在的，而柏格森则坚持时空要有所区别，强调人们意识中存在的时间。他的"时间流"或时间"绵延论"（durée）影响了欧美整整一代现代主义作家，在他们的作品中，意识流与内心独白的叙事技巧被创造性地运用，使得文学的表现手法有了从对外部事物的客观描述转到了关注人的内心世界的大的改变。在现代主义作家看来，真正能够再现世界真实性的不是对客观外在世界的描述，而是人物内心世界的表现，人们幽暗的内心以及其意识的涌动，才是一切真实与实在的表现，更是人们从外部的表象走向真正的实在去认识和观察世界的媒介。

　　20世纪60年代以来，空间这一概念也走进了法国思想大师们的视野，焕发出新的思想和智慧的活力。海德格尔（Martin Heidgger）、德里达（Jacques Derrida）、福柯、克里斯蒂娃（Julia Kristeva）、德勒兹（Gilles L. R. Deleuze）以及列斐伏尔（Henry Lefbvre）等都对空间有了新的学术思考。不仅如此，英语世界的思想家们也不甘落后，人文科学领域新的"空间转向"同样得到了众多文化地理学家们的关注。他们中颇具影响力的有著名的文化地理学家戴维·哈维（David Harvey）、德雷克·格里高利（Derek Gregory）、约翰·厄里（John Urry）、迈克·克朗（Mike Crang）、爱德华·W. 索亚（Edward W. Soya）以及多丽·马西（Doreen Massey）等，他们在过去的几十年间出版了大量的关于空间论述的专著。

海德格尔认为世界并不存在空间中；相反，是空间存在于世界中。如此一来，空间在海德格尔那里就成了一种"存在"（being），人们便可以在一片荒芜中找到"地方"（place），因此"栖居"（dwelling）成了一种可能性。[①]德里达一贯喜欢创造新词汇，对于空间这个学术界的新宠，德里达则提出了"间距化"（spacing）空间一说，意思就是空间具有"主动的、生产性的特征"[②]。这样一来，德里达意义上的空间就是在时间变化中的空间，从而顺利地将空间／间距化从之前人们认识中的"僵死的、固定的、不辩证的、不动态的"容器，改变成了一个新的"有着自身的连贯性，且最重要的是，一个有着生产的能动性"[③]的"媒介"。

福柯对空间的热情在他的《知识考古学》与《规训与惩罚》中就有了端倪，不过在这两部著作中，福柯似乎对空间的考察还太过微观和琐碎。不同于其他思想家，福柯更多的是将空间置于他一贯喜欢讨论的知识与权力的二元关系中去考量。至于福柯为何要从空间的角度而非时间的角度来思考权力问题，福柯是这样谈起的，"政治—战略的术语表明了军事和管理事实上把它们自己刻在话语的形态和材料上。如果我们仅仅从时间连续性的角度来对话语进行分析的话，我们就会把它看成是一种个体意识的内部的生成"，同时"把话语的变换用时间性的词汇来作比喻，必然会导致运用伴随着内在时间性的个体意识的模式"，而一旦从空间的角度来

---

① 赖俊雄：《晚期解构主义》，杨智文化事业股份有限公司 2005 年版，第 168 页。

② Michel Foucault, *Power/Knowledge: Selected Interviews and Other Writings 1972–1977*, Ed and Trans. by Collin Gorden, New York: Pantheon, 1980, p.70.

③ Russel West-Palov, *Space in Theory: Kristeva, Foucault, and Deleuze*, Amsterdam and New York: Rodopi, 2009, p.17.

思考的话，就"能使我们在权力关系的基础上，精确地掌握话语转变的地点"。① 福柯对空间问题的探讨体现在他的《关于他者的空间》（*Of Other Spaces*, 1986）这篇演讲稿中，从中我们可以看出福柯对空间性的强调和空间问题的重视。福柯可谓创造性地提出了"异质空间"（heterotopias）这一新的概念。根据福柯的理解，有许多地方，譬如监狱、工厂、兵营、妓院、剧院、图书馆、博物馆与精神病院等，都存在着大量的"异质空间"，那里生活着许多他者或者异类，他们就在那里进行着反抗。对福柯来说，这些异质空间就如"一个找不到合适位置的地方"（a place without a place）②，有着漂移和流动性。福柯认为，我们目前的生活其实受控于一系列的二元对立或者"非此即彼"的空间形态，如私人空间与公共空间、家庭空间与社会空间、文化空间与实用空间，休闲空间与工作空间等的对立。在上述这些空间中，权力起着重要作用，原因在于这些空间中有等级的存在，因而空间某种程度上便是一切权力运作、实践并发挥作用的基础。因此，从空间这个问题介入，福柯将他对知识与权力二元关系的考量，进而发展到了一种类似于三元辩证法的"知识—空间—权力"的全新的结构③，从而使得空间不仅具有等级或层级的特征，更是被人们所建构和规范，不再是传统思维中保持中性与一成不变的空间。

列斐弗尔与福柯对空间的认识上有许多交叉点。如果说福柯比较关注地点（place）与地点之间的关系，那么列斐弗尔对空间的关注则更多的是生

---

① 福柯：《权力的眼睛——福柯访谈录》，严锋译，上海人民出版社 1997 年版，第 205—206 页。

② Michel Foucault, "Of Other Spaces", Translated by Jay Miskowiec, In *Dicritics* 16.1, January, 1986.

③ 一般来说，福柯批评理论的三元辩证法是知识—权利—主体，故而这里说是一种全新的辩证结构。

产方式的问题。列斐弗尔对福柯的发现始于他的著作《空间的生产》(*The Production of Space*, 1974），福柯关于空间具有"生产力"(productivity)和"生产性"(production)的观点被列斐弗尔继续阐释并发展。列斐弗尔认为，我们再也不能将空间看作"自然的"和"文化的"事实对待，而在根本上要将空间视为社会的产物。从"社会空间是社会的产物"这一重要命题出发，列菲弗尔提出空间是社会存在的基本架构，也就是说，在空间里我们实际编织进了大量与主体相关的各种各样的社会关系，空间这种媒介里不仅体现了主体的活动，更是彰显了主体存在的各种环境。列斐弗尔指出，空间并非一个人们活动的先验存在的容器，而是人们活动和生产出的一种产物；反过来，空间也有自己的能动性，可以改变对其构型以及将其生产出来的参与者的行动。列斐弗尔强调空间的主客体统一和社会—历史—空间辩证法。

在《空间的生产》中，列斐弗尔提出了空间批评的主要方法，也即"空间三重辩证法"，指的是空间的实践—空间的再现—再现的空间。列斐弗尔认为，空间可分为三类，"一是物理空间，包括自然、宇宙等等；二是精神空间，包括逻辑抽象与形式抽象；三是社会空间"①。三重辩证法坚持将空间的三重属性同时和共存，认为它们可以彼此内化并相互作用。上述三个空间中，列斐弗尔认为社会空间最为重要，因为社会空间既不与物理空间和精神空间并置，也不与这两者一起构成一种新的具有稳定性的结构。在他看来，社会空间这一范畴具有双重性，并且涵盖了历史性、社会性以及空间性这三大特点。从空间出发，列斐弗尔提出了他对资本主义社会的批判，但他的空间政治学不同于马克思对资本主义社会中生产力和生产关系二者之间辩证关系的考察。对于列斐弗尔来说，社会是由空间生产

---

① 爱德华·W. 苏贾：《第三空间——去往洛杉矶和其他真实和想象地方的旅程》，陆扬等译，上海教育出版社 2005 年版，第 78—79 页。

出来的，尽管社会空间本身就是社会的产物。① 因此，列斐弗尔意义上的空间，既是一个生产者，同时也是一种产物。

列斐弗尔对空间理论的重要贡献被索亚继续发扬光大。索亚对"第三空间"的论述，可以说其直接灵感来源于列斐弗尔。"第三空间"说建基于列斐弗尔的社会空间说之上。在索亚看来，第三空间"既是一个区别于其他空间（物理空间和精神空间，或者说第一空间和第二空间）的空间，又是超越所有空间的混合物"②。按照索亚的理解，第一空间将空间看作一种物质性的客观存在，人类可以通过外观对其进行把握。这一概念历史久远，主宰了数个世纪人们关于空间的看法。对第一空间的探讨旨在建立关于空间的形式科学，尤其是建筑学和地理学，两者构成了第一空间的基础。针对这一范式，索亚认为第二空间是观念性的，因为第二空间认识论假设了空间知识的生产，主要借助话语建构的方式得以完成。显然，第二空间是艺术家和艺术气息浓郁的建筑家的天堂，因为"他们从主观想象出发，将自己的愿望呈现为图像，将自己乌托邦的理想揉进各类空间的再造之中。因此这样的空间便是一种符号的空间，在这一空间中，按索亚的话说便是'想象的地理'变为了'真实的地理'，图像和再现开始界定现实"③。至于第三空间，索亚认为是对第一空间和第二空间的"他者化"和"第三化"，是对前两者的"肯定性结构"和"启发性重构"，只有通过引入第三空间，才可以激发出第一空间和第二空间的活力。索亚指出，第三空间既是无限的阿莱夫，也是列斐弗尔所说的城市，还是普鲁斯

---

① 陆扬：《空间理论》，《当代西方文艺理论》，朱立元主编，华东师范大学出版社 2005版），第 487—502 页，第 490 页。

② 爱德华·W. 苏贾：《第三空间——去往洛杉矶和其他真实和想象地方的旅程》，陆扬等译，上海教育出版社 2005 年版，第 79 页。

③ 刘进、李长生：《"空间转向"与当代西方马克思主义文学批评研究》，社会科学文献出版社 2015 年版，第 145 页。

特（Marcel Proust）《追忆似水年华》中所深描的马德莲娜的小点心。① 总的来说，索亚的第三空间基于列斐弗尔提出的空间的三大特点，也即空间性、历史性和社会性，"既不同于相对主义也不同于虚无主义"，从而明确提出了本体论的问题，也即"始终保持开放的姿态，致力于全面恢复空间的活力"。② 从空间问题出发，索亚聚焦于"我们如何阐释我们所处的陆地，我们如何因为与陆地的关系而被改变，我们又是如何的与身处的陆地交往并发生关联"③，致力于人文地理学的后现代重构。在他的《后现代地理学》（*Postmodern Geographies*, 1989）一书中，索亚指出空间的生产是一种过程，我们有必要对"空间本身作为一种语境中的既定物、建基于社会之上的空间性以及被社会建构和生产创造出来的空间"④ 做出区分。在索亚看来，空间是社会的产物，而非一种物理建构体。人类存在的一切模型不仅同时而又辩证地存在于时空中，这是我们理解时间绵延过程中以及沿着地理空间发展中的权利斗争的必要前提。

简言之，人文学科领域中空间的概念已经从把空间看成一种"物质 /现象的存在而非抽象的存在"⑤，转向了将空间看作流动和动态的概念化。人类思想中的这种"转向"具有重要的意义，因为一切的意义都要被看作是被生产出来的，或者与具体的时空有关，换句话来说，一切都产生于语境中。因此，所有与空间相关的概念，譬如位置、语境、等高线、维度等

---

① 参见爱德华·W·苏贾：《第三空间——去往洛杉矶和其他真实和想象地方的旅程》，陆扬等译，上海教育出版社 2005 年版，第 102—103 页。

② 刘进、李长生：《"空间转向"与当代西方马克思主义文学批评研究》，社会科学文献出版社 2015 年版，第 145 页。

③ Cordelia E. Barrera, *Border Places, Frontier Spaces: Deconstructing Ideologies of the Southwest*, Diss., The Univ. of Texas at San Antonio, 2009. Ann Arbor: UMI, 2009. ATT 3368769, p.24.

④ Edward W. Soja, *Postmodern Geographies: The Reassertion of Space in Critical Social Theory*, London and New York: Verso, 1989, p.79.

⑤ Russel West-Palov, *Space in Theory: Kristeva, Foucault, and Deleuze*, Amsterdam and New York: Rodopi, 2009, p.22.

都不能被忽略，尤其是在我们做空间分析时，因为上述诸概念几乎都不能被看成物理的或抽象的东西，而是一个可以阐释的文本。① 从这些概念出发，我们可以发现权利、等级、霸权以及身份认同等重大问题。地缘政治学就是这样一门学科，专门将空间与政治学联系起来，来研究"空间中人们的政治行为"②。就文学艺术而言，作为参与当代西方空间重构的重要组成部分，"文学不再是观照世界的一面镜子，而是一张纷繁复杂意义的网。任何一种个别的叙述，都难分难解地涉及其他的叙述空间"，文学与空间的关系不再是前者模仿后者，而是文学"文本必然投身到空间中去，让本身成为多元开放的空间经验的一个有机部分"③。

与空间在人文学科领域中传统上的缺席和沉默地位相一致，传统的文学叙事中也简单地将空间看成旨在打破时间流动的风景描述，或者就是叙事中赖以铺展叙事进程的背景，因为人们一贯就将文学创作看成是一门时间艺术。莱辛（Gotthold Ephraim Lessing）的《拉奥孔》论述了音乐和文学与绘画和雕塑四大艺术门类的区别。莱辛认为，由于时间具有流动的特点，那么在时间中发展演变的文学作品，尤其是小说的发展，其故事中各个事件的发展顺序要遵循时间的先后顺序，毕竟小说的目的旨在讲述"故事"；相反，绘画、雕塑以及建筑等艺术其本质是空间的，具有共时、可逆以及视觉等特点。④ 恩格斯（Friedrich Engels）说过，"一切存在的基本形式是空间和时间"⑤，尽管文学史上一直就存在着运用空间结构的叙事作

---

① 参见迈克·克朗：《文化地理学》，杨淑华、宋慧敏译，南京大学出版社 2003 年版，第 51 页。

② 杰弗里·帕克：《地缘政治学：过去、现在和未来》，刘从德译，新华出版社 2003 年版，第 44 页。

③ 刘进、李长生：《"空间转向"与当代西方马克思主义文学批评研究》，社会科学文献出版社 2015 年版，第 170 页。

④ 参见莱辛：《拉奥孔》，朱光潜译，人民文学出版社 1979 年版，第 51—82 页。

⑤ 恩格斯：《反杜林论》，《马克思恩格斯选集》第 3 卷，人民出版社 1972 年版，第 91 页。

品，当然也有大量的将空间当作叙事主题的文学作品，然而学者们自古重视时间却很少关注和重视空间。早在20世纪20年代，巴赫金在爱因斯坦相对论的启发下就提出了他的"时空体"这一重要概念，试图将"时"（topos）和"空"（chronos）这两个重要叙事元素糅合来考察文学文本。在他看来，"时空体是时间在空间中物质化的首要方式，是表征小说各种主题要素和情节意义的手段，也是区分叙事类型的基础"[①]。尽管巴赫金的论断更为强调对小说叙述中时间的空间化形式的关注，可惜他的观点并没有引起学者们的重视。直到约瑟夫·弗兰克（Joseph Frank）的文章"现代文学中的空间形式"在1945年发表，叙事中的"空间形式"才重新浮出水面，引起批评界的关注。在这篇文章中，弗兰克建议用新的理论来考察现代派文学。

弗兰克的理论实际上是现代主义的产物。20世纪科技的发展以及两次世界大战的血腥残酷，使得人们的时空以及家园意识成了碎片，异化、荒诞以及碎片化等成了人类世界的真实特征。20世纪文学最突出的新的结构技巧"当属碎片化，这几乎与20世纪人们能够感知到的碎片化文化有了一致性"[②]。现代派小说中曾经一度占主导地位的因果—时间顺序被严重削弱。许多现代派文学大师们，如普鲁斯特、卡夫卡（Franz Kafka）、福克纳、乔伊斯（James Joyce）、海明威、沃尔夫（Virginia Woolf）等，在他们的文学创作中抛弃了其前辈们的传统观念，他们不再沿用传统的进步、线性、连贯与因果的叙事结构来反映外部世界物理细节的叙事手法，而是开始关注小说人物的潜意识或者无意识。他们借鉴了柏格森的时间绵延论或个人时间观，来揭示人们心理上的时空。同时，他们也更加注重对人物内心世界"意识流"的表现，试图更真实地表现人物的梦境，借以

---

① 董晓烨：《文学空间与空间叙事理论》，《外国文学》2012年第2期。

② Eric S. Rabkin, "Spatial Form and Plot", In *Spatial Form in Narrative*, Edited by Jeffery R. Smitten and Ann Daghistany, Ithaca and London: Cornell Univ. Press, 1981, pp.79–100, p.95.

"仿真"世界的实在性。在他们的小说中,各种各样实验性的技巧被采用,时空并置、时空交错以及电影蒙太奇的手法都被他们用来尝试,试图使得时空可以自由地来去。然而,他们的实验并没有得到熟悉 19 世纪现实主义小说叙事策略的评论家们的理解或认可,这一切犹如我们前面说过的,评论界也如同科学界一样存在着范式的不同。但是,人们对于世界的认识总是一次次在"证伪",从而逐渐接近宇宙和世界的真相。就如牛顿力学遭遇了爱因斯坦相对论的挑战,量子力学遇到了混沌理论对其的修复,至于热动力学的第二定律,更是被证明完全与达尔文进化论的观点相左,尤其是后者在描述整个宇宙的发展走向上,业已证明不一定完全正确。同理,面对新的文学创作形式,文学批评也会出现批评危机。可以说,弗兰克的空间形式理论实际上响应了他所处的时代要求,为我们解读现代派文学提供了新的方法论。

现代派大师们特别擅长在他们的作品中创造空间形式。20 世纪之初的美国意象派诗人们,如庞德(Ezra Pound)、艾略特(T. S. Eliot)、卡明斯(e. e. cummings)和休姆(T. E. Hulme)等,就在他们的诗歌创作中运用了意象重叠和意象并置的技巧,创造出艺术上的空间美感,试图唤起读者们的视觉体验。他们借鉴了中国传统古诗以及日本俳句中的空间策略和技巧,在他们的诗歌中创造出了空间形式。庞德的著名意象派诗歌《在地铁站》(*In a Station of the Metro*, 1916)(人群中出现的一张张面庞 / 湿漉漉青色树枝上的一朵朵花瓣),营造出了一幅美丽的印象派画作,给读者留下了深刻的印象。可以说,在这首著名的意象派诗歌中,具有绘画美感的诗歌意境的营造完全是通过庞德将简单的意象叠加和并置后取得。

意象派诗歌给予了弗兰克观察空间叙事形式的灵感。庞德是这样定义"意象"这一术语的,意象就是一瞬间表现出的思想和情感上的"结"(complex)。实际上,庞德关于意象的著名定义,暗示了文学完全可以成为一门视觉艺术。弗兰克发现，现代派诗歌"削弱了语言内在的连贯性，使得读者不得不将诗歌元素的感知看作空间里的并置，而不再是时间里的流动物"[1]。借助对"因果/时间连贯性的压缩，文学作品中赖以与外部现实联系以及模拟传统的纽带的单词或者词汇"[2] 就会得到改变，从而彻底改变一部作品的性质，迫使读者改用全新的非传统的认知方式去认识作品。根据弗兰克的观点，"空间并置"（juxtaposition）是现代派小说一个重要的"句法"结构，借助"空间并置"，作家便可顺利地将一个个单一分散的词汇组合从而实现小说的"共时"效果。弗兰克选取的个案为福楼拜（Gustave Flaubert）的名著《包法利夫人》（*Madame Bovary*, 1857）中"乡村集镇"这一场景，说明了并置如何达成共时效果。在"乡村集镇"这一场景中，小说将许多共时性的动作来回变换，这一叙事技巧使得福楼拜得以打破传统的叙事句法结构，将卷入这一场景的不同人物之间的联系加以"并置"，同时又使小说叙事的发展相对独立，使小说的叙事形式有了明显的空间叙事形式。作为"一座可以逾越时间流动的永恒的里程碑"，普鲁斯特的《追忆似水年华》（*Remembrance of Things Past*, 1913—1927）更是以不连贯地表现小说事件或小说人物的形式，为作品赢得了叙事的空间效果。[3] 实际上，普鲁斯特这部碎片化的小说根本不需要读者从头至尾连贯地看下去，他们可以随便选取某一章节或某一部分，便可闲适地读下去，这要归因于普鲁斯特完全打乱了事件发生以及人物发展的时间

---

[1]　Jeffery R. Smitten, "Introduction: Spatial Form and Narrative Theory", In *Spatial Form in Narrative*, Edited by Jeffery R. Smitten and Ann Daghistany, Ithaca and London: Cornell Univ. Press, 1981, pp.15–34, p.17.

[2]　Jeffery R. Smitten, "Introduction: Spatial Form and Narrative Theory", In *Spatial Form in Narrative*, Edited by Jeffery R. Smitten and Ann Daghistany, Ithaca and London: Cornell Univ. Press, 1981, pp.15–34, p.17.

[3]　参见约瑟夫·弗兰克等：《现代小说的空间形式》，秦林芳等译，北京大学出版社1991年版，第11—15页。

顺序,而是将一瞬间出现的不同人物的意象加以并置。乔伊斯的《尤利西斯》(*Ulysses*, 1936)带给读者的印象不同于普鲁斯特,而是呈现了"一幅都柏林的整体画面",这种独特的绘画效果在于乔伊斯采用了"分散说明"(distributed exposition)、"参照"(reference)与"相互参照"(cross-reference)等叙事技巧,使得读者能够将不同的碎片联系起来,再将它们与其他补充部分联系起来,要达到上述效果,读者完全靠的是"反应参照"(reflexive reference)的技巧。①

没有一部小说是纯粹属于时间或空间的,因为"它们全部都包括同时性、回忆,或者时间跳跃,而几乎从没有一部作品可以完全忽视时间"②,因此在一部空间形式的小说中,偏离纯粹的时间性,或者偏离因果 / 时间的顺序,只是要求读者"在头脑中映射出内部参照系统以及理解任何一件单一事件意义的关系"③,或者要将分散的各个部分整合成为一个整体。据弗兰克的认识,读者的感知是最需要的,也就是说,读者被邀请进入原作者的写作中来,他对文本的反应有助于在他的头脑中勾勒或映射出一个模型或者一幅画面,而他的"空间感觉"或"空间意识"需要被积极地调出来,用以欣赏或考察具有空间形式的文学文本。对于那些复杂的现代派作品来说,读者更是需要重复阅读多遍,才可以实现他的"反应参照"。

弗兰克的术语"反应参照"类似于禅宗里所说的"观想"。观想的要

---

① 参见约瑟夫·弗兰克等:《现代小说的空间形式》,秦林芳等译,北京大学出版社 1991 年版,第 7 页。

② Jeffery R. Smitten, "Introduction: Spatial Form and Narrative Theory", In *Spatial Form in Narrative*, Edited by Jeffery R. Smitten and Ann Daghistany, Ithaca and London: Cornell Univ. Press, 1981, pp.15–34, p.20.

③ Jeffery R. Smitten, "Introduction: Spatial Form and Narrative Theory", In *Spatial Form in Narrative*, Edited by Jeffery R. Smitten and Ann Daghistany, Ithaca and London: Cornell Univ. Press, 1981, pp.15–34, p.20.

求很高,需要一个人在冥思中将头脑中的想法或概念映射出来,这一点类似于混沌理论家们在电脑中观察动态系统中事物的运行,并将它们的运行轨迹在电脑屏幕中映射出来。在这期间,对事物运行轨迹的映射应该不停地迭代重复。上述所说的"反应参照"不仅类似于禅宗的观想或者混沌理论学者所做的电脑映射,其实与《周易》中的"象思维"要求也非常接近,它们都对观察者或观想者的要求较高。这个观察者只有在静思中将自己的所思与外界的事物,尤其是某个画面或者某种图形有所联系,并在头脑中形成真正的画面。通常这样的情况下,如果要在头脑中形成一个画面或图形,需要观察者有整体和全息的概念,只有这样,方能使主、客体彼此统一,也就是说,达到观察者的身心与天地合一,从而实现联想或观想或反应参照的可能。伽达默尔(Hans-Georg Gadamer)的解释学是理解"反应参照"这一术语最好的理论基础。我们首先将文本看作一个开放的系统,其中读者与文本的视野混在一起,甚至相互渗透。接着,我们将对文本理解的过程多次重复,只有这样,文本的意义才可生产出来。简单来说,读者需要将"个人参照的过程暂时悬置起来,一直到内部参照的整个图形得到整体的领悟"[1]。换句话说,只有将作品某一部分与另一部分联系起来参照,那么"整个意思才会在一瞬间被相互指涉"[2],只有如此,一部具有空间形式的叙事作品其句法才能被彻底梳理出来。

此外,如果要将文本弥散的各个部分整合成一个整体,最好能将"相互参照"与"反应参照"结合起来。鉴于作品本身的"互文"和"内互文"性,我们可以将"参照"、"相互参照"以及"反应参照"彼此结合的方法

---

[1] 参见约瑟夫·弗兰克等:《现代小说的空间形式》,秦林芳等译,北京大学出版社1991年版,第6页。

[2] Jeffery R. Smitten, "Introduction: Spatial Form and Narrative Theory", In *Spatial Form in Narrative*, Edited by Jeffery R. Smitten and Ann Daghistany, Ithaca and London: Cornell Univ. Press, 1981, pp.15–34, p.21.

拓展到同一个作者的其他作品中去。只有将作品置于多维的观察角度之中，才可以形成作品的"格式塔"。根据柯提思（James M. Curtis）的观点，格式塔与文本的关系类似于索绪尔（Ferdinand de Saussure）提出的语言和言语的关系。也就是说，当我们阅读一个带有空间形式的文本时，我们便会得到这样一个奇妙的关系，那就是文本与格式塔之间类似于言语与语言之间。①简言之，在弗兰克的空间形式理论中，我们很容易发现结构主义、现象学以及解释学等诸多理论的结合。

　　弗兰克富有开创性的新理论为其他学者接纳和发展，他们提供了许多分析文学作品的技巧和图形，当然，这里面大多是现代主义叙事形式，比如"框架"（framing）、"故事中故事"（story within story）、"主调"（leitmotif）、"并列结构"、"平行章节"、"作者错觉"等。作品的格式塔也因读者的不同而不同，比如福柯纳的小说《喧哗与骚动》（*The Sound and the Fury*, 1929），在弗兰克看来就是"一幅印象派画作"，而在拉布金（Eric S. Rabkin）看来则是"一系列的同心圆"。②米切尔森（David Mickelsen）甚至用"桔瓣"来做部分小说空间叙事形式的意象，他这样认为，"空间形式小说不像胡萝卜，逐渐长大，朝向绿色的汁液时没有受到任何的阻拦；相反，它们就是有着许多一瓣瓣果肉的橘子，并不朝向哪里或者它们就是朝向一个单一主题（核心）的一些圆圈"③。

　　伊哈布·哈桑（Ihab Hassan）说过："现代主义和后现代主义之间并没

---

① See James M. Curtis, "Spatial Form in the Context of Modernist Aesthetics", In *Spatial Form in Narrative*, Edited by Jeffery R. Smitten and Ann Daghistany, Ithaca and London: Cornell Univ. Press, 1981, pp.161–79, p.176.

② Eric S. Rabkin, "Spatial Form and Plot", In *Spatial Form in Narrative*, Edited by Jeffery R. Smitten and Ann Daghistany, Ithaca and London: Cornell Univ. Press, 1981, pp.79–100, p.98.

③ David Mickelsen, "Types of Spatial Structure", In *Spatial Form in Narrative*, Edited by Jeffery R. Smitten and Ann Daghistany, Ithaca and London: Cornell Univ. Press, 1981, pp.63–78, p.65.

有隔着一道铁幕或一座万里长城。"①哈桑的意思说的是在现代主义与后现代主义之间还有千丝万缕纠结的关系。麦克黑尔也指出，"后现代主义来自现代主义，某种意义上，与其说后现代主义是继现代主义之后，不如说更多地是来自现代主义"②。所以后现代主义叙事并非"现代主义作品的线性和进步发展的直接后果，相反，二者却有着相同的美学特点"③。后现代主义作家继承了他们的前辈现代主义作家的艺术创新和实验的做法，甚至比他们的前辈走得更远，实验得更加彻底。在后现代主义作家的作品中，时空的一致性被彻底打破，使得作品更加"碎片化"，他们的目的无非是要对碎片化了的社会进行"仿真"或"拟像"，毕竟，在这样的后现代社会，历史感已然沦落，时间感也已消失，甚至人的身份认同也不复存在，这一切都是 20 世纪 60 年代之后所谓的 "晚期资本主义发展的文化逻辑"④ 这一状态之下的结果。尽管现代主义作家们所处的或者所要面对的社会已经碎片化，但他们依然相信客观或超验的意义。他们虽然不再遵循再现的原则或者现实主义小说的再现叙事模式，而是在他们的小说结构、叙事技巧以及语言上做出了重要的改革，更是在他们的小说中花费了大量的笔墨，来表现人的经验、感知以及他们对外部世界的反思。外部世界的无序、碎片乃至荒诞成就了他们对人类幽暗内心世界的观察，他们的笔触转向了人们的潜意识或无意识，试图深入人们幽闭的内心秘密，揭示他们的绝望和危机感，甚至探索世界的荒诞与生活的无意义。沃尔夫的《到灯塔去》(*To the Lighthouse*, 1927) 与乔伊斯的《尤利西斯》(*Ulysses*, 1922) 均是杰出的

---

① Ihab Hassan, *The Postmodern Turn: Essays in Postmodern Theory and Culture*, Columbus: Ohio State Univ. Press, 1987, p.88.

② Brain McHale, *Postmodernist Fiction*, London and New York: Routledge, 1987, p.5.

③ Zhan Shukui, *Vladimir Nabokov: From Modernism to Postmodernism*, Xiamen: Xiamen Univ. Press, 2005, p. vi.

④ Fredric Jameson, *Postmodernism, or, The Cultural Logic of Late Capitalism*, Durham: Duke Univ. Press, 1999, p.46.

现代主义文学经典。在现代主义大师们那里，人的内心成了他们创作的新的"乐园"，梦幻、记忆、意识的流动、内心的独白等，总之，与潜意识或无意识有关的内心，成了他们表现世界另类真实的路径。不同于现代派作家，在后现代派作家那里，因为作者的"死亡"，使得作者对文本的绝对控制权也荡然无存。面对文本的不确定性以及词汇的游戏，读者可以靠着个人的自由联想来解读文本，毕竟文本也成了克里斯蒂娃意义上所说的"充满了互文"，所有的文本均是对前文本的再现、反思以及再生产。说实话，自由阐释相当于没有阐释，因为后现代主义"作品删除了自身，对其未来的创造进行搞怪，甚至拒绝阐释，将作者与读者置于自我反涉的游戏之中"[1]。

据加拿大学者琳达·哈琴（Linda Hutcheon）的理解，后现代派小说应该就是她所定义的"史论元小说"[2]。属于这些流派的小说都有一个非常突出的特点，那就是"抛弃传统的人物、行动、主题发展、叙事顺序等观念，最终其自身也成了一种幻觉，也就是说将质疑悬置起来，以便取悦于写作形式上的充分自我意识"[3]。许多后现代主义作家，比如纳博科夫（Vladimir Nabokov）、威廉姆·加斯（William Gass）、威廉姆·加迪斯（William Gaddis）、罗纳德·苏克尼克（Ronald Sukenick）以及麦卡锡等，都是元小说的大师。在他们的作品中，作者总会将自己卷入进去，有时也会变身成为小说中的一个人物，有时他们还会在小说中讨论他们真实的创

---

① Jerome Klinkowitz, "Spatial Form in Contemporary Fiction", In *Spatial Form in Narrative*, Edited by Jeffery R. Smitten and Ann Daghistany, Ithaca and London: Cornell Univ. Press, 1981, pp.37–47, p.40.

② Linda Hutcheon, *A Poetics of Postmodernism: History, Theory, Fiction*, New York and London: Routledge, 1988, p. ix.

③ Jerome Klinkowitz, "Spatial Form in Contemporary Fiction", In *Spatial Form in Narrative*, Edited by Jeffery R. Smitten and Ann Daghistany, Ithaca and London: Cornell Univ. Press, 1981, pp.37–47, p.39.

作意图，旨在说明小说是为虚构这一本质，并因此使得他们的作品有一种喜剧和游戏之感。纳博科夫曾宣称："我所有的小说都有这么一个功能，那就是要去证明小说总体上根本不存在。"[1] 麦卡锡也在他的《穿越》这部小说中讨论过小说的虚构性，并借小说中的人物，一个没有名字而只是被模糊地提及为前牧师的人，这么说道："一切都是讲述。"[2] 对于这些作家来说，写作就是与整个世界玩一场游戏。通过作品，他们可以创造出"很多种现实"或者就是多元化复数现实。不管怎么说，正是这样一种小说中的自我反涉性，"使得新型作品的空间形式一直占主导地位"[3]。

就后现代主义小说中的空间形式而言，弗拉克对"空间并置"的建议似乎显得有些无力，毕竟后现代主义小说中，拥有的大多都是漂浮的能指，根本没有真正的句法和组织可以"参照"，而后现代主义小说的叙事也总是"混沌"式的（或者无序的）碎片化。尽管如此，弗兰克提出的参照、交叉参照以及反应参照等方法还是在我们探讨叙事的空间形式方面有些裨益。在后现代派小说中，叙事不再遵循所谓的因果—线性—时间顺序，而小说的空间则被呈现得漂浮和异质。虽然也采用了空间形式，但在现代派小说中，叙事顺序依然被作家们用来展现世界的进步，空间也被用作远离时间中发生一切的慰藉；与之不同，空间形式在后现代派小说中，却是唯一用来展现他们对世界的认识。在这些所谓的"精神分裂的文本中"[4]，读者的"反应参照"带来的恐怕只是纯粹的"拼贴"。

当今世界，人类正经历着一场以国际互联网为代表的信息革命，加之

---

[1] Vladimir Nabokov, *Strong Opinions*, New York: Random House, 1990, p.115.

[2] Cormac McCarthy, *The Crossing*, New York: Alfred A. Knopf, 1994, p.155.

[3] Jerome Klinkowitz, "Spatial Form in Contemporary Fiction", In *Spatial Form in Narrative*, Edited by Jeffery R. Smitten and Ann Daghistany, Ithaca and London: Cornell Univ. Press, 1981, pp.37–47, p.40.

[4] Brain McHale, *Postmodernist Fiction*, London and New York: Routledge, 1987, p.190.

生命科学、材料科学以及混沌理论等技术领域中的科技进步，使得人类社会产生了巨大的变革。这无疑也对文学艺术的发展带来了不可估量的影响。许多后现代派小说都表现出了形形色色的"科技文化"主题。电脑科技的发展，计算机网络的出现，也为小说文本的形式提供了广阔的空间。很多有着新的空间形式的小说，比如"赛博空间"、"超空间"等，已经完全抛弃了传统的叙事观念，甚至用电子文本取代了印刷文本。

超文本小说更是以计算机互联网为平台，利用文字、图片、声像、多媒体数据交互链接、搜索等超文本技术，创作出具有新的空间形式的小说。被誉为"超文本之父"的美国作家麦克·乔伊斯（Michael Joyce），就巧妙地运用内部链接和外部链接等形式，创作出令人耳目一新的超文本小说。他的《下午：一个故事》（*Afternoon, a Story*, 1987）就是一部典型的超文本小说。超文本小说借助媒介、网站、超文本软件、CD 光盘以及某些具有特殊驱动的故事空间，展示给读者的是比以前复杂得多的空间形式。在这些超文本的小说中，空间形式业已成了一个有着很多"交叉小径"的"迷宫"。在这些迷宫似的花园中，读者要自我导游并穿过一系列相互联系而又相互交叉的"节点"，或者说文本的多个街区。总之，他们再也不像从前那样，仅仅受控于印刷文本单一线性的叙事模式的影响，而是远远偏离了传统的路径。[1] 美国超文本小说的随意性、开放性、不确定性、片段性、交互性、大众性、游戏性，使得超文本小说与后现代主义小说的艺术特色相吻合，同时也丰富了后现代主义小说的叙事技巧。可以说，美国超文本小说就是后现代主义小说在科技文化新环境中的新实验。

总之，随着当今世界科学和技术的发展，当代小说的叙事模式变得越来越复杂起来。混沌理论的空间形式，比如奇异吸引子、分形、分岔、涡

---

[1] See Paul Geyh, et al. *Postmodern American Fiction*, New York and London: W. W. Norton & Company, 1988, p.511.

旋等,已被约翰·巴思、约翰·豪克斯、凯西·艾克、托马斯·品钦以及科麦克·麦卡锡等当代美国作家所运用,用来丰富他们的小说叙事或者建构他们小说的空间形式,使得他们的小说呈现出一种新的动态空间性的艺术特点。不管怎么说,作为一种新的科学理论,混沌理论已经展示出其对于回顾、重释甚或重记语言、文本、自我、社会以及时空性等方面的可喜作用。可以说,混沌理论"推翻现有的科学观和系统观的这一过程,恰恰与当今文学对于不确定性与不稳定性、能指的自由游戏以及各种各样的重写等新的关注点有了共振"[1]。不仅如此,混沌理论与人文领域以及当代的文学创作所关注的空间以及空间形式的联系,以及混沌理论与新兴的叙事空间理论家们在对读者介入、整体把握叙事细节,并重新拼贴叙事空间形式等方面强调的共识,无疑对于我们深入认识和研究当代美国小说,尤其是考察当代美国小说的叙事空间形式这一新的艺术表现形式,印证后现代主义文学的多元与复杂性,不仅富有启发,更是大有益处。

---

[1] Gordon E. Slethaug, *Beautiful Chaos: Chaos Theory and Metachaotics in Recent American Fiction*, Albany: State Univ. of New York Press, 2000, p. xii.

第二章

"混沌"、荒野与非线性："混沌"的叙事内容

善言不美，美言不善。

——老子《道德经》

山间或树林里缓缓流淌着一条小河，即使河中的一块小石头，也会让水流出现变化：或是石头前后来回打转的涡旋，或是水流干脆逆着小河流动的方向走向另一个方向，然后又形成了另一条溪流。事实上，不只是小河，大自然中很多事物的发展变化都是非线性的，涡旋就是大自然非线性特征最好的隐喻之一。[①] 在我们人类所处的宇宙中，规则与不规则并存，有序与无序共生，当然，对称与不对称、优美与恐怖也同样地同生共长，这正是混沌理论告诉我们关于宇宙以及自然的道理。如果将宇宙看作太极，那么构成宇宙的元素一定是阴阳、有序与无序，它们相反相成，对立统一。根据混沌理论的研究，自身有着悖论特征的"混沌"，其有序的无序构成了我们生活的世界。大自然本身也是"混沌"。

与充满有序的无序之自然类似，麦卡锡的小说世界也充满了这样的悖论。在他的小说中，有序而无序、对称与不对称、壮美与恐怖，共生而共存。本章主要探讨麦卡锡黑暗而又充满暴力的小说世界，其中，人、自然与社会均被表征为"荒野"和"混沌"。作为"混沌"的另一重要隐喻，"荒野"在麦卡锡的小说中与"混沌"同义，以有序中的无序或无序中的有序以及非

---

① 与蝴蝶一样，涡旋也是混沌理论学家经常用来说明混沌的重要隐喻之一，目的在于说明非线性动力系统中事物的混沌的行为。大卫·儒勒与普利高津两位科学家就是从涡旋研究开始，为混沌理论的完善和发展作出了重要贡献。

线性为特征。小说《上帝之子》与《血色子午线》会在本部分做重点讨论，旨在考察麦卡锡小说叙事内容上的"混沌"特征。而麦卡锡的其他小说，如《果园看守者》、《外围黑暗》、《萨特利》、《穿越》等也会随研究的需要，有所涉及。

麦卡锡的小说世界黑暗而苍凉，甚至某时候就是血腥和残暴，关于这一点，麦卡锡的许多研究者早已注意到。维瑞安·贝尔是麦卡锡早期的研究者之一，他认为麦卡锡的小说充满"虚无"，其主要原因就在于麦卡锡小说世界的黑暗性。[①] 贝尔的观点值得商榷。我们知道，伟大的古希腊学者亚里士多德曾经说过，伟大的悲剧就是将美好的东西撕成碎片呈现给观众。既然如此，那么伟大的文学往往因"将不可忍受的变成了美的事物"，从而使我们能够"看到黑暗的最深处"。[②] 鉴于上述亚里士多德对悲剧的看法，我们对贝尔的阐释有所质疑。笔者认为，"荒野"在麦卡锡的小说中与"混沌"不仅同义，而且他们还有共同的特点，那就是有序的无序或无序的有序以及非线性。麦卡锡的小说暗示读者，无论是大自然还是我们人类世界，甚至我们所处的社会，都处于"内外皆荒野"的状态之中。[③] 试想一下。鱼类中章鱼的长相，

---

① See Vereen M. Bell, *The Achievement of Cormac McCarthy*, Baton Rouge: Louisiana State Univ. Press, 1988.

② Mark Royden Winchell, "Inner Dark: or, The Place of Cormac McCarthy", In *Southern Review* 26.2, April 1990, Rpt in *Contemporary Literary Criticism Select*, Detroit: Gale, 2008, In *Literature Review Center*, Web. Nov.13, 2010.

③ "内外皆荒野"的说法是麦卡锡研究者吉耶曼在对小说《上帝之子》研究后提出的观点。在吉耶曼看来，《上帝之子》就是一部关于"内外皆荒野"的小说（See Georg Guillemin, *The Pastoral Vision of Cormac McCarthy*, College Station: Texas A & M Univ. Press, 2004, p. 37）。笔者认可吉耶曼的观点，但却在吉耶曼的基础上有所发展。笔者认为，不仅麦卡锡的小说人物在人性上有着荒野的特征，而且麦卡锡的小说世界无论是自然界或是人类世界，都有着荒野的重要特征。换句话说，麦卡锡小说中的自然与人类有着共同的荒野特征，他们不仅同构，更是互为投射。这就是本研究所谓从内到外皆为荒野和混沌的意思所在。麦卡锡对世界和人类的认识，呼应了20世纪60年代之后时代的实在性这一表现。

不仅丑陋而且恐怖，但我们不能因为章鱼的丑陋便忽略它的存在。我们身处的大自然中有许多类似章鱼的物种存在，类似的道理很容易得到确证。然而，正是它们的丑陋衬托了世界的美丽，也正是它们的恐怖烘托了世界的美好，丑陋与美丽、恐怖与美好的同生共存，才构成了复杂多变的宇宙空间，这本身也正是"混沌"给予我们的启示。可以说，章鱼的丑陋某时候类似于人性的丑陋，是后者在大自然中的投射。或许正是对大自然中"混沌"的观察，使得麦卡锡要去"模拟"或"仿真"后现代时期宇宙的实在性，那就是人、自然以及社会所共同具有的有序的无序或无序的有序以及非线性这样的混沌性。如果一定强调麦卡锡小说有一种黑暗而苍凉的恐怖氛围，那么这种恐怖至少也应该是爱尔兰诗人叶芝（W. B. Yeats）意义上的"恐怖美"①，并非贝尔据此得出的麦卡锡是个虚无主义者。

讨论麦卡锡小说世界中的"荒野"和"混沌"之前，有必要回顾和讨论从经典科学到现代科学整个科学发展过程中所带来的人类思维范式的改变。在下文的讨论中，我们将从人类所在的宇宙中知识的改变出发，追溯和讨论有序与无序关系的变化，目的在于更好地了解科学与文学的"对话"，尤其它们在文学文本上所展开的"对话"的效果。

第一节　范式的改变

就有序与无序这一问题而言，人类自古以来就为此困惑。自从哥白尼的日心说推翻了托勒密的地心说，人们便彻底从中世纪神学的桎梏下解放了出来。中世纪基督教的神学相信自然为上帝塑造，因此自然一定就是统一的和有序的。人文主义思想家以及艺术家们关注的焦点从神转移到了

---

① "恐怖美"来自于爱尔兰诗人叶芝的著名诗篇《1916 年复活节》（*Easter*, 1916），诗歌写道："我用诗句将他们写出来……现在和将来 / 只要绿色出现的地方，/ 一切都会改变，完全改变：/ 一种恐怖的美诞生。"

人，强调人的高贵性的同时，也关注到了人的理性。他们相信理性不仅可以帮助人类认识宇宙和自然，同时也可以控制人的感性乃至危险的激情。对于人文主义思想家来说，尽管秩序为上帝所造，但一旦秩序被创造出来，就可以被人所认识和了解。文艺复兴时期人们对理性的认识和价值观，持续到了启蒙时代。随着伽利略落体理论与笛卡儿数学以及牛顿力学的发展，人们的理性、理性推理以及机械唯格主义，成了启蒙思想的核心问题，由此人们可以理解宇宙，甚至改善人类的生存状态。经典科学更是将宇宙看作一个"机械钟"，试图"将自然描摹成一个统一的、决定性的、理性的以及简单的系统，这个系统受控于不能改变的法则"①。现代主义（文艺复兴与启蒙运动也经常被命名为现代性的来临）时期，人们关注的问题基本上还是关于秩序问题，当时人们相信知识可以带来权利（话语），这样的权利（话语）能够征服愚昧、扫除无序。有序与对称的图案当时也被认为是一种优美和简约。随着现代科学的发展，整个西方的思想开始弥漫着决定论和还原论的观点。一般来说，艺术的发展总在追随科学的进步，这一点我们在前一章讨论混沌理论与文学批评的关系时，也有涉及。现实主义与自然主义文学认为文学可以"再现"现实，也就是说，他们相信现实至少是可以被人类所了解和认知，因此现实或自然主义小说中，普遍可见的叙事结构一般都是因果—线性—时间之顺序。

19 世纪晚期到 20 世纪早期，牛顿范式相继遭到电磁学、热动力学、相对论和量子力学的纷纷挑战。爱因斯坦的相对论（1915）显然抛弃了之前绝对运动的概念。接着，海森伯格（Werner Heisenberg）的不确定原则（1927）也表明了在任何一个测量系统中观察者卷入的普遍性。再者，尼尔斯·玻尔（Niels Bohr）的互补原理（1927）认为光的波粒二重性，不仅

---

① Royce P. Grubic, *Cosmic, Chaos, and Process in Western Thought: Towards a New Science and Existentialist Social Ethic*, VDM Verlag Dr. Muller, 2008, p.124.

对立而且互补。总之，上述现代科学中的多个理论都在强调牛顿宇宙模型以及与此相伴而生的启蒙运动对宇宙解释的失效和乏力，同时他们也发起了对自然界决定性逻辑的攻击，进一步强调了支撑现实主义文学观的线性推理、因果律、持续性以及客观性等观点，有了缺陷和漏洞。[①]不仅如此，在整个 20 世纪，随着工业化、都市化以及现代化的持续发展，不仅环境在人类逐渐膨胀的物欲以及人们对经济利益的追求下日益恶化，而且人类本身也被整个资本主义制度所压迫和控制，逐渐被异化成为"非人"。人的异化与碎片化的现实，成了现代主义阶段人们普遍感受的情感。除了漂浮在现代主义阶段的普遍的人的碎片感，人类世界爆发的两次世界大战，残酷血腥的大屠杀与灭绝人寰的原子弹的爆炸，都在强烈地告诉人们，现代性的计划，包括科学、理性以及秩序等都有了问题，尽管它们之前是如此的受人敬仰和信任。对于现代主义文学来说，不仅人已经异化，成了"非人"，而且世界也走向了无序甚至碎片化，因此，文学中的"再现主义思想"很难在文学作品中得以实现。既然如此，现代主义文学开始提倡"一种自我意识以及更加强调直觉的美学观"[②]。意识流小说、意象派诗歌、荒诞派戏剧等，开始粉墨登场，而文学中的立体主义、达达主义以及超现实主义也为作家们提供了新的实验和探索。尽管异化和碎片化成了现代主义文学的重要特征之一，但现代主义作家们依然坚持，在一个无序、随机以及未完成的世界中还是能够实现秩序、统一和连贯性，在他们的作品中，我们依然可以发现秩序与连贯性的存在。

　　从牛顿科学那里继承来的西方思想中的"秩序观"，直到 20 世纪下半叶后现代科学的出现才被彻底击垮。利奥塔在他著名的《后现代状态：关

---

① See Joseph Conte, *Design and Debris: A Chaotics of Postmodern American Fiction*, Tuscaloosa: Univ. of Alabama Press, 2002, p.7.

② Joseph Conte, *Design and Debris: A Chaotics of Postmodern American Fiction*, Tuscaloosa: Univ. of Alabama Press, 2002, p.7.

于知识的报告》（*The Postmodern Condition: A Report on Knowledge*, 1979）一书中声称，科学已经完全到了"决定论的危机时刻"①。利奥塔提出，量子力学、非线性动力学、曼德博的分形几何学与雷内·托姆（René Thom）的灾变论，代表的是一种范式的改变，也就是知识存在状况的一种彻底改变。利奥塔这样总结说：

> 后现代科学——就其自身与这些事物的关联，如不确定性、准确控制的局限、以不完全信息为特征的冲突、"分形"、灾变以及实际的悖论等——正在将自身的演变理论转化为不连续性、灾变性、不可精确性以及悖论性，而同时也在表达这样的改变如何得以发生。后现代科学正在生产的不是已知而是未知。②

在后现代主义时期，科学不再局限于对物体和事物状态的关注；相反，自然却再次返魅，并以其不稳定性、不规律性以及多元的自然现象的优美，重新吸引了科学家们的视线。混沌理论相信世界存在着不可能，但这种不可能却是可能性与不确定性共存，并非单一地只有绝对律和机械过程。他们相信世界是一个彼此联结的大的网络，而不是一个分散的、封闭的系统与不存在摩擦力的星球。他们也相信世界是一个整体，而不是所谓的全球或者局域性，在单个个体的生活现实与整个人类的历史现实中，存在着大量的平行性。简而言之，后现代科学的确出现了一种范式的改变，具体说来，那就是"从将非线性看作决定性宇宙中一个怪异的例外，到世界充满了有序中的无序以及认为世界中存在可预测性才是稀罕

---

① Jean-François Lyotard, *The Postmodern Condition: A Report on Knowledge*, Minneapolis: Univ. of Minnesota Press, 1993, p.53.

② Jean-François Lyotard, *The Postmodern Condition: A Report on Knowledge*, Minneapolis: Univ. of Minnesota Press, 1993, p.60.

物"① 的改变。

著名马克思主义理论家詹姆逊（Fredric Jameson）认为，资本主义存在三个不同的发展阶段，它们分别呼应了文学发展的三个阶段。也就是说，市场资本主义阶段对应的是现实主义文学，垄断资本主义阶段对应的是现代主义文学，而跨国资本主义或晚期资本主义阶段对应的则是后现代主义文学。② 詹姆逊的观点建基于马克思主义关于经济基础决定上层建筑的理论，很有道理，也是目前关于后现代主义这一概念最容易让人接受的理论之一。然而，换个角度，如果就科学和文学的彼此关系而言，模仿詹姆逊，笔者也发现了一个三段论的科学与文学关联的发展模式：牛顿力学对应的是现实主义文学阶段，爱因斯坦相对论对应的是现代主义文学阶段，而混沌理论则对应的是后现代主义文学阶段。这样的认识，正好补充了詹姆逊关于资本主义发展阶段与文学发展之间联系的观点。

对于后现代主义文学来说，笛卡儿提出的理性主义、灵与肉的二元对立，以及牛顿机械钟式的"霸权"，都对后现代主义文学奈何不得，不能全面控制他们的思想。③ 以包容和开放为特点的后现代主义文学，其实相对折中。这种文学的折中主义使得他们发现了"狂欢化"④，后者很快成为他们作品中新的强有力的"出口"。在后现代主义文学中，线性—因果—逻辑—顺序的叙事结构已被完全打破，"混沌"、碎片化成了他们新的创作

① Joseph Conte, *Design and Debris: A Chaotics of Postmodern American Fiction*, Tuscaloosa: Univ. of Alabama Press, 2002, p.10.

② See Fredric Jameson, *Postmodernism, or: The Cultural Logic of Late Capitalism*, Durham: Duke Univ. Press, 1999, pp.35–36.

③ See Royce P. Grubic, *Cosmic, Chaos, and Process in Western Thought: Towards a New Science and Existentialist Social Ethic*, VDM Verlag Dr. Muller, 2008, p.166.

④ 本文此处的"狂欢化"借用了巴赫金的术语"carnivalization"，指的是后现代主义文学寻求多种复杂因素的融合，以开放的态度对待任何世界，注重文学内容和形式的开放性。

特色。没有所谓的中心,历史也不复存在,更不要提还能发现什么源头,人们看到的只有永远漂浮的"当下",以及"能指们"纯粹的拼贴。真实已无处可寻,所存在的无非是一种"超真实"、"拟像"或"幻觉"等,"实在性"也已代替了之前响亮的"再现"。后现代主义文本"在被学术界接受为合法叙事之前,不仅热烈拥抱,更是热切地在叙事中展示混沌行为和不确定的理论"①。

麦卡锡的小说创作是在后现代主义和混沌理论两大思潮的背景下展开,显然也被置于人类知识范式改变的大的思想语境中。正是在这样复杂的语境中,麦卡锡小说展示了他对人、自然以及整个社会的观察和思考。在他的笔下,有序与无序并存,恐怖与壮美同在,人、自然和社会均被表征为混沌和荒野,正好呼应了他所处的时代和社会的主旋律。麦卡锡的小说世界中,黑暗与暴力是他叙事内容的主旋律,而这样的主题正是对世界黑暗和暴力的最好表征,凸显了世界本有的真相。可以说,麦卡锡的小说中,人性的黑暗、社会的暴力、荒野的"去自然"、人生的随机与偶然、命运的不确定性与不可预测性,乃至事物发展的因果不成比例等都在表明,后现代时期人类生活的宇宙呈"决定性的混沌",也就是有序中的无序或无序的有序。

第二节 《上帝之子》中的暴力、涡旋与非线性

麦卡锡的研究者基本都将研究焦点聚焦于他的西南部小说,而他早期的阿巴拉契亚山脉小说还没有引起研究者的太多注意。然而,正如麦卡锡研究学者阿诺德发现的那样,麦卡锡的作品"无论背景如何,都在互相指

---

① Joseph Conte, *Design and Debris: A Chaotics of Postmodern American Fiction*, Tuscaloosa: Univ. of Alabama Press, 2002, p.10.

涉彼此说明，当然，借助作品之间的彼此呼应，可以加深、扩展乃至最终形成麦卡锡整体上的艺术观"①。实际上，麦卡锡的早期小说为他后来的作品定下了基调，其小说的主要叙事主题都在围绕暴力，尤其是个体如何在社会主体与社会现实之间协商并卷入暴力的"混沌"系统，就在这种协商中，人、自然与社会彼此联系。因此，有必要先行讨论麦卡锡的早期小说《上帝之子》，并以此小说为个案，重点探讨个体如何在社会主体与社会现实之间协商并卷入暴力的混沌系统。当然，从此文本入手，也有助于我们考察麦卡锡小说的混沌现象、麦卡锡的混沌整体观以及麦卡锡在小说创作方面所做的革新。

《上帝之子》是麦卡锡的第三部小说，为阿巴拉契亚山脉阶段的小说之一，主要围绕田纳西州塞维尔（Sevier）小镇上一个年轻男子莱斯特·白乐德（Lester Ballard）的故事展开。白乐德年仅 27 岁，因为没有能力及时交付政府的房产税，便被镇政府剥夺了房产并公开拍卖。拍卖会上白乐德先是被镇上的暴徒打伤，接着被赶出了小镇。离开小镇后，无处可居的白乐德逐渐堕落成为一个病态的杀人恋尸犯，疯狂地报复社会。被镇上警察到处追捕的白乐德失足跌入一个地下洞穴，五天之后，他徒手从地下挖掘了出口后逃离了洞穴。不久后，他被作为精神病人为当地州医院收治，很快死去。死去后的白乐德被送到医学院的解剖室，结果，大学生们一无所获，他们没有发现白乐德的身体构造异于常人。最后，他的肢体残片被装进黑色的垃圾袋，送到镇外的公墓，入了土。

令人吃惊的是，这样一个杀人凶手和恋尸犯竟被看作小说的"英雄"（hero）（主要人物），讲述他如何从中心走向边缘，从文明堕落到荒野的人生悲剧。小说甚至还借叙述者之口，直接称呼白乐德为"上帝之子"，

---

① Edwin T. Arnold, "The Mosaic of McCarthy's Fiction", In *Sacred Violence: A Reader's Companion to Cormac McCarthy*, Edited by Edwin T. Arnold and Dianne C. Luce, Jackson: Univ. of Mississippi, 1995, pp.17–24, p.18.

并对读者说他"可能更像你自己"①。关注边缘与边缘人物，并讨论和书写边缘与边缘人物，是后现代主义文学的一贯特色。然而，麦卡锡将一个病态人物或一个"反社会"的人当作小说主要人物，还特意强调这样的"反叛者"就是我们自己，不能不引起人们的反思。毫无疑问，通过对白乐德非线性人生的书写，麦卡锡旨在挑战人们头脑中固化的传统观念，尤其是人类文明社会的禁忌。麦卡锡是在警醒世人，唤起世人对白乐德这样的病态人物及其命运乃至这一切背后的种种真相做出反思。

混沌理论强调自然的"返魅"，大自然中涡旋的形成说明真理与涡旋紧密相关。涡旋虽独立成型，但创造出涡旋的整条河流，却与涡旋彼此联系，密不可分。重要的是，涡旋中系统内外的水流不会绝对分离，且注定要融合在一起。自然界给予人类许多暗示，适用自然界的道理同样适用人类，这一点就如《周易》对宇宙与人类社会的观察一样。在《周易》看来，天地是自然世界中最早产生的东西，自然中的一切现象都是人类认识自我与社会最好的参照。当然，自然界中的现象也可投射到人类自身与社会上来。类似《周易》的做法，混沌理论也将自然界的事物看作混沌理论解释事物运行的参照，涡旋就是重要例子之一。

就《上帝之子》中的白乐德来说，表面上看，作为一个社会道德、法制以及伦理禁忌的逾越者，他的行为是他独立个体行动的结果；然而，他的行动却意指了"暴力作为一个建构了社会现实的控制系统的总体性"②，毕竟一个涡旋的形成离不开水流的源头，而涡旋内外的水流也很难分清。《上帝之子》创作于20世纪70年代，美国经历了二战之后经济的飞速发展，物质生活的富足使得人们急需全新的精神追求。70年代算得上美国的多事之秋。水门事件的丑闻，使得人们开始质疑政府的公信度以及执法的公

① Cormac McCarthy, *Child of God*, New York: Vintage International, 1973, p.4.

② Daniel Weiss, *Cormac McCarthy, Violence and the American Tradition*, Diss., Wayne State Univ., 2009, Ann Arbor: UMI, 2009, ATT 3359585, p.74.

正性，而此起彼伏的学生运动、民权运动、女性主义运动、性革命、摇滚乐等当时社会出现的各种社会变革与"喧哗"，几乎将美国的每一条街道都彻底掀翻。加上陷入旷日持久的越南战争，美国对外背负的战争包袱越来越重。越战不仅第一次让美国人民尝到了失败的滋味，身心备受创伤，而精神的创伤更是影响深远。冷战期间两大军事大国之间展开的军备竞赛以及原子弹巨大的毁灭力量带来世界的震惊，使得整个70年代的美国上下，都弥漫了一种深深的破灭感。战争带给人民的不仅是一堆堆的废墟，更是给予美国整个国家"寂静的春天"。

从"混沌"的角度入手探讨白乐德生活中出现的涡旋，我们发现，白乐德人生涡旋的起源、发展以及变化的结果均为"混沌"，而原因和结果之间的不成比例，也决定了一切都呈非线性特征。从"人"到"物"，白乐德的返祖式退化乃至他从文明到荒野的退却都在说明，他的病态和暴力不仅缘于他天生的暴力倾向，更与他所生活的时代和社会以及资本主义秩序的运行机制分不开。社会体制、家庭生活和成长背景、性别关系以及白乐德所在的社区或生活共同体等，实际上是一个系统，它们共同作用，最终使得白乐德堕落成为一个病态的暴力杀人犯。再现白乐德这样一个怪物"英雄"或病态人物或恋尸杀人犯，麦卡锡试图用白乐德的"病态"来折射他所在社会的病态，并从中折射出人性的荒野。换言之，从个体和个体命运的变化，折射出整个社会的荒野乃至人性的邪恶。《上帝之子》应该是一则当代寓言，不仅折射出人类自我堕落与暴力的影子，更是深刻揭示了人的本质。借小说人物的非线性命运，麦卡锡警示我们，人类世界从没有远离暴力，暴力的阴影还笼罩在人类社会的上空。

一、暴力、涡旋以及多元决定

在相对主义占据核心文化思潮的后现代主义社会语境中，真理已被问题化。麦卡锡认为，暴力是真理的结果，其本身不仅是揭示真理的最好路径，更是真理呈现的最好方式。实际上，我们不要将暴力看作洪水猛兽，更不要将充斥暴力和恐怖的麦卡锡作品当作"另类"，如果将麦卡锡小说放置在源远流长的西方文学传统中去考量，这一切不足为奇。古老的《荷马史诗》弥漫着战争与暴力及其阴影下生命个体的痛苦，《圣经》也不乏残酷的战争和十字架上殉道受刑的血腥。莎士比亚的著名戏剧中，血腥和残暴也如影随形，《李尔王》中的爱德蒙（Edmund）用他的靴子后跟直接将葛罗斯特（Glouster）的眼球踢飞了出去。后现代主义作家约瑟夫·海勒（Joseph Heller）的《第 22 条军规》（*Catch-22*, 1961），充斥其中的血腥战争与荒诞暴力让人啼笑皆非。托尼·莫里森的小说《宠儿》（*Beloved*, 1987），更是重复着人类史上杀婴的恐怖和血腥。与他的文学前辈一样，暴力在麦氏小说中更是挥之不去的"幽灵"。他的大部分小说人物都被卷进了暴力的涡旋之中，挣扎、反抗，甚至在涡旋中毁灭或者堕落。生活的随机和不确定性，使得他们的命运复杂和模糊起来。小说人物白乐德就是最好的个案。

白乐德算得上较为残暴的麦氏小说人物之一。小说《上帝之子》并没有直接表现他的凶残，而是巧妙地邀请读者介入，为想象留下了空间。读者看到的是白乐德藏身的地下洞穴中，"一个穴窟内的石条上摆满了各种各样睡姿的死尸"[①]，而他们到底如何被杀和何时被杀，并没有交代。小说共有三次对白乐德的杀人场面进行了细节铺陈。第一次是他试图性侵垃圾工拉尔夫（Ralph）的女儿，遭到对方反抗后不仅将其枪杀，还纵火烧掉了房子，当时拉尔夫的痴呆外孙就坐在房间的地板上。白乐德第二次的杀人方式更是简单粗暴。他在打猎途中遇到郊外的一辆汽车，先是从窗外偷窥这对男女行鱼水之欢，接着他模仿警察"质询"男孩出示驾照，遭到拒

[①] Cormac McCarthy, *Child of God*, New York: Vintage International, 1973, p.195. 文本引文的译文如果没有特别注出，皆为笔者自己所译。下文出自同一文本的译文不再标注。

绝后直接朝男孩的脖颈开了枪。令人震惊的是，他直接将车里的女性拖出，勒令她转过身并对准头颅开枪。白乐德的杀人方式类似行刑，且是通常针对死囚的行刑方式，对人的心理冲击较大。最后，白乐德将尚还温软的女尸拖进路边的草丛实施了奸污。第三次白乐德枪杀了小镇居民约翰·格雷尔（John Greer），实际上这一次算得上蓄意谋杀。格雷尔从拍卖会上买走了白乐德的房产，使得他怀恨在心。作案之前，白乐德多次躲在格雷尔的房子后面观察他的行踪，杀人后旋即离开，身后留下了"一个假发似的死人头皮"①。一句话，白乐德不仅是杀人犯，还是强奸犯、纵火犯、虐待狂和恋尸狂等多重犯罪者。他的杀人、奸尸早已逾越了社会文明规则，触犯了人类文明的大忌。尽管当代美国小说看重边缘人物书写，让边缘走向中心是后现代主义文学的趋势之一，但将这么一个残暴的白乐德当作小说的主要人物，还借叙述者之后称其为"上帝之子"②，小说的背后定有玄机。

人生是一个复杂的动态系统，其中"有很多的变量，它们纷纷卷入复杂的参数之网中，影响着人生的每一个瞬间"③。考察白乐德的人生系统，其自身的暴力倾向不能忽视。他从幼年时期表现出来的暴力倾向，让他与其他同龄孩子有所不同。尽管如此，毕竟作为一个社会人，其行为受制于法律、道德、伦理、禁忌及其他社会准则的约束。只有个体所在的社会系统中某一变量起了变化，这种暴力倾向才会随之变化。小说提到小镇一名铁匠的观察，在他看来，"这（打铁）就像生活中的很多事……其中一小步出了错误，那么整个过程都会出错"④。铁匠的观察显然就是混沌理论

---

① Cormac McCarthy, *Child of God*, New York: Vintage International, 1973, p.173.

② Cormac McCarthy, *Child of God*, New York: Vintage International, 1973, p.4.

③ Kevin A. Boon, *Chaos Theory and the Interpretation of Literary Texts: The Case of Kurt Vonnegut*, Lewiston, N. Y. : Edwen Mellen Press, 1997, p.18.

④ Cormac McCarthy, *Child of God*, New York: Vintage International, 1973, p.74.

中蝴蝶效应的另一种朴素说法,指的是系统中微小的摆动便会引起系统长期的巨大的变化。就白乐德的人生和其卷入暴力的涡旋来说,涡旋形成的内外因素都要结合考量,这样才可能准确发现造成白乐德人生发展的非线性的多重因素。换句话说,在他的世界,包括身体和心理的倾向等要素都要考虑在内,毕竟生命系统中涡旋的出现,取决于多元因素的共同作用。

白乐德的智力和精神并不健全,从文本对他的形象描述窥得一斑。当镇政府组织拍卖他的房产时,白乐德躲在谷仓里,出现在读者面前的他身材矮小、面容肮脏、胡子乱蓬蓬,在充满尘土、谷糠与斑驳的光影里走动,脸上带着一种克制的"凶残"。①"凶残"(truculence)这一词汇通常用来说明动物或智力不正常的人常常具有的表情,与其相呼应的是,小说的确多次提到白乐德的"脑袋总直不起来"②。同时,小说还有不知名的叙述者指出白乐德有些"半疯"③,邻居们议论他时总说他精神"不很正常"④。镇上有人还回忆白乐德父亲当年吊死在谷仓里的情景,当尸体从绳子上取下时,已经约有八九岁的白乐德的反应迟钝,只是呆呆地"站在那里看着,什么也没说"⑤。种种迹象似乎都在指向白乐德病态的暴力倾向从小就有。他的一名小学同学还提到学生时代的白乐德,一次打垒球时与人发生争执,尽管当时还很年幼,但他出手就将对方的鼻子打得鲜血直冒。成年后白乐德的痴呆不见好转,甚至出现了病态的偷窥欲。他经常在山中趁打猎时偷窥山道汽车中的偷情男女,有次还被人追打,后来他从镇上搬到荒野中的山洞后,竟从山路上捡回一具女尸,与她一起过

---

① See Cormac McCarthy, *Child of God*, New York: Vintage International, 1973, p.4.

② Cormac McCarthy, *Child of God*, New York: Vintage International, 1973, p.9.

③ Cormac McCarthy, *Child of God*, New York: Vintage International, 1973, p.15.

④ Cormac McCarthy, *Child of God*, New York: Vintage International, 1973, p.21.

⑤ Cormac McCarthy, *Child of God*, New York: Vintage International, 1973, p.21.

起"家庭生活"。

麦卡锡的研究者分析过白乐德的病态暴力倾向,艾利斯认为拍卖会上巴思特(Buster)为了维持拍卖的正常进行,用斧头柄敲击过白乐德的脑袋,这是"造成他生理方面精神错乱的"[①]直接原因,但就白乐德心理上的病态,尤其是他杀人奸尸这一非常行为,艾利斯认为"是由于他所处的社会环境和社会力量对他的排斥造成"[②]。艾利斯肯定了白乐德的病态行为不仅有其个人的生理原因,更有社会因素的作用,但是他将白乐德的病态暴力行为简单归因于拍卖会上遭受大脑重创,忽视了白乐德从少年时代就已显露出的先天病理反应这一事实。一个人的变化毕竟存在循序渐进,即使蝴蝶效应的连锁反应也有一个先在的因素存在。另外,艾利斯将社会环境和社会力量的排斥看作白乐德暴力行为的起因,是有道理,但不全面。马克思指出:"在现实性上,人的本质是一切社会关系的总和。"[③]结合混沌理论对涡旋形成的观察,可以说,白乐德的病态暴力行为,既有其先天生理与心理缺陷的因素所致,更要考虑白乐德所在的资本主义社会病态暴力的多种社会关系,正是他们的相互作用才有了白乐德这样的"恶果"。家庭、政府、司法、宗教、社会共同体以及社会的性别关系等多元因素,共同促成了这一"恶果"的逐渐边缘化、退化甚至"返祖"。

不容忽视的是,白乐德是个孤儿。麦氏小说很多重要人物几乎都是孤儿。《果园看守者》中的约翰·威斯利(John Wesley Ratner),《外围黑

---

① Jay Ellis, *No Place for Home: Spatial Constraint and Character Flight in the Novels of Cormac McCarthy*, New York and London: Routledge, 2006, p.74.

② Jay Ellis, *No Place for Home: Spatial Constraint and Character Flight in the Novels of Cormac McCarthy*, New York and London: Routledge, 2006, p.80.

③ 马克思:《关于费尔巴哈的提纲》,《马克思恩格斯选集》第 1 卷,人民出版社 1995 年版,第 60 页。

暗》中的库拉·霍尔姆(Culla Holme),《血色子午线》中的"少年"(The Kid),甚至"边境三部曲"中的约翰·格雷迪(John Grady Cole)和比利(Billy Parham),也不曾有过完整的家庭,他们要么没有母亲要么缺了父亲,要么双亲死亡。总之,孤儿身份几乎是麦卡锡男性小说人物共有的身份特征,也是白乐德最终走向荒野不能忽视的考察因素之一。小说不知名的叙述者指出:"自从他父亲上吊……母亲离家出走后,他就不很正常,没有人知道他住哪儿,和谁一起生活。"①没有父母的关爱,没有正常的家庭关系,白乐德自幼年始便没有接受过良好的家庭教育,而父亲在他年幼时的自杀,见证父亲暴力死亡为他后来走向暴力犯罪埋下了隐患。沦为孤儿时的白乐德还是少年,等他长大成人至少需要十年光阴,这段人生他如何度过,小说没有交代,几乎就是空白。失去父母的白乐德不受街坊的待见,他们说起他不过是个"小讨厌"②。因此,可以判断,不仅家庭甚至邻里之间,关系淡漠,缺乏温情,这样的社会关系根本无从使他得到正常的引导和教育。如果不曾有人爱过他,他又如何懂得爱人?缺乏关爱,白乐德自然不会懂得如何与人交往,如何对待他人。这或许正是为何他会无视垃圾工朋友的白痴外孙坐在地板上就直接点燃了房子的原因。综上,人性的泯灭,乃至他最终触犯文明禁忌堕落成为荒野禽兽的同类,白乐德的孤儿身份是重要起因。

接着,白乐德所在的塞维尔镇政府所代表的国家机器对他的强权暴力和其他民众对他的漠视,值得考虑。美国《宪法》规定,政府是人民的政府,人民享有自治的权利,也就是说,政府是人民的代理人。然而,正是这个作为"人民代理人"的政府,却在白乐德贫困交加不能交付房产税时,不仅没有提供任何经济援助,相反却强行拍卖了他的房产。政府

① Cormac McCarthy, *Child of God*, New York: Vintage International, 1973, p.21.

② Cormac McCarthy, *Child of God*, New York: Vintage International, 1973, p.4.

的暴力行为使白乐德彻底沦为了贫民。作为男人，没有经济能力，便失去了立足社会的所有话语权。正如里卡德（Gabriel D. Rikard）的评述，白乐德从此"失去了一个传统白人男子立足社会所有的优势——土地拥有权、职业稳定性、社会交往权、性优势、文化交往乃至金融的交流等等，可以说，白乐德彻底成了一个山民—穷人—白人—垃圾贱民"[1]。一句话，政府的暴力行径直接将白乐德推到了文明的边缘，为他以后的系列犯罪埋下了祸根。

塞维尔镇政府剥夺白乐德的土地并将他从土地上赶走这一事实，使得白乐德的命运无形之中与阿巴拉契亚山区工业化的历史语境，有了呼应。波利（K. Wesley Berry）曾将麦卡锡的作品与阿巴拉契亚山区的环境变化联系起来分析。按照波利的理解，阿巴拉契亚山区的自耕农从19世纪70年代以来一直受到过分的盘剥和掠夺，当时有大量的木材商涌入山区来搜寻木材，这一状况持续到20世纪初，不仅木材商更是有大量的煤矿业进驻阿巴拉契亚山区。商人们不只对山林大肆破坏，也迅猛蚕食农民土地，加速了当地农民的破产。木材商和煤矿主从当地政府获准了矿产的开采权，而当地的山民却要向政府交付高额的农牧税收，赋税之后他们的收入已所剩无几，很多农场主不得不任由祖上留下的农场荒芜，而到煤矿里谋份工作以养家糊口。另外，进驻山区的煤矿老板还通过不公正地控制税收评估制度，让当地的山民背负沉重的赋税，使得他们几乎没有闲钱来支付其他社会服务。高额的地产税迫使农民不得不低价售卖手中的土地，以此抵押他们的高额债务。[2]

---

[1] Gabriel D. Rikard, *An Archaeology of Appalachia: Authority and the Mountaineer in the Appalachian Works of Cormac McCarthy*, Diss., The Univ. of Mississippi, 2008, Ann Arbor: UMI, 2009, ATT 3358514, p.189.

[2] See K. Wesley Berry, "The Lay of the Land in Cormac McCarthy's Appalachia", In *Cormac McCarthy: New Directions*, Edited by James D. Lilley, Albuquerque: Univ. of New Mexico Press, 2002, pp.47–74, pp.62–63.

麦卡锡研究者露丝对小说《果园看守者》的探讨,就引用了当地历史学家C. P. 怀特(C. P. White)的一篇名为《1865 年以来的商业和工业趋势》的文章,来说明 20 世纪中叶之前美国工业化对田纳西州东部的侵入,至少有四个因素可以确证,分别是美铝公司的开业建设、大烟山国家公园的设立、田纳西州流域管理局的出现以及核能源的发展。[1] 除了上述工业化的发展对阿巴拉契亚山区的剥削之外,美国曾推行的新经济政策、田纳西州流域管理局的设置、国家公园体制的建立,以及联邦政府对田纳西州的管理等,都共同参与了对阿巴拉契亚山区土地以及生活在这片土地上的农民的掠夺。里卡德(Gabriel D. Rikard)的研究也有相似观点。他指出,"20 世纪 30 年代之前联邦政府对阿巴拉契亚山区的干预,包括 1911 年以来对国家森林的命名,以及 1926 年对大烟山国家公园的设置。两件事件中都有政府对土地的大量收购,他们不仅从木材商那里收购土地,也强行从那些之前将土地卖给木材公司的农民手里购买"[2],这恰好说明了白乐德所在的阿巴拉契亚山区存在着资本主义对乡村的控制和掠夺。可以认为,白乐德被剥夺土地和房产,不仅仅是一件发生在他个体人生中的孤立事件,而是与其所处的历史语境和社会发展紧密相连。当然,也正因此,白乐德的个体遭遇就有了一定的历史和普遍意义。白乐德的个人遭遇,不仅见证了美国工业文明对农耕文明的掠夺和蚕食,同时也借白乐德这一个体失去房产的事实,麦卡锡将其批评的笔触指向了工业化的发展对个体生存方式的挤压,批评了政府、商业与司法相互勾结大肆掠夺土地,挤压和剥削贫穷山民的

---

[1] See Dianne C. Luce, *Reading the World: Cormac McCarthy's Tennessee Period*, Columbia: The Univ. of South Carolina Press, 2009, p.3.

[2] Gabriel D. Rikard, *An Archaeology of Appalachia: Authority and the Mountaineer in the Appalachian Works of Cormac McCarthy*, Diss., The Univ. of Mississippi, 2008, Ann Arbor: UMI, 2009, ATT 3358514, Note 181.

行径。

　　小说提到，白乐德的房产是其祖上的产业，说明白乐德的家族在小镇历史悠久，至少也是早年拓荒者之一，是白乐德在其父亲死后不善经营才堕落成为小镇贫民，面临失去房产的危险。将白乐德从小镇赶走，并低价获得他很快就能增值的房产，拍卖会自然成了小镇人们的"狂欢节"，同时也成了南方乡村热闹的"景观"："在早晨的阳光里，穿过金银花草的洼地，走过山丘，卡车在沟壑里摇来颠去，坐在卡车拖斗里椅子上的音乐家们，摇摇晃晃，调试着乐器，抱着吉他的那个胖子咧嘴在笑。"①拍卖过程中，白乐德也曾试图维权，并用枪对着拍卖员阻止拍卖会的正常进行，然而邻居巴思特却比他抢先了一步，后者用斧头柄狠狠地敲了白乐德的脑袋，致使他"双耳冒出鲜血"②，躺倒在地。"斧头"是西部荒野开发的重要工具，也因此成为美国荒野开发的象征之一。用象征美国西部荒野开发的"斧头"柄敲击还残留在美国西部开发早期思维范式的白乐德的脑袋，实在是个讽刺。显然，白乐德拍卖会上当众遭受重创，也成了乡村"景观"的一部分，是中产白人对小镇其他贫民的警示。文本对白乐德祖产的布置描述，暗示白乐德父子还过着前工业时代自给自足的生活方式，不仅祖屋里有谷仓，而且白乐德本人也经常枪不离手。这样一对停留在前工业时代思维和生活方式的父子，显然不是小镇当下的生活节奏，或许正是经营农场不善，白乐德的父亲才会自寻短路。此外，斧头与荒野相连，巴斯特直接用象征荒野的斧头柄打伤了白乐德，某种程度上预示了白乐德之后逐步远离文明走向荒野的命运，也因对他的重创形成了对他人的威慑，恰当宣告了白乐德小镇边缘人的身份。

---

① Cormac McCarthy, *Child of God*, New York: Vintage International, 1973, p.3.

② Cormac McCarthy, *Child of God*, New York: Vintage International, 1973, p.9.

　　就白乐德的状况而言,只有考虑到"多元决定"(overdetermination)①,才能相对整体地说明白乐德从文明到荒野逐步退却的原因。除政府之外,塞维尔镇司法制度的腐败,也是造成白乐德返祖式退化的因素之一。塞维尔镇的执法官们根本没有给予白乐德应有的公正和保护;相反,作为国家机器的执行者,他们滥用甚至玩弄公权。白乐德第一次遭遇公权的愚弄,缘于他的善意,却终于牢狱。他在树林里遇到一个衣衫不整的醉酒女人,并伸手摇醒她,好心问她是否寒冷。然而,对方却对他破口大骂,还跑到警局起诉他非礼。白乐德这一次的行为显然没有错,更谈不上犯罪,不善表达的他能有的错误不过是反应过度罢了。女人的谩骂让他当场撕坏了对方的睡衣,还动手扇了她一个耳光。然而,镇上的警察并没有去调查真相,便想当然地认为身为穷白人的白乐德就是罪犯。在警长眼中,他没有房产,没有正当职业,仅以打猎为生,甚至总是欠人酒钱,这样一个没有礼貌又不尊重警长的男子,自然就是犯罪的嫌疑对象。印象就是真相。警长的直觉,取代了事实,白乐德善意的举动换来的是九天的监禁。等他从监狱走出时,警察再次对他进行"恐吓",大声对他说:"打算怎么办?……让我想想:扰乱法庭、聚众闹事、暴力殴打、醉酒滋事、强奸。我想杀人应该是下一项吧?或者你还干了什么我们没有发现。"②滥用公权的警察,其行为与拍卖会上巴斯特对白乐德的攻击有一定相似之处,他们都对白乐

---

① 多元决定论是西方马克思主义重要理论家阿尔都塞(Louis Althusser)提出的概念之一。阿尔都塞针对马克思提出的经济基础与上层建筑构二分法的社会构成,指出社会构成具有"多元决定"性,也就是说,经济、政治和意识形态等多元因素都要考虑在内。他认为"三大领域各有特定功能,它们在相对自治范围内,以不同节奏运转,不但彼此决定,也在总体上被其他领域所决定,甚至反向决定。而经济作为基础,只起到最终的决定作用"。因此,阿尔都塞的"多元决定"论表明有多个因素或变量决定着社会的发展,每一因素或变量对于矛盾组成的复杂系统中事物的发展都不可或缺,而这些矛盾"具有复杂性、结构性、不平衡性"的特点。参见赵一凡:《从卢卡奇到萨义德:西方文论讲稿续编》,北京三联书店 2009 年版,第 558 页。

② Cormac McCarthy, *Child of God*, New York: Vintage International, 1973, p.56.

德这样的下层白人实施了言语和身体的暴力。然而暴力的压制换来的是暴力相向的恶果。警长对白乐德日后罪行可能性的警告，不幸竟成了白乐德人生命运的预言，再次印证了白乐德命运系统发展的非线性。

原本是资本主义社会秩序的受害者，白乐德却很快蜕变为社会的施害者。他不仅杀人、盗窃，甚至还强暴女性，不但对资本主义社会公权的享有者进行报复，而且还对普通民众泄愤，彻底沦为社会的危害者。他的暴力行为可看作斯达特（Kevin Stadt）提出的"怪诞的暴力"（grotesque violence）。所谓"怪诞的暴力"，指的是白乐德的暴力行为"被错误地滥用并将其暴力行为对准了并非首先挑起其暴力的目标"①。从这一范畴的论述来看，白乐德实际上是司法暴力的受害者，但他却从暴力的执行者那里习得了暴力，他对山路陌生男女情侣的施暴就是对"执法者"行为方式的一种戏仿。白乐德不仅实施了抢劫，还"操练"了警方的"行刑"程序。白乐德对陌生男女实施的暴力"行刑"，实际上可看作是一种私刑，与他本人遭遇没有公诉和调查就被直接送进监狱的行为有相似性，两者都是私刑。以暴制暴，这一特殊个案，足以说明白乐德暴力行为的怪诞性。仔细观察，其暴力行径的怪诞性，恰好折射了其意识深处遭遇司法不公的不良影响。布恩（Kevin A. Boon）认为，人的生命的动力系统总在"有序与无序的裂痕"②之间运行，任何一极发展到了极端都不会使系统完美。令人惋惜的是，对于白乐德来说，他的生命系统缘于暴力而终于暴力，其暴力行为的怪诞性，彻底造成了他正常生命轨迹的偏离。

此外，在世俗的人类共同体内，白乐德丝毫得不到温情和关爱。如果有宗教精神的关怀，他是否还会偏离正常的生命轨迹呢？当白乐德失去房

---

① Kevin Stadt, *Blood and Truth: Violence and Postmodern Epistemology in Morrison, McCarthy, and Palaniuk*, Diss., Northern Illinois Univ., 2009, Ann Arbor: UMI, 2009, ATT 3358996, p.3.

② Kevin A. Boon, *Chaos Theory and the Interpretation of Literary Texts: The Case of Kurt Vonnegut*, Lewiston, N. Y. : Edwen Mellen Press, 1997, p.18.

产并从此失去了获得小镇世俗生活共同体的基本条件（无屋可居）后，与人交流的渴望，使得他走进了六英里教堂。可惜的是，教堂与小镇上人的反应一样冷漠。无论是布道的牧师还是教堂里的教友，几乎没有人对他施以基督教教义所说的宽容和博爱①，兄弟姊妹之情在白乐德这里荡然无存。没有人接受他，也没有人问候他，人们并没有因为同是神的子女而对他关爱。整个教堂集会的过程中，人们只是冷冷地打量他，对他因为感冒大声地吸鼻子置若罔闻，似乎"上帝本人看着他都不以为然，谁还会在乎他?"②如果说世俗的人类共同体对他关上了大门，那么，宗教的博爱也不曾为白乐德打开一扇窗。相反，宗教的疏离进一步加速了白乐德从文明社会的逃离。

小说《上帝之子》的叙事结构围绕白乐德展开。换言之，白乐德是故事的核心，以他为中心，小说映射出整个社会系统（网络）的暴力和腐败。正如威斯（Daniel Weiss）所说:"随着（白乐德）的暴力逐渐加强，整个社会系统以及构成这个社会系统的社会主体的暴力便被暴露出来。"③麦卡锡笔下的塞维尔小镇，像极了作家福克纳笔下的南方小镇。看不到人与人的温情，相反整个小镇却充斥了暴力、道德沦丧、伦理崩溃。塞维尔镇的集市是小镇最好的缩影。这里，人们相互欺骗。白乐德在集市上参加了射击游戏，尽管他每一次都弹无虚发，射中目标，但摊主却在射击结果出来后便自行改变游戏规则，使得白乐德拿不到奖品，后来摊主还因他总是获胜斥责他离开。很明显，规则对于白乐德来说早已没有了西方人强调的"契约"精神，更谈不上交易的诚信。即使是游戏，人们对待他的态度

---

① 基督教教义所说的宽容和博爱在《圣经·新约》中随处可见，具体可参考赞美诗（Psalm 103: 6）。

② Cormac McCarthy, *Child of God*, New York: Vintage International, 1973, p.32.

③ Daniel Weiss, *Cormac McCarthy, Violence, and the American Tradition*, Diss., Wayne State Univ., Ann Arbor: UMI, 2009, ATT 3359585, p.78.

粗鲁，不仅取笑甚至欺骗他。集镇之外，白乐德少有的朋友——镇上的垃圾工拉尔夫，也是个无知野蛮之徒。他们一家人住在垃圾场里。拉尔夫九个女儿的名字命名也荒唐滑稽。她们的名字都取自父亲从垃圾中捡来的一本破旧医学词典，不仅名字本身都是"疾病"，甚至有的直接就称呼为"从腋窝里吊着的瘦长的后代"，荒谬可笑。身为父亲，拉尔夫记不得她们的年龄，甚至对于青春期的女儿们的交往更是缺乏常识。他"不知道她们该不该跟男孩出去"，而镇上的男孩子们就开着破旧的汽车，进进出出他的家门。这样的交往结果便是"女儿们一个个相继怀孕，他就揍她们"。后来，家里有了一大群"野"孩子，小说提到的白痴就是拉尔夫女儿们个人私生活胡闹的结果。荒唐的是，有一次拉尔夫在树林里看到"两个扭在一起的身影"，便拿着棍子冲过去猛揍他们。待他明白过来时，他已经"骑在了女孩身上"。显然，拉尔夫强暴了自己的女儿。[1] 白乐德恰好看到了朋友家乱伦的一幕。此处如此细致地披露垃圾工一家荒诞滑稽甚至伦理崩溃的家庭生活，旨在说明白乐德的朋友与集市上的人们一样，都可看作克里斯蒂娃意义上的"贱民"（abject）。根据克里斯蒂娃的观点，贱民指的就是那些"厌倦了徒劳地去和外界的事情认同的奴隶们，在他们内心深处找到了种种不可能；一旦他们发现这些不可能构成了自身的存在时，那么他便什么都不是，成了贱民了"[2]。因此，一个处于卑贱状态中的卑微生命，就是一个没有存在感的生命，他总是处于与他的自我相隔离的状态。白乐德和他的朋友就是没有存在感的"行尸走肉"，他们是社会道德以及伦理法则的"逾越者"，而他们的病态行为恰恰折射出"一种强大的自我和社会认知的缺乏"[3]。也就是说，他们的"贱民状态打破了人与人之间的

---

[1]　Cormac McCarthy, *Child of God*, New York: Vintage International, 1973, pp.26–28.

[2]　Julia Kristeva, *Powers of Horror: An Essay on Abjection*, New York: Columbia Univ. Press, 1982, p.5.

[3]　Daniel Weiss, *Cormac McCarthy, Violence, and the American Tradition*, Diss., Wayne State Univ., Ann Arbor: UMI, 2009, ATT 3359585, p.85.

主体界限。因为他者的逾越一旦可以被个人的自我所感知,那么某一单个社会主体的暴力,就成了这个社会中所有人普遍拥有的暴力"[1]。

正如垃圾场这一词汇的字面意思所暗示的那样,况且还用从垃圾场捡来的破旧医学词典上的疾病术语来命名他的女儿,所有的意指有了内容上的一致性,那就是"贱民"。白乐德所在的塞维尔镇的社会共同体,不仅道德败坏,而且伦理崩溃。小说中的白乐德也戏称自己的小镇就是一个"鸡粪镇"[2]。正是这些"鸡粪"似的"贱民"们组成了白乐德生活的共同体,并成为他个人成长和堕落退化的环境和土壤。尽管他们不过是一群社会的边缘人,但却自然地形成了共同体的共同身份特征与他们身为"贱民"的意识。白乐德尽管被共同体中的人们竭力遗忘和疏离,甚至被看作共同体中的"他者",但他并非与他之外的共同体中的人们确实有所不同。实际上,白乐德可被看作詹姆逊所说的社会网络上的一个重要"节点"(nodal point)。通过这个节点,无论是社会秩序还是社会共同体,乃至社会上的每一个主体,都将彼此相关,互为联系,互为建构。作为共同体中病态和暴力行为的见证和参与者,白乐德自身就是一个很好的证明。在塞维尔镇,病态或暴力的"贱民"们随处可见。在妻子的葬礼上大声唱着布鲁斯调的格莱歇姆(Gresham);经常找不到客人要的威斯忌酒而自己喝得酩酊大醉的私酒贩子科比(Kobe);直接扯掉白乐德送给他的小鸟的腿放在嘴里咀嚼的白痴;等等。总之,这样的人在赛维尔小镇,不胜枚举。最可怕的是,洪水袭击小镇时,塞维尔镇的人们不是互相帮助并齐心协力抵御洪水,而是有的人却趁机打劫。总之,生活"共同体"的病态和卑贱,成了滋生白乐德这一病态恶果的土壤。

考察白乐德人生的非线性发展,不得不考虑另外一重因素,那就是白

① Daniel Weiss, *Cormac McCarthy, Violence, and the American Tradition*, Diss., Wayne State Univ., Ann Arbor: UMI, 2009, ATT 3359585, p.86.

② Cormac McCarthy, *Child of God*, New York: Vintage International, 1973, p.56.

乐德与女性的病态关系。露丝认为白乐德的"恋（女）尸癖"（necrophilia），与其幼年失去母亲有关，在她看来，"对于大部分从小父母双亡的人来说，死尸代表了失去的母亲"[1]。白乐德幼年丧母，可以说，丧母成了他不能与女性建立正常关系的障碍，或者说成了他人生的一个阴影。不仅如此，社会共同体中普遍存在的不正常的两性关系，如小镇人们的乱伦与通奸等，这些触动了人类社会赖以稳定和有序的"禁忌"行为的频频发生，无疑促使了白乐德成年后在性身份以及性关系认知上的错乱。小说三次提到白乐德在镇子外的林子、山路以及汽车里，看到镇上男女青年偷情或者通奸，三次已经是"多"的意思表达了。显然，麦卡锡有意用这三次不正常社会关系的出现，说明塞维尔镇的社会关系已经无法给予白乐德正确的两性关系的指导和教育；相反，却使他从禁忌的打破走向了另一重禁忌的产生。此外，小镇女性对他的轻视，也在强化他成年后与女性交往的挫折感。不仅林中醉酒女人对他进行诬告，甚至与男性乱交的垃圾工的女儿也拒绝他的求婚，使得白乐德与女性的关系雪上加霜。这些在小说中无论从出身还是从生活等层面上有可能与白乐德发生联系的女性，毕竟她们也不过"贱民"而已，白乐德也很难与她们有正常的交往关系。小说提到白乐德在集市上无意看到一个涂着粉红唇膏的女性，对方在眼神相遇时就直接将头扭向了另一方，显然对他轻视。

白乐德的情况极好地说明了"匮乏和攻击在时间顺序上看似距离较远，但在逻辑上却共同拓展"[2]这一论断。对于白乐德来说，现实生活中得不到女性的认可，不能与活生生的女性发生正常的真实的两性关系，这一切

---

[1]　Dianne C. Luce, "The Cave of Oblivion: Platonic Mythology in *Child of God*", In *Cormac McCarthy: New Directions*, Edited by James D. Lilley, Albuquerque: Univ. of New Mexico Press, 2002, pp.171–198, p.173.

[2]　Julia Kristeva, *Powers of Horror: An Essay on Abjection*, New York: Columbia Univ. Press, 1982, p.39.

造成了他的心理"匮乏"感。作为人的主体,白乐德甚至都不能算是一个完整的人。这也是他为何在生活中不能正视他人(他的头从没有直起过),而经常病态地偷窥他人,而最终又走向了对女性的暴力控制的原因。小说文本暗示他共杀掉七名女子。如果说垃圾工的白痴外孙"吃掉小鸟的双腿,就可以控制小鸟,因为它跑不掉了",那么,白乐德对女性的暴力控制,某种程度上与白痴孩子吃掉小鸟的区别并不大,都是为了"利于控制"。①随着白乐德逐步退到荒野的深处,他也彻底成了一个分裂的人。心理学家莱恩(Ronald D. Laing)说过:"精神分裂的个体害怕与现实生活中活生生的人有真实的、鲜活的、辩证的人际关系。他只能让自己和去人化的人交往,去和自己想象出来的影子联系,甚至就是和物体,或许是动物进行交往。"②荒野中苟活的白乐德,我们发现他不仅拥有了超自然的能力,试图为自然现象制定秩序,完全沦为了一个病态的连环杀人凶犯和恋尸狂。渴望温情与正常家庭生活的白乐德,最终只有与死尸在远离文明的洞穴中,"戏仿"人类的家庭关系。

复杂性科学家普利高津指出:"我们不能孤立地去定义一个人;他的行为取决于他所在的社会的结构,反之亦然。"③作为社会结构中一个小的节点,白乐德的暴力行径,很难与他所在的荒野社会以及社会共同体的荒野性分开。有了这样的社会结构,白乐德注定要卷入生命的涡旋之中,使其人生出现非线性的发展,那就是远离文明,走向荒野。当然,小说还从其他方面强化了白乐德的逐渐边缘化以及他人生命运的非线性发展,这些包

---

① See Jay Ellis, *No Place for Home: Spatial Constraint and Character Flight in the Novels of Cormac McCarthy*, New York and London: Routledge, 2006, p.90.

② Ronald D. Laing, *The Divided Self: An Existential Study in Sanity and Madness*, London: Penguin Books, 1967, p.77.

③ Ilya Prigogine & Isabelle Stengers, *Order Out of Chaos: Man's New Dialogue with Nature*, New York: Bantam, 1984, p.42.

括小说人物空间上的限制，人物形象的动物隐喻，以及小说叙事视角的转移等。上述因素会在下文继续探讨。

二、空间限制、动物隐喻与返祖式退化

空间是社会的产物。从文明到荒野，白乐德人生命运的非线性，小说对其空间位移的处理也可体现出来。从镇上的房子到郊外的棚屋，从远离人类的山洞到幽暗的地下洞穴，从关押精神病人的笼子到装垃圾的袋子。当他逐步远离人类文明，他与社会的隔离就逐渐加深，而退化的程度也就逐渐加强，直至最终被装入袋子归于尘土。

"房子是人类文明的重要标志之一，也是人类文明发展的重要空间符号之一。"[1]失去祖上的产业，是白乐德逐渐边缘化的开始。他被剥夺房产并被赶出居住的小镇之后，白乐德暂时在镇郊找到了一处被人遗弃的破棚屋。棚屋与大路的距离有一英里远。门外，茅草丛生，荒草长势很好，甚至高过了房子的屋檐，"过往的行人能看到灰色摇摇欲坠的屋顶和烟囱"。[2]屋里，狐狸和负鼠的粪便随处可见，黄蜂和蚊子绕梁而飞。此时的白乐德，还尽力要做一个文明人。搬进棚屋后，他先是打扫干净屋里的动物粪便，用火烧死灶台边的蜘蛛，摘除遍布小屋的黄蜂窝，还从外面拖进一张床垫，尽管棚屋简陋，但收拾之后的小屋还像个人住的地方，有人类文明的痕迹。睡觉前，白乐德点燃了一支香烟，读了从屋子随手捡来的旧报纸，浏览了几条过时的"新闻"。尽管远离小镇，住在棚屋的白乐德与文明社会尚有联系。

在这个破旧的远离人群的棚屋，白乐德暂时获得了一段幸福的"家庭生活"。他从弗洛格山（Frog Mountain）的山道上捡回一具女尸，将其

---

① 　张小平：《从文明到荒野：论麦卡锡的〈上帝之子〉》，《外国文学》2012 年第 2 期。

② 　Cormac McCarthy, *Child of God*, New York: Vintage International, 1973, p.14.

带回棚屋,这可算得上他的第一个"爱人"。他先是到镇上为"爱人"买了一条颜色鲜艳的红裙子,接着到商店置办了很多食物,做了一顿丰盛的晚餐。然后他回到棚屋,将火生旺,并为"爱人"穿戴整齐,"安排她做出各种各样的姿势,然后走到屋外,从窗户往里偷看她。过了一会,他就回到屋里坐在地上抱住她,用手轻抚女人漂亮衣裙下的肌肤。他慢慢地为她脱下衣服,和她讲起话来"①。很明显,白乐德为死尸购置衣裙甚至准备晚餐以及为其穿戴打扮,都是在努力趋向正常的文明生活。尽管之后他和死尸发生了多次性行为,然而,性显然不是白乐德的主要目的,而是他对人群的向往与家庭生活的渴望,让他触犯了人类文明的禁忌。将死尸看作"新娘",并从窗外向屋里偷窥自己的"新娘",是他对正常家庭生活的幻想,然而令人遗憾的是,他的"文明"行为充其量只是一种"戏仿",而他渴望与死尸过人类的家庭生活,也不过是一个"幻象",毕竟破旧的棚屋里,只有一只大的玩具熊、一支步枪、一具死尸而已。可怜的白乐德尽管"将自己认为要对女人所说的一切都说给了那只没有生气的蜡一样的耳朵里"②,他却依然是一个孤独的远离人类的社会弃儿。

幸福的生活总是很短暂。棚屋意外失火后,他只好搬到一个远离城镇的山洞里。从棚屋到山洞,白乐德不仅与人群,也与文明社会渐行渐远。山洞的具体情况,小说文本没有具体提及。但整个小说的第二部分,白乐德都住在这个山洞里。正是从搬进山洞开始,他的堕落速度迅速加剧,白乐德也彻底成了原始的"洞穴人"。之后的白乐德,开始有了杀人行为,这一点无疑加速了他对人类文明的背离。当罪行暴露,白乐德为躲避警察的搜捕,便搬到了一处更为荒僻的洞穴中。穴居荒野,可以说,此时的白

---

① Cormac McCarthy, *Child of God*, New York: Vintage International, 1973, p.103.

② Cormac McCarthy, *Child of God*, New York: Vintage International, 1973, p.88.

乐德完全退出了人类文明。小说的第三部分讲到了这个远离人烟的洞窟，此时的他，已经"收集"了多具女尸，并与她们共处。洞窟的入口非常狭小，进入洞穴时必须如动物那样爬行才可。先是爬行一英里远之后，再穿过一个狭长的坑道，接着要沿着一个类似烟囱模样的狭窄通道向上爬行，经过一段长长的通道之后，才可以进入一个稍高一些呈钟形的洞穴，这才是他真正的地下居所。这个与死尸共处的洞穴，情况如此："身边地沟中的水，弥漫着刺鼻的矿物质的气味儿和一堆堆的石灰色的粪便，明显不是动物的"[1]。住在郊外棚屋里的白乐德，还在努力向文明靠拢，至少厕所与住室分离，并且厕所还选择得相对隐蔽，周围布满了荒草。然而，穴居后的白乐德却完全退出了文明，不仅其行走退化成了爬行，而且其住室和厕所也合二为一。

　　远离人群并退居荒野，这种空间上的变化，暗示了白乐德与社会的隔离在逐步加剧。"田纳西东部地区的洞穴非常多，这可以从有关的地理介绍就看得很清楚。但是麦卡锡显然赋予洞穴以深意。被文明社会逼迫到洞穴里的人，仿佛埃里森小说《看不见的人》中的'看不见的人'。"[2] 实际上，从人群到洞穴，白乐德不完全是非裔美国作家埃里森所说的"看不见的人"，因为他不是种族歧视的受害者，而他所谓的"隐形"（invisibility）是文明社会对他的排挤后不得不为之的选择，洞穴只是他的临时安身之地。精神分析学说认为，洞穴象征女性，萨利文（Nell Sullivan）也认为："洞穴象征了女性繁育的身体。"[3] 小说的叙述者用"圣徒"（saints）[4] 来称呼

---

① Cormac McCarthy, *Child of God*, New York: Vintage International, 1973, p.135.

② 贺江：《孤独的狂欢：科马克·麦卡锡的文学世界》，上海三联书店 2016 年版，第 46 页。

③ Nell Sullivan, "The Evolution of the Dead Girlfriend Motif in *Outer Dark* and *Child of God*", In *Myth, Legend, Dust: Critical Responses to Cormac McCarthy*, Edited by Rick Wallach, Manchester: Manchester Univ. Press, 2000, pp.68–77, p.76.

④ Cormac McCarthy, *Child of God*, New York: Vintage International, 1973, p.135.

白乐德洞穴中的死尸，显然将她们看作了白乐德退居荒野的"牺牲"，别有深意。因此，可以说，白乐德从文明到荒野的退却，是逐渐地退回到了母亲（女性）的"子宫"，是一种"返祖"。小说对洞窟的呈现，呼应了白乐德的"返祖"。当他因警察的追捕慌不择路，从一个狭窄的洞口跌进地底下时，他发现这个俨然坟墓的地下，竟有"一个长形的房间，里面布满了尸体。白乐德围着这个埋有古代遗骨的洞穴转圈，用脚踢着美洲野牛、赤鹿的棕黑色的坑坑洼洼的骨架。他从一个美洲豹的头骨上，拔下一颗还长在上面的上犬齿，放到了外衣的口袋里"[1]。20世纪，美洲野牛、赤鹿、美洲豹已经因西方文明的发展而在美洲大陆灭绝；相反，在坟墓式的地下洞穴中，身为"猎人"（杀人者）的白乐德，却碰到了另一个比他强大得多的"猎人"（西方文明）猎杀灭绝的古代动物的尸骸。从文明到荒野，从拥有房屋的文明人成为一个隐形的"洞穴"人，白乐德的退化显然是西方文明对其排挤疏离的结果，而他一系列的杀人、放火以及奸尸等报复行为，正是西方文明社会结出的"恶果"。将现代社会的"猎人"白乐德与被西方文明这个更加凶残的"猎人"灭绝的古代动物，放置在同一个地下洞穴，他们在洞穴中超越时空的特殊"谋面"，具有很强的嘲讽意味，无疑是小说作者麦卡锡对西方文明的嘲弄和西方社会的批判。

麦卡锡的小说中，大地母亲成了现代主义作家艾略特笔下的人间荒原。返祖是死亡的另一种隐喻，类似女性子宫的洞穴也不再是繁衍和再生的象征，而是意味着毁灭。同麦卡锡大部分小说一样，《上帝之子》中的自然景观狰狞、残酷，甚至血腥、恐怖。自然的荒野是对社会暴力的映射，甚至与社会本身所具有的"荒野"性，有了某种程度上的同构：望着荒野上的两只老鹰，白乐德"不知道老鹰如何交配但他却清楚地知道所

---

[1]　Cormac McCarthy, *Child of God*, New York: Vintage International, 1973, p.188.

有的生物都互相争斗"①；白乐德曾经住过的棚屋外面，"长满了尖刀般黑色的小树"②；而后来他暂居的郊外山洞，"洞顶岩石的断层线上，悬挂着一排排牙齿似的钟乳石"，从洞内的一个小孔望出去，"遥远的天幕上挂着的星星，冰冷而且专制"③；穴居山洞的外面，厚厚的积雪亲历了"挣扎和死亡的场景"，洞外的动物恐怖、狰狞，"小鸟猩红色的鸟粪在雪地上如同滴滴鲜血"④，甚至自然界中最为胆小的老鼠都敢夜里打扰他的清梦。白乐德跌入的地下洞穴，尸骨成堆，象征生命之源的"水"弥漫着生物腐烂的气息，一切都在表明，这个大地母亲的"子宫"，不会带来白乐德的重生，更不会成为他的保护地，此次"退隐"的地穴深处，成了他最终葬身的"坟墓"。艾利斯说得有理，正是白乐德"对家的需要，导致他进入了子宫—坟墓中，一个更为封闭、更为威胁的空间限制。他退却到一个原始的避难所去藏身，却是加剧了他的死亡"⑤。

　　白乐德的先祖据说是凯尔特，然而他却远没有他的那些拓荒祖先幸运，尽管他身上也有很多美国传统拓荒者的特点，比如尚武精神、个人主义、变态的消费主义、笨拙的即兴反应以及作为失败者所拥有的坚韧。⑥白乐德充其量只是个生错了时代的荒野"英雄"，毕竟阿巴拉契亚山区早已经被现代主义的工业化和都市化进程而"去自然"和毁坏。波利写道："阿巴拉契亚是一个既美丽又到处是废墟的地方，这片土地上一方面有

---

① Cormac McCarthy, *Child of God*, New York: Vintage International, 1973, p.169.

② Cormac McCarthy, *Child of God*, New York: Vintage International, 1973, p.93.

③ Cormac McCarthy, *Child of God*, New York: Vintage International, 1973, p.133.

④ Cormac McCarthy, *Child of God*, New York: Vintage International, 1973, p.138.

⑤ Jay Ellis, *No Place for Home: Spatial Constraint and Character Flight in the Novels of Cormac McCarthy*, New York and London: Routledge, 2006, p.109.

⑥ See Dianne C. Luce, "The Cave of Oblivion: Platonic Mythology in *Child of God*", In *Cormac McCarthy: New Directions*, Edited by James D. Lilley, Albuquerque: Univ. of New Mexico Press, 2002, pp.171–98, p.185.

着稀稀疏疏的一块块新补种的林地,而另一方面却是遭受两个世纪采伐后的一块块裸露的疤痕。"①《上帝之子》中的南方乡村"地景"(landscape)②在小说的叙述中看起来有些怪异:"穿过采石场的树林沿着一条小径往上走去,路两边堆满了巨大的石块和石条,常年的风吹日晒使得石头的颜色已经有些灰暗,上面布满了深绿色的苔藓,倾斜倒地的大块巨石散落在树林和杂蔓丛生的灌木丛中,俨然古老的种族留下的印痕。"③显然,工业化的发展对阿巴拉契亚山区曾经美丽的田园有了巨大的破坏,过度开发后的土地还没有来得及休养生息,留下了大片开采后的废墟。很明显,人类对自然环境的破坏也会遭到自然的反扑,塞维尔镇发生的洪水,就是最好的例证。将白乐德看作一个时代错位的荒野"英雄",是对诸如丹尼尔·布恩或库珀笔下的纳蒂·班波(Natty Bumppo)等美国传统西部和边疆英雄的"戏仿"。实际上,小说的次文本也在颠覆荒野英雄的理想形象。

麦卡锡对荒野很有兴趣,而他的荒野知识也相对丰富,少年时代他的户外活动就有"外出打猎、铺设陷阱,夏夜里睡在屋外的露台上,还在夜

---

① K. Wesley Berry, "The Lay of the Land in Cormac McCarthy's Appalachia", In *Cormac McCarthy: New Directions*, Edited by James D. Lilley, Albuquerque: Univ. of New Mexico Press, 2002, pp.47–74, p.4.

② 文化研究中的"地景"概念,主要指地面景观与历史记忆及当代文化互为参照形成的文化景观。在文学中,地景突出表现为文本里的物质形态经过写作者的话语陈述,一方面承载了此前积累的历史文化内涵,一方面由于作家的文学操演,文学地景具有写作主体文化身份意义的投射。参见杨秀明:《死亡仪式的文学操演与想象——基十三个文学个案的当代回族文化身份比较研究》,首都师范大学 2012 年硕士学位论文,第 38页。本书中所提到的荒野风景某种程度上与上述所说的文化研究中的文化景观有相似之处,但笔者更倾向于认为外部自然的风景与内部心理认知上的风景互为映射,相应发展,它们某时候在文本中出现的同构现象,是写作主体有意对社会进行的反讽和嘲弄,是写作者文学操演的后果,并不一定投射了他的文化身份。

③ Cormac McCarthy, *Child of God*, New York: Vintage International, 1973, p.25.

里偷偷地溜出去在田野里转悠"①，这些都使得麦卡锡对荒野中的动物非常熟悉。在他的小说中，不仅荒野本身被用来映射人类社会以及人类自身的荒野性，甚至荒野中的动物也常被麦卡锡用来映射他的小说人物的处境。他的早期小说中就有这样的映射出现。《外围黑暗》(*Outer Dark*, 1968) 中，瑞丝 (Rinthy Holme) 在分娩时就被比喻成一只受伤的小鸟，后来还被比喻成一只粗心的猪，以此来暗示瑞丝的懦弱和不负责任，才造成了她幼小的孩子流落到了荒野中邪恶"三恶魔" (The Triune) 的手里并被他们吃掉。《上帝之子》中，麦卡锡更是用动物隐喻来说明白乐德身份的逐渐边缘化及其他从文明到荒野的返祖式退化。白乐德应该是麦卡锡用来表现人性荒野的最佳范例，并且在他身上将荒野的混沌和非线性特点，尤其是人性内外皆荒野的特点呈现得淋漓尽致。

白乐德在小说中的空间位移，是一次次的逆向迁居，而在这逆向的发展中，他作为人的身份也逐渐弱化。小说对他的动物隐喻描述，与其身份的弱化遥相呼应。前面我们说过，小说伊始麦卡锡就将白乐德的长相描述为动物般猥琐卑贱。之后，随着他搬进郊外的棚屋，身份进一步接近"动物"，开始与野狗、狐狸、负鼠、蜘蛛、黄蜂、蚊子等"食肉动物"抢夺家园。白乐德对棚屋这个"兽窝"的占领，隐喻了他从人到"物"身份的蜕变，也意味着他从人类文明社会放逐到了与动物为伍的逆向发展。有趣的是，那些棚屋里曾经的食肉动物，从有"窝"可居到无家可归，正好呼应了白乐德可悲而又可怜的处境。他终其一生都在寻找栖身之所，却沦落到人类文明之前的原始人那样，不得不与荒野上最凶残的食肉动物们搏斗，争取宇宙偌大空间的一席容身之地。小说显然对白乐德的处境有所同情。夜里，野狗不仅在窗外狂吠，甚至冲进棚屋里袭击他。野地的昆虫们似乎也在欺负他的软弱，因为"蟋蟀刺耳的鸣叫声让他不得不用手指堵住

---

① Dianne C. Luce, *Reading the World: Cormac McCarthy's Tennessee Period*, Los Angeles: The Univ. of South Carolina Press, 2009, p.3.

耳孔"①。为了果腹,白乐德不得不从一处山谷人家的花园里偷来胡萝卜、土豆和玉米,就如"一只发情的野猪"一样,在天地间到处乱窜。棚屋意外失火后,白乐德只好睡在户外的雪地里。早晨被冻醒的他,就"像一只猫头鹰"蹲坐在还有余热的炉子上,甚至"为了取暖,他不得不长时间地自己对自己讲话,但他却一句话也说不出来"②。小说提到白乐德的"财产"除了那只长枪外,最常出现的就是他的睡垫。但是,就连这个文明社会唯一的物品,还在塞维尔镇外的河水泛滥中被浸泡变形,不能再用。后来,被迫住在山洞里的白乐德,夜里痛苦的嚎叫声,"在洞窟的墙壁上形成的回声,成了一大群惹人同情的大猩猩发出的呜呜的哀鸣声"③。最后,当他跌入坟墓似的地下洞穴,与人世隔绝的白乐德出现了幻觉,他甚至觉得躯体也成了老鼠和昆虫的住所,小说写道:"他听到老鼠在地底下乱窜……并在他的头盖骨里打洞住了下来。百足虫在他蛋壳色的森森的白骨中睡觉。"④

总之,小说人物白乐德作为人的身份的降格和变形,是对文明社会的极大嘲讽。他从文明社会退化为边缘人,又从社会的边缘人退化成侵犯人的大型动物(杀人者),接着成了一只到处偷吃的野猪(小偷),后又成为昼伏夜出的"猫头鹰"(孤独者)和发出哀号的"大猩猩"(人类的先祖),再成为供老鼠和百足虫居住的尸骸(死尸)。曾经那么渴望进入文明社会,为人理解,被人关爱,有普通人的家庭生活,然而一次次的追寻却使得白乐德的身份确认逐渐困难起来,不得不在荒野中感受死亡的寒意,直至最后彻底与死尸为伍。小说对白乐德身份的"变形记",突出了他身份的逐渐弱化、边缘化乃至返祖式退化。

《上帝之子》不仅运用空间位移的手法表征了白乐德身份的逐渐边缘

---

① Cormac McCarthy, *Child of God*, New York: Vintage International, 1973, p.23.

② Cormac McCarthy, *Child of God*, New York: Vintage International, 1973, p.105.

③ Cormac McCarthy, *Child of God*, New York: Vintage International, 1973, p.159.

④ Cormac McCarthy, *Child of God*, New York: Vintage International, 1973, p.189.

化，小说叙事视角的变化也在努力强化白乐德身份边缘化的过程。巴特莱特（Andrew Bartlett）注意到，《上帝之子》的美学力量，"在于麦卡锡对叙述距离和叙述视角的高超控制"①。事实如是。小说叙述视角的变换使得读者得以从不同位置来观察和了解白乐德，并同白乐德身份逐渐边缘化的描述形成呼应之势。小说第一部分穿插了七个文本碎片，试图让读者从白乐德乡邻的视角来"看"白乐德。小说这些潜文本似乎暗示有个不在场的好奇者，试图询问和打探白乐德的消息。碎片化的叙述形成了白乐德行为和家世的"杂语"，叙述者在建构白乐德作为共同体中"他者"身份的同时，也在建构他们自己的身份。正如我们前面讨论过的那样，白乐德曾经所在的生活共同体，恰似大自然的涡旋，内外都是一样的，很难区分水流系统的内外，他们无论是在暴力、邪恶以及病态上并不在白乐德之下。在这一部分中，白乐德被当作"疯子"，被剥夺了话语权，文本中几乎没有他的声音。实际上，白乐德的"失语"，缘于他的贫穷，继而又因贫穷被剥夺了房产。没有了社会的立足之处，一个穷白人只有沦为"边缘"，根本没有"发声"的权利。小说第二部分的叙事视角不再借助不知名的叙述者来"看"白乐德，而通过全知全能的视角来"看"他，方便读者"窥"看他的病态行为，见证他独居荒野的艰难，体验他与大火、寒雪以及其他自然灾难搏斗的困苦。退居荒野后，白乐德逐渐成为"非人"，经常与荒野中的动植物或者洞穴中的死尸等"非人类"对话，似乎有了神秘的超现实的能力，甚至还对自然界发号施令。可以说，退居荒野后的白乐德已经真正成了精神分析学者莱恩意义上的"疯子"了。居所空间的迁移、身份变化的隐喻、叙事视角的变换等，小说可谓调用了大量的叙事技巧，突出了白乐德作为人的身份的弱化，实际上是对他与社会疏离程度变化的呼应。福

---

① Andrew Bartlett, "From Voyeurism to Archaeology: Cormac McCarthy's *Child of God*", In *Southern Literary Journal* 24:1, Fall 1991.

柯指出，现代社会的惩罚工具很难区分形式，工厂、兵营、学校和医院都类似监狱。① 小说第三部分的叙事视角，不再聚焦白乐德本人，而是在警长和白乐德之间转换。这时候的白乐德，显然已彻底沦为"物"，不仅是警长追捕的"猎物"，也是医学院用以解剖课教学科研的实验"样本"。叙事视角的变化与白乐德"物"的身份一致，强化了他被社会控制和规训的程度。

当白乐德从不见天日的洞穴中"再生"出来时，他已无处可走。一直在努力地寻觅一个安身之所，从人群聚居的小镇到远离人群的镇外，又从地上到地下，经历了房子、棚屋以及洞穴等空间居所的变动，每一次空间的迁移都呼应了他身份的边缘化。无法在地下安心地做他"看不见的人"，白乐德只好回到逃跑前收治他的医院。将医院作为走投无路的归宿地，无疑又是麦卡锡借"疯子"白乐德对资本主义秩序的绝妙讽刺。之前他即使没有过错却被送进了监狱，受到监管，而今他明白了自己的错误，却已走投无路，医院这个有着与监狱相似特质的监管地，成了他的主动选择。人人都逃不过社会的规约，最终还要接受社会体制的控制和规训。警方没有对白乐德进行起诉，相反将他作为病人送到了州医院，"安排待在囚笼里，隔壁的笼子里关着另一个神经错乱，常常打开人的头颅，用勺子吃里面的脑浆"② 的男子。在白乐德所在的社会共同体看来，他早已不是人的同类，而只是一只病了的动物。没有等到医治，白乐德两天后就死在了笼子里。尸体被送到孟菲斯城的一家州立医学院。"在地下室，他被福尔马林水防腐处理后"③，身体被解剖，器官被摘除，骨肉分离后，存档供医学院研究使用。接着，"三个月后课程结束，白乐德的碎片也被从桌子上收拾了起

---

① Michel Foucault, "Panopticism", In *Discipline and Punish: The Birth of the Prison*, Translated by Alan Sheridan, New York: Pentheon, 1997, pp.195–228, p.228.

② Cormac McCarthy, *Child of God*, New York: Vintage International, 1973, p.193.

③ Cormac McCarthy, *Child of God*, New York: Vintage International, 1973, p.194.

来，装进一个塑料袋，送到了城外的公墓，入了土"①。小说文本使用的是被动的语法结构，显然从句法特征上就与小说人物的"物化"过程，有了另一重的呼应。就这样，白乐德结束了他的一生。某种程度上，这个不被其社会共同体接纳而反被排斥和放逐的白乐德，真正成了"上帝之子"，因为他的死亡，实际上是被他所在的西方文明社会的共同体给"献祭"了。

这一部分的小说语言采用的是专业的医学术语，几乎不带任何感情色彩，使得整个文本俨然是"中世纪对待罪恶滔天的异教徒实施的折磨和裁决，而不再是现代的科学实践"②。白乐德最终没有走出他生命的涡旋，而是被制造涡旋的黑暗"河流"彻底吞噬。其命运的非线性发展正好呼应了前面我们提过的镇上铁匠对世界事物发展的看法："一小处的失误，就会酿成全部的错误"③。从镇上的房子到装垃圾的袋子，一句话，白乐德的空间位移与其作为人的发展的逆向和非线性，始终呼应。在暴力的社会制度和国家机器的规训下，白乐德走完了他从人到物、从主体到贱民、从文明到荒野，并最终沦为供人研究的"样本"的蜕变和为世人献祭的死亡之路。而小说叙述视角的变化，也在呼应其身份的"物化"进程，凸显出社会对个体规训和控制的加强。

三、作为寓言的《上帝之子》

《上帝之子》尽管将白乐德这样一个触犯法律并逾越人类文明准则的杀人恋尸者当作小说的主要人物，但叙述者明显对他有同情性的描述。小说不仅试图引起读者关注白乐德身上残存的人性，并围绕其人生的非线性发展以及返祖式退化，展开了对人、社会以及人与世界乃至文明与荒野关

① Cormac McCarthy, *Child of God*, New York: Vintage International, 1973, p.194.

② John Cant, *Cormac McCarthy and the Myth of American Exceptionalism*, New York and London: Routledge, 2008, p.97.

③ Cormac McCarthy, *Child of God*, New York: Vintage International, 1973, p.74.

系的思考。恐怖和暴力尽管被人诟病，但极端行为的书写背后却是作家对造成这一行为原因的深思，也是 20 世纪 60 年代之后英美小说一改温柔得体之传统走向解构潮流的必然。正如英国作家安东尼·伯吉斯（Anthony Burgess）的小说《发条橙》（*A Clockwork Orange*, 1971）一样，《上帝之子》关注暴力人物身上的人性，无疑将小说的暴力书写从纯粹的恐怖提升到了某种"悲剧"的境界，尽管此种"悲剧"不再是阿伽门农式的古典命运悲剧，但却因为被所在的文明社会的共同体集体"献祭"，而在读者心中引起了心灵上的"共情"和悲悯。

约翰·朗（John Lang）在对白乐德的行为做过心理分析后指出，尽管白乐德的"行为让人震惊，但不幸的是这些行为并非他个人独有。赋予莱斯特心理和情感史，麦卡锡提醒我们他的主要人物身上还有潜藏的人性"①。小说有多处文本都在试图说明白乐德这个小说人物身上还有未泯的人性。白乐德有次去朋友拉尔夫家，路上碰到几只旅鸫鸟，他就跟"在后面追它们……跌倒了再次爬起，他边跑边笑。抓到小鸟后，他把温热的小鸟捧在手心，为它梳理着羽毛，心还怦怦直跳"②。麦卡锡此时笔下的白乐德，好似一个顽皮的大孩子，不仅童心未泯，更有几分人味儿。另外，当他后来退居荒野成了一个"穴居人"之后，小说又颇费笔墨地表现出白乐德对曾经的乡村生活的怀念和追忆。有一次他走在山道上，看到黄昏下的灰色原野上，一辆骡车正缓缓经过。如此普通的乡村生活图景，却从他的生活中远远退出，白乐德一下子"蹲在了地上，把头埋在双膝间，哭了起来"③。白乐德此时的反应，与小说《穿越》中的牛仔比利在多次穿越美墨

---

① John Lang, "Lester Ballard: McCarthy's Challenge to the Reader's Compassion", In *Sacred Violence: A Reader's Companion to Cormac McCarthy*, Edited by Edwin T. Arnold and Dianne C. Luce, Jackson: Univ. of Mississippi, 1995, pp.87–94.

② Cormac McCarthy, *Child of God*, New York: Vintage International, 1973, p.76.

③ Cormac McCarthy, *Child of God*, New York: Vintage International, 1973, p.170.

边境追梦未果之后的反应，有很强的呼应性。他们都是文明社会之外的荒野流浪者。面对从前的生活，无奈之余，充满了怀念和留恋，不得不说这或许就是麦卡锡本人面对时代对社会秩序的冲击而无能为力的一种遗憾或感叹。就比利命运的荒野与非线性，本研究在随后会有专门论述，此处不再赘述。

后来，白乐德杀人败露，不得已从远离人烟的地下洞穴逃回地面，仓皇逃窜的白乐德躲避警察追捕的时候，还不忘停下来"回头看他曾经住过的乡村"。一辆教堂的公车从他的身边飞驰而过，他看到车子"后排座位上一个小男孩正向外面望去，鼻子顶着窗玻璃"①。白乐德为这一个场景感动，心里难受，小说提到，"他在脑海里使劲地回忆，自己曾经在哪里见过这个小男孩，当他突然意识到这个小男孩看着就像自己时，心里一阵不安，尽管他奋力地将小男孩映在窗玻璃的形象从脑海中挥走，却怎么也驱走不了"②。小说对于白乐德这一幕的表现，最令人为之动容。可以认为，公车里的小男孩就是白乐德记忆深处的自己，是他堕落前的自我，小男孩的形象很难从脑海里驱走，说明白乐德还有残存的良知，这个正向窗外张望的男孩，就是白乐德的"镜像"，是他曾经纯洁的魂灵。

为了表明白乐德还有残存的人性，小说文本调用了叙事对话的方式，将叙述者、作者以及小说人物的声音混合在一起，旨在突出和强调白乐德还有人的维度，内心尚有良知。白乐德的这种追忆或者感动，实则表现了他灵魂上的一种忏悔或者内心的顿悟，正如麦卡锡研究者斯达特的分析，尽管麦卡锡"把白乐德塑造成了魔鬼，但却是一个有人性的恶魔"③。白乐

---

① Cormac McCarthy, *Child of God*, New York: Vintage International, 1973, p.191.

② Cormac McCarthy, *Child of God*, New York: Vintage International, 1973, p.191.

③ Kevin Stadt, *Blood and Truth: Violence and Postmodern Epistemology in Morrison, McCarthy, and Palaniuk*, Diss., Northern Illinois Univ., 2009, Ann Arbor: UMI, 2009, ATT 33589969, p.128.

德不仅是杀人狂魔,他的恋尸行为也触犯了人类文明的禁忌,但就其杀人恋尸这一病态行为的形成和演变,依然能看到麦卡锡的言外之意,那就是警醒世人,提醒世人当心人性的丑陋和邪恶。有了忏悔之心的白乐德,按照基督教的教义,是不是能为人或者说为其所在的社会共同体宽容呢?

我们回到白乐德所在的塞维尔小镇来看,不仅此处的社会共同体道德崩溃、伦理缺失,而就小镇暴力的历史来说,也是悠久长远。从小说中白乐德邻居们的"杂语"中,我们发现这个美国的南方小镇,一直都有号称白帽子(White Caps)和蓝比尔(Blue Bills)的两拨势力,他们明争暗斗。为了整肃小镇的道德伦理,两拨势力都试图对那些逾越规范的人实行严厉惩罚。然而,为了实现对小镇的控制,白帽子和蓝比尔多年来刀枪相向,争夺自己的权利和控制范围,制造了许多惨案和血色故事。[①]出乎读者的期待视野,白乐德尽管多次触犯了法律,却被塞维尔镇警方免于起诉。实际上,就白乐德的犯罪行为来说,他在小说中早就应该被绳之以法,但他总是顺利地摆脱了警察的追捕,并还长期游荡在塞维尔镇的郊外山林,不时地下山打劫或盗窃。这种好运一直持续到他对购买了他家房产的格雷尔实施的谋杀为止。格雷尔算得上镇里的中产,因为他在塞维尔镇上不仅有自己的房产和地产,而且还有经济能力购买白乐德被政府拍卖的房产,后者可看作一种商业投资。因此,难怪白乐德谋杀格雷尔之前尚能逍遥法外,这并非是司法和小镇的伦理道德对他宽容开恩,而是他尚未危害甚至说威胁到小镇中产阶级以上人们的生命和财产安全。一旦越过了这条底线,作为国家机器代言人的警察才会彻底与他清算,将他抓捕归案。事实上,白乐德从文明社会一步步退到荒野,并嬗变成"洞穴"中的"兽类",塞维尔镇的整个社会机制与小镇共同体里的所有人,都是白乐德人生命运

---

① 麦卡锡有意借小镇两拨相互争斗的群体,嘲讽了美国南方历史上的三K党,他们貌似维护社会秩序实则制造了更多的恐怖和流血。

嬗变及其返祖式退化的"同谋"。索亚区分了空间和空间性两个概念,在他看来,"空间是一种语境假定物,而空间性则以社会为基础,为社会组织和生产共同制造,是人造的空间"①。鉴于此,可以认为,白乐德堕落和退化的空间性,至少部分上是由其所在的社会共同体共同决定后的结果。

尽管白乐德的病态行为有生理和心理的先天因素,但决定他的退化或者返祖却是病态的资本主义社会关系等后天因素共同作用的结果。资本主义社会制度不仅控制着人类社会,而且也造成了人的异化甚至病态错乱。麦卡锡在他少有的一次接受采访时感叹道:"从来没有不流血的生活,认为物种可以改良,人类能够和谐生活的观念,极其危险。那些为这些观念束缚的人一定是首先丢掉灵魂,失去自由的人。这些人一定会为此种想法而奴役,最终使其生活空虚,并毫无意义。"②麦卡锡实际上就是要警醒世人,提醒世人直面暴力,思考暴力,并最终警惕和正视暴力。毕竟,暴力某时候是真理的结构所在,不仅是强者操控的话语,弱者也会采用暴力,争取他的话语乃至权利。

综上所述,可以说,白乐德是资本主义社会多种病态与暴力社会关系结出的恶果,注定要为人类的邪恶与堕落,充当献祭的羔羊。正如文中一个不知名的叙述者说道:"如果你愿意的话,你可以追根求源,一直可以追到亚当那里,他不会比他们做得更好。"③可以说,白乐德人生的非线性发展,或者说他本身的病态暴力,映射出的是我们整个人类的罪恶。这个残暴、病态乃至堕落的杀人犯,实际上就是人类本身堕落和暴力的"镜像"。献祭的羔羊就是一种"牺牲"(sacrifice),吉拉德(René

---

① Edward W. Soja, *Postmodern Geographies: The Reassertion of Space in Critical Social Theory*, London and New York: Veso, 1989, p.79.

② Richard B. Woodward, "Cormac McCarthy's Venomous Fiction", In *The New York Times Magazine*, 19 April 1992.

③ Cormac McCarthy, *Child of God*, New York: Vintage International, 1973, p.81.

Girard)认为,"牺牲"能够避免整个共同体遭受更为严重的暴力摧毁,因此,"牺牲"的选择,目的在于"重归共同体的和谐,并能稳定相应的社会结构"。① 就"牺牲"的作用和功能而言,卡勒(Jonathan Culler)的看法与吉拉德基本类似。在卡勒看来,"牺牲"能够用来对抗社会的病态。要维持社会的稳定性并保持一定的公民区分度,"就要选出一个'替罪羊',这个替罪羊之所以被选出来,是因为他本人代表了困扰整个城市的罪恶。这样做的目的,旨在试图让邪恶返回到产生邪恶的外部去,由此可以保证内外有所区别的重要性"②。卡勒这里用的是希腊语的"替罪羊"(pharmako),相当于英语的"scapegoat",也就是"牺牲"之意,其目的在于剔除邪恶从而纯净社会,并维持社会秩序,甚至"在特定的时空条件下,'牺牲'就是一种有意的精神平衡行为,往往支持的一方需要压制或者消灭被视为不稳定或者疲弱的另一方"③。如此,再来联系白乐德人生命运的非线性,为何他没有得到世俗社会以及宗教精神领域的宽容,而又为何要为文明社会共同体选择成为献祭的"上帝之子",便不证自明。

除了"牺牲"一说,《上帝之子》事实上在文本中有许多与《圣经》有关的暗示,毕竟小说的题目本身就有浓厚的宗教意味。警长对白乐德所在的塞维尔镇的镇长说道:"你难道没有看到一个长着白胡子的老人吗?他正在建造一艘大船"④。面对小镇的洪水,一位塞维尔镇的老太太还感叹说:"这是审判日:罪和所有罪恶的代价。"⑤ 洪水的意象,通常意指了上帝

---

① See René Girard, *Violence and Sacred,* Baltimore: The John Hopkins Univ. Press, 1977, p.8.

② Jonathan Culler, *On Destruction: Theory and Criticism after Structuralism*, Ithaca, N.Y.: Cornell Univ. Press, 1982, p.143.

③ Susan L. Mizruchi, *The Science of Sacrifice: American Literature and Modern Social Theory*, New Jersey: Princeton Univ. Press, 1998, p.32.

④ Cormac McCarthy, *Child of God*, New York: Vintage International, 1973, p.161.

⑤ Cormac McCarthy, *Child of God*, New York: Vintage International, 1973, p.164.

对人类堕落的惩罚手段之一。建造大船的白胡子老人，显然是圣经原型之挪亚与挪亚方舟的暗示。有"鸡粪"镇绰号之称的塞维尔镇，催生和培育了白乐德这样一个病态堕落之人，这个普通的阿巴拉契亚山区的小镇，是否还有最后一位善人，能够逃脱上帝的惩罚？看着在洪水袭击之下风雨飘摇的塞维尔小镇，小说不知名的老人将其与小镇1885年曾经遭遇过的洪水对比。他和塞维尔镇的镇长的一番对话，令人深思："你认为现在的人比从前的人更加卑鄙吗？镇长问道。……不，不是。我想自从上帝造人的那天起，人就这个样子了。"[①]毫无疑问，这是对小说专门指出的白乐德不仅是"上帝之子"并且"就是我们自己"的判断最好的呼应了。

威斯说得在理："大雨形成的洪水，就是对白乐德的行为及其他所在的社会共同体所进行的神与道德的惩罚。"[②]洪水已经越过百年（小说文本没有提及故事发生的具体时间背景，但却从文本信息可以发现白乐德死于1965年），然而，不仅塞维尔镇的伦理法则和道德水平没有改善，人的堕落、邪恶以及暴力却依然肆虐。用麦卡锡在小说文本中的原话来说，他们全都"腐败到根部了"[③]。这应该才是小说《上帝之子》作为一则当代寓言其准确的寓意所在。至于腐败后的人类何去何从，麦卡锡将会在他的其他小说《血色子午线》以及《路》中，将人类退回到"混沌"状态，继续质疑和拷问人性。

第三节 《血色子午线》中的暴力、"混沌"与荒野

当代美国作家威廉姆·加迪斯说过："作家的一生几乎只写一本书，

① Cormac McCarthy, *Child of God*, New York: Vintage International, 1973, p.168.
② Daniel Weiss, *Cormac McCarthy, Violence and the American Tradition*, Diss., Wayne State Univ., 2009, Ann Arbor: UMI, 2009, ATT 3359585, p.90.
③ Cormac McCarthy, *Child of God*, New York: Vintage International, 1973, p.164.

并且反复地写来写去。"①麦卡锡是加迪斯同时代的作家，对于他而言，那本作家一生都在重访的"书"就是"暴力"。自从第一部小说《果园看守者》中威斯利的父亲曝尸荒野，到小说《血色子午线》中血染荒漠甚至死尸遍野，再到《平原上的城市》中年轻的牛仔约翰·格雷迪被其情敌切腹，一直到麦卡锡最后一部小说《路》中幽灵般出没于铺天盖地灰尘里的食人族。仔细梳理麦卡锡的小说，我们发现，暴力不仅是麦卡锡小说挥之不去的主题，更是他小说中屡屡重访的元素。麦卡锡的所有作品，均不同程度上反映了美国社会各个层面上的暴力，以及社会生活表象下涌动的暴力暗流。尽管麦卡锡的各小说表面上看内容与格调有着巨大差异，但整体上就其涉及的后现代社会中的暴力问题，还是具有共同性。他的中期小说《血色子午线》因为其中涉及的暴力问题自身的矛盾性，加上麦卡锡将恐怖的书写与哲理的辨析结合起来表征暴力的做法，受到了麦卡锡研究者们的苛评。② 然而，这部麦卡锡创作史上最为血腥暴力的小说，虽为人诟病，却因小说自身的复杂和含混性，以及小说审美效果上恐怖与美丽的奇诡结合，常被视作"麦卡锡读者检验自我阅读水准的试金石"③，一直为麦卡锡的研究者们所痴迷。

　　如果将麦卡锡的小说看作一张巨大的文本之网，那么，暴力则是这张巨大的文本之网其中的一个节点。从这个微小的节点出发，可以认为，麦卡锡不仅是在拷问人性，更是对整个西方文明中的启蒙精神和现代性进行

---

① Lloy Grove, "Gaddis and the Cosmic Babble", Interview with William Gaddis, In *Washington Post*, 23 Aug.1985), B10.

② 例如，著名的南方文学研究者沃尔特·萨利文 就提出过这一问题："我们该怎样理解这样的现象，一个人总是无休止地思考邪恶，并把这种思想用天使的语言写进他的书中？ See Walter Sullivan, "About Any Kind of Measures You Can Name", In *Sewanee Review* 93, Fall 1985.

③ Edwin T. Arnold and Dianne Luce, "Introduction", In *Perspectives on Cormac McCarthy*, Edited by Edwin E. Arnold and Dianne Luce, Jackson: Univ. Press of Mississippi, 1993, pp.3–12.

了最为直接而又深刻的驳斥。正是借助暴力，麦卡锡表征了一个具有"混沌"之特性的人类社会与自然界——有序中的无序与无序中的有序。本书将暴力视作麦卡锡小说的文本结构和节点，并将其置于后现代主义哲学与后现代主义的社会背景下，指出麦卡锡小说中的人类社会与自然界就是荒野，呈现出混沌之有序与无序交错变换的特性。作为一种手段，暴力试图从世界的"无序"中创造出"有序"的人类世界；相反，却使这个原本无序的世界愈加"混沌"起来。可以说，暴力模糊了善恶之分，甚至消除了人类、自然、种族之间的所有边界，使得世界沦为整体意义上的荒野或"混沌"。如果说麦卡锡早期小说《上帝之子》中的暴力还只是令人感到人类的邪恶，那么他的《血色子午线》中的暴力则使人彻底看清了人类的血腥和暴虐。在麦卡锡的笔下，作为"经验—超验主体"的人已经彻底"死了"。① 同时，借由暴力这个节点，麦卡锡不仅质疑了西方形而上的二元对立，而且也向启蒙以来西方的整个认识论发起了挑战。他在小说《血色子午线》中论述的激进的认识论，不仅彻底颠覆了主体与客体、人与自然、自然与文化、有序与无序、中心与边缘的传统的二分法，同时也建构了一个由有序的无序与无序的有序组成的混沌世界。

---

① 不同学科对人的界定基于各自学科研究的特点，有不同的定义，如政治学上"政治的动物"之说，生物学上"灵长目科人属的物种"之说，文化人类学上"能够使用语言且具有复杂的社会组织与科技发展的生物"之论，马克思主义政治经济学从劳动关系所形成的系统外在关系出发，将人界定为"一切社会关系的总和"，等等。至于对人性的理解更是多元化和复杂。康德（Immanuel Kant）认为人是道德实践中有着理性的主体；马克思基于对资本主义社会的考察认为人是异化的；卡西尔（Ernst Cassirer）将人看作符号的动物，而鲍德里亚（Jean Baudrillard）在讨论消费与超真实时又发展了前者的观点；尼采（Nietzsche）声称"人死了"，福柯也随之宣称后现代社会中的人业已死亡；而麦卡锡概念中的人，在本研究看来，更接近福柯的理解，是对启蒙之后一直被看作"理性—经验—超验"的所谓的大写的"人"的质疑。

一、暴力、人性与"眼球民主"

暴力不仅占据了小说《血色子午线》大部分的文本空间,更是成为小说自身的一道风景。如果说《上帝之子》中的暴力只是唤起了读者对暴力的想象,那么,《血色子午线》中的暴力几乎成了人们"日常生活的状态"①。跟着年仅 14 岁的主要人物"少年"的行踪,一路向西,读者的视线也和他一起穿过大片的"恐怖之乡"。那里游走着的不仅有"野蛮"的印第安人,更有着血腥的剥皮猎人,眼目所及之处,"大量怪异的奸淫掳掠、射杀鞭答、吊死剥皮、烧杀痛击、劈砍捶打"② 等暴力,无一不在刺激读者的神经,而随处可见的坍塌破败的教堂、畸形怪异的生物、邪恶暴虐的土地、尸横遍野的人类与动植物,都在表征着人类社会与自然世界的混沌性。

"少年"在沙漠里碰到的一位隐士,他对人性的理解发人深省:"你可以在细小的生物身上发现卑鄙,上帝创造人类时,魔鬼应该就在他的身边。这种生物可以做任何事情。可以制作机器。而这个机器又制造出另一种机器。邪恶本身可以延续上千年,没有人能够改变它。"③ 将人类看作没有头脑和自主性的机器,很明显,隐士是在讨论人类的邪恶和这种邪恶本身的扩展性。联想当下热议的人工智能对人类潜在的危害性,不能不为小说人物(当然是作者本人)的智慧而折服。小说《血色子午线》中几乎所有出现的人,无论是美国人还是墨西哥人或印第安人,都极其恶毒和暴虐,从某种程度上模糊了西方形而上思维传统中的二元对立。人们行为的

---

① Daniel Weiss, *Cormac McCarthy, Violence, American Tradition*, Diss., Wayne State Univ., 2009, Ann Arbor: UMI, 2009. ATT 3359585, p.18.

② Peter Joseph, "Blood Music: Reading *Blood Meridian*", In *Sacred Violence: Volume 2: Cormac McCarthy's Western Novels*, 2nd ed., Edited by Wade Hall and Rick Wallach, El Paso: Texas Western Press, 2000, p.16.

③ Cormac McCarthy, *Blood Meridian; or, The Evening Redness in the West*, New York: Vintage International, 1992, p.19. 本节所有出自同一文本的译文,没有特殊标出,均为笔者所译,此后不再注出。

邪恶与粗鄙，与他们的肤色和种族毫无关系。这里，不再有中心与边缘的分界，一切都成了非秩序的荒野。根据麦卡锡小说《路》改编的电影名为《末日危途》，导演希尔寇特在接受采访时指出，麦卡锡本人曾和他提起，《血色子午线》"大部分谈的是人性中最糟糕的那一面"①，显然就在印证小说《血色子午线》暴力的隐含意指。

我们可就暴力的实施目标和实施结果的对应关系，将文本中的暴力分为线性与非线性两种形式。小说中的怀特上尉（Captain White）、法官霍尔顿（Judge Holden）以及格兰顿（Glanton）与他的匪帮等的暴力行为，缘于他们与墨西哥政府签订的合同，要求他们尽可能大量地在美国西边陲屠杀小股残余的阿帕契印第安人，并保护墨西哥人免遭前者的袭击和侵扰。尽管他们在西部边境的杀戮行为被道德所不齿（道德同历史一样，唯有胜者的道德才可作为社会是非判断的标准，其被人认可的逻辑与历史通常都为胜者所编撰的道理类似，因而道德判断的前提应该取决于判断者的立场），而且其暴力行为如果站在印第安人的立场上来看，也没有公平公正可言，但就其暴力行为与暴力起源的联系来看，至少他们猎取头皮换取金币的行为还有因果逻辑，属线性行为。如果他们暴力行径的目的是为了赏金，但随着暴力的升级，暴力的实施者与受施者却模糊起来，无论是阿帕契印第安人还是科曼奇印第安人，无论是合同签订的雇主还是受保护的墨西哥平民，最后甚至是作为同事或战友的美国人，均成了暴力换取赏金的"猎物"和牺牲品。尽管上述模糊了猎杀对象的暴力有着非理性的因素，毕竟还有其线性的因果逻辑，因为用暴力作为"物物交换"的方式基本上还符合经济学的基本原则，即以最小的代价获取利益的最大化，暂且可以被理解和容忍。然而，问题在于，文本中还有着大量的非线性的暴力

①　See Mike Collett-White, "Movie Remark for McCarthy's Bleak Novel *The Road*", In *Thomas Reuters* 3, Sept.2009.

行为,其行为的实施既非出于普通经济学满足经济利益的原则,也非人本主义经济学强调的心理需求的满足[①],实际上,这些暴力行为根本没有任何因果逻辑。譬如,格兰顿匪徒有时的杀人行径不需要任何理由,他们的行为似乎是为了消灭西部边境上的一切社区和人类文明,令人瞠目结舌的是,他们对老弱妇孺甚至小动物也大开杀戒。更让人费解的是,文本中暴力的实施者与暴力的受施者,在整个暴力的实施过程中竟全都无动一衷,没有任何反应。麦卡锡的研究者戴尼斯·多那修(Denis Donoghue)将这种非线性的暴力行为视作"无目的的恶毒"[②],而凯文·斯达特则将其冠之为"怪诞的暴力"[③],但上述学者的定义依然很难解释文中此类非线性的暴力现象:他们缘何实施,目的何在,同时文中那些无动于衷的暴力又在说明什么?我们知道,要对一部后现代主义小说做出清晰的因果线性判断,不但徒费心机,其解释也一定不尽圆满,而就《血色子午线》这本复杂模糊的小说而言,更是很难用线性的道德和伦理的标准来区分其中的善恶是非,因为一切都似乎荒诞不经。如果将暴力视作后现代主义社会中的一种消费行为,那么,对那些暴虐的匪徒来说,某种程度上,暴力就是后现代消费社会中的消费符号。他们杀死被杀者而剥掉头皮,可以被看作是他们在消费"物品"。在将被杀者"物化"的同时,他们也失去了作为主体的人的主体性。不仅如此,在消费者自身被客体化的同时,暴力也最终成了一个没有任何所指的空白的能指。

根据鲍德里亚关于消费社会的研究,后现代主义社会的显著特征就

---

① 人本主义经济学强调,人类的经济行为可以获得心理的满足感。其基本原则就是通过获取物质产品,从而满足个人精神的愉悦目的。因此,文中用暴力作为交换赏金的行为,类似于人们在经济活动中获取物质产品,从某种程度上可以使人获得某种心理和精神上的满足。

② Denis Donoghue,"Reading *Blood Meridian*", In *The Sewanee Review* 105.3, Summer 1997.

③ Kevin Stadt, *Blood and Truth: Violence and Postmodern Epistemology in Morrison, McCarthy, and Palaniuk*, Diss., Northern Illinois Univ., 2009, Ann Arbor: UMI, 2009. ATT 3358996, pp.116–119.

是"丰裕"（affluence）和"消费"（consumption），而消费社会中商品的功能也从其使用价值转换到了其消费价值。传统社会中我们从商店里购买物品，考虑的是商品的使用价值，消费的是人与物的关系；但消费社会中，人们消费的不过是物品"一系列的意象"，也就是物品的符号。鲍德里亚指出："消费既非具体的物质实践，也非'丰裕'的现象学。消费不为我们所吃的食物所定义，也不为我们穿着的衣物与我们所开的车子来定义，当然也不受意象和信息的视觉与口头物质来定义，而就在我们将这一切看作有所意指的物质时的组合时被定义。消费是目前构成了大致连贯话语的所有物品和信息的真实整体性。"① 如此看来，消费是一种新的"语言对等物"，一种有组织的话语系统，"一种符号控制的系统行为"。②

《血色子午线》的小说素材来源于张伯伦（Samuel E. Chamberlain）撰写的《我的自白》（*My Confession*, 1856）一书，尽管小说讲述的是发生在 19 世纪美墨边境的故事，但却实际指向当下的后现代主义社会。格兰顿匪帮的任务是在边疆地区尽可能多地消灭阿帕契印第安人的残余势力，并以此赢得墨西哥奇瓦瓦州州长的赏金。然而这些匪徒却大肆屠杀，他们的攻击对象远非印第安人，而是要把其所在的整个村落、社区乃至全部的人类文明都消除殆尽。对他们而言，杀人就是消费，其暴力行径没有任何目的，只是消费的符号而已，当然，他们也从暴力消费中得到了自我的映射：

　　　　格兰顿骑着马整个冲进第一个草棚，把里面的人踩在脚下。几个人从低矮的门口爬出。突袭者们疾驰着穿过村庄，然后掉头回来。……很多屋舍已经着火，一排难民开始沿着湖滨涌向北边逃跑，

---

① Jean Baudrillard, *Selected Writings*, Edited by Mark Poster, Standford: Standford Univ. Press, 2001, p.25.

② Jean Baudrillard, *Selected Writings*, Edited by Mark Poster, Standford: Standford Univ. Press, 2001, p.25.

疯狂哀号,而他们中间的骑手就像牧人一样棒击落后者。……一个特拉华人从烟中冒出双手甩动把脑袋猛摔在石头上血淋淋的脑浆穿过囟门而着了火的人像狂暴战士一样尖叫着跑出被骑手们用大刀砍倒;而一个年轻女人跑上前来抱着格兰顿战马血淋淋的前蹄。……他们穿行在死尸中,用刀子收割黑色的长发,受害者们秃着头颅,如同戴着怪异的血淋淋的胎膜。……其中一名特拉华人手里提着许多头走过,俨然要去赶集的诡异小贩,头发绕在他的手腕上,悬吊的脑袋不停旋转。①

上述事件只是文本中的个案,而格兰顿匪徒的"暴力目的不是一件物品,而是自我指涉的一种追求手段"②。

借助鲍德里亚对消费的理解,可以较为合理地解释文本中的暴力。毕竟,对于物品来说,"为了成为消费的物品,物品首先必须成为符号。也就是说,从某种程度上它必须外在于一种关系,而它当前只是暗示,且能够主观地和不连贯地对这种具体的关系进行非符号化,但又能同时获得这种连贯性,使其最终能从它与所有的物品符号之抽象系统的关系中,获取意义。正是以这样的方式,物品才能够成为个性化的东西,并因此进入这一系列,也就是说,人们消费的不再是物品自身的物质性,而是物品与众不同的差异性"③。因此,个性化的取得不仅要对具体的物质商品进行消费,更要在消费商品时实现人与人的沟通。由此,人与物的关系便成了人

---

① 此处译文参考了科麦克·麦卡锡,《血色子午线》,冯伟译,重庆出版社 2013 年版,第 176—177 页。

② Daniel Weiss, *Cormac McCarthy, Violence and the American Tradition*, Diss., Wayne State Univ., 2009, Ann Arbor: UMI, 2009, ATT 3359585, p.20.

③ Jean Baudrillard, *Selected Writings*, Edited by Mark Poster, Standford: Standford Univ. Press, 2001, p.25.

与人的关系。文本中就有这么一个典型的例子。两个格兰顿匪帮成员，一黑一白，却有着相同的名字杰克逊（Jackson），晚餐时白人杰克逊用手势示意黑人杰克逊走开，这就惹怒了对方，黑人杰克逊当即操起他的单刀猎刀从火堆旁走开，刀落之处，白人杰克逊的头颅便滚在了火堆里。对于黑人杰克逊来说，暴力是他取得"个性化"的符号，也是他实现与白人对话的唯一"语言"。更重要的是，暴力凸显了他的个性，也利于其身份认同。我们知道，他与法官霍尔顿以及白痴在之后的暴力进程中，组成了新的"三恶魔"①。显然，暴力的"符号价值"已经为格兰顿匪徒内在化，面对同伙的争斗和惨死，他们无动于衷，只是冷漠地向旁边挪动了一下身子。黎明时分，他们拔营起身，"无头的男人还坐在原地，就如一个被谋杀的隐士，双脚赤裸着坐在灰烬和黑暗里。有人捡起了他的枪，但他的靴子还放在他曾经放过的地方"②。

一旦物品被转化成为符号，在遭遇暴力时情感的反应就可能被消除。《血色子午线》中最经典的片段，当属格兰顿帮在屠杀一个墨西哥小镇时遇到的一位老妇人的情景，面对血腥，杀人者与被杀者均没有丝毫的情感反应：

> ……老妪抬起头。那双苍老的眼睛里既没有勇气也没有颓丧。他用左手指向一边，她的目光也随着他的手看过去，然后他把枪对准她的头，开火。枪响响彻了暗淡苍凉的小广场。一些马匹受了惊吓后连退几步。老妪脑袋的另一侧爆开了拳头一般大小的窟窿，鲜血喷溅而

---

① "三恶魔"（The Triune）首次出现在麦卡锡小说《外围黑暗》，（*Outer Dark*, 1968）中，一般由三人组成：一个是杀人狂魔，一人常为白痴，一人是小组中相对有思想的邪恶首领。

② Cormac McCarthy, *Blood Meridian; or, The Evening Redness in the West*, New York: Vintage International, 1992, p.107.

出,她扑倒在地,无可救药地丧命在自己的血泊中。……他从腰带上取出一把闪闪发亮的刀子,走向卧地的老妪,抓起她的头发,在手腕上绕了几圈,然后绕着头骨用刀切了几下,便剥掉了头皮。①

被剥皮的老妪漠然、茫然,而围观者包括格兰顿匪帮和城里的居民,甚至是墨西哥战士,似乎所有在场的人们都没有任何反应。面对暴虐,人们呆若木鸡,他们的脸上看不到任何的表情反应。如此细致地披露文本的细节旨在强调,文本中的小说人物只是个"平面人物"而已。暴力的执行者与受害者之间,已经不再有主客体的关系,而只有暴力这个漂浮的符号在消费中彻底地被异化。

此类异化现象充斥着小说文本。行军途中,怀特上尉和他的雇佣军们遇到一个挂满了死婴的灌木丛,这些荒野上"被抛弃的人们"仅是停了下来,接着便没有任何反应地离开那里。尽管文本没有提及这些婴儿的来历,但从上下文可以猜出,这次遭遇应该是他们受到阿帕契人的攻击后不久,所以,这些死婴要么是墨西哥人要么是美国人,但绝不会是印第安人。除此之外,格兰顿匪帮遇到过许多暴力场面,死者有时是他们的敌人,有时是他们的同僚,有时是动植物的死亡,但他们清一色的表现都是静默无语,他们或就地扎营,或直接躺倒"在死尸堆中"②,而他们所在的"辽阔的荒野上除了风一切都纹丝不动"③。正如斯达特所说:"小说叙事本身,几乎每一页都在勾勒野蛮,好像这一些原本就没什么特别,不可避

---

① Cormac McCarthy, *Blood Meridian; or, The Evening Redness in the West*, New York: Vintage International, 1992, p.98.

② Cormac McCarthy, *Blood Meridian; or, The Evening Redness in the West*, New York: Vintage International, 1992, p.153.

③ Cormac McCarthy, *Blood Meridian; or, The Evening Redness in the West*, New York: Vintage International, 1992, p.138.

免。与小说人物受到的创伤相比，将暴力看作事实的态度使得暴力更加糟糕。"① 詹姆逊说过，后现代时期的"人"已经失去了作为人的主体性，他们已经"死亡"。他指出，如果说现代社会里的"人"还有焦虑和异化感的话，那么，后现代社会中的"人"已经没有所谓的情感了。由于资产阶级的自我或单胞体（monad）已经彻底结束，人也不再有尖叫和混乱，这种现象詹姆逊称之为"影响的消失"。② 詹姆逊的观点可以用来解释《血色子午线》中人在面对暴力时的状态。所有那些诸如恐惧、惊恐以及焦虑的"人"的情感，在暴力的世界里已经抹除，而情感消失之后的人的主体，也就变得碎片化和"死亡"，从而他和世界的关系也会随之改变。詹姆逊的观点呼应了鲍德里亚的看法，尤其是后者对消费社会中消费的理解，正是消费使得失去主体性的人们沦为了物的奴隶。一旦暴力成了无意识的行为，麻木不仁也就顺理成章，因为此时的"人"不再是三维的立体的人，而是没有任何自我感知的"平面"，空洞虚无。

在《血色子午线》中，麦卡锡笔下的宇宙和世界存在着一种所谓的"眼球民主"（optical democracy），在"眼球民主"的观照下，世界上的动植物，当然包括两条腿的人，甚至大自然中的地貌、风景及其存在其中的一切，都清一色地血腥和残暴。在麦卡锡看来，自然与人有一种"令人费解的亲缘关系"③，一样血腥残酷。这种残酷的亲缘关系，从小说人物"少年"穿越沙漠时所遭遇的一棵大树的例子，得以说明。大树整个夜晚都在燃烧：

---

① Kevin Stadt, *Blood and Truth: Violence and Postmodern Epistemology in Morrison, McCarthy, and Palaniuk*, Diss., Northern Illinois Univ., 2009, Ann Arbor: UMI, 2009, ATT 3358996, pp.109–110.

② See Fredric Jameson, *Postmodernism, or, The Cultural Logic of Late Capitalism*, Durham: Duke Univ. Press, 1999, pp.14–15.

③ Cormac McCarthy, *Blood Meridian; or, The Evening Redness in the West*, New York: Vintage International, 1992, p.247.

……—段沙漠上燃烧的枯木，被经过的风暴点燃的纹章式的树。孤独的旅人走了很远的路才到达这里，走向枯树的时候，他跪在热沙中，伸出麻木的双手，而这光环之中到处是被吸引到这个非正常白昼的小型援军，小猫头鹰一只挨一只地静静地蹲坐，乌蛛、太阳蛛、巨鞭蝎、邪恶的狼蛛、嘴巴黑如松狮犬的串珠蜥蜴，无不致命，从眼里喷射血液的小沙漠皇冠蜥蜴，以及小沙蝰，看上去就如吉达和巴比伦的神祇，与他们一样安静。①

在这个火堆旁，荒野中令人毛骨悚然的生物与人有了某种原始的联结纽带，而就小说的叙事本身，麦卡锡将荒野的"眼球民主"如此处理，也是有意地表征了处于人类之外的自然所具备的混沌性。《血色子午线》中的西部荒野，既不是美国作家梭罗笔下瓦尔登湖式的归隐地，也不是美国作家霍桑笔下能够让人重生的荒野森林，而是意大利作家但丁之《神曲》中的人间炼狱。那里，自然不仅黑暗而且荒蛮，与暴虐的人类难分伯仲。

文中荒野的血腥危险不亚于人性的黑暗。沙漠中，成群的郊狼追踪着荒野上可怜的"朝圣者"②，他们身边的"灌木丛中小的平原蝰吐着信子"③；到了晚上，大灰狼的眼睛"在火堆旁眨着绿光，扫视着人群"④，"猫头鹰的低鸣与土狼的嚎叫"⑤是寂静的黑夜中唯一的声音；夜里，血蝙蝠攻击疲惫

---

① Cormac McCarthy, *Blood Meridian; or, The Evening Redness in the West*, New York: Vintage International, 1992, p.215.

② Cormac McCarthy, *Blood Meridian; or, The Evening Redness in the West*, New York: Vintage International, 1992, p.61.

③ Cormac McCarthy, *Blood Meridian; or, The Evening Redness in the West*, New York: Vintage International, 1992, p.45.

④ Cormac McCarthy, *Blood Meridian; or, The Evening Redness in the West*, New York: Vintage International, 1992, p.89.

⑤ Cormac McCarthy, *Blood Meridian; or, The Evening Redness in the West*, New York: Vintage International, 1992, p.138.

的人群，它们盘旋在受伤的斯普鲁尔（Sproul）的头顶，伺机吸食他伤口上的鲜血。这片"邪恶的土地"①古老而荒芜，充满了敌意。早晨，昏黄的太阳是"尿黄色"的，到了中午则成了血红色，"就如一个巨大的红色的生殖器"②，"从空旷的荒野上升入天空，直到周围的光晕逐渐清晰，便蹲坐在那里喘着粗气，身后一片邪恶"③；夜晚，月亮就如"一只黑猫的眼睛逡巡在世界的边缘"④，石块的影子在月光下就"如一根根触须，要将他们绑缚到即将来临的黑夜之中"⑤。不仅如此，沙漠中的海市蜃楼也会用伪装和善变来欺骗人类。"少年"曾发现远处有一大片湖泊，"周围是蓝色的山峦"⑥，他甚至看见一只老鹰和一片树林，还有"远处城池白色的剪影衬托在蓝色与幽暗的山峦之中"⑦，但早晨醒来后，尽管是同样的地方，却根本"没有城池、树林、湖泊，只有荒芜的大沙原"⑧。荒野有着奇异的自然景观，在那里人们能听到"远处滚石的轰隆声，仿佛是从世界深处的黑暗中发出来似的"⑨；

---

① Cormac McCarthy, *Blood Meridian; or, The Evening Redness in the West*, New York: Vintage International, 1992, p.47.

② Cormac McCarthy, *Blood Meridian; or, The Evening Redness in the West*, New York: Vintage International, 1992, p.44.

③ Cormac McCarthy, *Blood Meridian; or, The Evening Redness in the West*, New York: Vintage International, 1992, pp.45.

④ Cormac McCarthy, *Blood Meridian; or, The Evening Redness in the West*, New York: Vintage International, 1992, p.152.

⑤ Cormac McCarthy, *Blood Meridian; or, The Evening Redness in the West*, New York: Vintage International, 1992, p.45.

⑥ Cormac McCarthy, *Blood Meridian; or, The Evening Redness in the West*, New York: Vintage International, 1992, p.62.

⑦ Cormac McCarthy, *Blood Meridian; or, The Evening Redness in the West*, New York: Vintage International, 1992, p.62.

⑧ Cormac McCarthy, *Blood Meridian; or, The Evening Redness in the West*, New York: Vintage International, 1992, p.111.

⑨ Cormac McCarthy, *Blood Meridian; or, The Evening Redness in the West*, New York: Vintage International, 1992, p.62.

身在其中的格兰顿匪徒们也会始料不及地"遭遇冰雹的袭击"①,它们犹如一个个"透明的鸡蛋"②,怪异的是,尽管当时晴空万里,沙漠里的岩石"触到时便会烫手"③。总之,近似于人类的暴力,《血色子午线》中的荒野也有着当代混沌学意义上"混沌"的特征:有序中的无序与无序中的有序。混沌理论认为,我们生活的宇宙由有序和无序组成,二者相互变换,这一切取决于系统对初始条件敏感性的变化。麦卡锡的西部荒野显然成了作者有意创造出的"麦氏地景"。在麦氏地景中,人与物不分伯仲,其暴力特质相互投射,可以说,在麦氏的荒野地景中善恶的界限已被模糊,毕竟,"在这片中性的简约之地,所有的现象都被赋予了一种神奇的平等,没有一件物体、一只蜘蛛、一块石头,甚至一叶草,能够超越其他"④。然而,尽管人与自然互为映射,并有着某种程度上的亲缘关系,在这个荒野的世界中,还有更令人恐怖的生灵,那就是两条腿的人类。

实际上,自第一部小说《果园看守者》开始,大自然在麦卡锡的文本中就有怪诞和神秘的特点,并且从这本书开始,麦卡锡笔下人与自然的奇妙关系就有了雏形。《果园看守者》的序言中讲到一棵被篱笆包围了的大树,即使伐树的工人用锯子也难以将大树和篱笆分开,二者似乎紧紧地结合在一起。有学者认为这样的自然奇观说明自然能够自我调节从而适应人类的入侵⑤,也

---

① Cormac McCarthy, *Blood Meridian; or, The Evening Redness in the West*, New York: Vintage International, 1992, p.111.

② Cormac McCarthy, *Blood Meridian; or, The Evening Redness in the West*, New York: Vintage International, 1992, p.152.

③ Cormac McCarthy, *Blood Meridian; or, The Evening Redness in the West*, New York: Vintage International, 1992, p.138.

④ Cormac McCarthy, *Blood Meridian; or, The Evening Redness in the West*, New York: Vintage International, 1992, p.247.

⑤ David Paul Ragan, "Values and Structure in *The Orchard Keeper*", In *Perspectives on Cormac McCarthy*, Edited by Edwin T. Arnold and Dianne C. Luce, Jackson: Univ. Press of Mississippi, 1993, p.15.

有学者认为这是自然远胜过"人类名利"的例证①，更有学者将这个奇观看作是"人类与自然的融合"②，但是，对于小说提到的伐木工人来说，这只是"篱笆长进了大树"③，并不是大树长进了篱笆。不过，笔者同意奥文思-墨菲（Kate Oweua-Murphey Owens-Murphy）的观点，这样的自然奇观是"人与自然密不可分"的最好说明。尽管人与自然存在着竞争，且这样的竞争时时发生，但显然人与自然有着"共生关系"。事实上，"任何一方都无权超越另一方，甚至也不能说某一方的价值要大于另一方"④。

麦卡锡的另一部小说《外围黑暗》中，人类与自然的奇异融合，也可从补锅匠被"三恶魔"吊死后尸身与树的关系变化中窥得一斑：

> 补锅匠的埋身之树成了鸟儿们的乐园。秃鹫白天飞过来时，好像就是这个巨大的人身上一个骇人的宠物，白天飞来时它总会用它的鸟喙在他的纽扣和口袋里啄来啄去，最后这个巨大的人身曾有的破衣烂衫再也不复存在，变得焕然一新。黑色的曼陀罗花在树下恣意地生长，花儿悬垂的种子掉了下来，就掉落在大树的枝干上，春天的时候，新发的嫩枝从补锅匠的胸膛里穿过，就在他黄色的下巴下面开成了一丛经年不败的绿色纽扣花。⑤

---

① Mark Royden Winchell, "Inner Dark: or, The Place of Cormac McCarthy", In *The Southern Review* 26.2, April 1990, Rpt., In *Contemporary Literary Criticism Select*, Detroit: Gale, 2008, In *Literature Resource Center*, Web. Nov. 13, 2010.

② Vereen M. Bell, *The Achievement of Cormac McCarthy*, Baton Rouge: Louisiana State Univ. Press, 1988, p.22.

③ Cormac McCarthy, "Prologue", In *The Orchard Keeper*, New York: Vintage International, 1993.

④ Kate Owens-Murphy, "The Frontier Ethic behind Cormac McCarthy's Southern Fiction", In *Arizona Quarterly* 67.2, Summer 2011.

⑤ Comac McCarthy, *Outer Dark*, New York: Vintage International, 1993, p.238.

　　自然万物千姿百态,意象的选择对于小说家来说也颇有讲究。麦卡锡善于选择植物意象来烘托和渲染小说的环境和气氛。曼陀罗花本身就有生死轮回的联想,加上黑色曼陀罗花的恣意生长,更是加深了环境的黑暗与死亡气息。大树的枝丫"刺穿"了补锅匠的身躯,并从他的胸前穿过,小说关于人的尸身在自然分解的过程描述,给读者一种病态与暴力之感。然而,这种病态和暴力却因曼陀罗花在他的身上重新插满了"绿色的纽扣花",而巨鸟秃鹫的光顾也成了他可爱的"宠物",并用它们的鸟喙在他的身上"啄来啄去",此种对自然充满生机勃勃的描摹,顿时使得原本暴力黑暗的气氛柔和了许多。上述引文,颇有几分西方印象主义的画风,也因为作者对曼陀罗花以及嫩枝这种特有物象的选择,更得几分清人王渔洋诗句"行人系缆月初照,门外野风开白莲"的妙处,使得整个环境充满诗意的悖论与柔情,也自然而然地弱化了原有文本中的病态和暴力,使得补锅匠的尸体甚至尸身的分解,不再令读者毛骨悚然,甚至其本身就成了一个"宁静和宇宙间和谐的象征"①。

　　小说《萨特利》也有关于人与自然之间悖论关系的探讨。小说中的田纳西河是美国著名江河密西西比河的一个分支,然而在麦卡锡的笔下,却如印度恒河的状况一样,生与死、神圣与肮脏同生并存。一面是圣河中沐浴洗衣的人们,一面却漂浮着人与动物腐烂的尸骨,宇宙间的生死存亡似乎都与河流息息相关。小说主要人物萨特利(Suttree)放弃了上流社会舒适富足的生活,搬进田纳西河畔一个简陋的船屋里,靠打鱼为生。田纳西河维持和养育了萨特利与他的一群位于社会底层的伙伴们的生活。其中,印第安人迈克尔(Michael)的一日三餐都靠河里的乌龟维持;他的女友宛达(Wanda)一家则靠捕捞河里的贻贝为生。然而,这条给予田纳西河沿

---

① Georg Guillemin, *The Pastoral Vision of Cormac McCarthy*, College Station: Taxas A & M Univ. Press, 2004, p.72.

岸下层人民生命与俗世生活来源的河流，却漂浮着大量的垃圾和死尸，某时候甚至还是萨特里穷苦朋友的葬身之所。里奥德纳（Leonard）为了能和母亲继续冒领老父亲的政府养老金，在父亲死后很久都不敢上报政府，最后等尸体发臭才将其悄悄地沉到了河底；如果说里奥纳德父亲最后被迫葬身大河是为了子女和老妻生活的维系，但萨特利的女友宛达则在洪水中丧生，大河是她人生无奈和爱情破灭之后的临时墓地。正如奥文思-墨菲所说："河流就是美国'工业荒原'的象征。"① 实不尽然，河流也是美国"都市荒野"的表征符号，它们已被严重污染。小说写道："大量的污水流动着，许多灰色的不知名字的废品和发黄的避孕套，就如巨大的鲽鱼和绦虫在浑浊的河中漂浮。"② 关于田纳西河作为"都市荒野"的表征和其背后的深意，请参见笔者指导的研究生的论文《都市荒野：文化地理学视阈下的〈萨特里〉研究》，此处避免多生枝节，暂不赘述。

总之，麦卡锡小说中的荒野成了混沌学文学批评著名学者黑尔斯意义上的"混沌空间"，是一片"既没有秩序又没有非秩序"的"新的疆域"。③ 这样的混沌空间不仅可以冲破疆域的限制，更是对非此即彼二元对立思想的驳斥。

二、暴力、符码和现代性

《血色子午线》中，暴力作为一种消费符号，使人成为平面之物。暴力被一种"血的认识论"所编码和建构，成了荒野中人们唯一推崇的"合法的知识"。正如消费社会中媒体和广告对物体的编码使得人们成为符号的奴隶一样，作为宏大叙事的启蒙，也在知识、科学、理性和秩序的面具

---

① Kate Owens-Murphy, "The Frontier Ethic behind Cormac McCarthy's Southern Fiction", In *Arizona Quarterly* 67.2, Summer 2011.

② Cormac McCarthy, *Suttree*, New York: Random House, 1979, p.7.

③ N. Katherine Hayles, "Chaos as Orderly Disorder: Shifting Ground in Contemporary Literature and Science", In *New Literary History* 20.2, Winter 1989.

之下对暴力进行了新的赋码,从而形成了社会上总的"暴力拜物教",让人们服从暴力且暴力地对待他人和自然。暴力可谓后现代主义社会的重要问题之一,借助暴力,麦卡锡在他的小说《血色子午线》中,不仅质疑了人性,也对现代性进行了严厉的批评。

《血色子午线》中暴力作为消费的观点,恰好呼应了鲍德里亚关于物的消费和消费者的观点。我们知道,消费过程中,作为物的商品不是用来满足人们需求的"物",而只是用来消费的符号而已;那么,由此而推,我们可以认为,格兰顿匪帮杀死的人们也不仅仅是他们暴力行为的牺牲品,而是他们暴力消费的一群符号而已。何谓后现代的消费主义,鲍德里亚有如下定义:

> 我们可以将消费设想为工业文明的一种特点或模式,其前提是我们要将它与目前作为一种满足或需要的过程分开。消费不是一种融合(吸收)或占有的被动模式,我们可以用它来反对生产的主动模式,目的是用来对抗行为这种天真的概念(一种异化)。从外部我们必须清楚地说明这种消费是一种主动的关系模式(不仅相对于物,而且相对于一种集体性或者世界而言),也是一种行动的系统模式,也是一种建基于整个文化系统之上的全球反应。①

后现代主义社会中,媒体与广告实则互为"同谋",鼓励人们消费他们根本不需要的物品,人们大多时候消费的不过是物品的"拟象"或者"幻象"而已。在大众媒体的影响下人们对消费的欲望似乎永远也得不到满足,因为媒体不仅制造消费者的消费欲望,同时也通过一种隐秘的"质询"机制,将

---

① Jean Baudrillard, *Selected Writings*, Edited by Mark Poster, Standford: Standford Univ. Press, 2001, p.24.

一个个消费的个体变成了能够自我调节的"主体"。我们可以认为，某种程度上，媒体与广告的工作机制就如意识形态一样，它们对人们思想和行为的作用总是隐秘而很难被人感知。可以说，消费已经是内在于消费者意识深处的"无意识"。对于那些美国雇佣军来说，一旦暴力成了符号，也就失去了它对具体物品的参照，那么就很容易被转化为一个没有任何所指的能指。暴力不再用来满足某一暴力行为的既定目标；相反，在一个非所指的暴力模式里，这些匪徒嗜血的贪欲难以得到满足，便会造成他们暴力行径的逐渐升级。在这样的（暴力）消费系统里，没有人可以置身事外，他们参与这个封闭系统时，其所拥有的主体是平等的，也就是说，人人都成了系统里的符号。实际上，暴力不仅模糊甚至颠覆了施动者和受施者、杀人者和牺牲品、主体和客体、人和自然的二元对立。人一旦沦落为"物"，也成了欲望化后的"物"。在他们的无意识界，实际上，人早已被彻底异化。

如果人们在消费时消费的是物品的符号价值，那么他们首先要对这个被消费的"物"进行编码。根据鲍德里亚的观点，编码的方法有两种。就主体而言，人通常趋向于与众不同，希望从异于他人之处获得自我的个性与身份，而编了码的符号则有助于将自我与他人区分开来。比如，时装、豪车与华屋不同程度地暗示了一个人的社会地位和身份，因为上述物品在符号的编码中，已经与人的品位、身份与地位有了联系。物品在获得了大众编码后便拥有了其符号的所指。随着物品逐渐成为系统里一个个的模式化符号，就会形成一定的社会结构，而这种社会结构就会鼓励甚至强迫人们进行消费，从而产生了消费的奴隶。就物品而言，大众媒体加速了对物品的编码化过程，使得物更有利于转化成符号。一旦多数消费者从大众媒体那里接受了某种物品的符号，那么这些已经成为符号的物，便被看作是一种"必须"物，因此，在一个由各种各样符号组成的社会结构中，消费也成了一种"必须"的行为。由此，消费符号的消费者就彻底成了柏拉图著名的"洞穴"隐喻中的那群"洞穴俘虏"了。他们看到和需要的不再是实在的真实,而是他们自己"映在洞穴石壁上的影子"。在消费社会里,现实已经成为一种拥有各种各样"拟像"或"仿真"的"超真实",而所谓的真实或想象、实在或人为的区分已荡然无存。

《血色子午线》中的暴力就是一种被赋码和建构后的符号。法官霍尔顿在谈到孩子的教育时,就强调了暴力这种"血的认识论"。他认为:"孩子年纪尚幼时,就应该和狗待在一个狗窝里养着。他们应该学会如何凭着一定的线索判断出,三个可以进出的门中哪一个没有狮子。他们还应被放在沙漠里光着身子奔跑⋯⋯"[1]。对于霍尔顿来说,"人生就是一场游戏。必须投入,别无他选。"[2]正如法官本人对暴力的赋码一样,其本人就是暴力的倡导者和履行者。他曾经从镇上的一个少年那里买来两只可爱的小狗,但转手便将小狗从桥上扔进河里。在他看来,对待小狗就如对待儿童一样,其暴力行径符合他的"血的认识论"。为了将其"血的认识论"合法化,首先要挑战上帝与基督教。这个冷血的奸杀幼儿犯公然宣称"书本(圣经或历史)从来都在撒谎",因为"上帝总在岩石和树木甚至物体的骨架里说话"[3],因此"战争就是我们唯一可以尊崇的"[4],如果不是这样,那么人们只不过是另一种黏土罢了。在法官看来,这个世界,唯一的逻辑和真理就是"血"。只有对基督教的伦理观和道德观成功进行驳斥,法官才可成功建构他所鼓动的战争宗教。他竭力争辩:"战争一直在忍耐。而人就如岩石一样。战争一直就在这里。人类出现之前,战争就已经在等候

---

[1] Cormac McCarthy, *Blood Meridian; or, The Evening Redness in the West*, New York: Vintage International, 1992, p.146.

[2] Cormac McCarthy, *Blood Meridian; or, The Evening Redness in the West*, New York: Vintage International, 1992, p.249.

[3] Cormac McCarthy, *Blood Meridian; or, The Evening Redness in the West*, New York: Vintage International, 1992, p.116.

[4] Cormac McCarthy, *Blood Meridian; or, The Evening Redness in the West*, New York: Vintage International, 1992, p.248.

了。这个终极交易一直在等待着它的最后践行者。"① 在他看来,战争不仅持久且神圣,且处在完全无政府状态的世界里,因此,"战争是神祇的真正形式。……战争是终极游戏,因为战争是最终存在整合的力量。战争是神"②。吉耶曼的评论一针见血:"(法官)长篇累牍的演说……最终将恐怖主义变成了一种教义。"③ 当然,战争不仅仅是一种教义,它已经成了一种观点,一种信仰,或者就是一种概念,准确地说,应该是一种宗教综合体。

作为一种宗教综合体,战争就成了意识形态国家机器的一种,一方面旨在"劝服人们将它当作'真理'而接受;另一方面,战争实际上也服务于权利的某种秘密和它的特殊利益"④。在战争宗教的工作机制里,格兰顿匪徒先是被"质询"进入战争的系统,接着才成为顺从和冷漠的"主体"("杀人者")。尽管文本的结尾,"少年"或许是受到前牧师的影响,了解了法官霍尔顿的邪恶用心,他在对岩窟里的一位老妪忏悔时,似乎有了人性的苏醒。他说他希望能送这位墨西哥老妪回家,但是,一切都为时已晚,因为这个墨西哥老妪"不过是一具干枯的木乃伊,已经死在那里多年"⑤。实际上,借助小说文本,麦卡锡讥讽了宗教的虚伪,他经常将那些被杀者称作"和尚"或"修道士",而将两者并置,无疑有了一种幽默的讽刺。在法官看来,道德与法律一样,是"人类用来剥夺强者的公民权从而有利于

---

① Cormac McCarthy, *Blood Meridian; or, The Evening Redness in the West*, New York: Vintage International, 1992, p.248.

② Cormac McCarthy, *Blood Meridian; or, The Evening Redness in the West*, New York: Vintage International, 1992, p.249.

③ Georg Guillemin, *The Pastoral Vision of Cormac McCarthy*, College Station: Texas A& M Univ. Press, 2004, p.97.

④ 斯拉沃热·齐泽克:《意识形态的幽灵》,齐泽克和阿多诺等著:《图绘意识形态》,方杰译,南京大学出版社 2002 年版,第 13 页。

⑤ Cormac McCarthy, *Blood Meridian; or, The Evening Redness in the West*, New York: Vintage International, 1992, p.315.

弱者的发明"①,因此,作为强者,人的意志力就一定要先于基督教倡导的道德。文本中大量的教堂被毁与教士们的被杀,呼应了这种"血的认识论",可以说,战争已经逾越了基督教的道德观,成了《血色子午线》文本世界中唯一合法的宗教或信仰。"少年"路上遇到的那位沙漠隐士就说过,人不过是"一个制造机器的机器"②,小说最后,"少年"这个"制造机器的机器",尽管曾经有过人性的苏醒,但最终还是与流血和暴力为伍,而隐士对人性的判断也有了呼应。将法官表现为一个疯狂的战争崇拜者或者视战争为宗教的战神,麦卡锡并非为帝国的意识形态摇旗呐喊,他不是在倡导暴力,而是在对暴力拜物教做出批评和讥讽,其目的旨在警示人类。在他看来,上帝从来就没有制造过暴力,而是人类自己使得暴力从来就没有远离过我们生存的星球。

符号拜物教不是人类世界新近的产物。人类的先民们囿于对宇宙了解的有限性,曾经创造出不同的符号来表示对宇宙世界的崇拜。比如,"龙"是我们中华民族的图腾,而中国传统文化中的"太极"图案常被神圣化,人们相信太极图可以用来驱邪降魔。后现代主义社会中,圣物崇拜(fetishism)并没有消失,相反却侵入了文化的各个方面,"物"甚至成了被崇拜的符号。类似于对"物"的崇拜和消费,在一个混沌的宇宙中,暴力则是人们普遍崇拜的符号。一旦社会上的大多数人都认可了"血的认识论",那么暴力拜物教也相应地得到了确立,成为混沌宇宙中唯一的"合法化知识"。《血色子午线》中,这样的暴力拜物教竟然无人质疑它的合法性,究其原因,这应该是权利专制的结果,因为权利也可创造出所谓的现实和真理。小说人物布朗(Brown)的脖子上一直挂着的不是基督教的

---

① Cormac McCarthy, *Blood Meridian; or, The Evening Redness in the West*, New York: Vintage International, 1992, p.250.

② Cormac McCarthy, *Blood Meridian; or, The Evening Redness in the West*, New York: Vintage International, 1992, p.19.

圣物——十字架，而是一条人耳项链，这显然是暴力崇拜和暴力的符号之一。他最后被印第安人吊死后，这个"异教徒"的项链辗转到了"少年"手里，至死"少年"都一直佩戴着。

对于格兰顿匪帮来说，暴力的实施不仅可以获得金钱、美酒、妓女，甚至也可得到墨西哥人的欣赏和尊敬。流血、贪欲和暴力就是他们的生活状态，而胆小、同情和仁慈是不可能出现在他们生活的词汇里，由此可见，暴力和好战的符码已经被内化为他们生活的状态和本质。小说中，匪徒斯普鲁尔夜晚遭到吸血蝙蝠的袭击时，他歇斯底里的大叫唤来的不是"少年"的营救，而是后者的鄙夷；而"少年"因为打从娘胎就有的"无思想的暴力"，从他与法官霍尔顿谋面伊始，便赢得了法官这个暴力倡导者的青睐。当时，"少年"用酒瓶击碎对手脑袋的凶残行为获得了法官的微笑；[①] 当无人肯帮助队友布朗拔出大腿上所中的印第安人箭矢时，"少年"出手相助的"友谊"引起了法官对他的恼怒，而"少年"的这一善举，恐怕也是他后来被凶残地杀死在厕所的原因之一，因为他已经不被当作法官未来的继承人或者有培养前途的杀手。[②] 文中诸如此类的例子，不胜枚举。麦卡锡的许多研究者都将"少年"和法官看作父与子的关系。鲍尔斯（James Bowers）就将法官看作"少年的养父"[③]，而帕克斯（Adam Parkers）则把法官看作"少年"的"代父亲"[④]。"少年"与法官是否父子关系，这与本章

---

① See Cormac McCarthy, *Blood Meridian; or, The Evening Redness in the West*, New York: Vintage International, 1992, p.3.

② 小说中"少年"模糊的死因，引起了麦卡锡学者的关注。人们普遍接受的观点是"少年"最后为法官所杀，但至于法官是如何杀掉"少年"，尚有争论。

③ James Bowers, "Reading Cormac McCarthy's *Blood Meridian*", In *Western Writers Series*, Edited by John P. O'Grady, Boise: Boise State Univ. Press, 1999, p.12.

④ Adam Parkers, "History, Bloodshed, and the Spectacle of American Identity in *Blood Meridian*", In *Cormac McCarthy: New Directions*, Edited by James D. Lilley, Albuquerque: New Mexico Univ. Press, 2002, p.110.

节的讨论暂时无关,但考察法官对"少年"的看法,也就是"少年"是否具备法官所认为的战士应有的品质,却有助于本章节探讨的深入。在法官看来,"少年"的同情、软弱和不泯的良知,使他成了战争宗教中"一个蹩脚的舞者"①,所以只能从作为宗教的战争之舞中淘汰。法官怒斥"少年"的慈悲心肠,甚至把格兰顿匪帮的失败都归因于"少年",并指责是他"而不是其他人将事情引入一个灾难性的进程"②,从这一点我们可以清楚地判断,这是法官赖以除掉"少年"的借口罢了。实际上,"少年"的惨死,就是他为暴力拜物教的"献祭",尽管他曾一路向西,参加过大大小小抗击科曼奇、阿帕契、羽玛等印第安部族以及墨西哥军队的战争,杀伐无数且一次次侥幸生存。

《血色子午线》中,暴力拜物教被不同的种族接受,甚至成为一种"集体潜意识"。匪徒布朗是个美国白人,他有一次从酒吧走出来时,竟然无缘无故地"将一桶滚烫的油漆浇到了一名年轻的士兵身上,并用香烟将火点燃",使得士兵身体着火而被"烧成一段黑炭,就如一个巨大的蜘蛛滚落在泥里"③。布朗与士兵之间无冤无仇,甚至士兵被烧死之前从未与布朗谋面。那些墨西哥士兵骑马回到部队驻扎的城镇时受到市民们热烈的夹道欢迎,他们"身上戴满了用干枯和变黑的人耳做成的项链或花环",并"配备了各式各样的武器",他们战马的笼头甚至是"用人的头发和牙齿编成的"。④小说中的西部印第安人也并非良善,他们杀死对手后还要凌辱对

---

① Cormac McCarthy, *Blood Meridian; or, The Evening Redness in the West*, New York: Vintage International, 1992, p.332.

② Cormac McCarthy, *Blood Meridian; or, The Evening Redness in the West*, New York: Vintage International, 1992, p.306.

③ Cormac McCarthy, *Blood Meridian; or, The Evening Redness in the West*, New York: Vintage International, 1992, p.268.

④ Cormac McCarthy, *Blood Meridian; or, The Evening Redness in the West*, New York: Vintage International, 1992, p.78.

方。格兰顿帮的匪徒们曾经碰到五辆印第安人的马车，上面躺着的是被杀死的墨西哥人，死状怪异："从满脸的络腮胡子看这些人是男人，但他们的双腿间却流着肮脏的经血，被割掉后的男性生殖器就奇怪地叼在他们咧着大嘴笑的嘴巴里。"①文中其他类似的例子还有很多，场面凶残，不忍卒读：两个格兰顿帮的匪徒失踪后被发现时，他们的头部朝下，被人倒挂在一棵树上，"一根削尖了的绿色木棍从身体穿过，上面拴着他们靴子的鞋绳，他们面色死灰、一丝不挂地被悬吊在一堆已经熄灭了的炉火上面，头部成了黑炭，而脑浆还在头盖骨里冒着泡，蒸汽嗞嗞地从鼻孔里冒出，就如唱歌一般"②。可以说，暴力已经湮灭了国家、种族以及肤色的差异，彻底拆解了边缘和中心、主体和客体的边界。用法官霍尔顿的话来说，《血色子午线》中的人不再是"人"，而是"耶胡"似的人畜。③

暴力在《血色子午线》中是一个主观上被编码的符号。大部分格兰顿匪帮成员都有着邪恶的暴力，对他们来说，暴力是赢取位置的首要手段。法官本人就是一个典型，尽管其来历扑朔迷离，帮里的匪徒几乎无人能够确定何时何地见过他，但他却稳坐帮中第二把交椅，多数场合甚至与格兰顿上尉并驾齐驱。法官是一个百科全书式的人物，他知晓五国语言，精通生物学、考古学、地理学、天文学等，深谙法律、历史、哲学以及宗教学等学科，曾游学巴黎和伦敦这两个他生活的时代的国际文化中心。然而，法官之所以能够牢牢占据匪帮的领导地位，还是缘于他的心狠手辣。借"少年"的视角，法官首次出现在小说中时，"一个披着油布披风的巨大身

---

① Cormac McCarthy, *Blood Meridian; or, The Evening Redness in the West*, New York: Vintage International, 1992, p.153.

② Cormac McCarthy, *Blood Meridian; or, The Evening Redness in the West*, New York: Vintage International, 1992, pp.226–227.

③ Cormac McCarthy, *Blood Meridian; or, The Evening Redness in the West*, New York: Vintage International, 1992, p.160.

影"进到了帐篷里,他"光秃秃的头就像一块石头","脸上没有胡子","眼睛上没有眉毛也没有睫毛",其身高"接近于七尺"。① 这个"巨人"般的婴儿似的男人很快便破坏了在帐篷里举行的宗教聚会。他当众宣布聚会上的牧师是"一个骗子",曾因吃过几场官司而"被警方追捕","最近(牧师)被起诉的案子是他与一个十几岁的小姑娘有染",甚至还"与一只山羊经常聚会"②("山羊"在基督教词汇里通常指的是异教徒或者恶人)。法官对牧师的指控惹怒了众人,当场就有暴徒射杀了牧师,聚会的会场也顿时骚乱:"……人群从帐篷里涌了出来,女人在尖叫,许多人被踩进泥地里。"③ 荒唐的是,事后文本对此有所追叙,如此混乱的场面仅仅因为法官曾与酒吧男子打的赌约,赌资也无非是区区一杯酒而已。混乱四起的时候,赌赢了的法官对人们解释道:"今天之前我从来没有见过他,也从来没有听说过他。"④ 作为法官邪恶暴力的"牺牲品",牧师的惨死成就了法官的权威,并用众人混乱践踏的"热闹"为他拉开了战争宗教的序幕,用他自己的话说,一切都需要"仪式",那就得"算上流血"。⑤ 法官运用的应该是一种话语暴力,凭借他的话语暴力,法官在小说最后成功地将自己上升为战神的符号(icon)。他与黑人杰克逊以及白痴,组成了荒野上新的"三恶魔",这个邪恶的"三位一体"完全颠覆了基督教关于圣父、圣子和圣灵三位一体的传统形象。正如史蒂夫·谢伟豪(Steve Shaviro)对法官和其同伙的

① Cormac McCarthy, *Blood Meridian; or, The Evening Redness in the West*, New York: Vintage International, 1992, p.6.

② Cormac McCarthy, *Blood Meridian; or, The Evening Redness in the West*, New York: Vintage International, 1992, pp.6–7.

③ Cormac McCarthy, *Blood Meridian; or, The Evening Redness in the West*, New York: Vintage International, 1992, p.7.

④ Cormac McCarthy, *Blood Meridian; or, The Evening Redness in the West*, New York: Vintage International, 1992, p.8.

⑤ Cormac McCarthy, *Blood Meridian; or, The Evening Redness in the West*, New York: Vintage International, 1992, p.329.

评价："我们可能被误导，认为其他的匪徒只是不动脑地随意杀人，起因是贪欲或嗜血或其他微不足道的原因，但唯独法官，他的杀人行为不仅出于意志和信仰，更是由于他对西方理性与经典深深的执着。"[1]

暴力犹如消费，也是"一个系统地控制符号的行为"[2]。为了更好地了解法官和格兰顿匪帮对暴力的消费，有必要将其与整个西方的理性观联系起来。可以说，正是起源于启蒙运动的理性在为暴力编码，使得人最终成为暴力的消费者。作为现代文明的来源之一，启蒙思想"拥抱进步的思想并积极地寻求与现代性赖以支持拥护的历史和传统决裂"[3]。詹树魁教授指出，"现代性是启蒙运动不可避免的后果"，因此我们可以将现代性解释为"一种新的综合的文明，总体来说，在过去的几百年里，现代性曾产生于欧美但又不完全局限于欧美，直到20世纪早期才明显出现"。[4] 如此看来，启蒙与现代性同义，两者都致力于运用知识、秩序和科学的力量，将人类从愚昧、无序以及非理性中解救出来。结合玛丽·克雷格斯（Mary Klages）的观点，现代性基本上是关于秩序以及关于如何从"混沌"中创造出秩序的思想。[5] 简言之，现代性的目的在于创造理性，利于秩序的产生，并使社会越来越有秩序从而走向更好。当然，尽管现代性为人类的社会和生活带来很多的成就，但同时却也制造了许多问题。可以认为，《血

---

[1] Steve Shaviro, "'The Very Life of Darkness': A Reading of *Blood Meridian*", In *Perspectives on Cormac McCarthy*, Edited by Edwin T. Arnold and Dianne L. Luce, Jackson: Univ. Press of Mississippi, 1993, p.147.

[2] Jean Baudrillard, *Selected Writings*, Edited by Mark Poster, Standford: Standford Univ. Press, 2001, p.25.

[3] David Harvey, *The Condition of Postmodernity*, Massachusetts: Blackwell Publishers Ltd, 1990, p.12.

[4] Shukui Zhan, *Vladimir Nabokov: From Modernism to Postmodernism*, Xiamen: Xiamen Univ. Press, 2005, p.8.

[5] 转引自 Wanjun Sun, *Chaos and Order in Thomas Pynchon's Fiction*, Baoding: Hebei Univ. Press, 2008, p.46.

色子午线》就是麦卡锡的一部"启蒙辩证法"①。在小说的潜文本中，麦卡锡实际上也在批评现代性。芒克（Nick Monk）指出，法官就是欧洲启蒙运动的"超人化身"②。实际上，不仅法官本人，格兰顿与怀特上尉也参与了西方现代性的进程。因此，借法官本人以及他的仆从们，麦卡锡应该是对"何为启蒙"、"什么是人"这两个古老的问题，给出了他的文学回答。

什么是人，人到底是什么样的？一代又一代的哲学家和文学家为这个古老的斯芬克斯之谜困惑不已。苏格拉底、亚里士多德以及毕达哥拉斯等古希腊先哲们，认为人是理性的生物，但在启蒙哲学家们的眼中，人是宇宙的中心，也是"万物的尺度"。笛卡儿和牛顿更是赞美过人的理性，还将具有理性的人看作是混沌宇宙的主宰。知识和自由，常被看作一个具有理性的人的最终目标。然而，《血色子午线》中，理性却被表现得非常危险。在麦卡锡看来，理性是一种控制他人和自然的方式，同时也因其对人类有利，促使人类更加了解个体之外的自然，从而帮助人类进一步控制自然。很显然，麦卡锡自创作第一部小说《果园看守者》开始，便有了对理性主义及其与此相关的现代性与现代文明的批评。亚瑟·欧恩比（Arthur Ownby）对着政府安放在田纳西州大烟山山顶上的巨大箱子射击，其行为本身就是对现代性这个"花园里的机器"挑战的范例。可以说，麦卡锡在对启蒙这个宏大叙事的解构的同时，也完成了他后现代认识论的建构。

法官认为，人类就是"地球的领主"，也就是说，人类是自然的"守护者或负责者"，在他看来，"这些不知姓名的生物"，"对于世界来说几乎没有任何价值"。尽管如此，他依然强调要对这些生物彻底了解，以便可以真正加以控制，原因在于他已然认识到了，"即使最小的面包屑也会吞

---

① 《启蒙辩证法》一书为霍克海默和阿多诺合著，笔者这里化用了书名。

② Nick Monk, "An Impulse to Action, an Undefined Want: Modernity, Flight, and Crisis in the *Border Trilogy* and *Blood Meridian*", In *Sacred Violence: Volume 2: Cormac McCarthy's Western Novels*, 2nd ed., Edited by Wade Hall and Rick Wallach, El Paso: Texas Western Press, 2002, p.83.

噬我们"。① 他说过：

> 无论是什么，只要这个地球上存在的，没有我不知道的，它们没
> 有我的同意不可能存在…… 这个地球上到处都装满了一袋袋的自发
> 的生命。自主的生命。为了使这些东西成为我的，不经我允许没有一
> 个生物允许存在，当然除了我分配之外…… 那些相信世界的秘密永
> 远都隐藏在那儿的人生活在神秘和恐惧中。迷信会拖他们的后腿。雨
> 会冲刷干净他所有的行为。但是如果人能介入将有序之线索从挂毯中
> 分离出来的任务，那么就这个决定本身便会管辖这个世界，只有通过
> 这种管理他才可能找到一条有效的方法来决定他自己生活的条件。②

法官对待自然的霸权思想，是典型的欧洲中心主义的观点，而其对待
地球上每一个自主生命价值的认识，显然是西方启蒙理性对知识或科技权
利的另类表述。上述引文是法官对队友图德万（Toadvine）疑问的解答，
因为后者非常好奇法官为何经常将途中遇到的每一只鸟儿都要进行剥皮，
然后又处理成动物样本。法官的回答清楚地表达了他对知识、科学、秩
序、意志力以及暴力对待他人和自然的观点，上述所有的目的就是要消除
现代化进程中进一步控制世界的所有障碍。在法官看来，现代欧洲文明是
最为高级的文明形式。当然，文本还有多处例子说明了法官对"懂得"自
然和"控制"自然的愿望。他不仅收集鸟类以及其他不同生物门类的标本，
甚至还将矿石与古手工制品以及遇到的不同的人种，都做了草图。他不仅
态度认真，技法也很专业。他仔细研究了一个墨西哥土著白痴的脑袋，似

---

① Cormac McCarthy, *Blood Meridian; or, The Evening Redness in the West*, New York: Vintage International, 1992, pp.198–199.

② Cormac McCarthy, *Blood Meridian; or, The Evening Redness in the West*, New York: Vintage International, 1992, pp.198–199.

乎要了解并能够区分这些种族:"法官伸手将（白痴）的脑袋抓在手里开始研究他的头围。那人的眼睛四处乱看最后停留在了法官的手腕处。法官就像一个巨大的危险的信仰治愈者一样，将白痴的整个脑袋都放在掌心。"①

可以说，法官与怀特上尉的做法如出一辙，他们推崇的是启蒙主义思想。怀特上尉在招募雇佣军时谈到了墨西哥和墨西哥人，专门强调了种族主义和美国的"天命论"观点:

> ……我们目前正在打交道的是一个堕落的种族。一个杂种种族，比黑鬼好不了多少。也许还不如。墨西哥根本没有政府。就是个地狱，墨西哥根本没有上帝……我们要打交道的种族是一群不知道如何管理他们自己的人。你知道一个人不能管理自己的后果吗？正确。那就是要他人来帮他管理他们。②

实际上，怀特上尉的雇佣军和格兰顿匪帮之所以来到边境，均是受墨西哥政府雇佣，旨在扫平印第安部族活跃在边境地区的残余势力，以求维护美墨边境地区的安宁和秩序。然而，这些招募过来的军人不过是一群匪徒，他们本身的暴虐与冷酷使得边境更加无序，彻底让其沦为荒野和"混沌"之所。富有戏剧性的是，怀特上尉被他口中所说的"低能堕落"的墨西哥人杀死在一个酒吧里，最终身首异处；而自负霸道的格兰顿，尽管号称边地的"封建领主"，身体却被羽玛印第安人的酋长砍成了三截。多行不义必自毙。执着于为启蒙、现代性以及欧洲中心主义编码的暴力才是他们惨死的真正原因。

---

① Cormac McCarthy, *Blood Meridian; or, The Evening Redness in the West*, New York: Vintage International, 1992, p.238.

② Cormac McCarthy, *Blood Meridian; or, The Evening Redness in the West*, New York: Vintage International, 1992, p.34.

暴力使得法官与匪徒们成了疯狂猎杀印第安人和掠夺大自然的凶犯。他们认为，"世界上的动植物要听命于人的意志"①。法官甚至宣布："鸟儿的自由对我来说是个侮辱。我要让它们统统进到动物园内里去。"②正如斯波金（Sara Spurgeon）所说："用科学的神圣修辞装扮后的人类意志不再是毫无意义，而恰恰是小说中最强有力的力量。如果自然能够奴役人类就好了，可惜自然只有被人类奴役，这样以后的天空再无鸟儿飞过，大平原上也不见有野牛奔跑的身影。"③麦卡锡笔下的荒野固然黑暗血腥，然而其"眼球民主"观照下的混沌世界里，最为凶残的还是人类这种动物。从"少年"遇到的西部大平原上一位老猎人的口中，我们也见证了美国西部大平原上北美野牛的恐怖境遇：

> ……死去的动物七零八落牛群开始惊跑来复枪管很烫裹着子弹的纸片塞入枪膛时咝咝作响而野牛成千上万只的皮革被钉在数平方英里的地面上而剥皮者的队伍昼夜不停地轮班连周连月地开枪最后膛线都磨光了枪托打松了双肩变黄变青一直到手肘二十或二十二头牛拉着的串联货车在大草原上吱嘎离开干皮革成吨成百吨地运走肉在地上腐烂空中苍蝇兀鹫和乌鸦的声音不绝于耳半疯的狼群嗥叫和吃食在腐肉里打滚十分恐怖。④

---

① Cormac McCarthy, *Blood Meridian; or, The Evening Redness in the West*, New York: Vintage International, 1992, p.5.

② Cormac McCarthy, *Blood Meridian; or, The Evening Redness in the West*, New York: Vintage International, 1992, p.199.

③ Sara Spurgeon, "The Sacred Hunter and Eucharist of the Wilderness: Mythic Reconstructions in *Blood Meridian*", In *Cormac McCarthy: New Directions*, Edited by James D. Lilley, Albuquerque: Univ. of New Mexico Press, 2002, p.91.

④ Cormac McCarthy, *Blood Meridian; or, The Evening Redness in the West*, New York: Vintage International, 1992, pp.316–317.

　　人类大肆屠杀野牛是为了获取动物毛皮的利益,在现代文明的进程中诸如此类向大自然索取并破坏自然生态的例子,屡见不鲜。

　　上述虐杀动物的场景,极好地浓缩了麦卡锡对美国西部历史的"反向记忆"(counter memory)。可以说,麦卡锡巧妙地利用了"记忆政治"①(politics of memory),不仅对美国的西部边疆历史做了修正,同时也表达了他对现代化进程中人类中心主义对荒野"去自然"的批评。面对荷枪实弹的人类,自然的归宿不是牺牲品便是被俘后的宠物:鸟儿要被关在笼子;动物则被送进动物园。小说还提到了一只大白熊,一度曾是"大自然的化身"②的大熊,也被人捉住送到了蜂巢酒吧,沦为与身着迷你短裙的小女孩为酒吧客人跳舞的命运。大熊后来惨遭醉酒男人的射杀,倒在了血泊之中,终结了它身为"自然化身"的宿命。大熊的死亡对酒吧里那些无知野蛮的观众来说,似乎毫无意义,然而麦卡锡却用动物的鲜血制造了另一个血腥可怕的场景,迫使读者不得不联想到西部大平原上绵延几英里远堆积如山的动物白骨,它们都是人类文明进程的"牺牲"罢了。

　　混沌理论认为,我们生活的宇宙是一个整体系统,万事万物相互联系。混沌理论对世界看法的整体观与生态批评主义在人与自然关系的观点上,可谓不谋而合。实际上,就麦卡锡的小说而言,在研究人与自然的关系时,首先要看到的是人与人的关系,因为我们生活的宇宙中人与其他要发生联系的所有关系,均取决于人与人的关系这一前提,而人与人的关系

---

① 世界进入后冷战和全球化时代以来,越来越多的国家和民族借助与本民族和国家相关的重大历史事件或文化遗产,试图通过重塑民族的文化和思想核心,加强国家和民族的凝聚力,同时也巩固社会的稳定性,这种运用"选择性记忆"的文化模式来增强国家和民族的使命感,通常被称为"记忆政治"(参见尹晓煌:全球化语境下的人文与社会科学新思潮,《西北工业大学学报》社会科学版 2018 年第 2 期)。

② Sara Spurgeon, "The Sacred Hunter and Eucharist of the Wilderness: Mythic Reconstructions in *Blood Meridian*", In *Cormac McCarthy: New Directions*, Edited by James D. Lilley, Albuquerque: Univ. of New Mexico Press, 2002, p.89.

也是决定我们是否能够透过表面现象看清问题本质的关键。麦卡锡的小说《穿越》中，牛仔比利试图救治并送回故里的母狼，却成了墨西哥马戏团里供人娱乐的可悲"景观"。事与愿违，母狼不是被送回了故里，而是被拴上了锁链，如一条普通的狗一样，在观众卑污的喝彩声中与狗撕咬。将一条草原狼"降格"成为斗兽场里的一只狗，麦卡锡对人类行为的嘲讽不言自明。母狼的悲剧命运不仅仅是人与自然关系紧张的表征，而恰是人与人关系的不和谐，最终使得人性的暴虐超越了自然本身的残酷。

正如载维·哈维所说："后现代主义应该是一种对社会经济、政治以及社会行为的模仿……并且，如果仅仅认为后现代主义只是一种模仿，而不是用它本身来艺术地介入政治、经济和社会生活，那么就会有危险。"①鉴于此，我们可以认为，麦卡锡在小说中艺术地再现了从主体、客体双重角度被编码了的人类的暴力，是有他最基本的社会和政治目的。如果仅仅简单地从读者对小说最基本的普通反应看待麦卡锡小说中的人类暴力，无疑是对作家最大的误解。借用小说人物法官霍尔顿的话来说，麦卡锡无疑是在提醒我们，要当心当代美国社会中暴力这个"幽灵"，因为"人们的记忆总是不确定的，过去到底是什么样的和过去是不是什么样的，其实根本没有任何区别"②。

三、作为真理独特结构的暴力

晨露的形成，离不开雨水带来的湿润空气。涡旋的构成，内外水流绝对不可分离。自然与社会同构，这是混沌理论给予我们的重要启示。小说《血色子午线》中的暴力，也有其形成的社会、历史和文化等多个语

---

① David Harvey, *The Condition of Postmodernity*, Massachusetts: Blackwell Publishers Ltd., 1990, pp.113–115.

② Cormac McCarthy, *Blood Meridian; or, The Evening Redness in the West*, New York: Vintage International, 1992, p.330.

境。在麦卡锡的小说中，不容忽视的是，美国的历史"基本上是由暴力定义——我们明白（历史）是修改过的，但只有将这个真理（暴力）考虑在内"①。事实如是。战争从来就没有远离过美国人民的生活。仅北美大陆上欧裔白人对美国原住民的掠夺与攻击这一项，就发生过上百起的战争。不仅如此，二战之后到 1990 年间，美国直接参与并出兵的海外战争就有 124 起。从 1991 到 1999 年这 10 年间，大约有 40 多起战争爆发。就 21 世纪而言，就有 2 起海外战争，分别是美国与伊拉克和美国与阿富汗共和国。据不完全统计，第二次世界大战前美国平均每 18.8 年便会卷入战争或干脆直接对外宣战 1 次。二战后随着美国国力的逐步上升，美国对外宣战的频率也上升到了每 2.1 年 1 次。仅冷战期间，美国参与战争的平均间隔时间是 2.6 年，冷战后这种间隔越来越短，直接上升到了 1.4 年。②

战争为美国的普通民众带来了无尽的身心创伤。旷日持久的越南战争更是让他们背上了沉重的包袱，从未品尝过失败滋味的美国人，因为越战的失败而开始质疑作为"上帝选民"的身份。麦卡锡小说《血色子午线》创作于 20 世纪 80 年代，正值美国人民反思越南战争的潮流，因此许多评论家将麦卡锡的这部小说与越南战争联系起来，有他们的道理。③ 然而，如果将麦卡锡的小说文本置于一个更加广阔的社会、文化和历史语境

---

① Kevin Stadt, *Blood and Truth: Violence and Postmodern Epistemology in Morrison, McCarthy, and Palaniuk*, Diss., Northern Illinois Univ., 2009, Ann Arbor: UMI, 2009, ATT 3358996, p.106.

② 本研究的统计数字来源于 www.zhidao.baidu.com/question/5874436.html。

③ 麦卡锡学者麦克吉尔克里斯特、奥文思和布鲁顿等的研究就将小说《血色子午线》与越南战争联系起来（See M. R. McGilchrist, *The Western Landscape in Cormac McCarthy and Wallace Stegner: Myths of the Frontier*, New York & London: Routledge, 2010; Barcley Owens, *Cormac McCarthy's Western Novels*, Tucson: The Univ. of Arizona Press, 2000; Vince Brewton, "The Changing Landscape of Violence in Cormac McCarthy's Early Novels and the *Border Trilogy*", In *Southern Literary Journal* 37.1, Fall 2004）。

中，会更加透彻地了解麦卡锡小说写作背后的深意。我们知道，在源远流长的美国历史文化语境中，暴力崇拜的因素从来就没有中断过，至于越南战争，只是我们理解文本要考虑的一个因素而已。在麦卡锡看来，暴力如同其他任何形式的常识，从没有远离我们生活的社会，因为剥人头皮的做法至少 3000 多年以来在人类历史中都发生过，这一点在小说题词这一副文本中有所暗示。麦卡锡认为，希望借助暴力来发现人类社会与自然界的"迷宫之绳"[①]，无疑是荒诞的举动，因为以暴制暴的结果，注定就是"混沌"。同样，为了满足人们对权利和秩序控制的贪欲，试图在民主、科学、自由与秩序的面具掩饰下，动用武力干涉、介入、控制和限制世界，其结果注定是整个社会变成荒野和"混沌"的所在。

麦卡锡不仅是个小说家，他实际是个"诗人"，因为"所有的诗人今天能做的就是警告"[②]；然而，麦卡锡也是个善于探索宇宙和世界真理的"哲人"，因为"一个哲学家首先要站在他所处的时代的对立面，从不要听从；他的任务就是成为一个评论家和分析家，而且毫无畏惧，就如苏格拉底那样"[③]。暴力作为符号，已经为现代性和现代文明所编码。如果不了解暴力拜物教对人以及社会乃至宇宙的危险和欺骗性的话，人类将永远受到控制和限制。同样，如果不明白人类正在摧毁我们生存的地球的话，那么，人与自然的关系注定将永远处于麦卡锡笔下"眼球民主"的混沌宇宙中，很难达到真正的平衡与和谐。《血色子午线》的结尾有些模糊，尤其是法官这个启蒙的化身与战神的象征，在所有的格兰顿匪徒相继死后却依旧"在光的明与暗中跳着舞"，而且他"从不停歇……他将

---

① Cormac McCarthy, *Blood Meridian; or, The Evening Redness in the West*, New York: Vintage International, 1992, p.245.

② 转引自 Kenneth Lincoln, *Cormac McCarthy: American Canticles*, New York: Palgrave Macmillan, 2009, p.176.

③ 转引自胡铁生：《美国文学论稿》，吉林大学出版社 2011 年版，第 10—11 页。

一直跳下去⋯⋯他也说到他不会死亡"。① 设计这样的小说结尾，麦卡锡应该是对"少年"质疑法官为何唤作"法官"而法官又"到底判断什么"的身份做出的最好回答。应该说，所有那些为启蒙所编码的人、自然以及社会，都在法官的判断之列。法官这样的人如果永远不会从我们的社会中消失，则意味着法官所意指的战争和暴力的阴影，从来不曾远离我们的世界。

有鉴于此，我们还可以说，麦卡锡是个和平主义者。毕竟，通过小说《血色子午线》，麦卡锡用他碎片化与平面化的叙事手法以及混沌学的批评思维，试图告诉世人，发生在 19 世纪 40 年代美墨战争的那个"血色最高点"② 的故事，并不遥远，因为受英美人尊崇的电影《国之芭蕾》(The Ballet of Nations) 中那个代表撒旦与死神的舞者，还在与人间对话，试图将血腥的战争与蒙昧原始的"混沌"，再次引入荒野似的人类社会。③ 换句话说，麦卡锡借助小说，借助小说表现出的作为日常生活状态的暴力，旨在警告世人要时刻当心战争和暴力的危险。无论是过去还是后现代主义社会的当下，我们都要留意这个"启蒙的幽灵"，因为它依然徘徊在我们的生活，潜伏在我们的潜意识深处，并生产和繁衍了众多愚昧的"洞穴奴隶"。从某种程度上讲，麦卡锡借助他的小说文本，不仅揭开了他所处的美国社会和后现代主义时代的面纱，披露了他所在社会和时代的"病症"，更是对人性的普遍性这一哲学话题，有了深刻的思考。

---

① Cormac McCarthy, *Blood Meridian; or, The Evening Redness in the West*, New York: Vintage International, 1992, p.335.

② 小说《血色子午线》英文篇名的核心词汇"meridian"，除了"子午线"，其本身也有最高点的意思。

③ 《国之芭蕾》是英国剑桥大学为配合英联邦国家"停战日"一百周年在圣约翰学院上演的一部电影（2018 年 10 月 16 日），电影是在原作《国之芭蕾：当下的道德》，1915）一书的基础上而改编的舞剧。See Vernon Lee, *The Ballet of Nations: A Present-day Morality*, New York: G. P. Putnam's Son, 1915.

　　总的来说，麦卡锡的小说不再执着于西方形而上的二元对立的观点，其小说的文本世界不再是善与恶、有序与无序、中心与边缘、主体与客体以及美丽与丑恶二元对立的世界，而是一个充满了矛盾、模糊、复杂和非线性的混沌世界。作为当代美国文学的重要作家，麦卡锡关注的是当下的美国社会与文化，他能直面当代美国最重要的文化和社会问题，并且对其进行披露以及驳斥，使得他的小说具有了重要的社会意义。在他的小说中，人、自然以及社会，都有了荒野和"混沌"的特点，而这正是他质疑和拆解资本主义秩序的目的所在。可以说，麦卡锡不是悲观的虚无主义的作家，也并非厌恶人类的作家，而是一个有悲悯之心、对人类怀有大爱的作家。他在小说中所做的，正是英国作家斯威夫特（Jonathan Swift）在他的经典小说《格列佛游记》中所做的，尽管在他们共同的笔下，人类都不过是一群丑陋肮脏的"耶胡"罢了。麦卡锡可谓剑走偏锋，在他的小说世界中，所谓的暴力血腥与畸形变态，都是他用来尝试诊断他所在的后现代主义社会与他生活的时代的顽疾，并以此拷问人性中固有的暴力和邪恶。麦卡锡对西方启蒙之宏大叙事的颠覆，剑指暴力背后欺骗而又恐怖的本质。更为重要的是，他用他特有的小说的暴力结构，为读者建构了更为客观的真实，因为在他这里，"暴力不仅是'真理'的后果，而且暴力本身就是一种'真理'"[①]，一种真理揭示的最好方式。

---

① 张小平："一切都需要仪式"：论《血色子午线》中暴力的仪式化，《外国文学》2017 年第 6 期。

第三章

迭代、不确定性与蝴蝶效应:"混沌"的叙事策略

混沌让我们热血沸腾,因为它给了我们将复杂现象简单化的可能;混沌令我们心生担忧,因为它质疑了科学传统的模型而设立了新的程序;混沌让我们为之着迷,因为它参与了数学、科学以及技术之间的游戏。尽管如此,混沌最为重要的还在于它的美丽夺目。它是数学之美丽的可见证据……并由此将它的美丽火花溅落到人类意识的日常生活中来。

——伊恩·斯迪瓦特《上帝也掷骰子吗?》

麦卡锡同时代的美国作家德里罗指出:"科学赋予我们一种新的语言……科学不仅是新名词的来源,也是人与世界的一种新的联系"①。混沌理论文学批评家黑尔斯也曾说过:"如果作家不是对新科学一无所知,那么无论愿意与否,也总会跻身到其时代的文化大潮中,用他自己的方式绘制这股潮流之下的范式。"②实际上,关于科学与文学创作的关系,苏格拉底有段非常精妙的言论:"凡是高一等的艺术,除掉本行所必有的训练以外,还需要对于自然科学能讨论,能思辨;我想凡是思想既高超而表现又

---

① Tom LeClair and Larry McCaffery, *Anything Can Happen: Interviews with Contemporary American Novelists*, Urbana: Univ. of Illinois Press, 1988, p.84.

② N. Katherine Hayles, *The Cosmic Web: Scientific Field Models and Literary Strategies in the Twentieth Century*, Ithaca and London: Cornell Univ. Press, 1984, p.26.

能完美的人们都像是从自然科学那里学得的门径。"①作为当代自然科学领域以及人文社科领域的一种新的思维范式，混沌理论的复杂性思维给了麦卡锡以及他同时代的很多作家以创作上的灵感，同时也赋予他们新的创作"语言"。正如约翰·巴思的观察，混沌理论已经逐渐"影响到文学理论"，并有可能"为文学创作实践本身提供大好的前景，既有可能作为作家们创作美学的一部分，也有可能启发那些截至目前还对混沌学一无所知的作家们的创作"。② 不仅麦卡锡，巴思、德利罗和品钦等美国作家都是混沌理论这种"新语言"、新范式，甚至新的混沌美学观的接受者。

  正如本书引言里谈到麦卡锡的创作时说到，麦卡锡自幼就喜欢探究世界与宇宙中事物的演变和进行，更是一位热衷于将新科学融进文学创作的作家。他于 20 世纪 80 年代晚期，就将家搬到了新墨西哥的圣菲，成为圣菲研究所这一世界混沌理论研究重镇中唯一一位没有博士学位的研究员。在圣菲研究所，麦卡锡结识了一大批来自全球的顶尖科学家，而且也接触到了混沌理论这一新的科学。作为当代科学与文化界新的范式之一，混沌理论是爱因斯坦相对论之后最具革命性意义的科学。在麦卡锡的作品中，混沌理论的概念和原则，如不确定性、分形以及蝴蝶效应等都被用来建构麦卡锡小说独特的混沌世界，从而使得他的小说有了混沌的美学特征，那就是复杂而又动态。本章将以麦卡锡的三本小说《血色子午线》、《路》以及《老无所依》为例，试图考察和探讨麦卡锡小说总体上的"混沌"叙事策略，也希望借此证明混沌理论文学批评的有效性，尤其是在界定麦卡锡作品整体上为美丽的"混沌"的可信性方面，行之有效。

---

① 柏拉图：《裴德若篇》，《柏拉图文艺对话集》，朱光潜译，人民文学出版社 1963 年版，第 160 页。

② John Barth, "PM/CT/RA: An Underview", In *Further Fridays: Essays, Lectures, and Other Nonfiction 1984–1999*, Boston: Little, Brown and Co., 1995, pp.280–290, p.284.

第一节　《血色子午线》中的迭代叙事 [①]

小说《血色子午线》一经问世，麦卡锡便彻底走进了公众的视野，不仅有了麦卡锡研究史上第一部著作《科麦克·麦卡锡的成就》（1988）[②]，而且获得了精英评论家布鲁姆的高度赞誉，认为麦氏的这部小说当"与麦尔维尔的《白鲸》和福克纳的《当我弥留之际》比肩"[③]。国外学者从多种角度阐释了《血色子午线》的丰富内涵。康特指出，《血色子午线》是对美国例外论这一宏大叙事的重写。[④] 多纳休则认为该小说是对美国边疆神话的修正，旨在批评美国西部神话中潜在的种族主义。[⑤] 吉耶曼分析了小说的生物中心主义思想，认为麦卡锡小说《血色子午线》中的自然"是一种纯粹的物质性存在，超越了人类中心主义的范畴"[⑥]，而麦克吉尔克里斯特则将小说置于后越南战争的背景下探讨了小说中西部风景的意蕴，指出麦卡锡笔下的西部不过是"现实空洞的拟像，远非英雄主义与希望的家园"[⑦]。

---

① 此节大部分内容已发表在《国外文学》2016 年第 4 期上（参见张小平："'混沌三明治'——论麦卡锡小说《血色子午线》中的迭代叙事"，《国外文学》2016 年第 4 期），为本课题阶段性研究成果之一，此处又做了修改。

② 《科麦克·麦卡锡的成就》（*The Achievements of Cormac McCarthy*）一书是在《血色子午线》出版后的三年，即 1988 年出版，但作为南方文学批评家的贝尔在这本麦卡锡研究史上具有里程碑的著作中对"边境三部曲"之前的所有作品做出研究，旨在强调麦卡锡是继福克纳之后最为杰出的南方小说家这一论断。

③ Harold Bloom, "Introduction", In *Bloom's Modern Critical Views: Cormac McCarthy*, New York: Infobase Publishing, 2009: pp.1–8.

④ John Cant, *Cormac McCarthy and the Myth of American Exceptionalism*, New York and London: Routledge, 2008, p.9.

⑤ James J. Donahue, *Rewriting the American Myth: Post-1960s American Historical Frontier Romance*, Diss., Univ. of Connecticut, 2007, Ann Arbor: UMI, 2007, p.11.

⑥ Georg Guillemin, *The Pastoral Vision of Cormac McCarthy*, College Station: Texas A & M Univ. Press, 2004, p.81.

⑦ Megan Riley McGilchrist, *The Western Landscape in Cormac McCarthy and Wallace Stegner: Myths of the Frontier*, New York and London: Routledge, 2010, p.8.

由于麦卡锡的创作始于 20 世纪 60 年代，基本上被学界看作是后现代主义文学的发轫期，加上《血色子午线》的出版为 20 世纪 80 年代，国外学者围绕小说是否属于后现代派创作争论热烈。杰莱特认为麦卡锡的小说经历了从现代主义到后现代主义的转变，而《血色子午线》正是重要的转折点。[1] 豪洛维提出，麦卡锡小说既非现代派又非后现代派，而是一种"晚期现代主义"（late modernism），却巧妙地"栖息在后现代主义的根基上，不仅用后现代主义本身来反对后现代主义，更是从后现代主义内部对后现代主义进行消解"[2]。林肯则独辟蹊径，认为麦卡锡小说是一种"超现实主义"（hyper-realism）。在他看来，术语"超"的本身意味着既定共识之外有着激进数据的维度，因而麦卡锡"超现实"的小说是对现实的一种扭曲化的折射，但却能全息地表征隐藏在现实之后的真实，是一种"较平面现实更加接近生活真相"的超现实。[3] 就研究者的争论而言，麦克吉尔克里斯特的观点相对合理。在她看来，麦卡锡小说"拒绝归类……这并非说我们不可以用这些批评术语看待麦卡锡，而是由于他经常超越或介于那些批评参数的中间"[4]。相比国外学者，国内麦卡锡研究者对《血色子午线》的评论有待深入，大多数研究者痴迷于对麦卡锡小说的文化与意识形态方面的外部研究，其视角集中在生态、暴力、空间、历史意识、西部和边疆神话的解构等，却较少关注麦卡锡小说的内部研究。

简单是美，复杂也是一种美。大自然因其生物多样性，呈现在我们面

---

[1]　Robert Jarrett, *Cormac McCarthy*, New York: Twayne, 1997, pp. vii–viii

[2]　David Holloway, *The Late Modernism of Cormac McCarthy*, Connecticut and London: Greenwood Press, 2002, p.4.

[3]　Kenneth Lincoln, *Cormac McCarthy: American Canticles*, New York: Palgrave Macmillan, 2009, p.20.

[4]　Megan Riley McGilchrist, *The Western Landscape in Cormac McCarthy and Wallace Stegner: Myths of the Frontier*, New York and London: Routledge, 2010, pp.46–47.

前的世界斑斓、多元而且复杂。然而，复杂缘于简单，简单可以生成复杂，其生成的重要方法就是迭代。把一个简单的算式或图形无限地重复且迭代下去，便会产生无限复杂的图形。《血色子午线》之所以成为麦卡锡研究者"检验自我阅读水准的试金石"[1]，不仅仅是小说在暴力描述上引起的广泛争议（前一章我们已做过讨论），而主要还是在于小说自身的模糊性和复杂性，以及小说审美效果上新奇而熟悉、恐怖而美丽的奇诡结合。这种复杂的美的叙事，用混沌理论的"语言"来说，便是"混沌三明治"（chaos sandwich）。这种奇特的文本构型，正是麦卡锡采用了混沌理论重要概念之一的迭代作为叙事技巧，将传统西部小说流派、人物刻画、风景描述以及语言风格等迭代重塑后的结果，从而使得《血色子午线》这部典型的后现代西部小说有了"混沌三明治"的美学特征：奇特而熟悉、复杂又动态。

一、迭代与"混沌三明治"

着手研究小说《血色子午线》奇特的混沌叙事之前，有必要先来了解到底什么是迭代。首先，迭代是一种基本的数学运算，运算过程要重复进行。我们可以用著名的康托尔图集做例。正如文后附录中的图 8 所示，我们首先选取一根线段，其长度任意。为了方便，可以假设这根线段的长度是个整数。我们需要先将这根直线平均分成三段，将中间的一段拿去后，留下另外两段相等的线段。接着，把余下的两段直线我们再来平均三分，方法一样，还是需要把中间的三分之一线段裁掉后拿去。如果这样的过程持续下去，并使这样的过程直到无限，那么余下线段的数量也会持续直到无限。上述这种重复进行的过程就是迭代。经过多次的迭代后，我们

---

① Edwin T. Arnold and Dianne Luce, "Introduction", In *Perspectives on Cormac McCarthy*, Edited by Edwin T. Arnold and Dianne Luce, Jackson: UP of Mississippi, 1993: pp.3–12.

"就会得到一个零维的点的无限集合"①。《周易》中的八卦与六十四卦的形成过程就是迭代，经过简单的多次重复后形成的卦画要比原先的阴阳二爻复杂得多。凡考克雪花构型（参见附录中的图9）、茱莉亚集（参见附录中的图11）、曼德博集（参见附录中的图5）等都是迭代生成的复杂图形。不过，有些较为复杂的图形比如曼德博集，迭代的过程需要特殊的电脑软件，要借助电脑完成。

其次，迭代不只是一种基本的数学运算，当迭代与非线性动力系统学的研究联系起来时，迭代就成了一门最基础的技术，用来映射相空间运动的图形。这一过程需要运行速度极快的计算机帮助完成。对一个动力学家来说，"迭代是用来计算动态系统在时间演变过程中的状态。这种过程要无限重复，也就是说，某一加数的结果重新做另一加数的输入而已"②。康德特—吉布斯对一个取决于时间变化的行为系统的观察对我们有所启发。假设一个系统开始时的位置为 $X0$，速度为 $V0$，待时间 t 过后，重新计算系统的位置与速度。我们把上次得到的速度和位置（Xt 和 Vt）的结果，做下一次系统运算的位置和速度，并做相同的相加算式，待时间 $2t$ 过后重新计算算式，得出再下一次系统的位置和速度（$X2t$ 和 $V2t$）。类似的过程无限重复，且多次迭代，上一次系统运算的结果成为下一次系统运算的新的输入，只要将这样类似的反馈环一直持续下去，便可描绘出无限的时间段后系统的行为方式。③

再者，如果我们使用数学家们的术语来说明迭代，似乎生动了许多。

① A. B. Cambel, *Applied Chaos Theory: A Paradigm for Complexity*, New York and London: Academic Press, 1993, p.179.

② Jo Alyson Parker, *Narrative Form and Chaos Theory in Sterne, Proust, Woolf, and Faulkner*, New York: Palgrave Macmillan, 2007, p.69.

③ See John L. Kundert-Gibbs, *No-Thing is Left to Tell: Zen/Chaos Theory in the Dramatic Art of Samuel Beckett*, Madison/Teaneck: Fairleigh Dickinson Univ. Press, 1999, p.44.

在数学家们看来，迭代是一种"面包师的转换"，其过程类似于罗斯勒吸引子（Rössler Attractor）的形成过程（参见附录中的图4）。罗斯勒吸引子的形成如果用罗斯勒本人的话来说，实际上就是"火腿中的火腿中的火腿"①。简言之，把简单的抻、拉、折、叠等动作无限重复，便可能生成无限复杂的图形。然而，问题在于，在新生的复杂图形中，人们很难找到最初那个产生变化的图形，因为它们不仅深埋其中，甚至扭曲变形。即使形成图形的最初那个点，也即点吸引子（point attractor），人们也不一定能够清晰发现，但却有可能在迭代形成后的复杂图形中若隐若现。如此一来，多次"面包师的转换"后所生成的新的图形，就有了既熟悉又陌生的特点。经过多次的"面包师的转换"或者说经过"火腿中的火腿中的火腿"多次演变过程之后，人们便会得到一种"混沌三明治"的新奇图形，其具体形状可以描述为"一个有序的图形周围环绕着无序的状态，而在无序的周围又环绕了许多有序的图形"②。

需要注意的是，这只是问题的一个方面。在一个远离平衡态的系统中，抻、拉、折、叠的过程本身也会伴随产生其他的现象。需要注意的是，迭代相加的前提必须是非线性和整体性，然而无限迭代后计算值的维度不一定是整数，而是分形维。也就是说，迭代有时候会产生分形的结果，也即"自相似"，就如奇异吸引子或曼德博集所展示的那样。在上述图形中，相同甚至相似图形的递归过程是无限的。如果把迭代及其变化产生的反应与当代文化与文学研究结合起来，那么上述迭代过程就类似于鲍德里亚对当代消费社会中"拟像"的观察。在消费社会里，一种形象的形成通常是建立在之前的形象基础上，也就是说，这种新的形象是对其他形象的复制与再复制，最终人们根本无法找到其形象形成的源头和终结处，

---

① James Gleick, *Chaos: Making a New Science*, New York: Penguin Books, 1987, p.141.

② Gorden E. Slethaug, *Beautiful Chaos: Chaos Theory and Metachaotics in Recent American Fiction*, Albany: State Univ. of New York Press, 2000, p.133.

由此有了所谓的"超真实"的存在。对于文学创作来说，迭代现象并不陌生。对故事内容或形式或结构的递归，就形成了小说叙事结构上的"戏中戏"，或"中国盒子"，或"俄罗斯套娃"等叙事形式上的"故事套故事"结构，而这些结构也正是后现代派小说自指性的叙事模式。麦卡锡的小说《穿越》便运用了这一递归的叙事模式，之后我们会做详细讨论，在此不再赘述。

实际上，"混沌三明治"就是"混沌"的几何本质。然而，我们知道，混沌系统具有不确定性，而系统的变化对初始条件敏感性的依赖，也会使得迭代过程的最终后果成了不可预测。也就是说，迭代最终形成的图形取决于人们对迭代过程的控制。康德特-吉布斯说得对，无论我们电脑的计算能力有多么强大，我们观察图集有何等精确，迭代的结果总会"蕴含着某种令人称奇的图形"①。尽管混沌系统中迭代的结果不尽相同，然而，还是有两种结果比较普遍：一是混沌学语言所说的具有自相似的分形，也即文学批评语言所讲的"戏中戏"之类的迷宫图形；二是混沌学语言所说的不确定性和非线性，对应的图形为变形了的"戏中戏"结构，表达的是"一种延异而非完全相似性"②。后一种情形可以用来解释小说《血色子午线》，因其叙事正是要与传统小说流派有所不同而非追求相似性，其目的在于自由进出原先的流派，从而达到其"共谋性批评"。《血色子午线》中，麦卡锡正是在对小说流派及其传统进行"面包师转换"的过程中，尤其是在对小说人物、语言以及叙事结构的抻、拉、折、叠之后，使得小说有了"混沌三明治"的审美效果。

---

① Jo Alyson Parker, *Narrative Form and Chaos Theory in Sterne, Proust, Woolf, and Faulkner*, New York: Palgrave Macmillan, 2007, p.45.

② Gorden E. Slethaug, *Beautiful Chaos: Chaos Theory and Metachaotics in Recent American Fiction*, Albany: State Univ. of New York Press, 2000, p.133.

二、《血色子午线》与西部小说

《血色子午线》的复杂性缘于其流派的模糊性,杂糅是其显著特点之一。大多数研究者认为该小说属于后现代西部小说,雷宾(Rick Rebein)甚至断言《血色子午线》与麦克穆特瑞(Larry McMurtry)的《寂寞之鸽》(*Lonesome Dove*, 1985)这两部书的问世,标志着新西部小说于 1985 年诞生。雷宾认为,新西部小说的突出特点在于它的杂糅性,且新西部小说"考察了现实主义与现代主义之间的边界,成长小说与流浪汉叙事之间的边界,古老西部神话与新西部修正小说之间的边界,口语传统与书面传统之间的边界"[1]。考林(Susan Kollin)也指出小说《血色子午线》具有流派的杂糅性,她认为《血色子午线》是一部反西部小说,原因在于麦卡锡"把南方小说的怪诞元素加在了西部小说的传统上",由此改变了西部小说的传统流派特征,表明"西部小说对南方文学的关注点和成就的深深依赖"。[2] 斯莱索格宣称《血色子午线》"寄居在一个人们熟悉的文学形式上,旨在通过无节制和血腥的暴力,质疑和颠覆(传统西部小说)的传统和意识形态"[3]。杰莱特明确提出《血色子午线》属于修正派西部小说,麦卡锡运用了"后现代的时尚修改了西部小说的早期传统,并再次利用和戏仿西部小说中的流派元素以及其中的历史记录,旨在批评西部小说关于传统西部叙事里的历史神话"[4]。

诚然,正如本书在第二章讨论过的那样,暴力几乎成了麦卡锡小说文本的"总体性",然而,正是借助暴力,麦卡锡展示了一个"混沌"与

---

[1] Rick Rebein, *Hicks, Tribes, and Dirty Realists: American Fiction after Postmodernism*, Lexington: Univ. Press of Kentucky, 2001, p.113.

[2] Susan Kollin, "Genre and the Geographies of Violence: Cormac McCarthy and the Contemporary Western", In *Contemporary Literature* 42.3, Autumn 2001.

[3] Gorden E. Slethaug, *Beautiful Chaos: Chaos Theory and Metachaotics in Recent American Fiction*, Albany: State Univ. of New York Press, 2000, p.132.

[4] Robert Jarrett, *Cormac McCarthy*, New York: Twayne, 1997, p.69.

荒野的世界，有着有序中的无序以及非线性的特点。不仅如此，麦卡锡还借穷凶极恶的小说人物法官霍尔顿与他的美国雇佣军队友在西部荒野的暴力行径，批评了欧洲中心主义以及以启蒙为代表的西方的现代性。毫无疑问，就小说自身"对元叙事的怀疑"而言，《血色子午线》应该属于后现代主义小说的阵营。准确地说，这部小说正是秉承了琳达·哈琴意义上的"共谋性批评"的后现代主义小说叙事传统，在借用西部小说传统的同时，披露了掩盖在传统之下血腥的现实。总之，通过迭代这一"面包师转换"的叙事手段，麦卡锡批评了西部小说建构与想象下的乌托邦与意识形态，试图颠覆传统西部小说的叙事传统，来建构麦卡锡特有的西部小说的类别特质，从而实现他对传统西部小说流派的超越。

为了更好地了解麦卡锡如何颠覆了西部文学的传统，并如何建构自己特有的西部小说流派特征，有必要简要回顾和了解西部文学的特点。作为一种（准）美国文学流派，要对西部文学准确定义并非易事。通常，西部文学分为高雅和通俗两类。广义的西部文学指的是西部小说，其作者来自不同的地域，具有多民族与多元文化特点。[①]狭义的西部文学仅指通俗西部小说，包括西部探险小说、一便士西部小说和程式化西部小说等。通俗西部小说通常被称作传统西部小说，其叙事结构程式化，创作主题经常与普通民众的欲望和梦想相关。尽管西部小说的起始时间难以界定，但大多数学者都把1890年美国边疆结束作为界限。也就是说，以1890年美国边疆的关闭为界，不管西部文学到底什么时候开始，只是简单地分为1890年之前和1890年之后的西部小说。

西部小说是在19世纪的拓疆和殖民叙事的基础上发展起来的，是边疆

---

① See James H. Maguire, "Fiction of the West", In *The Columbia History of the American Novel*, Edited by Emory Elliott, Beijing: Foreign Language Teaching and Research Press, 2005, pp.437–464.

小说的一种亚流派。最早的西部小说为布朗（Charles Brockden Brown）所作的《维兰德》（*Wieland or The Transformation: an American Tale*, 1798），后因库柏（James Fenimore Cooper）的《皮袜子故事集》（*Leather-stocking Tales*, 1823—1841）而使这一小说流派享誉世界。① 边疆小说重视对风景的描述，其中土地所占的比重与小说人物难分上下。小说大多是关于殖民过程中欧洲白人与印第安土著的文化冲突，因而动作、冒险与暴力元素较为突出。此外，小说多以"惩恶扬善，谴责对荒野的剥夺"的英雄为主，因此大部分西部小说中不是女性人物匮乏，便是女性人物处于次要地位。②19 世纪晚期和 20 世纪早期兴起的一便士小说与程式化的西部小说，也为西部小说的发展奠定了基础。小说出现了像布恩、卡森（Kit Carson）与野牛比尔（Buffalo Bill Cody）等边疆英雄，他们广受人民欢迎。同时，西部被展现为"人类堕落前的伊甸园，是美国英雄休憩的后花园"③，逐渐进入美国公众的想象。在一些经典的通俗西部小说中，如《紫艾草骑士》（*Riders of the Purple Sage*, 1912）和《弗吉尼亚人》（*The Virginian*, 1902），牛仔被想象成了"没有翅膀的英雄"，"美国土地上最后的浪漫的人"，甚至是"自然中的贵族"。④ 他们被看作美国的新"亚当"，成了"单纯的美国的象征"，并在美国的国家幻想中被想象成为"最重要的边疆人物"。⑤ 他们标

---

① See James H. Maguire, "Fiction of the West", In *The Columbia History of the American Novel*, Edited by Emory Elliott, Beijing: Foreign Language Teaching and Research Press, 2005, p.437.

② See ames H. Maguire, "Fiction of the West", In *The Columbia History of the American Novel*, Edited by Emory Elliott, Beijing: Foreign Language Teaching and Research Press, 2005, p.438

③ Susan Kollin, "Genre and the Geographies of Violence: Cormac McCarthy and the Contemporary Western", In *Contemporary Literature* 42.3, Autumn 2001.

④ James H. Maguire, "Fiction of the West", In *The Columbia History of the American Novel*, Ed. Emory Elliott, Beijing: Foreign Language Teaching and Research Press, 2005, p.439.

⑤ Susan Kollin, "Genre and the Geographies of Violence: Cormac McCarthy and the Contemporary Western", In *Contemporary Literature* 42.3, Autumn 2001.

志式的形象，在罗斯福总统（Theodore Roosevelt）与历史学家特纳①以及其他受人们欢迎的西部作家的影响下，持续发酵，逐步固化为20世纪早期的"一种国家信条"②。

二战以后，西部小说与整个小说创作的后现代转向一致，发展演变成了一种"反西部小说"。一些经典的西部作家，如斯泰格纳、麦克穆特瑞、希尔科以及麦卡锡等，不仅反对把西部浪漫化，甚至颠覆了西部神话；同时，他们重新重视了西部的过去与西部迁移之后人们期望落空之后的反差的后果。③总之，20世纪西部小说的闻名遐迩，也有媒体的推波助澜。好莱坞、电视、广播以及其他媒体，均从西部文学中获取利益，它们不仅助推了西部小说在美国甚至美国之外国家的流行，并且建构了美国自强自立与理想化的民族身份。同时，西部文学中的边疆神话、"天命论"以及"美国例外论"的意识形态也逐步被确立，并升级成为美国民众的"集体无意识"。

尽管西部文学并非铁板一块，还是可以总结西部小说的一些共同特点：第一，从美国的拓殖与征服以及不同种族之间的冲突中谈到"过去的历史"；第二，专注于"人们在新的经验中如何变得坚强并重新定义文学

① 历史学家特纳以他的"边疆假设"理论而闻名，他的这一理论最早见于他1893年发表的论文《美国历史中边疆的重要意义》。特纳认为，边疆不仅是个"安全阀"，而且也是"野蛮与文明的交汇地带"。特纳指出，西部创造了美国的性格本身，并且也揭示了美利坚合众国进步的过程。（See Henry N. Smith, *Virgin Land: The American West as Symbol and Myth*, Cambridge: Harvard Univ. Press, 1973, p.251; Neil Campbell, *The Culture of the American West*, Edingburg: Edingburg Univ. Press, 2000, p.7.）

② William R. Handley, "Western Fiction: Gery, Stegner, McMurtry, McCarthy", In *The Oxford Encyclopedia of American Literature*, Vol.4., Edited by Jay Parini, New York: Oxford Univ. Press, 2004: pp.334–343, p.336.

③ See William R. Handley, "Western Fiction: Gery, Stegner, McMurtry, McCarthy", In *The Oxford Encyclopedia of American Literature*, Vol.4., Edited by Jay Parini, New York: Oxford Univ. Press, 2004: pp.334–343.

流派和传统"①；第三，风景、边地（place）与自然成为大部分西部文学的标记；第四，展示了"长久以来一直存在的浪漫主义、现实主义与自然主义流派之间以及相互风格的碰撞，由此承认历史并有了对西部浪漫神话的冲突"②。方便讨论，传统西部文学蕴含的几个关键元素如暴力、风景、英雄、道德以及边疆神话等，会在下文着重进行分析，旨在了解麦卡锡对哪些元素进行了抻、拉、折、叠，并如何完成"面包师的转换"，从而形成了麦卡锡叙事效果上的"混沌三明治"。

三、小说文类与迭代

《血色子午线》杂糅了众多不同的文类，如西部小说、流浪汉小说、战争小说以及历史传奇等，其典型特征就是混杂性。我们可以就小说文本中对上述文类的迭代做以分析。

首先，麦卡锡笔下的西部就是"混沌"。在这里，看不到秩序与规则、再生与恢复，善恶的界限已经抹除，凸显的只有非道德。在这个道德的真空里，不仅白人雇佣军们极其残暴，而且印第安人，无论是阿帕契人、科曼奇人，还是羽玛人，也都清一色地残暴野蛮。麦卡锡的西部，不再有传统西部小说标志式的文明与荒野的二元冲突，暴力成了文本系统中的常量，时时刻刻刺激着读者的神经。谢维豪指出，小说《血色子午线》就是一部"暴力的赞美曲"③。

---

① William R. Handley, "Western Fiction: Gery, Stegner, McMurtry, McCarthy", In *The Oxford Encyclopedia of American Literature*, Vol.4., Edited by Jay Parini, New York: Oxford Univ. Press, 2004: pp.334–343.

② William R. Handley, "Western Fiction: Gery, Stegner, McMurtry, McCarthy", In *The Oxford Encyclopedia of American Literature*, Vol.4., Edited by Jay Parini, New York: Oxford Univ. Press, 2004: pp.334–343.

③ Steve Shaviro, "The Very Life of Darkness': A Reading of *Blood Meridian*", In *Perspectives on Cormac McCarthy*, Edited by Edwin T. Arnold and Dianne L. Luce, Jackson: Univ. Press of Mississippi, 1993: pp.145–156.

然而，这些残暴的白人雇佣军在小说中却被称为西部的"朝圣者"，无疑是对美利坚合众国神圣起源的莫大讽刺。而这里的印第安人也不再是库柏笔下高贵的野蛮人，更不是其他西部文学传统中理想的"他者"，而是"一群从地狱里走出的魔鬼"①，"恐怖者组成的军团"②。传统西部文学中被神话化为"上帝的花园"或者人类最后的"处女地"的西部，已然蜕变成了"邪恶的疆土"③，从某种程度上暗示了"混沌"无处不在的普遍性。当然，上述西部的变异也在表明，无论是 19 世纪中期，还是 20 世纪 80 年代麦卡锡创作的当下，西部作为民众乌托邦想象的失败。

正如小说人物法官霍尔顿对人类的评述，人类不是一个自足的容器，而是对他人迭代后的结果。他说道："无论他在我的书中与否，每一个人的触须都长在其他人那里，当然，其他人的触须也可以伸展到他这里，如此类推，这样的现象存在于存在的无限复杂性中，成为世界最边缘的证据。"④对于麦卡锡来说，他似乎有意识地对他笔下的西部英雄进行了迭代重复。这些北美雇佣军尽管有西部牛仔勇敢和冒险的品质，但绝不再是年轻、单纯而又高贵的牛仔们，而只是一群奸杀女人、捕杀北美野牛和剥印第安人头皮的流氓刽子手。他们确实来到了西部，也经历了各种各样的暴力事件，但却没能在暴力中获得重生；他们可谓边疆的征服者，但却没从凶残的征服中得到身心的救赎。实际上，在所谓的英雄主义行为中，他们不仅没有"奉献"什么，倒是从他们对印第安人凶残的杀戮中，收获了赏

---

① Cormac McCarthy, *Blood Meridian; or, The Evening Redness in the West*, New York: Vintage International, 1992, p.52.

② Cormac McCarthy, *Blood Meridian; or, The Evening Redness in the West*, New York: Vintage International, 1992, p.53.

③ Cormac McCarthy, *Blood Meridian; or, The Evening Redness in the West*, New York: Vintage International, 1992, p.89.

④ Cormac McCarthy, *Blood Meridian; or, The Evening Redness in the West*, New York: Vintage International, 1992, p.141.

金、金钱以及无知民众的欢呼。同样，他们到达西部，更是一无所获；相反，他们从被人神话为"可以摆脱物质或心理束缚的绝对自由"①的西部旷野中，收获的只有无边的黑暗、暴力和死亡。

上述小说中的这种反讽，可从格兰顿帮中的一名肺病患者斯普鲁尔的西行经历窥得一斑。斯普鲁尔和他的队友提及说，他到西部来的目的没有其他，只是为了"健康"②。杰莱特说得好，《血色子午线》中的所有人物"不再是库柏笔下善良的杀手纳蒂·班波，也非约翰·维尼书中的英雄牛仔枪手，更不是柯林特·伊斯特伍德对维尼的神枪手较为自然的修正，他们只有一颗'泥土做的心'，他们在法官霍尔顿和格兰顿这两个邪恶的人的堕落观点带领下，一步步走向了最终的毁灭"③。实际上，借他笔下的这些"反英雄"们，麦卡锡不仅质疑了美国的进步神话，同时也在怀疑美国民众对边疆英雄们为了民主、自由与文明而开疆拓土之伟大使命的信任。重要的是，通过揭示边疆英雄们的暴力行径，麦卡锡一方面使得"西部英雄的传统复杂化"④，另一方面也使得西部文学传统问题化，从而在新一重的反馈环中，对大众文化想象的建构提出批评。

其次，《血色子午线》也有流浪汉小说的模式。与流浪汉小说的文本结构类似，《血色子午线》的小说文本是由许多事件和插曲组成，它们的发展似乎可以自由遵循任何一个顺序。但奇特的是，这些事件或插曲大多数皆为暴力事件，几乎只有一丝人性的光辉从残酷和野蛮的文本细节中透露出来。这一点点的人性光辉是从小说人物"少年"拒绝对受了重伤的队

---

① David Holoway, *The Late Modernism of Cormac McCarthy*, Connecticut and London: Greenwood Press, 2002, p.147.

② Cormac McCarthy, *Blood Meridian; or, The Evening Redness in the West*, New York: Vintage International, 1992, p.58.

③ Robert Jarrett, *Cormac McCarthy*, New York: Twayne, 1997, p.69.

④ Susan Kollin, "Genre and the Geographies of Violence: Cormac McCarthy and the Contemporary Western", In *Contemporary Literature* 42.3, Autumn 2001.

友歇尔比（Shelby）开枪射杀，以及他在整个格兰顿帮遭受羽玛印第安人重创后还不忘记打听前牧师的行踪表现出来。当然，格兰顿帮中的图德万能看到法官霍尔顿的残酷，他对后者缺乏人性的咒骂，也能让读者捕捉到一丝善意的人性的亮光。至少他看到罪恶后，没有视而不见，毕竟咒骂也算得上一种言语上的暴力对抗。尽管如此，小说的阴暗底色依然浓重，充斥了太多司空见惯的暴力事件，它们对小说情节发展的推动，几乎没有任何意义，不过是在整体上为文本营造了一种冷漠和超然的气氛。小说的情节仅仅是看似在运动，但这种运动不过是一种挪动罢了，小说迟滞缓慢的叙述速度，加上文本并没有对情节的发展做以深描，甚至根本谈不上将小说情节向前推进或者使其有所发展。

另外，小说文本也根本没有试图解决任何小说情节的矛盾，可以说只是在描述，而非叙述。[①] 小说《血色子午线》中，传统小说情节的发展、事件的顺序以及事物发展的因果逻辑仅仅是个幻想，充斥文本之中的碎片化片段就是个极好的证明。小说中的种种暴力事件，几乎总是在重复，甚至每个单一的事件碎片，都好像是对"少年各种各样的遭遇以及格兰顿匪帮成员和他们的敌人遭遇的重复"[②]，唯有麦卡锡"标签"[③]式的句子——"他们继续向前骑行"（"they rode on"），还在提醒读者，相似的情节或许会在另一重循环里迭代重复。小说结尾，几乎所有的小说人物都已消亡。他们或被枪杀，或被谋杀，或被吊死，或被处死，总之，不管其死亡方式如何迥异，所有人物的结局都是相继死去。唯独人物"少年"的朋友前牧师和格兰顿匪帮的核心人物法官霍尔顿这两人侥幸逃遁。作为战神的象征的法

① See Dana Phillips, "History and the Ugly Facts of Cormac McCarthy's Blood Meridian", In *American Literature* 68.2, June 1996.

② Gorden E. Slethaug, *Beautiful Chaos: Chaos Theory and Metachaotics in Recent American Fiction*, Albany: State Univ. of New York Press, 2000, p.135.

③ "标签"这一术语为德里达提出，其意思指的是文学文本中的用语习惯。

官霍尔顿，其结局更是神秘，他甚至在所有小说人物都消失后，还在"混沌"的世界里跳着永生的舞蹈。

再者，《血色子午线》也有战争小说的模式。根据赫佐格（Tobey C. Herzog）的观点，战争小说的中心是展现"道德的自由与限制、理想主义与现实、"混沌"与控制、真理与谎言、先进技术与原始文化"①之间的矛盾。小说《血色子午线》的背景设置在 19 世纪美墨战争的余火之后，文本中有大量血腥的战争场面与无情的屠杀，算得上一部战争小说。小说文本中到处可见冷血的印第安杀手和残暴的印第安人屠杀者，并且小说也充满了物质和精神双重层面的黑暗，譬如暴力、欲望、复仇以及"混沌"等。然而，仔细观察小说《血色子午线》中的战争，却无所谓的正义与非正义之分，因为敌对的双方均是恶人，他们要么是冷血的作为杀手的印第安人，要么是冷血的屠杀印第安人的杀手。换言之，小说中的敌对双方只是一批批重复出现的"让人恐惧的恶棍"②，在无限的循环圈里一次次迭代而已。

一般来说，卷入战争的人总有某种程度上的心理或精神创伤。然而，令人称奇的是，小说《血色子午线》中的人物尽管参与了血腥的战斗却没有人患上"战争创伤综合征"。或者即使有创伤，他们也保持沉默，拒绝与人诉说。比如托宾（Tobin）这个人物，他是个牧师，亲历了许多教堂的被毁和玷污，甚至目击了很多修士们的被杀和砍头，但面对残暴和血腥的杀戮时，他在文本中最多的反应也只是沉默不语。小说人物"少年"似乎也没有受到身心创伤，尽管他的生活充斥了一次次的流血、谋杀和屠杀。除了法官霍尔顿之外，大多数小说人物在小说中，就被描述成一个

---

① Tobey C. Herzog, *Vietnam War Stories: Innocence Lost*, London: Routledge, 1992, p.25.

② Cormac McCarthy, *Blood Meridian; or, The Evening Redness in the West*, New York: Vintage International, 1992, p.52.

个"被吹活了的巨型的泥塑"①，几乎看不出人的能动性。之所以说能动性这个概念，原因在于能动性通常与英雄有关，尤其是战争中英雄英勇和坚忍的行为，很容易让读者联想到美国作家海明威塑造的硬汉子似的英雄原型。有意思的是，不同于海明威，麦卡锡笔下的"英雄"缺乏坚忍精神，甚至选择自己行为的反应能力也是罕见，更不要提他们会有自我的能动性了。面对他人被杀或被他人所杀，他们在小说文本中的反应均是无动于衷，甚至可以说根本不做选择。这样的"英雄"人物，是对传统战争小说英雄形象的彻底扭曲和否定。

总之，麦卡锡通过对小说不同文类形式施以"面包师转换"的策略，在看似简单的抻、拉、折、叠等多次重复后，便巧妙地模糊了各小说流派和文类之间的界限，使得他的小说作品最终成了"万花筒式的混沌"②。

四、小说人物与迭代

《血色子午线》的复杂美还缘于麦卡锡对小说人物的迭代塑形。正如我们前一章中讨论过的那样，麦卡锡的小说人物几乎是平面的。他们是一群没有姓名的流浪者。即使小说中的一些重要人物是给了名字，但他们的名字也不完整。要么少了姓，要么少了名，听起来怪异可笑。而小说的重要人物，譬如"少年"、前牧师与法官等，其命名不是太过脸谱和类型化，便是有些怪诞，他们名字的由来在小说文本中也无迹可寻。就法官这个名字来说，读者会和人物"少年"一样好奇，这个称作法官的人到底在"评判"什么(因为英语中的法官与评判同为一个单词)。诚然，文本记录了"少年"从田纳西州到加利福尼亚州这趟从美东到美西的旅程，但却没有交代

---

① Cormac McCarthy, *Blood Meridian; or, The Evening Redness in the West*, New York: Vintage International, 1992, p.13.

② Dana Phillips, "History and the Ugly Facts of Cormac McCarthy's *Blood Meridian*", In *American Literature* 68.2, June 1996.

他旅行的意图和目的地。少年首次出现在文本中的时间是 1848 年,当年他还只是个 14 岁的少年,直到 1878 年他算来年龄已约有 45 岁,但文本对他的称呼也只是从"少年"换成"男人",不过从一个过于类型化或者普适性的称呼变成一个更为模糊的性别分类标签。从头到尾,这个名唤"少年"的人物都没有真正的名和姓,暗示了他从没有一个真正的身份,其身份的模糊性某种程度上呼应了小说总体上的"混沌"气氛。这些没有明确姓名的小说人物,是作者在有意暗示尽管这些人是一个个的个体,但却具有人的某种相似性,好像他们彼此可以互换,而读者却不会意识到此种人性重复的无限性。而这正是麦卡锡人物刻画迭代性特点的重要体现。

人物"少年"形象的刻画是小说《血色子午线》迭代叙事的一个重要例子。从某种程度上,他的形象迭代了美国经典小说人物哈克(Huckleberry Finn)或艾克(Ike McCaslin)。哈克也好,艾克也罢,他们实际上大名鼎鼎,分别是美国作家马克·吐温和福克纳笔下的小说人物。他们同为少年,且麦卡锡的"少年"、吐温的哈克以及福克纳的艾克都在小说中被设计成 14 岁。如果说哈克在马克·吐温的小说中有所成长的话,那么,"少年"一路向西旅行中的成长,却差强人意。哈克的西行象征了自由和逃脱,而"少年"的西行却与血腥和暴力为伍,且最终惨死在了他半生追随的法官霍尔顿之手。实际上,麦卡锡的"少年"只是哈克的反面,且是"败坏了的"哈克那一面而已。小说介绍人物"少年"时,说他既"不能阅读也不能写作,在他的血脉中流淌的是对无思想暴力的嗜好。所有的历史都写在这张面容上,少年成人的父亲"[1]。显然,麦卡锡在这里有意挪用了英国浪漫主义诗人华兹华斯(William Wordsworth)的著名诗

---

[1] Cormac McCarthy, *Blood Meridian; or, The Evening Redness in the West*, New York: Vintage International, 1992, p.3.

歌，"孩子是成人的父亲"①，旨在嘲讽西部历史的腐败，同时也说明"少年"自小就有的暴力倾向。"少年"在小说中被描述成一个危险残暴的婴儿，自他诞生开始，他的母亲就成了他的第一个牺牲品，因为"他真的是在她的怀里被抚育而这个生灵却要了她的命"②。文本结尾，"少年"在经历了西部旅行的种种人生磨难之后，也见识过大大小小残酷的战争，但他似乎没有丝毫的成长和发展；相反，在他已经成人之后，在美国德克萨斯州的北部平原上，还杀掉了一个名叫埃尔罗德（Elrod）的 15 岁少年。

我们再来看"少年"与艾克的不同。如果说福克纳的少年艾克与大熊两次的相遇可谓他的成人礼，从此对自然有了敬畏并成熟起来，那么，麦卡锡笔下的这位少年尽管也有两次碰到大熊，却始终没有改变他面对自然时的冷漠。他不仅未从大自然那里得到丝毫的宁静，更没能如艾克一样从自然中得到精神的超越；相反，有着泥土般内心的他，彻底与荒野的暴力、残酷与敌意融为一体。总之，与其说"少年"在小说中没有任何的成长或发展，毋宁说，他根本就没有改变。他既不是什么西部英雄，也并非什么战争英雄。初在小说中露面时的"少年"，骑的是一头没有尾巴的又老又秃的骡子，后来他参加格兰顿的匪帮之后，有了自己的坐骑，不过他的这匹马是从死人那里捡来的。"各师成心，其异如面"，说的是文如其人或风格即人。如果我们将这个谈论风格的普遍道理挪用来说明战场上的士兵，那么也就会有马如其人的说法。坐骑的不堪和滑稽，某种程度上也是坐骑主

---

① 华兹华斯的原诗大体如下：每当我看见天穹中一条彩虹在闪耀，/ 我的心儿就怦怦直跳。/ 初生时是这样，/ 长成人也这样，/ 老了也该这样，/ 否则，我不如死掉。/ 孩子是成人的父亲，/ 我祝愿我生命的旅程 / 都贯穿了自然的虔诚。摘自华兹华斯，《我的心儿怦怦直跳》。

② Cormac McCarthy, *Blood Meridian; or, The Evening Redness in the West*, New York: Vintage International, 1992, p.3.

人形象的最好投射。用"少年"来做小说的主要人物或"英雄"(主人公),麦卡锡有意解构了传统西部小说中英雄牛仔的传统。尽管小说文本一直跟踪描述"少年"在西部荒野上的行动,但实际上,"少年"根本不是真正意义上的小说主人公。毕竟,小说围绕这个主要人物的只有支离破碎的暴力事件的片段,并在全知全能的小说叙事中不停地迭代而已。

至于小说人物"少年"是否在文本中有所发展,评论家们莫衷一是。乔治(Sean M. George)认为,"少年"这个人物几乎是静止的,因为"直到小说末尾,少年的状态也没有改善……他的暴力能力、世界观、生活状态,甚至与法官的关系都不曾改变"①。考林则声称,"少年"是主动地参与了文中各种各样的屠杀,最后成了"与其他人一样败坏凶残的"男人。②笔者更倾向于支持乔治的观点。如果我们如考林那样认为"少年"是主动地杀人,那就说明他是个有着主观能动性的个体;如果说他最后和其他队员一样成了凶残的杀人者,则证明他是在改变;然而,我们始终找不到任何"少年"有所发展的文本证明,尽管他的荒野之旅中确实发生过一系列的事件,如帮助布朗拔出腿上的箭头,拒绝射死奄奄一息的歇尔比,甚至在前牧师失踪和布朗死后,佩戴上布朗的人耳项链,成了一个手捧圣经的牧师。"少年"的上述行为可以理解为对队友的同情、怜悯或者怀旧,然而却不足以说明他人性良善的苏醒,因为长大成人后,他还在德州北部杀掉了一个年轻少年。此外,"少年"没有抓住机会杀死法官,说明他缺乏抉择的能力或者他根本就不能抉择,因为杀与不杀的结果没什么两样,都是死亡或暴力。当然,文本结尾,"少年"是否厌倦了暴力,或

---

① Sean M. George, *The Phoenix Inverted: The Re-birth and Death of Masculinity and the Emergence of Trauma in Contemporary American Literature*, Diss., Texas A & M Univ. Commerce, 2010. Ann Arbor: UMI, 2010. ATT 3405822, p.114.

② See Susan Kollin, "Genre and the Geographies of Violence: Cormac McCarthy and the Contemporary Western", In *Contemporary Literature* 42.3, Autumn 2001.

是否有了人性，甚至有了人的良知，文本的交代非常模糊，不得不让人质疑。但重要的是，麦卡锡用"少年"这样的人物来做西部小说的重要人物，毕竟是没有给予读者任何美国西部之未来的感觉。尽管"少年"不是一个追寻未来的"英雄"，但在这充满偶然的混沌宇宙中，他却"从来都不曾是一个牺牲品"①。总之，小说人物"少年"发展的匮乏，使得麦卡锡将西部小说、战争小说甚至流浪汉小说都推向了一个新的界限，而人物的迭代塑形恰给上述流派增加了新的特点。

与塞林格（Jerome David Salinger）和品钦一样，麦卡锡也是当代美国文学史上著名的"隐士"。大隐隐于市，小隐隐于山林。麦卡锡算得上一个"大隐"了，因为他很少接受媒体采访②，也不会像他同时代的女作家欧茨（Joyce Carol Oates）一样，经常对外披露其写作的真正目的，麦卡锡总是三缄其口。然而，麦卡锡却从不避讳他对其他作家的阅读和接受，他承认说，"所有伟大的作家都会阅读其他伟大作家的作品"③。他在接受伍德华德的一次采访中说道："最丑陋的事实莫过于书是从书中而来。小说是否获得新生取决于那些曾经写过的小说。"④ 确实，《血色子午线》的

---

① Jonathan Pitts, "Writing on: *Blood Meridian* as Divisionary Western", In *Western American Literature* 33.1, Spring 1998, Reprinted in *Contemporary Literary Criticism*, Edited by Jefferey W. Hunter, Vol.204., Detroit: Gale, 2005, In *Literary Resource Center*. Web.13 Nov. 2010.

② 迄今为止，麦卡锡总共只接受过五次采访。有两次是接受《纽约时报》记者伍德华德的采访；再一次是他的作品《老无所依》被科恩兄弟拍成电影获得多项奥斯卡奖后，麦卡锡允许《时代》周刊的记者格罗斯曼（Lev Grossman）记录他和科恩兄弟在一家酒店的谈话内容；接着一次是麦卡锡接受著名节目奥普拉脱口秀的电视采访；最近的一次是他接受美国专栏作家库什纳（David Kushner）的采访，文章《科麦克·麦卡锡的启示录》就发表在著名的《滚石》杂志上。

③ Kenneth Lincoln, *Cormac McCarthy: American Canticles*, New York: Palgrave Macmillan, 2009, p.9.

④ Richard B. Woodward, "Cormac McCarthy's Venomous Fiction", In *The New York Times Magazine*, 19 April 1992.

迭代叙事最丰富的地方在于其文本间性,也就是互文性。这一点在小说人物法官霍尔顿的塑造中尤其突出,法官这个人物,既是历史人物的虚拟形象,又是大量英美文学史上不同作家笔下人物形象的集合体。

对于法官这个人物,评论家们已经竭尽了对这个复杂而又神秘的人物文学传统来源的挖掘。斯莱索格认为,法官不仅是麦尔维尔笔下挑战宇宙的亚哈布(Ahab),更是弥尔顿笔下反抗上帝权威的撒旦。[1] 考林指出,麦卡锡实际上是对英美文学传统的重访,其法官就是"帝国众多人物原型如康拉德的库兹与麦尔维尔的亚哈布的拼贴"[2]。达克斯(Chris Dacus)则提出,法官根本不是一个真实的人,因为 30 年来他几乎没有改变或根本就没有变化,因此法官更像麦尔维尔的白鲸,是"死亡、魔鬼、未知、黑暗与上帝和光明的统一体,其本身包含了众多的矛盾和对立面"[3]。不仅如此,瓦莱科(Rick Wallach)还把法官看作是印度神湿婆的化身,"在战争与宇宙毁灭的舞蹈中跳着舞"[4];坎贝尔(Neil Campbell)则把法官比做尤利西斯,因为两者都是"旨在通过一系列的危险、探险、谋杀与骚乱来寻求未知的真理"[5]。波茨(Matthew Potts)则认为,无论是法官能够跳着永生的舞蹈,还是他对地球生物的掠夺与占有,其强权意志都与尼采笔下的

---

[1] See Gorden E. Slethaug, *Beautiful Chaos: Chaos Theory and Metachaotics in Recent American Fiction*, Albany: State Univ. of New York Press, 2000, p.137.

[2] Susan Kollin, "Genre and the Geographies of Violence: Cormac McCarthy and the Contemporary Western", In *Contemporary Literature* 42.3, Autumn 2001.

[3] Chris Dacus, "The West as Symbol of the Eschaton in Cormac McCarthy", In *The Cormac McCarthy Journal* 1, 2009.

[4] Rick Wallach, "Judge Holden, *Blood Meridian*'s Evil Archon", In *Sacred Violence: Volume 2: Cormac McCarthy's Western Novels*, 2nd ed., Edited by Wade Hall and Rick Wallach, El Paso: Texas Western Press, 2002: pp.1–13, p.5.

[5] Neil Campbell, "'Beyond Reckoning': Cormac McCarthy's Version of the West in *Blood Meridian or the Evening Redness in the West*", In *Critique* 39.4, 1997.

查拉图斯特拉（Zarathustra）有着极强的互文性。①

上述学者对法官的评论都有其道理，但在笔者看来，与其说法官霍尔顿是文学史上众多人物原型的集合体，不如说他就是混沌的符号，大自然中的涡旋。实际上，麦卡锡在小说中的确将法官看作众多矛盾或悖论的统一体。他既是上帝也是撒旦，既是日神阿波罗也是酒神狄奥尼索斯，既是生命也是死亡，既是历史的建构者也是历史的毁灭者，既是绅士也是骗子。小说中，他可以用知识、科学以及历史来操控话语权，能创造荒野的秩序也能挑起荒野的非秩序。他不仅是超级魔术大师，能玩耍金币，也是一个理想的拓荒者。小说中的他简直就是个天才，"精通多国语言，知晓各种哲学流派，但却依旧裸体、兽性，蜷曲在营火边出着臭汗"②。小说中的法官霍尔顿复杂而又神秘，他不听命于任何人，任何政府或任何行政机构。他既不归属美国政府管辖，也不受制于墨西哥政府约束，更别提印第安人部落能奈他如何。人人都逃不脱上帝和时间的消磨，即使可以矗立千年的石头，然而小说中的法官，时间和天气也无法限制他，似乎世界上的一切都奈何不了他。作为混沌世界的唯一幸存者，在他的身上，我们看到的不仅是历史人物或者西方人物经典原型留下的"痕迹"，更多的却是文本的互文与映射下德里达意义上的"延异"。

法官的神秘性就如大自然中找不到中心的涡旋，其怪异性可从"少年"的梦中一窥端倪：

　　一个步履笨拙的巨大变种人，沉默而安详。无论其先祖是谁，即

---

①　See Matthew Potts, *The Frail Agony of Grace: Story, Act, and Sacrament in the Fiction of Cormac McCarthy*, Diss. Harvard Univ., 2013, pp.32–33. http://nrs.harvard.edu/urn–3:HUL. InstRepos: 11125992.

②　Barcley Owens, *Cormac McCarthy's Western Novels*, Tucson: The Univ. of Arizona Press, 2000, p.62.

使把他们所有人加起来，他都不像他们，也没有任何一个系统方法能找到他到底属于什么类型，找到他的起源，因为他从未改变。无论是谁如果想要解释他的生平他的来历并弄懂他的历史以此来弄懂这个人，最终只能是自寻烦恼无话可说，无论使用什么方法，即使采用分析千年之前原始粉尘的科学手段，也无从发现这个没有丝毫进化之蛋类到底什么类型什么来源何时形成如何变化的踪迹。①

　　法官这个人物特别怪诞。他在小说中被描述成一个大个子的白化病人，却看起来好似"一个初生的婴儿"②。但他又绝非是一个天真的儿童，而是有着"盲目的暴力"的成人。他曾这样和"少年"说，"人与人的团结往往……不是一起能够分享面包而是有着共同的敌人"③。就如前一章论述过的那样，法官可谓战争之神的化身。他相信尼采所提出的权力意志，因为在他看来，"如果战争不神圣的话，那么人将什么都不是，只不过是一堆陈旧的泥土而已"④。作为一个天才和知识拥有者，法官出现在人面前的常见形象的确好似一个博学文明的绅士，走在沙漠中的他经常手执阳伞，颇像古老欧洲的一名绅士。然而，这个绅士模样的大个子天才，其阳伞却是用动物骨头和腐烂的动物毛皮制成，不仅滑稽而且怪异。小说提到他多次光着身子出现在人们面前，其病态和怪诞的样子让人心生厌恶。小说讲述了他的另一则事件，更是让读者印象深刻。那是一个电闪

---

① Cormac McCarthy, *Blood Meridian; or, The Evening Redness in the West*, New York: Vintage International, 1992, pp.309–310.

② Cormac McCarthy, *Blood Meridian; or, The Evening Redness in the West*, New York: Vintage International, 1992, p.335.

③ Cormac McCarthy, *Blood Meridian; or, The Evening Redness in the West*, New York: Vintage International, 1992, p.307.

④ Cormac McCarthy, *Blood Meridian; or, The Evening Redness in the West*, New York: Vintage International, 1992, p.307.

雷鸣的暴风雨夜，有人看到一个巨大苍白的人影"光着身子站在墙上，叉着腿，弯着腰，方式极其古老"①。此情此景很容易让人联想到麦尔维尔笔下的亚哈布，尤其是亚哈布在一个雷电交加的夜晚站在佩廓德号船甲板上的神气样子。

法官与亚哈布的相似之处在于贪婪。亚哈布的贪婪是要统治自然，法官更是如此。小说中他不仅要做各种鸟兽的"领主"，还要控制自然，甚至玷污自然，并对自然去神圣化。后者颇为经典的让人恐怖的例子，当属他带领格兰顿匪帮从一个火山口获取原料，从而制作炸药来消灭沙漠里的印第安人。他先是告诉他的同伙，"我们的地球……是个圆形的蛋，里面有许多好东西"②，他的煽动性的言语，旨在对那些匪徒"播撒"人类作为万物主宰的观念，接着他又指导他们利用蝙蝠洞里的木炭、硝石与火山口的硫酸来制作炸药。前牧师托宾回忆道，"我们被要求一定要像古代的石匠那样，把自己的'血'洒进去"③。接着，这帮匪徒"就如有了新信念的弟子那样"④，按照法官的要求一个个脱掉裤子，将味道难闻的尿液撒进了地球的洞穴中：

> ……我们一个个几乎都疯掉了。大家排队站着……我们掏出我们的老二将尿液喷洒到洞里，而法官则光着两条胳膊跪在泥浆上大声地说着，尿吧尿吧，为你们的灵魂，难道你看不到远处那些红人吗，他一边

---

① Cormac McCarthy, *Blood Meridian; or, The Evening Redness in the West*, New York: Vintage International, 1992, p.118.

② Cormac McCarthy, *Blood Meridian; or, The Evening Redness in the West*, New York: Vintage International, 1992, p.131.

③ Cormac McCarthy, *Blood Meridian; or, The Evening Redness in the West*, New York: Vintage International, 1992, p.130.

④ Cormac McCarthy, *Blood Meridian; or, The Evening Redness in the West*, New York: Vintage International, 1992, p.130.

大笑，一边把一堆散发着吸血蝙蝠难闻气味的黑乎乎的脏泥团滚成一个
更大的泥团，而他本人就如一个血腥的黑魆魆的面点师傅……①

　　实际上，上述法官的所为是在诱导他的匪帮队友们用一种极其恐怖而
又邪恶的方式，对地球母亲进行"集体强暴"，尽管这里他们泄出的不是
精液而只是肮脏的尿液。法官的邪恶和智慧、知识和话语，使他成了上帝
与撒旦、耶和华与疯狂路西法的混合体。

　　不亚于小说家康拉德笔下的库兹，法官不仅残暴血腥，其心灵的黑暗
早就逾越了文明的疆界。文本至少三次展示了他作为一个恋童癖犯罪者强
暴和奸杀孩子的例子。在一个被格兰顿帮毁坏的墨西哥小村子里，人们发
现法官霍尔顿诱拐了一个墨西哥小姑娘。尽管文本没有明确指出是他所
为，但法官习惯性的行为特点却无法为其罪证掩饰："人们在北墙根下发
现了小女孩沾着血污的衣服碎片，她就是在那里被人扔出了墙外。沙漠里
有拖拉的痕迹。还有一只鞋子。"②当格兰顿骑马到了羽玛营地时，发现墨
西哥小姑娘被锁链拴着。有人报告说他看到"法官站在山顶上，落日映照
出他身体的侧影，恍若一个巨大的光头的修道院院长。裹着一件宽大的
道袍，里面竟然是裸着身子"③。就在这件事情过后不久，羽玛印第安人袭
击了格兰顿匪帮，当印第安人闯进屋子时，发现"地板上蜷曲着白痴和一
个大约 12 岁的光身子的小女孩。他们的身后站着光着身子的法官"④。这

---

① Cormac McCarthy, *Blood Meridian; or, The Evening Redness in the West*, New York: Vintage International, 1992, pp.131–132.

② Cormac McCarthy, *Blood Meridian; or, The Evening Redness in the West*, New York: Vintage International, 1992, p.239.

③ Cormac McCarthy, *Blood Meridian; or, The Evening Redness in the West*, New York: Vintage International, 1992, p.273.

④ Cormac McCarthy, *Blood Meridian; or, The Evening Redness in the West*, New York: Vintage International, 1992, p.275.

个畸形的恋童癖狂人，性侵他人后还光着身子到处招摇，从不掩饰自己的罪行。

世界上许多文化都有小丑、恶魔或其他变形人物，大多狡猾似狐狸，且是魔术高手，他们经常被看成"混沌"的缩影。① 法官就是一名魔术高手，他能把金币扔开，然后让金币自己飞回来。除了这个小把戏，法官还喜欢游戏和死刑仪式等。《血色子午线》中，当所有的同伴离去后只有法官霍尔顿还一直活着。但应该注意的是，希望掌控自然的亚哈布最终被自然（白鲸）所毁，而心灵黑暗贪婪的库兹也毁在了他的贪婪与执念里，但法官却跳着不死的舞蹈，没有受到任何物质或精神上的惩罚，留给读者的是一堆未解的谜。这一切均缘于文本自身的"面包师转换"，从而使得美国西部以及西部小说问题化。

作为"混沌"的化身，法官身上兼有理性和秩序的一面，他"一直执着于扩张的逻辑"②。法官是个讲故事的高手，深知文本权威的重要性。他不仅用故事让他的任务理论化，也用故事使得抽象问题简单化。他随身携带的笔记本，方便他重新编排历史事件。文中，法官用笔记本详细记录他所见到的一切，然后再来毁灭它。坎贝尔认为，法官"执着于一种控制自己命运的欲望……法官用笔记本把过去发生的改写成他希望发生的或者应该发生的，从而通过重写过去来控制过去"③。重写过去不仅让法官得以控制自己的命运，也可操控他所遇见的人和事。"词即物"，要做文本的作者，就是要控制，并按照自我的意愿来"播撒"，从而借以操控话语权，

---

① 参见约翰·布里格斯、F. 戴维·皮特：《混沌七鉴：来自易学的永恒智慧》，陈忠、金纬译，上海世纪出版集团 2008 年版，第 9 页。

② Susan Kollin, "Genre and the Geographies of Violence: Cormac McCarthy and the Contemporary Western", In *Contemporary Literature* 42.3, Autumn 2001.

③ Neil Campbell, "'Beyond Reckoning': Cormac McCarthy's Version of the West in *Blood Meridian; or the Evening Redness in the West*", In *Critique* 39.4, 1997.

来达到操控自我和他人命运的目的。此类例子不胜枚举，并且回回都能制胜。法官曾经先发制人，在一次宗教聚会上用"莫须有"的罪名控告了布道者，从而确立了他个人的权威；当发现"少年"不适合做他未来的接班人，他便纠集了"少年"犯罪的借口，将整个格兰顿匪帮的毁灭归罪于"少年"，堂而皇之地在厕所里施暴并加害"少年"。在法官看来，"人们的记忆通常都是不确定的，过去发生的和过去未曾发生的没有什么差别"①，一旦原始文本被毁，便可任意书写或者恣意言说，从而取得文本上的权威。从某种意义上说，法官的笔记本有历史书写的功能，因为历史从来都是胜利者的建构。借助他的笔记本，法官将他自己变成了神话的缔造者。

历史写作具有选择性，神话的创造也不例外。法官笔记本里记载的便是他希望后来者了解到的历史。距离埃尔帕索镇不远的路上，格兰顿匪帮发现了大量岩画，应该为印第安人所作，是关于古时的人、动物以及人类狩猎的场景。法官忙碌地把那些"能确定的图画临摹到他的笔记本中"，并为那些临摹下来的图画做了详细的记录，一丝不苟。接着，"他站起身来，拿起一块黑燧石碎片，仔细地刮掉其中的一幅画，除了燧石的划痕和粗糙的石头，其他什么也没有留下"②。此时，法官仅挑选自己认为必要的，而且也只保留自己记录和临摹下来的图画，那么他的笔记本就成了唯一权威的"历史"记录。他的这种重写历史的行为，极好地证明了历史的确是被人们挑选后甚至涂抹过的"文本"。法官的这种行为并不罕见，因为他的所作所为正是殖民者经常采取的逻辑和策略。他们一手拿"书"（早期是《圣经》，当下则是历史），一手执枪。小说中的法官的确有双灵巧的

---

①　Cormac McCarthy, *Blood Meridian; or, The Evening Redness in the West*, New York: Vintage International, 1992, p.330.

②　Cormac McCarthy, *Blood Meridian; or, The Evening Redness in the West*, New York: Vintage International, 1992, p.173.

双手。书写与枪炮一样，都是历史上欧美殖民者成功消除其他种族最好的武器。多纳休就把法官的"文本事业"，比作了美国边疆神话的缔造史。他认为，"拓疆留下的叙事……不是因为巧合而被忽略，而是有意为之"[①]。多纳休的观点确实得到了文中法官本人的呼应，他个人曾经声称，"他确有从人们的记忆里消除它们（笔记和草图）的打算"[②]。

写作可以产生反向记忆，这本身就是一种战争行为。如果把法官看作神话的制造者，那么他的写作过程（也即神话创造）就可以被看成一种特殊的边疆叙事。小说《血色子午线》无疑在小说的潜文本中就质疑了西部小说传统中潜藏的意识形态。善于讲故事的法官，还为自己的行为辩解。他说道：

> ……人人皆有宿命，无法逃脱，法官说，总之你身不由己。任何认清自己的命运并因此选择某条相反道路的人，最终只会在同样指定的时间进行同样的结算，因为每个人的宿命都和他寄身的世界一样大，其中包含着各种对立。这片吞噬过很多生命的沙漠十分广袤，也呼吁更广阔的心胸，但它终归是空虚的。坚硬、贫瘠。它的本质是石头。[③]

言语通常能够反映一个人的个性，但是对于法官其人却似乎是个例外。正如费利普斯（Dana Phillips）所指出的那样："麦卡锡小说中人物的言谈，不再是人物学或个人特点的指标……而是历史与文学的加工

① James J. Donahue, *Rewriting the American Myth: Post-1960s American Historical Frontier Romance*. Diss., Univ. of Connecticut, 2007. Ann Arbor: UMI, 2007, p.280.

② Cormac McCarthy, *Blood Meridian; or, The Evening Redness in the West*, New York: Vintage International, 1992, p.140.

③ Cormac McCarthy, *Blood Meridian; or, The Evening Redness in the West*, New York: Vintage International, 1992, p.330. 此处译文参考了冯伟译《血色子午线》，重庆出版社 2013 年版，第 368 页。

品。"①的确如此。就法官这个神秘而又怪诞的人来说，与其说是他在文本中说话，不如说语言在文本中说他。尽管他对大自然与人类命运的认识，听起来类似爱默生式对大自然的超验认识，但这种超验早已被他自身的邪恶所淹没。法官人性中的恶魔，小说中只有一个人有所感觉，那就是总处处与他为敌的前牧师托宾。托宾宣称，他看到过法官"印在石头上小而肿胀的马蹄印"②，显然是他识破了法官的恶魔本性才如此暗示。

在"作为乌托邦和神话的西部"一文中，学者奈什（Gerald D. Nash）指出，西部在整个美国历史中扮演过多重角色，不同的时代会对西部有着不同的阐释。奈什在文中引用西部历史学家泼默罗伊伯爵（Earl Pomeroy）的观点来强调，人们对西部的再发现取决于发现者自身的文化包袱，当下的美国社会中，西部依然可看作当代美国人的一面镜子，用以映照他们自身到底愿意如何认识自己。③换句话来说，发现西部并重新定义西部，也是对自我的重新定义和建构。麦卡锡应该了解上述道理。我们知道，自麦卡锡小说《萨特里》出版后，麦卡锡的文学创作便有了和他的小说人物一样的"西部转向"。麦氏的这一西部转向，呼应了20世纪60年代之后美国小说重访西部或者重写西部神话的潮流。当时有很多麦卡锡同时代的作家都有西部重访的作品。著名的有小说家多克托罗的《欢迎来到艰难时世》（*Welcome to Hard Times*, 1996），作家巴思的《烟草生产商》（*The Sot-Weed Factor*, 1987），品钦的《梅森与迪克森》（*Mason and Dixon*, 1997）等，都是这种时代风尚的产物。麦卡锡也对他的采访者伍德华德说起过西部的

---

① Dana Phillips, "History and the Ugly Facts of Cormac McCarthy's *Blood Meridian*", In *American Literature* 68.2, June 1996.

② Cormac McCarthy, *Blood Meridian; or, The Evening Redness in the West*, New York: Vintage International, 1992, p.131.

③ See Gerald D. Nash, "The West as Utopia and Myth", In *Montana: The Magazine of Western History* 41.1, Winter 1991.

受欢迎度，在他看来，"这个世界无论走到哪里，西部牛仔、印第安人以及西部神话都几乎家喻户晓"①。

鉴于此，通过对西部文学和西部文学原型的"面包师转换"，麦卡锡揭示了这些西部人物最糟糕的一面，因此也重新定义了他所处的后现代主义时代。同样，在对不同流派的迭代塑形过程中，麦卡锡成功建构了其小说自身的复杂性，使得麦卡锡小说有了"混沌三明治"式的既奇怪又熟悉的审美特点。

五、风景、语言与"混沌三明治"

在迭代的过程中，时常会有新的信息添加进去，但是，正如黑尔斯所说："迭代的过程会产生一些不确定的因素，从而强烈地改变了意义的稳定性。"②《血色子午线》的迭代叙事技巧从某种程度上颠覆了传统西部小说的创作传统，也暴露了文本戏仿这一文学形式的弱点，使得小说文本有了"混沌三明治"的审美效果。"混沌三明治"的艺术特点，还表现在该小说的章节题目、风景描述以及语言风格中。

小说的时间背景为 19 世纪。麦卡锡巧妙采用了 19 世纪小说的结构，使得小说有了古韵。小说章节的题目安排很为有趣。小说每一章节都标有罗马数字。在开头部分，此章出现的话题会按文中出现的顺序依次排出。这本身就是 19 世纪小说的传统，它们通常"在每一章的开头都有这一章所写内容的梗概"③。但是正如前面所述，麦卡锡的文本经常会对相似的情

---

① Richard B. Woodward, "Cormac McCarthy's Venomous Fiction", In *The New York Times Magazine*, 19 April 1992.

② N. Katherine Hayles, *Chaos Bound: Orderly Disorder in Contemporary Literature and Science*, Ithaca and London: Cornell Univ. Press, 1990, p.182.

③ Gorden E. Slethaug, *Beautiful Chaos: Chaos Theory and Metachaotics in Recent American Fiction*, Albany: State Univ. of New York Press, 2000, p.134.

节事件进行迭代，这一点完全不同于 19 世纪小说的传统，因此，尽管该小说每一章节的开头都已经标出了文本要发生的一系列的事件，但麦卡锡却“试图使得这些事件平淡化，无论每一选项的重要程度如何，都与其他的事件至少看起来同等重要或不重要”①。与约翰·巴思在《烟草生产商》中采用了 18 世纪英国小说《汤姆·琼斯》（*Tom Jones*, 1749）的结构类似，其目的旨在戏仿，麦卡锡在《血色子午线》中采用了 19 世纪小说标签式的章节格式，也意在借戏仿这一手段从而讽刺 19 世纪小说强调秩序这一平庸观点。通过对 19 世纪小说传统写作格式的迭代，麦卡锡并非“升格”了过去，而是重新创造了过去。

风景是西部小说的重要因素之一。《血色子午线》中的西部荒野不仅自己为自己代言，而且还自行其是。正如我们在第二章讨论过的那样，麦卡锡的西部荒野遵循的是一种“眼球民主”，读者视线所见之处，荒野与活动其中的人类一样地残暴和血腥，恍然整个世界都成了“混沌”，自然与文化没有任何差异。然而，小说文本对荒野苍凉与阴暗气氛制造的迭代处理，自然让人想到了西部被浪漫化后的壮美和崇高，并且同时也强调了混沌中心所拥有的秩序和美好，从而使得文本的风景描述也有一种“混沌三明治”的效果。我们可以选取文中一段经典的例子做以例证：

> 他们继续往山里骑行，一路穿过高耸的松林、树间的风和孤单的鸟鸣。没钉蹄铁的骡子绕行于干草地和松针上。北部的斜坡上，蓝色的干河谷中还有稀稀疏疏的几抹经年的残雪。他们沿着蜿蜒的小路向上骑行，穿过一片孤零零的白杨林，厚厚的落叶铺在林中潮湿的黑色小径上就如有着金色小圆点的地毯。无数的树叶在蛋白的光线中闪烁

---

① Gorden E. Slethaug, *Beautiful Chaos: Chaos Theory and Metachaotics in Recent American Fiction*, Albany: State Univ. of New York Press, 2000, p.134.

曳动。格兰顿捡起一片，握住叶茎扇子一样地旋转，举起后又任其落下，叶片却还是好好的没有损坏。他们骑马穿过一条树叶上覆着冰块的狭窄溪谷，在日落时分又越过一个高高的山麓。野鸽子顺风疾飞，在离地几英尺处飞过山坳，带着一股强风，在小马群中飞来飞去，然后冲入下方蓝色的深涧。①

如此宁静的自然环境，却被黑暗森林中钻出来的一只"棕黄色的大瘦熊"突然打破，它迅疾地冲向人群，抓住格兰顿帮中的一个特拉华人，便消失到森林中去了。② 小说中还有另一相似的段落，突出了麦卡锡笔下大自然的"混沌三明治"的特质：

　　……犬牙交错的山脉在黎明中苍青一片，鸟儿的叽啾声随处可闻。朝阳升起时月亮还没有隐去，隔着大地遥遥对峙。太阳炙热，而月亮只是太阳苍白的复制品，二者就如同一枪膛的两端，在末端之外分别燃烧着无从估量琢磨的世界。骑手们排成一字型穿过荒野的牡豆树和火棘丛，此时武器和马嚼子上的环扣轻轻地发出叮当声，太阳正在东升而月亮尚未落去，马和骡子被露水打湿的身子上开始冒着热气，连影子也不例外。③

此处，不仅荒野上的风景有了美丽和宁静，就连穿行其中的骑手与骡

---

① Cormac McCarthy, *Blood Meridian; or, The Evening Redness in the West*, New York: Vintage International, 1992, pp.136–137.

② See Cormac McCarthy, *Blood Meridian; or, The Evening Redness in the West*, New York: Vintage International, 1992, p.137.

③ Cormac McCarthy, *Blood Meridian; or, The Evening Redness in the West*, New York: Vintage International, 1992, p.86.

马们，也都有了黎明前的安静，然而这一切终归被太阳和月亮的敌意所终结。二者的对立将自然的美好转化为无限的敌意，似乎整个大自然就是一个"混沌"，充满了有序与无序的矛盾统一。

小说《血色子午线》的语言抛去残酷和血腥的暴力场景不说，麦卡锡的笔法的确老到，具有很高的语言艺术魅力。仔细阅读，我们发现，为了呼应小说叙事整体上的迭代技巧，就连文本语言这样的细节，麦卡锡也尽量使其呈现出一种迭代感。方便分析，我们拿小说开头的段落做以分析，便可一见分晓：

> See the child. He is pale and thin. He wears a thin and ragged linen shirt. He stokes the scullery fire. Outsides lie dark turned fields with rags of snow and darker woods beyond the harbor yet a few last wolves. [①]
>
> （看这少年。他苍白瘦削，身着单薄破烂的亚麻衬衫。他在往洗碗间的灶里添柴。屋外是黑黑的翻耕过的土地，地上残雪斑驳，远处更黑暗的森林里还藏着几匹残存的狼。）

这段文字非常突出，不仅缘于其明显的诗歌节奏，还缘于文中"thin"、"ragged"和"dark"三个单词在句子中的微妙重复。第二句添加了单词"thin"，强调少年身材的瘦削。接着为了突出他身材的瘦削，加入了新信息，也就是"破旧的亚麻衬衫"，单词"thin"的意思便迅疾有了变化，指的是少年身上的衣服"单薄"，从而使得前面的信息更加清晰。第三句中的"dark"一词，用来描述田野在黄昏中变得暗了下来，但紧接的"darker"一词，形容词比较级的使用增强了外面黑暗的程度，并且其具体的所指较

---

① Cormac McCarthy, *Blood Meridian; or, The Evening Redness in the West*, New York: Vintage International, 1992, p.3.

前面更加明显，强调了房子外面的"树林"更加幽暗。而此句中再次出现了的"rag"一词也有了变化，从前面指的是少年身上的"破衫"变换成了此处的屋外风景中的"几痕残雪"，不仅读上去诗意盎然，更是使得文字表达多了几分新意。另外，上述句子中的标点符号也略显怪异，句号的重复使用使原本简单的句子复杂化，同时因为前一个词在后一句中的迭代重复，迫使读者的阅读速度不得不加快，读者也只有让眼睛再三掠过文中的字词，才能迅速抓住语义并理解明白。总之，语言中迭代技巧的运用，使得整段文字尽管怪异但却非常优美。

除了上文较明显和突出外，类似的例子文中多处都有，加强了小说语言迭代的效果。如："They rode for days through the rain and they rode through rain and hail and rain again."[①] 对"rain"一词的重复，如"rain and hail and rain again"，造成了句子信息的增值，说明天气无聊的原因不止是有绵绵细雨，还夹杂着冰雹，且雨一直在下，似乎没有停下的可能性。麦卡锡仅仅对简单的句子结构做了重复，便富有创造性地制造出了天气的无聊以及行军沉闷之类的情节背景氛围。当然，麦卡锡"标签"式的语言，如"他继续走"、"他们向前骑行"、"他们继续行走"等类似句子的各种变体，非常突出。叔本（Bernard A. Schopen）统计过，从小说的第 7 章到第 19 章，此类句子文中出现的频率高达 40 次，最后 4 章更加密集，竟达十几次。[②] 这些句子看似与主题无关，甚至没有任何戏剧效果和意义，但将句子或短语形成迭代的模式，却有利于把分散在文中的不同事件联系一起，组成叙

① Cormac McCarthy, *Blood Meridian; or, The Evening Redness in the West*, New York: Vintage International, 1992, p.186.

② See Bernard A. Schopen, "'They Rode On': *Blood Meridian* and the Art of Narrative", In *Western American Literature* 30.2, Summer 1995: 179–194, Rpt. In *Contemporary Literary Criticism*, Edited by Jeffrey W. Hunter. Vol. 204., Detroit: Gale, 2005, In *Literature Resource Center*, Web.13 Nov.2010.

事的整体。

《血色子午线》中还经常将西部小说简明的风格与深刻的哲学话语进行杂糅，这样的风格杂糅在小说人物的对话中经常出现，突出了小说叙事上“混沌三明治”的整体审美效果。文中小说人物的对话，显然承继了西部文学人物的幽默和夸张传统。例如少年在沙漠上碰到一个类似隐士的男人，二者的对话，不仅话题陈旧而且表现出西部文学的程式化，“他（隐士）说，女人、威士忌、金钱和黑鬼这四样东西足以毁掉世界”①，很容易让人想起麦卡锡“边境三部曲”中的第一部小说《骏马》，牛仔罗林斯（Rawlins）和约翰·格雷迪去往墨西哥的路上将马匹比作漂亮女人的谈话：“一匹长相俊美的马儿就像一个漂亮的女人……她们总是比她们所应得的多出好多麻烦。男人需要的只是能将活儿干好的那匹。”② 然而，正如斯莱索格认识的那样，“边疆拓荒者之间的谈话不一定仅限于天气、法律、匪徒、印第安人或其他类似的西部话题”③，有时他们也会将话题从形而下的打趣和幽默上升到形而上的哲学思考上，诸如对人性、宗教、生命以及宇宙等的哲学观察。最典型的当属小说中健谈的法官霍尔顿，他的谈话中总带有几分禅宗的“机锋”。他的语言充满了悖论，其中不乏对宇宙、战争、历史以及人性的思考和观察。事实如是，小说中的“少年”在沙漠中碰到的这个看似衣衫褴褛的沙漠隐士，也有着其他西部小说人物少有的深沉和哲思。实际上，他也是麦卡锡小说中常常刻画的“智者”之一。这个沙漠隐士对神学与人性的思考，颇耐人寻味：

---

① Cormac McCarthy, *Blood Meridian; or, The Evening Redness in the West*, New York: Vintage International, 1992, p.18.

② Cormac McCarthy, *All the Pretty Horses*, New York: Vintage International, 1992, p.142.

③ Gorden E. Slethaug, *Beautiful Chaos: Chaos Theory and Metachaotics in Recent American Fiction*, Albany: State Univ. of New York Press, 2000, p.142.

人总是搞不清脑子里的想法，这是因为他只能用脑子来认识脑子。他可以认识自己的心，可他偏不这样做。是这么回事啊。最好别往心里看。上帝创造了世界，但他没能使世界适合所有的人，不是吗？……但人心并不总是顺着上帝的安排。在这些糟糕的生灵中，你会发现人的卑鄙，上帝造人的时候，魔鬼就躲在他身边。人这东西啥都能做。造机器、造能造机器的机器。邪恶能自个儿运作一千年，管都不管。①

此外，小说《血色子午线》文本的极简主义风格与复杂而又模糊的句子结构相互融合，使得《血色子午线》这部后现代西部小说偏离了传统西部小说流派的风格。我们还拿小说开头那段话来做例子：

看这孩子……人们以为此处均是劈柴挑水的穷人，但他的父亲实际上是名中学教师。他总在醉梦中吟着无名诗人的诗句。男孩蜷曲在炉火边，注视着他。

三十三年尔生夜，狮子飞降流星雨。壮哉，天星之坠落！望苍穹，寻暗空。火流穿天堂，北斗炙如炉。

十四年前，母亲怀下此物，却因他丧命。父亲从未提过她的名字，孩子也不晓得。他尚有一姊妹活在世上，但却无望再见。他看着老爹，面色苍白，蓬头垢面。他不会读写，骨子里上早已养成盲目的暴力的嗜好。所有的故事都写在那张脸上，孩子成人的父亲。②

---

① Cormac McCarthy, *Blood Meridian; or, The Evening Redness in the West*, New York: Vintage International, 1992, p.19.

② Cormac McCarthy, *Blood Meridian; or, The Evening Redness in the West*, New York: Vintage International, 1992, p.3.

显然,上文所用的诗化语言绝不是一般通俗西部小说中常用的语言风格。先来看小说的开场白——"看这孩子"("See the child"),显然是对《圣经》中罗马总督彼拉多(Pilate)将戴荆冕的耶稣交给犹太人示众时所说的话做出的呼应:"瞧,你们看这个人!"("Ecce Homo or Ecce Puer")(Isaiah 41:1);而"劈柴挑水的穷人"(hewers of wood and drawers of waters)这句出自《圣经》的习语,也改变了小说文本话语的语域。接着,第一段中倒数第二句中的"他"(he)具体指代何人,文字交代得非常模糊。整段文字读来语调似乎邪恶,应该是对文中"少年"面容长相邪恶的呼应,暗示了某件恶意的事情正要发生。此外,文本对"少年"年龄的交代方式也很突出,麦卡锡没有直接用传统的线性方式说出他的年龄,而将"少年"的出生与流星雨这种天体现象的出现相提并论,并且还联系到另外一个天体现象——黑洞。这种绕弯子的讲述方式,实则是语言上的一种非线性,不仅突出了小说文本的怪异性,也似乎暗示"少年"出身的非同一般。这个似乎有"天将降大任与斯人也"重要担当的"少年",因为其命运有了与天体现象同构的巧合,暗示了他之后人生命运的混沌性。小说在描述流星雨的时候,还令人称奇地使用了狮子座和北斗七星等经典的天体意象,造成了通俗小说的修辞与该小说诗意描述之间的巨大张力,从而顺利地将《血色子午线》与传统的通俗西部小说区别开来。

除了将"少年"出生的年龄与天体现象相联系,小说文本在"少年"生命结束时,也用天体现象模糊指代。小说最后,当"少年"惨遭法官施暴死在酒吧外的露天厕所之前,小说曾有过这样的表述:

> 他走到屋后。雨已经停了,空气凉飕飕的。他站在庭院中。无数星星划过夜空,从它们夜里的来处迅速地划过一道道短线,抵达命运注定了的尘土和虚无。……他沿着木板路走向厕所。他站在外面听见

> 各种各样的声音减退，然后他再次仰起头，群星从夜空无声地划过，消失在暗黑的山丘背后。然后他打开厕所粗糙的木门，走了进去。①

我们知道，狮子座的星星和北斗七星都不是恒星，它们只不过是流动的星体。麦卡锡用流星来映射"少年"生命的开始和结束，不仅使得小说有了一种宇宙之大也非恒定的悲伤之感，同时也有对生活充满了偶然性的混沌之叹，突出了小说叙事整体上的"混沌"。

综上所述，简单和复杂从来都不稳定，复杂往往来自简单，这正是"混沌"的宇宙对我们做出的暗示。作为混沌理论的重要原则之一，迭代利用了反馈环中的信息，使得"面包师转换"这一动作有了无限的可能，在混沌系统的相空间里制造出复杂的图形。同样，在叙事中，对传统的迭代塑形，不仅增强了传统潜在的不稳定性，同时也产生了某些新的信息，创造出"混沌三明治"的效果——不仅奇特，也与早先的流派和风格有似曾相识之感。小说《血色子午线》中，麦卡锡通过迭代得以自由地进出西部文学的传统，从而揭示了西部作为乌托邦和神话的"症候"，完成了他对传统西部小说的共谋性批评。小说文本对小说流派、人物、语言以及风景的迭代塑形，使得麦卡锡完成了他独特的后现代西部小说流派特征的建构，展示了他生活的社会和所处的时代本身所有的实在性。同时，借助他的"面包师转换"技巧，麦卡锡能够成功跨越各流派之间的界限，创造了麦卡锡小说复杂而又动态的"混沌三明治"的审美效果。这应该就是为什么美国著名评论家布鲁姆教授要将《血色子午线》看作当代美国文学的经典作品的重要原因，因为这部小说称得上"西部小说的终极之作，无可超越"②。

---

① Cormac McCarthy, *Blood Meridian; or, The Evening Redness in the West*, New York: Vintage International, 1992, p.333.

② Harold Bloom, *Novelists and Novels*, New York: Checkmark Books, 2007, p.532.

第二节　《路》中的不确定性 [①]

正如上节所论，简单与复杂不是固定不变的。简单可以成为复杂，而复杂往往出自简单，只不过是将简单做了多次迭代变化。简单与复杂的交替变换提示我们，宇宙中的事物从来不是固定不变与永恒长久的，任一动力系统中的某一变量产生变化，便可造成对立两极的逆转。"简单的系统会生成复杂的行为，而复杂的系统却会生成简单的行为。最重要的是，复杂率具有普遍性。" [②] 阴与阳、有序与无序、存在与非存在、善与恶、文明与荒野，动力系统中的任一变量发生变化，系统中的两极都会做出新一轮的交替变换。实际上，在我们生活的宇宙，不确定性是常态，而确定性却极为罕见。简言之，宇宙中的一切事物都处于"混沌的边缘"。

麦卡锡一直关注世界的混沌性，他对混沌世界的审视再一次体现在他的第十部小说——《路》中。可以说，小说《路》的出版为麦卡锡赢得了远远超过了之前《血色子午线》获得的殊荣。这部小说先是入围全国书评人大奖，继而普利策小说奖也花落"麦"家。《路》可谓麦卡锡小说创作以来的一座高峰。自 2006 年出版以来，该小说不仅由美国《洛杉矶时报》、《华盛顿邮报》和《时代》杂志等数十家媒体推荐为"年度好书"，麦卡锡也接受了美国著名脱口秀女主持人奥普拉的采访和推荐，出版商甚至连夜赶印了 95 万册小说《路》的平装本。2008 年，该小说被法国《读书》杂志评为最佳外国作品。同年 6 月，小说《路》竟高居美国《娱乐周刊》推出的"新经典"榜单的榜首，将英国作家罗琳（J. K. Rowling）的通俗小说《哈利·波特与火焰杯》（*Harry Porter and the Goblet of Fire*, 2000）远远

---

① 本节核心内容已发表。参见张小平：在混沌的边缘——论麦卡锡小说《路》中的不确定性，《河北师范大学学报》2015 年第 5 期。

② James Gleick, *Chaos: Making a New Science*, New York: Penguin Books, 1987, p.304.

抛在后面。不同于麦卡锡的其他小说，评论界对它们总是毁誉参半，褒贬不一，小说《路》却令人惊讶地获得了评论界的一致好评，被誉为影响未来 100 年的经典佳作。

小说《路》沿用了麦卡锡一贯喜欢的荒野和旅行叙事，并将荒野和旅行两大元素有机结合起来，讲述了一对不知名的父与子在"后天启"荒野上的旅行。他们仅有世界末日前残留的一辆超市手推车，里面放了一些简单的衣物和少有的食物。他们一路南行，希望到达温暖的美国南方海滨，试图在马上来临的冬季能够求得生存之所。如果说麦卡锡小说《血色子午线》中的荒野与行走其中的人类一样的暴力、血腥、黑暗，世界的混沌在于善恶难辨，那么，小说《路》中的世界却充斥着善与恶的较量，并且苍凉、血腥甚至黑暗的程度较前者更甚，可以说，已经退回到世界的本初状态——混沌的世界里。除了铺天盖地弥漫在城市、乡村、内陆和海滨上空的灰尘以外，人类曾有的文明痕迹似乎从地球上被全部抹除掉了。这里不再有鲜活的生灵，更谈不上生机盎然的动植物，荒野上的死者多于幸存的活者，即使"那些侥幸存活的少数者，大多数已经不再是人了"[①]。在这个"荒芜、静寂、没有上帝"[②]的混沌世界里，区别善与恶的标准已经降到是否吃人为底线了。确定性已不复存在，而一切都已经成为有可能和不确定的了。

根据复杂性理论（复杂性理论是混沌理论发展的后期阶段，普利高津等科学家喜欢用复杂性理论这一名称来说混沌理论），当系统进入"混沌"之时，"混沌的边缘"相当复杂，其时，所有的变量会相互作用，有序会自无序中涌现。由于对系统初始条件敏感性的依赖，使得"自组织系统"（self-organization system）自无序中会自动涌现，而系统中的所有变量在"混沌边缘"

---

① Ashley Kunsa, "'Maps of the World in Its Becoming': Post-Apocalyptic Naming in Cormac McCarthy's *The Road*", In *Journal of Modern Literature* 33.1, 2009.

② Cormac McCarthy, *The Road*, New York: Vintage International, 2006, p.4.

的相互作用,又使得系统更具复杂性。不同于热动力学第二定律描述的封闭系统,其中事物运动的熵的状态趋于稳定,而在一个远离平衡态的开放系统中,事物的运动则更为复杂,有序与无序的变化则是不确定的,一切取决于随机。我们人类的社会系统也是一个远离平衡态的开放系统,这就决定了有序与无序之变化的普遍性。小说《路》中,麦卡锡将父与子这一对小说人物在荒野中的旅行放置在了"混沌的边缘",并聚焦混沌世界中人类的生存状态。生活在"混沌的边缘"注定是不确定和随机的。作为混沌理论的重要原则之一,不确定性不仅体现在小说的叙事内容层面,而且小说的文本层面也有体现。此外,小说的不确定性还体现在小说的"生产场"也即产生的历史和文化语境。本节将在混沌理论的观照下集中讨论麦卡锡小说《路》中的不确定性,并且指出,作为麦卡锡小说的"混沌"叙事策略之一,不确定性具体表现在小说的叙事和文本两个层面。

一、不确定性与后现代科学

探讨小说的不确定性之前,我们先来简要回顾一下后现代科学、人文科学以及社会科学中关于不确定性原则的发展变化,旨在深入探讨麦卡锡小说《路》中所运用的"混沌"叙事策略。

混沌理论自身就是一种后现代科学,并以其不确定性的重要原则挑战了17世纪以来的科学话语。作为术语,"后现代科学"一词是利奥塔编造出来的,他将后现代科学的特点描述成"可导连续函数作为知识和预测的范式所具有的优势正在消失"[①]。根据利奥塔的观察,"通过关注不可确定的现象、控制精度的极限、不完全信息的冲突、量子、'碎片'、灾变、语用学悖论等,后现代科学将自身的发展变为一种关于不连续性、不可精

[①] Jean-François Lyotard, *The Postmodern Condition: A Report on Knowledge*, Minnneapolis: Univ. of Minnesota Press, 1993, p.60.

确性、灾变和悖论的理论"①。利奥塔指出，后现代科学"改变了知识一词的意义，它讲述了这一改变是怎样发生的。它生产的不是已知而是未知。它暗示了一种合法化模式，这完全不是最佳性能的模式，而是被理解成为误构的差异的模式"②。在利奥塔看来，热动力学、量子力学以及原子物理学都属于后现代科学，他甚至将托姆（Réne Thom）和曼德博都看成了后现代科学的实践者。或许当时利奥塔还不了解混沌理论，毕竟他的著作《后现代状况》成书于 1979 年，而混沌理论在当时还没有被广泛关注，但利奥塔还是敏锐地捕捉到了科学发展的前沿信息。他在书中提到了曼德博的分形几何，可惜当时他是将分形几何看成了"碎片"（fracta），并以此来说明后现代科学的特点。③ 作为非线性动力系统中混沌过程的标志符号，曼德博的分形不仅让我们了解到世界的不规则性才是常态，同时"似乎足以总结出后现代性无休止的碎片化特征，这一点可以从数学逐渐抛弃了对理想状态的估计的策略以及用持续变化和出现差异性的几何改变欧几里得几何世界中一直不变的形状得出"④。此外，曼德博对英国海岸线的测量，结论也令人惊讶。曼德博发现，海岸线的长度取决于度量衡的变化，这又从另外一个角度证明了我们生活的世界是一个不确定性的世界。一切似乎都非常"后现代"。

量子力学从微观的层面上证明了世界的不确定性。海森伯格 1927 年提出的"不确定性原则"提醒我们，物理世界与人类日常经验建构出来的

---

① Jean-François Lyotard, *The Postmodern Condition: A Report on Knowledge*, Minnneapolis: Univ. of Minnesota Press, 1993, p.60.

② Jean-François Lyotard, *The Postmodern Condition: A Report on Knowledge*, Minnneapolis: Univ. of Minnesota Press, 1993, p.60.

③ See Jean-François Lyotard, *The Postmodern Condition: A Report on Knowledge*, Minnneapolis: Univ. of Minnesota Press, 1993, p.60.

④ Iain Hamilton Grant, "Postmodernism and Science and Technology", In *The Routledge Companion to Postmodernism*, Edited by Stuart Sim, New York and London: Routledge, 2002: pp.65–77, pp.70–71.

理想世界之间存在着巨大差异，这一切缘于量子的准确位置和速度从来不可能会同时测准。玻尔于同年提出的互补性理论，给了海森伯格一些启发。对于玻尔来说，物质的基本行为都有波粒二重性，因此一些现象中出现的误构模式都可以被理解成互补性的先验存在。实际上，亚原子反应的神秘性以及不可预测性，还可以通过《周易》中阴阳的变化予以说明。阴阳是《周易》讨论人与宇宙关系的重要概念。阴阳总是相反相成、矛盾统一。正如莱斯所说，玻尔的波粒二象性概念为当代文化做出了卓越的贡献，"就亚原子层面来说，观察的这一行为通过我们能够做到的方式将对我们所观察事物的性质有所影响"[①]。莱斯的观察呼应了理论家哈桑的观点，后者在他的《后现代转向》一书中也曾提到新物理学的影响。哈桑认为，因果律和客观性已经受到质疑，因为它们不过是从古典概念那里挪移过来的一种虚拟罢了。[②] 尽管量子力学只限于对亚原子行为的观察，但已基本区别建基于宇宙决定论观点之上的爱因斯坦广义相对论和狭义相对论了。

　　混沌理论发展了量子力学的观点，从宏观层面上再一次证明了宇宙的不可确定性。混沌理论涌现于"对决定性现象中不可预测性行为的实验观察中，认为深潜其中的秩序可以创造出混沌来"，混沌理论将决定论和随机性整合起来用以解释宇宙的观点，相对量子力学来说，似乎更加完美，因为量子力学不过是诞生于"一个假设，那就是深潜其中的不确定性能够产生事物明显的秩序"。[③] 对于混沌理论来说，"上帝确实会掷骰子"[④]，因

---

① Thomas J. Rice, *Joyce, Chaos and Complexity*, Urbana and Chicago: Univ. of Illinois Press, 1997, p.151.

② See Ihab Hassan, *The Postmodern Turn: Essays in Postmodern Theory and Culture*, Columbus: Ohio State Univ. Press, 1987, p.58.

③ Thomas J. Rice, *Joyce, Chaos and Complexity*, Urbana and Chicago: Univ. of Illinois Press, 1997, p.92.

④ "上帝不会掷骰子"，是爱因斯坦驳斥哥本哈根学派对量子理论可能性解释的著名言论。

为自然界中所有的动力系统，都存在有序与无序的交替变换，随机的可能性起着关键作用。动力系统的运行敏感地依赖于初始条件的变化，这一点强调了"从分子到全球几乎每一层面上随机事件的重要性"[①]。混沌理论将世界看作决定性的不可预测性，这一悖论完全推翻了拉普拉斯（Pierre-Simon Laplace）的"精灵"（demon）神话：宇宙的演变遵循一个规则的模型，如果已知初始状态的话，那么宇宙的最终状态一定会被预测和决定出来。

此外，宇宙的不可逆性更是从宏观的层面上证明了宇宙的不可确定性，这一观点挑战了经典科学的决定论、机械论以及还原论。宇宙不可逆的观点最早是由热动力学第二定律中熵的概念引发出来，后者是对宇宙中逐渐持平的能量的描述，认为热动力学系统的变化有一种不可逆的趋势，通常会从能够做功的分子组织状态演变成为随机、无组织、同质的分子运动。新的混沌和复杂性理论发展了人们对平衡态的封闭系统中宇宙不可逆性的研究，证明了时间之矢在一个远离平衡态的开放系统中存在着不可逆性。对于混沌和复杂性理论来说，宇宙的演变并不像经典物理学理解的那样是可逆的，因为后者的观点很容易将宇宙的变化等同于机械的运动，因此就会相对容易计算出"行星的运动，就如打弹子游戏一样，无论行星的运动是往前还是往后，移到这儿或是那儿，也或者是现在或是一万年之后"[②]。

科学研究给我们提供了大自然的新形象，大自然不再是简单的决定论能够控制的听话顺从的系统，受制于人类的命令或意志；相反，大自然在面对人类时经常会做出敏感的反应。正如普利高津所说："关于大自然

[①] N. Kathrine Hayles, ed., *Chaos and Order: Complex Dynamics in Literature and Science*, Chicago and London: The Univ. of Chicago Press, 1991, p.12.

[②] Philip Kuberski, *Chaosmos: Literature, Science and Theory*, Albany: State Univ. of New York Press, 1994, p.30.

的新规律的新观点建立在可能性的基础上。”① 事实上，自然科学的“后现代转向”与人文以及社会科学中的转向是一致的。我们知道，20 世纪哲学上的“语言学转向”使得人们从认识论的推理目标转到了语言的旨归上，带来了人们对世界认识的新变化。那就是，世界就是一个具有漂浮的能指的网络。按照语言学家索绪尔的理解，词语也即符号。作为符号系统的语言并不等同于现实中物体的符号；同样，语言也不是世界和经验的反映。索绪尔将符号与对应物分开，证明了能指作为词的语音形象与所指作为词的指定物之间的关系是随意的，也就是说，语言的意义取决于语言要素之间的区别。索绪尔语言学颠覆了将语言看作世界的镜子这一传统的语言观，同时也挑战了牛顿力学描述下的决定论的世界。

索绪尔语言学得到了后结构主义学家的发展和挪用，他们旨在“支持解构的观点，那就是所有的表达都是没有根据的且是不确定的”②。在后结构主义学家看来，语言是一个没有任何秩序的网络，其中很多的线索相互反应并纠缠在一起，人们很难区别其中的秩序。按照德里达的理解，“书写不仅仅是一堆堆书写符号而已，而是任何一种意指实践在时间的变化中持续，甚至有将世界分成自我和他者的功能”③。弗洛伊德曾经将人的心理看成一个写作的白板，人们幼年的经历就如一张白纸上的标记，随着孩子的成长逐渐消失，但却会在写作的蜡纸上留下印迹。德里达受弗洛伊德上述观点的影响，认为写作除了在每一页上留下一些符号外，并不完全能够从人的心理中抹除那些印迹。德里达所说的印迹很难直接通过言语表达出

---

① 伊利亚·普利高津：《确定性的终结：时间、混沌与新自然法则》，湛敏译，上海世纪出版集团 2009 年版，第 23 页。

② N. Katherine Hayles, *Chaos Bound: Orderly Disorder in Contemporary Literature and Science*, Ithaca and London: Cornell Univ. Press, 1990, p.268.

③ N. Katherine Hayles, *Chaos Bound: Orderly Disorder in Contemporary Literature and Science*, Ithaca and London: Cornell Univ. Press, 1990, p.268.

来，因为这些印迹"停留在更深的层面上，言词很难到达那里。但它'总是已经'存在，却总闪烁其词且很难抹除，它与随后的出自这些印迹的书写有着很大的不同"[1]。在这样的意义上，德里达"就完全将书写看成了激进的不确定性"[2]。不仅如此，对于德里达来说，"总是已经"的模式暗示了意义从来没有源头，因为所谓的意义不仅与此"不同"且总在"延迟"。因此德里达新造的术语"延异"（différance）暗示了我们要找到事物的源头，纯粹是个幻想，因为所有的意指已经消失并沉潜在能指之链中了。无论我们回去得多远，我们也永远找不到最初的那个差异了。既然"文本之外根本无一物"，那么世界就成了文本和虚拟的了，因此所谓的世界决定论也从语言的流动中逐渐消失不见了。

哲学家也对语言的功能提出质疑，并由此质疑世界的不确定性。维特根斯坦的语言游戏论强调了语言的多功能以及语言的多用途性。语言游戏指的是语言与游戏有相似性或者语言是由不同的游戏得来的，因此将语言意义的确定转到了意义的不确定上来。既然语言意义的本身就是多变而非稳定不变的，那么语言要表现或重现世界的功能就有了问题，从而也不得不质疑语言与现实的关系。语言不再是一面忠实反映现实的镜子，再也不能再现世界；相反，语言只是对现实加以描述或对现实塑形而已。海德格尔说得对："语词碎裂之处，无物复存。"[3]作为对当代社会、文化以及艺术影响深远的一种思想潮流，肇始于20世纪60年代的后现代主义以其否定和质疑一切的激进态度，挑战了传统社会所有的元叙事，并将不确定性当

---

[1] N. Katherine Hayles, *Chaos Bound: Orderly Disorder in Contemporary Literature and Science*, Ithaca and London: Cornell Univ. Press, 1990, p.179.

[2] N. Katherine Hayles, *Chaos Bound: Orderly Disorder in Contemporary Literature and Science*, Ithaca and London: Cornell Univ. Press, 1990, p.179.

[3] Iain Hamilton Grant, "Postmodernism and Science and Technology", In *The Routledge Companion to Postmodernism*, Edited by Stuart Sim, New York and London: Routledge, 2002: pp.65–77, p.65.

成了世界的本质,并以此拆解了现实生活中所有的建构和秩序以及西方所有的权利话语。

总而言之,不确定性是当代科学、文化、艺术以及社会的重要特征。哈桑提出的"不确定内在性"(indetermanence),是个很好的术语,可以说明当代世界的基本倾向,意思指的是"不确定性"(indeterminacy)已被"内在性"(immanence)了。所谓的"不确定性",指的是整个西方的认知和情欲体系、社会政治乃至个体的精神和心理话语领域表现出的一种颠覆和解构一切的普遍意志。"内在性"与"超越性"相对,表示"人具有用象征符号进行归纳总结的思维能力,它能逐渐介入自然,通过它自己的抽象活动反作用于自身,而这一切又越来越直接地变成了它自身所处的环境"[1]。哈桑意义上的"不确定内在性"这一概念,可以说贯穿了整个后现代主义社会,具有强大的解构能力,推动了"一个巨大的愿望要去拆解和影响主体的政治、主体的认知、色情的身体、个体的精神和心理——全部的话语王国"[2]。哈桑进行的是从文学进入后现代主义的讨论,他的影响主要在文学批评方面。哈桑认为,"科学思想与文化思想一样,不确定性充斥了拆解愿望(弥散、解构、不连续性等)与其对立面也即整个愿望之间的空间"[3]。换言之,不确定性"既不是一个时髦的或者人为的术语,而是出现在我们知识的新秩序中的一个关键性要素"[4]。

---

[1] 伊·哈桑:《后现代主义概念初探》,《后现代主义》,让-弗·利奥塔等著,盛宁译,社会科学文献出版社 1999 年版,第 123—125 页。

[2] Ihab Hassan, *The Postmodern Turn: Essays in Postmodern Theory and Culture*, Columbus: Ohio State Univ. Press, 1987, p.92.

[3] Ihab Hassan, *The Postmodern Turn: Essays in Postmodern Theory and Culture*, Columbus: Ohio State Univ. Press, 1987, p.65.

[4] Ihab Hassan, *The Postmodern Turn: Essays in Postmodern Theory and Culture*, Columbus: Ohio State Univ. Press, 1987, p.71.

下文我们主要来分析麦卡锡的最新小说——《路》中的不确定性，其不确定性主要体现在叙事和文本两个层面上。

二、不确定性与"混沌的边缘"

小说《路》充斥着善与恶的较量，且人类几乎退回到世界的本初状态，也就是混沌的世界。在这个荒芜的没有上帝的混沌世界里，小说中一对不知名的父与子在"混沌的边缘"苦苦挣扎，试图在混沌的世界中建构一个新的自组织系统。建立自组织系统的第一步是确立个体为"善人"而非"恶人"（吃人者）的自我认知。此外，他们还采用了其他策略来强化这个系统：首先，向南拓疆，以求度过严寒；再者，采用记忆、故事以及仪式等，来对现实进行塑形，以使"儿子"把"火传下去"的信念内在化，从而在面对饥饿、寒冷，甚至路上遇到的每一个转折期时，都能坚定地把"火"传下去；其次，强调儿子记得"与我说话"，以图建立新的对话关系；第四，利用爱、勇气、牺牲等情感力量，来鼓励"儿子"带着"火种"继续前行；最后，把命运交给随机。我们知道，在"混沌的边缘"，随机以其对有序与无序的相互变化的影响，决定了自组织系统的稳定性，而在小说中，每一次父与子在路上遭遇尚存的生者（共 9 次），就会直接挑战他们的自组织系统。确实，父亲一直都在幻想随机能惠顾他的儿子，以便"善良（上帝）能与儿子同在"[①]。

"空间现在是并且一直是美国想象的重要部分"[②]，在小说《路》中，麦卡锡与整个后现代阶段美国文学对地理空间的关注更加一致，地域中心也是这部创作于后现代主义阶段的小说的关注焦点。事实上，从麦氏创作伊始，其小说均围绕不同的地域展开，先是阿巴拉契亚山区的美国南部，

---

① Cormac McCarthy, *The Road*, New York: Vintage International, 2006, p.281.

② Chris Walsh, "The Post-Southern Sense of Place in *The Road*", In *The Cormac McCarthy Journal* 6, 2008.

接着是整个美国西南部的广袤地域，再者是新墨西哥地区。如果说麦卡锡之前的大多数主要小说人物都是通过选择"西行"来解决现实困难，那么，《路》中的父与子则选择穿越灰尘弥漫的苍茫荒野向"南""拓疆"，试图实现他们在后天启世界遭遇巨大灾难后侥幸生存的幻梦。在他们看来，南方不仅是"地理上的边疆和目的地，也是想象的避难地"①，可以帮他们躲过即将来临的冬日严寒。同时，南方不仅温暖，且可能有生命存在，有可能会让他们侥幸生存。根据《周易》，南方通常被表现为"离卦"的"象"，意味着火、太阳、温暖、明媚、文明、美丽等。正如本书第一章所述，《周易》乃中国的混沌学，与混沌理论一样，两者都采用"象"思维的模式。巧合的是，小说《路》中，尤其是父亲对儿子讲述的故事里，南方被看成后天启时代的乌托邦所在，与"离卦"这一卦象的暗示吻合。

　　建构自组织系统的重要策略之一是讲故事。某种程度上，父亲秉承了传统的语言观，相信语言可以建构现实。在他的故事中，南方被叙述为一个圣洁、文明、充满田园之乐的理想之地。尽管外部世界一片灰暗，"到处都是干尸"②，但父亲的故事却色彩缤纷。到了旅行的后一阶段，儿子也被父亲的讲述吸引，一直幻想"到底南方是什么样的景象"③。不仅仅是故事，父亲的记忆也有意识地强化了他们对南方的希望。小说《血色子午线》中法官霍尔顿对记忆有独到的见解："人的记忆是不确定的，过去是什么样的和过去是不是这样的其实差异并不大。"④ 此处呼应了《路》中父

---

① Chris Walsh, "The Post-Southern Sense of Place in *The Road*", In *The Cormac McCarthy Journal* 6, 2008.

② Cormac McCarthy, *The Road*, New York: Vintage International, 2006, p.24.

③ Cormac McCarthy, *The Road*, New York: Vintage International, 2006, p.54.

④ Cormac McCarthy, *Blood Meridian; or, The Evening Redness in the West*, New York: Vintage International, 1992, p.330.

亲在"混沌边缘"的行为。他们某种程度上很是相似,因为父亲和法官都深信语言对于现实形塑的重要性。《路》中父亲的记忆如同他对儿子讲述的故事一样,充满了色彩甚至是诗意:"那里,树木流动,鸟儿时而掠过蓝色的天空。"①记忆中的父亲与爱人一起坐在电影院里,尽管银幕播映些什么已记忆模糊,但银幕上多彩的画面却是父亲后天启世界的最美记忆。父亲关于童年的记忆中,更是强调了南方美丽、圣洁,充满田园之乐,这也是他为何选择在后天启世界里与儿子一起去往南方,那里才是他理想的救赎地。父亲回忆小时候有一天他和叔父到叔父农庄附近的湖畔去捡柴火,他回忆说:"那是童年生活中最美妙的一天。正是这一天的美好形塑了后来每一天的日子。"②

在后天启时代,叙事成了父亲建构他和儿子自组织系统的重要策略,即使后来儿子开始质疑父亲的故事,因为父亲的故事中总有帮助他人的善人,但现实生活中却到处都活跃着可怕的食人者。同样,记忆中的一切虽然美好,但生活中却充斥着"没有任何所指的言语或语词的遗迹"③,语言的状态就是"神圣地被去除了所指的习语,现实也是如此"④。而且,父与子穿过的旷野"地景"不再是"田园庇护所,更不是'世界的花园',而是一个苍凉、死寂,令人恐怖的后天启时代的恐惧地"⑤。当他们经历千辛万苦来到南方,等待他们的南方海滨只是一个"巨大的带咸味的坟墓"⑥。南方是"恐怖之乡"(horror-space),冰冷、荒芜乃至"混沌"——被人遗

---

① Cormac McCarthy, *The Road*, New York: Vintage International, 2006, p.18.

② Cormac McCarthy, *The Road*, New York: Vintage International, 2006, p.13.

③ Linda Woodson, "Mapping *The Road* in Post-Postmodernism", In *The Cormac McCarthy Journal* 6, 2008.

④ Cormac McCarthy, *The Road*, New York: Vintage International, 2006, p.89.

⑤ Chris Walsh, "The Post-Southern Sense of Place in *The Road*", In *The Cormac McCarthy Journal* 6, 2008.

⑥ Cormac McCarthy, *The Road*, New York: Vintage International, 2006, p.222.

弃的船只，孤零零地漂浮在大海上；各种生物包括人类的尸体浮在浅灰色和一片死寂的海面上；水面没有鱼儿，空中也没有海鸥飞翔，别说海鸥，根本就没有一只鸟儿。南方没有生命的迹象，更谈不上有任何未来希望的可能性。距海岸约 100 英尺远的大海之中，浮着一只挂有西班牙船帆的大船，父亲游到了船上，却没有在船上找到任何维持生存的物品，大船上的景象与海边相差无几，一样地死寂，到处都是死亡的迹象。更糟糕的是，到了南方之后，父亲原本就有的咳嗽越来越重，最终竟一病不起。父亲想象中的南方，是他与孩子逃离后天启荒原灾难与痛苦的"迦南地"，但世界注定是决定性的不可预测，一切出乎所料。不仅旅程中遭遇到的艰难困苦一次次地重复迭代，突出了他们试图建立的自组织系统的不确定性；同样，理想与现实的不平衡，也强化了他们的自组织系统的不稳定性。

在小说《路》中，南方作为新边疆，再也不是美国边疆神话中有着希望、自由和幸福的疆域，而是混沌世界中与其他地域一样的苍凉、黑暗和寂寥之地。在这一点上，美国的边疆神话再一次在麦卡锡的小说中得以问题化，无疑使得小说《路》具有了文化批评的意义，这与麦卡锡在《血色子午线》中借助暴力与迭代叙事将小说文类模糊化处理的旨趣有异曲同工之妙。可以说，麦卡锡在把边疆乌托邦化的同时，也揭示了边疆作为异托邦的本质，从而披露了美国边疆神话本身具有的空洞和虚构性。

后现代小说有将世界描述成不确定性的倾向，麦卡锡也不例外。然而，与他同时代的作家有所不同，他们大都认为后现代主义时期的文学已走向"枯竭"，因而多采用语言的游戏来创造不确定性并以此呼应他们对世界不确定性的认识，麦卡锡却依然相信语言。作为一个讲故事的高手，小说《路》中的父亲尽管不像法官霍尔顿口才斐然，但却一样将语言神圣化。父亲除了利用叙事来建构南方的乌托邦以外，还寄希望用英雄故事来培养儿子对"善"和心中之"火"的信念，即使折磨和痛苦是他们艰难生活中的常量。父亲甚至还依靠英雄的坚忍主义来鼓励和激励儿子，小说中我们经常看到父亲恳求儿子要学会坚持并一定坚持下去，因为在他看来，"这才是一个好人应该做的。他们一直都在坚持，从不言弃"①。不仅用言语和故事来激励儿子，父亲也身体力行，他坚持每天早晨一定要"起床"。"起床"尽管是一件极其简单的事情，但在后天启的荒野世界里，活着却远比死去困难得多，这一点可以从孩子母亲选择自杀而将生存的希望留给孩子得到证明。在后天启世界里，不仅维持日常生存有了困难，荒野上随处可见的食人族也是威胁。所以，坚持"起床"便是父亲面对灰暗世界要做的重要事情之一。看似简单的生活习惯的养成，在小说人物那里，已成为生活的重要"仪式"，一定要在日常生活中培养并坚持。

父子的对话中频繁出现"我们带着火"（we are carrying the fire）这句话，且带着"火"的英雄也常出现在父亲讲述的故事中。火在后天启世界很重要，原因在于"火"与"光"在小说中实际同义，象征文明或文化。在父亲看来，儿子是一个弥赛亚或普罗米修斯式的人物，或就是耶稣基督本人。即使牺牲自我，他也要把文明或文化的"火"传承下去。小说有一处细节，充分展示了父亲对儿子的期望。父亲弥留之际，儿子为父亲端来水，在父亲模糊的视线中，"儿子周围被光所环绕"，并且"当儿子走动的时候，光就和他一起移动"②。刚开始旅行时，也就是旅程的第一个阶段时，父亲曾教儿子如何使用手枪，并把最后一颗子弹留给儿子，目的在于儿子在紧要关头即使选择自杀也不能成为食人族的口中之物。随着故事的发展，父亲不再教育孩子用死亡来保持个体的完整性，而让儿子存活下去的愿望越来越强。儿子活下来这个事实，甚至已从父亲的现实需要成了父亲纯粹的精神追求。有趣的是，小说中火的意思变化也随父亲的愿望变化

① Cormac McCarthy, *The Road*, New York: Vintage International, 2006, p.137.

② Cormac McCarthy, *The Road*, New York: Vintage International, 2006, p.277.

而变化,火意味着"燃烧在赤诚的心里的活力,与生命火花本身一样的神秘"①。父亲离开人世时的最后希望,就是儿子要永远带着火。男孩问父亲说:"这是真的吗?火?"父亲的回答非常肯定,他鼓励儿子:"是的。……这火就在你心里。它永远都在那里。我能看到它。"②事实上,小说结束时,火与光已与善良同义。

确实,小说《路》一方面表现了语言创造现实的力量,但另一方面麦卡锡却经常使语言模棱两可。小说中的父亲清楚地了解语言不确定的特性,因为在他心中,他明白他每一天对儿子所说的不过是个"谎言"③,因为它们"根本不是真的,连讲述这些事情也使他感觉很糟糕"④。到了小说结尾,讲故事高手的父亲却不再相信故事的价值或者故事的有效性,这一点从父亲的内心活动可以看出。儿子问父亲将要发生什么,父亲对儿子的回答是"你是对的",但接下来的叙事却很快打断了他言语的肯定性,因为"他害怕极了"⑤。在父亲的记忆里,一切似乎都失去了先前的意义,因为"余下来的无非是感觉而已"⑥,这句话直接表征了父亲内心真实的感情流露。尽管旅行伊始,儿子还一直在坚持学习,但最终还是放弃了。男孩旅行的后来,不仅厌倦了听父亲讲故事,甚至也拒绝了父亲要他讲故事的要求。在男孩看来,所有人类故事的结局都是幸福的,类似的结局总是故事讲述的必然规律,但现实生活远非故事。现实中他从没见过任何一个有着幸福结局的故事。在他与父亲南行途中,他们遇到一个图书馆,里面库藏的书籍已经潮湿,书页散落了一地。这些人类智慧的结晶显然充满了各

---

① John Cant, *Cormac McCarthy and the Myth of American Exceptionalism*, New York and London: Routledge, 2008, pp.270–271.

② Cormac McCarthy, *The Road*, New York: Vintage International, 2006, p.279.

③ Cormac McCarthy, *The Road*, New York: Vintage International, 2006, p.238.

④ Cormac McCarthy, *The Road*, New York: Vintage International, 2006, p.54.

⑤ Cormac McCarthy, *The Road*, New York: Vintage International, 2006, p.208.

⑥ Cormac McCarthy, *The Road*, New York: Vintage International, 2006, p.154.

种各样关于人类的故事，但这些故事或知识对他们的生存毫无用处。一旦语言变得模糊和空白，其所指不仅不确定甚至也呈问题化。因此，父亲用讲故事的方式来强化他与男孩的自组织系统，注定也是不稳定和不确定的。

麦卡锡的小说经常被人看作虚无的或者悲观主义的，但他的小说《路》却给予读者世间的希望和善良，尽管后天启世界的一切都已破碎，艰难成了"混沌"世界的常量。莉迪亚·R.库珀（Lydia R. Cooper）指出："善如游丝一样，但在后天启世界中的作用却尤为突出，这种方式在麦卡锡的作品中显得非常独特。"[1] 事实如是。小说《路》某种程度上讨论了人类在极端情形下如何存在乃至存在的意义何在。著名宗教社会学家贝格尔（Peter L. Berger）认为，生活中的个体有多重身份，如父亲、丈夫、教师、公民等，但人的身份却不能离开他人而单独存在，因为人的上述身份取决于与其相对的对话关系，如孩子、妻子、学生、国家等。正是在与他人（者）的对话关系上，一个人才有了自己的身份，能够被人识别，从而构建起属于自己的世界。只有在这个被建构的世界里，个人才成就了自我，因此也获得了存在的意义。一个人存在的意义必须被放置在世界的秩序之中，这便需要一定的规则以及处其中的每一个体奉守的价值观。然而，个人造就的世界一般都相当脆弱，具有不稳定性。毕竟，这个世界的秩序很容易受意外事件的影响从而使得人们的对话关系中断，造成世界秩序的断裂，譬如关联人的死亡、家庭的破裂、身患重病或绝症、面临生死关头、犯罪与堕落等。[2] 贝格尔将上述生活中的极端情形看作存在的"边缘情境"（margin situation）。一旦身处"边缘情境"，个人与他人的对话关

---

① Lydia R. Cooper, *Cormac McCarthy's Heroes: Narrative Perspective and Morality in McCarthy's Novels*, Diss., Baylor Univ., 2008, Ann Arbor: UMI, 2008, ATT 3316047, p.157.

② 参见彼得·贝格尔：《神圣的帷幕——宗教社会学理论之要素》，高师宁译，上海人民出版社 1991 年版，第 22—25 页。

系便会断裂,人便会感到极度的恐慌、沮丧和混乱,会很容易对之前的法律、原则和价值,乃至存在的意义等全面质疑和否定,使得整个存在的世界突然变得疯狂而没有意义。①

贝格尔所说的人类处于"边缘情境"的生存状态,类似于小说《路》中那些生活在混沌边缘的人们的生存状态。当世界突遭莫名的毁灭,一切都成为混沌宇宙中的不确定之时,小说人物父亲的妻子害怕被捉住、被强暴或被食人族吃掉,便用自杀来规避存在的困境,而父亲则不同于母亲,他没有选择死亡而是选择了坚持,尽管他在遭遇与前天启世界的断裂时更为了解孤独、痛苦、焦虑和恐惧。他不但坚持提醒儿子身负"把火传下去"的好人的重任,而且通过讲故事和记忆,试图把这一信念传达给年幼的儿子。正如肖布(Thomas H. Schaub)所说,父亲不停地重复类似"我们带着火"这句话,是"一种策略而非信仰,是一种在所生存的世界找不到任何基础时,对宗教语言和形式的求助"②。

当南行和语言选择均成为幻想和空洞的能指时,父亲采取了另一种策略来建构他和儿子在混沌边缘的自组织系统。弥留之际,父亲没有忘记叮嘱男孩要记得"和我说话"③。这里的"我"可能指父亲,因为父亲总是提醒儿子,即使在他去世后,"彼此也是对方世界的全部"④,同时也是提醒儿子,善良(火)就在他的心中。"我"也可能指上帝,因为和上帝说话,意味着对信念的坚守。并非所有的后现代小说都只谈世俗和庸常的事情,超验也是后现代小说关注的焦点之一。麦卡锡与他的同时代作家如品钦、巴思和德利罗等一

---

① 参见彼得·贝格尔:《神圣的帷幕——宗教社会学理论之要素》,高师宁译,上海人民出版社 1991 年版,第 53 页。

② Thomas H. Schaub, "Secular Scripture and Cormac McCarthy's The Road", In Remanence 61.3, Spring 2009.

③ Cormac McCarthy, The Road, New York: Vintage International, 2006, p.279.

④ Cormac McCarthy, The Road, New York: Vintage International, 2006, p.6.

样，在对世界用不确定性、虚无甚至语言游戏的方法大肆"祛魅"后，便采用了后天启文学的传统来"返魅"超验的世界。因此，根据贝格尔的观点，父亲试图通过"和我说话"这个策略，是希望出生在后天启时代的儿子能在一个疯狂且无意义的世界里，建立一种新型对话关系，用于抵御外部世界的荒谬和无意义，从而确定新的个体世界，重获生存的意义。

当一切都已碎裂，苦难成为生存的常态，活下去便成了少数幸存在后天启世界人们的神圣法则。活下去，是人的本能，它隐含了一条广为人们遵循和践行的原则——生存原则。尽管随着人类文明的演进，这一法则逐渐变得模糊起来，但它没有消失，而是潜移默化、无处不在地运行于现实之中，所以，它也是一种现实原则。人的思想行为、价值尺度、社会制度和规范，总是或多或少地受到它的影响和支配。确实，小说《路》中提到父子俩与吃、喝有关的细节多达 40 处。父亲在饥饿和寒冷等最基本的生理需求都很难满足时，基本遵循了生存（现实）原则。他们不仅要与寒冷和饥饿搏斗，甚至还要时刻防备食人族的袭击，避免沦为他们的美食。在《西方的没落》中，斯宾格勒（Osward Spingler）说过："饥饿会毁灭世界上很多伟大的事物，因为饥饿会产生对生活的丑陋以及下流的恐惧，这一点足够毁掉文明世界，但也正是饥饿，可以瞬间让人类这种动物为了生存做出各种各样的竞争。"①

《路》中生存法则使得人们有了争夺食物的竞争，由此也有人的好坏之分。那些所谓的坏人甚至将他们抓来的俘虏储存在洞穴里，其做法就如文明世界里人们保存食物的方式一样，只不过前者的食物是人。令人恐怖的是，他们还将部分女人保留下来，以便可以生育出更多用作食物的孩子们，这应该就是小说中男孩的母亲为何选择逃避，用自杀的极端手段来抵御后

---

① 　奥斯瓦尔德·斯宾格勒：《西方的没落》（下册），齐世荣译，商务印书馆 1995 年版，第 728 页。

天启世界中被吃、被强暴、被当作生育工具的悲惨境遇。麦氏小说中，类似吃人这样的惊悚情节已经不止一次出现在他的叙事中，尤其是婴儿被食。在他的早期小说《外围黑暗》中，库拉与妹妹的私生子就被"三恶魔"割断了喉咙，其中的白痴就趴在孩子的喉咙上直接吸食婴儿的鲜血。《路》中的父与子也亲眼目睹了"一个被烧焦的婴儿，没有了头，内脏也不见了，就在炉架上被烤得黑乎乎的"①。在如此残酷的"边缘情境"下，"向善"尽管极难实现，但却可以维持他们的自组织系统暂时稳定有序，更重要的是，"向善"可以保持他们与坏人（食人族）的区分。然而，当现实法则与向"善"的追求有了冲突，男人为了生存也可能改变自己的决心。父与子曾经在路上碰到一个瞎眼的老头，名叫伊利（Ely），尽管儿子一再坚持，但父亲始终不肯将食物分给伊利；父亲从路上一名小偷处夺回了他们被偷走的东西甚至也抢回了小偷所有的东西，父亲不顾小偷是否会冻饿而死，造成儿子对父亲一直提倡的对善的坚守的怀疑。尽管如此，父亲依然像一个"麦田里的守望者"，他用善的信念和关爱呵护着儿子，为儿子筑就一条得以遇见一个有着善念之家的"路"，从而使人类得以薪火相传，继续走在"路"上。

除了采取上述策略建构父与子的自组织系统，符号也被父亲用来定义"善"，希望能把文明社会的礼仪传达给儿子，甚至传播到未来。卡西尔认为，符号是区分人类与动物的重要标记。没有符号的人类生活，只会拘泥于物质需求和实际利益，根本不能发现通往理想世界的"路"。②对父亲来说，准备食物这一行为意义重大，因为人们几百年来准备饭菜以及吃饭甚至烹调菜肴的礼仪，正是人类文明的符号。小说描述的第一次父亲的实际行动便是他从灰暗的晨光中醒来后，去手推车那里收拾好他

---

① Cormac McCarthy, *The Road*, New York: Vintage International, 2006, p.198.

② 参见恩斯特·卡西尔：《人论》，甘阳译，上海译文出版社 1985 年版，第 52—53 页。

们的一点食物，一小塑料袋里的谷物蛋糕，一小塑料瓶的糖浆，然后，他"在地上铺上了一层油布当作桌子，把盘子和食物摆上去"①。父亲的这一举动非常有意义，尽管他们的荒野之旅中，已经没有像样的食物，更没有像样的桌子，但一张油布与一点食物便是温馨的早餐，足以区别那些游走在路上的食人族。后来，父亲发现了一个隐秘的地窖，里面藏满了食物、换洗衣物、卫生用品，以及一些救生装备。在这个隐蔽的地窖里，父子俩有了短暂的幸福的时光。② 父亲生起了火，煮了罐头食品，然后他在餐室里点上蜡烛，把煮好的罐头食品盛在白瓷碗中，摆在餐桌上，接着他和儿子到浴室洗了澡，换上干净的服装，开始了他们的烛光晚餐。饭后，他们还移坐到桌几旁，喝了咖啡，下了棋，然后上床休息。③这里笔者颇费笔墨地列出父亲为儿子恢复曾经熟悉的家庭用餐的情景，旨在说明，父亲的行为已经有了一种"仪式性"（rituality），具有一种强烈的符号意义。

通过对人类文明行为等符号的复制甚至在后天启社会里进行"操演"，父亲不仅是在竭力保持与人类文明的联系，更是用实际行为来为儿子建构了一条连接过去的象征之"路"。实际上，这也是一种生存策略。让儿子与人类文明保持联系，才能有效远离游走着食人和杀人的血腥野蛮的荒野世界。小说中父亲最后对他的儿子承认说，他对文明行为的"扮演"和"伪

---

① Cormac McCarthy, *The Road*, New York: Vintage International, 2006, p.5.

② 洞穴这一意象在麦卡锡的小说中有着重要的象征意义。小说《上帝之子》中，白乐德从文明的世界退到了荒野，也曾经借多处不同的洞穴来藏身、求生，甚至与死尸在洞穴中操演着人类文明世界的生活。而小说《路》中，有的洞穴可以求生，比如父与子找到的里面有很多预备食物的洞穴，但有的洞穴却充满杀机，藏满了待食的囚犯，等待他们的只能是荒野中的食人族。洞穴曾经是人类进化之前最早的居所，但一旦世界面临崩溃和灭顶之灾，人类再次处于边缘情境时，洞穴却又成了求生的藏身之所。麦卡锡对洞穴这一意象的认识映射了他对世界的认识：世界变动不居，一切皆有可能。

③ See Cormac McCarthy, *The Road*, New York: Vintage International, 2006, pp.145–148.

装"可能是在证明"他将希望放在了他没有任何理由能有希望的地方"①。父亲对其行为的"扮演"性的承认显然很无奈,他明知一切都不再有希望,却试图用可能的符号来强调文明的希望,这应该与他一贯向儿子示范和坚持做到英雄的坚忍主义是一致的,但是他对文明符号的质疑与他所处的后天启的荒野环境也是相吻合的,某种程度上又确认了符号的模糊性。符号的模糊性再一次强调了父子俩靠一系列策略来建构的自组织系统尚处在"混沌的边缘",那里,确定性与不确定性交替变换。

尽管父亲尝试了种种方法来建构他与儿子的自组织系统,但由于上述种种策略在后天启时代本身就问题重重,造成了他试图在"混沌的边缘"建构的自组织系统也在确定和不确定中徘徊。与上面提到的父亲或儿子对于他们建构方法的质疑一样,小说虽然强调了符号的重要性,但也突出了符号的模糊性乃至空洞性,从而使得混沌边缘所有的可能性变得模糊起来。荒野之旅的后来,父亲丢弃了他随身带着的钱夹,里面有他珍爱的妻子的照片、驾照、现金和信用卡。这些物品对于现实世界来说,远不仅仅是身份认同的简单符号,而是一个人与外界联系并取得个体的主体性的重要符码,然而它们对于后天启的混沌世界来说,不过是些空洞的符号,没有任何所指,也就没有了任何意义。同样,旷野中那些废弃的加油站、农场、超市以及被烧毁的房屋,无论它们是否曾经是农业文明、工业文明甚或是商业文明的符号等,再也没有任何人类文明的意义了。这样的例子小说中不胜枚举,最典型的当属一家超市的地板上滚落的几罐可乐了。作为美国商业文明的重要符号之一,可乐的符号意义业已空洞苍白,其符号的模糊性可从孩子对其评价的变化中清楚地被感知。从孩子初次在超市见到可乐到他在地窖中品尝可乐,他在震惊之余提出的问题,先是疑惑"这是什么",接着便是夸赞"真棒",最后到了认可,"这是真正的好东西",它

---

① Cormac McCarthy, *The Road*, New York: Vintage International, 2006, p.154.

们无一不是对可乐公司不同阶段广告用词的呼应。① 通过儿子之口，小说《路》这种对商业文明的戏仿，从某种程度上可谓突出了符号的空洞性。借助后天启时代空洞的符号来建构自组织系统，麦卡锡不仅使得这一策略本身有了不确定性，并且由此建构的自组织系统也呈不确定性的了。

三、不确定性与文本策略

《路》的不确定性还表现在文本层面。首先，该小说的题目有多重释义。"路"作为一个开放系统，本身就充满了变化和不确定性。小说中的父与子不得不走在"路"上以求后天启世界里的生存，这样的求生之"路"注定了要充满随机性。事实上，"路"不仅是小说中父与子故事发生的地点，也是叙事必不可少的场景。叙事学指出，场景在小说中不仅充当了故事发生的背景，还能影响小说人物的塑造和他的行为。② 当然，小说也借"路"这个典型的时空综合体，多处演绎了父与子漂泊在"路"上的各种遭遇。

"时空体"为苏俄思想家巴赫金提出的术语之一。他受爱因斯坦相对论的影响，强调空间和时间之间互为依存、互为尺度，甚至唇齿相依的关系。时空体如此界定：

> "道路"主要是偶然邂逅的场所。在道路（"大道"）中的一个时间和空间点上，有许多各色人物的空间路途和时间进程交错相遇；这里有一切阶层、身份、信仰、民族、年龄的代表。在这里，通常被社会等级和遥远空间分隔的人，可能偶然相遇到一起；在这里，任何人物都能形成相反的对照，不同的命运会相遇一处相互交织……这里时间仿佛注入了空间，并在空间上流动（形成道路），由此道路

---

① Cormac McCarthy, *The Road*, New York: Vintage International, 2006, pp.70–73.

② M. J. Toolan, *Narrative: A Critical Linguistic Introduction*, New York: Routledge, 1988, p.104.

也才出现如此丰富的比喻意义："生活道路"、"走上新路"、"历史道路"等等。①

　　对于小说《路》中的父与子来说，他们在"路"上的各种遭遇，就如"路"本身所具有的丰富含义以及空间流动性一样，具有偶然和随机性。有的遭遇极其危险。譬如，他们曾经偶然碰到一大群在路上猎食的食人族，又不幸被发现，父亲当时正在路边的树后小便，他急中生智一把抓过儿子并与对手搏斗时射死了对方；另一次，他们误入了一个藏匿着很多俘虏的洞穴，竭尽全力才从围追他们的食人族那里逃了出来。有的遭遇却何其幸运。譬如，他们在一个地窖里得到很多食物以及其他可用的物品，在此有过一段幸福的得以喘息的时光；在一家废弃的农庄里，他们捡到了很多干瘪的苹果甚至一些土豆；在一艘漂浮在铅灰色的大海上废弃的大船里，他们又一次捡到了一些残存的食物以及其他可以救生的物品。可以说，"路"在麦卡锡小说中具有了叙事功能，不仅是小说表达主旨思想的工具，也是影响小说人物存在状态的原因。同时，小说借"路"这一物理空间的变换，也在推动故事情节和叙事进程的进展。可以认为，小说之所以被命名为"路"，无论是其比喻意义还是现实意义抑或是叙事意义，均意指了人们在后天启世界中命运的不确定性。不仅如此，小说用"路"的命名还有其他意义，因为父亲曾诉诸上文讨论过的多种策略，旨在为儿子搭建一条向善的"路"。他甚至还借用文明礼仪的符号来连接过去和现在，期望为儿子传达存在的意义，希望儿子能坚持走在"路"上，延续文明的薪火。

　　小说题目含义的模糊性和不确定性与小说开放式的结尾互相关联，有

---

① 巴赫金：《小说的时间形式和时空体形式》，《巴赫金全集》第 3 卷，钱中文主编，白春仁、晓河译，河北教育出版社 1988 年版，第 444—445 页。

了呼应。父亲去世后，生活系统中的随机性使得儿子得遇一个由丈夫、妻子和小女孩组成的家庭。当得知这个家庭是"好人"而非吃人的"坏人"后，儿子便和这个新家庭一起前行。儿子的加入使得这个家庭更趋完整：父亲、母亲以及孩子们。不同于麦卡锡之前小说作品中常出现的破碎的家庭，要么其中的父亲是一个失败的父亲①，要么其中的母亲或因死亡或离弃了家庭而在家庭中缺位，而小说《路》可以说是麦卡锡第一次为读者展示了一个完整的家庭。尽管这个家庭还不完美，毕竟儿子的代母亲（surrogate mother）还算宽容，允许儿子和"上帝最好是父亲谈话"②，而儿子的代父亲也把孩子生父的枪还给了孩子。代父亲送还孩子枪这件行为，其本身就意味着未来的世界还不太平，竞争和战争还在不确定的世界里徘徊。

　　麦卡锡的评论家们对该小说的结尾做了很多探讨。以艾利斯为代表的学者们认为，小说结尾给了一线抵御正待消失的世界的希望，因为读者从中看到了一个有爱的家庭，这种爱超越了单纯的父子之爱，从而为儿子与

---

① 自第一部小说开始，麦卡锡似乎就为父亲这一身份定位了失败者的形象。《果园看守者》中的米尔德雷德·莱特纳（Mildred Rattner）没有能力让他半疯的儿子有一个充满爱和温暖的家庭。《外围黑暗》中的库拉竟然亲眼见证了他的私生子被人杀死甚至被三个恶魔吃掉。《上帝之子》中白乐德的父亲选择上吊自杀，他的这一行为，为儿子后来走上变态的犯罪道路甚至逐步退化荒野，埋下了隐患。没有爱的家庭注定是以变态堕落为结局。小说《血色子午线》中，"少年"的生父是个醉鬼，为"少年"从幼年就形成的"无思想的暴力"打下了基础，而他随后遇上法官霍尔顿，这个人人都认可的"代父亲"一度希望培养"少年"成为接班人，却在认识到"少年"身上还有残存的良知便无法成为暴力血腥的帝国接班人后，就在厕所里将其凌辱杀死。"边境三部曲"中那些牛仔们的父亲们，其人物角色皆是失败的父亲。约翰·格雷迪的父亲因为酗酒不能经营好牧场，使得牧场不得不被变卖，对约翰·格雷迪之后远走墨西哥寻找牧场的梦想惨遭失败影响很大；比利的父亲尽管作为一个边疆开拓者还算合格，然而他突遭印第安人的谋杀，使得比利与弟弟博伊德（Boyd）不得不小小年纪就开始了荒野上的流浪生涯，为他们之后悲惨的人生埋下了隐患。

② Cormac McCarthy, *The Road*, New York: Vintage International, 2006, p.286.

他的新家庭播下了希望。① 艾利斯关于小说结尾的观点得到了部分论者的呼应,但他们却怀疑这种希望的可信度,尤其是小说末尾安排儿子得遇带枪的男人和他的家庭。借用斯奈德(Philip A. Snyder)的术语,这只是个"出人意料的惊奇结尾"②。另有学者认为,该小说与麦卡锡的其他小说没有太多不同,不同的地方在于该小说不再是麦卡锡一贯的极端悲观主义罢了。加利文(Euan Gallivan)就指出,小说末尾是给出了希望,但这种希望却太过小心翼翼,很容易误导读者。仅是由于新家庭的男主人自称自己是"好人"这句话,孩子便和这个遇到的新家庭一起往前行走,只能证明孩子对家庭盲目的信任,应该是他的无奈之举,因为"从小说的叙事轨迹上,我们并没有发现他们接下来的旅程会比叙事文本中其他的地方表现得更容易一些"③。威廉(Randall S. Wilhelm)呼应了加利文的观点,在他看来,"尽管小说整体比较阴暗,但麦卡锡还是在小说最后的布局上给了小说希望的潜在可能性,当然麦卡锡的态度是有条件的,因为太过简洁的结尾不可能为男孩和他新找到的保护者们提供多少未来的确定性"④。

笔者认为,小说的结尾既非有的论者所说的乐观主义,也并非其他论者提出的悲观主义,准确地说,应该是一种乐观的悲观主义态度。原因在于,大多数麦卡锡研究者似乎忽略了贯穿麦卡锡小说的一个关键因素——随机。麦卡锡曾说过:"'或然率'会把所有的人平等地放在幸或不幸的人生轨迹上,就如拉斯维加斯的纸牌玩家或者股市的分析师们所碰到的

---

① See Jay Ellis, *No Place for Home: Spatial Constraint and Character Flight in the Novels of Cormac McCarthy*, New York and London: Routledge, 2006, pp.36–37.

② Philip A. Snyder, "Hospitality in Cormac McCarthy's *The Road*", In *The Cormac McCarthy Journal* 6, 2008, pp.69–86, p.83.

③ Euan Gallivan, "Compassionate McCarthy?: *The Road* and Schopenhauerian Ethics", In *The Cormac McCarthy Journal* 6, 2008, pp.98–106, pp.104–105.

④ Randall S. Wihelm "'Golden chalice, good to house a god': Still Life in *The Road*", In *The Cormac McCarthy Journal* 6, 2008, pp.129–146.

一样。"①麦卡锡的意思是，随机让人的生活系统充满了可能的不可能性。如果考虑随机这个因素，那么，男孩未来的命运无论是确定或不确定的，均都合乎逻辑。毕竟，作为一个"新"人，孩子要"走在新路"上，况且孩子已经成长，成了一个"最好的人"，拥有走在"新路"上的能力和力量。事实上，他也正走在"路"上。据说人类在已有的发展史上曾被毁灭过九次，然而却一次又一次地在灾难后幸存下来。② 小说中孩子的未来，就是整个人类的未来。而小说末尾的不确定性，也正是麦卡锡对人类和人类生存状况的关注和思考：尽管前路的希望总是充满不确定性，但人类却不能放弃。要走的路还有很长。只有坚守爱、希望和勇气等人类的根本品质，我们才会在不断的宇宙循环往复中继续向前，也许这才是人类的发展法则。

小说结尾的一段简短描述，再现了前天启世界里美丽安宁的田园风光：

深山溪谷曾有鲑鱼。你能看见它们用白色的鳍悠闲地游动在琥珀色的水流中。将它们放在手上，你能闻到苔藓的香气。它们身体光滑、强健，扭动不止。鱼背上弯曲的鳞纹犹如天地变换的索引，是地图，是迷宫。一切都不能恢复，一切都不能被校正。在鲑鱼曾悠游的峡谷里，万物比人类的历史更悠长。它们轻声哼唱着自然的神秘。③

小说把过去与现在并置，突出了人类存在的不确定性。结合上文的分

---

① Kenneth Lincoln, *Cormac McCarthy: American Canticles*, New York: Palgrave Macmillan, 2009, p.14.

② 在人类的发展史上一定存在人类惨遭毁灭的灾难，但是关于人类被毁灭的次数却各执己见。据中国历史记载，人类曾经遭遇 9 次大的毁灭；然而，据《圣经》记载，人类被毁灭的次数是 3 次；如果依据印度佛经的记载，人类有 7 次被毁。尽管次数不同，但人类曾遭遇过灭顶之灾，却是不争的事实。

③ Cormac McCarthy, *The Road*, New York: Vintage International, 2006, pp.286–287. 此处译文参考了小说《路》的杨博译本，重庆出版社 2009 年版。

析, 这才有可能是小说被命名为 "路" 的真正意义所在。

小说结尾的不确定性与小说中无名无姓的小说人物也有一定的关联。不同于麦卡锡阿巴拉契亚山脉的最后一部小说《萨特利》, 其中有名有姓的人物多达 150 多个, 是麦卡锡小说中出现人物最多的一部小说。麦卡锡的中期小说《血色子午线》中, 能数得过来的有名有姓的人物也有 100 多个, 尽管小说主要人物的命名非常怪异。上面一节关于这些名字的怪诞性已经讲过, 此处不再赘述。总之, 对比麦卡锡的其他小说, 他的最新小说《路》中的主要人物并没有那么多, 却也只是被简单称为 "父亲" 和 "儿子"。除他们之外, 小说有名字的却是一个次要人物——伊利(Ely)。① 伊利是个来历不明的老人, 从他的口中, 我们得知他的名字还是 "谎言"。伊利与父亲的对话, 凸显了语言既建构现实却又解构和瓦解现实这一悖论:

> 我不想让任何人说我。说我曾经在何处或者说我在某处所过的话。我的意思是, 你可能谈到过我。但是, 没人可以说那人就是我。我可以是任何人。我想有时类似这样的话, 要说得越少越好。②

没有名字的小说人物来历模糊, 其未来也不确定, 就如老人伊利所说, 他可以是 "任何人", 这一点不仅突出了小说人物角色的不确定性以及作为人的抽象性, 同时这样的命名也使得父与子以及伊利们的命运有了普遍性。可以说, 如此安排一方面突出了人类在一个远离平衡态的开放系

---

① 英格兰有个古老的小镇, 名字就叫伊利 (Ely), 距剑桥只有十分钟左右的车程。小镇上有约八百年历史的古老的伊利教堂。麦卡锡曾经游历过英格兰, 将他笔下逃过人类毁灭灾难的老人唤名为伊利, 是否有作者英国生活的记忆, 可在以后的研究中, 继续探讨。

② Cormac McCarthy, *The Road*, New York: Vintage International, 2006, pp.171–172.

统中其命运的不确定性,另一方面也呼应了小说结尾的不确定性,无疑是麦卡锡从另一个角度对小说题目的呼应,再次强调了小说题目的意义:人类还走在"路"上。这也正是老人伊利所讲的:"我过去一直走在路上。你可以停在某一位置……而我却一直向前走着。"①

除上述所讨论的种种不确定的文本策略,实际上,小说还有个细节,那就是造成世界灾难的事件本身也是不确定的和模糊的,呼应了小说《路》总体上所营造的不确定的氛围。文中写道:"钟表停留在凌晨1点17分。一道剪光之后是一阵低沉的打击声……窗玻璃上闪了几下暗红色的光。"②结合麦卡锡"边境三部曲"中的《穿越》所讲述的原子弹爆炸的情节,有很多麦卡锡研究者认为小说《路》中发生的世界灾难应该为核爆炸所致。当然,从文本中出现的大量荒野中物体燃烧的痕迹,可以认为,世界毁于火灾这一说法有令人信服的地方。有意思的是,麦卡锡接受库什纳的访谈中提到"小说中弥漫了灰尘的世界是小行星撞击的结果",但库什纳又强调说麦卡锡在他的访谈中还承认了"在环境灾难来临之前,是人类在相互毁灭"的观点。③除了火灾说和库什纳强调的人类灾难说之外,文本中造成父与子生存困境的是无休无止的雨雪形成的极寒天气。小说《路》中关于世界灾难的描摹,很容易令读者想起美国诗人弗罗斯特的那首关于冰与火的著名诗歌,诗歌讨论的就是关于世界到底最终毁于火还是冰的悖论。从弗罗斯特诗歌的逻辑出发,可以提出,我们人类所处的当代社会,由于人类所谓的各种"文明"活动而造成的地球灾难或者全球性的事故,也是引起整个世界毁灭的重要原因之一,这一点毋庸置疑。概言之,小说叙事对于灾难原因说明的不确定性,再一次强调了世界末日来临的不可避免性。

---

① Cormac McCarthy, *The Road*, New York: Vintage International, 2006, p.168.

② Cormac McCarthy, *The Road*, New York: Vintage International, 2006, p.52.

③ David Kushner, "Cormac McCarthy's Apocalypse", In *Rolling Stone*, 27 Dec.2007.

　　此外，该小说的文本结构也与小说叙事内容上关于后天启世界人类旅行的不确定性有一定程度的呼应，使得小说的叙事内容和文本有了突出的一致性。翻开小说《路》，读者看到的文本几乎没有什么章节安排，只是由许多相互不甚连贯的段落连续排列而成文。有的段落只有几行，有的段落却占整整一页。小说的段落之间是由"占三行文本宽度的空白隔开；偶尔还发现，停顿是靠一页的开头或者结尾的省略来暗示的"[1]。我们知道，小说《路》讲的是父与子走在路上的故事，其本身就是一种旅行。事实上，旅行的本身也存在着阶段性，全部的旅行要由一系列短暂的跨度小的阶段组成。小说中碎片式的句子和段落以及小说碎片式的文本结构，都表明了旅行作为小说主要叙事行为的特点。混沌理论认为，时间之矢不可逆。小说通常要划分段落或者设计不同章节的本身，是一种"作文"，也是一种对文本的建构，因此麦卡锡缺少章节划分的小说文本，正好表现了事物在开放系统中其运动所具有的流动性，同时也是在强调事物在路上运动的不确定性。小说设计父与子后天启世界荒野中的旅行，其本身就是一种典型的事物运动，自然就充满了不确定性。

　　还有，麦卡锡采用空白的书页来隔开文本中段落与段落之间的连贯性，也表明了其小说叙事的"话题、场景，或者短暂的以梦境顺序、记忆、思考等形式出现的行为的破碎性"[2]。对小说类文本的处理策略，使得麦卡锡得以在文本上展现混沌系统中运动的任意性，呼应了父与子走在"路"上的流动性。另外，小说中的人物对话，简短且单调重复，与海明威的小说风格相似，这些对话大多不用引号注明，读者要靠自己的阅读来猜测对话的对象和发问者。另外，《路》还大量运用了短句、名词和分词从句，

[1] John Cant, *Cormac McCarthy and the Myth of American Exceptionalism*, New York and London: Routledge, 2008, p.267.

[2] Daniel Weiss, *Cormac McCarthy, Violence, and the American Tradition,* Wayne State Univ., 2009, Ann Arbor: UMI, 2009, ATT 3359585, p.232.

使得该小说在语言层面上呈现出一种极简主义的风格，也是对旅行本身不确定性的再次强调。

麦卡锡的小说拒绝简单归类。小说《路》的文类与之前的《血色子午线》一样，极具模糊性。麦卡锡的研究者们对此也莫衷一是。研究者们将小说《路》放入南方小说、西部小说、天启小说、路程小说、挽歌小说、历程寓言、奴隶创伤小说等不同的叙事传统。然而，在笔者看来，麦卡锡研究者们竭力为小说《路》归类或者划界的同时，却忽略了后现代文学的重要特点之一，那就是不确定性。实际上，小说《路》本身文类的模糊性与该小说的难以归类，正是体现麦卡锡作品后现代性的显著特点之一。纽曼（Charles Newman）曾指出，后现代主义文学中，"流派持续变得更加精细化和类别合并化……主要的手段趋向于借助分割读者，来强化因艺术革新引起的碎片化"①。在纽曼看来，后现代派文学作品中流派的界限已经模糊，因而所谓的流派也失去了原有的传统上的意义。

就《路》而言，因为小说弥漫着淡淡的怀旧和对过去生活的追忆，很容易使评论者将该小说看作一部南方小说。另外，麦卡锡研究者还将该小说出现的地点与麦卡锡生活过的南方地区做了详细对照，认为小说故事实际发生的地点就在南方。② 然而，问题在于，假如我们将《路》看成一部南方小说，南方小说通常强调救赎，尽管小说《路》给予读者后天启荒野中救赎的希望感，却因小说人物父亲对语言欺骗性特质的认识和麦卡锡小说本身在叙事结局上处理的模糊性，所谓救赎的可能性，早已被小说自身所拆解。如果将《路》看作一部西部小说，毕竟小说有对边疆和荒野的表征，甚至父亲和孩子本身也可看作边疆拓殖的英雄，然而《路》却拒绝建

---

① Charles Newman, *The Postmodern Aura, The Act of Fiction in an Age of Inflation,* Evanston: Northwestern Univ. Press, 1985, p.115.

② See Wesley G. Morgan: "The Route and Roots of *The Road*", In *The Cormac McCarthy Journal* 2008,（6）.

构"天命论和永不停止扩张的英雄神话"①，这样的小说充其量只是一部"原型西部小说"②。并且，从小说人物父亲与孩子身上，我们看不到西部英雄的冒险，并且父子俩南下拓疆的"终极目标"也交代得较为模糊，甚至他们要奔赴的边疆也从西部转移到了美国南方，从曾经的乌托邦世界变成了后天启时代充斥着吃人和罪恶的异托邦。更值得读者思考和质疑的是，走在路上的父子俩还将他们获得一线生存的命运转机，交给了随机和运气。事实上，《路》中的父子哪儿也没有到达。正如格劳伦德（Rune Graulund）所说："他们总'在路上'，问题在于总在路上便会很快消解成为无意义。"③

综上，可以认为，《路》这部小说既非传统意义上的南方小说，也非一部西部小说。至于上面麦卡锡评论者曾经列举指出的诸多流派，本文无需一个个拿来论证对错。唯有一点我们一定要明白，既然小说《路》能被界定为如此多的文类或流派，这种复杂和多变的界定某种程度上也正好说明了小说文本上的不确定性。利奥塔提出，后现代文学的再现本身"就是不可再现的……它们对新的再现的追寻并非是要享受这些再现，而是为了赋予再现一种更为强烈的不可再现感"④。利奥塔对后现代主义文学是否再现的观点，正是破解麦卡锡小说《路》的关键。可以认为，正是小说《路》对不同文类的杂糅，麦卡锡得以表现了不可表现的事物。同时，他也借小说对不同文类的"越界"之举，使得其小说文本有了突出的不确定性。

---

① Rune Graulund, "Fulcrums and Borderlands: A Desert Reading of Cormac McCarthy's *The Road*", In *Orbis Litterarum* 65.1, 2010

② Rune Graulund, "Fulcrums and Borderlands: A Desert Reading of Cormac McCarthy's *The Road*", In *Orbis Litterarum* 65.1, 2010.

③ Rune Graulund, "Fulcrums and Borderlands: A Desert Reading of Cormac McCarthy's *The Road*", In *Orbis Litterarum* 65.1, 2010.

④ Jean-François Lyotard, *The Postmodern Condition: A Report on Knowledge*, Minnneapolis: Univ. of Minnesota Press, 1993, p.81.

四、不确定性与文学生产场

"在当代空间理论视野下，文学本身是作为社会空间的一个特殊领域而存在的。"[①] 无独有偶，混沌理论研究宇宙中事物的运行轨迹和运行规律，也将事物的变化放置在空间视域中，且空间视域更加宏观，这就是"文学生产场"（Literary field）。"文学生产场"也即"文学场"，是社会学家布迪厄（Pierre Bourdieu）提出的将结构和历史视野辩证统一起来的文学观。"文学生产场的生产本身，构成了一个多元异质性的空间（场）"[②]，从而使得文学的文本空间不再完全是一个有机的整体，也就是说，每一个文本的空间都充满了"互文性"。按照布迪厄的观点，我们在研究文学时，需要建构一系列的"纸上的建筑群"，也就是要把文学文本语境化和历史化，并且把其放置在一定的空间和关系结构中，从其内部和外部的场域进行全方位的考察。[③]

作为一部实验派小说，小说《路》中的不确定性与其"文学的生产场"也有"互文"。麦卡锡创作该小说的灵感始于后"9·11"的某天，他与年幼的儿子约翰登记住进埃尔帕索的一家宾馆。大约凌晨两三点钟时，麦卡锡眺望窗外静寂的城市。此时，一艘火车驶过城市的孤独的声音，让麦卡锡开始担心 50 年或者 100 年后的埃尔帕索的变迁和境况。前面我们说过，麦卡锡有过 3 次婚姻，虽然他与前妻霍丽曼育有一子，然而第三次婚姻中儿子小约翰的出生，还是让老年得子（60 岁左右）的麦卡锡多了责任感和几分温情。在小说《路》中，麦卡锡倾注了他之前小说中少有的爱和温暖。对儿子约翰未来的担忧，使得麦卡锡更加关注人类的存在，并且有了关于世界末日和人类在后天启世界存在的想象。小说《路》中的南方海滨

---

① 刘进、李长生：《空间转向与当代西方马克思主义文学批评研究》，社会科学文献出版社 2015 年版，第 171 页。

② 刘进、李长生：《空间转向与当代西方马克思主义文学批评研究》，社会科学文献出版社 2015 年版，第 172 页。

③ 参见赵一凡等：《西方文论关键词》，外语教学与研究出版社 2006 年版，第 582—583 页。

城市，显然是麦卡锡当时居住的城市埃尔帕索。小说出版以后，便被英国《卫报》的专栏作家，著名的环保人士蒙贝特（George Menboit）看作当世具有重要环保力量的小说之一，还将作家麦卡锡列入了"拯救地球五十人"的名单之中。

除了麦卡锡的个人背景，小说表现的不确定性也和麦卡锡创作该小说的社会语境分不开。当代社会的种种社会问题，如宇宙的生态灾难、全球环境的变暖、后"9·11"时代民众的恐慌、海外战争的混乱、曾经闹得沸沸扬扬的"棱镜门"事件以及后科技时代人工智能的飞速发展等，共同造成了美国民众的世界末日之感。麦卡锡同时代的美国作家们，如巴思、品钦和德利罗等，都不约而同地转向了后天启文学，并以此来表现他们对世界末日以及人类未来的焦虑。不仅文学家们，麦卡锡同时代的科学家们，也通过他们的科学研究传达他们对世界的悲观态度。热动力学第二定律认为，世界这个大系统中存在的所有物体，在熵过程的最后阶段，热能便不再传导，因为物体会出现能量相同的平衡态。而在这样的平衡态中，生命就会停止，也即出现一种所谓的"热寂死"。查莫利亚（Lois Parkinson Zamoria）在他的后天启文学研究中指出："熵应该是最相当于天启问题的一个现代科学概念，但相比天启论，无论是就时间、历史还是就人类与现实关系的认识上，却更加悲观。"[①] 查莫利亚只是提到了熵这个热动力学理论的重要概念对人和世界认识的改变，20 世纪 90 年代之后迅速普及的混沌理论，更是以其不确定性这一关键原则，彻底解构了 17 世纪以来经典科学一直掌控的科学话语。混沌理论认为，世界不具有确定性，而且世界本身就是一个混沌，充满了随机性和不确定性。当然，混沌理论指出，混沌边缘物质运动发生和遭遇的所有艰难和困惑，都来自这种不确定性和随机性。

---

① Lois Parkinson Zamoria, *The Apocalyptic Vision in Contemporary American Fiction: Gabriel Garcia Marquez, Thomas Pynchon, Julio Cortazar and John Barth*, Diss., Univ. of California, Berkeley, 1997, Ann Arbor: UMI, 1977, p.22.

混沌理论较之熵理论，对于人和世界关系的认识，更具有挑战性。

小说文本是一个生产和实践的过程，其意义的多元，不仅缘于文本自身的"内爆"，更是缘于其生产和实践过程中的"播撒"。在这样一次次的播撒过程中，文本的意指便不再确定，却又在与读者的阅读"游戏"中进行多次换位、重叠以致做出变革，使得文本获得了无限的不确定性。小说《路》的"文学场"概莫能外，自然也参与了文本意义的生产和实践，呼应了该小说在叙事和文本两个层面上的不确定性。

总之，有了这么一个个人的、社会的、文化的以及历史的语境，我们足以理解小说《路》的重要意义。这不仅反映了麦卡锡对他生活的世界和时代的思考，同时也表达了他对混沌系统中人们命运与存在状态的关注。对于人类来说，我们依然"在路上"。至于要走向何方，取决于我们对待充满了不确定性的生活和宇宙的态度。接受这样的不确定性而非简单粗暴地加以拒绝或者恐惧，或许就是麦卡锡这部实验小说借混沌理论的重要原则给我们最好的暗示。

第三节　《老无所依》中的"蝴蝶效应"[①]

我们知道，经典科学是研究宇宙如何围绕时间的轨迹运行，并且认为"世界的图景是完全确定的——假如我们知道宇宙状态的初始条件（可任意选取），我们便能确定其他任何时间内宇宙的状态"[②]。然而，后现代时期，一切都在变化，"即使系统是确定的，我们也无法预测出系统未来

[①] 本部分核心内容已经发表，均为本课题的阶段性研究成果，此处又做了调整。（参见张小平：随机与混沌——论麦卡锡小说《老无所依》中的蝴蝶效应，《江淮论坛》2014年第4期；数与混沌——以麦卡锡西南部小说中的"数"三为例，《重庆工商大学学报》2017年第6期。）

[②] David Ruelle, *Chance and Chaos*, Princeton: Princeton Univuniv. Press, 1991, p.29.

的状态"①。在后现代科学尤其是混沌理论的冲击下，经典科学带给人们确定性的世界图景，已全然崩溃，成为不确定的碎片。不论是外在宏大复杂的自然界，还是纷繁多变的人类世界，乃至人类行为这种极其复杂的系统，简言之，从宏观的星系到微观的粒子，宇宙中的一切均存在"蝴蝶效应"。

《老无所依》是麦卡锡的第 9 部小说，主要讲述了小说人物莫斯（Llewellyn Moss）在德州与墨西哥边境为躲避杀手旭格与治安官贝尔（Ed Tom Bell）的追杀而亡命天涯的逃难之旅。《老无所依》是麦卡锡"混沌"叙事的经典案例之一。小说人物的刻画以及叙事模式，均关涉混沌理论的本质，也就是，蝴蝶在巴西轻轻振动翅膀，便会引起德州的一场飓风。小说人物莫斯、旭格和贝尔三者恰好构成决定性混沌系统的一个个关键点，而他们命运的发展，则基于蝴蝶效应这一原则。作为混沌系统的中心，莫斯在沙漠里偶遇毒品贩子交易失败后的火拼，在现场捡走了约 2400 万美金的毒品赃款。这一捡钱的行为，导致了莫斯个人生命混沌系统初始条件的变化，不仅把他本人送上了一条逃亡的不归路，也因此殃及了他的家人以及许多和他或有或无任何关系的人，譬如旅馆的前台收银员、某公司的高管、警察、毒品贩子、雇佣杀手、摩托骑手、街上的路人包括搭他顺风车的女孩以及路边玩耍的孩子们，等等。他们均被卷入了莫斯个体生命的混沌系统，成了康特口中一堆堆的"所有美丽的尸体"②。换言之，莫斯在毒贩火拼的现场偶然偷取巨额赃款的那一刻，就是蝴蝶扇动翅膀的开始，之后他生命系统中这件看似微不足道的小事，却逐渐逾越了他的个人世界，进入了他人的世界，最终酿成了整个社会可怕的暴力"飓风"，而这

---

① Jo Alyson Parker, *Narrative Form and Chaos Theory in Sterne, Proust, Woolf and Faulkner*, New York: Palgrave Macmillan, 2007, p.115.

② John Cant, *Cormac McCarthy and the Myth of American Exceptionalism*, New York and London: Routledge, 2008, p.246.

一切几乎是不可预测和不可控制的。可以说，在莫斯混沌的生命系统中，蝴蝶效应无处不在，巨大的连续的后果取决于混沌系统演变中的随机性。

本节会继续讨论麦卡锡小说的"混沌"叙事策略，主要关注《老无所依》中的"混沌"叙事模式以及小说展现出的人物命运的不确定性，旨在说明麦卡锡小说采用了混沌理论的主要原则与范畴来展开叙事，从而使得麦卡锡的小说有了一定的动态性。①

一、蝴蝶效应、混沌宇宙与《老无所依》

作为混沌理论的本质或者重要隐喻，蝴蝶效应指的是动力系统内事物运动对初始条件敏感性的依赖，微小的变动就会产生巨大的连续的后果。就牛顿物理学的线性系统而言，小的原因产生小的后果，大的原因带来大的后果。然而，对于混沌理论论及的非线性动力学来说，微小的变动就会产生巨大的后果，甚至完全改变复杂系统，其变化不仅难以预测，而且影响巨大。天气系统就是非线性动力系统的典型例子。微小的原因会被扩大，继而产生不可预料的巨大后果。美国气象学家洛伦兹教授最先发现了自然界的这种现象，将其命名为"蝴蝶效应"。他把天气系统放置在一个开放的耗散系统中，考察了被经典科学所忽视的偶然性和随机性，从而解释了长期的天气预报之所以不能准确的原因。值得注意的是，蝴蝶效应不仅强调事物运动对初始条件敏感性的依赖，也强调事物运动的非线性及其后果的呈指数级地增长。

混沌理论告诉我们："没有什么是确定的，一切仅仅是可能性，复杂

---

① 动态小说为麦卡锡学者斯莱索格最早提出。他在《美丽的混沌》一书中根据海森伯格的区分，指出动态小说就是那些"借图形、模型以及内容将混沌理论、复杂性理论或其他动态理论融进小说叙事结构中"的一类小说。See Gorden E. Slethaug, *Beautiful Chaos: Chaos Theory and Metachaotics in Recent American Fiction*, Albany: State Univ. of New York Press, 2000.

的过程不可能被完全地认识，正确地预见，或者充分地控制。”①个体的命运也是如此。如同宇宙中事物的发展变化强调的是初始条件和不可预测，人生不仅无常，更不受个人的意志控制，因为人生也是宇宙中复杂的非线性动力系统之一。一次不经意的偶遇，或者人生某个阶段不起眼的决定，便会戏剧化地改变一个人的生活乃至人生进程。换言之，人类的行为，很少能够“种瓜得瓜种豆得豆”；相反，“无心插柳柳成荫”这种因果不成比例的状态却比比皆是。如果是后者，必然将会导致人生这个混沌系统中事物的非线性发展。正如小说《老无所依》中的病态杀人狂旭格杀掉莫斯的妻子卡拉·简（Carla Jean）前对她说的那样：

> ……生命中的每一时刻都是一个转折点。每一次转折都蕴含着一次选择。随后发生的一切皆缘于你做出了这个选择所致。要小心算计。人生的轨迹已然形成，每一条线也不能被轻易擦去……人的生命轨迹很少能够改变，突然变化的可能性更是少之又少。你人生的轨迹从一开始就很明晰。②

在旭格看来，人生就是一个混沌系统。在这个系统中，决定论与自由意志并存，个体的命运是必然性和偶然性的结果。然而，就个人命运的去向来说，往往起着重大作用的却是生活中的偶然性与随机性。

旭格的话让人联想到格雷克对混沌宇宙中最习以为常的自然现象，也就是雪花形成的观察：

> 正当生长的雪花落向地面之际，一般要在风中浮动一个多小时。

---

① 斯蒂芬·贝斯特、道格拉斯·科尔纳：《后现代转向》，陈刚等译，南京大学出版社2002年版，第354页。

② Cormac McCarthy, *No Country for Old Men*, New York: Alfred A. Knopf, 2005, p.259.

在任一瞬间，那正在分枝的尖突面临的抉择，敏感地依赖于温度、湿度以及大气中的杂质等要素。一枚雪花的六个尖突铺展在一个毫米的空间里，却感到的是同一种温度，由于雪花生长的规律是纯粹的决定论规律，维持了它们近乎完美的对称。但是，湍流空气的本质却造成了没有两片雪花会经历完全一样的道路。①

实际上，对初始条件敏感性的依赖，也就是说，蝴蝶效应在雪花的形成过程中不仅有破坏的作用，同时也有创造作用。换言之，就宇宙中事物发展的结果而言，随机在所有的动力系统中发挥的作用，至关重要。

就艺术成就而言，《老无所依》与上两节讨论过的《血色子午线》和《路》相比并不出色，然而就本书对麦卡锡小说混沌世界的研究焦点来看，《老无所依》却非常突出。毕竟，小说《老无所依》的叙事强调了人类生活乃至我们所处的宇宙中随机和"混沌"的重要性，著名的麦卡锡研究者弗莱甚至提出说该小说就是混沌理论的隐喻。② 如果说麦卡锡其他小说中混沌的重要原则被他用作小说的叙事策略，试图说明人类生活的宇宙的混沌性，并由此使得他的小说创作有了独特的复杂性和动态性。那么《老无所依》明显使用了蝴蝶效应这一混沌理论的重要原则，并将其编织进小说的结构和肌理之中，不仅小说中主要人物的命运明显受蝴蝶效应的影响，并且麦卡锡也借小说人物旭格之口，讲述了很多关涉随机与混沌的哲学言论，凸显了他对世界本体论的思考以及他对人类存在意义的探索。

与麦卡锡大多数作品一样，评论界对它们的看法总是褒贬不一，争议颇多，《老无所依》也不例外。《老无所依》刚一出版发行，麦卡锡早期研究者之一德莱赛维茨（William Deresiewicz）对该小说就嗤之以鼻，嘲笑

---

① James Gleick, *Chaos: Making a New Science*, New York: Penguin Books, 1987, p.311.

② Stephen Frye, *Understanding Cormac McCarthy*, Columbia: The Univ. of South California, 2009.

该小说"肤浅、马虎"，是"天主教情感的暧昧之作"。①詹姆斯·伍德(James Wood)甚至在他发表于《纽约客》杂志上的书评中称，该小说不过是"一部不足挂齿的惊悚片"②。两者的言论让麦卡锡刚刚树立不久的文坛地位又岌岌可危。麦卡锡同时代的著名高产女作家欧茨为该书写了书评，然而欧茨的书评或许只是粗浅的小说阅读后的应景之作，因为从她的书评中还可发现几处原文引用的文本错误。欧茨认为，麦氏的这部小说"充斥了男性暴力恶毒的色情"，读起来"就如昆汀·塔伦蒂诺(Quentin Tarantino)拍摄的低俗电影"。③

　　尽管苛评不断，但小说《老无所依》终究获得了赞誉。科布(William J. Cobb)称赞该小说是"一部必读且给人留下印象深刻的小说"④。麦卡锡的主流研究者则依然表现出他们对麦氏作品一贯的热情，从不同视角研究了小说。他们的研究基本上可分为两类。第一类采用了心理学的分析方法探讨了该小说，以约翰·康特、杰·艾利斯、大卫·柯雷敏(David Cremean)、约翰·凡德海德(John Vanderheide)等学者的研究为代表。康特与艾利斯采用的是弗洛伊德和荣格的心理学分析方法。康特认为该小说有明显的俄狄浦斯恋母情结。在他看来，麦卡锡小说中这一主题的发展是由于麦卡锡逐渐成熟，因此他"已开始感觉到再也不需要努力侵占其文学父亲的声音了"⑤。显然康特也关注了麦卡锡创作中的影响焦虑问题。艾利斯的研究聚焦小说人物莫斯和治安官贝尔之间的关系，认为

---

① William Deresiewicz, "It's a Man's World, Man's World", In *The Nation*, 12 Sep.2005, Online.

② James Wood, "Red Planet: The Sanguinary Sublime of Cormac McCarthy", In *The New Yorker*, 25 July 2005.

③ Joyce Carol Oates, " The Treasure of Comanche Country", In *The New York Times Review of Books*, 20 Oct. 2005, Online.

④ William J. Cobb, "No Country for Old Men", In *The Houston Chronicle*, 17 July 2005.

⑤ John Cant, "Oedipus Rests: Mimesis and Allegory in *No Country for Old Man*", In *The Cormac McCarthy Journal* 5.1, 2005.

二者的关系类似父子关系，并指出小说"在父子焦虑的压力下轰然倒塌，这些从小说开始便被提前倾注了盲目崇拜和暴力"①。柯雷敏认为小说的主要人物应该是治安官贝尔，并提出"贝尔在人生物质层面上的旅行虽然失败，但他在内心的精神旅行层面上得到了成功"②。凡德海德认为莫斯和旭格是潜藏在贝尔人生深处的两个"心魔"，前者是对贝尔犯下的战争罪行的弥补，而后者弥补了贝尔渴望一切平安的心理倾向。③

　　第二类研究则围绕暴力、道德、信仰以及消费主义等小说的主旨进行探讨，代表性研究有凯尼斯·林肯、琳达·伍德森（Linda Woodson）、罗伯特·杰莱特与莉迪亚·R.库珀等。林肯认为小说"勾勒了一个新的现代先进武器语境下古老的道德故事"④。类似于林肯的观点，伍德森提出小说围绕道德责任感与命运决定论展开，这一点可以从人物贝尔和旭格身上得到印证。⑤ 杰莱特讨论了该小说如何使得囿于流派的阅读者的期待受挫，并且指出小说的结尾唤起了一个非常古老却又时尚的观点，也就是信仰。⑥ 库珀的研究也涉及了小说中故事讲述与道德法则的关系。在她看来，小说的情节"依然是'潘多拉盒子式的警醒故事'"，而且小说的人物都是古老故事中的类型人物，其中莫斯"偶然遇到一堆财宝，

① Jay Ellis, *No Place for Home: Spatial Constraint and Character Flight in the Novels of Cormac McCarthy*, New York and London: Routledge, 2006, p.136.

② David Cremean, "For Whom the Bell Tolls: Conservatism and Change in Cormac McCarthy's Sheriff from *No Country for Old Men*", In *The Cormac McCarthy Journal* 5.1, 2005.

③ See John Vanderheide, "Varieties of Renunciation in the Works of Cormac McCarthy", In *The Cormac McCarthy Journal* 5.1, 2005.

④ Kenneth Lincoln, *Cormac McCarthy: American Canticles*, New York: Palgrave Macmillan, 2009, p.144.

⑤ See Linda Woodson, "'... you are the battleground': Materiality, Moral Responsibility, and Determinism in *No Country for Old Men*", In *The Cormac McCarthy Journal* 5.1, 2005.

⑥ See Robert Jarrett, "Genre, Voice and Ethos: McCarthy's Perverse Thriller", In *The Cormac McCarthy Journal* 5.1, 2005.

因为贪财起念而引起了超自然的邪恶力量，也就是旭格的愤怒”①。梅乐维茨（Raymond Malewitz）运用了大卫·布朗（David Brown）的经济学理论研究了小说中人与物的关系，认为麦卡锡嘲弄了美国文化中交换价值对使用价值无休止的入侵。②

尽管麦卡锡的主流研究者对《老无所依》的研究已有一定深度，但除了斯蒂芬·弗莱之外，这些研究者均忽略了麦卡锡小说对宇宙与人类生活中随机与混沌的关注。弗莱认为，《老无所依》中最明显的隐喻就是混沌理论，杀手旭格本人既是上帝又是撒旦的化身。③ 弗莱的观点已经触及麦卡锡小说关涉混沌理论的核心，遗憾的是，他的研究却止步于向普通读者介绍麦卡锡其人及其作品，并未继续深入研究麦卡锡小说的混沌叙事。而上文提到过的麦卡锡研究者库珀，她提出的小说《老无所依》中采用了潘多拉盒子式的情节构成，实际上类似于小说情节发展中的蝴蝶效应，但或许库珀并不了解混沌理论，而她的研究是从叙事功能的角度探究故事的基本结构，并且对小说主题的探讨限于道德伦理等传统话题，没有涉及麦卡锡对世界本体论以及人类存在状态的思考。国内学者对麦卡锡小说的研究整体起步较晚，且国内学者的研究很多都采用的是生态主义思想、存在主义观点以及美国的边疆神话和边境意识等，尤其着重对麦氏的西部小说进行研究，有追随西方研究者的步履之嫌，稍显陈旧。就《老无所依》这部小说而言，总体来讲，现有文献只有对小说中的战争创伤主题以及小说的旅程叙事等有所探讨，还未发现国内学者对小说的混沌叙事策略有所

---

① Lydia R. Cooper, *Cormac McCarthy's Heroes: Narrative Perspective and Morality in McCarthy's Novels*, Diss., Barlor University, 2008, p.141.

② See Raymond Malewitz, " 'Anything can be an Instrument': Misuse Value and Rugged Consumerism in Cormac McCarthy's *No Country for Old Men*", In *Contemporary Literature* 50.5, Winter 2009.

③ See Steven Frye, *Understanding Cormac McCarthy*, Columbia: The Univ. of South Carolina Press, 2009, pp.150–164.

探讨。

笔者认为，混沌理论是理解麦卡锡小说《老无所依》独特艺术魅力的突破口，从中不仅可以管窥麦卡锡笔下纷繁复杂的混沌世界，而且可以了悟麦卡锡小说的混沌叙事策略。对于《老无所依》而言，小说叙事遵循了蝴蝶效应的混沌原则，且小说所有的叙事矛盾，均集中围绕三个主要小说人物展开，他们三人在小说中的组成恰好构成了一个完整的混沌系统。莫斯、旭格与贝尔可以说构成了决定性混沌系统的关键点，而他们命运的发展，则基于蝴蝶效应这一原则。作为混沌系统的中心，莫斯偶然遭遇毒贩的火拼并捡到大笔的毒资从而引发了他混沌的人生旅程；旭格则是小说中"决定性混沌"的化身，他不但是邪恶的撒旦，又是主宰他人生死的万能的上帝；既是《周易》中所说的阴，又同时是阳。旭格的出现把所有的小说人物卷入了神秘和不可预测的死亡与"混沌"之中。作为混沌系统的见证人和参与者，治安官贝尔目睹了新与旧、过去与现在社会中善与恶的挣扎和搏斗，也因此成就了小说人物混沌之旅的链条：莫斯保护金钱，旭格追杀莫斯，贝尔则追捕旭格，欲图拯救莫斯与他的家庭，构成了叙事上的追逃模式。

可以说，《老无所依》是混沌叙事的一个经典范例。其中，混沌理论的核心本质被融进了小说的人物刻画以及叙事模式中。麦卡锡将他的小说人物放置在混沌系统中，通过莫斯充满偶然性和随机性的不幸命运，麦卡锡的笔触直指后现代社会中牛顿范式的漏洞，提出了他对世界存在状态和人的本质的思考。小说《老无所依》的叙事模式以及人物命运的不确定性，不同程度上均呼应了混沌理论的重要内容，使得该小说有了"混沌"的动态性和复杂性。

二、数文化、"周期3"与"混沌"叙事模式

著名人类学研究者叶舒宪教授曾经指出："文明的开端始于文字，文

字的开端始于数字。"① 相比"数字"而言,笔者认为,"数"更为原始,毕竟在数字没有形成之前,就有了"数"的出现。"数"应该是人类呈现世界的方式之一:"数"不仅只是简单地用来表示数目,而是兼有语言、文化、符号等多种属性。与"数"相关的数文化则是一种世界性的文化现象,历来被许多民族所重视,并反复出现在哲学、宗教、神话、巫术、诗歌、习俗等方面,具有神秘或神圣的蕴含。

具体到数文化中的"数"(字)三,较为特殊。"数"三,既指确定性的数目三,也常与不确定性的"多"、"复"(复杂、重复、往复等)、"混沌"等相联系,具有当代混沌学意义上"混沌"的符号所指,也就是确定的不确定性或有序中的无序。事实上,"数"三因其与当代混沌学的多方联系,还有"分形"、"自相似"、"决定性混沌"等混沌学范畴的特殊内涵,这些会在下章讨论麦卡锡小说的空间构型时具体涉及。有趣的是,我们发现,在麦卡锡西南部小说中,经常出现"数"三,《老无所依》这部发生在美国西南边陲,尤其是新墨西哥地区的故事,也不例外。"数"三在麦卡锡小说中的运用,不仅为麦卡锡的小说叙事增添了数文化的神秘魅力,同时也使得麦卡锡的小说有了混沌学的内涵。

从"数"三的产生来看,它起源于人类社会计数不超过三的时代。人类学家对于原始民族的研究表明,许多原始民族用于计数的名称只有"一"和"二",间或有"三"。"三"相当于"多一个"或"多几个"的意思。如此,当原始人计数的时候,凡在"二"之外多出的若干个数,都可称之为"三",因此"三"又具有"许多,很多,太多"乃至"无限大"的含义。观察儿童对数字的认识,往往对数字三的认识是个飞跃,只有对三加以认识,儿童的逻辑思维才逐渐形成。老子的著名宇宙生成说"道生一,一生二,二生三,三生万物",从某个侧面反映了"数"三在中国古人心目中的意思是

---

① 叶舒宪、田大宪:《中国古代神秘数字》,社会科学文献出版社1998年版,第1页。

"多"，也即万物、世界、宇宙之意。除了代表多以外，"数"三在中国传统文化中的神秘性，还在于其"作为万事万物生成发展的基数，宇宙创化的单元"①。老子的"三生万物"说认为，从道到万物，其间最大的创生飞跃就在于"三"。如果说数的开端始于一，一可理解为道，而道就是"混沌"，那么"混沌"再分成阴阳（即数二），阴阳也即天地（或乾坤），继而天地（阴阳）相交而生人。因此，"三"还可以指"天地人"。《说卦》云："昔者圣人之作《易》也，将以顺性命之理。是以立天之道，曰阴与阳；立地之道，曰柔与刚；立人之道，曰仁与义。兼三才而两之，故《易》六画而成卦。"《系辞下》亦说："有天道焉，有人道焉，有地道焉，兼三才而两之。"自《周易》始，天、地、人这个"三"数被正式命名为"三才"。可以说，是"三才"说的形成，使得"数"三在中国文化中有了天人合一的象征，由此奠定了中国文化三位一体的哲学思维，同时也成就了中国文化集体潜意识深处"数"三的宇宙论意义。

中国帝王体系中的"三皇（天皇、地皇、人皇）"说，正是对应了"三才"说，从中也体现了"数"三在源远流长的中国文化中的文化投射。中国的儒释道文化中，"数"三的印记随处可见。儒家文化中的"三纲五常"、"三从四德"等道德纲领，儒家对读书人教诲中的"君子三畏"、"日省三身"、"三人行必有我师"、"举一隅不以三隅反"等，乃至中国古代官吏制的"三公"、"三卿"、"三官"、"三省六部"等众多的"三"式花样，无不体现了"数"三这个结构素在中国文化中的普遍现象。道教文化中，"数"三更是一个圣数。道教文化中的"三官"（天帝、地祇、水神），说的是天官赐福、地官赦罪、水官解厄，而道教最高的清境为"三清"，即玉清、上清、太清。当然，道教的三位尊神——玉清元始天尊、上清灵宝天尊、太清道德天尊，其手中所持宝物的象征（元始天尊的无极、灵宝天尊的太极、道德

---

① 叶舒宪、田大宪：《中国古代神秘数字》，社会科学文献出版社 1998 年版，第 47 页。

天尊的两仪），组合起来恰是道教"一元三分"式的宇宙图式。佛教尽管是外来宗教，然而佛教中的"三世"说（过去、现在和未来），"三生"说（前世、现世和来世）、"三界"说（欲界、色界和无色界）以及"三宝"（佛、法、僧）、"三藏"（经藏、律藏、论藏）、"三皈依"、"三法印"、"三阶宗"、"三谛圆融"说等，无不体现了佛教与人类通用语"数"三的众多联系。

如果说"数"三的神秘性产生于中国文化的土壤，那么在西方文化中，作为人类共同语汇的"数"三，也有其特有的文化内涵和意义。在西方神话世界中，存在着大量的"三位一体"的神祇。希腊神话中有命运三女神、机遇三女神、复仇三女神，还有美惠三女神。当然，希伯来文化中基督教"三位一体"的信仰，影响更是深广久远。圣父、圣子和圣灵折射了天父、地母和人子的三角关系。尽管西方文化的神本位与中国文化中的人本论有着重大差异，但数作为万物之因和万物之本的观念，自古希腊的毕达哥拉斯学派，已经有将万物归结于数的关系的传统了。法国人类学家列维·布留尔（Lucien Lévy-Bruhl）在《原始思维》一书中提到："每个数都有属于自己个别的目的，某种神秘的氛围、某种'力场'。"他还进一步指出："这样被神秘气氛包围的数，差不多是不超过头十个数的范围。原始民族也只知道这几个数，他们也只是给这几个数取了名称。在已经上升到关于数的抽象概念的民族中间，正是那些形成了最古老的集体表象的一部分的数，才真正能够十分长久地保持着数的意义的神秘力量。"[1]可以说，一旦神秘数这种观念产生，就会拥有极其顽强持久的生命力，在文明进程中历久不衰，成为"集体无意识中的一种生成性的原型数码语言，衍生出光怪陆离的文化现象"[2]。

刚刚过去的 20 世纪，是人类历史上知识生产成果最为丰硕的世

---

[1]　列维·布留尔：《原始思维》，丁由译，商务印书馆 1981 版，第 202 页。

[2]　叶舒宪、田大宪：《中国古代神秘数字》，社会科学文献出版社 1998 年版，第 1 页。

纪，用波兰尼（Karl Polanyi）的话来说，这是一个"大转型"（the great transformation）的世纪。毫无疑问，在 20 世纪众多知识生产域中，20 世纪七八十年代发展起来的混沌理论，是大转型的典范。与以往分析性的思维范式有很大不同，混沌理论是一个新的思维框架，其核心问题就是认识客观世界普遍存在的混沌状态。混沌理论意义上的"混沌"，不再是传统思维中"无序"和"混乱"的代名词，而是强调"有序"和"无序"的统一，确定性和随机性的统一。接近于《周易》的象思维以及老庄文化对于人类世界和宇宙的看法，混沌理论也由"数"这种符号来认识我们生活的世界与宇宙。

　　数学家詹姆斯·约克在他的研究中发现："洛伦兹所指出的对初始条件的敏感性，在我们的日常生活中，潜伏于每一个角落。"① 在他的《周期"三"意味着混沌》一文中，约克指出："任何一个一维系统里，只要出现周期三这一正规周期，这个同一系统不仅能显现其他长度的周期，也能表现完全的混沌。"②约克的这一发现，颠覆了人类对世界的直觉认识，因为我们之前一直以为，在现实世界里造成一个周期"三"的振荡，将其自身不停地重复下去时，并不会使得系统产生"混沌"。而约克的发现，不仅呼应了中国古老哲学对神秘"数"三宇宙演化论的认识，更是从科学的角度证明了"数"三与后现代科学意义上的"决定性混沌"的联系。实际上，"数"三从某种程度上就是"决定性混沌"的象征——阴中有阳，阳中有阴，有序而无序。

　　就《老无所依》这部重要的麦卡锡西南部小说来说，"数"三也为麦卡锡所青睐，该小说中频繁出现的"数"三则与宇宙的混沌行为关联。值得关注的是，发生三次的事件频频出现在《老无所依》的叙事中，突出

---

① James Gleick, *Chaos: Making a New Science*, New York: Penguin Books, 1987, p.67.

② James Gleick, *Chaos: Making a New Science*, New York: Penguin Books, 1987, p.73

了小说的"混沌"叙事模式。小说一开始,治安官贝尔就谈到他曾把一个年轻的男孩送进死刑毒气室,出于对年轻人无缘无故杀死其女朋友的不解,也出于对年轻人救赎的愿望,贝尔后又亲自"去看过他两三次。是三次"[①]。接着,小说围绕三个人物的"旅行"展开:一是莫斯为逃脱旭格和墨西哥毒贩派来的杀手的追杀以及贝尔的追捕的逃难之旅;二是旭格为追讨巨额赃款而频频制造血案的死亡之旅;三是贝尔为抓捕莫斯和旭格归案却又无功而返的失望之旅。

再者,三个主要小说人物的相互追逃构成了小说的主要情节,并以三重结构的形式出现,使得小说运用事件三的叙事模式更加完整。例如,莫斯三次遭遇旭格:前两次莫斯靠着卓越的枪法与反侦察能力,成功逃脱旭格的追杀,第三次他则不再幸运,在旅馆门前,他与一个搭他顺风车的女孩被墨西哥杀手射杀。同样,旭格也是三次死里逃生:第一次,尽管旭格一贯运用奇特的杀人工具而使自己暴露,被警方捕捉后他却又巧妙地运用手铐杀掉了看守警察,从而逍遥法外;第二次,尽管与莫斯发生火拼时旭格被射中要害,但却靠着非同常人的坚强毅力摆脱了死神;第三次,他在埃尔帕索镇追杀莫斯的妻子简后被车撞成重伤,竟又奇迹般地活了下来。小说中,治安官贝尔也是三次遇到旭格,却三次与其失之交臂,不是他到达案发现场旭格前脚刚刚离开,便是旭格从贝尔的眼皮下扬长而去,使得贝尔错失抓捕旭格归案的多次良机,最终未能及时遏制暴力在整个小镇乃至美国西南边陲的蔓延。

暴力是麦卡锡作品挥之不去的主题。《老无所依》中,暴力集中体现在变态杀人狂旭格身上。在美国这个高度暴力的社会中,麦卡锡笔下的大小人物,无一不被卷入了暴力形成的混沌系统中。在麦卡锡看来,暴力不仅是"一种随机的极权力量,深深地扎根于这个国家的起

---

① Cormac McCarthy, *No Country for Old Men*, New York: Alfred A. Knopf, 2005, p.1.

源中"①，这一点在他的《血色子午线》以及"边境三部曲"中都有体现，并且暴力在他的小说中更是"一种事实、一种确定性、一种力量，从不中断，令人不得而知"②。有趣的是，麦卡锡笔下的恶人大多口才极好，其谈吐往往类似哲人。与《血色子午线》中的法官霍尔顿一样，旭格也口才极佳。他谈吐敏捷，其言论听起来似乎荒谬，却不乏哲理，充满了机锋。每次杀人前，旭格总会和他要杀的对象，就随机和决定论说上一长段饶有哲理的言论，对着被杀者谈论他的混沌世界观，指出人生充满了不确定性，人与他人的相遇具有偶然性，而人的一生其实总在下着赌注，只不过我们不自知罢了，等等。在旭格看来，上帝完全没有《圣经》中的慈善关爱，而是"抽象冷漠，只对人类难以理解的原则有兴趣"③。

　　小说中，旭格与他追杀的对象的谈话也被安排为三次：第一次是他与加油站的杂货店老板的谈话。当时旭格从口袋里掏出 25 美分的硬币，抛起硬币后又将它捂在自己的小臂上，让老板来猜硬币的正反面，并以猜测的答案决定老板的生死；第二次是他与毒枭派来的职业杀手卡森·威尔斯（Carson Wells）的对话；第三次是他与莫斯的妻子简的长谈。这次谈话内容类似他与加油站的杂货店老板的对话，都在表达旭格的混沌世界观。实际上，旭格不仅仅是人类对暴力非理性的渴望以及血腥的恶的化身，也不完全是制造生命中"混沌"涡旋的恶魔，其本身就是"混沌"的象征。麦卡锡把混沌理论的意象与混沌理论的内容，融入旭格复杂而又富有哲理的话语中，并以此来讨论命运、随机与确定论，突出了旭格本人作为"混沌"涡旋的特性。

---

① James R. Giles, *Violence in the Contemporary American Novel: An End to Violence*, Columbia: Univ. of South Carolina Press, 2000, p.7.

② Sean M. George, *The Phonix Inverted: The Re-birth and Death of Masculinity and the Emergence of Trauma in Contemporary American Literature,* Diss., Texas A & M Univ-Commerce, 2010, p.8.

③ Cormac McCarthy, *No Country for Old Men*, New York: Alfred A. Knopf, 2005, pp.160–161.

混沌理论认为，"混沌"主宰着我们生活的宇宙。我们生活的世界乃至宇宙，"混沌"无处不在，非理性与非线性才是生活的常态。总之，"数"三频繁出现在小说中，尤其是情节事件出现的"周期三"，使得小说《老无所依》的混沌叙事模式更加突出。

三、随机、"混沌"与人物命运

《老无所依》主要围绕三个人物展开，莫斯、旭格与贝尔构成了小说发展的混沌世界。在他们混沌的生命之旅中，随机总是捉弄着他们，使得他们的生命被卷入"混沌"的运行轨迹中。"作为一个普通美国人的代表，莫斯在整个小说叙事中，都在奔跑"[①]。的确如此，莫斯就是一个典型的普通美国人。他服过兵役，参加过越战，现在是一个有点好心肠的普通电焊工，工作卖力，遵纪守法，但收入不高，生活并不富裕，和他的年仅16岁的新娘住在美国低收入阶层常住的移动房屋区。然而，就是这个普通的美国人，却因一时的贪念，不仅将自己，而且连带他的亲人一起深深地"陷入了地狱的中心"[②]。在整个小说中，他总在一路狂奔，不仅努力地实现他扭曲的美国梦，也要逃脱毒犯派来的杀手以及警察的追捕，从而摆脱命运之神对他的纠缠与掌控。莫斯的一路狂奔，不仅把许多与他毫不相干的人卷入了他的人生轨迹，最终也断送了性命。

生活总是有太多的偶然。人生的偶然机遇，让莫斯在沙漠中捡到一个装满巨额钞票的箱子，这个突如其来的偶然，原本可以帮他一夜实现美国梦，就此改变他穷困的人生，但实则不然。尽管这个让莫斯突发大财的偶然，其结果显然再确定不过，即危险和死亡，但一夜暴富的诱惑还是让莫

[①] Kenneth Lincoln, *Cormac McCarthy: American Canticles*, New York: Palgrave Macmillan, 2009, p.143.

[②] Kenneth Lincoln, *Cormac McCarthy: American Canticles*, New York: Palgrave Macmillan, 2009, p.143.

斯铤而走险，他认为自己曾经在越战中出生入死，被军队特别训练过的枪法与反侦察能力可以帮助他，试图与命运豪赌一把。因此，从一开始，莫斯的选择就注定了灾难的到来，至于灾难会如何发生，又将怎么发生，却是不可预测的。也就是说，莫斯一开始就把他的生命交给了随机，而在他的生命系统中，蝴蝶效应起了很大作用，"一桩不起眼的小事却引发了不可控制的涡旋，并酿成了不可估量的后果"①。

莫斯在毒犯火拼的现场捡到巨额现金而周围碰巧又没有人，而参与枪战的人也都全部死掉，拿钱或者不拿，突然而至的人生选择使得莫斯的困境成了哈姆雷特式的哲学难题，而小说也借莫斯的困境叩问读者的心灵，到底怎么办？莫斯选择了前者却又良心发现，决定重返毒贩火拼的现场送水给奄奄一息的司机时，他已经意识到了他的处境与选择的危险性。他告别年轻的孩子似的新娘简，他与妻子的告别对话足以说明他明白这一切的后果："我打算去做一件事，不得不去。如果我不回来，请告诉妈妈我爱他。""你妈妈已经死了。"② 莫斯的母亲已经死了，莫斯在现世的抉择只是一种与命运的赌博，而他此时却让妻子告诉母亲要离开的选择，这已经不只是一种诀别的暗示，而是为了内心的安宁，试图用一种虚无的心安来告慰此行可能遭遇的危险。生活中随机的事件，会造成人们生活突发急剧的变化，从而让人从人生有序的状态被抛掷到"混沌"的涡旋中。尽管涡旋是一种自然现象，属于物理或生物系统，然而涡旋也是人类生活的一个内在部分。莫斯的生活就是很好的例子。从有序到无序，从确定到不确定，从遵纪守法的公民到被人到处追捕、追杀的罪犯，莫斯的人生就是典型的混沌系统。一切的发展和运行，都将敏感地取决于初始条件的变化，并且因果不成比例。

---

① Gorden E. Slethaug, *Beautiful Chaos: Chaos Theory and Matachaotics in Recent American Fiction*, Albany: State Univ. of New York Press, 2000, p.19.

② Cormac McCarthy, *No Country for Old Men*, New York: Alfred A. Knopf, 2005, p.24.

　　暴力是莫斯抉择的后果。小说《老无所依》中，流血成了常量。小说结尾时，几乎所有卷入莫斯人生混沌运行轨迹的人，都已死亡，只有旭格消失在了背景中。这一点与麦卡锡的小说《血色子午线》的结局类似。暴力是麦卡锡小说中常常出现的幽灵，且暴力的范围经常规模较大，而几乎所有的小说人物，都会被卷入暴力的涡旋中，但是，作为暴力与恶的化身的法官霍尔顿或者旭格，要么依然在跳着永远不死的舞蹈，要么逍遥法外从此土遁。麦卡锡不仅借用暴力表现了宏大的国家层面上的问题，比如他的小说对美国天命论以及美国西部边疆神话的暴力本质的嘲弄，而且他也经常借用暴力来表现微观的普通人的生活层面，比如白乐德的杀人恋尸与库拉的弃子杀婴以及莫斯的反追踪逃脱等，用以说明世界的存在状态，探索人性的荒野本质。

　　麦卡锡似乎暗示，暴力某些时候就如人生经历，其产生的原因可能仅是一件微不足道的小事，但随机一旦加入，却会让小因酿成大果。先是莫斯答应取水给性命垂危的毒贩，却让他重回毒犯火拼现场遭遇了另外一帮新赶来的毒贩，从而身受重伤，不得不丢弃卡车只身逃回家中。接着，莫斯丢弃的卡车为追踪他的毒贩和警察提供了线索，使得混沌系统中因果的参数起了变化。再者，莫斯在逃亡途中一直没有发现安置在他捡取的赃款箱里的跟踪器，方便了杀手旭格的步步追杀，几近丧命。另外，莫斯尽管是个越战老兵，训练有素，且拥有高超的反侦察能力，然而他的对手恰逢在各个方面都胜他一筹的旭格，旭格犹如《血色子午线》中的法官霍尔顿，狡猾、神秘、鬼精灵，甚至其本身的来去也是个谜。如果不是旭格的追杀，或许莫斯变态的美国梦就他自身拥有的能力和运气而言，很可能实现。但是，生活中的所有事情不会照人的设计而来，所谓的成事在人、谋事在天，很多时候恰是"天"这个偶然性，在人的生活中起了很大作用。莫斯的人生就是个很好的例子。他虽然能力和运气处处都比不过旭格，但莫斯最终并没有死在旭格这个强大的对手的手里，却是在旅馆的门口被一群墨西哥黑帮的乱枪射杀。实际上，在小说人物的追逃过程中，类似的例子不胜枚举，可以说明混沌系统中随机的作用。

莫斯逃到墨西哥的沙漠旅馆后，曾经打电话给妻子简，希望简能带钱离开，而自己来和旭格做个了断。他们在简短的电话中还讨论过两人生活中遭遇的厄运，他们的对话寓意深刻：

> 卢埃林，我根本就不想要钱。我只希望我们能回到过去的生活。
> 我们会的。
> 不，不会的。我已经认真考虑过，钱只是个假神。①

在莫斯看来，他们生活的涡旋源于"金钱"，因为贫穷他才铤而走险。然而对于年轻的简来说，莫斯信仰的"金钱"只是个"假神"，他所梦想得到的幸福生活如果靠这个假神来实现的话，那么，这个假神就成了冥冥之中的"恶神"，不仅可以操控他们的命运，还将他们希望得到的幸福与稳定生活统统毁灭，甚至招来杀身之祸。到底是对金钱的崇拜和信仰，还是冥冥之中的神祇，或是生活中随时遇到的随机，究竟是什么导致了莫斯的人生涡旋？这一生成原因的模糊性，增强了莫斯生活的"混沌"。正如弗莱所说："人类历史和生活的进程从不以人的自由意志为转移，试图从世界这个封闭而又高度复杂的物理系统中做出预测，几乎是不可能的。"②

与法官霍尔顿类似，旭格也是个"混沌"似的人物。在莫斯的混沌生活系统中，旭格起着非常重要的作用，从而使得莫斯的生活愈加复杂和不可预测。与法官霍尔顿一样，旭格的来历模糊不清，小说没有提供任何细

---

① Cormac McCarthy, *No Country for Old Men*, New York: Alfred A. Knopf, 2005, p.182.

② Steven Frye, *Understanding Cormac McCarthy*, Columbia: The Univ. of South Carolina Press, 2009, p.162.

节，使得读者知晓他的人生背景和杀人动机。麦卡锡是一个讲故事的高手，知道如何运用简单的细节来描绘或展现人物。尽管小说文本没有提供旭格的完整描摹，但是旭格身上独特的异国色彩，可以从文本的几处细节发现。莫斯和旭格在德州的伊戈尔帕斯镇的伊戈尔旅馆撞见过一次，读者借莫斯的视角，可以看到旭格脚穿"一双昂贵的鸵鸟皮皮靴"，"牛仔裤紧绷在身上"，身上散发出"带一点点药味的古龙香水的味道"，他特有的"蓝眼睛"和"黑头发"让他看起来非常"安静"，但他身上却明显有"一种强烈的异国味"；另外，旭格的"思想总像在别的什么地方，"即使有枪对准他，他也似乎没有表现出身处危险这件事情会非常"麻烦，好像这一切就是他日常生活的全部"。① 与法官霍尔顿一样，旭格就是邪恶或者死神的化身。正如警长兼治安官的贝尔对旭格的评价，他就是"一个活生生的破坏预言家"②，旭格的出现带来的只是灾难性的暴力。

与法官霍尔顿一样，旭格的恶毒毫无人性可言，他的本性非常邪恶。当他用高压电枪、气体罐或者小号铅弹射穿被杀者的前额时，他竟然还能直视他们的眼睛，直到对方眼中的毛细血管凝血为止。旭格的杀人武器无所不极，麦卡锡似乎在有意暗示这个杀人狂魔对技术和知识的掌握，而正是对知识和科技的掌握使得他走向了知识和科技的反面，某种程度也是麦卡锡对美国实用主义的一种嘲讽，也未尝不是对启蒙以来人类对知识和理性掌握的欲望的一种担忧。小说中，旭格的杀人行为也极其迅捷，他的动作"就如拍死一只苍蝇一样让人震惊，杀人前不动声色，杀人后被杀者的前额上仅留下一个小小的子弹洞，或是宰牛用的汽缸留下的一个深达 2.5英寸的大坑，或是霰弹猎枪在面颊上直接开花"③。旭格的杀人工具独特、

① Cormac McCarthy, *No Country for Old Men*, New York: Alfred A. Knopf, 2005, pp.111–112.

② Cormac McCarthy, *No Country for Old Men*, New York: Alfred A. Knopf, 2005, p.2.

③ Kenneth Lincoln, *Cormac McCarthy: American Canticles*, New York: Palgrave Macmillan, 2009, p.148.

令人恐怖，这些工具可谓五花八门，"任何物体都可成为他的工具"[①]，从屠宰场宰杀动物的工具到各类枪械，诸如步枪、手枪、短把猎枪等，从大的卡车到小的跟踪器，甚至小小的一个芝宝牌打火机，都可以成为他的杀人工具。他甚至在双手被铐的情况下，还用手铐勒断了贝尔副手的喉管。当时这位看守警察正在电话贝尔汇报自己抓到了旭格："我刚进门。他携带的东西类似治疗肺气肿用的高压氧气罐，正巧有根管子从他的衣袖里露了出来。……长官，一切都在掌控中。"[②]看似一切都在这位看守警察的"掌控"之中，殊不知死神正在向他悄悄靠近。旭格从警局逃开后，拦截了一辆汽车，随后杀死了无辜的司机，之后他一直在追杀莫斯。尽管贝尔试图阻止他的犯罪，最后还是输给了旭格。旭格幸运地躲过了各式缉拿，逃脱了法律的制裁。类似法官的诡异神秘，当与旭格谋面的众人都相继死去，而旭格却消失到了荒漠的天际去了。

同法官霍尔顿一样，旭格也喜欢把自己扮演成上帝或者立法者，对世间万物有生杀予夺之权威，并以此来挑战上帝的权威或者世俗社会的权力机构。在旭格看来，上帝"抽象冷漠，只对人类难以理解的原则有兴趣"[③]。杀人之前，旭格总要给被杀者留个机会，来随机决定对方是被杀还是留下。世间万物瞬息万变，充满了随机和"混沌"。抛掷硬币是旭格玩弄随机的方法，当然也可视为他玩弄和操弄他人命运的游戏。旭格不仅借助抛掷硬币来确定被杀者的命运，还以此来解释他对神秘的生活和世界中确定与随机关联变化的看法。旭格不只是人类内心对暴力和血腥等非理性的渴望的恶的化身，也不完全是制造生命中的混沌涡旋的恶魔。实际上，与法官霍尔顿一样，他本身也是"混沌"的象征。把混沌理论的意象与混

---

① Cormac McCarthy, *No Country for Old Men*, New York: Alfred A. Knopf, 2005, p.57.

② Cormac McCarthy, *No Country for Old Men*, New York: Alfred A. Knopf, 2005, p.5.

③ Steven Frye, *Understanding Cormac McCarthy*, Columbia: The Univ. of South Carolina Press, 2009, pp.160–161.

沌理论本身,融入旭格复杂而又充满哲理的对命运、随机与确定性的言论中,麦卡锡突出了旭格作为混沌涡旋的特性,批评了人类邪恶而又矛盾的本性,而在他将混沌观念融入其笔下的小说人物表征的同时,也使得小说有了动态性。

作为混沌理论的重要意象,抛掷硬币与或然率相关。而抛掷硬币也是混沌理论科学家常用来解释非线性动力系统内随机性的典型例子。《混沌的本质》一书中,洛伦兹就用抛掷硬币的例子来阐释什么是随机性:

> 一个常用来解释随机性的例子是掷硬币。在此,可能事件只有两种:正面或反面,它们都可能在下次发生。假如过程确实是随机的,那下次投掷出现正面的概率(比方说百分之五十或任何其他值)应精确地等同于任一次投掷同一硬币而出现正面的概率;这一概率不会变,除非因投掷力量过大而使硬币变了形。如果已知这一概率,那么即使知道上次投掷结果,也不会增加我们猜对下次结果的机会。[①]

旭格了解硬币的下落受随机控制,因而在受害人抛掷硬币前,无论是押硬币的正面或反面均取决于随机。小说开始时,旭格让加油站的杂货店老板抛掷硬币决定他自己的生死;小说结束时,他又让莫斯的妻子简抛掷硬币来赌一把死活。对于旭格来说,在硬币下落的动力系统中,尽管随机起着重要作用,但随机还要依赖"之前各种各样错综复杂的能够产生结果的任何时刻"[②],也就是说人生充满了偶然性和必然性的耦合,这也是加油站老板和简的抛掷结果会迥然不同的原因。加油站老板赌的是正面,硬币落下来时恰好正面朝上,因而他便幸免于难;然而,简赌的也是正面,

---

① E. N. 洛伦兹:《混沌的本质》,刘式达等译,气象出版社 1997 年版,第 5 页。

② Steven Frye, *Understanding Cormac McCarthy*, Columbia: The Univ. of South Carolina Press, 2009, pp.160–161.

但落下的硬币却反面朝上，依照旭格定好的游戏规则，简只好被杀。

　　麦卡锡的小说多次出现关于命运和随机的谈论。旭格借助抛掷硬币对命运、随机与选择的讨论，类似小说《骏马》中的主要人物约翰・格雷迪与女傅阿尔芳莎（Duaňa Alfonsa）的谈话。当格雷迪为向阿尔芳莎的侄孙女求婚而前去找阿尔芳莎时，阿尔芳莎说道："对我来说，这个世界更像一出木偶戏。当你向幕后看，试图搞清楚木偶手中的线绳到底放在什么地方，却发现原来线绳还牵在另一个木偶手里，而联结这个木偶的线绳又牵在别的木偶手里，就这样一个接一个，没有停止。"① 小说《骏马》中，阿尔芳莎的父亲也讨论过关于抛掷硬币的比喻意义，而阿尔芳莎这段关于木偶的言论实际上是麦卡锡借小说人物之口，强调了世界的复杂性与个人自由意志之间的关系，说明世界是一个复杂系统，充满了偶然性和变数。抛掷硬币的意象在《血色子午线》中也出现过，法官霍尔顿本人就是一个抛掷硬币的高级魔术师。金币从他的手中抛出后，在空中划出一道优美的弧线，便会准确神秘地重新回到法官的手中。

　　硬币抛掷的意象频繁出现在麦卡锡小说中，表明后现代社会中，决定人类生死的因果链条已经破碎，而在生命的混沌系统中，随机起着很大的作用，一切都不再确定，其原因在于"硬币的未来命运受控于时间和之前的事件"②。换句话说，任何一个时空点上微小的变化就会造成一定的后果，而这个后果有大小或严重之分，则是因为我们的人类生活中不确定性与自由意志共存。因而，我们可以说，人的命运取决于随机，而随机恰又决定了人生的成败或输赢。

　　旭格的想法几乎与混沌理论的观点一致。在他看来，随机和意外事件构成了人生的全部进程，而一个人的命运正是因果巧合的结果。旭格指

---

① Cormac McCarthy, *All the Pretty Horses*, New York: Vintage International, 1992, p.232.

② Steven Frye, *Understanding Cormac McCarthy*, Columbia: The Univ. of South Carolina Press, 2009, p.161.

出，硬币走了 20 年才"到达这儿。……而我恰好就在这个地方。我用手捂住它。要么正面，要么反面"①。旭格的意思想要说的是，"正是复杂的因果矩阵把他和他的受害者带到了现在这个时刻，而这个时刻的到来却是因为之前无数时刻的结果"②，因为人一生中的"账早晚是要清算的"③，尽管人们经常忽略生活中某些微不足道的小事。旭格在杀掉简之前甚至建议她"一边享受自由意志带来的愉悦，一边也要忍耐宿命的控制"④。旭格之前也曾建议过莫斯把钱退还给他，如果这样他就给莫斯一个机会，让他能够运用个人的自由意志来拯救他的妻子。然而，莫斯并不信任恶魔一样的旭格，正是莫斯的不信任让他失去了一个改变命运轨迹的良机，无法利用个人的自由意志搭救他的妻子。在旭格看来，莫斯的决定恰好构成了导致"此时"和"此处"发生的事件中"先在"的众多事件中的一个。按照他的人生逻辑："生活中的每一刻都是一个转折点。每一刻都是选择。随后的一切皆缘于你做出了一个选择。……人生的路线很少能够改变，突然变化的可能性更是少之又少。实际上从一开始，人生的道路究竟是什么样子的，早就显现出来了。"⑤因此，旭格才会让简抛掷硬币来决定她的生死。实际上，旭格相信随机，"承认选择的存在，但是这选择也是卡拉·简自己选择的结果"⑥。

简不可能与加油站老板的生活一模一样。一个人的生活，虽然充满了自由意志和决定论的结合，但没有人可以复制另一个人的生活。简生活中

---

① Cormac McCarthy, *No Country for Old Men*, New York: Alfred A. Knopf, 2005, p.560.

② Steven Frye, *Understanding Cormac McCarthy*, Columbia: The Univ. of South Carolina Press, 2009, p.161.

③ Cormac McCarthy, *No Country for Old Men*, New York: Alfred A. Knopf, 2005, p.57.

④ Peter Francis Mackey, *Chaos Theory and James Joyce's Everyman*, Cainesville: Univ. Press of Florida, 1999, p.51.

⑤ Cormac McCarthy, *No Country for Old Men*, New York: Alfred A. Knopf, 2005, p.259.

⑥ Steven Frye, *Understanding Cormac McCarthy*, Columbia: The Univ. of South Carolina Press, 2009, p.161.

的涡旋虽然因为莫斯偷取巨额毒品赃款而起了变化，但这种变化早已注定，也就是说在这件事情发生之前已经开始，至少可以往前面追溯，一直追踪到她的沃尔玛超市罗曼史的梦想开始。简单地看，简嫁给莫斯只是他们个体生活中一件太过普通的事情，不会出现什么大的问题，但正是这看似平常的选择，其造成的后果却远非简能提前料到，更无法有所预测。因为莫斯的贪念与他的偶然遭遇，作为他的妻子，简的命运不由她来做主，最终不但简断送了性命，连带她的母亲也死于非命。简与莫斯的罗曼史始于消费社会的重要场所——沃尔玛超市，也正是沃尔玛超市这样的消费主义场所才有了消费主义时代特有的恋爱模式，当然小说设计这样的故事桥段，也正说明了重商主义社会对人和人类生活的影响和毒害。莫斯的贪念和他一夜暴富的思想正是重商主义思想的极好说明。对于简来说，超市里认识了莫斯，才有了卷入莫斯人生命运混沌系统的可能性。而她随着莫斯人生的变化而遭到旭格的无辜杀害，无疑也是人类生命系统中蝴蝶效应作用的很好案例。

正如混沌学批评家黑尔斯所说：

> 假设时间前行的话，总有随机的作用，因为分叉点附件的振动，尽管微乎其微或者偶然随意，总会引起系统朝向另一个道路而非其他领域发展。……但是一旦时间沿着之前的轨道向后移动，其中的每一个结合点都已经提前确定，因而随机将不再在系统的演化中起任何作用。①

黑尔斯对系统里随机的观察提醒我们，在一个确定性的世界，随机是

---

① N. Katherine Hayles, *Chaos Bound: Orderly Disorder in Contemporary Literature and Science*, Ithaca and London: Cornell Univ. Press, 1990, pp.98–99.

如何允许人类自由意志的存在，然而随机却仅仅出现在一个不可逆的时间系统中，这一点恰恰适合简的情形。在生命结束之前，简应该是同意了旭格关于随机的言论，并接受了他的观点："你明白吗？当我走进你的生活中，你的生命历程就意味着结束。生命有开始、中间与结束三个阶段。此刻就是你生命的尽头。你会说事情原本不是这个样子的，而应该是别的结果。那又有什么意义呢？结果就是事与愿违……"①

麦卡锡的早期小说中就有对蝴蝶效应的暗示，尽管麦卡锡没有直接提出来，而经常是借小说人物之间的对话表现出来。《上帝之子》中的白乐德所住的小镇上的铁匠，就和白乐德谈论过打铁的过程。他说道："（打铁）和世界上的其他事情其道理是一样的……很小的一处出了差错，就等于其他所有的工作都白做了。"②显然，这个普通的铁匠将打铁与人生作比，其道理就是对人类生命系统中蝴蝶效应的很好阐释，他可用来解释变态杀人犯白乐德从文明到荒野退居变化的不幸命运。或许他后来所有的堕落和退化只是缘于他失去房子这一人生经营的错误。此外，《骏马》中的年轻牛仔罗林斯就对他的朋友格雷迪说过："世界就是这样子的。一个阿肯色州或者其他鬼地方的家伙醒来时打了个喷嚏，你还没明白怎么回事时，战争已经发生，一切都毁灭了。你根本弄不懂这一切到底是怎么发生的。"③很明显，罗林斯的言论，就是对混沌理论中蝴蝶效应这一深奥的科学常识的日常化解读。此外，当格雷迪从监狱中被释放出来时，阿尔芳莎就对他说过："世界上的万事万物都有联系。一旦做出决定，就应该承担责任而非轻易放弃。……人的许多决定都是相互联系的，尽管引起结果的原因似乎相距很远。"④阿尔芳莎关于随机事件背后存在着内在联系的观

---

① Cormac McCarthy, *No Country for Old Men*, New York: Alfred A. Knopf, 2005, p.260.

② Cormac McCarthy, *Child of God*, New York: Vintage International, 1973, p.74.

③ Cormac McCarthy, *All the Pretty Horses*, New York: Vintage International, 1992, p.92.

④ Cormac McCarthy, *All the Pretty Horses*, New York: Vintage International, 1992, p.230.

点，同样也是蝴蝶效应这一认为世界上万事万物存在着联系的后现代世界观在人生中的哲理运用。

当然，旭格也可以选择不杀简。然而，他的变态的杀人逻辑却不允许他选择成为一个好人。他振振有词地说"我只有一种活法。没有哪个人会成为特例。只有抛硬币能够决定"[1]，从中可以洞悉旭格邪恶的冷漠和他冷血的暴力。尽管如上帝般掌握对他人的生杀予夺的权利，旭格毕竟是人，他的命运也处在混沌系统运行的轨迹之中。旭格执行他对自己说过的承诺之后，也就是如果莫斯不交出钱箱便杀掉简，但是当他离开简与莫斯的家时，却被一辆十字路口闯红灯的卡车撞成了重伤。卡车闯红灯本身就始料不及，加上闯红灯的卡车能撞上旭格，更是始料不及，这应该是生活中的随机现象。尽管旭格在小说中被表征为"混沌"的象征，但是麦卡锡安排旭格命运里的偶然性似乎也在暗示读者，人类世界的暴力无处不在，因为"人类完全可以确定构成世界的因果，而其中的痛苦和流血愈来愈多"[2]。不得不说，小说安排旭格这样的结局，是对世界确定性的最大讽刺，同时也是对人类追求知识和科技之最大利益和用途的嘲弄。

与麦卡锡小说把世界看作荒野和"混沌"的主题一致，《老无所依》这部融犯罪惊险小说和后现代西部小说为一体的作品，也表现出了对人性荒野和邪恶的批评。在麦卡锡看来："绝对没有不流血的生活。认为物种可以改良，人类可以生活得圆融和谐的观点太为危险。"[3] 小说中，麦卡锡将暴力与人性联系起来，用以讨论人的本质以及世界的存在状态，正好呼应了小说最后贝尔与叔叔埃利斯（Ellis）之间的谈话：

---

[1] Cormac McCarthy, *No Country for Old Men*, New York: Alfred A. Knopf, 2005, p.259.

[2] Steven Frye, *Understanding Cormac McCarthy*, Columbia: The Univ. of South Carolina Press, 2009, p.162.

[3] Richard B. Woodward, "Cormac McCarthy's Venomous Fiction", In *The New York Times Magazine,* 19 April 1992.

你觉得上帝会知道人间正在发生的事情吗？

我希望他知道。

你认为他能阻止吗？

我认为不能。①

在贝尔看来，过去那个有着善良、道德以及秩序的世界已经堕落，暴力、毒品以及腐败正在充斥整个当代美国社会。然而，面对这个混沌堕落而又暴力猖獗的社会，即使上帝也无能为力，认识到这一点的贝尔痛心疾首。埃利斯也不认同上帝的力量。在他看来，现实生活中，邪恶从没有远离过我们，因为"这个国家已经彻底走了样"②。麦卡锡应该是在借贝尔与叔叔这些老人们的言论，思考美国在当代社会的发展和走向，同时也是他对人与世界关系乃至人性的深层思考。

小说《老无所依》的题目来自爱尔兰著名诗人叶芝的名诗《驶往拜占庭》（"Sailing for Byzantium"）。诗歌开篇讲道："在那个国度，老无所依。/ 青年人在互相拥抱；那垂死的时代 / 树上的鸟，正从事他们的歌唱。"可以说，诗歌是从老人的角度，来看与物质的现实世界相反的艺术世界。弗莱认为，小说采用这样的题目，明显指的是"贝尔和他的叔父埃利斯试图控制和理解的充满血腥、暴力、痛苦、挣扎的世界"③，已经远不能适合老人。然而，正如叶芝诗歌中的老人无法理解和适应充斥着欲望和暴力的年轻人的世界，贝尔也一样。尽管他不愿意直面社会，内心依然相信美德，并在心里呼唤理想的精神之境，但现实的无奈只能让他望而却步，退守到自己的内心世界里，喃喃自语。正如他与叔叔埃利斯对上帝的看法一样，

---

① Cormac McCarthy, *No Country for Old Men*, New York: Alfred A. Knopf, 2005, p.269.

② Cormac McCarthy, *No Country for Old Men*, New York: Alfred A. Knopf, 2005, p.294.

③ Steven Frye, *Understanding Cormac McCarthy*, Columbia: The Univ. of South Carolina Press, 2009, p.156.

上帝对人间的暴力与堕落坐视不管，而他大概也只能逃离现实，沉浸在对过去的回忆中，并在回忆里追忆曾有的理想世界。

实际上，贝尔与旭格正好相反。他们犹如一枚硬币的两面：正义与邪恶；法律维护者与法律破坏者；过去与现在；阳与阴。作为莫斯犯罪与逃亡之旅的见证者和参与者，贝尔、莫斯和旭格三人正好构成了一个混沌系统。作为警长和地方治安官，他需要追捕旭格，希望以此挽救莫斯和简这些年轻人的生命。但是他的运气却总是不佳，要么是他没来得及阻止犯罪，要么是当他赶到现场时，惨案已经发生，而罪犯早已逃之夭夭。贝尔始终距离灾难半步之遥，无法完成一个警长的职责，保护他人与社会的安全稳定。尽管混沌系统中，随机无处不在，并总是戏剧化地发生，然而，莫斯不肯信任法律而宁愿把自己的生命交付混沌系统，让个体的宿命与自由意志来决定他的生死，应该是对贝尔所代表的正义、法律以及权威的嘲弄。同时，莫斯的不信任也是造成贝尔有意愿却总是无法阻止暴力的原因之一。贝尔是位二战老兵，战争的血腥使他渴望和平，然而充斥美国西南部的毒品犯罪以及社会上青年人的堕落，使他更加心生郁闷。他希望以一己之力挽救莫斯与简的命运，甚至阻止旭格这样的恶势力的猖獗；但是，贝尔的不幸在于他始终无法阻止暴力的发生，而他的运气不佳，恰恰说明了不可预知和不可阻止的暴力这一强大的力量早已内在于人类生活中。一旦产生或者爆发，就如蝴蝶扇动翅膀一样，其结果不可预测和不可控制，会造成对人类生活的巨大危害。

《老无所依》的叙事结构非常奇特。每一章的前面都安排了一个斜体部分，几乎都是老人贝尔以第一人称所发出的"独白式的内心呢喃"①。该斜体部分与小说中的追逃故事，相互分开。实际上，有两条并置的叙事线

---

① Jay Ellis, *No Space for Home: Spatial Constraint and Character Flight in the Novels of Cormac McCarthy*, New York and London: Routledge, 2006, p.225.

索贯穿小说文本：一条讲述的是莫斯的亡命之旅，旨在逃脱毒犯派来的杀手、旭格和警察的追捕或追杀；一条是贝尔漫长的心灵之旅，贯穿于整个小说中。两条线索最终在贝尔梦境的结束处终止。贝尔这个小说人物作为叙事的交叉点，可谓连接两条叙事线索的桥梁。莫斯的逃亡之旅事实上内嵌在贝尔的内心独白里。

贝尔的内心或精神之旅中，他一直为过去困扰，不能直面当下。在他看来，当下的美国社会一片黑暗，令人迷茫。很明显，在贝尔的眼中，20世纪六七十年代的美国，暴力充斥，腐朽在即。就如莫斯的父亲对贝尔所说的那样："这个国家早已摇摇欲坠，越战只是让它雪上加霜。"[1] 令贝尔不解的是，被他送往毒气室执行死刑的男孩，竟会杀掉自己的女朋友。面对法律，男孩给出的杀人理由不过就是想杀人而已，别无他因。男孩无缘无故杀掉自己的女朋友，这一视他人生命为草芥的小说细节，从某种程度上预示了小说后来出现在旭格身上的邪恶的力量。这种邪恶的力量，在美国社会大肆蔓延，已然侵袭到了年轻人的世界。

毒品交易已经不再局限某一地区或地域，甚至越过了国境，而毒品犯罪也已国际化，引发了跨地区甚至跨国等大面积和大规模的流血和暴力。毒品污染了年轻人的世界，因为毒贩不仅把毒品卖给尚在读书的在校生，同时还将美国境内许多普通的平民卷入了毒品犯罪。他们践踏法律，无视正义，甚至铤而走险。莫斯和毒枭派来的职业杀手威尔斯就是很好的例子。前者原是一个守法公民，却因毒品不得不亡命天涯，而后者则从前是陆军的中校，现在却堕落成为毒品公司雇佣的职业杀手。在贝尔看来，"这个世界对人们太不公平，但是人们却从来没有向其讨个说法"[2]。总之，暴力无处不在的社会，一个老人什么也做不了，只能屡屡碰壁。小

---

① Cormac McCarthy, *No Country for Old Men*, New York: Alfred A. Knopf, 2005, p.295.

② Cormac McCarthy, *No Country for Old Men*, New York: Alfred A. Knopf, 2005, p.271.

说最后，莫斯被墨西哥杀手乱枪射死，连带妻子简与其岳母也惨遭旭格的毒手。然而，旭格这个邪恶的罪人却最终逍遥法外。面对世界的无序，贝尔黯然告别了他钟爱的警长职位，申请了退休。从此贝尔彻底退到了自己的梦里。在梦里，贝尔幻想能远离"强奸、纵火、谋杀、毒品以及自杀"[1]的世界，有一个宁静和平，关心爱护，有着精神追求和温文尔雅的国度。

麦卡锡新墨西哥阶段的小说，不再有福克纳式的复杂的语言结构以及拗曲难解的语言，而是有了海明威式的极简主义文风。小说简约有力的叙述风格与小说内容上关于暴力、死亡、混乱和无序，甚至接近沙漠的混沌宇宙相互呼应，有了一致性。《老无所依》多采用干净利落和节奏明快的美国西南部地区的方言与后现代派小说的碎片化语言。麦卡锡语言上的"沙漠化"风格，也是对美国西南部边境地区"老无所依"这一社会真相的一种映射，一种呼应。

作为美国圣菲研究所的研究员，麦卡锡在研究所的工作伙伴大多都是全球知名的物理学家。麦卡锡认为，正是靠着喜欢思考"事物如何运作"[2]这一持久的兴趣，使得麦卡锡喜欢与聪明的物理学家们打交道，而后者又使得他更加喜欢研究所的工作。在麦卡锡的小说中，无论是叙事内容还是叙事形式，"混沌"这一概念贯穿始终，使得他的小说呈现出独特的"混沌"的审美特征。麦卡锡在接受脱口秀女王奥普拉采访时说过，人生就是掷骰子。麦卡锡的言外之意应该是，在我们人类生活中，随机的作用太戏剧化。既然上帝还掷骰子，那么，这个世界上根本就没有人能够逃脱随机的捉弄。麦卡锡的意思指的是，我们的人类生活是个复杂的动力系统，许多变量会被卷入一个极其复杂的参数之网中，每一刻每一瞬间都在影响着人的生活。而随机正是在这些变量的互动中发挥作用，任何一处微小的改

---

① Cormac McCarthy, *No Country for Old Men*, New York: Alfred A. Knopf, 2005, p.196.

② Richard B. Woodward, "Cormac Country", In *Vanity Fair*, August 2005, 98. July 18, 2011.

变,便可能导致混沌系统产生变化,造成预想不到的巨大后果。

小说《老无所依》中,随机造成了小说人物莫斯生活的轨迹急剧产生改变,最终酿成个体、社会的,乃至宇宙的整个悲剧。随机使得莫斯的悲剧不再局限于普通个体的狭小生活领域,而是把灾难性的后果呈指数地增长和放大,最终使其卷进了整个美国社会的暴力、腐败和堕落之中。莫斯的生活正是这个呈"决定性混沌"的宇宙中各种变量互相作用的结果。此外,小说中频繁出现的用抛掷硬币的方法决定人的生死,尽管貌似荒诞,但却因此打破了传统社会牛顿式思维因果之间的线性联系,使得后现代社会中人类的生活不仅具备不确定性与非线性,甚至生存也不再拥有意义。作为"混沌"的化身,变态杀人狂旭格与抛掷硬币这个作为混沌理论中随机概率意象的一起出现,突出了人类生活和社会的混沌性。可以说,借人物命运和生活中的随机性,麦卡锡提出了他对人类存在状态的本体论思考。同时,他也借人物命运中蝴蝶效应的酝酿、产生以及突变,阐释了他对混沌世界观的理解。

再者,小说叙事模式在情节安排中重复出现的"事件三"(也即三重结构)呼应了数学家约克提出的"周期'三'意味着混沌"的观点,某种程度上使得小说《老无所依》的叙事与混沌理论的重要内容,有了一致性。

总之,麦卡锡让小说的叙事模式以及小说中人物的命运,皆遵循了混沌理论的重要内容,尤其是蝴蝶效应这一核心本质,使得《老无所依》有了混沌的动态性这一独特的审美特征,从而超越了传统西部犯罪惊悚小说的写作范式。《老无所依》不仅成为麦卡锡创作史上的杰作之一,也堪称美国后现代西部小说的经典之一。

第四章

奇异吸引子、分形与自相似："混沌"的空间构型

我没有谈到奇异吸引子的艺术魅力。这些线条的系统、点的云朵，其本身有时候看起来就是焰火，就是星系，就是奇异的植物的分芽繁殖。这是一个王国，亟待探索那里奇妙的形式，这是一个地带，需要发现此处的美妙的和声。

——大卫·儒勒《随机与混沌》

云朵不是圆球，山脉也不是圆锥体，海岸线不是圆圈，树皮也并不光滑，闪电划破天际的时候其轨迹也并非直线。所有的自然的结构都呈现出不规则的图案，它们均为自相似。换言之，我们经常发现整体的某一部分如果持续放大，便会展露出另一个相似的结构，它与刚开始我们看到的最初的图形几乎就是一个复制品。

——本瓦·曼德博《自然的分形几何》

"混沌是美丽的，并以奇异的图案和图形来发展自我"[1]。的确，奇异吸引子和分形就是那些"混沌"的"奇异的"图案和图形，来映射"决定性混沌"的相空间。随着混沌理论科学家研究的日益进步，混沌理论的概念和图形逐渐被文学艺术家们认可和接受。同时，随着小说叙事形式的

---

[1]　Harriett Hawkins, *Strange Attractors: Literature, Culture and Chaos Theory*, Hertfordshire: Practice Hall / Harverster Wheatsheaf, 1995, p.10.

"空间转向"，混沌理论的基本图形逐渐得到认知，并被小说家有意识地融入他们的小说创作中。至于麦卡锡的小说文本，混沌理论的概念和原则如何在麦卡锡小说中得到运用，并如何运用到麦卡锡小说的主旨表征以及叙事策略中，这一点我们在前三章里已经讲过。不仅混沌理论的概念和原则，混沌理论的重要图形也被麦卡锡用作他小说的叙事构型，从而使得他的小说有了"混沌"的动态复杂性。

　　将混沌理论的重要图形考虑在内，本章重点考察麦卡锡的西南部小说，尤其是"边境三部曲"中的前两部，也就是小说《骏马》和《穿越》，旨在说明麦卡锡小说的叙事形式已然有了"混沌"的空间构型，并以奇异吸引子和分形两种空间形式分别呈现在上述小说中。[①] 就奇异吸引子和分形这两种模型或者说混沌理论的重要意象而言，两者都以自相似为重要特征。"边境三部曲"的最后一部小说——《平原上的城市》，在整个麦卡锡小说中并不如三部曲的前两部有突出的"混沌"空间构型，但作为系列小说的一部分，还是能够发现它们之间的诸多关联和自相似处，从而使得三部曲成为一个整体。方便研究起见，必要时候本书也会谈及这部作品，至于麦卡锡小说的叙事形式，会在未来研究中继续深化和拓展。

第一节　奇异吸引子、分形和动态空间性

　　作为映射非线性动力系统中相空间的模型或图形，奇异吸引子和分形有着独特的艺术魅力。当代小说经常将其用作叙事的空间形式，使得这些小说有了空间动态之特点。本书第一章已对这两个概念有过说明，但就二

---

① 本章研究麦卡锡小说中的混沌空间形式，旨在说明麦卡锡小说的动态空间性之混沌特点。鉴于此，第三、四章在研究视角上有所不同。

者与麦卡锡小说空间形式之间的联系来说，有必要加以回顾，有助我们深入探讨麦卡锡小说的动态空间性。

首先来看吸引子点（attractor）和奇异吸引子（strange attractor）两个概念。对于物理学家，总的来说有两种简单的吸引子点，那就是固定点和有限环，它们分别代表了"抵达固定状态或持续重复自己的行为"[1]。钟摆的运动属典型范例。如果考虑摩擦力的因素，那么吸引子形成后的模型，就如附录中的图 3 所示，可能是一个固定点。如果是在理想状态下完成相空间映射过程的话，摩擦力的因素不被考察在内，那么，便会如附录中的图 2 所示，可能会出现一个有限环。因此，吸引子的图形可以理解为是"对系统一定时间内事物运行行为的仿真"[2]。并且，一个特殊的吸引子要在有着多个参数的特殊动力系统中，才能映射出来。黑尔斯指出，"吸引子点可以是某一轨道上的任何一个点，似乎能吸引所有的系统都朝向它"[3]，因此吸引子点必须包括一个确定点、一个环以及可以预定的节奏。简言之，吸引子点是线性的可预测的现象在相空间内所产生的形状。

与固定点和有限环不同，奇异吸引子是非线性和"混沌"呈现在相空间的形状，这一形状将多维空间里无限变化的点结合起来，而这些点又是在非线性动力系统中产生。每一个奇异吸引子点都有自己的吸引"点"或吸引"区"，而周围的点在变化过程中会被逐渐吸引到这个"点"或"区"内，但它们变化的轨迹却从不交叉。如果吸引子点不被摩擦掉的话，那么相空间内所有的轨迹便会永远趋向它。此外，在奇异吸引子

---

[1]　James Gleick, *Chaos: Making a New Science*, New York: Penguin Books, 1987, p.134.

[2]　Jo Alyson Parker, *Narrative Form and Chaos Theory in Sterne, Proust, Woolf, and Faulkner*, New York: Palgrave Macmillan, 2007, p.22.

[3]　N. Katherine Hayles, *Chaos Bound: Orderly Disorder in Contemporary Literature and Science*, Ithaca and London: Cornell Univ. Press, 1990, p.147.

的形成中，分叉点也很关键。物质经过分叉点后，其运动中的有序与无序的变化便会加快，接着非线性动力系统会趋向比之前更加混沌的状态。奇异吸引子的维度，通常都是分形的，因为在抻、拉、折、叠的过程中，会出现自相似。奇异吸引子的所谓"奇异"，指的是"具有不可预测性的图形，并局限于从来不重复自身的轨道中"①。这些图形的特征大都具有不稳定性、迭代以及对初始条件的敏感性依赖，暗示了"决定性混沌"的状况，也就是，规则的不规则或有序的无序。蝴蝶吸引子（又名洛伦兹吸引子）和罗斯勒吸引子（如附录中的图 1 和图 4 所示），都是奇异吸引子的典型图形。

接着，我们来看分形。除了奇异吸引子，分形也是用来映射"决定性混沌"中物质的运动轨迹，其特征是跨尺度的自相似。这种跨尺度的自相似特征可以出现在分形的任一部分，无论是宏观还是局部，都能找到自相似的特征。曼德博集、茱莉亚集、中国《周易》的"阴阳鱼"，以及佛教经典中经常出现的曼陀罗，都是典型的分形图案。作为非线性动力系统中的仿真拟像，分形的图形经常出现在大自然中。大自然中很多图形都呈分形。海岸线、云朵、云杉、山脉、天气预报的波动变化等，可以说自然界中很多事物的结构，都是分形图案，与几何学中常见的三角形、方形等规则图形有着巨大差异。换言之，"规则的线性的有序的，并非是规律；相反，它们才是例外"②。

曼德博指出:"分形是一种不同于欧几里得几何学的几何图形，这种图形根本不是规则的。首先，它们完全不是规则的；其次，它们在每一种度量衡的测量下，都呈现同一程度的不规则……增长管理的规则保证小规

---

① 　N. Katherine Hayles, ed., *Chaos and Order: Complex Dynamics in Literature and Science*, Chicago and London: The Univ. of Chicago Press, 1991, p.4.

② 　Harriett Hawkins, *Strange Attractors: Literature, Culture and Chaos Theory*, Hertfordshire: Practice Hall / Harverster Wheatsheaf, 1995, p.161.

模的图形特征会逐渐被阐释成为大规模的图形。"① 因此，我们要注意到，分形在形状上的特征就是规则的不规则，而这些正是"决定性混沌"富有吸引力的图形或者无限内在化后的图案。斯莱索格也指出，分形"表示一种无限的内嵌图形，这种图形的内嵌是一种跨尺度的重复（也即从大到小的图形），并且也是一种没有固定坐标的区域"②。简言之，分形表示的是一种轨迹，一种动态的运动。它不仅仅指"分形的部分、碎片和裂痕，也指不规则性"③。实际上，分形揭示了混沌理论的意象，也就是跨尺度的自相似。当然，分形也是"重复的对称性，尤其是当同样的整体上的形状在跨多个不同的尺度时，还会不断地重复"④。

第二节 《骏马》中的奇异吸引子与自相似

麦卡锡的小说人物多呈流动性。换言之，他们多"走在路上"。他们出于或被动或主动或两者兼有的原因，成了荒野上的流浪者。无独有偶，麦卡锡本人的生活，也极具流动性。从美国东部的罗德岛到美国南方的田纳西州，从美国德州的埃尔佩索再到新墨西哥的圣菲，作家半生漂泊中居住地的迁徙，与麦卡锡小说人物"人在旅途"的写照近乎吻合。旅行是麦卡锡喜欢的主题之一。他的大部分小说，除了明显的片段化插曲式安排外，几乎都依赖"旅行的中心结构原则，将旅行者带入或与自我或与旅行

---

① See Harriett Hawkins, *Strange Attractors: Literature, Culture and Chaos Theory*, Hertfordshire: Practice Hall / Harverster Wheatsheaf, 1995, p.79.

② Gorden E. Slethaug, *Beautiful Chaos: Chaos Theory and Metachaotics in Recent American Fiction*, Albany: State Univ. of New York Press, 2000, p.110.

③ Gorden E. Slethaug, *Beautiful Chaos: Chaos Theory and Metachaotics in Recent American Fiction*, Albany: State Univ. of New York Press, 2000, p.110.

④ N. Katherine Hayles, ed., *Chaos and Order: Complex Dynamics in Literature and Science*, Chicago and London: The Univ. of Chicago Press, 1991, p.10.

遭遇的各种群体的系列冲突中"①。

《骏马》的故事背景发生在 1949 年到 1951 年间美国西南部与部分墨西哥国土之上,距离《血色子午线》故事发生的背景(1848 年的美墨战争)约百年之后。小说是对美国边疆神话的重新书写,借后现代西部成长小说这一文类,麦卡锡表征了美国边疆神话对新时代年轻人的影响,再一次将边疆神话问题化。《骏马》以年轻的牛仔约翰·格雷迪怀揣牛仔梦想往返美墨边境之间的旅行作为小说的关键结构。围绕人物的梦想,小说让格雷迪的人生运动在"有序"与"混沌"间相互交替;同时,随着这一小说主线的展开,现实与梦想的差距,人生宿命与自由意志的矛盾,美国西部与边疆神话的问题化等,也在推进和发展。无视时代的变迁,格雷迪尽管马术卓越,且有欧洲骑士的精神和勇气,但终究没有实现梦想,相反却成了荒野上的流浪者。他所有包括对马匹、土地、牧场生活以及浪漫爱情的向往和渴求,均成了儿时图画书中他所看到的"天下骏马"(all the pretty horses),只是一幅后现代的拼贴画而已。这位固执浪漫的年轻牛仔,其生命的旅程在小说家的笔下就是变幻莫测的"混沌"——复杂而动态。

作为混沌理论的重要模型之一,奇异吸引子映射了"决定性混沌"系统中物质运动的轨迹。这种独特的空间形式,是物理学家或数学家们借用电脑绘制出的图形,可谓"决定性混沌"运行轨迹的"类像",用以说明或展示宇宙中物质运动的吸引域。作家们很少这么做,毕竟,"人类的动机、社会模式以及文化建构,很难变成物理学家的模型或数学家们的电脑图形"②。但就文学文本而言,一旦问世,因作者、读者、文本以及世界等

---

① Gail Moore Morrison, "*All the Pretty Horses*: John Grady Cole's Expulsion from Paradise", In *Perspectives on Cormac McCarthy*, Edited by Edwin. T. Arnold and Dianne C. Luce, Jackson: Univ. Press of Mississippi, 1993, pp.173–193.

② Gorden E. Slethaug, *Beautiful Chaos: Chaos Theory and Metachaotics in Recent American Fiction*, Albany: State Univ. of New York Press, 2000, p.148.

多个参数的纠结，整个文本便不再纯粹，而是演变得愈加复杂，成了一种"后文本"。混沌学家帕克认为，特定系统内某个参数的变化会影响到对数据阐释的不同，因为"读者会对'参数'进行适当调适，试图发现他们所认为最准确的阐释"[1]。换言之，不同的读者对同一文本的解释也不尽相同，这一切缘于语言自身的模糊性以及读者与文本文化背景的不同。混沌理论最为关注的是观察者（读者）的介入，因为观察者（读者）可以在脑海里通过想象来形塑小说的叙事形式，甚至也可将文本的模式重构成不同的形状、图形或图表。这种重视观察者参与小说叙事形式重塑的观点，类似于空间理论学家弗兰克提出的"反应参照"（reflexive reference）。

就麦卡锡而言，尽管他从未在任何场合提过他的叙事作品采用了混沌理论的内容、原则或模型，但这并不意味着他的作品能够回避"混沌"这一当代科学研究和社会文化领域的重要概念。既然奇异吸引子是"决定性混沌"系统中物质运动轨迹的一种映射，那么，我们也可将小说人物格雷迪在美墨边境之间的旅行作为审视的对象，探讨格雷迪人生旅行这个系统内从"秩序"到"混沌"的变化，同时观照构成奇异吸引子的三个关键点——吸引点、分叉点与自相似，将是本节重点考察的内容。

对于《骏马》这部囊括年度国家图书奖和国家书评人奖的小说，麦卡锡的研究者已从很多角度对小说进行了探讨。就本研究所关注的麦氏小说的混沌构型来说，从笔者掌握的现有文献来看，只有学者斯莱索格从混沌理论的视角分析了小说人物格雷迪的旅行。斯莱索格指出，格雷迪的荒野旅程就是"一个扭曲的环面吸引子"[2] 的映射。环面吸引子不同于奇异吸引子，前者尽管也是吸引子的一种，因为奇异吸引子"既是空间构型，也

---

[1] Jo Alyson Parker, *Narrative Form and Chaos Theory in Sterne, Proust, Woolf, and Faulkner*, New York: Palgrave Macmillan, 2007, p.24.

[2] Gorden E. Slethaug, *Beautiful Chaos: Chaos Theory and Metachaotics in Recent American Fiction*, Albany: State Univ. of New York Press, 2000, p.151.

是时间的连续统一体，也即时间过程的空间化，或空间形式的时间化"①。如此说来，斯莱索格在探讨格雷迪美墨之间旅行的空间运动轨迹时，忽略了映射其行动轨迹相空间的时间因素。他虽然指出了格雷迪的旅行可看作一个扭曲的环面吸引子的映射，却没有具体探讨吸引子如何成为小说叙事的空间构型，不免使得他的研究略显潦草。

斯莱索格指出，小说《骏马》有着"从秩序到混沌再到新的秩序的涡旋模式"②，但就涡旋这一混沌模式与奇异吸引子的关系，斯莱索格未做仔细甄别，而只是笼统地提到这一模式，便很快转到了探讨麦卡锡之外其他同时代作家的作品。毕竟，斯莱索格的研究对象是当代美国文学，并不集中探讨某一作家。另外，斯莱索格将格雷迪祖父的死亡，以及格雷迪到达墨西哥之前走在荒野暴风雨中遭遇的一系列随机现象，都看作奇异吸引子的吸引点。显然，他是把格雷迪涡旋式生活中的表现以及涡旋形成的原因，都误读成了混沌系统的吸引点，使得其研究又重新落入牛顿因果思维的窠臼。再者，他的研究忽视了吸引点对于叙事这一重要意义的探讨。可以说，斯莱索格研究的疏漏，恰为笔者提供了研究得以拓展的空间，这也是本节着力探讨的问题所在。

一、荒野中的骏马与吸引点

《骏马》的叙事主线围绕格雷迪的幻梦展开。幻梦，也即乌托邦式的理想，有着空洞和虚拟的特点，通常处于想象层面上。以格雷迪的梦想为中心，存在着"决定性的混沌"。而格雷迪的边境经历以及他试图实现其梦想的努力，构成了奇异吸引子的不同轨迹。换言之，在格雷迪人生这个

---

① Jo Alyson Parker, *Narrative Form and Chaos Theory in Sterne, Proust, Woolf, and Faulkner*, New York: Palgrave Macmillan, 2007, p.26.

② Gorden E. Slethaug, *Beautiful Chaos: Chaos Theory and Metachaotics in Recent American Fiction*, Albany: State Univ. of New York Press, 2000, p.149.

混沌系统中，有着多条永不交叉的轨迹，而荒野上的骏马就是格雷迪的梦想中心，由此形成了奇异吸引子的吸引点（区），使得格雷迪旅行的所有轨迹在此碰撞和交汇。

生活是一个"决定性的混沌"。微不足道的小事，也会造成人生的涡旋。格雷迪生活中的"蝴蝶效应"，缘于其外祖父老格雷迪的去世。这一家庭变故不仅宣告了格雷迪这一姓氏在西部大平原的终结，也因此造成了格雷迪的生活从"有序"到"混沌"一系列的变化。外祖父死后，格雷迪的母亲卖掉了其父建于 1872 年的古老牧场，搬到了城里，格雷迪的父亲则沉溺于酗酒赌博，日渐消沉。父亲的不负责任，直接导致了父母的离异。牧场是格雷迪稳定牛仔生活的前提，没有了牧场，也就没有了稳定的家庭生活，加上格雷迪的美国女友贪图另一个年长的牛仔的富有而离弃了他，这一切都加速了格雷迪生活的无序。可以说，外祖父的去世，引发了格雷迪生活中一系列的失去：先是人生梦想实现的必要场地——牧场，接着是稳定的家庭以及珍视的爱情，使得格雷迪彻底成了荒野上新的流浪者。小说的开头部分，充斥了大量关于死亡、丧失以及屋内外疏离的意象，就是这一叙事内容在叙事形式上的表征。事实上，格雷迪个人命运的"涡旋"，正是 20 世纪中叶美国社会加速发展的工业化和都市化进程对西部大平原"去自然"的最好"映射"。平原上拔地而起的油田钻井，穿梭其中轰鸣的火车，都在凸显社会气氛上总体的混沌性。

正如麦卡锡研究者林肯所言："很多时候，一人一马，足以重新诠释整个西部历史。"①事实上，作为格雷迪与西部牧场的联系纽带，马匹的确是他稳固牛仔身份的必需品，也是他重拾旧日梦想的方式之一。骏马的不同意象几乎出现在格雷迪荒野旅行的每一阶段，对于小说主题的凸显以及情节的推进，有着重要作用。外祖父的葬礼结束后，格雷迪站在老房子西

---

① Kenneth Lincoln, *Cormac McCarthy: American Canticles*, New York: Palgrave Macmillan, 2009, p.103.

面的路上，望着那条古老的穿过牧场的科曼奇小径，似乎看到了科曼奇勇士正"从北方走来，他们脸上涂满了白垩，长发梳成了辫子，每个人都严阵以待，战争就是他们的生命，女人、孩子、怀抱婴儿的母亲，他们用血来兑现承诺，也只有血使他们得到救赎"①。科曼奇人是活跃在美国西部的土著部族之一，在 19 世纪美国的西部拓荒运动中几乎消失殆尽。小说《血色子午线》中，他们是作为盎格鲁—撒克逊——美国白人的牺牲品和敌人出现的。而在小说《骏马》中，将格雷迪对骏马的梦想与西部一个业已消失的尚武部族联系起来，同时还将科曼奇人失去土地的困境与格雷迪失去牧场的处境相提并论，不仅暗示了格雷迪与科曼奇人命运的相似之处，而且也凸显了格雷迪心中潜藏的古老的边疆精神。无独有偶，格雷迪的父亲也把自身牛仔身份的失去与科曼奇人的消失联系起来。在他去往墨西哥前，父亲送给格雷迪一只马鞍，对他说道："这个国家再也不会和从前一样了。……我们就像两百年前的科曼奇人一样……不知道明天会发生什么。"②与父亲分手后，滚落在牧场路旁的一副马头骨吸引了格雷迪。无论是马鞍还是已经风化的马头骨，都可看作马的能指。将马鞍、马头骨与科曼奇人的非物质存在，做以并置处理，麦卡锡得以使分散在不同时空的意象有了共时的空间性，突出了格雷迪南下墨西哥追求牛仔梦想的错位。

骏马的意象在小说中一再迭代，不仅突出了格雷迪生活"决定性混沌"的动态变化，而且强化了小说潜文本受西部边疆神话驱使下人们梦想的错误性。读者印象最深的当属格雷迪家中起居室的一幅骏马油画。画中的马儿，"正在跨过围栏，颈上的鬃毛迎风飞扬，眼中充满了张扬的野性"③。有着"野性"的骏马似乎暗示了格雷迪梦想的狂野，但这匹带有野性的骏马，最终不过是被镶嵌在相框里的画像，某种程度上呼应了小说题目的深

---

① Cormac McCarthy, *All the Pretty Horses*, New York: Vintage International, 1992, p.15.

② Cormac McCarthy, *All the Pretty Horses*, New York: Vintage International, 1992, pp.25–26.

③ Cormac McCarthy, *All the Pretty Horses*, New York: Vintage International, 1992, p.15.

意。露丝指出，小说的题目出自美国西部一首著名的摇篮曲，"从字面上看，骏马指的是格雷迪希望所拥有的……作为题目，骏马代表的应该是幻想、梦想、愿望，或者其他希望或感觉应该得到的对象"①。把骏马与梦想联系起来，注定格雷迪的人生梦想不过是"图画中的骏马"，一个幻梦罢了。

我们知道，格雷迪荒野上的流浪也好，旅行也罢，都源于他的西部牛仔梦，而这一梦想正是美利坚民族的集体潜意识——西部边疆神话在其个人梦想上的投射。格雷迪的全名为约翰·格雷迪·科尔，但小说并没有遵循普通美国人称呼的惯例唤其为约翰，而是约翰·格雷迪，强调了他对古老的边疆开拓者的身份认同。南下墨西哥之前，格雷迪和朋友罗林斯从一家咖啡馆捡来一张某石油公司的地图，上面密密麻麻标出了美国境内的道路和河流，至于"对面的那边，却是一片空白"②。"空白"需要填满、占领和渗透，而对面的一片"空白"，则意味着墨西哥那片留白的地方要由格雷迪来开疆拓土，旨在找回他失去的一切。在他的心里，墨西哥已幻化为他的新"西部"，而那片风景美丽且土地肥沃的墨西哥牧场更是吸引了他，他希望借此实现他的牛仔梦。美国的西部边疆自 1890 年业已关闭，而特纳的边疆假说（Frontier Thesis）中，西部作为国家"安全阀"的功能也随着边疆的关闭失去了可能性。小说通过骏马的不同意象，把过去和现在、历史和现实、梦幻和实在并置处理，突出了它们之间的巨大差异，也预示了格雷迪墨西哥之行的无果。

帕克指出，"当混沌系统中的吸引点趋于不稳定时，便会不停地趋向或偏离系统的轨道，这时就会出现奇异吸引子。而此时系统中也确实存在

---

① Dianne C. Luce, " 'When You Wake': John Grady Cole's Heroism in *All the Pretty Horses*", In *Sacred Violence: Volume 2: Cormac McCarthy's Western Novels*. 2nd ed., Edited by W. Hall and Rick Wallach, El Paso: Texas Western Press, 2002, pp.57–71.

② Cormac McCarthy, *All the Pretty Horses*, New York: Vintage International, 1992, p.34.

一个真实的吸引点"①。实际上，作为格雷迪人生涡旋中的吸引点，骏马不具稳定性。生活中骏马的得与失，造成了格雷迪在美墨边境的旅行轨迹也随之左右移动，甚至有时偏离了主线，凸显了格雷迪边境旅行的混沌性。小说第二部分，格雷迪以其卓越的马术赢得了墨西哥人罗查（Rocha）一家的认可，差一点就实现了他的牛仔梦。重新获得牛仔身份的格雷迪与骏马有了认同感。在小路上骑行或沿着沼泽湖畔遛马时，他能感到马儿"双胯下涌动着的意志的雄心"②。即使身陷囹圄，格雷迪的梦中也会有骏马的重访。小说写道，格雷迪梦见高原上一大片野地里奔跑着一群骏马：

> 春雨催生了大片的野草和野花，它们纷纷从地里钻了出来，眼睛所及之处，大片的野花黄黄绿绿地布满了大地。梦中，他就站在一群马的中间，和它们一起奔跑。辽阔的原野上，马儿们赤褐色和深栗色的鬃毛在阳光下越发光亮，年轻的小雄马追逐着它们的梦想，一片片花儿被踩在脚下，纷飞的花粉在阳光的照耀下犹如金粉一样。③

好景不长。由于卷入了布莱文思（Blevins）的盗马案，格雷迪有序系统的生活很快陷入了另一轮的无序。九死一生，出狱后的格雷迪在墨西哥要完成的首要任务，是找回他与朋友丢失的马匹，因此有了他再次的墨西哥之旅。

人生不可能两次踏入同一条河流。第二次踏入同一条河流的格雷迪，其生活的混沌系统也将出现另一重轨迹。小说第三部分，格雷迪不仅从恶毒的狱警上尉处找回了罗林斯和布莱文思曾经的马匹，还走遍了整个德州，试图找到布莱文思盗来马匹的主人。这趟辛苦的历程终究无功而返，

---

① Jo Alyson Parker, *Narrative Form and Chaos Theory in Sterne, Proust, Woolf, and Faulkner*, New York: Palgrave Macmillan, 2007, p.28.

② Cormac McCarthy, *All the Pretty Horses*, New York: Vintage International, 1992, p.128.

③ Cormac McCarthy, *All the Pretty Horses*, New York: Vintage International, 1992, p.161.

因为不仅马匹是布莱文思偷来的，滑稽的是，甚至布莱文思本人的姓氏也是盗取他人的。在美国与美国本土之外，有众多名为布莱文思的人。这些名为布莱文思的人甚至还有中国人。为格雷迪对梦想的执着而感动，德州法官批准了他拥有布莱文思那匹来历不明的马儿。马儿尽管有了合法身份，但马与主人身份的模糊性，强化了格雷迪生活的混沌性，也从某种程度上突出了格雷迪牛仔梦想的虚无性。他所有以"拓疆"为名的征服，不过是封存在西部荒野过去和历史中的一副没有血肉的马头骨，即使是睡梦中重访的骏马，也来自"遥远的古代，那里的世界秩序早已不复存在"①。

可以说，骏马贯穿了格雷迪整个的生活旅程。从小说伊始被想象与他共处的古代勇士的骏马，到小说结尾古道上的骏马再次奔驰在格雷迪孤独的荒野睡梦里，骏马意象的迭代，强化了格雷迪"混沌"旅行中骏马的重要性，也突出了事件的"共时性"（synchronicity）。此处的"共时性"概念，由心理学家荣格（Carl Jung）在研习中国《周易》六十四卦能够预测吉凶以及事物发展的趋势后发现并提出。在我们的人类生活中，总有某种物体或某件事情会频繁出现，甚至某时候两三件事情会出现"有意义的巧合"，荣格将这种我们生活中熟悉却无法命名的神秘的同步现象称为"共时性"②。荣格意义上的共时性，强调事件发生的"同时性"（simultaneity），突出事件有意义的巧合。荣格提出的"共时性"原则，说明了生活中某些同步现象的神秘性。这种神秘性可以揭示人们生活中熟知的某种生活现象，类似大家常说的"说曹操曹操到"，甚至有时候我们早晨看到了某个人，然后这一天的时间内频繁看到这个人，此类现象实际上我们经常遇到却没有省察。不同于牛顿式的因果律，荣格意义上的共时性，并非用来描述时间轴上线性或历时发生的事件，而是用来说明世界上事物发展的因果

---

① Cormac McCarthy, *All the Pretty Horses*, New York: Vintage International, 1992, p.280.

② 荣格：《东洋冥想的心理学——从易经到禅》，杨儒宾译，社会科学文献出版社 2000 年版，第 209 页。

不成比例，从而强调了世界上事物存在的非线性。生活中频繁发生某件类似的事情或者出现相同的某物的现象，其本身就是一种混沌性。麦卡锡在小说中对骏马意象的叠加和并置，以及他对骏马出现在格雷迪生活中的非线性安排，突出了荒野中的骏马作为格雷迪人生梦想吸引点的重要性。趋向这个吸引点，格雷迪生活混沌系统中的所有轨迹都会吸引至此，使他的人生之旅愈加复杂和"混沌"。

　　从某种程度上，《骏马》可被看作小说《血色子午线》的姊妹篇。它们对美国西部边疆神话的批评和嘲弄几乎"同谋"，尽管前者浪漫化了深藏在现实之下的空洞和虚拟，而后者则直指历史掩盖下的现实的血腥和残酷。犹如外太空的"黑洞"，小说潜文本中的美国边疆神话"总是已经"（always already）存在。作为荒野中骏马意象的所指，边疆神话始终吸引着格雷迪，使他南下墨西哥拓疆来实现梦想，最终使其生活陷入不确定的"混沌"之中。从他决意前往墨西哥探险，直至荒野中遇见布莱文思，再到墨西哥牧场里遇见墨西哥女子阿莱杭德拉（Alejandra），最后受到牵连而身陷囹圄，再与狱警殊死搏斗，并夺回失去的骏马，等等，可以说，与格雷迪上述荒野旅行中遭受的种种生活的涡旋紧密相关的，永远都是骏马。由于吸引点自身不确定性的特点，格雷迪的生活也成了"决定性的混沌"。重要的是，格雷迪生活系统中吸引点的形成，促成了小说奇异吸引子空间构型的完成，而这一关键点又与分叉点和跨尺度的自相似密不可分。

二、奇异吸引子与多个分叉点

　　混沌理论表明，人生充满了复杂性。一个年仅 16 岁的少年，通往未来的路上不仅充满了不确定性，也有各种未知的可能性。南下墨西哥前往一个未知地方冒险的决定，使得格雷迪的生活陷入了比其预期还要复杂的涡旋中。小说先是将格雷迪置于失去与死亡的涡旋中，接着让其在后来的旅行中经历有序与无序的变换，突出了动力系统自身的混沌性。在格雷迪的混沌生活系统中，朋友布莱文思、恋人阿莱杭德拉与她的女傅阿尔芳莎，成了奇异吸引子的多个分叉点，使得格雷迪的生活系统愈加"混沌"。

《骏马》中的主要人物总以三人为一组出现。格雷迪旅行的每一阶段，总会有一个朋友或恋人或家人，出现或陪伴。有趣的是，在没有第三个人参与时，朋友或恋人之间的关系大都融洽和睦，一旦第三方卷入生活系统，就会成为系统的分叉点，使得系统较之前愈加复杂，甚至混乱起来。实际上，"数"三在麦卡锡的小说中，不仅是认识与表征世界混沌性的一种方式，甚至还参与了小说结构与情节的发展，从叙事形式上映射了叙事内容的"混沌"性。我们知道，《骏马》由三个部分组成：格雷迪骑马进入墨西哥高地、墨西哥牧场的生活与牢狱困境以及回到德州家乡。除了小说结构的三分法与"数"三相关，小说的情节里也经常出现"数"三的细节，如格雷迪与朋友罗林斯被送往安肯塔大（La Encantada）监狱的行程为三天，两人被审讯的时间也是三天；罗林斯在狱中与他人发生纠纷，被人在腹部刺了三刀；布莱文思被处决当天，押解三个犯人的狱警也是三个；出狱后，格雷迪找回马匹的数目也是三匹；等等。

混沌理论中，"数"三因为与科学中三体问题的关联，其本身就具备混沌性。混沌学文学批评家豪金斯认为："在混沌理论中，数字三与可预测的不可预测性相关。"① 在他看来，"探讨科学中的三体系统问题，有可能解释为什么三角形结构有望使得戏剧总体上难以预测"②。在他的著作《奇异吸引子：文学、文化与混沌理论》（*Strange Attractors: Literature, Culture and Chaos Theory*, 1995）一书中，豪金斯将科学中的三体问题与莎士比亚戏剧人物的三角结构联系起来，并指出科学中的三体问题与无处不

---

① Harriett Hawkins, *Strange Attractors: Literature, Culture and Chaos Theory*, Hertfordshire: Practice Hall / Harverster Wheatsheaf, 1995, p.156.

② Harriett Hawkins, *Strange Attractors: Literature, Culture and Chaos Theory*, Hertfordshire: Practice Hall / Harverster Wheatsheaf, 1995, p.156.

在的三角形结构为同源,而这个三角形结构往往可以解决文学中类似的问题。[①] 他在分析莎士比亚的戏剧《奥赛罗》(*Othello*) 中人物设计的三角结构时指出,如果没有伊阿古这个第三方的卷入,即使奥赛罗和苔丝狄梦娜之间存在着矛盾,问题也不会愈加复杂化而是较容易解决。[②] 正是三体问题的出现,才使得戏剧的发展有了混沌性。豪金森对戏剧人物设计的三角形结构的解释,可以说是混沌科学家格雷克对科学中三体问题理解的人文应用。格雷克指出:

> 科学中的两体问题相对简单,牛顿已经将此问题完全解决。任一天体,比如地球和月亮,会以其完美的椭圆形轨迹围绕系统共有的重力中心运行。如若多加一个有重力的物体进去,一切都会改变。三体问题相对复杂,有时甚至比复杂还要糟糕。正如庞加莱的研究发现,三体问题的解决几乎没有任何可能性,我们也只是能够用数字暂时地算出它们运行的轨道,即使利用强大的计算机,也不过是略长一段时间跟踪它们轨道的演变,但很快就会被不确定性操控。但是,等式却不会分析性地将这个问题解决,这就意味着关于三体系统的长期问题不能够找到解决的答案。……双子星的星际系统趋向于从它们中间形成,星系会以紧致的小的轨迹平行分开,然而一旦第三个星星遇到了这个双子星,其中一个必定被踢出轨道。[③]

就《骏马》来说,小说人物的三体问题也很关键,尤其是格雷迪的旅

---

① See Harriett Hawkins, *Strange Attractors: Literature, Culture and Chaos Theory*, Hertfordshire: Practice Hall / Harverster Wheatsheaf, 1995, p.157.

② Harriett Hawkins, *Strange Attractors: Literature, Culture and Chaos Theory*, Hertfordshire: Practice Hall / Harverster Wheatsheaf, 1995, p.156.

③ James Gleick, *Chaos: Making a New Science*, New York: Penguin Books, 1987, p.145.

行本身就具备了可预测的不可预测性。来路不明的神秘人物布莱文思加入格雷迪的朋友群之时，便构成了格雷迪混沌生活系统中的第一个分叉点，使其随后的荒野旅行有了不确定性。

格雷迪与朋友罗林斯关系融洽，二者性格互补，实用主义性格的罗林斯可以在理想主义的格雷迪作出过激决定时提醒后者。在布莱文思出现之前，两个好朋友的墨西哥之行相对顺利，甚至还可以享受荒野冒险后的快感。但布莱文思的加入，却使一切都陷入了"混沌"，甚至改变了格雷迪美墨边境旅行的人生轨迹。首先是朋友之间的友谊有所改变。从不争吵的两个朋友就是否带上布莱文思，在跨过边境的地方有了争执。在罗林斯看来，布莱文思谜一样的出身和他马匹的来历，以及小小年纪却身带枪支，这一定会给他们带来灾难。其次是命运的改写。由于布莱文思偷盗马匹且枪杀墨西哥狱警，两个好朋友也被连累入狱。经历了狱中的生死考验，他们的身心俱受伤害，这直接导致了罗林斯决定提前返回德州，而格雷迪则希望重返墨西哥。然而这次重返墨西哥，不仅再次改变了格雷迪的人生轨迹，也使得他的生活有了另一轮的无序。被布莱文思牵连遭到起诉，格雷迪失去了恋人阿莱杭德拉的父亲以及女傅阿尔芳莎的信任，也永远失去了重新找回牧场的机会，并为此错失了人生所有梦想的可能性。再次是旅程的改变。为了替布莱文思复仇，格雷迪在独自返回墨西哥时绑架了狱警上尉，为此腿上多了一道严重的伤口。并且，此次墨西哥之行不仅彻底改变了他的人生观，也重写了他的人生行程。小说末尾，格雷迪找到罗林斯并送还他丢失的马匹，两个好朋友对家乡的看法截然不同。在罗林斯看来，圣安吉罗（San Angelo）依然是个好地方，不做牛仔，也可到油田上谋份差事。但在格雷迪眼里，"这儿已经不是（他的）家乡……（他）不知道它到底在哪儿。（他）也不清楚这块土地到底发生了什么"①。这片有着边

① Cormac McCarthy, *All the Pretty Horses*, New York: Vintage International, 1992, p.299.

疆神话传统的古老的土地，曾经鼓励他向南（西）拓疆，用冒险来实现他的美国梦，然而，一切都成了过去，他不得不继续流浪，甚至永远走在路上。总之，格雷迪荒野旅行后所遭受到的一系列失去，都与布莱文思这个第三方进入他的生活系统有关，最终使得他的人生旅程成为缺乏稳定性的涡旋。

一般来说，分叉点会造成动态系统趋于"混沌"。而系统通常在经过分叉点后会越来越"混沌"，使得"有序"与"混沌"的变化愈加复杂，这时不但系统难以稳定下来，甚至其趋向"混沌"的变化速度也会呈指数级加快。在奇异吸引子里，分叉点使得物体朝向不同方向运动的轨迹不可预测，但相互之间却从不交叉。不仅布莱文思，女傅阿尔芳莎也是小组人物中的"第三体"，尽管小组人物的关系从朋友变成了爱人。阿尔芳莎的介入，使得格雷迪的生命系统多了分叉点，由此也使得他的运动轨迹从短暂的有序再次跌入混沌的涡旋中。小说第二部分讲述了格雷迪在墨西哥牧场里那段短暂却又自由安静的牛仔生活。在普利希玛牧场（La Purisima ranch），格雷迪似乎找回了曾经的乐园，并以其卓越的工作能力（四天之内为一大群马匹配种，甚至可以不休息连续工作）博得了庄园主与女傅的欣赏，重新得到了期望良久的牛仔工作。不仅如此，爱情也向他招手，恋爱中的格雷迪甚至幻想要在这个远离美国的墨西哥庄园里生活"一百年"。麦卡锡语言迭代技巧的运用，譬如"他喜欢骑马。说实话，他喜欢被人看到在骑马。说实话，他喜欢她看到他在骑马"[1]，突出了格雷迪重获爱情和牛仔身份的欣喜。幸福生活总是短暂的。墨西哥庄园"并非一个刚刚得到牛仔身份的年轻人的天堂所在，而是异国他乡"[2]，格雷迪很快就再次陷入了人生的涡旋中，而这一次则缘于他与阿莱杭德

---

[1] Cormac McCarthy, *All the Pretty Horses*, New York: Vintage International, 1992, p.127.

[2] John Cant, *Cormac McCarthy and the Myth of American Exceptionalism*, New York and London: Routledge, 2008, p.127.

拉的恋爱。在阿尔芳莎看来，这对年轻人的恋爱就是"愿望与不确定的未来之间的徘徊"①。

再次失恋，不是因为卷入了盗马案失去了恋人家人的信任，根本的原因在于格雷迪与阿莱杭德拉之间阶级、地位与身份的差异。艾利斯指出，"约翰·格雷迪不可能是个准丈夫。显然，他对阿莱杭德拉的钟情，对于这个出身高贵且品行端庄的墨西哥女性来说，有些降格"②。事实如是，墨西哥是个守旧的父权制国家，该国的女子不仅没有选举权，而且"一个女子的名声就是她的全部"③。被爱情冲昏了头脑的恋人们根本没有考虑到夜夜幽会的后果，而格雷迪的鲁莽也必将影响到阿莱杭德拉的声誉。有过失败情史的阿尔芳莎清楚墨西哥的社会现实，她在与格雷迪的谈话中，用了许多诸如弈棋与造币等有关偶然性和不确定的意象，旨在提醒对方看清现实与梦想的差异，某种程度上也预言了格雷迪之后的恋爱受阻及其墨西哥之行的混沌性。莫里森（Gail Moore Morrison）认为，格雷迪之所以被逐出普利希玛牧场，是由于阿尔芳莎与罗查的干涉，他把格雷迪的处境看作是堕落的亚当因"天父的复仇与魔鬼的战胜"而被逐出天堂，甚至把阿尔芳莎看作魔鬼的化身。④ 把罗查看作盛怒的上帝还算说得通，因为他与格雷迪打弹子球时试图用阿尔芳莎和古斯塔夫（Gustavo）失败的恋爱，说服年轻人放弃留在墨西哥的浪漫想法，的确类似于上帝与亚当的交流。在罗查看来，墨西哥是个特殊的国度，西班牙文化都不曾改变它，而格雷迪试图要在这里实现他那一套欧洲文化，

---

① Cormac McCarthy, *All the Pretty Horses*, New York: Vintage International, 1992, p.238.

② Jay Ellis, *No Place for Home: Spatial Constraint and Character Flight in the Novels of Cormac McCarthy*, New York and London: Routledge, 2006, p.212.

③ Cormac McCarthy, *All the Pretty Horses*, New York: Vintage International, 1992, p.136.

④ See Gail Moore Morrison, "*All the Pretty Horses*: John Grady Cole's Expulsion from Paradise", In *Perspectives on Cormac McCarthy,* Edited by Edwin T. Arnold and Dianne C. Luce, Jackson: Univ. Press of Mississippi, 1993.

"不过是堂吉诃德式的荒唐想法而已"①。因此，格雷迪借与墨西哥贵族女性的恋爱实现他的边疆梦想，甚至希望用边疆神话的规则与编码来对墨西哥进行"文化渗透"，纯属幻想。将阿尔芳莎看作魔鬼或"花园中的毒蛇"，莫里森的观点则有失偏颇。不同于罗查这个为了家国利益意志坚定的男人，有着自由思想的阿尔芳莎同情格雷迪的境遇，她不仅救他出狱且出资送他与朋友回家。毕竟，作为阿莱杭德拉的女傅与曾姑母，关心她的名声与人生幸福是人之常情，而她不得已站在罗查一面，是因为早年理想的失败。

就格雷迪的失恋和他之后人生之旅的混沌性而言，我们也需要考虑阿莱杭德拉的因素。与布莱文思和阿尔芳莎一样，卷入格雷迪生活的阿莱杭德拉，也为他的生活增添了许多灾难。阿莱杭德拉可被看作格雷迪与朋友罗林斯的第三方，正是她与格雷迪的恋爱，结束了他在墨西哥平静的牛仔生活，并因此构成了后者人生运动轨迹的又一个分叉点。混沌理论认为，我们生活的世界由有序与无序组成，二者的混沌变化取决于对初始条件的敏感性依赖。与阿莱杭德拉的恋爱，几乎可以让格雷迪实现他所有希望通过边疆冒险而完成的人生梦想：马匹、牧场、罗曼史和家庭等。然而，我们不能忽略恋人间的巨大差异对于格雷迪生活中的涡旋所起的关键因素。正是和这个墨西哥贵族女性的恋爱，直接导致了他再次跨过边境去到墨西哥，也使他从短暂的有序生活迅疾跌入了再一次的"混沌"。

真正横亘在恋人之间的最大鸿沟是阶级和地位的差异。格雷迪虽是美国人，却不过一介布衣，其家族至多是德州西部早期的拓荒者。牛仔是牧场中最为普通的工人，但在美国人的潜意识里却经常被浪漫化。实际上，他们并非文学作品中描述的那些自给自足独立的个体；相反，却是依靠他人的"工资奴隶，要靠艰辛的劳动才可勉强生存，他们经常受控于较大的

---

① Cormac McCarthy, *All the Pretty Horses*, New York: Vintage International, 1992, p.146.

牧场主，而就连这样的依附地位也并不是常有"①。他们"经常挣得很少，吃得很差"，而他们的地位"只是比那些流浪者稍高一些，不得不游走在各个牧场之间寻找工作，时常是把一个牧场的菜牛赶到铁路边运走后，才可换取一些咸肉和豆子，一个月仅仅挣到 40 美元"。② 与格雷迪相比，阿莱杭德拉却出身高贵，其门第可以追溯到墨西哥历史上的皇族。恋人之间社会地位的差异，从他们初见时的坐骑可一窥端倪。阿莱杭德拉的座驾是一匹纯种阿拉伯马，以美丽、高贵、速度而有名，而格雷迪骑的是一匹新配过种的在牧场劳作的杂种马。

表面上看，二人恋爱的失败是因为国别和文化不同，或者是阿尔芳莎与阿莱杭德拉交易的后果：女傅从狱中救出格雷迪，阿莱杭德拉则承诺与恋人再不相见。事情远非如此简单。实际上，个人生活系统中多个变量的相互关系，才是这场恋爱失败的真正原因。如果阿莱杭德拉要为家族荣誉负责，她必须失去格雷迪。失恋使得格雷迪再次遭受了生活中的失去，而这一次的失去不仅是恋人阿莱杭德拉的退却，而是以母亲化身的阿尔芳莎的介入和干涉为起因。不能重新在墨西哥赢得爱情，也使得格雷迪失去了重新获得牛仔身份，并在牧场与骏马一起生活的机会。世间的事情总在循环轮回。之前因为母亲拒绝施以援手，使得格雷迪失去了牧场，并远离了钟爱的骏马，而恋人凯瑟琳（Mary Catherine）的背叛也让其饱尝了失恋的痛苦。生活中迭代出现的一次次失去，为格雷迪的生活系统增添了混沌性。

格雷迪的生活注定是混沌性的，其生活的涡旋以及困境都是"决定性混沌"运行的结果。奇异吸引子的最大特点便是系统对初始条件敏感性的

① Megan R. McGilchrist, *The Western Landscape in Cormac McCarthy and Wallace Stegner: Myths of the Frontier*, New York & London: Routledge, 2010, p.154.

② Suan Kollin, "Genre and the Geographies of Violence: Cormac McCarthy and the Contemporary Western", In *Contemporary Literature* 42.3, Autumn 2001.

依赖，因此系统内所有的变量都需要考虑。除了布莱文思、阿尔芳莎以及阿莱杭德拉三者在他的生活系统中构成了多个分叉点之外，格雷迪的人生旅程还有许多其他变量，这里不一一枚举。总之，即使系统内某一变量有所变化，便足以导致格雷迪的生活系统混沌起来，何况变量如此众多。杰莱特说得好，格雷迪"既没有重新发现也不曾再次开拓过边疆，而只是跨进了另一个'封闭'的地域"①。尽管格雷迪在物理层面上跨过了边境，但在精神层面上却是个失败者，不得不从他向往的伊甸园里被"放逐"。对于麦卡锡来说，格雷迪的困境"就是稳态运动与有序突然被投进无序与涡旋的一个案例"②，而这一切的产生皆缘于因果的不成比例。世界上的事物总是相互联系，任何一种事物都不可以孤立存在或与其他事物决然分开。正如阿尔芳莎所说："人的决定从来不会取决于一个茫然无知的因素，而恰巧受与此结果风马牛不相及的其他决定的调控。"③简言之，正是分叉点造成了系统中多种变量的变化，使得格雷迪的生活在"有序"与"混沌"中漂泊动荡。

三、跨尺度的多维自相似

奇异吸引子在非线性动力系统中可以呈现出极其复杂的几何特质。通常在抻、拉、折、叠的过程后，会出现许多处跨尺度的自相似。混沌理论意义上的"自相似"，指的是不同度量标准下重复的对称性以及多维的映射性。麦卡锡在处理格雷迪往返于美墨之间旅行的混沌性时，巧妙地将其与奇异吸引子的某些特征，尤其是运动轨迹迭代后形成的自相似有了一致。由于对初始条件敏感性的依赖，格雷迪的旅行呈现出非线性的因果不

---

① Robert Jarrett, *Cormac McCarthy*, New York: Twayne, 1997, p.101.

② Gorden E. Slethaug, *Beautiful Chaos: Chaos Theory and Metachaotics in Recent American Fiction*, Albany: State Univ. of New York Press, 2000, p.19.

③ Cormac McCarthy, *All the Pretty Horses*, New York: Vintage International, 1992, p.231.

成比例，从而使得他的梦想成了后现代的一个"拼贴"。就格雷迪旅行经历的涡旋性，文本出现了多处有着自相似的人物或意象，且文中的人与动物、人与环境、人与现实以及叙事结构之间有了相互映射，使得小说文本有了宏观与微观上对称的不对称这样的动态空间形式。

我们首先来看小说的开头和结尾，无论是宏观上的场景安排还是微观上的叙事细节，出现了多处自相似，造成了叙事文本上的相互映射。小说开头，格雷迪站在门外，听到一只小牛犊的哞哞声，此时恰巧有火车穿过大平原，其巨大的呼啸声使他"感到脚下的土地都在颤动"[①]；小说结尾，格雷迪看到了"一只孤独的公牛在猩红的残阳照耀下的尘土中打滚，好似正在经受献祭宰杀的折磨"[②]，而就在这片没有牛群的荒野上，"野芝油田的钻井在远处的天际线下一字儿排开，俨然一群不停地在啄米的机械大鸟"[③]。正是通过荒野上动物对人的映射，麦卡锡试图强调人与动物命运的相似性，他们皆会随着工业现代化对大平原的侵入，消失在"渐渐灰暗的大地"[④]里了。小说开头时，老格雷迪去世；小说结尾时，格雷迪的老保姆艾布拉（Abula）被送往墓地。作为"与牧场最后的联系纽带"[⑤]，他们的去世，暗示了以格雷迪为姓氏的西部边疆家族的终结。这不仅是一个家族的终结，也是一个时代的终结。南下墨西哥之前，格雷迪骑马走在古老的科曼奇小径上，彼时的太阳"猩红椭圆，卧在他面前的猩红的云层下面"[⑥]；墨西哥冒险回来时，荒野上一只孤独的公牛，正在"猩红的残阳照耀下

---

① Cormac McCarthy, *All the Pretty Horses*, New York: Vintage International, 1992, p.3.

② Cormac McCarthy, *All the Pretty Horses*, New York: Vintage International, 1992, p.302.

③ Cormac McCarthy, *All the Pretty Horses*, New York: Vintage International, 1992, p.301.

④ Cormac McCarthy, *All the Pretty Horses*, New York: Vintage International, 1992, p.302.

⑤ Gail Moore Morrison, "*All the Pretty Horses*: John Grady Cole's Expulsion from Paradise", In *Perspectives on Cormac McCarthy,* Edited by Edwin T. Arnold and Dianne C. Luce, Jackson: Univ. Press of Mississippi, 1993.

⑥ Cormac McCarthy, *All the Pretty Horses*, New York: Vintage International, 1992, p.5.

的尘土中"①打着滚儿。小说经常选取与"鲜血"有关的词汇来描述周围的景观，而开头和结尾处对"猩红的残阳"这一意象的迭代，暗示了格雷迪荒野旅行的特点。可以说，麦卡锡在用周围的自然环境来映射人物的境遇。

小说开头，麦卡锡将格雷迪的处境与科曼奇部族的困境并置；小说结尾，格雷迪孤独流浪的形象则又与德州伊浪（Irann）城外印第安人的形象互为映射。之所以说叙事文本存在着自相似而非相似，是因为印第安人的形象开头和结尾有所变化。小说开始时，印第安的科曼奇战士正骑马走过黑夜，"和着血腥味儿轻轻地哼唱着经过大平原，向南直到墨西哥"②，而小说结尾时，印第安人却分散在大平原上，站在路边的他们冷漠呆滞，"（对格雷迪）没有丝毫兴趣。好像已经知道了他们需要知道的一切"③。小说结尾时的格雷迪也与开始时那个血气方刚的勇敢牛仔，有所变化。骑马走过草原的他，"就如一个影子一样……走过后便融进了这片渐渐灰暗的要走向未来的土地"④。小说简朴的笔触和忧伤的气氛，暗示了格雷迪追寻理想的失落与无果。将墨西哥探险后的年轻骑手与即将消失的印第安族群并置，暗示了二者的相似性，因为他们终将不复存在。错误时空里的牛仔梦不过只是拼贴，突出了格雷迪生活的悲剧性。可以说，小说并非简单地述说一位少年的命运，而是以此来警醒那些浸淫在西部神话中有着牛仔梦想的年轻美国人。就小说的潜文本而言，这也是"所有人类的一个范例"⑤。人类从此理想走到彼理想，就如翻看一本厚厚的书，没有读完

---

① Cormac McCarthy, *All the Pretty Horses*, New York: Vintage International, 1992, p.302.

② Cormac McCarthy, *All the Pretty Horses*, New York: Vintage International, 1992, p.6.

③ Cormac McCarthy, *All the Pretty Horses*, New York: Vintage International, 1992, p.301.

④ Cormac McCarthy, *All the Pretty Horses*, New York: Vintage International, 1992, p.302.

⑤ Gorden E. Slethaug, *Beautiful Chaos: Chaos Theory and Metachaotics in Recent American Fiction*, Albany: State Univ. of New York Press, 2000, p.153.

前一页，我们根本无从知道下一页，因为每一页都在预示一些新的东西。或许这才是格雷迪悲剧命运的暗示：任一生活的追求都不会有太为满意的结果，因为想要的东西如此抽象，尚在远方，失败其实从追求伊始便已注定。

其次，小说在意象的选择上也有大量的自相似。南下墨西哥之前，格雷迪在街上碰到了女友凯瑟琳，其"映在街对面联邦大楼窗户上"①的影像破碎模糊，恰好映射了格雷迪之后墨西哥之恋的失败，也预示了他南下实现梦想的想法不过是镜花水月。事实上，小说后来的确制造了一个美丽"景观"，透过镜花水月窥视这一景观的人，不仅有格雷迪还有读者。恋人月夜湖畔的幽会，预兆了他们之后失败的爱情：

> 湖水幽黑而温暖，他扭转身体并将四肢伸展放在湖面上，水面如此深邃，如丝绸般光滑，他隔着宁静的幽黑的水面看着她，她就站在湖畔，手里牵着她的马，她从揉成一堆的衣服里走了出来，苍白地犹如一只蚕茧，慢慢地走过来，走进湖水里。②

此类的自相似在文本其他细节处也有体现。总的来说，小说意象的选择，巧妙地将人与动物的命运互为映射。简单举几个例子便可证明。赴墨西哥途中格雷迪遇到的那些暴风雨里奄奄待毙的鸟儿，映射了他之后暴风骤雨式的涡旋生活；回德州路上为格雷迪果腹而牺牲的小鹿，眼睛溢满眼泪，映射了阿莱杭德拉为爱情献祭的痛楚。文本中不同颜色的骏马，也在映射主人的命运。格雷迪为布莱文思复仇时骑的是父亲的红马，此马唤作雷德宝（Redbo），意思是"redbone"，不仅暗指骑手性格的狂野，也预示

---

① Cormac McCarthy, *All the Pretty Horses*, New York: Vintage International, 1992, p.29.

② Cormac McCarthy, *All the Pretty Horses*, New York: Vintage International, 1992, p.41.

了墨西哥探险中的暴力与血腥。格雷迪往返美墨边境经常骑的是一匹叫作格噜噜（Gerullo）的灰色马。"灰色马，灰色骑手"，灰色的骏马在《圣经》的《启示录》中通常与死亡相关。不仅如此，灰色马还预示了格雷迪人生旅行的混沌性。布莱文思的坐骑是黑色马，恰好是他行踪不定、身份迷离及其悲惨命运的映射，暗示了他"活人避雷针"灾难命运的神秘性。

再者，小说人物之间也有诸多相似性，突出了小说人物刻画上的对称性。格雷迪的母亲是个演员，她卖掉牧场后住在城里的旅馆里；而阿莱杭德拉的母亲也经常住在墨西哥城里。作为阿莱杭德拉的"代母亲"，阿尔芳莎与格雷迪的母亲都是他实现人生梦想的变量：前者直接卖掉了他喜爱的牧场，而后者则因阻挠了他的恋爱间接让他失去了牧场。两者对于格雷迪实现人生梦想的作用类似。格雷迪与他路上遇到的伙伴布莱文思也有许多相似处。他们的孤独流浪不仅因为双方父母的离异，并且两人都有西部牛仔梦。并且，布莱文思高超的马术和枪法，甚至让格雷迪对其心生怜惜。尽管布莱文思身份模糊，但在格雷迪的潜意识里，带他到墨西哥甚至拒绝将他卖给墨西哥的蜡烛商人，均是因为布莱文思的美国人身份，而后者请求他的理由也是如此。身为美国人，他们惺惺相惜，彼此有着强烈的种族优越感。用布莱文思这个不仅盗马甚至杀人的"恶人"，来映射小说的主人公格雷迪，麦卡锡有意凸显了西部边疆神话对年轻美国人的魅惑，同时也嘲弄了西部神话对年轻人的毒害，说明边疆神话本身对普通美国民众影响的普遍性。

阿尔芳莎与格雷迪也有自相似。他们都是左撇子，且擅长左手弈棋。少女时的阿尔芳莎练习射击失去了无名指，而格雷迪身陷监狱与杀手搏斗时脸上多了一道疤痕，身体上的残破预示了二者成年后感情生活的失败。阿尔芳莎失去了恋人，格雷迪先是失去了阿莱杭德拉，而在《平原上的城市》中还失去了另一个墨西哥女友玛格达丽娜（Mary Magdalina）。格雷迪两位女友的名字都是玛丽。年轻时留学欧洲的阿尔芳莎，血液里流淌着自由和民主，格雷迪这个身心屡遭创伤的荒野流浪者，从某种程度上就是她的镜像。尽管他们都是失败的理想主义者，但他们只是自相似而已。在阿尔芳莎看来，人生有其宿命性，而生活就是一场木偶戏，充满了不确定性，因为"当一个人向幕后观看并顺着木偶的提线绳往上看，他会发现这些线绳终结在其他木偶的手里，而这些木偶的线绳又可以继续往上追寻，最终消失在另一群木偶的手里，就这样循环往复下去，如此而已"①。墨西哥保守的父权政治以及现实的血腥和残酷，早已让阿尔芳莎退却，不得不将自己所有对于自由、民主的梦想寄托在她的侄孙女身上，但却因为对于宿命和命运不确定性的认识，使她不得不干涉格雷迪与侄孙女的恋爱，其目的无非希望侄孙女不再步她的老路。然而，格雷迪却是个有着自由意志的堂吉诃德式的英雄。梦想遮蔽了他的理性，使得他的生活成了"混沌"。小说开放式的结尾印证了这一点，因为荒野上流浪的他，注定要带着他无望的梦想走到"遥远的未来"②。唯有死亡，才可阻挡此类拼贴式梦想对于年轻人的魅惑。《平原上的城市》中，怀揣乌托邦理想的格雷迪为了营救年轻的妓女惨遭妓院老板的毒手，最后死在了路边小狗住的木屋里，身心备受创伤。

小说除了在人与动物、人与环境、人物刻画以及意象选择等微观细节上有着大量的自相似，宏观上小说的结构也有自相似处。除了上述开头与结尾的多维映射，小说还安排了内置叙事，构成了叙事上"故事内故事"的结构形式。在这一点上"边境三部曲"的小说《骏马》与《穿越》也有相似处。格雷迪涡旋似的生活是小说的主体叙事部分，在主体叙事部分之中，小说还镶嵌了阿尔芳莎"混沌"的人生旅程的故事，而阿尔芳莎年轻时的恋人古斯塔夫的悲剧故事，则借助阿尔芳莎对格雷迪的长篇独白，内

① Cormac McCarthy, *All the Pretty Horses*, New York: Vintage International, 1992, p.231.

② Cormac McCarthy, *All the Pretty Horses*, New York: Vintage International, 1992, p.302.

置在阿尔芳莎的故事里。古斯塔夫是个真实的历史人物，在墨西哥史上是个具有启蒙思想的激进人物。其兄弗朗西斯科反对迪亚斯的专制统治，是墨西哥史上唯一的也是第一个被人民选举产生的总统。为了获取墨西哥民众的支持，建立墨西哥民主政府，古斯塔夫牺牲了爱情，还在一次事故中失去了一只眼睛，最终也因追随兄长的事业在一次政治叛乱中牺牲。尽管只是一个小小的内置故事，然而古斯塔夫的生活旅程也是格雷迪"混沌"人生的一个映射。古斯塔夫的故事镶嵌在阿尔芳莎的故事中，而阿尔芳莎的故事又镶嵌在格雷迪的故事里，他们彼此的故事构成了多重的映射，由此形成了小说人物之间、小说人物与历史人物之间的多重自相似。这种故事内故事的叙事技巧，不仅使得人物人生追求的无果相互映射，突出了小说关于"混沌"的主旨，也造成了叙事文本的对称的不对称，使得叙事结构上有了宏观上的自相似。

　　故事内故事的结构在小说第一部分就出现过。格雷迪与父亲谈起卖掉农场时，父亲提到了好莱坞童星邓波儿（Shirley Temple）的离婚。作为"美国价值观的符号"，邓波儿的离婚不仅使她"失去了童真"，"再也不是一个稳定可靠的实体"①，并且她的离婚也映射了格雷迪父母的离婚。我们知道，家庭的稳定对于人的成长非常重要。父母在他尚未成年时的离婚，使得格雷迪失去了稳定的家庭，也失去了实现人生梦想的可能。当然，个人的命运映射了国家的命运，不仅名人邓波儿的变化恰如年轻的美国西部，在城市化与工业化的推进中逐步消失，同时，失去了牧场后的普通美国人格雷迪生活中的一切，也起了变化。小说第三部分里，格雷迪赴阿莱杭德拉最后一次约会前，把他的人生故事讲给墨西哥一群孩子，其讲故事的方式类似于阿尔芳莎与他的谈话，因为孩子与他都是静默的听众。总之，此

---

① Susan Kollin, "Genre and the Geographies of Violence: Cormac McCarthy and the Contemporary Western", In *Contemporary Literature* 42.3, Autumn 2001.

类文本技巧，构成了小说文本整体上的跨尺度的自相似性。更重要的是，自相似性的文本技巧也形成了文本自身效果上的自反性。大量自相似的存在，加上小说叙事上的吸引点和分叉点，使得小说《骏马》最终完成了其叙事形式上奇异吸引子的独特空间构型。

著名混沌学文学批评家帕克指出，用混沌理论的视角来观照小说文本的叙事结构有很多优势，但前提是我们要对形成混沌结构的文本内容有所认识。他还强调，我们在阐释混沌叙事的时候，要注意文本形式和内容的有机结合。① 就麦卡锡小说《骏马》的空间叙事形式而言，叙事的形式与内容我们都有所观照。具体到格雷迪的人生旅程来说，混沌理论的模型可以用来映射其人生"混沌"系统的相空间。作为"决定性混沌"动态特征的类像，奇异吸引子表征了格雷迪在美墨边境的旅行。围绕格雷迪的乌托邦理想，有一个"决定性的混沌"，其特征表现为在一个动态系统中对初始条件敏感性的依赖。荒野中的骏马可被看作系统中的吸引点，使得格雷迪的人生旅程由于时空的不稳定性而混沌起来。

既然奇异吸引子的模型不是稳定的而是不停地在旋转，那么物质运动所形成的所有轨迹，都有可能朝向吸引子的点或者吸引子的区。如果吸引子的点不被涂抹掉，那么物质的运动将不会停歇。因此，通过格雷迪个人梦想的失败，麦卡锡不仅指出了西部边疆神话对美国年轻人的毒害，同时也使以边疆神话为主要结构的西部文学问题化，从而使其小说有了某种程度上的自指性。在格雷迪无望的人生旅程中，布莱文思、阿莱杭德拉以及阿尔芳莎构成了混沌系统的分叉点，使得格雷迪的人生旅程在有序与无序之间摆动，且较之前更加混沌。此外，小说文本中出现的大量的自相似，使得文本有了多维的指涉性。正是有了格雷迪人生旅行这个混沌系统中相

---

① See Jo Alyson Parker, *Narrative Form and Chaos Theory in Sterne, Proust, Woolf, and Faulkner*, New York: Palgrave Macmillan, 2007, p.29.

对突出的吸引子点、分叉点以及大量的自相似，小说《骏马》完成了其作为奇异吸引子的空间构型，不仅在形式上有了小说文本对称的不对称，还因此有了动态的空间性。

第三节　《穿越》中的分形与自相似 [①]

《穿越》是麦卡锡著名"边境三部曲"中的第二部。与其说《穿越》与《骏马》是系列小说，不如说《穿越》是《骏马》的姊妹篇。两者在很多方面都有相同之处，比如对美国边疆神话的重写，现实与梦想冲突的表征以及年轻牛仔生活中的"决定性混沌"等。然而，《穿越》比起《骏马》来说，无论是在对生活、神话以及叙事的哲学思考，[②] 还是小说的叙事结构，都更为突出，而且小说的混沌分形叙事结构恰好呼应了叙事内容的哲学思考。尽管镶嵌叙事很早已为麦卡锡运用，麦卡锡的早期小说如《上帝之子》、《血色子午线》和《骏马》等，都有镶嵌叙事的形式出现，但是，《穿越》的镶嵌叙事形式则更加突出。其中的镶嵌叙事与叙事的主体部分如影随形，在对小说的主旨表征上互为映射。作为一部边境小说（边境在自然界中的图形也呈分形，如此小说的形式与内容上又多了一重分形），《穿越》的叙事构型已远非镶嵌叙事那么简单，而是成了一种混沌的空间构型，也即分形。

---

① 本节核心内容已发表，是本课题的阶段性研究成果，此处做了修订。参见张小平：《"所有的故事都是一个故事"——论麦卡锡〈穿越〉中分形的空间构型》，《国外文学》2014 年第 4 期；张小平：《论麦卡锡小说〈穿越〉中分形的空间构型》，《叙事理论与批评的纵深之路》，唐伟胜主编，上海外语教育出版社 2015 年版，第 231—243 页。

② 《穿越》在整个麦卡锡小说创作中较为突出，其深刻的哲学思考使得该小说可看作《血色子午线》的姊妹篇。麦卡锡著名研究者康特也认为该小说是麦卡锡所有作品中最富有哲学深度，同时也是深度表现人性的一部作品。（See John Cant, *Cormac McCarthy and the Myth of American Exceptionalism*, New York and London: Routledge, 2008, p.195.）

混沌理论认为，分形在某种程度上就是"决定性混沌"运行轨迹的"类像"，可以用来映射非线性动力系统中物质运动的相空间。分形的主要特征是"自相似"，暗示了图形跨尺度上的重复对称性。通常，在一个分形的图形中，会有许多彼此相似的图形镶嵌其中。典型的分形图形有曼德博集的"小姜人"、凡考克雪花曲线以及茱莉亚集的地毯图案。奇特的分形图案是由一个内嵌图形在有限的空间中通过"复杂的层面中的无限迭代后形成"[①]。约翰·巴思曾经认为阿拉伯花纹式（Arabesque）、混沌理论与后现代主义三者之间有融合交叉之处，这种融合交叉有着"奇妙的构型"。[②] 在巴思看来，弗·斯莱格尔（Fredrich von Schlegel）运用过的"阿拉伯花纹"（Arabeske）这一术语，可以很好地解释后现代主义小说这一流派中常用的镶嵌叙事形式。巴思毫不掩饰地声称，他的著名小说《水手大人末航记》（*The Last Voyage of Somebody the Sailor*, 1991）采用的写作伦理，便是"混沌的—阿拉伯花纹式的后现代主义"[③]。根据康特的研究，巴思小说文本中的阿拉伯花纹图案与曼德博集的分形几何，呈平行状态，两者都揭示了自然界中普遍存在的规则中的不规则或有序中的无序这一性质。[④] 此外，在康特看来，阿拉伯花纹式"强调了后现代小说自我指涉这一重要特点"[⑤]。根据巴思和康特的理解，可以说，麦卡锡的小说《穿越》在某种程度上是把混沌理论、阿拉伯花纹式的内置叙事以及后现代主义小说巧妙地结合起

---

① James Gleick, *Chaos: Making a New Science*, New York: Penguin Books, 1987, p.221.

② John Barth, "PM/ CT/ RA: An Underview", In *Further Fridays: Essays, Lectures, and Other Non-fiction 1984–1999*, Boston: Little, Brown and Co., 1995, pp.280–290.

③ John Barth, "PM/ CT/ RA: An Underview", In *Further Fridays: Essays, Lectures, and Other Non-fiction 1984–1999*, Boston: Little, Brown and Co., 1995, pp.280–290.

④ See Joseph Conte, *Design and Debris: A Chaotics of Postmodern American Fiction*, Tuscaloosa: Univ. of Alabama Press, 2002, pp.105–106.

⑤ Joseph Conte, *Design and Debris: A Chaotics of Postmodern American Fiction*, Tuscaloosa: Univ. of Alabama Press, 2002, p.106.

来,其叙事文本的空间形式非常接近曼德博集的分形图形,不仅暗示了自然界中普遍存在的规则中的不规则与有序中的无序这一本质,同时也强调了后现代派小说的自我指涉性。

具体来说,分形在小说《穿越》中表现在叙事内容和叙事结构两种层面上。镶嵌故事作为主要手段构成了小说叙事结构上的分形,形成了文本上多维的反射性。而小说的主旨则与叙事结构相互映射,重复出现在小说的主要叙事部分、三个主要镶嵌故事以及其他镶嵌的小故事中,形成了小说叙事内容上的分形。把主要叙事部分和叙事结构下的镶嵌故事以及其他主要故事下的小故事复杂地结合起来,使得《穿越》的叙事文本有了实际上的"跨尺度的自相似",形成了小说空间构型上的分形。小说人物前牧师(the ex-priest)的一番话对理解分形这一独特的空间叙事形式,很有帮助:

> 对我们来说,世界就是一块石头或一朵花,流血本身就是一则故事。置于其中的一切无非就是一个故事,而每一个故事都是所有更小的故事的总和。所有的故事看来都是一样的,因为它们又含纳了其他的故事⋯⋯准确地说,所有的故事都是一个故事。①

小说中分形的叙事形式,从某种程度上强调了叙事的自我指涉性,麦卡锡借前牧师之口,表述了他本人对叙事的看法,"一切无非都是讲述的"②。这一点巧妙地呼应了小说《骏马》中叙事者指出的"一切无非就是讲出来的"③的观点。

---

① Cormac McCarthy, *The Crossing*, New York: Alfred A. Knopf, 1994, p.143.

② Cormac McCarthy, *The Crossing*, New York: Alfred A. Knopf, 1994, p.155.

③ Cormac McCarthy, *All the Pretty Horses*, New York: Vintage International, 1992, p.28.

一、狼、荒野与神话：比利的"混沌"之旅 ①

混沌理论认为，"混沌"主宰着我们生活的宇宙。《穿越》中主要人物比利的荒野之旅始于他决定送一只受伤的母狼回家。然而，比利对"野性的呼唤"的响应，使得他与母狼的生活骤然陷入了"决定性的混沌"。与《骏马》中的约翰·格雷迪不同，比利人生理想的中心不再是荒野中奔驰的骏马，而是荒野中的狼。比利与狼的故事构成了小说的主体叙事部分，小说借比利与狼之间错综复杂的关系，凸显了美国边疆神话背后隐藏的问题。

与《骏马》的结构类似，《穿越》也由三个部分组成，分别讲述了比利三次跨越边境的故事：独自送受伤的母狼回墨西哥的普拉尔山（the Pilares）；父母双亡后与弟弟博伊德到墨西哥找寻丢失的马匹；参军未果后再次前往墨西哥领回弟弟的尸体。在比利三次穿越边境的主体叙事结构下，小说又镶嵌了比利三次荒野之旅中遇见的三位智者对他讲述的三个故事，构成了小说叙事结构宏观与微观上"跨尺度的自相似性"。"数"三备受麦卡锡的青睐，经常出现在他的小说中。《穿越》中，除了小说结构上有三个主要部分与三个镶嵌故事相互呼应之外，还有多处细节与"数"三关联。约翰·格雷迪边境之行的伙伴是他的好哥们罗林斯，而比利首次边境之行的伙伴是一只受了伤的三条腿的母狼；奇特的是，第二次穿越边境时，比利在卡博卡（Caborca）遇到一座破旧的教堂，这座教堂只剩下三面墙；第三次旅行比利遇到一只瘸了腿的小狗，自然只有三条腿；小说中，比利三次报名参军，但都因心脏有杂音，三次遭拒；小说中比利哭了三次，甚至做梦也是三次；等等。从某种程度上，数"三"突出了小说叙事结构上的分形，使得文本的微小细节也在呼应主体叙事部分，构成了文本结构重复的对称性。

---

① 本节关于"数"三的部分内容已发表，是本课题的阶段性研究成果，此处做了修改。参见张小平：《数与混沌——以麦卡锡西南部小说中的数三为例》，《重庆工商大学学报》2017 年第 4 期。

与格雷迪一样，死亡、丧失与异化同样伴随着比利的生活：他好心送食物给林子中流浪的印第安人，却招致了父母被杀以及家中马匹的被偷；没有遵照父亲的嘱咐，一旦发现狼群中了陷阱就立即回家禀报，而他冒失决定送受伤的母狼回家的"乌托邦"理想，却导致了母狼的悲惨死亡；带弟弟博伊德到墨西哥寻找家里丢失的马匹，结果却把弟弟送上了一条不归路；边境之行让比利经历颇多，小说结尾，比利失去了所有的亲人，成了一个不仅异化且孤独的流浪者。总之，比利的生活就是一个呈"决定性混沌"的系统。尽管小说没有直接指出比利生命的混沌系统对初始条件敏感性的依赖，但却明显表现出比利生活中因果不成比例的非线性特征。他为流浪的印第安人送去食物而没有告知父母这个决定，为他的家庭带来了灭顶之灾，招致一系列人生之旅中悲剧事件的发生，不仅改变了他的命运，也影响到了周围人的命运。同样，无论是跨过边境送母狼回家，还是找回被盗的马匹，或者领回弟弟的尸骨，每一次决定的后果不是死亡就是失去。决定改变人生，比利的众多失去，无不关乎生活中的微小事件。这一切正好应和了他路上遇到的一位牧场主的评论："你根本不知道什么事情因你而起……没有人知晓。没有预言者提前预见。通常，每一次行为的结果都与人的想象不完全一样。"①

比利的生活依然受边疆神话的影响。奥文思认为，美国文化有两种边疆神话，"一种崇尚进步与力量，另一种则捍卫荒野以及荒野中理想化了的土著"②。影响比利的应该是奥文思所说的第二种边疆神话。作为荒野的象征，母狼和印第安人的作用相当于骏马和科曼奇人对于格雷迪的墨西哥冒险之旅的作用。换言之，母狼这一重要的荒野象征，在比利的人生旅程中格外重要。狼是比利寻归荒野的重要手段。他们神秘地出

---

① Cormac McCarthy, *The Crossing*, New York: Alfred A. Knopf, 1994, p.202.

② Barcley Owens, *Cormac McCarthy's Western Novels*, Tucson: The Univ. of Arizona Press, 2000, p.68.

现在他的生活中，吸引着他，使他逐步从文明社会退回到荒野之中。然而，与小说《上帝之子》中的人物白乐德不同，如果说白乐德从文明到荒野的退却是其生活环境中所有邪恶力量共同作用的结果，而比利从文明到荒野的退却不是被动的结果，而是他的主动选择，甚至就是他对理想的追求。然而，不可否认的是，二者的寻归荒野均是"混沌"的结果，因为我们生活的宇宙是个相互关联的整体系统，系统中事物的微小变动便会导致系统巨大的变化，产生预测不到的结果。就如骏马经常出现在格雷迪的梦想中一样，骏马可谓格雷迪所有人生梦想实现的中心，狼对于比利也是如此，不仅是荒野的象征，也是他寻归荒野的必要手段。尽管比利起初不过是个赏金猎人，他对狼的爱好和关心，只是为了更好了解狼的习性，将其捕获，从中获利。然而，随着他对狼的逐步了解，他却成了母狼的守护者，甚至某种程度上还将狼与自我认同。

狼对比利的吸引始于他的少年时代。与《骏马》开头的场景极为相似，骏马与科曼奇部族战士的意象被用来说明格雷迪的边疆梦想，《穿越》中，一大群奔跑的狼的意象也被用来作为小说开篇的典型意象，从而建构了比利的荒野之梦。一个看似平常的冬夜，比利碰到了一群狼：

> ……他们在原野上奔跑着，对羚羊发起了攻击，羚羊就像雪野上的幽灵一样移动着，打着圈，滚动着，清冷的月光中，雪花的粉尘在狼群周围扬起，呼出的白气在冰冷的夜里形成了一团烟雾，就好像火把自他们身体内部燃烧，黑夜的一片静寂中，狼群扭动着，转着圈，跳动着，好像他们就是一个完整的他世界。①

---

① Cormac McCarthy, *The Crossing*, New York: Alfred A. Knopf, 1994, p.4.

　　尽管冬夜里寒气袭人，比利依然耐心地等待着，后来有七只狼①走近了他，他似乎"能嗅到他们的呼吸，能感受到空气中他们存在的那种紧张感"，这些神秘的动物甚至停下来看了看比利，然后"掉转头安静地跑了去"。②文中这个超现实的情景，很自然让人联想起福克纳的短篇小说《熊》中的少年艾克遭遇大熊的场景，文本与《熊》的互文强调了比利与荒野的联系。奥文思认为，正是比利遇到了狼才使他"有了顿悟，并想到了要改变自己"③。不仅如此，实际上，比利与狼的这次荒野邂逅，在十六岁少年的心中植下了荒野的种子。

　　作为荒野的象征，狼是美国西部小说最钟爱的动物意象之一，也经常出现在很多美国西部传说中。因为对荒野的喜爱，麦卡锡自然"爱屋及乌"，钟情于美国西部荒野中的狼们。在一次访谈中，麦卡锡就谈到了他与美国生态主义作家爱德华·艾比"要把北美狼重新引进到南亚利桑那州"的计划。④狼不仅为麦卡锡所钟情，狼也的确经常出现在他的小说中，构成了麦氏小说特有的荒野"地景"之一。《血色子午线》中，麦卡锡就使用了荒野上狼的意象，旨在构成活跃在西部荒野上残暴血腥的美国雇佣军的"分形"，并以此来说明麦卡锡特有的荒野混沌观。简言之，人们视野所及之处，荒野与人类皆处于宇宙的"眼球民主"之下，他们残暴、血腥和荒芜。但是，麦卡锡《穿越》中的母狼却不再是物质世界中的具象，而是荒野中神秘的超自然的灵魂，她不仅恐怖而且壮美，是"混沌"的化身。在墨西哥捕狼老人阿尔纳夫（Don Alnulfo）的心中，狼犹如荒野上空飘舞

---

① 此处比利遇到的狼有七只，数七与麦卡锡小说经常出现的"数"三一样有趣和耐人寻味。因为东西方文化中的"数"三和七，都具有神秘性。

② Cormac McCarthy, *The Crossing*, New York: Alfred A. Knopf, 1994, p.4.

③ Barcley Owens, *Cormac McCarthy's Western Novels*, Tucson: The Univ. of Arizona Press, 2000, p.74.

④ See Richard B. Woodward, "Cormac McCarthy's Venomous Fiction", In *The New York Times Magazine*, 19 April 1992.

的雪花，具有神秘性和超自然的能力，"你看似抓住了雪花，但你仔细看你的手掌，你却再也不能拥有它。这可能就是你看狼的情形。你看见它之前它已经消失不见了。如果你真的想看见它，你只能看见地上的它。即使你抓住了它，它也会在你手中消失。一旦离开便再也不会回来"①。实际上，在这位墨西哥老人的心里，狼不再是简单的一只狼，或者物质世界的一个具象，而其本身就是荒野的灵魂。换句话说，荒野上的狼"是不能被拥有的，就如融化在掌心的雪花，一旦被抓住，它就不再是荒野了"②。实际上，老人对狼与荒野的看法，近似于混沌理论对世界的观察与描述。在他们看来，世界上的万事万物互为联系，共生共长。人类应该与自然开始一场"新的对话"③，而非简单地将自然看作一个听话、顺从并受控于人类欲望的系统。

阿尔纳夫的话语预示了比利与狼荒野之旅的失败。旅程伊始，比利从单纯的赏金猎人到希望照顾与"救助"狼的主人，最终却成了无奈的"刽子手"，不得不亲手射杀母狼。如果说美国西部印第安人的逐年消失是美国边疆运动的结果，那么美国西部荒野中的动物，尤其是荒野中的狼，也是美国边疆运动的牺牲品。数量的锐减乃至整个物种的集体灭绝，成了它们在美国现代化进程中不得不面对的宿命。狼群先是被剥夺了赖以生存的土地和资源，不得不继续往荒野内陆迁移，最终还要从荒野中被完全清除。麦克布莱德（Molly McBride）发现，到了比利生活的时代，也就是20世纪40年代，"美国政府除了还未把狼群从美国西南地区完全清除干

---

① Cormac McCarthy, *The Crossing*, New York: Alfred A. Knopf, 1994, p.46.

② Molly McBride, "*The Crossing*'s Noble Savagery: The Wolf, the Indian, and the Empire", In *Sacred Violence: Volume 2: Cormac McCarthy's Western Novels*, 2nd ed., Edited by Wade Hall and Rick Wallach, El Paso: Texas Western Press, 2002, pp. 71–82.

③ 此处借用了复杂性科学家普利高津的名著——《混沌中的秩序：人类与自然的新对话》（*Order Out of Chaos: Man's New Dialogue with Nature*, New York: Bantam, 1984）的书名。

净外,已经成功地进行了全面的清除"①。文本关于比利造访荒野捕狼者以及对他们捕狼时使用的各种各样的动物套子或药品的叙述,正好呼应了这一历史语境。

麦卡锡在《穿越》中,赋予了母狼人的特质和人的性格。在他拟人化的叙述中,狼不仅忠诚于其伴侣("公狼用牙齿咬母狼,原因在于母狼久久不肯离开他"②),甚至有女性的柔弱可怜("她第一次怀胎,并不知道自己已身处险境"③);她有过失去伴侣的孤独("她一次次将悠长的嗥叫声喊进令人恐怖的寂静之中"④),也有面对困境重新打理生活的智慧("她围着捕兽器转悠了大半个钟头,分拣和标识各种气味,并将可能出现的后果排序,目的在于重构曾经发生在这里的事实"⑤)。母狼"跨越边境"的行为,并非忽视了人与动物之间的古老协约,她闯入人类世界的冒险之旅只为找回她失去的伴侣。然而,她的荒野之行却使得她的生活陷入了"混沌",较之从前更加无序。时代已经变化,荒野随着边疆的发展几乎完全被西部牧场侵占与毁灭。小说的几处文本细节,清楚地表明了西部荒野上狼群生存的困境,预示着母狼跨入人类世界开启荒野之旅的危险,尽管"她的先祖们在这片土地上曾经捕食过骆驼和野马。她却找不到任何果腹的东西。大多数猎物已经被杀戮殆尽。大片的森林被砍伐以备矿井上烧锅炉使用"⑥。对初始条件敏感性的依赖,适用于所有的动力系统。实际上,孤独而又执着的母狼跨过边境寻找丢失的伴侣的那一刻,就是她悲剧命运

① Molly McBride, "*The Crossing*'s Noble Savagery: The Wolf, the Indian, and the Empire", In *Sacred Violence: Volume 2: Cormac McCarthy's Western Novels*, 2nd ed., Edited by Wade Hall and Rick Wallach, El Paso: Texas Western Press, 2002.

② Cormac McCarthy, *The Crossing*, New York: Alfred A. Knopf, 1994, p.24.

③ Cormac McCarthy, *The Crossing*, New York: Alfred A. Knopf, 1994, p.25.

④ Cormac McCarthy, *The Crossing*, New York: Alfred A. Knopf, 1994, p.26.

⑤ Cormac McCarthy, *The Crossing*, New York: Alfred A. Knopf, 1994, p.26.

⑥ Cormac McCarthy, *The Crossing*, New York: Alfred A. Knopf, 1994, p.25.

"蝴蝶效应"的开始。

《穿越》在叙事中安排了大量的自相似:母狼失败的荒野之旅平行于比利的首次荒野之旅,母狼失去伴侣则预兆了比利第二次荒野之旅中失去弟弟,而母狼的尸体被送回家是对比利第三次荒野之旅送弟弟遗骨回家的映射,更是映射了比利在《平原上的城市》中深夜里驮着好兄弟格雷迪尸体的那一幕场景。这种"自相似"文本的多次出现,构成了小说叙事微观层面上的分形。当然,分形的叙事结构也有助于把分散在小说中的不同意象或人物连在一起,使其摆脱时空的限制,由此小说便有了动态空间性的特点。

与格雷迪极为相似,作为牛仔的比利,其捕狼的能力并不逊色于四天之内能为十六匹马配种的格雷迪。在努力捕捉草原狼时,他几乎运用了"过去捕狼人所有的技巧,甚至某些是他自己的独创,他尽可能像狼那样思考,还要学会了解狼的性情"[1]。然而,捕狼成功后的他却陷入了选择的困境。是送狼归山还是回家报告父亲,尽管小说没有直接描述他内心选择的焦虑,但从"他坐在马上良久"[2] 这句叙述,可以清楚了解到他内心的矛盾。或许是因为"等待他的那个世界"[3],比利最终违背父命,遵循了荒野的呼唤,成为荒野的"守望者"。正如阿诺德所说:"比利从与狼的荒野之旅中逐渐意识到人类之外还有另一个世界的存在。他与自然似乎有了亲情,正如他早年所做的梦所暗示的那样。"[4] 在山中与狼度过的第一夜,比利看着篝火映出的狼的眼睛:

---

[1] Barcley Owens, *Cormac McCarthy's Western Novels*, Tucson: The Univ. of Arizona Press, 2000, p.79.

[2] Cormac McCarthy, *The Crossing*, New York: Alfred A. Knopf, 1994, p.53.

[3] Cormac McCarthy, *The Crossing*, New York: Alfred A. Knopf, 1994, p.53.

[4] Edwin T. Arnold, "McCarthy and the Sacred: A Reading of *The Crossing*", In *Cormac McCarthy: New Directions*, Edited by James D. Lilley, Albuquerque: Univ. of New Mexico Press, 2002.

　　当火焰升起时，她的眼睛燃烧着，犹如通往另一个世界的门灯。一个在未知的边缘处燃烧的世界。一个由血构成的世界，血的核心，外皮和内核都是血的世界，因为除了血之外再没有东西有如此强大的力量，在时刻都有可能吞噬这个世界的空白处发出回声……当那些他们以此作证的眼睛和王国最终高贵地隐退到他们起初来的地方时，可能会有其他的火，其他的证据或者其他的世界出现。但是，他们再也不会是这个世界。①

　　此刻的比利并不如麦卡锡研究者奥文思所说的是将母狼看作恋人，就如格雷迪与阿莱杭德拉的恋爱那样，② 实际上，应该是比利开始理解了母狼，并在对世界的认识上与狼有了心灵的回应。就如前面提到捕狼老人对狼的了解那样，或许就在这次在山野与狼同处的夜晚，比利有了对狼的认同。同为荒野孤独的流浪者，比利与狼惺惺相惜，甚至开始理解了母狼所处的世界。那个世界与人的世界有着自相似，同样充满了血的残暴的力量。

　　比利与母狼的荒野之旅均遭到了人类话语权的误解。无论是美国人还是墨西哥人，都对比利送狼归山进行了多方猜度。有人认为比利是个赏金猎人，与《血色子午线》中那些剥取阿帕契印第安人头皮赚取赏金的雇佣军一样，无非是收集狼皮用以赚取赏金。有人认为比利这种送狼回山的行为疯狂甚至怪异。而墨西哥的一群小官吏甚至还利用手中的强权，从比利的手中抢走了母狼，把她作为走私物品充公，继而又把她卖给了巡回马戏团。后来母狼又辗转到了一个墨西哥牧场主的手里，被迫与猎狗撕咬，供

---

① Cormac McCarthy, *The Crossing*, New York: Alfred A. Knopf, 1994, pp.73–74.
② 奥文思曾经提出："比利希望送母狼回家的浪漫梦想与约翰·格雷迪对阿莱杭德拉的爱是平行一致的。当比利与母狼分享食物肩并肩坐在一起时，母狼已经成了他的荒野情人。" See Barcley Owens, *Cormac McCarthy's Western Novels*, p.80.

人取乐。母狼俨然就是比利的"分形",遭到人类话语权的书写,并被误解。她在荒野之旅刚开始时就已被人类神秘化,关于母狼的经历,不同的人有不同的故事。有人说她在锡拉尔山(the Sierras)里吃了很多小学生而被撵了出来;有人说人们在林中捉住母狼的时候,她的身边还拖着个光身子的小男孩;有人说母狼被捉后,有一大群狼便尾随着猎人,它们从天黑一直嗥叫到夜半。而安排母狼与猎狗撕咬的墨西哥牧场主则说,母狼是被一个偷猎的美国人从山中带出,要到美国去卖个好价钱。总之,狼与比利的故事,众说纷纭,小说人物前牧师的评论很有道理。在他看来,"讲故事者的任务并不简单,因为他似乎需要从众多可能发生的故事中选取适合他自己的故事"[1]。显然,小说关于神话建构事实这一变色龙似的能力,作为潜文本,呼应了文本中比利的荒野之旅。

文化与历史建构了荒野神话。欧裔美国人自认为"他们制定了宇宙中万事万物的自然秩序和规约,因此便可凌驾于荒野之上,征服荒野"[2]。他们在荒野中修建的围栏、铁路以及高速公路就是剥夺荒野的现实证据。美国历史上尤其是西进运动中,大量的狼群、美国山猫(猎豹)与野牛等动物均被当作与人类争夺资源惨遭猎杀。《穿越》中,人类的愚蠢与贪婪不仅剥夺了母狼的自由,甚至对她施以侮辱与折磨,最终置她于死地。比利送母狼回普拉尔山的路上,遇到一位年轻的骑手,此人曾提出要买母狼。比利如此答复:"母狼是一个大牧场主的财产,牧场主要求他来照顾母狼不受任何伤害。"[3] 比利口中的"大牧场主"有可能指的就是上帝或者荒野。比利把自己看成上帝或者荒野委派的母狼的监护人,显然是为他对母狼

[1]　Cormac McCarthy, *The Crossing*, New York: Alfred A. Knopf, 1994, p.157.

[2]　Molly McBride, "*The Crossing*'s Noble Savagery: The Wolf, the Indian, and the Empire", In *Sacred Violence: Volume 2: Cormac McCarthy's Western Novels*, 2nd ed., Edited by Wade Hall and Rick Wallach, El Paso: Texas Western Press, 2002, pp.71–82.

[3]　Cormac McCarthy, *The Crossing*, New York: Alfred A. Knopf, 1994, p.90.

所做的一切而"正名"。然而，正是把母狼当作个人附属物的观念，使得比利成为那些误解他与母狼甚至杀害母狼的"同谋"。具有讽刺意味的是，比利不忍母狼继续遭受凌辱并被迫打死母狼，竟然成为他对母狼最后的呵护，这种因果的不成比例再次戏弄了小说人物（母狼也可以是一个人物）。通过比利送狼归山的荒野之旅，麦卡锡似乎暗示，比利所执着的荒野神话本身，问题重重。借比利的荒野之旅，麦卡锡不仅批评了人性的残暴，同时也披露了人类中心主义的危害以及潜藏在美国民族意识深处的问题。在建构文本的同时，麦卡锡也解构了人们追求无望理想的边疆神话。

　　一切就如阿尔纳夫的理解："世界根本没有秩序，除了死亡能够产生以外。"[①] 母狼最终回到了普拉尔山的家乡，可惜只是一具尸骨，事实上，是"血"再次解决了"混沌"。母狼的悲剧发生之前，阿尔纳夫曾预言过"人类即使饮用上帝的血，也不会明白他们所做的事有多么严重"[②]。比利葬狼之后的一段文字，呼应了阿尔纳夫的警告。悲伤之余，留给读者许多亟待解决的问题：

　　　　……他能看到她，她就在那晨光熹微的山林中奔跑，夜晚打湿的草地一片温润，阳光还来不及把动物昨夜踏过的足印抚平。空气中弥漫着鹿儿、野兔、鸽子以及土拨鼠的气味，一切都让她感到分外的愉悦。上帝授予的所有王国中，她原是其中的一个，从来就没有远离过……他伸出双臂想去拥抱她，可那恐怖与美丽的精灵，就如吸食了肉体的花朵，再也拥抱不到，因为她已经奔跑在山林中。[③]

母狼的死亡预示着人类要面临更大的灾难。小说结尾时，比利见证了

---

①　Cormac McCarthy, *The Crossing*, New York: Alfred A. Knopf, 1994, p.45.

②　Cormac McCarthy, *The Crossing*, New York: Alfred A. Knopf, 1994, p.46.

③　Cormac McCarthy, *The Crossing*, New York: Alfred A. Knopf, 1994, p.127.

原子弹的首次成功爆炸。"一片耀眼的白光"把他从薄暮中惊醒，他还以为是太阳升起，但白光很快消退，只留下比利"在不可解释的黑暗中"[①]发呆，直到"真正的太阳再次升起"[②]。原子弹爆炸造成的白昼假象暗示了未来人类的大规模毁灭。原子弹爆炸试验之前，比利遇到了一条瘸腿狗并将其赶走。这个集"上万个受辱的群体以及预兆了上帝才晓得的真相"[③]的畸形狗就是"核时代的化身"[④]之一，当然，作为狼的近亲，这只瘸腿狗某种意义上也是母狼的一个分形。通过母狼与瘸腿狗的"自相似"以及人造白昼与太阳升起的并置处理，麦卡锡无疑暗示了比利荒野之旅的失败：他"坐在路边"，"双手捧着脸抽泣着"。[⑤] 比利的哭泣应该是为母狼、瘸腿狗、荒野以及自己哭泣。当然，更是为了地球上所有的生命。

作为荒野（"混沌"）的象征，狼与人类的命运互为映射，他们赖以生存的宇宙系统中的微小变化，便引起了巨大的后果。涉足人类世界造成了母狼的灭顶之灾，比利的荒野之旅更是加速了母狼生命中的"决定性混沌"，二者互为映射，构成了叙事文本重复的对称性。通过比利与狼荒野之旅中的"混沌"，麦卡锡披露了边疆神话的虚构性，同时也暗示了万物的整体联系性。

二、"一切都是讲述"：作为分形的镶嵌故事

比利三次荒野之行中听到的所有故事，形成了小说主要叙事部分中的

---

① Cormac McCarthy, *The Crossing*, New York: Alfred A. Knopf, 1994, p.425.

② Cormac McCarthy, *The Crossing*, New York: Alfred A. Knopf, 1994, p.426.

③ Cormac McCarthy, *The Crossing*, New York: Alfred A. Knopf, 1994, p.424.

④ Molly McBride, "*The Crossing*'s Noble Savagery: The Wolf, the Indian, and the Empire", In *Sacred Violence: Volume 2: Cormac McCarthy's Western Novels*, 2nd ed., Edited by Wade Hall and Rick Wallach, El Paso: Texas Western Press, 2002, pp.71–82.

⑤ Cormac McCarthy, *The Crossing*, New York: Alfred A. Knopf, 1994, p.426.

镶嵌故事。正如约翰·康特所说："研究《穿越》的批评家无一不注意到比利流浪中听到的那些镶嵌故事。"[①] 就小说的主旨而言，这些镶嵌故事几乎与小说的主要叙事部分形成了"跨尺度的自相似"，建构了小说在叙事内容和结构上的分形特征。另外，这些镶嵌故事的讲述者无一不与《血色子午线》中的法官霍尔顿一样健谈，他们充满智慧的哲学"独白"，恰是对主要叙事部分的叙事内容做出的反思或评判，一定程度上揭示了叙事的真相，使得小说文本有了后现代派小说的自我指涉性。

母狼死后，比利在山间流浪。他先是遇到了一位地震中幸免于难的牧师。此人曾是摩门教徒，一直在"寻找世界存在上帝之手的证据"，但他千辛万苦寻觅到的世界"不过是一则故事而已"。[②] 前牧师对比利讲述的故事长达 21 页。故事采用了历史的形式，旨在探讨"一个异教徒"（即所有人）的人生真谛以及讲故事（叙事）的真相，不仅让成为见证者的听众（读者）与比利一同进入前牧师所讲述的故事，同时也揭示了叙事存在的问题。

前牧师所讲的故事中的"男人"与比利的故事有着很多自相似。二者的自相似性不仅表现为一致的故事主题，皆反映了生活是为"混沌"，而且故事的许多细节也有着大量的自相似性，使得《穿越》的主要故事与镶嵌故事相互映射。与比利一样，"男人"在少年时父母双亡，是个孤儿。他和父亲到镇上游玩时，父亲"把他高高举起看大街上的木偶表演"[③]。木偶演出的细节呼应了《骏马》中阿尔芳莎向格雷迪讲述的关于墨西哥政治的故事。其中，生活就被喻作一张被提线木偶控制的网，尽管一切充满了不确定性，但却相互联系，而这正是比利与故事中"男人"的生活所示。

---

① John Cant, *Cormac McCarthy and the Myth of American Exceptionalism*, New York and London: Routledge, 2008, p.197.

② Cormac McCarthy, *The Crossing*, New York: Alfred A. Knopf, 1994, p.143.

③ Cormac McCarthy, *The Crossing*, New York: Alfred A. Knopf, 1994, p.144.

做了父亲的"男人",后来与儿子一道旅行,他的儿子就"坐在父亲鞍子的前面"①。故事中"男人"父子俩骑马的方式与小说《穿越》开头比利马上载着弟弟博伊德的方式,又呈相似性。还有,"男人"曾把儿子托付给亲戚然后外出做生意,等他回乡时儿子却已在地震中丧生。和他的故事相似的是,比利在小说的主要叙事部分中,也曾带弟弟博伊德到了墨西哥,然而等他再次返回墨西哥来接弟弟时,弟弟却死于非命。比利把弟弟的遗骨驮到马上运回家乡美国,而"男人"则用骡子把儿子的尸体驮回家乡。无论是比利,还是前牧师故事中的"男人",他们都是追梦的人。前牧师对他们命运的观察,可谓入木三分。他说道:"人是一个做梦者,但这些梦不过是从一个痛苦的梦转到另一个更痛苦的梦罢了。所有他喜爱的就是他现在的折磨,而这个无用的东西已从宇宙的轴心中被拉了出来。"②在他看来,生活不再受线性的牛顿因果律控制,只是一个呈"有序的无序"的"决定性混沌"。

前牧师认为,世界就是上帝编织的地毯。作为技艺高超的织工,上帝就"坐在自己光亮照到的地方,编织着世界"③。用织工喻指上帝,暗示人类受控于命运,也即人生受决定论的操控,这一点很容易让人想起《骏马》中阿尔芳莎和她的父亲曾将上帝看作一个近视眼的造币工,"总是用他微弱的视力通过模糊不清的眼镜,看着他面前的空白的金属印版"④。矛盾的是,织工尽管掌控着织物的命运,其织品却不一定呈完全相似,而是一种自相似,因为"所有人的旅程只不过是他人旅程的翻版。没有独立的旅程可言,这是因为世界上并没有独立的个体去演绎独立的旅程。所有人的故事最终不过是一个故事,并没有其他的故事可以

---

① Cormac McCarthy, *The Crossing*, New York: Alfred A. Knopf, 1994, p.144.

② Cormac McCarthy, *The Crossing*, New York: Alfred A. Knopf, 1994, p.146.

③ Cormac McCarthy, *The Crossing*, New York: Alfred A. Knopf, 1994, p.149.

④ Cormac McCarthy, *All the Pretty Horses*, New York: Vintage International, 1992, p.231.

讲述"①，由此看来，织工的编织只是一种重复而已。如果我们把织工看成讲故事的人，那么他的织品便是写作。这样一来，讲述一个与比利相似的男人的故事，小说便在文本中建构了一个重复的对称体，并借此来暗示小说文本自身的自我指涉性。

前牧师的故事显然是在讨论叙事的观念和功能，这段评述叙事的文字对理解麦卡锡的作品可谓意义深远：

> ……叙事者的任务并不简单，他说道。他似乎被要求从许多可能的故事中挑选自己的故事来讲。但事实并非如此，而是要讲许多同一个故事。通常，讲述的人痛苦地设计出有悖听众意思的故事——可能是讲出来的，也可能是没有讲出来的——听众早就听说过这个故事。讲述者要列出许多合乎听众需要听到的叙事的类别。但他明白，叙事本身并没有类别可言，无非是所有类别中的那个类别，因为没有任何叙事能超越其范围。一切都是讲述。②

前牧师的意思是，所有的故事无非都是为了讲述者的利益而建构的。就比利的故事而言，麦卡锡似乎暗示，他本人小说中关于比利的故事也是建构的，因为"那些隐藏起来的线头就藏在故事中间，除了讲述外，故事本身并没有赖以存在的地方，因此仅凭讲述我们什么都做不了"③。前牧师故事中的"男人"先是在地震中失去儿子，后又成了异教徒，接着就是流浪者，他的命运显然预兆和映射了比利未来的人生际遇。我们知道，麦卡锡关于比利的故事中，比利先是失去送其归山的母狼，后又失去带到墨西哥的弟弟，直到小说结尾，他一直都在山里或乡间流浪。

---

① Cormac McCarthy, *The Crossing*, New York: Alfred A. Knopf, 1994, p.157.

② Cormac McCarthy, *The Crossing*, New York: Alfred A. Knopf, 1994, p.155.

③ Cormac McCarthy, *The Crossing*, New York: Alfred A. Knopf, 1994, p.143.

"男人"与比利故事的相互映射，构成了内置文本与主要叙事文本之间的自相似性。

　　除了前牧师的故事，小说镶嵌的第二则故事有关一位盲人革命者，后者的故事恰好构成了比利失败的人生之旅的另一个分形。比利第二次荒野之旅，其目的旨在与其弟弟一同找回他们父母被盗取的马匹。正如奥文思所说，麦卡锡的边疆英雄们"去往墨西哥总有一个最不足信的前提：追回盗取的马匹，送回流浪的狼，找回迷失的兄弟"①，比利的第二次荒野之旅，便是如此。他的盲目造成了他生命中的又一次无序。第一次荒野之旅，比利是希望送母狼回家，这种好意却导致了母狼的悲剧。同时，他对林中印第安人的好意，也为他的家庭带来了灭顶之灾。当时如果不是比利好心送给印第安人食物，并在去捕狼时偷走了家中唯一的步枪，比利的父亲也不至于徒手反抗来袭的印第安人而被杀害。第二次荒野之旅的途中，比利遇到了盲人革命者。比利并不明白"世界是按其本来的方式而非按照某个人的意愿运作的"②这一简单的道理，一味要求个人的公正，其结果却是弟弟的死亡和父母马匹的丢失，又一次重复了他首次荒野之旅的错误。实际上，比利根本没有理解墨西哥老人阿尔纳夫与前牧师给他的建议。前者提醒他，在荒野上希望安排秩序的企图只有虚无，而后者则暗示他，个人行为的意义仅是想象的结果，因为"我们所说的每一个词都是名利。每一次没有得到祝福的呼吸都在面前……最后我们每一个人都只是上帝安排成为的那个人而已"③。显然，小说中麦卡锡是借比利旅途中遇到的这些智者讲述的故事，来评判比利的旅行，同时也在讨论

---

①　Barcley Owens, *Cormac McCarthy's Western Novels*, Tucson: The Univ. of Arizona Press, 2000, p.67.

②　Edwin T. Arnold, "McCarthy and the Sacred: A Reading of *The Crossing*", In *Cormac McCarthy: New Directions*, Edited by James D. Lilley, Albuquerque: Univ. of New Mexico Press, 2002, pp.215–238.

③　Cormac McCarthy, *The Crossing*, New York: Alfred A. Knopf, 1994, p.158.

叙事的真理。

　　盲人的故事由他本人与妻子交替讲述，比利兼具听众、读者、提问者的角色。盲人年轻时参加过墨西哥的革命运动。革命失败后，他因不肯向政府效忠而被处以极刑，遭遇了麦卡锡作品中最为血腥的暴力。在行刑时，有位德国军官怪异地弯下腰，抓住他的脸，"把他的双眼吮出来吐在地上，留下两个洞孔，两根湿漉漉的筋绳怪怪地荡在他的双颊上"[①]。盲人遭到的暴力与《骏马》中古斯塔夫被一群暴民用锄头刨出了假眼的遭遇有着自相似，更是与母狼被拴在斗兽坑中与猎狗撕咬用以满足人们嗜血的欲望有着自相似。革命者的生活也是"混沌"，古斯塔夫被挖出的双眼就如"人群中的一件珍玩"[②]被踢来踢去，而盲人的失明则让他因祸得福。他从监狱中被释放后到处流浪，遇到了目前正在讲述他的故事的妻子。

　　失明后的革命者曾试图自杀，但一旦跨过了光明与黑暗、生与死的疆界，他对生命、人性与世界有了更深的认识。对盲人来说，世界就是"混沌"，善与恶、生与死、美与丑、光明与黑暗、梦想与现实并没有多大差异。世界上从没有真实的东西，一切都是心底的幻觉。物质世界脆弱而又"危险"："给予他走过世间的力量也会让他失明，让他迷失在真正的道路上。同样，通往天堂的钥匙也可打开地狱的大门"[③]。在墨西哥，五颜六色的鸟儿、花儿以及"又黑又深的双眼犹如世界本身一样充满了承诺的"姑娘，却与"有着白纸般头骨、身上涂了漆的尸骨、在昏黄的路灯下大踏步走在高谈阔论的人们面前的死神"[④]共存。很明显，盲人的观点呼应了混沌理论对生命、世界、人性甚至讲故事的

---

① Cormac McCarthy, *The Crossing*, New York: Alfred A. Knopf, 1994, p.276.

② Cormac McCarthy, *The Crossing*, New York: Alfred A. Knopf, 1994, p.237.

③ Cormac McCarthy, *The Crossing*, New York: Alfred A. Knopf, 1994, p.293.

④ Cormac McCarthy, *The Crossing*, New York: Alfred A. Knopf, 1994, p.277.

观察。① 对他来说，世界没有正义可言；相反，邪恶充斥其中，以致好人
"并不了解他们刻意寻找的世界的秩序本身并不道德，只不过就是秩序而
已"②。盲人似乎参悟了人生的"真谛"，并有了自己的总结。他对比利说：
"每一则故事都是黑与白的故事，不可能有其他别的故事。然而还有一个
较远的叙事秩序，这一点人人都不愿谈起。"③ 表面上看，盲人与比利的故事
有很大差异，但就二人生活的"混沌"而言，却有着较强的自相似性。实际
上，盲人的悲剧不仅预示了比利的悲剧，更是对所有追梦人的警告，因为世
界上的一切均是讲述而已。从叙事效果来看，盲人的故事实际上也是小说主
体叙事部分的分形之一。

　　比利最后一次荒野之旅是要将弟弟的遗骨从墨西哥带回美国，这次旅
行是在他试图在二战中参军失败之后开始的。在他第三次穿越边境之旅的
途中，比利听到了帮他治疗生病的马儿的吉卜赛人所讲述的故事。这则主
体叙事部分中的镶嵌故事，重复了前牧师与盲人革命者关于生命、神话以
及叙事的思考，构成了小说主要叙事部分的另一个分形。吉卜赛人是受一
位美国老人的雇佣，前去找回与他做飞行员的儿子一同葬身荒山中的飞
机。吉卜赛人拖着飞机残骸的形象，映射了比利拖着博伊德尸骨回家的旅
行。然而，相对比利来说，吉卜赛人对他此次荒山旅行空洞性本质的理
解，更为深刻。在吉卜赛人看来，我们不可能真正了解历史中发生过的事
实，即便是那些已然确知的历史事实，也不可能真实。美国老人希望找回
飞行员儿子的飞机就是一个典型例证，因为"人们以为事物的真相存在于

---

① 尽管小说《穿越》中到处可见深刻的形而上和哲学的思考，但文本中大段的哲学议论
　　却是碎片式的，读者很难从文本的上下文中找到这些思考的连贯性。阿诺德就把盲人
　　革命者的言论与雅各布·伯麦（Jacob Boehme）的诺斯替教神学观联系起来，而伯麦的
　　神学观在某种程度上又与混沌理论的观点有些交叉。See Edwin T. Arnold, "McCarthy and
　　the Sacred: A Reading of *The Crossing*", p.227.

② Cormac McCarthy, *The Crossing*, New York: Alfred A. Knopf, 1994, p.293.

③ Cormac McCarthy, *The Crossing*, New York: Alfred A. Knopf, 1994, p.292.

事物本身，却从不考虑那些拥有者的观点，即使这事物是按照所要求的样子复制出来，但终究还是带有欺骗性"①。由此，小说《穿越》不仅批评了比利旅行目的本身的空洞性，同时也指出比利弟弟博伊德个人身份的模糊性，从而揭示和暴露了神话与叙事具有的模糊性。

比利找到博伊德的尸骨之前，博伊德已被街头巷尾传唱的墨西哥民歌（corrido）神化，成为家喻户晓的墨西哥人的英雄。我们知道，小说中博伊德的"英勇"事迹就是杀死了偷取他家马匹的恶人——芭比考拉牧场（La Babicora ranch）的独臂经理，碰巧这个偷取马匹的恶人正是墨西哥民众痛恨的革命叛徒。实际上，独臂经理与博伊德争斗时从马上摔下而招致毙命，纯属意外。然而，他的死亡却成就了博伊德的"英雄"行为，并在墨西哥民众的想象和愿望下逐渐发酵，最终被建构成了一部英雄神话。就这一点来说，博伊德与比利和母狼的遭遇存在很大的自相似。正如一位普通的墨西哥牧民对比利所说的那样，"民歌是穷人的历史。它不一定忠实于历史的真相，但却较为忠实于人们愿意相信和拥护的真理"②。对于比利来说，他只是知道弟弟杀了两个人，具体原委，他并不清楚；但对于墨西哥牧民来说，他清楚民歌的神话建构功能，因为"民歌讲述了很多却并没有讲述什么"③。类似于神话和故事，民歌的叙事功能"不仅在于它有序地记述了过去……更是因为它可以重新创造个人的身份认知"④。

麦卡锡吉卜赛人的故事利用再次"迭代"了的生活作为"决定性混沌"的观点。吉卜赛人对比利说 L "如果梦能预知未来的话，它也会阻挠未来，

① Cormac McCarthy, *The Crossing*, New York: Alfred A. Knopf, 1994, p.405.

② Cormac McCarthy, *The Crossing*, New York: Alfred A. Knopf, 1994, p.386.

③ Cormac McCarthy, *The Crossing*, New York: Alfred A. Knopf, 1994, p.386.

④ John Cant, *Cormac McCarthy and the Myth of American Exceptionalism*, New York and London: Routledge, 2008, p.206.

因为上帝不允许我们知道未来将有什么事情发生。"① 在吉卜赛人看来，飞行员的父亲或比利（当然也包括博伊德，因为他们都是"追梦者"）借旅行找回逝去的东西并无太大意义，只不过徒有"虚名"而已，因为"世界每天都是新的，而人们对组成世界外壳的执着又使世界多了一层外壳而已"②。吉卜赛人试图向比利表明，比利也好，飞行员的父亲也好，甚至博伊德等，他们失败的人生缘于世界的混沌性，因为"世界总是按照自己的轨迹运转，而那些依赖魔力或梦幻的人尽管可以让魔力或梦幻刺穿前方笼罩的面纱，但试图利用这昏暗的视线让世界走向另一条轨迹，几乎是不可能的"③。把梦想等同于魔力，表明了梦想的不可靠性，比利三次荒野之旅的失败便是证明。当然，博伊德也不例外。他试图从歹徒手中救走年轻的姑娘而在墨西哥确定秩序的愿望，最终也仅仅使他在暴力和流血中，成为民歌里的"人民英雄"。

约翰·康特认为："麦卡锡较为关注叙事者的创作活动，其镶嵌故事突出了小说的艺术特点，也表明了小说艺术的意义与局限性。"④ 比利讲述的故事皆以历史的形式出现，而且讲故事的人，要么是历史的见证者，要么是历史的参与者，使得小说的文本愈加复杂化。但问题在于，到底哪些才是历史中真正的事实？我们能否相信讲述者的故事？盲人通过触摸了解世界，他的很多经历要间接地从妻子那里了解到，文中，他对教堂看守人与妻子谈话的阐释便是例证。⑤ 事实上，盲人的故事掺杂了很多他个人的人生经历。至于民歌中叙述的博伊德和比利了解到的博伊德之间，到底有多大差异，这一点吉卜赛人的认识可谓一语中的："我们之所以阅读故事，

---

① Cormac McCarthy, *The Crossing*, New York: Alfred A. Knopf, 1994, p.407.

② Cormac McCarthy, *The Crossing*, New York: Alfred A. Knopf, 1994, p.411.

③ Cormac McCarthy, *The Crossing*, New York: Alfred A. Knopf, 1994, p.407.

④ John Cant, *Cormac McCarthy and the Myth of American Exceptionalism*, New York and London: Routledge, 2008, p.206.

⑤ See Cormac McCarthy, *The Crossing*, New York: Alfred A. Knopf, 1994, pp.287–288.

原因在于故事向我们讲述了讲故事的人的故事"①，这应该就是故事讲述的目的。就吉卜赛人的故事而言，飞机的历史不会因故事而改变，因为故事或历史的建构是出于讲故事人的利益。了解飞机的历史，可以证明吉卜赛人的勇敢、坚强与足智多谋，但对飞行员的父亲来说，了解飞机的历史不过是聊慰丧子的痛苦罢了。麦卡锡似乎有意把读者引入叙事的陷阱，我们可以了解小说中的某些事实，但我们了解到的事实却远非真实。就比利与弟弟博伊德对林中乞食的印第安人所动的恻隐之心而言，其引发的一系列比利原生家庭的灾难，还是令读者费解。尽管读者可以从小说的叙事中获取一些具体的文本暗示，譬如比利和博伊德遇见印第安人时，比利当时叫了他弟弟的名字，后来博伊德对比利谈起那些凶徒时说："他们知道我的名字。……他们喊我，博伊德，博伊德"②，然而，仅凭这些叙事细节来确定杀害比利父母并偷走马匹的凶徒，就是在林子中得到比利兄弟救助的印第安人，却并不合情理，毕竟小说的叙事中根本没有提供足够的文本证据来说明那名印第安人行凶的合理性。小说文本的不确定性，表明了生活的不确定性与叙事的虚构性，因为在麦卡锡看来，"一切都是讲述"③。

关于叙事的问题很早就出现在麦卡锡的作品中。小说《上帝之子》中白乐德的银铛入狱，就是他所在的小镇上的警长对他的犯罪想当然的结果，而《骏马》中一直对格雷迪抱有敌意的警官则公然声称，真相是可以制造出来的，因为在警官看来，现实是有延展性的，从而堂而皇之地逮捕了格雷迪。不同于麦卡锡同时代的后现代派作家，他们要么通过评判小说，要么设计不同的小说线索或结尾，从而暴露了小说的自指性。相对他们，麦卡锡的高明之处在于他总是隐藏在故事的背后，让他的小说人物成

---

① John Cant, *Cormac McCarthy and the Myth of American Exceptionalism*, New York and London: Routledge, 2008, p.209.

② Cormac McCarthy, *The Crossing*, New York: Alfred A. Knopf, 1994, p.173.

③ Cormac McCarthy, *The Crossing*, New York: Alfred A. Knopf, 1994, p.155.

为评述自己故事的讲话者（叙述者），从而巧妙地提醒其他小说人物关注他们讲述的故事。前牧师、盲人革命者以及吉卜赛人讲述的镶嵌故事，可谓互为平行，它们探讨了关于生命与神话、真理以及"混沌"本身的意义，从而成为小说主要叙事部分的重要分形。运用混沌理论的话语讲述故事，使得《穿越》的叙事更加突出。把生活描述成"决定性混沌"，并运用混沌理论对其讲述的故事加以评判，麦卡锡探讨了如何运用混沌理论创作关于混沌的故事，使得《穿越》成为麦卡锡作品中不可多得的佳作之一。

三、深一层的分形

除了主要的镶嵌故事构成了小说《穿越》主要叙事部分的分形以外，叙事的其他部分也构成了小说《穿越》文本微观上的多重自相似，形成了《穿越》叙事文本作为分形的整体格式塔。首先，博伊德墨西哥浪漫冒险的潜文本就是小说文本的一个分形。成对的人物（paired characters）作为小说的主人公，经常出现在麦卡锡的作品中。就比利与博伊德这对小说人物来说，后者在马术、枪法以及生活观方面均比前者要杰出和浪漫，二者的情况类似于《骏马》中的格雷迪与罗林斯。有趣的是，与格雷迪相似，博伊德在墨西哥也有一段罗曼史，他们的生活皆因墨西哥的恋情陷入"混沌"。视牧场为生命的格雷迪，在《骏马》中是因为与墨西哥贵族少女阿莱杭德拉的恋爱失去了牧场的工作，从此无缘重续牛仔梦；而在《平原上的城市》中，他则因与墨西哥妓女玛格达丽娜的恋情，不仅丢了牧场的工作，并且还搭上了年轻的生命。同样，博伊德的人生旅程也因路上遇到的墨西哥姑娘而改变，让他与墨西哥的革命有了联系。尽管墨西哥女性不一定是上述麦卡锡笔下年轻男孩们人生灾难的直接原因，但却起到了类似混沌系统中分叉点的功能，造成了他们的荒野之旅在有序与无序中摆动。从某种程度上讲，博伊德失败的潜文本是对比利荒野之旅失败的映射，而比利的失败则又从母狼荒野之旅的失败，得到了映射。

再者,比利不仅从主要镶嵌故事中的智者那里得到人生教训,从其他人物那里他也得到了很多教训,且多次迭代,由此构成了叙事中进一步或深一层的分形。比如,巡回剧团的女主演(Primadonna)告诉比利:"世界上的路形成的原因不止一个,但没有一个行人会对这些成因有着同样的理解……路本来就是路,世界上根本没有两条完全相似的路。尽管如此,无论是否能够找回你的马匹,但开始于那条路上的旅程却总要完成。"①关于路的经典言论,美国文化中最让人耳熟能详的当属诗人弗洛斯特那首《未选择的路》中对路的理解。在女主演看来,路之所以不同,大概缘于行人对路的理解不同。换言之,是行人(或者就是读者、做梦者)赋予了路(同理,也是我们讨论的文本、梦)不同的意义。在这一点上,女主演的观点是对比利路上遇到的前牧师观点的呼应,也即"所有的故事都是一样的"②,如果真有什么区别的话,便是读者的不同罢了。结合《穿越》的整个文本来看,女演员的谈论使得麦卡锡再一次从微观层面上突出了小说叙事艺术的问题。换言之,世界就是舞台,一切不过表演而已,是生活模仿艺术,而非艺术模仿生活。

与麦卡锡大多数小说一样,《穿越》也到处都是暴力的影子,并由此来针砭人性。小说中便有这么一路人,他对人性恶的评价,一针见血:"他说如果人们到了可以流血的年龄,也就是到了他们可以杀人的时候了"③。对于小说《穿越》来说,其文本中还有许多处细节,体现了小说叙事微观层面上的自相似。文中博伊德的墨西哥女朋友曾经对他讲述过她祖母年轻时候的故事,这则穿插于文本之中的小故事可以说是盲人革命者故事的分形,因为两则故事都是关于革命中的流血暴力,并同时呼应了上述无名男子对人性恶的评价。女孩的祖母曾"在革命中守了寡",当她第三次守寡时,她

---

① Cormac McCarthy, *The Crossing*, New York: Alfred A. Knopf, 1994, p.230.

② Cormac McCarthy, *The Crossing*, New York: Alfred A. Knopf, 1994, p.143.

③ Cormac McCarthy, *The Crossing*, New York: Alfred A. Knopf, 1994, p.209.

决定不再嫁人了，尽管祖母的确"是个大美人，且还不到 20 岁"①。巧合的是，女孩因为与"英雄"博伊德的相恋，而博伊德的英年早逝更是让她的命运与其祖母的命运有了自相似，从而构成了叙事中另一则更小的分形。

《穿越》中，梦境频繁造访。作为一种叙事技巧，梦也可被看作小说的另一种镶嵌故事。梦在《穿越》中的多次出现，使得梦幻的虚无与小说情节事件中的现实，构成了另一重映射，从而形成了小说文本多层次的自相似。小说主要人物比利做的第一个梦是在他和盲人革命者夫妇俩分别之后。梦中，他遇见了月光下的一群狼，这些狼们"用它们野性的尖脸碰了碰比利的脸颊，然后就挪开了……当狼群中的最后一只狼走过来时，狼群在比利的面前围了起来，并站成了一个新月的形状，狼群的眼睛就如照亮世俗世界的一盏盏的灯，然后它们转过身子，一溜烟地消失在冬夜的寒冷中"②。比利寒月下遇到狼群的这一梦境，可谓"迭代"了比利童年时雪夜里遇上狼群的细节。有趣的是，在比利的梦中，他的父母和弟弟都还健在，而且博伊德还对比利讲述了自己的梦境："（博伊德）说他也有个梦，梦中比利从家中跑走不见了"③。比利与博伊德梦境的"自相似"，且二者梦境中关于同一事件（他们的父母被杀且马匹被偷）的重复，不仅造成了现实与梦境的极大反差，并且梦与情节事件的自相似，也构成了文本的重复对称性。梦境的设计应该是小说《穿越》文本构成的一大特点。梦境不仅构成了小说文本的重复对称性，使得小说文本有了空间的层次感，重要的是，小说"梦中梦"的结构设计，更是对小说叙事文本"故事内故事"结构的映射，从某种程度上建构了小说叙事结构上的分形。

比利的第二个梦与兄弟情有关。梦中，"他把他死去的兄弟紧紧抱在怀中，但梦中的他却无法看到他的脸，也无法说出他的名字。在黑魆魆

---

① Cormac McCarthy, *The Crossing*, New York: Alfred A. Knopf, 1994, p.321.

② Cormac McCarthy, *The Crossing*, New York: Alfred A. Knopf, 1994, p.295.

③ Cormac McCarthy, *The Crossing*, New York: Alfred A. Knopf, 1994, pp.295–296.

的湿漉漉的大街上还有一只狗在狂叫"①。兄弟、狗、夜里黑魆魆并且湿漉漉的的大街，可以说，比利的梦境是他现实生活中所有痛苦的映射。"兄弟"不仅指他的手足亲人博伊德，也可以是他毕生的好朋友——约翰·格雷迪；狗通常就是狼的近亲，毫无疑问是他视为亲人的那只母狼；黑魆魆并且湿漉漉的夜里的大街正是他孤独失败的荒野之旅的"镜像"。结合小说文本，文中比利的这次梦境，后来竟然发展成了他第三次荒野之旅的现实，因为他第三次穿越美墨边境是到墨西哥领回弟弟的尸骨。不仅如此，他的这次梦境还在"边境三部曲"的最后一部《平原上的城市》中得到印证：奄奄一息的格雷迪就被比利——他的朋友兼兄弟，紧紧地抱在怀中。这一让人不禁为之动容的一幕，很容易让人联想到"圣殇"的经典形象，不过此处麦卡锡将圣母换成了兄弟，而身为圣婴的格雷迪，显然是用死亡见证了西部牛仔"明日黄花"的命运。

我们知道，《骏马》中的格雷迪从狱中放出后，曾经回到墨西哥牧场去见他的恋人阿莱杭德拉，两人在一家宾馆里约会。从睡梦中醒来后，阿莱杭德拉告诉恋人她夜里做的梦。梦中的格雷迪已经死了，他的尸体被人驮着"穿过城市的大街……黎明时分。孩子们都在祈祷。他们这样吟唱：你的母亲伤心哭泣，多半是因为你的妓女"②。阿莱杭德拉的梦呼应了《平原上的城市》中格雷迪死亡这一情节现实。因为爱上了妓女玛格达丽娜，他与皮条客爱德华多（Eduardo）进行决斗而被后者刺死，他的尸体的确是为朋友比利驮着送回，孤独而又伤心的他们经过城市黑夜的大街。总之，在"边境三部曲"中，麦卡锡巧妙地运用了梦境这一叙事技巧，不仅造成了现实与梦境的相互映射，同时也构成了"边境三部曲"相互之间跨尺度的自相似性，从而使得三部小说最终成为一个整体。

---

① Cormac McCarthy, *The Crossing*, New York: Alfred A. Knopf, 1994, p.325.

② Cormac McCarthy, *All the Pretty Horses*, New York: Vintage International, 1992, p.252.

混沌理论鼓励读者参与写作，也鼓励他们的非线性思考。在探讨叙事文本的空间构型中，读者的"反应参照"格外重要。作为一种映射"决定性混沌"相空间的图形，分形在小说《穿越》中具体表现为叙事内容和叙事结构两个方面。《穿越》中，不仅小说的主体叙事部分是由三个部分组成，主体叙事部分之下还镶嵌了三个内置故事，而且小说的叙事文本还充斥了大量与"数"三有关的文本细节，某种程度上使得叙事文本与混沌理论的图形有了一致性，构成了文本上的重复对称性。如果说"数"三在《骏马》中关乎科学中的三体问题，并用来表示格雷迪荒野之旅的混沌状态，那么，《穿越》中的"数"三，则用来表明叙事结构上"跨尺度的自相似"，形成了文本上多维度的呼应。小说中，主要人物比利三次穿越边境的故事，与三个镶嵌故事在诸如人生、神话以及叙事等主题的表现方面，可谓相互平行，构成了叙事内容和结构上的分形。此外，主要叙事部分中内置的其他小故事，比如关于母狼、博伊德、博伊德的墨西哥女友、博伊德墨西哥女友的祖母，以及比利遇到的巡回剧团中的女主演等等的故事，构成了叙事中深一层的分形，使得小说《穿越》的文本因为空间的多层次和多维度，更加丰富和立体。

总而言之，小说把主要叙事部分和镶嵌故事以及其他主要故事下的小故事，复杂而有机地结合起来，使得其叙事文本有了多层分形的空间构型，呈现出多层面和多维度的自相似性。分形的空间形式，不仅突出了小说叙事上的自我指涉性，而且也构成了文本形式上重复的对称性。指涉性说的是关于叙事的叙事，而小说《穿越》的故事内故事的结构表明了这一点。镶嵌故事不仅方便作者对其讨论的问题，比如人生、神话以及叙事等进行评论，同时也利于探讨如何运用混沌理论，创作出关于"混沌"甚至本身就是"混沌"的故事。麦卡锡运用分形这一映射非线性动力系统相空间的空间图形，来建构他小说《穿越》的空间形式，使得该小说不仅成为麦卡锡的杰作之一，更是成为当代美国文学的佳作之一。

第五章

互文、自互文与曼陀罗："混沌"的文本世界

我体会着这些套式的无处不在，在溯本求源里，前人的文本从后人的文本里从容地走出来。我明白，至少于我而言，普鲁斯特的作品简直就是参考书，是全然的体系，是整个文学天地的曼陀罗。

——罗兰·巴特《文本意趣》

人们对文本的看法在当代有了很大的变化。几乎所有的文本都不可避免地出现在他文本的褶皱和缝隙中，并与他文本互相关联，相互吸收和转化。一句话，一切都是互文。"互文性"又称"文本间性"，对文本的"互文性"或"文本间性"的理解，某种程度上与混沌理论所说的"多维映射"有很大的相似处。尽管混沌理论中所提到的"多维映射"，多指物质世界中事物的运动轨迹被投射在相空间的表现形式，很多时候它们呈现"自相似性"。自然界这样的现象非常多见。就如中国江南地区常见的云杉一样，每一片叶子都独一无二，但叶子与叶子仔细看来，其图案的构成却非常相似。黑红色的树干上，一排排叶子朝上的枝丫，其排列组合呈现出一种"自相似"的特点。植物的这种自相似性在我们宇宙特别常见，可以说是宇宙微观映射的一个小的侧面。此类现象适用于更广阔的宇宙。无论是辽阔无垠的星系，还是葱茏茂密的森林，从宏大的宇宙到微观的生物，大自然处处都有"多维映射"的特点。这种普遍的自相似性，换作文本学的观点，就是一种"互文性"，或者叫作"文本间性"。

文本的"互文性"不仅仅指他文本在此文本中的"映射",更有文本自身的自我"映射",后者可叫"自互文"。自互文或他互文的使用,使得某一作家的整体文本被置于文本的汪洋中,并在读者阅读形成的"相空间"里,形成一种构型。借用结构主义的说法,这种文本整体的构型,就是一种类似"曼陀罗"的"格式塔"。"曼陀罗"是佛经术语,也是佛教艺术中常见的一种几何构型。曼陀罗中的佛像或图案,呈多维映射,其形状奇谲美丽,是一种典型的"多维映射"的图形(可参见附录中的图15),类似混沌理论物质在相空间形成的奇异吸引子等不同构型。"曼陀罗"也称作"金花",是心理学家荣格借鉴中国道家典籍《太乙金花宗旨》后,对人类潜意识研究得出的一种新的心理图形。实际上,曼陀罗这种复杂的图形,就是混沌理论对宇宙之本源——"混沌"或"道"在相空间形成的几何构型,也就是"混沌"或"道"的空间构型。

通过对麦卡锡"混沌"叙事内容、"混沌"叙事策略以及"混沌"叙事构型的研究,并结合"互文性"和"自互文"理论,同时借鉴荣格对"曼陀罗"的研究,本章试图对麦卡锡文学创作整体上的混沌美学做进一步的探索。本书认为,麦卡锡的文学创作整体呈现出"曼陀罗"式的"混沌"美学特质。本章我们会采用宏观与微观相对照的研究方法,结合互文性理论的最新成果,将麦卡锡的作品置于宏观与微观对照的观察下,分析和探讨麦卡锡小说创作上呈现的多维映射的特点,从而来说明麦卡锡作品的整体构型,是为"曼陀罗"这一混沌美学构型。

第一节 曼陀罗:作为"混沌"的格式塔

尽管文学文本的性质差异不大,但从来没有一个单一的文本能单纯而又简单地孤立存在,它们彼此影响相互孕育。毕竟,文学不仅要与它所在的世界发生关联,更要与它自身,与自己的历史发生关系,也就是说，文学一定会通过文本间的相互影响和指涉，从而获得开放性的多元释义。犹如一棵枝繁叶茂的大树，文学作品的根茎往往旁枝错节，纵横蔓延，而作家们通常都被看作"有皱纹的人"（a winkled maker），其笔下文本世界的每一处褶皱，都可能来自"一段模糊的记忆，是表达一种敬意，或是屈从一种模式，推翻一个经典或心甘情愿地受其启发"①。作家们大多时候都应该被看作霍米·巴巴（Homi K. Bhabha）意义上的具有"中—间性"（in-betweeness）的人②。一部文学作品的形成有一段悠远的历程，自然潜存了无数"模糊的记忆"，那么考察一个作家的文本构型，自然要说到文学的记忆，也就是说文本的"互文"（性）。

作为文学创作、文学阅读和文学批评的常见术语，"互文性"早已不是一个新词汇，但却过多地被人们使用、定义和赋予不同的意义，有些含混不清。为了说明麦卡锡小说的"混沌"美学和麦卡锡文本世界特有的"曼陀罗"构型以及两者之间的有机联系，有必要简要对"互文"、"互文性"与"曼陀罗"三个概念之间的关系加以梳理，为下文的顺利开展提供必要的理论观照。

一、互文与互文性

互文性为法国学者克里斯蒂娃在 20 世纪 60 年代提出。克里斯蒂娃结合索绪尔的语言符号理论，将巴赫金提出的"复调"（polyphony）与"对话主义"（dialogism）等概念做了新的阐释，推出了互文性这一新的概念，那就是，"任何一篇文本的写成都如同一幅语录彩图的拼成，任何一篇文

---

①　蒂费纳·萨摩瓦约：《互文性研究》，邵炜译，天津人民出版社 2003 年版，"引言"第 1 页。

②　"中—间性"（in-betweeness）一词借用了霍米·巴巴的概念，用以说明麦卡锡小说与经典文学的互文使得他的小说有了明显的"介入"特征，这也是为何我们强调麦卡锡是一个"有皱纹的人"。毕竟，他者的参照对于曼陀罗文本结构的形成非常重要。

本都吸收和转换了别的文本"①。索莱尔斯(Philippe Sollers)之后又对互文性重新定义："每一篇文本都联系着若干篇文本，并且对这些文本起着复读、强调、浓缩、转移和深化的作用。"②互文性在索莱尔斯这里成了文学批评的一种新方法，此方法建议人们用联系代替实证和隐喻的链条，强调文本只有在联系的体系中，隐喻才会形成网络，互相牵制和相互对应。显然，这一新的批评方法有别于传统的文学考据法。

罗兰·巴特（Roland Barthes）对互文性有新的理解。在他看来，每一文本都是在重新组织和引用已有的言辞。"引用已有的言辞"，巴特不一定指的是文学材料的引用，但显然他的看法接近克里斯蒂娃。巴特指出："任何文本都是一种互文。在一个文本之中，不同程度地、以各种多少能够辨认的形式存在着其他的文本；譬如，先时文化的文本和周围文化的文本。任何文本都是过去文本的重新组织。进入文本并在其中得到重新分布的有法典段落、惯用语、韵律模式以及社会言语拾萃等。"③很明显，巴特将互文与阅读联系起来，并强调"互文是由这样一些内容构成的普遍范畴：已无从考查出自何人所言的套式，下意识的引用和未加标注的参考资料"④，因此巴特认为普鲁斯特的作品就是"一段周而复始的记忆"⑤。巴特事实上是将普鲁斯特作品的参考当作阅读的尺度，此时他还没有论及互文性的系统用法。尽管如此，巴特对互文性的认识已经对文学批评之前注重影响研究的方法做了改变。巴特对互文性的认识为里法特尔（Michael Riffaterre）承接。后者区别了互文与互文性，且指出了互文阅读与线性阅

---

① 转引自蒂费纳·萨摩瓦约：《互文性研究》，邵伟译，天津人民出版社 2003 年版，第 4 页。

② 转引自蒂费纳·萨摩瓦约：《互文性研究》，邵伟译，天津人民出版社 2003 年版，第 5 页。

③ 罗兰·巴特：《文本理论》，张寅德译，《上海文论》1987 年第 5 期。

④ 转引自蒂费纳·萨摩瓦约：《互文性研究》，邵伟译，天津人民出版社 2003 年版，第 12 页。

⑤ 转引自蒂费纳·萨摩瓦约：《互文性研究》，邵伟译，天津人民出版社 2003 年版，第 13 页。

读的不同。里法特尔实际上融合了拉康提出的能指性概念，认为只有对作品进行反复阅读，才能把握其意义的延伸。在他看来，互文性应该被定义为"读者对一部作品与其他关系的领会，无论其他作品是先于还是后于该作品存在"①。

热奈特（Gerard Gennette）著作《隐迹稿本》（*Palimpseste*, 1982）的面世，使得互文性的概念有了决定性的转变。在热奈特这里，互文性不再只是一个语言学概念，而是彻底转变为文学创作的重要概念之一。在《隐迹稿本》一书中，热奈特将"互文性"界定为"文"与"他文"之间关系的总称，并将这些关系确定为五种类型：第一为互文性，指的是两篇或多篇文本共存所产生的关系，引用、抄袭和暗示为其手法；第二为文本本身与类文本之间的关系，常见的有标题、副标题和序等；第三为元文性（meta-textuality），指的是文本和其所评论的文本之间的关系；第四为超文性（hyper-textuality），意思是一篇文本从另一篇已经存在的文本中派生出来，是对前一文本的模仿和戏拟；第五为统文性（archi-textuality），指的是文本同属一类的状况。②

可以说，自热奈特之后，互文性的概念有了明确定义，要么是巴赫金意义上对话性的广义外延，要么是作为理论组成来厘清文学的手法，二者必居其一。总的来说，学界对互文性这一概念的解释分为结构主义和后结构主义两种路径。前者指的是狭义的互文性，后者通常被看作广义的互文性。结构主义学者热奈特和里法特尔将互文性看作一个文本和此文本中他文本之间的关系，而后结构主义学者巴特和德里达则强调一切都是互文，不仅文本之间的相互联系，甚至文本与赋予文本意义的语言、知识代码和文化表意实践之间的影响与指涉，都是一种互文性。

---

① 转引自蒂费纳·萨摩瓦约：《互文性研究》，邵伟译，天津人民出版社 2003 年版，第 17 页。
② 转引自蒂费纳·萨摩瓦约：《互文性研究》，邵伟译，天津人民出版社 2003 年版，第 19—20 页。

作为一种文学创作方法，互文性的手法包括重复、戏拟、仿作、拼贴、引用、参考、暗示、合并等，其运用不仅使得文本内容充满了不确定性，也使得文学作品"成了一种延续的和集体的记忆"[①]。具体到某一文本的互文手法，甚至还有自互文（intratextuality）和他互文（intertextuality）。自互文也叫内互文，指的是同一文本内部各要素或是同一个作家各作品之间的相互关系。他互文则较为宽泛，可指不同文本之间的关系，也可指文本与社会、历史、媒体、文化等"大文本"之间的互动、影响和对话。作为一种文学批评和解读的方法，互文性取代了传统上对文本之间一成不变的历史逻辑联系的考察，注重考察文本之间的对话流动性联系，将文学的世界彻底变成互文的海洋。至于互文的海洋一说，福柯《圣·安托万的诱惑》（*La Tentation de Saint Antonie*, 1971）一书的前言，可谓切中肯綮："这篇作品从一开始就形成于知识的空间里：它本身就处于和其他书籍所保持的基本关系之中……它所从属的文学只能依靠现存作品所形成的网络而存在，也只能存在于其中……福楼拜之于书库类似马奈之于美术馆：他们的艺术往往屹立于洋洋典籍之间。"[②]

二、曼陀罗与"混沌"构型

曼陀罗常指一种花的名字，经常写作蔓陀罗或曼荼罗。《阿弥陀经》载："昼时六夜，天雨曼陀罗华。"曼陀罗意为"悦意花"。《辞海》也说："曼陀罗拉丁文写作'Datura alba'，属茄科一年生草本植物。高一米有余，秋月开花。花大，为漏斗状，又有风茄儿、山茄子等名。"曼陀罗是一种有毒植物，中国民间误以为其花壮阳调经，西方人却拿曼陀罗花的萃取物，来做幻听幻视的亢奋剂。当然，曼陀罗更是一种图形。其形式千差万别，

---

① 蒂费纳·萨摩瓦约：《互文性研究》，邵伟译，天津人民出版社 2003 年版，第 81 页。

② 转引自蒂费纳·萨摩瓦约：《互文性研究》，邵伟译，天津人民出版社 2003 年版，第 117 页。

使用的场合也各不相同。"它可能演化成莲花瓣、太阳的光晕、纳瓦霍人的疗伤圈、教堂里的玫瑰花窗以及基督教圣徒头顶上的光环等"[1]。然而，熟悉佛教的人都知道，曼陀罗也是一种佛经术语，早在中国唐朝时就已出现。梵语里曼陀罗被称作"mandala"，藏语曼陀罗则为"dkyil-hkhor"，经常音译为曼陀罗、曼吒罗、曼荼罗、曼拿罗、满荼罗、满拿罗等，其意译为"坛"、"坛场"、"轮圆具足"、"聚集"等。

梵语中的曼陀罗是由"曼陀"（manda）和"罗"（la）结合而成。前者意思为"中心"、"心髓"、"精髓"、"醍醐"、"甘露"或"本质"等。后者是接尾语，意为"所有"或"持有"。"曼陀"和"罗"合成后的语意为"持有（佛教）精髓"。我们知道，佛教的精髓之一是"悟"，所以曼陀罗经常被看作是"悟法的场所"或"万德聚集之处"。梵语中的"菩提曼陀罗"（Bodhi-mandala）指的是释迦牟尼的悟道场所。换句话来说，曼陀罗就是"神圣空间"。印度修密法时，为防止魔众侵入而划圆形、方形区域，或建立土坛，有时在其上画佛、菩萨像，佛事结束后图像则被废弃，故一般以区来划出圆形或方形之地域，它们也可称为曼陀罗。这些区域一般被认为充满了诸佛和菩萨，故也经常称为"聚集"、"轮圆具足"等。而在律中，也有为避不静而在种种场合制作曼陀罗的情形。[2]

曼陀罗可分为自性曼陀罗、观想曼陀罗、形象曼陀罗和沙曼曼陀罗。自性曼陀罗，意思指恒常不变的真理，象征佛陀悟道的曼陀罗。观想曼陀罗指修行过程中修行者为了寻求体验观想仪轨用的曼陀罗。形象曼陀罗指的是一种具象的绘画或雕塑形态，经常指画在唐卡上的曼陀罗，而那些画在墙壁或者用六色沙（依浓淡再调出十四色）制作的沙曼曼陀罗也属形象曼陀罗。[3] 形象曼陀罗就是我们一般人泛称的曼陀罗，其形态又可分为四

---

[1]　段义孚：《恋地情结》，志丞、刘苏译，商务印书馆 2018 年版，第 23 页。

[2]　参见蔡东照：《神秘的曼荼罗艺术》，文物出版社 2006 年版，第 18 页。

[3]　参见蔡东照：《神秘的曼荼罗艺术》，文物出版社 2006 年版，第 22 页。

种：（一）大曼陀罗。大是四大、五大或六大的简称，因为诸佛菩萨的法体是由地大、水大、火大、风大为四大，加空大（或加识大即为六大）为五大等构成，采用代表五大的黄、白、红、蓝、绿五种色彩，画出诸佛菩萨功德的"尊像图画"。（二）三昧耶曼陀罗。三昧耶指的是诸佛菩萨拥有的或握持的锡杖、刀剑、莲花灯器物，以及含有意义的手势印契等，而这些持印与手印等象征物的图画或浮雕，称作三昧耶曼陀罗。（三）法曼陀罗，指的是书写或雕塑诸佛菩萨的"种子字"、"真言"（咒语）、佛的名号、佛经名称或经文来取代佛像。（四）羯摩曼陀罗。羯摩指的是梵语"业"（karman）的音译，意思是行为动作或意志，这里特指铸造佛像或立体物件的行为，而用立体像构成曼陀罗，就被称为羯摩曼陀罗。以上四种曼陀罗并称为"大三法羯曼陀罗"，简称为"四曼"。①

综上所述，曼陀罗不仅是一种神圣空间，也是神圣空间里一种最为殊胜的空间构型。这一神圣的几何图形，将诸佛菩萨的法身或神圣器物或者佛经、佛号等，塑造成一种特殊的造型，讲究的是一种对称，一种分形，也即一种呈跨尺度和多维映射之对称特征的分形。像室利扬陀罗（sri-yantra）②，就是由许多或大或小的等边三角形构成，清晰可见的是有九个与水平线平行的大三角形，是由四个顶端朝上的正三角形与五个顶端朝下的倒三角形构成。"正四反五的九个大三角形加在一起，构成了人体的小宇宙"。③ 室利扬陀罗的正中央有个很小的黑点，又名"梵点"或"乐生点"，为大乐的精髓或种子，代表宇宙一切万物的根源。曼陀罗这一神圣构型，

① 参见蔡东照：《神秘的曼荼罗艺术》，文物出版社 2006 年版，第 23—24 页。

② 室利扬陀罗意思为"最殊胜的几何图形护身符"。室利是梵文"sri"的译音，本意为吉祥、妙德、功德和胜妙色等。印度教徒说到室利时，多半指室利天女，又名水莲天女，为印度教三大主神之维持神毗湿奴的妃子。佛教吸收毗湿奴为神祇后，室利天女又名吉祥天女或功德天女。扬陀罗的梵文名为"yantra"，指的是一种几何学图形。

③ 蔡东照：《神秘的曼荼罗艺术》，文物出版社 2006 年版，第 32 页。

尤其是“四曼”中的“形象曼陀罗”，极好地体现出佛教所说的“芥子须弥”或“一沙一世界、一花一天堂”的宇宙本体观，那就是部分即整体，整体也是部分。当然，曼陀罗的神圣构型，更是与本书所关注的混沌理论有某种天然的联系，尤其是我们前文中谈到的混沌理论的空间几何构型，譬如奇异吸引子和分形等，有着极大的相似性。

互文之极便是曼陀罗。那么，佛教术语中的曼陀罗，某种程度上可以说正是混沌理论中的奇异吸引子和分形的另一种变体。此一神圣的几何构型需要每一个观察者或者修行者进行宗教式的“观想”。“观想”尽管是宗教意义上的修行必备概念，但却与混沌理论中强调观察者的主观投入和观察对象的不确定性特征有某种奇异的联系。至于“观想”，密宗式的观想与显宗式的观想有所不同。前者提倡必须具体想些什么，而并非恍惚茫然地去想，观想之前要对观想对象有深刻印象；而后者则要求修行者要把一切都放下，什么都不要想，却什么都要想。

尽管宗教类的图解绘画有一种浓厚的神秘色彩，经常被有心人所操弄，成了信徒们禳灾祈福的贴身护符，或者蕴藏法力的抽象图腾。但是，回归到曼陀罗艺术，我们看到的曼陀罗造型，不论是唐卡曼陀罗、沙曼曼陀罗或者立体曼陀罗，都被当作整个宇宙的具体“器世间”。“器”相当于美术中所说的写实、真实和某些看得见的。① 而上述曼陀罗造型所表征的诸佛菩萨，不论是“种子字”、三昧耶器物，或是羯摩塑像、诸佛菩萨画像等，都是“情世间”。所谓“情”，指的是散发外放的感情，相当于美术中所说的抽象、想象和看不见的。② 因此，结构完美的曼陀罗世界，实际上是一种情器并用的世间。结合我们一直讨论的混沌理论的空间几何构型，笔者认为，曼陀罗是一种容易被人理解的混沌空间构型，是对宇宙

---

① 参见蔡东照：《神秘的曼荼罗艺术》，文物出版社 2006 年版，第 56 页。

② 参见蔡东照：《神秘的曼荼罗艺术》，文物出版社 2006 年版，第 56 页。

（人体也是一种宇宙）本体是为"混沌"的认识和一种几何图形呈现。在本书中，由于曼陀罗多维映射的分形特征，可将其视作"混沌"的一种格式塔。

三、曼陀罗与互文性

德国诗人歌德说过，东方和西方，不会再各自一方。歌德的预言，随着混沌理论对宇宙和世界本体的认识，进一步拉近了东西方的彼此联系。关于曼陀罗作为混沌格式塔的理解，我们也可从卫礼贤（Richard Willhelm）和荣格合著的《金花的秘密》（2011）一书中得到启发，并从中发现曼陀罗与互文性的关系。

在西方学者中，心理学大师荣格对东方文化推崇备至。早年荣格因各种原因没能到中国来，但他却到过印度，并在印度居留过很长时间。荣格对以中国文化为代表的东方文化非常亲近。他不仅熟悉中国古老的《周易》，从中发现了"共时性"（也有译作"同步性"）这一奇特而又神秘的反因果逻辑解释的生活现象，并将这一概念运用到他的心理学研究，尤其是他对人类心理潜意识的阐释中。而正当荣格与自己的老师弗洛伊德有了分歧并最终决裂时，辞去工作隐居在家的荣格，幸运地得到了著名汉学家卫礼贤翻译的《太乙金花宗旨》一书。荣格在古老的东方智慧中找到了知音，使他对人类自我的认识较之弗洛伊德向前推进了一大步。"金花"也就是"曼陀罗"，根据中国古老典籍《太乙金花宗旨》记载，金花是道教修炼的最高境界。"金花"为"光"，而"天光"即为"道"。得道也就是得天光，意味着练就了金花之境。在此一境界中，人的七魂六魄能够自由出入人的肉体，人便可回归到最初童年精血饱满的全阳身体，从而身轻如燕、返老还童。据说荣格曾经收集了丰富的东西方曼陀罗作品，并对其中蕴含的心理意义有深刻的理解。

荣格总结了人类精神发展的路线。在他看来，其路线的演绎遵循以下路径：人类的形成——神话——诺斯替教——一切宗教的起源——炼金术——人类自我意识的启蒙。炼金术在这一发展过程中起着重要作用，毕竟人类炼金的目的旨在炼心，并最终找到"哲人石"。哲人石，用中国哲学的话来说，就是天人合一的"道"；用西方哲学的话来说，就是找到上帝。在荣格看来，"人类的心灵结构是相同的，而且有着共同的心路历程。在不同的种族和文化背景之后是共同的发源地——集体潜意识"①。集体潜意识处于人们熟知的意识与潜意识之下，是人类心灵更深的一层。在这一更深的层面，人类共享各种"原型"。原型的内容大多可以用宗教含义来理解，却又往往以神话形式来展现。荣格指出："神话是被误读的心理学，是对最深层心理体验的拟人化投射。"②

《金花的秘密》中列举了很多例子，这些例子是背景完全不同来自不同国家的人，却都画出了具有相同基本结构的曼陀罗。显然，曼陀罗不只是出现在佛教密宗中，而是"充斥在全人类的文化之中，坛城的中心代表着人类精神的中心点，那是全人类的精神寻宝图"③。前文说过，曼陀罗是情器并具的世间，而人体也是情器并具的世间，那么，同时拥有情器世间身体的我们，人人都应该是结构完美的曼陀罗世界。这与荣格的心理学实验完全吻合。按照荣格的理解，让人们做出相同反应的潜在天性就是"共同潜意识"，指的是"无论是何种族，相同大脑结构中蕴含着相同的心灵表达"④。既然全世界人的意识深处都会有共同的曼陀罗结构，用来调和生命中的矛盾，也就可以解释为什么全人类对某些事物的认识，尤其是对自我的认识，具有普遍性，更是可以解释为什么世界上有许多类似甚至是完

---

① 卫礼贤、荣格：《金花的秘密》，邓小松译，黄山书社 2011 年版，"译者前言"第 1 页。

② 转引自卫礼贤、荣格：《金花的秘密》，邓小松译，黄山书社 2011 年版，"译者前言"第 1 页。

③ 卫礼贤、荣格：《金花的秘密》，邓小松译，黄山书社 2011 年版，"译者前言"第 2 页。

④ 卫礼贤、荣格：《金花的秘密》，邓小松译，黄山书社 2011 年版，"译者前言"第 27 页。

全相同的神话和象征。以此类推，依据这些有着自相似特征的思维讲出的故事，便会有一定的共通性，至少某种程度上是自相似的，也就是说是互文的。换句话来说，那就是世界上的一切事物都是互文的，文学本身就处在世界的汪洋大海中，它们之间互为联系，互为影响。

不仅如此，荣格关于曼陀罗是全人类内心精神的原型这一说法，对于本书提出曼陀罗是一种最为殊胜的混沌空间构型，也有着极强的支撑力。我们知道，混沌理论提倡弗兰克空间理论所说的主观联想，事物的图形决定于观察者的主观判断，用佛教修行的话语来说，便是观想。运用混沌理论对某一文学文本整体格式塔的判断，需要"观想"，并最终要在观察者（读者）的脑海中对文本的整体构型做出判断，这一点与荣格对人们内心深层意识原型的研究不谋而合。正如上节所论，曼陀罗是一种神圣空间的完美构型，具有奇异吸引子或分形特有的自相似之特征。如果换作文学阅读或批评的术语——互文性来说，曼陀罗所具有的整体与部分，内部与外部呈多维映射的分形特征，正是结构主义学者所说的互文手法在读者心中唤起的心理图式。换句话说，如果是针对某一作家的整体文学创作，那么此一图式便可称作这一作家文本的整体格式塔。

曼陀罗与"混沌"的联系还可从荣格对东方智慧的理解得到证实。在荣格看来，人类集体潜意识的深处，"一切二元对立都泯灭了，如阴阳、水火、黑白、自他、主观与客观等"[1]。西方文化通常将世界看作由一组组对立的概念组成，只有"当一切对立的概念消除时，那种境界也许就是所谓的超越，这是荣格对涅槃和道的心理学阐释"[2]。荣格对道的解释接近了东方思想，因为只有在传统东方文化的思想中，虚实互化，有无相生，而阴阳能够彼此抵消，最终能够成为"那让有的人欢喜又让有的人畏惧的

---

[1] 卫礼贤、荣格：《金花的秘密》，邓小松译，黄山书社 2011 年版，"译者前言"第 3 页。

[2] 卫礼贤、荣格：《金花的秘密》，邓小松译，黄山书社 2011 年版，"译者前言"第 3 页。

'空'"[1]；西方文化对世界的理解是线性的历史的发展的，世界终将进步，充满了未来的希望。爱尔兰诗人叶芝在他的著名诗篇《基督重临》中写道："一切都四散了，再也保不住中心，世界上到处弥漫着一片混沌。"尽管叶芝此时所说的"混沌"与混沌理论说的有序之无序之"混沌"概念并不完全一致，但某种程度上却指出了"混沌"的真谛，也就是去除了中心之后世界才能具有的多元和多维性。这可以看作是荣格借助《太乙金花宗旨》对"道"（也即"混沌"）心理学理解的诗意阐释。

　　基于上述理论，笔者发现，互文性构成了麦卡锡作品混沌美学的主要特征之一。具体来说，互文性包括麦氏小说文本与其他文学文本之间，麦氏小说文本与传统文学体裁之间，更在麦氏小说内部，某时候甚至是麦氏小说文本与大文本之间存在的互动对话关系。正是麦卡锡小说自互文和他互文的互文性特征，使得麦卡锡的小说文本有了部分与整体、内部与外部的多维映射，最终形成了麦卡锡小说文本整体上的"曼陀罗"这一混沌构型。

第二节　超以象外，得其环中：麦卡锡小说的文本世界

　　几乎所有的文本都可以说是"混纺的织品"，麦卡锡的小说文本概莫能外。互文性使得麦卡锡的小说不仅有了"混沌"的叙事内容和叙事构型，更是形成了麦卡锡小说整体上的曼陀罗之混沌审美特征。关于小说创作中互义性的运用，麦卡锡在一次接受采访时亲自说过："最丑陋的事实莫过于书本是从书本中来。"[2]事实如是。麦卡锡的小说具有极强的杂糅性，其

---

[1]　霍尔姆斯·罗尔斯顿：《哲学走向荒野》，刘耳、叶平译，吉林人民出版社 1999 年版，第 472 页。

[2]　Richard B. Woodward, "Cormac McCarthy's Venomous Fiction", In *The New York Times Magazine*, 19 April 1992.

小说文本几乎融合了英美文学乃至欧洲文学的大多数小说流派，常见的不仅有西部小说、南方小说这样的以地域或文学生产区域划分的流派，更有以创作特点为区分标准的现代派和后现代派小说之说，甚至有后天启小说、旅行小说、成长小说、战争小说等等以创作特点来划分的小说流派。

对于文学阅读来说，互文性和文学性二者缺一不可。英国诗人济慈（John Keats）曾经说过，伟大的文学作品通常都具有一种"负面能力"（negative capability），正是这一能力能让我们在"不确定、神秘和怀疑"的阅读中进行思考。[①] 麦卡锡的小说正是这样。其风格多变，流派杂糅，主旨模糊，而其语言无论是状物还是人物性格刻画，均会在文本中潜藏很多富有哲理的言论，语言的变换或复杂如福克纳，标点符号甚至引号都可以隐去，文中的长句有时如枝叶蔓生，有时如大河东去，一泻千里；或简洁如海明威，丰厚的内涵蕴藏在其文本的简约之下，这使得他的小说文本具有很强的文学性。就麦卡锡对"互文"这一叙事策略的掌控来说，他更是站在巨人的肩膀上，古希腊、古罗马以及希伯来文化都曾滋润过他的创作，英美文学伟大的传统在他的文本之间若隐若现。德里达有句名言："但凡重复，就会改变。"（Iteration alters）此语最是适合麦卡锡和他的小说创作。在他对西方以及英美文学传统中那些伟大作品的"重复"中，麦卡锡也在做出他的"改变"。正是在这种"重复而又改变"的多次互文与自互文中，麦卡锡不仅将他的文学创作融入了伟大的欧洲文学尤其是英美文学的传统中，成为英美文学经典作家家族谱系的重要一员，而且在他与经典文本的互文中，他也做出了新的改变，不仅有所逾越，更是有所创新，最终形成了他小说文本的整体审美构型，也即呈多维映射的"混沌"构型——"曼陀罗"。

英国诗人布莱克（William Blake）曾经指出："一花一世界，一沙一天

---

① 转引自童明：《互文性》，"后学术的二次方"微信公众号，2017 年 5 月 18 日。

堂。"美国诗人狄金森（Emily Dickinson）也说过："要造就一片草原，只要一株苜蓿一只蜂。"就麦卡锡小说文本的整体审美构型这朵美丽的"金花"（曼陀罗）来说，我们可以从一瓣"花"或一株"苜蓿"看起，试图以此来"映射"麦卡锡小说的整体创作。对于文学研究，文学作品的个案细读永远是文学批评的源泉。只有对作品的产生、发展以及他文本对此文本生产的映射加以整体考察，才能够深入文学文本的"褶皱"，找寻"缝隙"或断裂处的"含混"，从而赋予文本世界以新的意义。本节会再次选取有麦氏研究"试金石"之誉的小说《血色子午线》以及麦卡锡阿巴拉契亚山脉小说阶段的《外围黑暗》，从互文性的视角来看麦卡锡如何在"他者"的参照下，将他的小说创作与悠久的美国西部和南方小说传统形成千丝万缕的多维映射。

一、《血色子午线》与《最后的莫希干人》的互文性

库柏（1789—1851）在美国文学史上的重要性，毋庸赘述。作为美国"西部小说之父"，库柏不仅在小说的题材方面为美国小说开辟了一个全新的领域，更是在小说艺术的革新方面，使得美国摆脱了欧洲文学传统的束缚，引领美国小说艺术走向了更高的水平。库柏的小说无论是荒野主题、边疆英雄或美国"亚当"以及印第安人形象等，还是善与恶、文化与自然、文明与荒野对立冲突等主题，甚至小说呈现出的边疆地方色彩、早期民族多元化等多个方面，都为美国西部文学的创作确立了模式，而上述文学主题、题材以及模式的确立，又为美国文学的独立与发展作出了重要贡献。此外，库柏还以他对美国西部广袤的边疆荒野满含深情的"厚描"及其全景式的对美国西部风景的描绘，建构了一个全新的美利坚合众国的国家身份，确立了美利坚这个崭新的民族在美洲大陆的"合法化存在"，对美国国家性的确立，作出了文化上的重要贡献。

库柏一生写过很多部小说，尤其是以他的系列小说"皮袜子故事集"

（Leather-stocking Tales）最为著名。故事集中的《最后的莫希干人》（*The Last of the Mohicans*, 1826）一书，有评论家认为是"迄今为止库柏最受欢迎的小说"①。本节将以《最后的莫希干人》为例，从互文性的视角入手，考察麦卡锡如何将他的小说创作融入美国经典文学的传统里，成为经典文学传统这件"大衣"不可或缺的"褶皱"和"纹理"。其中，我们更是要探究他在小说《血色子午线》中对荒野与风景的描述，如何解构了以库柏为代表的西部作家对荒野崇高与壮美的建构，从而形成他颇具特色的麦氏荒野，也即荒野的"眼球民主"。同时，本部分也会考察两位作家对印第安人形象的构建，从而揭示二者在善与恶主题表现上的差异，进而了解麦卡锡如何从对经典西部小说的"映射"中，建构了麦氏小说独有的"曼陀罗"文本构型。总之，麦卡锡不仅仅是将他的创作巧妙地融进了伟大的美国文学传统之中，更重要的是，通过与经典西部小说的互文与映射，使得麦卡锡的创作具有其时代特有的颠覆与解构之后现代特征，成为当代美国文学史上的不朽经典。

库柏的荒野：崇高与壮美

诚如 R. 奈什（Roderick Nash）所言："荒野是美国文明的基本要素。"②从第一批欧洲移民到达北美大陆的那一天起，荒野便与他们结下了不解之缘。荒野的神秘、恐怖、危险与壮美带给他们的是邪恶、恐惧、惊喜以及征服的欲望。自命为上帝"选民"的美国先祖们，为了个体生存和民族文化独立的需要，他们发现深沉壮美的荒野可以"帮助他们克服在欧洲古老文明面前的身份焦虑和历史性匮乏"③。荒野对于早期美国殖民者来说，

---

① Abby H. P. Werlock, *The Facts on File Companion to the American Novel*, New York: Infobase, 2006.

② Roderick Nash, *Wilderness and the American Mind*, New Haven: Yale Univ. Press, 1973, p. i.

③ 李素杰：《〈拓荒者〉与美国文学传统的建构》，《外国文学》2013 年第 3 期。

不仅充满了复杂的情感变化，构成了北美殖民史的主旋律，更是 19 世纪文人墨客竞相讴歌赞美的民族瑰宝。正如哈德孙河派画家科尔（Thomas Cole）①所说："尽管美国风景中缺乏带给欧洲崇高价值的场景，但它依然拥有自己的特色，而且是光辉灿烂的，是欧洲人无从知晓的……最独特可能也是最打动人心的美国景观的特征，就是她的荒野。"②事实上，对于 19 世纪美国作家来说，荒野不仅是重要的美国景观，可以帮助他们克服整饬、温和的欧洲景观匮乏的焦虑，某种程度上，也有抚平北美大陆匮乏历史的重要作用。在库柏和麦卡锡的小说中，荒野不仅是他们西部罗曼史小说中冒险故事发展的"背景"地，也是凸显小说主题、影响小说情节发展和人物命运甚至建构（解构）美国边疆神话、彰显美国民族文化身份不可或缺的重要叙事元素。实际上，荒野已经成了库柏和麦卡锡小说中重要的"地景"（landscape）（或者一种荒野时空体）。

地景这一概念主要指的是："地面景观与历史记忆及当代文化互为参照形成的文化景观。在文学中，地景突出表现为文本里的空间物质形态经过写作者的话语陈述，一方面承载了此前积累的历史文化内涵，一方面由于作家的文学操演，文学地景具有写作主体文化身份意义的投射。"③英国文化地理学家威廉姆斯（Raymond Williams）就曾提出，小说中的"地景"（有人译作风景）不仅是承载小说叙事内容的"容器"，它也是一种社会结

---

① 哈德孙画派指的是 19 世纪 20 年代以著名美国风景艺术画家托马斯·科尔（Thomas Cole）为首的一批美国画家，他们从 18 世纪贵族画派中解脱出来，并转向对自然风景的描绘。哈德孙河画派被认为是北美最具代表性的风景画派，他们主要描绘美国哈德孙河沿岸和落基山脉、尼亚加拉瀑布等地原始神秘、雄伟壮美的自然风景，包括山景、湖景、森林、日出、日落、悬崖、瀑布、峡谷等。哈德孙画派的兴起标志着美国在艺术领域开始摆脱欧洲的影响，逐步显露出自己独有的特色。

② Roderick Nash, *Wilderness and the American Mind*, New Haven: Yale Univ. Press, 1973, p.67.

③ 杨秀明：《死亡仪式的文学操演与想象——基于三个文学个案的当代回族文化身份比较研究》，首都师范大学 2012 年硕士学位论文，第 38 页。

构的反映，更是作家“情感结构”（structure of feelings）的文化再现。① 对于库柏来说，其笔下对美国西部荒野的描述就是作家本人“情感结构”的文化再现，是他建构美国民族文化身份的重要手段。在库柏的小说中，荒野的崇高与壮美随处可见，山峦、湖泊、松林、峡谷和溪流，处处都张扬着“野性、原始、纯净的美”②。就如早期美国的哈德孙河派画家一样，库柏笔下的“北美大陆是未经驯化的自然”③。这些充满着北美淳朴浓厚气息的荒野，其审美符合美学范畴上的“崇高”（the sublime）这一概念。

作为一种美学范畴，崇高是罗马修辞学家朗吉努斯（Langinus）率先提出。在朗吉努斯看来，当人类面对高山峻岭、辽阔海洋等壮美的自然时，灵魂会产生一种升腾感：

> 在本能的指导下，我们绝不会赞叹小小的溪流，哪怕它们是多么清澈而且实用，我们要赞叹尼罗河、多瑙河、莱茵河，甚或海洋。我们自己点燃的爝火虽然永远保持它那明亮的光辉，我们却不会惊叹它甚于惊叹天上的星光，尽管它们常常是暗淡无光的；我们也不会认为它比埃特纳火山口更值得赞叹，火山在爆发时从地底抛出巨石和整个山丘，有时候还流下大地所产生的静火的河流。④

18 世纪的英国哲学家伯克（Edmund Burke）将朗吉努斯的概念深化

① See Raymond Williams, *The Country and City*, New York: Oxford Univ. Press, 1973, p.8.

② 李素杰：《拓荒者》与美国文学传统的建构》，《外国文学》2013 年第 3 期。

③ 毛凌滢：《风景的政治——库柏小说的风景再现与民族文化身份的建构》，《外国文学》2014 年第 3 期 。

④ 转引自陈榕：《哥特小说的美国本土化——解读〈最后的莫希干人〉中的边疆叙事》，《外文研究》2015 年第 6 期。

后并推广。在他的《崇高与优美的概念起源的哲学探询》（1757）一文中，伯克谈道："所有可以激起痛苦和危险的感觉的东西……都是崇高的源泉，它能够产生心灵所能够感受到的最强烈的感情。……痛苦比之愉悦，是一种强烈得多的感情"[①]。伯克实际上将崇高这一审美范畴与美对立，并将二者从外在形式与内在心理两个方面做了比较。在他看来，崇高指的是人们在面对晦暗与朦胧、空虚与孤独、黑暗与沉寂等时产生的一种恐惧和危险的情感。换言之，崇高通常具备粗犷、博大的元素，并有着强劲的人类无法驾驭的物质和精神力量。崇高的审美对象一般体积庞大、坚实笨重，给人一种心灵的震撼和冲击，甚至会引起审美主体产生生命危险的情感，自然引发其内心的敬仰和赞叹，甚至有时是一种"自我保全"的本能反应。

康德在他的《判断力批判》中也对崇高下了定义："它是一个（自然的）对象，其表象规定着内心去推想自然要作为理念的表现是望尘莫及的。"[②]康德的崇高，指的是"无限大或者有无限力量的感性自然物不能表现作为观念存在的理性内容"[③]。在他看来，崇高与美具有相同的判断力规律，都是主观的反思判断。但是，康德更强调了美与崇高的不同之处："美是某种知性概念的表现，美的对象形式是有限制的、具体的；崇高则是某种理性概念的表现，其形式是无形式、无限制的。"[④]换言之，崇高的对象是自然界中具有无限大和无限力量的事物，它们的形式就是"无形式"。这些

[①] Edmund Burke, "A Philosophical Inquiry into the Origin of Our Ideas of the Sublime and the Beautiful", In *Critical Theory Since Plato*, Edited by H. Adams & L. Searle, New York: Thomson Wadsworth, 2005, pp.332–346.

[②] 康德：《判断力批判》，邓晓芒译，人民出版社 2002 年版，第 108 页

[③] 韩振江：《康德美学的当代回响——齐泽克论崇高美》，"第一哲学家"微信公众号，2017 年 12 月 11 日。

[④] 韩振江：《康德美学的当代回响——齐泽克论崇高美》，"第一哲学家"微信公众号，2017 年 12 月 11 日。

无限大、有无限力量、也无规律把握的对象，通常无法为人的感官和想象作为整体来把握，从而对人产生巨大威胁。因此，在康德看来，"美是无功利的促进人类生命感的、与想象力相游戏的快乐；而崇高则是与量在一起，是一种对生命力的挫折和瞬间阻碍以及随之而来的更为强烈的生命力涌现，从而获得的间接快感。或者说，崇高感是带有痛苦的快感"①。就崇高的"无形式"而言，崇高是违反目的，是一种对想象力的暴力，因此，崇高不在对象的形式中，而在主体的心灵之中。在康德这里，崇高本身就是一个悖论性的客体。

综观朗吉努斯、伯克以及康德对崇高的论述，我们发现，具有无限大和无限力量的自然界的事物，包括山川河流、海洋星空、火山飓风等恐惧之物都是他们公认的恐惧客体，不仅如此，有着高贵的、充满力量的心灵和人格伟大的人，比如《荷马史诗》中的海神波塞冬、大英雄埃阿斯、上帝，以及那些正义战争中不畏死亡、冷静理性、奋勇向前的士兵和血与火中指挥若定的统帅，都可以是崇高的对象，因为"他们体现了一种最危险境地中的理性和自尊"②。

就库柏创作的 19 世纪初这段时期来说，美洲大陆上的山川河岳，对于美国先祖们，处处都体现出崇高这一审美范畴，而就《最后的莫希干人》这部最具库柏特色的小说来说，边疆地区的自然景观宏伟壮阔、深不可测。小说中初次来到这片土地的白人，尤其是芒罗（Monro）姐妹，她们不像同行的印第安人同伴那样了解脚下的这块土地，自然对高山峡谷、瀑布溪流产生了由衷的崇高感。悬崖峭壁、黑黝黝的森林、深不可及的山谷、奔腾咆哮的河水，库柏小说中西部荒野的崇高之美处处可见。譬如

---

① 韩振江：《康德美学的当代回响——齐泽克论崇高美》，"第一哲学家"微信公众号，2017 年 12 月 11 日。

② 韩振江：《康德美学的当代回响——齐泽克论崇高美》，"第一哲学家"微信公众号，2017 年 12 月 11 日。

小说是这样描述辽远的天空——"仰望天空，只见黄昏涂抹在蓝天上的云朵，轻轻的、软软的、像羊毛似的，这些云朵那淡淡的玫瑰色正在不断消失"[①]；湍急任性的河水在小说的叙写中，"时而飞溅，时而翻滚；那儿在跳跃，这儿在喷射；有的地方白得像雪，有的地方绿得像草；这边，它猛地摔下去，砸出深深的坑，隆隆声震撼着大地；那边，它像小溪一样荡漾着微波、轻声地歌唱，在石头上蚀成旋涡和沟壑，似乎把石头当成了松软的黏土"[②]。小说对荒野风景的描述对小说气氛的营造起着很大作用。譬如讲到芒罗姐妹与她们的同伴躲避到格伦茨瀑布后面的岩洞里的时候，小说写道："傍晚的微风袭过河面，似乎把瀑布的咆哮声赶进了岩洞的深处，听起来沉沉的，连续不断的，仿佛像远山背后响起的轰隆隆的雷声。此时，月亮已经升起来了，月光在他们的上游水面上闪烁着，但是他们所站立的石头依然还笼罩在阴影之中。"[③]

可以说，在《最后的莫希干人》中，边疆荒野的自然风貌，在库柏的笔下得到了全景式的呈现。哈德孙河沿岸的自然风光，包括高耸的悬崖峭壁、巍峨的高山平台、幽深的森林、激荡的溪流以及旖旎美丽的乔治湖、霍里肯湖和圣水湖一带的风光，都被纳入了库柏的风景描述。除了这些神秘复杂、危险四伏的自然"地景"之外，爱德华要塞等殖民地城堡以及遗留在荒野处时时冲击人的视觉的战争残余物——木堡和坟堆这些边疆文明的人造"地景"，甚至那些建造在湖边或湖水之上或者就在河沿上整齐排列的印第安人的圆顶泥屋，它们与周围的自然融合得恰

[①]　詹姆斯·费尼泊尔·库柏：《最后的莫希干人》，张顺生译，花城出版社2014年版，第49页。

[②]　詹姆斯·费尼泊尔·库柏：《最后的莫希干人》，张顺生译，花城出版社2014年版，第64页。

[③]　詹姆斯·费尼泊尔·库柏：《最后的莫希干人》，张顺生译，花城出版社2014年版，第74页。

到好处，无不在张扬着北美边疆的勃勃生机，孕育着希望和未来。当然，荒野中偶然出现的令人生畏的可怖面貌，也会给读者带来康德意义上的崇高美对人产生的理性与控制。譬如在芒罗姐妹去往威廉·亨利要塞要与他们的父亲芒罗（George Monro）上校会合的路上，她们与"鹰眼"（Hawkeye or the Scout）、海沃德（Heyward）、大卫（David）等撑着一只皮筏艰难地逆流而上。此时，她们的小船"和奔腾的激流展开了一场胜负难决的激烈搏斗。坐在船里的人连手也不许动一动，他们几乎都吓得屏住呼吸，提心吊胆地望着闪闪发光的河水，生怕一不小心，这只脆薄的小船就会被狂怒的河水所吞没"①。当他们藏身格伦茨瀑布的洞穴里，周围漆黑一片，被丢弃的战马在深夜里发出凄厉的嘶鸣，一切显得恐怖而危险：

> 这里的河道被夹在两岸高耸的悬崖峭壁之间，小船停泊在悬崖下方。由于悬崖上方又凌空长出许多参天大树，而且这些大树又似乎摇摇欲坠，令小河看起来仿佛流经一座幽深狭窄的峡谷。奇形怪状的枝干和参差不齐的树梢，若隐若现，宛若悬挂在星光点点的天际，而悬崖下面的树枝和树梢则模糊不清。悬崖峭壁的后面，弯弯曲曲的河岸连接着一片黑黢黢的树影，后面什么也看不见。但在悬崖峭壁前面的不远处，河流仿佛直上云霄，然后河水又自天空落下，奔腾着灌入岩洞，发出傍晚时听到过的那种沉闷的声响。②

就库柏笔下的自然风貌，有批评者指出，"自然环境往往扮演了具有

---

① 詹姆斯·费尼泊尔·库柏：《最后的莫希干人》，张顺生译，花城出版社 2014 年版，第 53 页。
② 詹姆斯·费尼泊尔·库柏：《最后的莫希干人》，张顺生译，花城出版社 2014 年版，第 53 页。

独立价值的角色"①，也有研究者认为，库柏的小说不仅通过对荒野的描述和再现，来说明边疆开拓者如何克服重重困难征服自然和荒野从而在北美确立身份这一事实，更是通过对西部"地景"的描摹，来建构"风景的政治"②。事实上，库柏确实"有意识地将风景描写与美国民族身份的建构紧密地联系在一起，以此来激发美利坚民族的自豪感和认同感"③。英国历史学家西蒙·沙玛（Simon Schama）指出："地景首先是文化的，其次才是自然的。"④换言之，地景是自然背后的文化，是文化对自然的一种投射。"作为人与自然之间的中介"，地景一旦"被纳入审美范畴成为再现和描绘的对象，就变成一种含有主体意志的建构"。⑤在库柏的小说中，如果说地景是主体意志建构的对象，那么，荒野在建构主体意志的同时，便也成了一种表达文化意义和意识形态诉求的媒介。也就是说，荒野也是美利坚民族和文化的"象征体系"之一，能够嵌入文化传统和交流之中，激发和重塑意义与价值，发挥独特的文化符号的意义。

罗兰·巴特指出，任一叙事中的细节都具有功能性，即使最微小的细节也有其意义。⑥在库柏的小说中，荒野这一边疆地景，不仅是小说情节发展的背景地，同时也是小说叙事的推动者，更是一种文化符号的承担者。所以，库柏小说中对荒野这一地景的观察和呈现，是一种典型的"外

---

① Gregg Crane, *The Cambridge Introduction to the Nineteenth-Century American Novel*, Cambridge: Cambridge Univ. Press, 2007, p.40.

② 毛淩滢：《风景中的政治——库柏小说的风景再现与民族文化身份的建构》，《外国文学》2014 年第 3 期。

③ 毛淩滢：《风景中的政治——库柏小说的风景再现与民族文化身份的建构》，《外国文学》2014 年第 3 期。

④ Simon Schama, *Landscape and Memory*, New York: Knopf, 1995, p.61.

⑤ 毛淩滢：《风景中的政治——库柏小说的风景再现与民族文化身份的建构》，《外国文学》2014 年第 3 期。

⑥ 罗兰·巴特：《叙事作品结构分析导论》，《叙述学研究》，张寅德编，中国社会科学出版社 1989 年版，第 11 页。

视角",其目的在于借景写人。小说中最为典型的景物描写当属库柏对霍里肯湖的描述,每一次霍里肯湖风景的变幻都与小说情节的发展以及人物的内心活动有关:

> 山上乱石到处可见,同时又疏疏落落地长着一些常青树木。就在这行人的脚下,霍里肯湖的南岸,像一个巨大的半圆似的,在群山之间,形成一大片湖滨,而这块湖滨在山脚边,又突然耸出,形成一片地势稍高而又高低不平的平原地带。从这个令人头晕目眩的高山顶上望去,似乎北面绵延着圣水湖清澄而狭长的水面,形成了无数的湖湾,点缀着奇形怪状的岬角,散布着数不清的岛屿。几里格之外,那湖床渐渐消失在群山之中,或者,在早晨清新的空气到来之前,被渐渐弥漫在山腰间的晨雾所淹没。然而,群峰之间露出的那一线缝隙,却表明它已经找到了通道,令它那清澄宽阔的水面,继续向北延伸,直到把圣洁的湖水,奉献给遥远的尚普兰湖。……沿着湖岸和谷地耸立起的两座山脉,荒无人烟的森林里冒出缕缕薄薄的雾气,这些雾气或是看上去就像隐藏在那里的村舍里的炊烟,缭绕并腾起,或是沿着山坡缓缓地向下翻滚,与洼地里的晨雾交织在一起。一朵孤单的、雪白的云朵正好漂浮在那谷地里寂静的"血池"上空。①

上文关于霍里肯湖的描述是在威廉·亨利要塞被围困之前。可以发现,库柏笔下的西部荒野尽管险恶和艰辛,但一旦战事不那么紧张的时候,大自然就会如同小说中的人物一样,显现出温柔与浪漫。这正是罗曼史小说的特色。威廉·亨利要塞被围困的第五天下午,海沃德利用英法两

---

① 詹姆斯·费尼泊尔·库柏:《最后的莫希干人》,张顺生译,花城出版社 2014 年版,第 176 页。

军休战的一小会儿工夫出去透透气，此时小说的笔调也随之轻松和舒缓起来。他们眼中的霍里肯湖，风景如画：

> 这是一个宁静而令人愉快的傍晚，清澈的水面不断送来阵阵清新凉爽的微风。在这大炮停止怒吼、子弹不再乱飞的时刻，大自然也似乎抓紧这一时刻，来展现一下自己那最温馨、最迷人的姿态。夕阳把自己的余晖尽情地洒向大地，但其光芒毫无时下这个季节的那种酷热。此时，群山看起来青翠欲滴，令人心旷神怡；接着，几团薄薄的雾气飘散在山顶和太阳之间，这时，由于光线柔和，群山投下的倩影变得格外浅淡。霍里肯湖中点缀着无数岛屿，有的岛屿低低地浮出水面，仿佛镶嵌在水中，有的岛屿则高高地耸出水面，像一座座披着天鹅绒的小山。围攻部队中的低端士兵，此时正悠闲地划着自己的小舟穿梭于岛屿之间，或者漂浮在这清澈如镜的湖面上，从容不迫地捕着鱼虾。……整个景色立刻又变得充满生机、恬静安详。大自然中的一切都这么美好，简直堪称壮丽，而那些取决于人类的心情和举止的场所也令人感受到欢快嬉戏的气氛。①

相反，霍里肯湖在威廉·亨利要塞被占领后的三天里，原有的如画似的风景随着小说情节的需要，在寒风、枯草、嶙峋的乌云以及饥饿的渡鸦等荒芜苍凉的意象反衬下，成了一幅污秽腐败的图景：

> 霍里肯湖清澈如镜的湖面，已经看不见了，取而代之的则是不断冲击着堤岸的阵阵青色怒涛，好像是愤愤不已要把湖里那些污秽之

---

① 詹姆斯·费尼泊尔·库柏：《最后的莫希干人》，张顺生译，花城出版社2014年版，第186页。

物，摔回到污浊的湖滩。虽然清澈的湖水依然还保留着一部分魔力，但也只倒映出从逼近水面的天空落下的幽幽的昏暗。此时，往常那点缀周围的美景的令人惬意的湿润空气也已经消失得无影无踪，这种令人惬意的湿润空气本来还可以遮遮湖滩的丑，降降湖滩的酷热。只有北风呼啸着毫不留情地吹过波涛起伏的水面，让人看不到什么赏心悦目的景色，无法展开想象的翅膀。……就在这一片荒芜之地中间，到处都能看到一簇簇深绿色的草破土而出，这就是人类鲜血浇灌这片土壤后结出来的最初的果实。在适当的光线和宜人气候里，原来这儿的风景相当美丽。现在，这儿的风景看起来就像一幅生活的讽寓画，所有东西都以自己最扎眼，然而也是最真切的色彩呈现出来，无遮无掩。①

当英法军队议和之后，要塞被支持法军的休伦人一顿血洗，霍里肯湖的地景，再次呈现出萧条和荒芜。宁静美丽的湖水成了巨大的"藏骸所"，不仅和"令人心惊胆战的往事惊人地协调"，也与失魂落魄的海沃德的心理有了"同构"：

> ……这时，风势已经减弱，湖水的波浪正轻轻而有节奏地不停地滚过他脚下的沙滩。此时，天空中的乌云，仿佛也厌倦了自己的狂奔，正在向四面散开；一些较厚的云块，在天边聚成了黑团，而较轻的飞云则依然在急匆匆地飘过湖面，或者回旋在群峰之间，就像在许多鸟巢上空翱翔盘旋、四散飞行的一群群小鸟。不时地，有一两颗红色的星星从漂浮的薄云中探出头来，散发出绚丽的光芒，为这阴沉沉的天空增添一道亮丽的光彩。在这群山环绕的腹地里，此时已经一片

---

① 詹姆斯·费尼泊尔·库柏：《最后的莫希干人》，张顺生译，花城出版社 2014 年版，第233 页。

漆黑,而原野则像一座荒无人烟的大藏骸所,没有一点声息或任何征兆来惊扰无数不幸长眠于此的死者。①

窥一斑知全豹。从上述小说关于霍里肯湖风景变化的描述中很容易发现,库柏的这种通过"外视角"来描摹西部荒野的地景,也是一种身份的建构,试图通过对外部风景的想象和刻画,达到一种强化民族记忆的目的。库柏生活的 19 世纪,不仅仅是美利坚民族急于在政治和经济上获得独立的时代,也是急于寻求另一种能与悠久的欧洲文化和文学媲美的文化与文学独立的时代。当然,这一时代,也是西方启蒙主义思想对人们如何看待自我与世界关系产生深远影响的时代。因此,包括库柏在内的早期美国浪漫主义作家选择"外视角",来对人物之外的风景加以刻画和想象,某种程度上是通过"人与风景的互动,建立起了人与地域景观之间的联系,让行动中的人在实际上占有了风景"②。

当然,更重要的一点,也是他们利用具有崇高审美范畴的荒野,来表现他们的国家与众不同,毕竟旧的欧洲大陆无法找到荒野这样的对应物,他们的目的旨在树立美利坚民族的自信心,获得文化上的自信,也找到文学独立的路径。事实如是。正如史密斯(Henry Nash Smith)的观察,东自密西西比河,西至太平洋,南至墨西哥,北至加拿大这一地理概念上广袤辽阔的"西部边疆,不仅满足了美国人民对'帝国'和'花园'神话的想象,更使得美国人在这一神话的驱使下,企图通过向辽阔西部的扩张,打开通往世界其他地方的想象,从而将美国的自治领地扩充到北方、南方

---

① 詹姆斯·费尼泊尔·库柏:《最后的莫希干人》,张顺生译,花城出版社 2014 年版,第 248 页。

② 毛凌滢:《风景中的政治——库柏小说的风景再现与民族文化身份的建构》,《外国文学》2014 年第 3 期。

和西方，远离大西洋，直到太平洋岸边"①。同时，美国在建国后推出的一系列土地法令和政策，包括向广大移民开放西部边疆，将新增国土商品化并出售土地，以此吸引国人进行边疆拓殖，扩大国家在西部地区的影响，旨在使得西部尽快领域化为美国国土。美国这一国家领土策略有其重要的政治目的，从 1803 年开始购买路易斯安那州，到 1890 年政府宣布边疆关闭，可以说，这一时期内美国的政治主要是围绕"土地"（land）的形成而展开。因此，库柏小说中的地景再现应该是一种与美国政治，特别是与美国国家领土策略"高度契合的一种公开的帝国主义姿态"②。可以说，库柏在小说《最后的莫希干人》中对荒野地景的外视角再现，在建构民族文化身份的同时，也使得帝国神话从民众意识的"象征界"逐渐走向"实在界"，恰恰证明了英国诗人布莱克所说，是"帝国紧随艺术，而不是相反"③。

特纳说过："事实上，根本没有打开美国历史的单一钥匙。在历史上，像在科学上一样，我们正在懂得，一个复杂的结果就是许多力量相互作用的结局。简单的解释不能符合事实。"④ 就库柏小说《最后的莫希干人》中的荒野与美国身份建构的关系上，我们发现，库柏本人的人生经历，与他笔下崇高的荒野地景的再现也有联系。换句话说，库柏笔下崇高的西部荒野，是作家个人心理外化的表现方式之一。库柏在创作小说《间谍》（*The Spy*, 1821）伊始，就为美国这块土地上创作材料的"匮乏"感到苦恼，他在此书的序言中就曾抱怨美国这块土地上不仅缺乏贵族和庄园，甚至也缺少传奇事件，而在他的小说《莱恩内尔·林肯》（*Lionel Lincoln: The*

---

① 亨利·纳什·史密斯：《处女地：作为象征和神话的美国西部》，薛蕃康等译，上海外语教育出版社 1991 年版，第 9 页。

② 毛凌滢：《风景中的政治——库柏小说的风景再现与民族文化身份的建构》，《外国文学》2014 年第 3 期。

③ William Blake, *Complete Writings*, Edited by Geoffrey Keynes, London: Random, 1957, p.167.

④ 转引自雷·A.比林顿：《美国边疆论题：攻击与辩护》，《美国历史学家特纳及其学派》，杨生茂编，商务印书馆 1984 年版，第 236 页。

Leaguer of Boston, 1825）的序言里，他再次提到"在美国的记录中，既没有太过黑暗也没有太为模糊的时代"①，因此，库柏认为美国作家的任务就是竭力发现小说的新素材，这样他们的创作只能是"向后看"，也就是从美国的西部荒野与历史中找到创作的源泉。库柏本人家境富裕，其祖上老库柏就是美国早期的殖民开拓者之一，并且建有一个以库柏为名的"库柏镇"。老库柏出身贫寒，通过婚姻改变了命运，并进入上层社会，经过努力成为富裕的地产商人后，他在库柏镇上设立教堂、图书馆、学校等，还聘请资深出版商在小镇中心地段建立出版社和书店，出版和发行地方年鉴、图书、宣传手册和当地报纸，对提高当地居民文化水平起到了重要作用。② 老库柏这种开明绅士的早期荒野开拓者的形象，在库柏"皮袜子故事集"的另一部小说《拓荒者》中，有很好的文学再现。

可以说，从库柏的人生经历以及他为家族史正名的这一前提来说，库柏支持美国的边疆领土策略，他在尽可能"向后看"的文学创作选择中，将西部和荒野作为一个"有用的过去"③，不仅巧妙地运用了美国的荒野神话来弥补美国文学创作素材上的匮乏，更是通过对荒野的独特再现，使得荒野彻底成了美国之"象征"的风景，建构了美利坚的民族身份，也帮助美国人树起早期的国族和疆域意识，使得美国的荒野风景具备了独立价值的角色。

作为西部文学的特有元素，荒野在库柏的"皮袜子故事集"，尤其是《最后的莫希干人》中得到了呈现，由此不仅确立了西部文学的基本创作要素，也使得西部文学汇入了美国文学的大潮中，成为美国文学悠久传统中不可分割的重要组成部分之一。作为美国文学的先行者，库柏的创作因

---

① 常耀信：《美国文学简史》，南开大学出版社 2008 年版，第 54 页。

② 参见郭巍：《〈拓荒者〉中的纽约地方书写与美国边疆空间生产》，《外国文学研究》2017 年第 2 期。

③ 常耀信：《美国文学简史》，南开大学出版社 2008 年版，第 55 页。

其极具特色的荒野描述，成为美国西部小说发展进程中的里程碑。在他之后，美国的西部小说基本沿着两条不同的道路发展。注重库柏小说严肃主题的作家，包括蒂莫西·菲林特(Timothy Flint)、卡罗琳·柯克兰(Caroline Kirkland) 等，创作了许多严肃的西部小说，而注重库柏小说通俗性的作家，包括查尔斯·韦伯（Charles Weber）、埃默森·贝内特（Emerson Bennett）以及托马斯·里德（Thomas Reed）等，则将严肃的小说主题简化成了简单的善与恶的较量，使得西部小说走向了通俗化。

麦卡锡的荒野："混沌"与"眼球民主"

对于整个美国文学来说，荒野作为重要元素之一，参与了西部文学流派模式的建构，更因为其本身被嵌入了美国人的历史和文化记忆，是美利坚民族集体意识的外在投射，成为美国文学乃至美国文化传统形成链条上的重要一环。对荒野的描述与表征并没有因为时代的变迁而过时；相反，荒野从来没有远离美国作家的视野，即使到了现当代美国文学时期，如果要将自身融入美国文学伟大的家族谱系中，作家们无疑也会将视线投射到辽阔的大西部，将其创作的内容以及对世界与人类的思考，放到复杂而又动态的西部荒野中去。荒野在麦卡锡的小说中占据重要位置，甚至因作家独特的表征成就了麦卡锡的"荒野美学"（wilderness aesthetics）。正如本书第二、三章讨论过的那样，荒野既在"其内"又在"其外"，既指麦氏小说人物内心的荒野，毕竟他们渴望荒野，走向荒野，与荒野的荒芜和野性融为一体，又指麦氏小说发生的背景，因为荒野是麦氏小说的重要元素之一。显然，荒野成了麦氏小说特有的一种文化指称，不仅表征了人们内心世界的"荒野"，也在说明世界呈"混沌"式的"荒野"。正是因为这一点，麦卡锡与库柏这位伟大的西部文学传统开创者在创作上形成了"多维映射"，并且在他与库柏小说的互文中，也就在作品与作品的间隙与阈限之中，形成了他独特的荒野景观。

小说《血色子午线》中，荒野被重新书写，而《最后的莫希干人》中英法战争的历史背景，则演绎成了美洲大陆上另一场血腥战争——美墨战争。如果说库柏借荒野的崇高和壮美，试图构建的是亲美白人，也就是美利坚民族早期的开拓者的英雄气质；而麦卡锡却借荒野的暴力与凶残，赖以表征的是殖民者在西部对大自然与少数族裔占有和杀戮的血腥和残酷。在他消抹库柏等早期浪漫主义作家对荒野温情而又充满讴歌的深层地表下，麦卡锡拆解了以库柏为主的 19 世纪经典美国作家对边疆神话的建构。如果说库柏的荒野背后隐含的是帝国在西部边陲的文化操演，旨在建构美国的帝国神话以及美利坚民族的英雄身份和国族气质，那么麦卡锡的荒野，则是 20 世纪 60 年代之后质疑与消解帝国宏大叙事这一后现代主义叙事策略的投射。当代重要的美国作家如巴思、德里罗、多克托罗、鲍威尔斯等，都有对西部的"重访"，创作过关于西部的后现代历史传奇小说。

麦卡锡在《血色子午线》中用一个独特的概念来表述他对美国西部边陲的认识，那就是"眼球民主"。熟知美国浪漫主义文学的读者，很容易将这一概念与超验主义思想代表人物爱默生（Ralph Waldo Emerson）提出的"透明的眼球"（transparent eyeball）联系起来。如果说 19 世纪美国文艺复兴时期的作家和思想者视自然为其神性与主体性建构的一面，那么在麦卡锡的小说《血色子午线》中，荒野的"神"性降格为了"魔"性，它们自行其是，为自己代言，有自己的运作规律。曾经的崇高荒野俨然是艾略特笔下的荒原，甚至是但丁笔下著名的人间炼狱。遵循"眼球民主"的西部荒野，遍地烽烟、教堂坍塌、家园沦丧、暴力肆虐，崇高的审美情感只剩下了恐惧和战栗，乃至无尽的黑暗和恶，它们实则是行走其中的人类之人性恶的投射。

如果借用文学发生学的相关理论来观照麦卡锡与库柏创作上的互文，尤其是他们对待西部荒野这一地景的表现，可以发现两者所处的"文化语境"基本一致。"文化语境"指的是"在特定的时空中由特定的文化积累与文化现状构成的'文化场'"①。一般来说,"构成文学发生学的文化语境有三个层面的意义:显现人类思维与认知的共性文化语境;显现本民族文化沉积与文化特征的文化语境;显现与异民族文化抗衡与融合的文化语境"②。我们知道,荒野是"地"的一部分,而天、地、人构成了我们所处的宇宙,那么作为"地"的一部分的荒野,显然是麦卡锡和库柏都要关注的共性文化语境。况且,自库柏开始,荒野就是美国文学传统的一部分,不仅建构了美国国族身份,成为美国国家神话的一部分,进入了美国国家身份的"象征界",成了美利坚民族文化沉积于一定文化特征的文化语境,更是以其独特的地理与人文景观及其负载的神话与文化的沉淀,成为与异族文化抗衡与融合的文化语境。

尽管浸淫在相似的文化语境中,但麦卡锡毕竟与库柏生活的时代不同,他们对西部荒野的理解也大相径庭。麦卡锡生活和写作的时代,是解构一切之文化思维最为活跃的20世纪60年代之后,因此麦卡锡笔下的美国西部荒野完全是另一副笔墨。如果库柏是以"外视角"来观察和描写美国的西部荒野,那么,麦卡锡则是用"内视角"的方法来观察和描写美国的西部荒野。不同于库柏的西部荒野,麦卡锡的西部荒野不再有任何和谐甚至神性之美。在他的笔下,无论是小说人物"少年"曾经的家乡田纳西州的南部平原,还是他沿着密西西比河而下,向西而行时一路走过的荒漠、戈壁、火山、岩石岭,甚或是去往加州沿途的村庄和集镇,荒野不再是人的附庸,也不仅仅是上演着人生悲喜剧的辽阔舞台,而是拥有独立的生命,独立的意志,乃至左右人类命运的神秘力量。换句话来说,荒野才是小说《血色子午线》中的"主要人物"。

---

① 转引自田俊武:《美国19世纪经典文学中的旅行叙事研究》,中国人民大学出版社2017年版,第262页。

② 田俊武:《美国19世纪经典文学中的旅行叙事研究》,中国人民大学出版社2017年版,第262页。

　　麦卡锡充满冷峻笔触极尽诗意张力的荒野中，沙漠、火山、戈壁占据了主要的自然空间。在这片扭曲甚至有些超自然的荒漠空间中，太阳和月亮这两大自然界的物"象"，很好地体现了麦卡锡笔下荒野整体充满混沌感的真"相"。如果说"死亡是这片土地最显著的特征"①，那么西部荒野上的太阳却经常与死亡与邪恶相关："他们继续骑行，东边的红日射出苍白的光路，随后更深的弥散血色突然大片大片地水平燃起，在世界边缘天地相融之处，太阳的顶端蓦然跃出，像一根巨大的红色阴茎的顶部，冲破不可见的边缘，低垂着，在他们背后不停地搏动，充满恶意"②。这轮火红的太阳不仅充满邪恶感，与西部充满邪恶的土地有了呼应，甚至在小说人物"少年"与格兰顿匪帮前行的戈壁上，有时候呈现出"尿色"的肮脏，在"暗淡的土地上的层层灰尘中隐隐升起，毫无轮廓可言"③；有时候却在空旷寂寥的平原上则表现为"白窟窿一般灼烧的太阳"④，虚无和苍白。太阳在麦卡锡的小说中，经常被呈现为接近"血"的颜色。血红色的夕阳，"如同燔祭的供品"⑤，在西部的荒野中塑造着活跃其中的人的血性。关于太阳，尤其是血红色的太阳，不仅出现在小说的标题中（*Evening Redness in the West*），还在整个小说中频繁出现，成了一个重要意象。如同霍桑的《红字》中猩红的字母"A"或者麦尔维尔《白鲸》中白色的抹香鲸莫比·狄克一样，太阳对于麦卡锡的西部荒野，意义非凡。

　　邪恶与虚无的太阳，在自然界的日夜轮回中，还有一个与之呼应的"月亮"："朝阳升起时月亮正在西方，隔着大地遥遥相对，太阳白热，而

---

① 科马克·麦卡锡：《血色子午线》，冯伟译，重庆出版社 2013 年版，第 55 页。

② 科马克·麦卡锡：《血色子午线》，冯伟译，重庆出版社 2013 年版，第 52 页。

③ 科马克·麦卡锡：《血色子午线》，冯伟译，重庆出版社 2013 年版，第 53 页。

④ 科马克·麦卡锡：《血色子午线》，冯伟译，重庆出版社 2013 年版，第 76—77 页。

⑤ 科马克·麦卡锡：《血色子午线》，冯伟译，重庆出版社 2013 年版，第 121 页。

月亮只是苍白的复制品，二者仿佛同一枪膛的两端，在末端之外分别燃烧着无法琢磨的世界"①。月亮在麦卡锡的小说中多次被称为"复制品"，不仅与太阳同样邪恶，还与荒野上的人一样好斗，仿佛一只摩拳擦掌的"枪膛"；更多时候，月亮长着"患了白内障的月眼"，没有皎洁的月华，"挂在东方山脉的峡谷间，而月亮在午夜的最高点赶上他们时，他们还在骑马，月光在下面的平原上为叮叮当当向北前进的可怕旅人勾出蓝色的轮廓"②。与骑马前行的格兰顿匪帮一样，"患了白内障的月眼"没有情感的反应，他们有着后现代的平面性，读者从中看不到自然的神性以及自然对人的震慑和心灵的洗涤。"他们继续前行在黑暗中，前方月光漂白的荒原寒冷而苍白，圆环状的月亮立于头顶，圆环中能看见一个仿制的月亮，有自己的冰冷的珍珠母般光泽的灰色月海"③；"河流在黑夜中往前流淌，鱼肚白的月亮升起在沙漠的东边，用它空洞的光在他们身旁投下影子"④。

在麦卡锡的笔下，不仅太阳和月亮两大星体邪恶、肮脏、病态和好斗，山脉也如"起皱的包肉纸"一样油腻而肮脏，很多时候又如同"棱角分明的压折布"⑤；它们在尿色的昏暗的朝阳照射下，荒山似乎"斑驳"而模糊，上面"布满了蝇屎"⑥。可以说，麦卡锡的荒野，成了日常生活中的一种庸常，肮脏而乏味。如果说库柏的荒野还能联想成一幅哈德孙河派画作，崇高而壮美，是表达民族认同和情感的手段之一，那么，有些诗人气质的麦卡锡，其笔下的西部荒野则是一幅后现代的画作：

---

① 科马克·麦卡锡：《血色子午线》，冯伟译，重庆出版社 2013 年版，第 98 页。
② 科马克·麦卡锡：《血色子午线》，冯伟译，重庆出版社 2013 年版，第 100 页。
③ 科马克·麦卡锡：《血色子午线》，冯伟译，重庆出版社 2013 年版，第 271—272 页。
④ 科马克·麦卡锡：《血色子午线》，冯伟译，重庆出版社 2013 年版，第 288 页。
⑤ 科马克·麦卡锡：《血色子午线》，冯伟译，重庆出版社 2013 年版，第 122 页。
⑥ 科马克·麦卡锡：《血色子午线》，冯伟译，重庆出版社 2013 年版，第 125 页。

（在西部这片）严重中立的土地上，所有的现象都被馈赠了一种怪异的平等，没有一种事物、一只蜘蛛、一块石头、一片草叶可以要求优先权。这些物件的清晰掩盖了他们之间的亲密关系，因为眼总是见微知著，而此处所有事物都一样照亮于光下，一样笼罩于阴影之中，在这样眼球民主的地界中，所有的偏爱都会让人觉得匪夷所思，而人和岩石也被赋予了难以预料的亲密关系。①

荒野不仅仅只是被"降格"，成了行走其中肮脏与残酷的人类之"众生相"的最好物"象"，而是很多时候被扭曲和夸张，有一种超现实的冷峻与冷眼，甚至大多时候荒野充满了敌意。

这些自然之意象，冷峻奇崛，充满了后现代的"混沌"感：美丽与肮脏并存，宁静与混乱同在。可以说，麦卡锡对西部荒野的再现和描绘充满了诗性和哲思，他更像是一个用诗与画来凸显西部荒野"眼球民主"的思想家。下面这段文字对荒野的细致铺陈很具代表性：

他们在雨中骑了数日，穿过雨水，穿过冰雹，又穿过雨水。在风暴那灰色的光亮中，他们穿过一片被雨水淹没的平原，马的倒影与云团和山脉一起映在水中，骑手们往前垂下身子，怀疑自己脚踩的这片海的远方岸上闪烁的城市只是奇迹，他们怀疑对了。他们爬上起起伏伏的草地，而受惊的小鸟飞跑，顺风啁啾，一只兀鹰展翅从骨头中费力飞起翅膀发出呼呼呼的声音，就像孩子吊在绳上甩动的玩具，而在那长长的红色夕阳中脚下平原上的水面如原始血液的潮汐塘。

① 科马克·麦卡锡：《血色子午线》，冯伟译，重庆出版社 2013 年版，第 275 页。这段文字笔者有所改动，将冯伟译文的"光学条件均等"改成了"眼球民主"，旨在凸显笔者认为麦卡锡对爱默生"透明眼球"之自然的神性或超灵的一种颠覆的观点。此术语解释适应于全书所有提到的"眼球民主"。

　　他们穿过一片铺着野花的长草高地，千里光、百日菊、深紫龙胆、蓝色牵牛花的野藤铺展数亩，广阔平原上的各种小花一直向前绵延，宛如一直印到最远方因雾气而发蓝的密集边地的方格花布，硬石制的山脊平地拔起，像泥盆纪黎明中海兽的背。又在下雨了，他们无精打采地披着由油腻的半鞣制皮革草草做成的油布雨衣，罩着原始的皮走在灰色的暴雨中，犹如某个衰微的宗派派出专门劝诱此地众野兽入会的教堂执事。他们前方的土地阴云密布，不见天日。他们骑马穿过漫长的暮光，日落后，月亮并未升起，西边的山脉的形体在咯咯的响声中一次又一次地战栗，最后终于被烧得一片漆黑，雨水嘶嘶落在这片漆黑的土地上。他们穿过山脚的松树和秃石，向上穿过杜松、云杉和罕见的大芦荟，丝兰叶柄向上立着，苍白的花朵在常青树中显得安静脱俗。①

　　上述对荒野的奇异描绘，以及对行走其中的"少年"和他所在的队伍懒散与无聊的行军描述，类似的文字在小说《血色子午线》中时时可见。如果说风景是荒野的主体，那么小说人物不过是荒野"眼球"下微不足道的一个生物体而已。小说这样说明"少年"与他的队伍行进的夜晚，"下方世界黑暗森林里的狼呼唤着他们，仿佛人类的朋友，而格兰顿的狗也在不停弯动的马腿间呜咽着小跑"；当格兰顿匪帮穿过溪床时，"划着白鳍的小鳟鱼仔细看着饮水之马的鼻子。阵阵闻起来和尝起来像金属的薄雾从峡谷里飘上来，经过他们，然后继续穿过树林"。②仔细阅读，薄雾只是飘过人们，继续穿过树林；而小鳟鱼看着人们的马，一切都是自然的模样，与人类无关。人类在这片土地上可以肆无忌惮，可以杀伐暴虐；然而，自

---

① 科马克·麦卡锡：《血色子午线》，冯伟译，重庆出版社 2013 年版，第 208 页。
② 科马克·麦卡锡：《血色子午线》，冯伟译，重庆出版社 2013 年版，第 209 页。

然就是自然，无关人类的存在。小说如此写道："在后面的日子里，血液在沙中勾出的微弱黑色画谜会断裂、破碎、随风而逝，太阳如此环形几圈之后，这些人毁灭的痕迹将全部被抹去。沙漠的风会给废墟铺上一层沙，一切都会消失，鬼魂、划痕都会消失，无人能给经过的旅人讲述这些人曾经如何在此生活，又是如何在此死亡"①。

　　麦卡锡对自然和宇宙的认识，实际上是一种"混沌"科学世界观。混沌理论认为，宇宙中的事物互为联系，共生共长，是一个整体；自然并非受控于人类欲望或顺从人类思想和行动，而是一个有着复杂运行法则的系统。麦卡锡的"混沌"科学世界观在小说《穿越》中通过捕狼老人阿尔纳夫对草原狼的认识，可以印证。老人说，狼不能被拥有，就如空中飘舞的雪花，"即使你抓住了它，它也会在你手中消失"②。结合麦卡锡对荒野呈"眼球民主"的描绘，我们可以判断，麦卡锡试图告诉我们，所有的人类文明史都抵不过一部自然史。自然就是自然，其变迁有着自身特有的规律和系统法则。人类在自然中的行为，与善对应的是自然的善，与恶对应的便是恶，一切都在于人类的视线，也就是人类"眼球民主"的建构。

　　风景是静默的，静默的风景如果有"声音"或"痕迹"，那也是文化和政治意识形态的声音和痕迹。如果说库柏笔下的荒野表征的是美国国族身份乃至文明的建构，其体现的世界观是笛卡儿式的"我思故我在"，准确地说，是特纳的"边疆论"描绘下的美国西部荒野，这里，"每个边疆都提供了一片充满机会的天地、一扇逃离历史束缚的门，伴随边疆而生的是一种新鲜感、一种自信"③，那么，与其相对，对于麦卡锡来说，他对混沌理论以及"混沌"的认识使他认识到，美国国族以及文化的神话建构与西

---

① 科马克·麦卡锡：《血色子午线》，冯伟译，重庆出版社 2013 年版，第 196 页。

② Cormac McCarthy, *The Crossing*, New York: Alfred Knopf, 1994, p.46.

③ 特纳：《美国边疆论》，董敏等译，中国对外翻译出版公司 2012 年版，第 33—34 页。

部荒野的联系只是人类自我与想象的一种投射。因此,荒野的崇高与虚无、美丽与肮脏、多彩与虚无都可能是人类的建构,一种"心像地图"①,混沌宇宙的一个映射罢了。曼陀罗的图式结构实际上也说明了这一点,世界上的事物互为对应互为映射。对曼陀罗图式结构的认识,使得麦卡锡在他的小说创作中有意与美国的西部文学传统形成一种多维的映射。

当然,麦卡锡对西部荒野"内视角"的呈现,恰好完成了麦卡锡对西部文学的浸入式拆解,也是对沉默的荒野之后美国文化对西部荒野神话建构的一种消解。在他看来,"我思故我不在"才是后现代人们"重访"西部荒野的最好态度。麦卡锡对西部荒野这一呈"眼球民主"的混沌审美,可以说是一种还原,一种重构,其目的是要改变我们对西部地景"思"而"在"的传统。换句话来说,麦卡锡对西部荒野的混沌表征,某种程度上就是其文中人物"少年"西行的真谛,血色夕阳映照下的西部,延展的地平线只是美国白人对印第安人和墨西哥人领土的掠夺,那里不再闪着自由的光,看不到国家未来的希望,能够触摸到的只有死亡。西部荒野不再是"美国亚当"的重生地,在这片建立起美国国族身份以及文化传统的"处女地"上,没有高贵与野蛮、文明与荒野、文化与自然的二元对立,一切都在荒野的"眼球民主"视野下,成了有序而无序的"混沌",而究其本身,荒野原本就是"混沌"。

高贵抑或野蛮:印第安人

印第安人的形象在 19 世纪美国文学中一般被表现为高贵的野蛮人和

---

① 心像地图指的是人们对某个地点的综合感应:"无论是谁,一旦想去某个地方,思考如何到达那里,他就会产生一幅心像地图。他认为不必要的地方就会被忽略,只有重要的要素才会具体表现出来"。也就是说,人们对外界的认识依赖于从文化习得中形成,而这些认识又会影响对某个地方的价值判断。参见格蒂斯:《地理学与生活》,黄润华等译,世界图书出版公司 2013 年版,第 326 页。

卑劣的野蛮人两种。上述两种形象最早出现在白人的戏剧作品中。高贵的野蛮人"居住在原始森林中……天性善良，与大自然和谐相处，凭冲动行事……在感情方面如孩子般天真，但怀有鲜明的荣誉感，吃苦耐劳，作战英勇"，而卑劣的野蛮人则是作为高贵的野蛮人的对立面出现的，通常被表现为邪恶的化身，奸诈、卑鄙、冷酷、狠毒。[1] 作为美国西部小说的首创者，库柏在他的"皮袜子"系列小说中，第一次将印第安人作为小说的主要人物之一，给予上述两类印第安人形象浓墨重彩的描摹和刻画，同时也以此确立了白人与印第安人的冲突作为西部小说的重要元素之一。库柏之后，麦尔维尔以及马克·吐温等 19 世纪美国重要小说家的作品中，高贵和卑劣的印第安人形象被反复再现，尽管他们的再现方式不尽一致，但无疑都表达了"当时美国公众中普遍存在的对印第安人斩尽杀绝的仇视心理，而且表达了主流社会对印第安问题的立场"[2]。

《最后的莫希干人》中提到的印第安部族有很多种，他们有说同一种特拉华语的莫希干人和特拉华人，也有说同一种勒纳佩语的休伦人（明苟人或麦柯亚人）、奥内达人、莫霍特人等。上述印第安人的形象在库柏的笔下因为与驻守美洲大陆的英国白人关系的远近，而被塑造为好与坏、善与恶或者高贵与卑劣之分。与英国白人关系良好并结为同盟共同对抗法国白人或加拿大人的莫希干印第安人，被视为高贵的野蛮人，酋长钦加哥（Chingachgook）和他的儿子恩卡斯（Uncas）在库柏小说中就被塑造成高贵的野蛮人；而与英国军队对垒和法国或加拿大人同盟的休伦印第安人，则被视作卑劣的野蛮人，他们在库柏的小说中被蔑称为明苟人或者麦柯亚人或者其他。他们中间新一代的酋长继承人马瓜（Magua），之前与英国白人交好，后因酗酒闹事被芒罗上校鞭打而生

---

① 转引自邹惠玲：《19 世纪美国白人文学经典中的印第安形象》，《外国文学研究》2006 年第 5 期。

② 邹惠玲：《19 世纪美国白人文学经典中的印第安形象》，《外国文学研究》2006 年第 5 期。

了复仇之心，小说中他自然就成了背信弃义、狡猾卑劣的野蛮印第安人形象的典型代表。无论高贵还是卑劣，我们要明白的是，库柏小说中所有的印第安人形象，几乎都是白人之外的"他者"。他们先要被野蛮和魔化，接着被遮蔽，最终达到被边缘化。他们形象的高贵或卑劣，都是殖民者想象的结果，而他们的边缘化则突出了殖民者的中心身份，强调了欧裔白人在北美大陆的合法化身份。可以说，库柏正是借被边缘化和程式化表现的印第安人形象，来满足美利坚民族自身建构国家与民族身份的需要。印第安人在被程式化呈现的同时，也被彻底边缘化、妖魔化，并最终被白人消抹和灭绝。

库柏对莫希干人酋长钦加哥与他的儿子恩卡斯形象的建构，就有意强调和突出了他们身上的野蛮特征：他们"几乎裸露着身体，身上用黑白两色混合画着一幅可怕的、象征着死亡的图案"[1]，头剃得光光的，只有"头顶留着一束著名的、表示勇武的发髻，发髻上没有别的装饰品，只有一根老鹰的羽毛"[2]，这种发型的优点在库柏的描述下旨在方便他人剥头皮。除了外貌和服装的野蛮粗糙之外，他们几乎随身携带着印第安战士的"标配"："一把战斧，一柄英国生产的剥头皮的猎刀"，"还有一支白人用来武装自己印第安盟友的那种军用步枪，随随便便地横放在他那没有穿裤子、肌肉发达的大腿上"[3]，凸显了印第安酋长父子的"粗野、蒙昧无知"[4]。随后，当他们挥舞着印第安战斧与敌人厮杀搏斗时，库柏有意突出了他们的

---

[1] 詹姆斯·费尼泊尔·库柏：《最后的莫希干人》，张顺生译，花城出版社 2014 年版，第 27 页。

[2] 詹姆斯·费尼泊尔·库柏：《最后的莫希干人》，张顺生译，花城出版社 2014 年版，第 27 页。

[3] 詹姆斯·费尼泊尔·库柏：《最后的莫希干人》，张顺生译，花城出版社 2014 年版，第 27 页。

[4] 詹姆斯·费尼泊尔·库柏：《最后的莫希干人》，张顺生译，花城出版社 2014 年版，第 61 页。

"凶神恶煞"和"杀气腾腾"[①]；而在说明印第安人有剥取他人头皮作为胜利的习俗和行为时，更是强调了他们的野性十足。

小说有两处讲到莫希干酋长钦加哥剥取他人头皮的细节，明显突出了全知全能叙事者，也就是作者库柏对他们的厌恶之感。第一次是"鹰眼"带领海沃德与芝罗姐妹去往威廉·亨利要塞的途中，遭遇休伦人并展开了一场殊死搏斗，海沃德看到"那个年长的莫希干人，早已抢在他们的前面，把胜利的标志，从那些已经没有反抗能力的印第安人的脑袋上剥到手了"[②]；第二次是这群人去往要塞的路上经过法国人的营地，一名法国守卫因为海沃德会讲法语而放走了他们，等他们转身不见莫希干酋长的时候，他已经悄悄杀死了守卫，并剥去了对方的头皮——"酋长朝大家走来时，一只手将那倒霉的法国青年热乎乎的头皮，塞在腰带上，另一只手重新将刚刚杀了这个法国青年的猎刀和战斧插回原处"[③]。小说叙事者对剥取头皮这件事如此评论，"对印第安人来说，这是天性使然"[④]。言外之意非常清楚，那就是印第安人的野性未改。

库柏强调钦加哥父子野性的同时，还突出了他们"高贵的天赋"。小说提到，面临危险的钦加哥从来遇事不惊，神态自若，他"安静地坐着，头也不抬一下"[⑤]，而需要出击的时候，却快如闪电，雷厉风行，总能一招置人于死地。对恩卡斯这位最后一代莫希干人酋长的继承者，库柏对他更

[①] 詹姆斯·费尼泊尔·库柏：《最后的莫希干人》，张顺生译，花城出版社 2014 年版，第 139 页。

[②] 詹姆斯·费尼泊尔·库柏：《最后的莫希干人》，张顺生译，花城出版社 2014 年版，第 142 页。

[③] 詹姆斯·费尼泊尔·库柏：《最后的莫希干人》，张顺生译，花城出版社 2014 年版，第 173 页。

[④] 詹姆斯·费尼泊尔·库柏：《最后的莫希干人》，张顺生译，花城出版社 2014 年版，第 173 页。

[⑤] 詹姆斯·费尼泊尔·库柏：《最后的莫希干人》，张顺生译，花城出版社 2014 年版，第 33 页。

是不吝溢美之词，小说讲述他有着"挺直、灵活的身体"，"端庄而又潇洒的举止和神态"，他的眼神"深沉、炯炯有神、无所畏惧、既威严又镇定"；他"轮廓分明，相貌堂堂，气派非凡，皮肤是天生的红色"，"那高贵的头非常匀称，前额宽阔，非常体面"，好像就是"一尊古希腊的珍贵雕像，只是这尊雕像已被奇迹般地赋予了生命"。① 在库柏的小说中，库柏本人（作者）经常借"鹰眼"或海沃德少校以及爱丽丝（Alice）的眼睛，来对钦加哥父子的高贵禀赋，极尽赞美和钦佩之情。

毋庸置疑，库柏对印第安人的态度是典型的欧洲殖民者的态度，赞美与厌恶并存。库柏从未忘记他们的"他者"形象，旨在将他们边缘化。库柏声称美洲大陆匮乏浪漫主义创作材料，因此要从美国的"过去"找到创作素材，而这一素材就是活跃在美洲荒野上的多个印第安人族群。小说处处强调印第安人作为"森林居民"的形象特点，突出他们与自然的融合，赞美他们能从自然那里学到山川湖泊以及河流的宝贵知识，并能从河流的方向、树枝的倒伏以及瀑布流速的急缓来判断敌人的踪迹，他们能利用桦树皮制作小船，并能利用自然中的一切来与敌人周旋，他们有自然赋予的超常的聆听和视觉能力，甚至某些时候他们还能模仿河狸与熊等动物来乔装打扮，帮助自己战胜对方。总之，上述印第安人的特点都是库柏有意突出他们作为森林居民拥有的"神性"所在。在建构神性之余，库柏已经将印第安人排除在欧洲白人之外了。当然，库柏并没有忘记对侦查员，也就是"皮袜子故事集"的核心人物——纳蒂·班波赞美和歌颂，旨在提高美国先民的自信心以及构建美利坚国族良好的自信形象。

尽管库柏处处流露出美洲白人对印第安人熟知自然并能与自然和谐相

---

① 詹姆斯·费尼泊尔·库柏：《最后的莫希干人》，张顺生译，花城出版社 2014 年版，第61 页。

处的本领的钦佩与仰慕之情，小说却又随处可见白人对印第安人从自然中获取食品的饮食习惯感到难受，对他们使用巫术甚至咒语治愈疾病的蔑视，乃至表现出对印第安人庆祝胜利时要用死人头皮祭祀仪式的厌恶，处处体现了殖民者与北美印第安人之间"等级"分明、居高临下的态度。这种对立显然是文明与荒野的二元对立，主与奴的高低差异。小说提到印第安人食用鹿肉或其他新鲜动物的肉品，他们"狼吞虎咽"的饮食方式，使得爱丽丝等白人女性觉得"令人作呕"①；印第安人愤怒时经常会发出"可怕的怪叫"，甚至"朝河水吐痰，以发泄自己对河水的不满，怪河水不该如此大逆不道地专门与自己作对"②；小说还讲到印第安人贪婪白人的"火水"（也就是白酒），为了饮酒不惜出卖人格，甚至只是为了得到酒水的供给而成为白人的同盟，并对他们醉酒时的洋相与丑态专门做了描述。小说尤其强调了印第安人的迷信，来凸显他们区别于欧洲白人以及欧洲文明的野蛮特点，而小说中的侦查员和海沃德也正是利用了印第安人的迷信，乔装打扮成印第安人巫师的模样，混进了休伦人的营地，才有了搭救被休伦人监禁在特拉华部族的芒罗姐妹。这些都在强调文明与荒野、文化与自然的对立和差异，凸显欧洲白人文化的优越性。

小说还借海沃德这名英国白人少校对印第安人部族能征善战、全民皆兵特点的观察，使得印第安人在欧裔白人的眼中被完全"魔化"，即使这群印第安人还是白人希望恳请帮忙的盟友——与莫希干人同宗同族的特拉华人。随着海沃德的视线，读者先是看到了"走在队伍前头的一个人手中举着一根短棒，短棒上似乎挂着什么东西，直到走近后才看清，原来是几

---

① 詹姆斯·费尼泊尔·库柏：《最后的莫希干人》，张顺生译，花城出版社2014年版，第123—124页。

② 詹姆斯·费尼泊尔·库柏：《最后的莫希干人》，张顺生译，花城出版社2014年版，第111—112页。

张人的头皮"①，接着便是乱哄哄的营地映入眼帘：

> ……战士们拔出了猎刀，然后，他们挥着猎刀排成两行，中间留
> 出了一条缝隙，这条缝隙从回来的队伍一直到棚屋。女人也个个操起
> 棍棒、斧头，或者顺手抓到什么武器就拿什么武器，迫不及待地奔了
> 出去，以便在即将开始的残酷表演中扮演自己的角色，甚至孩子也不
> 例外，不大会舞动武器的男孩从他们父亲的腰带间抽出战斧，钻进队
> 列，学着他们父亲的神态，惟妙惟肖地摆出了一副凶残的样子。②

总之，库柏在《最后的莫希干人》中对印第安人整体形象的建构，有
二元对立的思维模式。如果他们站在英国白人的队列中成为他们战斗的同
盟，那么这些印第安人尽管野蛮无知，他们身上依然具有人性的高贵特
性，甚至有"森林之子"的神性光辉。但是，如果他们与英国白人为敌，
毫无疑问，他们就不仅仅野蛮，甚至走上了高贵的对立面，那就是卑劣。

正如库柏研究者沃尔德罗普（Stephanie Wardrop）所说，在库柏的"皮
袜子故事集"系列小说中，"土著美国人都是残忍的，野蛮的，只有钦加
哥和恩卡斯是例外"③。事实如是。在库柏的小说中，除了莫希干酋长父子
之外，其他的印第安人在库柏的笔下都是"魔鬼的孩子"④或者"鬼怪"⑤，

---

① 詹姆斯·费尼泊尔·库柏：《最后的莫希干人》，张顺生译，花城出版社 2014 年版，第
307 页。

② 詹姆斯·费尼泊尔·库柏：《最后的莫希干人》，张顺生译，花城出版社 2014 年版，第
308 页。

③ Stephanie Wardrop, "Last of the Red Hot Mohicans: Miscegenation in the Popular American Ro-
mance", In *MELUS* 22.2, 1997.

④ 詹姆斯·费尼泊尔·库柏：《最后的莫希干人》，张顺生译，花城出版社 2014 年版，第
301 页。

⑤ 詹姆斯·费尼泊尔·库柏：《最后的莫希干人》，张顺生译，花城出版社 2014 年版，第
308 页。

甚至就是"自甘堕落的民族，几乎没有人懂得有益的规矩"①，并且"在谋杀传闻叙说之中，罪魁祸首和野蛮残暴的角色当然都是森林中的土著人"②。如果小说刚开始只是用印第安人残暴和野蛮的传说来铺垫白人女子爱丽丝对印第安人的恐惧，那么小说中还特意安排了一个非常细致的场景来突出钦加哥父子之外的印第安人的残暴和野蛮，以此说明这些都不仅仅是传闻，而是真实发生的"事实"。最典型的事例发生在威廉·亨利城堡英军与法军谈和后撤军的一幕里。原本法国统帅答应要塞的负责人芒罗上校安全撤离并负责英军及其家属的尊严，但是一心想复仇的休伦人却没有按照两军和谈的"规矩"，对撤退的英军进行了偷袭。库柏详细描写了两千多休伦人如何残杀手无寸铁的老弱妇孺，如何疯狂砍向那些放弃抵抗的英军士兵，小说不仅细致地再现了休伦人的贪婪和残忍，表现了休伦人如何抢劫一名白人妇女艳丽的头巾不成，便恼羞成怒地摔死了母亲襁褓中的婴儿，更是突出表现了休伦人那种嗜血和残暴的灭绝人性的行为："那休伦人因失望气得一下子发了疯，加之看见鲜血更受到刺激，便举起自己的战斧，无情地朝着她的脑门砍了下去。母亲应声倒地，死时还伸手去够自己的孩子"③；"到处笼罩着死亡的阴影，其恐怖和残酷的程度已经到了极点，抵抗只会火上加油，就连那些已经死去了好久的人，他们也要猛击几下方才解恨。鲜血到处流淌，好比山洪暴发，这番景象使得那帮土著更加兴奋、更加疯狂，他们当中许多人竟然跪在地上，酣畅淋漓地、欣喜若狂地、穷凶极恶地喝起那殷红的

---

① 詹姆斯·费尼泊尔·库柏：《最后的莫希干人》，张顺生译，花城出版社 2014 年版，第 301 页。

② 詹姆斯·费尼泊尔·库柏：《最后的莫希干人》，张顺生译，花城出版社 2014 年版，第 7 页。

③ 詹姆斯·费尼泊尔·库柏：《最后的莫希干人》，张顺生译，花城出版社 2014 年版，第 225 页。

潮水来"①。

在这些血腥残暴的印第安"他者"中，库柏特意塑造了与钦加哥父子相对的休伦人马瓜，将其看作卑劣印第安人的典型。马瓜第一次出现在小说中的时候，是他作为印第安人向导的身份，带领海沃德与芒罗姐妹去往芒罗上校的要塞。小说借海沃德之眼，勾勒了马瓜既凶残又狡诈的野蛮人形象：

> 他十分镇定，同时他特有的坚毅性格显然使得他对周围的骚动和忙乱漠然处之，但那野蛮的平静之中却交织着一种阴森和残暴，这模样不仅吸引了当时打量过他的人，而且很可能会引起看到他而掩盖不住自己惊讶，且更有经验的人们的注意……他那张凶残的脸上涂着的战斗花纹，颜色已经有些模糊不清，因而使这张黑乎乎的脸显得更加狰狞、可憎，纵然是绘画艺术也达不到这种偶然产生的效果。就是他的目光射出的光芒也像乌云中刺眼的星光，十分残暴。②

之后，随着小说故事的展开，库柏一次次生动地描写了马瓜的狡诈和狡辩，他不仅背信弃义，出卖了海沃德他们的行踪，还因为与芒罗上校的旧仇，策划了整个休伦族人对海沃德与撤退英军的追杀，致使荒野上血流成河。不仅如此，他还想法取得了休伦族人头领的信任，不仅获得了休伦族酋长的高位，还设法折磨恩卡斯与海沃德等被他们俘虏的印第安人和白人。最不能让白人容忍的是，他看中了科拉（Cora）的美貌，企图抢劫科

---

① 詹姆斯·费尼泊尔·库柏:《最后的莫希干人》，张顺生译，花城出版社 2014 年版，第 226 页。

② 詹姆斯·费尼泊尔·库柏:《最后的莫希干人》，张顺生译，花城出版社 2014 年版，第 308 页。

拉做自己"棚屋里的女人"，并因此制造了一系列白人与印第安人的摩擦，甚至挑起了中立的特拉华人与莫希干人酋长之间的矛盾，致使所有的休伦和特拉华部族与海沃德他们为敌，不仅致使仇恨进一步升级，更是最终酿造了"最后一个莫希干人"的恩卡斯与马瓜极力想得到却又毁掉的白人女子科拉惨死的悲剧。

马瓜在小说中一直自称和他称为"刁狐狸"，这个绰号对他来说，算得上实至名归。与麦卡锡《血色子午线》中那个能言善辩的法官霍尔顿有些相似，马瓜的演说能力也是上乘。他很能游说他人，甚至能将休伦族的酋长说动，来对恩卡斯与"鹰眼"班波等俘房动刑和折磨，而他的刁钻也体现在他过人的荒野生存和逃生的本领。此外，马瓜的残暴还在他与恩卡斯最后的生存搏斗中被表现得淋漓尽致。马瓜虽然声称他们休伦族人遭受白人的欺骗，不仅被诱导去学会喝酒而最终丧失战斗力，甚至在欧洲白人的长枪短炮中被威逼而最终失去赖以立足的大片肥沃的土地，但他对同是印第安人的特拉华人（莫希干人）却毫无怜悯同情之心，不仅没有想到要与其结盟，同仇敌忾，而心里充斥着的只有仇恨。他一次次设计陷害甚至诱导恩卡斯他们陷入危险境地，欲置对方于死地。小说写到他与恩卡斯在悬崖峭壁上殊死搏斗时，马瓜"兽性大发"，"举起猎刀，深深地刺进跌倒在地的特拉华人的脊背"[①]；当他"看到这个特拉华人已经失去抵抗能力，马瓜便一把抓住恩卡斯那毫无缚鸡之力的胳膊，对准他的胸膛，一连捅了三次"[②]；之后的马瓜，还"把血淋淋的刀子，在手中旋转了一下，然后便朝着那哀求的青年扔了过去，同时还发出一声极其刺耳，极其狂野，而又极其得意的号叫，把自己那种野蛮凶残的得胜心情，传到了在一千英尺下

① 詹姆斯·费尼泊尔·库柏：《最后的莫希干人》，张顺生译，花城出版社 2014 年版，第 439 页。
② 詹姆斯·费尼泊尔·库柏：《最后的莫希干人》，张顺生译，花城出版社 2014 年版，第 439 页。

面山谷里战斗着的人们的耳中"①。此情此景，让人不寒而栗。狡诈、仇恨与残暴就是马瓜卑劣的形象的写照。

值得注意的是，无论是高贵的野蛮人钦加哥父子还是卑劣的野蛮人马瓜，库柏为他们设计的结局都是死亡。恩卡斯为救科拉死于马瓜的猎刀之下，而马瓜这个残暴野蛮的印第安人倒在了"鹰眼"班波的长枪之下。班波的长枪"喷出火舌的一刹那"，周围的岩石晃动了一下，马瓜"回过头来，狠狠地朝自己的敌人瞪了一眼，……他的手终于松开了，跟着，马瓜便一个倒栽葱坠入了山崖，眼看他那黑乎乎的身影，擦过山腰上的灌木丛，飞快地落入深深的谷底"②。总之，库柏在《最后的莫希干人》中对印第安人高贵与卑劣的描述，很好地体现了19世纪美国白人对印第安他者和边缘化的殖民话语。以欧洲白人为中心，视他们对白人的忠诚或与白人同盟的亲疏而决定他们的高贵或野蛮，这种思维模式本身就是欧洲白人利益至上的殖民话语。无论高贵还是卑劣，在小说的结尾，库柏安排这些印第安（野）人在北美大陆灭绝，某种程度上表达了主流社会对印第安人问题的立场，那就是全体印第安人在美洲大陆的灭绝。毫无疑问，从这个意义上说，库柏的西部小说，不仅确立了美国文学尤其是西部文学中高贵与卑劣的印第安野蛮人的形象，成为美国文学传统的重要组成部分，准确地说，上述印第安人形象的构建也是"美国白人殖民主义话语的一个有机构成"③。

我们知道，麦卡锡曼陀罗式的混沌文本结构，体现在他的小说与美国文学传统的互文和映射，而他重要的西部"转向"奠基之作《血色

① 詹姆斯·费尼泊尔·库柏：《最后的莫希干人》，张顺生译，花城出版社2014年版，第440页。
② 詹姆斯·费尼泊尔·库柏：《最后的莫希干人》，张顺生译，花城出版社2014年版，第441页。
③ 邹惠玲：《19世纪美国白人文学经典中的印第安形象》，《外国文学研究》2006年第5期。

子午线》,显然与美国西部小说互文,并体现在他对库柏小说印第安人形象的"映射",使得麦卡锡的小说文本呈现明显的"中—间性"(in-betweeness)。《血色子午线》中,将美墨边境残余的印第安人势力清除并将他们赶尽杀绝,是墨西哥政府与美国雇佣军联手行动的终极目的。按他们的说法,这种抹平美国西南边陲尚在活跃的"他者"的行动,其目的是确保美国西南边境的安宁。小说人物"少年"所在的格兰顿匪帮以及怀特上尉所带领的头皮猎人,他们在美国西南边境最大的胜利就是将所有的印第安人消灭殆尽。他们不仅要对科曼奇印第安人酋长实施"斩首"行动,悬赏戈麦斯(Gormas)酋长的头皮高达1000美元,而且普通印第安人的头皮也成了他们对墨西哥政府完成协议的证据,一张头皮可获酬金100美元。不同于库柏对印第安人形象再现的刻板与程式化,麦卡锡笔下的印第安人有了与活跃在西南边陲的头皮猎人一样的人性特点,他们都是人类大家族里邪恶的一分子。可以说,在西部荒野的空间里,文明社会的道德准则以及法律规则,全都被消抹、失效和失灵。这里的人,无关乎肤色,无关乎人种,他们都具有英国小说家斯威夫特笔下"耶胡"的本性——贪婪、嗜血、邪恶和好色。如果说库柏笔下印第安形象的高贵与野蛮,还能因为与白人关系的亲疏来区分,那么,在麦卡锡的小说世界里,无论是站在美国雇佣军行列与美国西部"英雄"并肩作战的特拉华(印第安)人,还是与他们针锋相对并要被赶尽杀绝的科曼奇与羽玛印第安人,这些散落在西南边陲勇敢善战的印第安部族,清一色地成了残酷、血腥和异化的"他者"。在他们的身上,只有人性的恶弥漫在幽暗的荒野。麦卡锡的西部荒野似乎就是一个文明的真空,世界回到了最初"混沌"的模样,没有善与恶、高贵与野蛮、文明与荒野的二元对立,道德、伦理、宗教、法规和准则,都已失效,荒野就是"混沌",活跃其中的只有"非"道德与异化的人。从这层意义上说,难怪美国著名评论家布鲁姆教授认为《血色子午线》是一部真正意义上带有美国特色的"后启示录小说"①。

《血色子午线》中，麦卡锡对印第安人的群像描述也是库柏意义上的"野蛮"，但麦氏的笔触不同于库柏的浪漫主义笔法，有一种巴赫金意义上的"狂欢化"的特色。这些在美墨战争之后依然活跃在边境的印第安人，经常对墨西哥村落进行攻击和骚扰，他们在小说中着装怪诞，打扮也极为奇特。有的披着兽皮，有的挂着丝绸，或者戴着帽子，或者身着盔甲，或者穿着沾着前任主人血液的破烂服装，有的戴着仙鹤羽毛的装饰，有的却奇怪地戴着牛角，有的滑稽地撑着阳伞，有的甚至还穿着白色的长袜，戴着从白人那里抢来的婚礼上的面纱。他们穿着随意，似乎想穿什么就穿什么，他们在战斗中一般都赤裸上阵，滑稽而荒诞。在麦卡锡的笔下，这些出现在战场上的印第安战士就是来自地狱里"恐怖的军团"②，甚至某些时候就是"涂着脸的哑剧演员"③，野蛮与滑稽并存。如果说库柏笔下印第安人的大斧是他们标配的武装，那么麦卡锡笔下的印第安人还多了一根六英尺的长矛。他们不仅自身的装饰"野蛮"且丑陋，而且他们的坐骑也被装饰得华丽和怪诞。有人在"马耳和马尾上绑着各种颜色艳丽的碎布条，其中一人的马头还被涂上了深红色"④。此外，这些印第安骑手还会用各种油彩来涂抹脸部，蓝脸、白脸或者黑脸，五花八门。他们的头发颜色不一，有的染成橘黄色。他们还会在身上涂抹模糊的泥土图记。总之，他们五花八门的滑稽装扮，使得他们不仅"酷似一群骑着马，因为死亡而欢腾的小丑"⑤，甚至他们对待敌人的暴虐和残暴，也使得他们"如同一群从比基督

① Harold Bloom, *Bloom's Modern Critical Views: Cormac McCarthy*, New York: Infobase Publishing, 2009, p.1.
② 科马克·麦卡锡：《血色子午线》，冯伟译，重庆出版社2013年版，第59页。
③ 科马克·麦卡锡：《血色子午线》，冯伟译，重庆出版社2013年版，第306页。
④ 科马克·麦卡锡：《血色子午线》，冯伟译，重庆出版社2013年版，第60页。
⑤ 科马克·麦卡锡：《血色子午线》，冯伟译，重庆出版社2013年版，第60页。

徒所想象的硫黄火湖还恐怖的地狱来客"①，他们在麦卡锡的语汇里干脆直接"就是石器时代的野蛮人"②。《血色子午线》中，麦卡锡多达六次提到了格兰顿匪帮与印第安人的激烈战斗，但似乎每一次这些印第安人的外貌与装饰都荒诞而滑稽。麦卡锡在小说中对他们真实细致的描述，使得美国西部曾有的文明与荒野的对决，甚至欧洲白人对印第安人曾经血淋淋的灭绝性的屠杀史，也蒙上了一种梦幻的色彩，仿佛这些印第安人都来自异域，彻底被"异化"，成了荒野上游走的"他者"。

麦卡锡对印第安人群像的"野蛮"化处理，不仅体现在他对西部印第安人形象荒诞滑稽的整体描述，小说《血色子午线》中，他还多次详细铺陈印第安人对待对手或俘虏的暴虐方式，突出和强调了印第安人人性的暴虐和野蛮。战斗中的印第安人"仿佛一群被陌生力量驱使的生物"，他们"对裸露的尸体狂砍乱劈，割下四肢、脑袋，挖开陌生的白色躯干，手捧一大把人体内脏和生殖器"，一旦他们"碰到垂死之人就会将其鸡奸并朝同伴高喊"③。小说对怀特上尉与科曼奇印第安人发生战斗的场面描述，无疑与库柏小说中威廉·亨利要塞撤军时休伦人对英军大肆屠杀的野蛮场面互文。麦卡锡的长句非常有特色，他经常描述一系列动作场面时连标点符号都会省略，而小说中这一段战争场面，麦卡锡更是用了长达九行没有任何标点符号的句子，不仅突出了战争的混乱，更是强调了印第安人的"暴虐"。

类似于库柏笔下野蛮的印第安人，麦卡锡笔下西部荒野中的印第安人对待异己，其暴虐程度令人发指。格兰顿匪帮的匪徒在沙漠中遇到一堆淘金者的尸体，他们显然被印第安人所杀，"这些无名的淘金者身负重伤，躺在石头中，内脏从两肋溢出，赤裸的躯体上直立着箭杆。有些人长

---

① 科马克·麦卡锡:《血色子午线》，冯伟译，重庆出版社 2013 年版，第 60 页。

② 科马克·麦卡锡:《血色子午线》，冯伟译，重庆出版社 2013 年版，第 252 页。

③ Cormac McCarthy, *Blood Meridian, or, The Evening Redness in the West*, New York: Vintage International, 1992, p.56.

着胡子，但他们腿间的伤口却像月经一样流着血，男人的部位都被割掉了，黑乎乎的，怪异地挂在他们咧着的嘴上"[1]。小说中类似印第安人对敌人进行鸡奸、阉割等侮辱性的行为多次提到。就在怀特上尉与科曼奇印第安人遭遇后不久，他们在墨西哥天主教教堂里还目睹了一幕惨烈的场景："石铺的地板上堆着四十来具被割了头皮，扒了衣服，吃掉一部分身体的尸体……野蛮人在屋顶上砍出了很多窟窿，从上方放箭射击，而如今地板上散落着箭柄，都是为了扒下衣服而掰断的。圣坛被推倒，神龛被洗劫一空，墨西哥人沉睡的伟大上帝的金色圣餐杯也被抢走"[2]。烧杀抢掠，食用人肉，对教堂洗劫，这样的行为赫然就是"异教徒"[3] 所为。如果说库柏笔下白人女子爱丽丝看到印第安人食用鹿肉就"干呕"的话，麦氏笔下印第安人的"食人"行为更是走向了"野蛮"。他们烧杀抢掠，小说中最可怕的就是"婴儿树"的残虐场景。遭遇"婴儿树"的场景发生在"少年"与怀特上尉遭遇科曼奇印第安人袭击后不久。从杀戮的方式来看，应该是印第安人所为："这些幼小的受害者大约有七八个，颌骨下方穿孔，就这样透过喉咙挂在砍断的牡豆树树枝上，双目无神地瞪着赤裸的天空。光秃的身体苍白肿胀，好似什么难以名状的生物的幼体"[4]。种种暴行，令人瞠目惊舌。我们知道，小说写到结尾处，除了法官外几乎格兰顿匪帮的全部匪徒大都遇难：

在一棵被火烧焦的假紫荆属树上，他们看见了被倒吊在树枝上失踪的侦察兵。生木削成的锋利梭子穿过脚跟上的韧带，一丝不挂、浑身发灰地掉在之前炙烤他们的熄灭的木炭灰上，如今头被烧焦，脑髓

---

① 科马克·麦卡锡:《血色子午线》，冯伟译，重庆出版社 2013 年版，第 173 页。
② 科马克·麦卡锡:《血色子午线》，冯伟译，重庆出版社 2013 年版，第 68 页。
③ 科马克·麦卡锡:《血色子午线》，冯伟译，重庆出版社 2013 年版，第 68 页。
④ 科马克·麦卡锡:《血色子午线》，冯伟译，重庆出版社 2013 年版，第 64 页。

在颅骨里沸腾，鼻孔里冒出的水汽哳哳作响。他们的舌头被拉了出来，被锋利的棍子刺穿固定在嘴外，耳被割掉，躯干被燧石切开，内脏掉到胸口上。①

小说中类似印第安人对美国雇佣军实施的各种复仇性的虐杀场面，还有多处，突出和强调了印第安人的"野蛮"性。

总之，在麦卡锡的小说中，印第安人给予读者的群像不仅仅滑稽，而且是真实的"野蛮"或者确切地说是"恶"。麦卡锡对他们的滑稽且恐怖的再现，使得小说多了一层荒诞惊悚的美学体验。更重要的是，荒诞滑稽的印第安形象彻底颠覆了帝国的西部神话，是对美国文学传统上库柏以降印第安高贵的野蛮人这一经典形象的消解，直接嘲弄了美国大众心中对美国西部荒野以及美国西部历史的想象和粉饰。

不同于库柏对美国"亚当"身份的建构，一定要用印第安人的野蛮或卑劣来与班波所代表的西部英雄形成对比，以此强调后者的英雄气质。对于麦卡锡来说，他的小说中不仅有印第安人整体上的残暴，更有与"野蛮人"对应的格兰顿匪帮的"野蛮"。在麦卡锡看来，鲜血才是西部荒野的底色，战斗的双方无一不是残忍的嗜血者。在法官带领格兰顿匪帮利用火山口制造炸药来对付追逐他们的印第安人那一场景中，匪徒们利用武器上的优势展开了对印第安人的屠杀，"第一轮开枪我们就杀了十几个人……最后一个可怜的黑鬼滚到山坡下面的时候，砾石上已经躺了五十八个死人。他们像储料器里滑下的谷壳一样滑下山坡，一些人朝东，一些人朝西，在山脚周围形成一根肉链"②。格兰顿匪帮不仅对待印第安战士如此暴虐，对待印第安村落的老弱妇孺也是如此。小说最为突出的暴虐场景发生

---

① 科马克·麦卡锡：《血色子午线》，冯伟译，重庆出版社 2013 年版，第 251 页。
② 科马克·麦卡锡：《血色子午线》，冯伟译，重庆出版社 2013 年版，第 153 页。

在格兰顿匪邦对科曼奇印第安人营地的一次灭绝式的杀戮，他们"杀向营地，大棒挥舞，众狗嗥叫，一副恶魔式的狩猎场景"①。在这惨绝人寰的屠杀中，同样发生了库柏笔下休伦人对撤退英军家属的残杀场面，混乱、血腥、暴虐，甚至在摔死婴儿的细节上两者都有所互文。然而，具有重要颠覆意义的是，麦卡锡笔下的屠杀场面却将杀人者与被杀者做了调换。如果说库柏凸显的是休伦人对英军白人的残暴，那么麦卡锡则表现的是美国雇佣军对印第安人的施暴："一个特拉华人从烟中冒出双手各提一个裸婴蹲在一圈围着垃圾的石头旁提着他们的脚轮流甩动把脑袋猛摔在石头上血淋淋的脑浆穿过囟门迸出而着了火的人像狂暴战士一样尖叫着跑出被骑手们用大刀砍倒而一个年轻女人跑上前来抱着格兰顿战马血淋淋的前蹄"②。完成屠杀后的格兰顿，"抓起一根长矛，把头插在上面，头就像狂欢节的头雕一样摇动、睨视"③。这些美国西部的"亚当"们，"穿行在死尸中，用刀子收割黑色的长发，受害者们秃着头颅，如同戴着怪异的血淋淋的胎膜"④。死亡与重生在西部有了新的演绎，而美国西部神话里肩负"天定命运"的"英雄"们，"手里的杆上插着脱了水的敌人头颅，穿过音乐和花朵的狂欢"⑤，受到了奇瓦瓦城民众"英雄般的欢迎"⑥。可以说，在西部荒野的文明与道德、法制与伦理，甚至宗教信仰的真空里，美国的西部"亚当"们，在这一细节呈现上，俨然与库柏笔下"野蛮"的印第安人对待死尸与头皮的方式有了互文性，他们也成了"野人"。

　　实际上，在美国的建国史上，美国人与印第安人的战斗多达上百起，

---

① 科马克·麦卡锡：《血色子午线》，冯伟译，重庆出版社 2013 年版，第 175 页。
② 科马克·麦卡锡：《血色子午线》，冯伟译，重庆出版社 2013 年版，第 176—177 页。
③ 科马克·麦卡锡：《血色子午线》，冯伟译，重庆出版社 2013 年版，第 178 页。
④ 科马克·麦卡锡：《血色子午线》，冯伟译，重庆出版社 2013 年版，第 177 页。
⑤ 科马克·麦卡锡：《血色子午线》，冯伟译，重庆出版社 2013 年版，第 186 页。
⑥ 科马克·麦卡锡：《血色子午线》，冯伟译，重庆出版社 2013 年版，第 186 页。

仅在美国的西进运动中，就有 100 万左右的印第安人死在了白人殖民者的刀枪之下，而那些幸存的印第安人也被美国白人驱赶进了印第安保护区内，从而彻底丧失了对西部广袤的土地、荒漠、森林以及河流的拥有权。对于麦卡锡来说，西部荒野再也不是帝国神话中"最后的救赎地"，在帝国疆域推进以及国族神话建构的背后，只有惨淡的头皮和森森的白骨。《血色子午线》中提到，格兰顿匪邦在西南边陲过度地杀戮，他们仅是为了多一些头皮来换取赏金，不仅对印第安人甚至墨西哥人，只要是黑头发的头皮，哪怕是死了很久的尸体，他们都会剥取、收集甚至滥竽充数，从而换取赏金。格兰顿匪帮这样一支"随意、原始、临时、无序"①的雇佣军队伍，最终引起了奇卡卡州政府以及普通民众的反感，在墨西哥人与印第安人的夹击下，逐渐丧失了在西部幸存的条件。他们只好在羽玛渡口与一直占领此地的羽玛印第安人展开了一场恶战，目的只是为了在西部生存。如果说这群匪徒原先来到西部是与墨西哥政府有个契约，旨在清扫边境残存的印第安势力，勉强还有个能说得过去的"合法化"借口，而袭击羽玛渡口占领渡口后的他们，不仅对过往的美国商人以及行人大肆收费，甚至抢夺过往行人的马匹，强奸女性，剥取死人的头皮，无疑就已经沦落为匪类和强盗之流了。

关于麦卡锡与库柏小说在印第安人形象这一细节呈现上的互文和映射，我们不得不提到印第安人部族中的一支，那就是库柏笔下曾经与英军白人结为盟军的特拉华人。当然，特拉华人也出现在《血色子午线》美国雇佣军的队伍中，且以美国雇佣军西部屠杀印第安人盟友的身份。在库柏的小说中，印第安人身为"森林居民"，他们了解森林的奥秘，与大自然和谐相处。其《最后的莫希干人》中的特拉华人更是崇拜大熊，混进特拉华人部落企图救助芒罗姐妹的"鹰眼"班波就身穿大熊的毛皮，化装成

---

① 科马克·麦卡锡：《血色子午线》，冯伟译，重庆出版社 2013 年版，第 193 页。

一位懂得医术的巫师，可见大熊在特拉华人心中的分量。大熊是大多数印第安人的图腾，福克纳的小说中就曾经有遭遇大熊这一情节，与大熊的遭遇是福克纳小说中少年艾克成长的"阈限"。对于麦卡锡小说中的特拉华人来说，遭遇森林中那只毛发稀疏的黄色大熊，却远非他的成长"阈限"，而是死亡的"仪式"。从这一点上，我们可以说，麦卡锡与库柏小说关于特拉华人的互文，完全颠覆了印第安人身为"森林之子"的传统认知，从而使得特拉华人与其他美国雇佣军一样，不仅有了被大熊叼入森林而毙命这一颇为吊诡的命运，更是强调了西部荒野混沌空间中人的混沌性。他们再也不能做非此即彼的善恶之分，而是亦此亦彼的"混沌"。

小说关于特拉华人被大熊掳走有一段描述，透出小说作者对特拉华印第安人命运的无奈。面对强大的欧洲白人，特拉华人的命运可怜而悲惨。当四个特拉华人中的一个被大熊掳走，另外几个追寻伙伴无果的时候，小说写道：

> ……上马往回走，除了风，那片荒野高地毫无动静。他们没有说话。虽然他们都取着基督徒的名字，但却是另一个时代的人，他们一生都和父辈一样在荒野中生活，从战争中学习战争，他们那几代人从东部海岸被驱赶着穿过大陆，从几内登哈腾的灰烬中走上大草原，穿过河口来到这西部血染之地。虽然世界很多地方是神秘的，但世界的界限并不神秘，因为世界无边无际，有很多更加可怕的生物，其他肤色的人和没人见过的存在，然而这些纵然陌生，也没有他们对自己内心的感觉那般陌生，无论是什么荒野，无论是什么野兽。[1]

剥头皮原本是印第安人对待异己的传统，或者说是一种古老的仪式，

---

[1] 科马克·麦卡锡：《血色子午线》，冯伟译，重庆出版社 2013 年版，第 157 页。

意在占有对方的灵魂。但是，在麦氏的小说中，剥头皮也成了美国雇佣军对待印第安人的屠杀方式。以牙还牙，以暴制暴，这种方式本身就充满了讽刺。对于墨西哥城镇的居民来说，之前对他们骚扰的印第安人不过偶尔偷窃一些牲畜，而被他们请来的美国雇佣军，却成了有过之而无不及的"强盗"。他们暴戾恣睢，无恶不作。而一旦他们与印第安人的战斗升级后，城镇的居民却遭遇到了印第安人更大的复仇式的反扑。麦卡锡的小说中提到，"少年"所在的部队的头领——怀特上尉，曾经大发议论，视墨西哥人为下等民族，说他们需要美国"英雄"们的治理。然而，小说的结尾，这样一位盛气凌人的帝国英雄，最终也被他认为下等的"贱民"杀死在一个小酒馆里，而那个一直扬言要对印第安戈麦斯酋长斩首的格兰顿上尉，却在与羽玛印第安人的战斗中，被印第安酋长的大刀砍成了两截，身首异处。

麦卡锡《血色子午线》中提到的印第安族群除了特拉华人外，还有羽玛印第安人、科曼奇印第安人、迪卡奴印第安人等。前者如果算是盟友的话，后面的几个部落就是雇佣军的敌对方。前面我们说过，库柏笔下的印第安人无论是高贵还是卑劣的野蛮人，最终作者为他们安排的结局都是死亡。然而，不同于库柏，除了特拉华人因为与"少年"所在的头皮猎人为伍，在小说的结尾处，这四个特拉华人与法官之外的全部成员都遇难，而头皮猎人想要灭绝的印第安人，尤其是科曼奇印第安人的酋长戈麦斯，依然活跃在美国的西部荒野中。如果说库柏的灭绝式安排体现了美国主流对待印第安人的态度，那么，麦卡锡安排特拉华人与美国"西部英雄"一起灭亡而让其他印第安人幸存美洲大陆的方式，无疑是对帝国主流话语的嘲弄，从某种程度上也是对帝国殖民话语的一种解构和消解。而他对印第安人群像与个体的"野蛮"的呈现，更是体现了美国西部荒野文化真空的真实所在。在这片文化与道德、伦理与法制甚至宗教信仰的真空里，行走其中的人，无论是美国白人或美国黑人（如匪帮成员黑人杰克逊）抑或是美国印第安人，都只是一种"耶胡"般的"人兽"罢了。

二、《外围黑暗》与《押沙龙，押沙龙！》的互文性

麦卡锡文学灵魂的近亲，除了上述所说的西部文学的缔造者——库柏之外，当属美国南方文学的旗手和标志性人物——威廉·福克纳。福克纳对后代的南方文学创作有着深远的影响，其贡献有目共睹。麦卡锡的第一部小说《果园看守者》出版时，美国南方文学批评阵营的研究者为其欢呼，在他们看来麦卡锡就是"福克纳的另一个弟子"①。显然，麦卡锡早期的四部小说，包括《果园看守者》《外围黑暗》《上帝之子》《萨特利》，可谓典型的南方小说，甚至他后期的小说《路》，某种程度上也杂糅了南方小说的怀旧风格和哥特式因素，重新回到了他文学创作开端的地标。他在小说创作这条道路上走了很久，对西部小说、南方小说、后启示录小说乃至现代主义与后现代主义等小说做了种种的尝试和实验，最终使得他的小说创作成了一个圆环，生生不息，周而复始。因此，在探讨麦卡锡小说创作的整体结构时，我们还是要回到他创作的起点。

麦卡锡出生于美国南方的田纳西州，与著名南方作家爱伦·坡、福克纳以及奥康纳所创立的南方文学传统，可谓一脉相承。就福克纳而言，麦卡锡不仅在灵魂上与他"心有灵犀"，更是在现实生活中，也仰仗过福克纳的影响力。我们知道，麦卡锡的第一部小说完稿时，他找的出版社是兰登书屋，碰巧福克纳生前的编辑阿伯特·艾斯肯就在这里工作。小说出版后，麦卡锡获得了福克纳基金会（后改名为福克纳笔会奖）的奖励，为他之后的文学创作打开了前行的大门。如果说福克纳恢宏巨大的文学帝国是建立在他那"邮票般"大小的故乡，并写出了一系列关于"约克纳帕塔法"（Yorknapatapha）的传世之作；那么，麦卡锡在他南方小说的创作伊

---

① Orville Prescott, "Still Another Disciple of William Faulkner", In *New York Times,* 12 May 1965.

始，则选取了阿巴拉契亚西部山区来作为他小说创作的"原乡"。不同于福克纳笔下经常借种族矛盾题材来披露人性的恶，从而对南方文化的痼疾——种族矛盾和奴隶制来进行批评，麦卡锡的山区小说则描述的大都是山区贫穷白人的生活，很少涉及种族矛盾和奴隶制。借用福柯的话语理论来说，二者的区别与他们创作所处的"文化场"有关。

作为一个晚辈作家，福克纳的影响对于麦卡锡的创作，或许是一种不自觉的潜意识的过程。从影响研究的角度来看，其中自有渊源。但如果从互文性的角度来看，将文本放入与另一个文本的意指链中，方能见出其独创性。用克里斯蒂娃的话来说，"互文"这个概念明确解释了"从一个指意系统到另一个指意系统的转移需要阐明新的规定的位置性，即阐明的和表示出的"①。这种互文性，需要在此文本与他文本之间说明作品的位置和价值。罗兰·巴特说得好："要说真正的独特性，它既不在对方身上，也不体现在我身上，而在于我们之间的关系，应该把握的是关系的独特性。"② 总之，只有在文本的关系中，才能够真正地"超以象外，得其环中"，发现文本的独特性，彰显文本的弦外之音，也就是题外旨趣。选取福克纳来与麦卡锡的小说进行互文性的阅读，似乎有些自负，毕竟福克纳的小说创作，不仅数量巨大且又名声显赫。但是，站在巨人的肩膀上才能成就大师的基石。如果能摆脱父辈"影响的焦虑"，在自己的创作中有所偏离或超越，才富有价值。本书从互文性的角度关注麦卡锡的小说创作，并对他的创作脉络加以溯源和考辨，旨在阐明麦卡锡与伟大的美国文学传统之间的多维联系，如何成就了他小说文本整体上的曼陀罗结构。

值得注意的是，麦卡锡的《外围黑暗》与福克纳的《押沙龙，押沙龙！》

① 拉曼·赛尔登：《文学批评理论——从柏拉图到现在》，刘象愚、陈永国等译，北京大学出版社 2000 年版，第 450 页。

② 巴特：《恋人絮语——一个解构主义的文本》，张寅德译，上海人民出版社 1996 年版，第 28—29 页。

(*Absalom, Absalom*！，1936）① 在风格、情节、人物等诸多方面都有巧妙的互文关系。两部小说都以美国南方生活为背景，都有乱伦这一南方文学的母题，都有南方哥特小说恐怖怪诞的审美效应，都有对人类原罪以及血腥暴力的披露和批评，都对人性幽暗的本质做出了审视。《外围黑暗》仿佛处处回响着福克纳的声音，闪动着福克纳的身影。可以说，《外围黑暗》是一部与福克纳的《押沙龙》有着鲜明互文性的"后"文本。细读小说文本，我们不仅发现麦卡锡的《外围黑暗》在至关重要的乱伦母题上，偏离并修正了福克纳的《押沙龙》，甚至两位文学大师借哥特小说营造的恐怖怪诞之美学效应，也有所不同。福克纳是美国现代主义文学的大师，对他而言，其小说的恐怖与荒诞可谓伯克意义上的"崇高"；然而，对于麦卡锡，他是在 20 世纪 60 年代之后开始文学创作，其小说不仅融合了现代主义叙事技巧，更是将后现代主义与混沌理论的概念和原则等引入其中，使得他的《外围黑暗》貌似恐怖和荒诞，却不再是伯克意义上的哥特崇高，而是具有了利奥塔意义上的"后现代崇高"。换言之，拆解和解构是麦卡锡小说的主要意图，因此使得他的小说有哥特小说的"恐惑"（uncanny）②，或者说就是一种"混沌"意义上的"荒诞"。麦卡锡究竟如何做到对经典的偏离和修正，甚至超越经典造就自己特有的"混沌"美学，带着这些问题，笔者走进两个文本之中，试图在互文阅读的基础上寻求答案。

① 此后本书再次提到此一小说文本，以免烦琐，仅用《押沙龙》代指。

② 关于"uncanny"的中文翻译，国内有多种不同的译法，如"诡异"（於鲸译，参见《哥特小说的恐怖美学：崇高与诡异》，《四川外语学院学报》2008 年第 2 期）；"怪熟"（唐宏峰译，参见《怪熟的遭遇：晚清小说旅行叙事之研究》，《现代中文学刊》2010 年第 4 期）；"暗恐 / 非家幻觉"（童明译，参见《暗恐 / 非家幻觉》，《外国文学》2011 年第 4 期）；"怪异（何庆机、吕凤仪译，参见《幽灵、记忆与双重性：解读〈献给艾米丽的玫瑰〉的"怪异"》，《外国文学研究》2012 年第 6 期）；"恐惑"（王素英译，参见《"恐惑"理论的发展及当代意义》，《当代外国文学》2014 年第 1 期）。本书采用王素英的译法，以求与英文词汇表示的"心理因处于熟悉与不熟悉或家与非家的一种不确定的困惑状态而产生的恐惧"有所一致。

乱伦母题的黑色暗流：从《押沙龙，押沙龙！》说起

乱伦（incest）一词来源于拉丁语"incestus"，意思为"不贞洁"。汉语中的"乱伦"指的是违反伦常之意。美国社会学家萨格因（Edward Sagarin）认为，乱伦不仅指生物学意义上的具有近亲关系的男女之间的性行为，也指社会学意义上相当于近亲关系的人发生的为风俗与法律所不允许的性关系。常见的乱伦关系有父女（或侄女）、母子（或侄子）、兄弟姐妹之间，以及具有上下级或主仆关系的人之间的性行为等。在他看来，中西方文化对乱伦的认识从无知到禁忌，经历了一个漫长的过程，但最终都形成了一种不为人所齿的禁忌风俗，且在仪礼制度上加以明文限定。①

作为人类文明进程中的一种社会现象，乱伦自然成为中西文学的母题之一。从中国的《山海经》、古希腊的《神谱》、希伯来民族的《圣经·旧约》以及其他民族的古老传说，到后世的许多文学作品，涉及乱伦主题描述的作品可谓不胜枚举。古希腊作家索福克勒斯的《俄狄浦斯王》，法国作家拉辛的《费德尔》，俄国作家陀思妥耶夫斯基的《卡拉玛佐夫兄弟》，英国作家莎士比亚的《哈姆雷特》，劳伦斯的《儿子与情人》，爱略特的《弗洛斯河上的磨坊》，中国作家曹禺的《雷雨》，刘恒的《伏羲伏羲》，陈忠实的《白鹿原》，等等，都有对乱伦主题的叙写。就美国文学来说，乱伦这一文学主题也有神奇魅力。美国第一个小说家查尔斯·布朗（Charles Brown）的小说《威兰》就谈及了乱伦题材。爱伦·坡的小说《厄舍古屋的倒塌》、霍桑的短篇小说《爱丽丝·多安娜的请求》、奥尼尔的戏剧《榆树下的欲望》与《悲悼属于伊莱克特拉》等，都有乱伦这一黑色暗流的涌动。至于福克纳，其大部分作品包括《沙多里斯》、《喧嚣与骚动》、《去吧，摩西》、《蚊群》以及《我弥留之际》等，都有对乱伦关系的描述。福克纳

---

① See Donald W. Cory and Robert E. L. Masters, *Violation of Taboo: Incest in the Great Literature of the Past and the Present*, New York: Julian Press, 1963 .

笔下的乱伦关系，有父（继父）女（继女）之间、（继）母（继）子之间、（表）兄妹（姐夫与小姨子）之间等多种关系。它们在福克纳的小说中有着深刻的象征性，"反映了美国南方传统价值观的崩溃、南方贵族家庭的解体和衰落"[1]。

小说《押沙龙》中，雄心勃勃的托马斯·萨德本利用奴隶贸易获利，建立了"百里庄园"。他早年曾在海地结婚娶妻，为了维护其白人血统的纯正性，萨德本抛妻弃子，回到美国，为他的三个孩子邦、亨利以及朱迪斯之间的乱伦关系，种下了恶来。邦是萨德本早年遗弃的儿子，尽管邦知道朱迪斯是他同父异母的妹妹，却依然为了萨德本的姓氏不惜犯下兄妹乱伦的罪孽。萨德本的白人儿子亨利，对妹妹朱迪斯也有一种乱伦之爱，使得小说愈加复杂。不仅如此，亨利与邦曾经是大学时代的好朋友，在一些学者看来，这对兄弟之间也有强烈的同性恋倾向。[2]亨利将邦带到了家中，因此促成了邦与朱迪斯的恋爱，使得邦违反了人类社会的兄妹乱伦和美国南方社会玷污白人妇女贞洁的双重禁忌。亨利可以容忍朱迪斯与其兄弟之间的乱伦，却无法容忍有着黑人血统的邦与妹妹"混血通婚"这一事实。亨利与邦后来骨肉相残，犯下了弑兄之罪，使得小说人物之间触犯了包括乱伦、"混血通婚和手足相残"[3]的多重禁忌。

乱伦关系不仅发生在亨利、朱迪斯与邦这三个兄妹或兄弟之间，萨德本与小他 21 岁的妻妹罗莎小姐之间，也有乱伦关系的存在。小说中的萨德本追求罗莎小姐，并非为了浪漫的爱情，而是为了传宗接代。在他看来，与罗莎小姐完婚，有望助他稳固庄园的百年家业，毕竟会有更多的庄园继承人。萨德本与罗莎小姐"谈婚论嫁"时，"言谈直率、毫不掩饰。

---

① 张立新：《禁忌、放纵与毁灭——福克纳小说中的"乱伦"母题及其意义》，《国外文学》2010 年第 2 期。

② Constance Hill, *Incest in Faulkner: A Metaphor for the Fall*, New York: Vintage, 1987, p.73.

③ Constance Hill, *Incest in Faulkner: A Metaphor for the Fall*, New York: Vintage, 1987, p.73.

就像与琼斯或者其他人就一只母狗、一头牛或者是母马进行讨价还价"①。
萨德本提出与罗莎小姐试婚时已年逾花甲，在他看来，与妻妹的婚姻是他
重新组织家庭并恢复过去荣耀的手段之一。这一点与他当年向罗莎姐姐埃
伦求婚一样，只是为了获得通往小镇上流社会的阶梯。作为白人女性，从
小浸淫在南方淑女文化环境的罗莎，不自觉成了男权文化的"同谋"。她
的潜意识充满了与萨德本交往的矛盾，有时鄙夷有时仰慕，但某些时候也
有情欲。但是，必须清楚的是，罗莎在这场畸形的乱伦关系中是个受害
者。她所遭受的压迫并非来自种族之间，而是白人内部，具体而言，是南
方贵族男性对女性的压迫和掠夺。

　　既然乱伦是人类社会文明进程中的一种现象，为了维护自身的发展，
自然会有禁忌产生，目的在于维持人类有不同于动物的良性发展。毕竟，
从根本上说，"乱伦是一种违背道德伦常的罪孽，必然遭到诅咒"②。对于
文学作品来说，乱伦题材本身的爱欲性与不道德性，决定了乱伦关系最
终的悲剧性。古老的俄狄浦斯王自挖双眼，为其宿命的不公和诅咒质问
苍天，这一幕令读者为之涕零。奥尼尔戏剧《榆树下的欲望》中的艾比
（Abbie），最终与爱人（继子）伊本（Eben）双双赴死，手拉手走向血色
黄昏中的他们，尽管有可贵的真爱，却得不到爱的祝福，只能在乱伦的罪
恶中受到诅咒，凋零在落日的余晖中。福克纳的笔下，乱伦者自然要为自
己的行为付出代价。小说《押沙龙》的最后，家庭中所有的罪恶都受到了
报应。萨德本辛苦建立的百年庄园毁于大火，而他本人也死于非命，最终
没能逃脱乱伦的诅咒。

　　现代遗传学早已发现近亲通婚的弊病，所以人们会通过各种社会制度
和法律，对近亲通婚做出种种限制。萨德本曾经那么希望家族子孙繁衍，

① 　福克纳：《押沙龙，押沙龙！》，李文俊译，现代出版社 2017 年版，第 137 页。

② 　张立新：《禁忌、放纵与毁灭——福克纳小说中的"乱伦"母题及其意义》，《国外文学》
　　2010 年第 2 期。

一生婚育多次，但近亲通婚使得他的后代患有严重的身体疾病，要么身体畸形，要么智力缺陷。萨德本的黑人女儿克莱蒂，就像是"一小团乱七八糟但还蛮干净的破布"，或者就像是"藏在一堆破布里的一束细木杆，她是那么轻……四肢有些微弱的动作或意向"①；亨利也病恹恹的，在他那张黄脸上，"眼睑闭着但几乎是透明的，那双瘦骨嶙峋的手交叉地置放在胸前，仿佛他已经是一具尸体；醒着和睡着了都是一样的而且会永远一直到他生命终止"②。萨德本家族唯一的继承人吉姆·邦德，则长得大大蠢蠢，就如《喧哗与骚动》中的班吉一样，是个白痴。他"那张马鞍色、嘴巴松垂的白痴的脸上没露出惊讶，没有任何表情……眼睛睁得大大的却什么也没看见就像是个梦游人"③。萨德本家族的这些或痴或傻的后人，其存在本身就是对其先辈乱伦罪孽的一种讥讽和控诉。

学者杨经建总结了文学作品中的乱伦关系，并将其分为四种类型，分别是"天契型"、"性虐型"、"性爱型"和"情爱型"。④ 对照小说《押沙龙》中的乱伦关系，邦与朱迪斯的关系算是"天契型"，萨德本与罗莎小姐的关系则是一种"性虐型"。相对而言，亨利和朱迪斯这对兄妹之间，仅是接近"情爱型"乱伦，毕竟他们只有精神上的乱伦意念，并没有实质性的乱伦行为。从上述小说中呈现的多重乱伦关系，我们发现福克纳对待乱伦这一人性恶的态度，并非一致。就亨利、邦与朱迪斯的三角关系来看，他们彼此之间的爱欲，源于他们所处的家庭共同体中关爱的缺乏。与福克纳《喧哗与骚动》中的昆丁、班吉与凯蒂兄妹之间的关系相似，凯蒂某些时候实际上是兄弟昆丁与班吉的"代母亲"。与凯蒂类似，朱迪斯在兄弟们心里的位置也相当于"代母亲"。身为亨利和朱迪斯的母亲，科菲尔德

① 福克纳：《押沙龙，押沙龙！》，李文俊译，现代出版社 2017 年版，第 276 页。
② 福克纳：《押沙龙，押沙龙！》，李文俊译，现代出版社 2017 年版，第 278 页。
③ 福克纳：《押沙龙，押沙龙！》，李文俊译，现代出版社 2017 年版，第 276 页。
④ 参见杨经建：《"乱伦"母题与中外叙事文学》，《外国文学评论》2000 年第 4 期。

太太个性脆弱，整天沉浸在白日梦中。在这种家庭氛围中长大的亨利，敏感、脆弱、犹豫不决。相反，朱迪斯则强壮、冷酷和大胆，正好与亨利形成性格上的互补。作为一个"代母亲"，朱迪斯不仅补偿了亨利缺失的母爱，更是满足了亨利青春期对女性朦胧的性需求。

　　有意思的是，在福克纳的小说中，似乎那些因母爱缺乏而促成兄妹乱伦的罪恶，都得到了同情。但对于萨德本与罗莎小姐之间的乱伦关系，福克纳则持鄙夷和厌恶的态度，准确地说，是一种谴责。毕竟，他们的关系并非以爱为名，而是男性对女性的占有和掠夺。但是，就邦和朱迪斯这对同父异母的兄妹的乱伦，福克纳的态度却是无可奈何。小说中的朱迪斯，是在完全不知情的情况下爱上了邦。邦与亨利相比，优雅、老练、气度从容，甚至高傲豪侠，更像是个男人。而亨利在邦的映衬下，完全是个笨手笨脚的毛孩子。他相信直觉，反复无常，严肃苛刻，缺乏幽默感。至于朱迪斯，从小没有母爱的安慰，还要承担照顾家庭中男性的重担，对邦这样富有男子气概的男性自然有所迷恋。朱迪斯对邦产生恋情，似乎水到渠成。然而，命运总是充满了不确定性。憧憬着美满爱情幸福的朱迪斯，却走进了宿命般的劫难之中。她不仅与邦没有得到期望的美好爱情，甚至还要用他们年轻的生命来洗刷乱伦的罪恶，让读者心生恻隐。因此，就邦与朱迪斯的关系来说，通往幸福之路最大的障碍就是南方社会的偏见——"混血通婚"。亨利可以容忍他的至亲兄妹的乱伦，但却不能宽恕"混血通婚"这一事实。尽管心里有过思想斗争，亨利还是拒绝接受，并犯下了弑兄之罪。实际上，亨利的态度就是南方传统社会的态度。借亨利与朱迪斯这对兄妹违反种族通婚与乱伦这一双重禁忌从而酿成的悲剧，福克纳批评了美国南方社会文化中根深蒂固的种族偏见。

　　《押沙龙》通常被认为是福克纳最重要也最深奥的作品。作为现代主义文学大师，福克纳在他这部扛鼎之作中，选取了多重线索并行的叙事技巧，并巧妙地运用了第三人称主观叙事模式，"任凭小说中的几个叙述者人物根据自己的感情因素、价值取向和理解能力去讲述、去探讨、去解读"①，使得小说叙事充满了不确定性。肖明翰指出，《押沙龙》"的主要人物并没有参与叙述，而书中的叙述者们又各执一词，使得故事的细节和人物行为的动机都有一定的模糊性"②。这样的叙事策略导致了小说"失去了最终获得终极'意义'的可能性，因为小说中大量的虚构情节使得任何最终结论都失去了凭据"③。尽管如此，拨开重重迷雾，我们从小说错综复杂相互勾连的各种罪孽发生与结果之间的关系中，还是清晰地发现小说明显有线性因果链的逻辑存在。现代主义文学尽管已经受到了爱因斯坦相对论的影响，但从福克纳的小说中我们还能某种程度上觅到牛顿理论影响的影子。尽管《押沙龙》杂糅了哥特小说的要素，但小说发生的背景、场景甚至人物，都还有现实主义小说的再现，换言之，尚有牛顿力学线性思维范式的影子。

如果说家庭共同体内部关爱的缺乏是导致萨德本家族出现乱伦悲剧的原因之一，那么人与人之间的冷漠和贪婪也是家庭走向毁灭的一个重要元素。如果不是萨德本当年为了敛财到了海地，最后又因发现邦的母亲有黑人血统继而抛妻弃子，就不会有邦后来的寻仇，并将复仇的血刃放到了朱迪斯的身上。如果不是亨利的母亲对家庭冷漠和自私，亨利也不会将爱转移到了妹妹身上。当然，如果亨利不是因为对妹妹有越礼的欲望，他也不会掩人耳目，将邦带回家中与朱迪斯结婚。如果邦本身没有黑人血统，他与朱迪斯的婚姻关系或许能得到谅解。小说中，亨利杀死

---

① 肖明翰：《〈押沙龙，押沙龙!〉的不可确定性》，《四川师范大学学报（社会科学版）》1997 年第 1 期。

② 肖明翰：《〈押沙龙，押沙龙!〉的不可确定性》，《四川师范大学学报（社会科学版）》1997 年第 1 期。

③ 肖明翰：《〈押沙龙，押沙龙!〉的不可确定性》，《四川师范大学学报（社会科学版）》1997 年第 1 期。

了自己的兄弟，自己也葬身火海，而朱迪斯在邦死后的两年，苦守空闺的她也染病身亡。儿女们的悲惨命运并没有让萨德本有所收敛，反而在他晚年还因诱奸一个小女孩，引来杀身之祸。简言之，人性中的贪婪和罪恶也是导致萨德本家族走向覆灭的重要原因。值得注意的是，在萨德本家族，不仅夫妻间缺乏关爱，父母与子女的关系也如履薄冰。萨德本的抛妻弃子和他对女性的剥夺和占有，使得家庭成员之间关系更加淡漠甚至混乱，而这一切的形成与南方种植园奴隶制社会的"文化场"是分不开的。总的来说，萨德本家族中乱伦的罪恶来源于"混血通婚"的罪恶。对南方贵族社会固有的价值观以及白人血统纯洁性的维护，使得萨德本家族充满了人与人之间相互的倾轧和算计，贪婪与爱欲并存，暴力与原罪，如影随形。

福克纳出生于美国密西西比州的里普利。作为一个南方人，他非常熟悉南方腹地的圣经文化。这得益于他基督教氛围浓厚的家庭，毕竟吟诵《圣经》是他童年时代必不可少的功课。在他的小说中，《圣经》的原型、典故、语言甚至图片，都是信手拈来，不仅丰富了他作品的内涵，也加深了思想的深度。他的小说《押沙龙》便采用了《圣经》原型，典出《圣经·撒姆耳记下》。主要人物萨德本、亨利、邦和朱迪斯，分别对应了大卫王、押沙龙、暗嫩和他玛。据说福克纳本来想将他的小说取名"黑屋子"，但后来却直接借用了大卫王对亡子的哭号"押沙龙，押沙龙！"来命名，凸显了萨德本这个百里庄园的庄主内心大厦将倾、无以为继的痛苦和无奈。诺思罗普·弗莱（Northrop Frye）指出，原型是"指将一首诗与另一首诗联系起来的象征，可用以把我们的文学经验统一并整合起来"[①]。换言之，暗含原型的作品容易唤起人的集体潜意识，并因其普遍性引起广泛的社会效果。正如荣格所说："一个用原始意象说话的人，是在同时用千万人的

---

① 诺思罗普·弗莱：《批评的解剖》，陈慧等译，百花文艺出版社 2006 年版，第 142 页。

声音说话。"① 福克纳深谙这个道理，其文本中的《圣经》原型就是希望人们关注罪恶。福克纳多次说过，他祖祖辈辈生活的南方"是一片受了诅咒注定要灭亡的土地"②。小说最后，家族犯下的种种罪恶使得萨德本曾经梦想辉煌 300 年的庄园，最后也仅存世 102 年，毁于火海，可谓乱伦与纵欲的因果报应。这幅惨烈的末日景象不仅属于萨德本家族，更是属于以种族剥削和压迫为基础的整个美国南方种植园社会。毕竟，萨德本家族是福克纳关注南方"肿瘤"文化的一个窗口，是他借以审视人性本质的个案。

小说《押沙龙》中，福克纳显然已将《圣经》故事中的凶杀、乱伦和复仇从其简单涉及的血缘关系，引申到了更为深刻的种族主义。将他的创作根植于乱伦这一重要的叙事母题，福克纳旨在隐喻南方文化传统中家庭伦理观的崩溃。此外，将乱伦这一社会的黑色暗流暴露地表，福克纳不仅揭示了南方贵族社会价值观的崩溃，更是借萨德本家族的悲剧警示人们，百里庄园的毁灭，并非萨德本个人和家族的宿命，而是美国旧南方种植园社会种族和性别矛盾激化的必然结果。

超以象外，得其环中：《外围黑暗》的偏离和超越

"在任何时代，真正的艺术家之间，我认为有一种不自觉的联合。"③艾略特的判断适合于麦卡锡与福克纳这两位美国文学艺术大师。作为当代美国文学的杰出作家，麦卡锡也在自己的叙事文本中运用了乱伦这一母题，并借乱伦这一叙事母题的演绎，使得他与"父辈"作家们一脉相承。从有机文学史的角度来看，麦卡锡小说对乱伦母题的选择、演绎和偏离，

---

① 荣格：《论分析心理学与诗歌的关系》，《20 世纪西方美学经典文本》第 2 册，朱立元总主编，复旦大学出版社 2000 年版，第 73 页。

② William Faulkner, *The Sound and the Fury*, New York: The Modern Library, 1929, p.196.

③ 艾略特：《批评的功能》，《现代西方文论选》，伍蠡甫主编，上海译文出版社 1983 年版，第 278 页。

不仅仅是简单摆脱布鲁姆所说的"影响的焦虑"，而是借这一文化原型使其作品与世界经典文学产生互文、映射以及融合，最终形成麦卡锡小说独特的曼陀罗文本结构。

塞拉曼·尔登指出，"后辈诗人要找到'偏离'前辈诗人有分量的诗篇的办法"，才能顺利摆脱前辈"影响的焦虑"。[①] 作为后辈"诗人"[②]，麦卡锡从没有公开承认过他有意学习了福克纳，我们知道他是美国文学史上唯一在"退隐"方面可以与塞林格以及品钦齐名的当代作家，很少接受他人的采访。与福克纳同处美国南方"圣经地带"的腹地，一个密西西比，另一个田纳西，麦卡锡看似不经意的努力也会使他的创作成为有意识的行动。麦卡锡与福克纳创作的"文化场"有重叠之处，比如两者都有宗教背景，都受到美国作家爱伦·坡和马克·吐温的影响，不仅擅长恐怖与怪诞元素的引入，更是将南方的土语与小说人物的塑造结合起来。但是，福克纳显然属于现代主义创作的高峰期，与乔伊斯、普鲁斯特和艾略特的创作一脉相承。而麦卡锡则自 20 世纪 60 年代出版他的第一部小说以来，不仅将其创作根植于美国南方文学传统的土壤中，更是将他创作的根系伸展到了美国的西部文学中去，试图拥抱伟大的美国南方和西部文学两种传统，将其融会贯通，从而创立自己的风格。麦卡锡创作之初，恰逢现代主义与后现代主义交锋的时期，他的小说杂糅了现代主义和后现代主义的叙事策略和技巧。至于他是否属于现代主义或后现代主义作家，本书的文献综述部分有所交代，这里不再赘述。但很清楚的是，麦卡锡对当今文化和科学领域的最新范式，也就是混沌理论的理解和认识，使得他的小说

---

① 拉曼·塞尔登：《文学批评理论——从柏拉图到现在》，刘象愚、陈永国等译，北京大学出版社 2000 年版，第 436 页。

② 麦卡锡集小说、戏剧、电影脚本创作于一身，但就笔者所知他没有写过诗歌。但从他小说场景变换的处理以及他对意象捕捉的精妙程度来看，麦卡锡是个诗人，且是优秀的诗人。

早已超越纯粹的南方或西部小说等地域小说的藩篱，而是走向传统，融入传统，且走出美国，走向世界。不同于第一部小说《果园看守者》，其中麦卡锡还将故事放置在具体的时空，描述阿巴拉契亚山区三代人的人生变迁，而《外围黑暗》尽管还有对美国南方乡村宗法社会的描写，却对故事发生的时空、场景及人物形象都做了抽象处理，有了明显的"后现代"转向，使得他的小说对人性的普遍性的呈现，有了寓言的隐喻和反讽特色。

麦卡锡的小说中乱伦关系处处惊心。不仅有《外围黑暗》中的兄妹乱伦，《上帝之子》中的父女乱伦，甚至还有白乐德与七具女尸同居共处的乱伦。他的后现代西部小说《血色子午线》中也有乱伦的影子，从文本中可以发现（代）父子暧昧的乱伦，甚至人物"少年"最后被代父亲法官杀死在露天厕所里，显然有奸杀的卑污和人类文明史上可与"杀老"① 传统并行的另一种恐怖，那就是"杀子"。当然，麦卡锡"边境三部曲"中的牛仔少年比利与约翰，其关系明显有一种希腊爱情（affinity of Greek love）的同志式暧昧，这一点在三部曲的最后一部小说《平原上的城市》中很是明显。某种程度上，麦卡锡小说中的乱伦不仅仅是男女性关系上存在的违背社会道德和风俗，更多的还有人伦的崩溃，比如《外围黑暗》和《路》中的食人或食婴，《血色子午线》与《上帝之子》中的杀子和恋尸等，显然是麦卡锡借种种人类社会中存在的幽暗，来对人的本质以及人性中"恶"和"丑陋"的揭露和批判。

如果说福克纳是借乱伦这一人类社会的文明禁忌来隐喻美国南方的衰败，表达他对南方社会价值观崩溃的愤慨和悲哀，但是，福克纳的笔下尽管人有丑陋和恶的一面，毕竟还是人，尚有主体性的存在。小说《押沙龙》虽然写尽了南方贵族家庭的丑陋，但最终还是将一抹人性的亮色留给

---

① 关于杀老这一人类文明史上的隐秘仪式与传统和文学的关系，参见笔者论文《"一切都需要仪式"：论〈血色子午线〉中暴力的仪式化》，《外国文学》2017 年第 6 期。

了他笔下的女性人物朱迪斯。朱迪斯是福克纳小说中少有的反叛型女性之一。面对生活的困境，她勇于承担责任，在邦死后主动接受邦的儿子，并要邦的儿子称呼她为婶婶来养育他，其行为本身业已证明，朱迪斯"摒弃了家庭以至整个南方的种族主义传统，否定了她父亲那罪恶的'蓝图'。这是人性对社会罪恶的胜利，是道德和良心对世俗偏见的胜利"①。然而，值得注意的是，到了麦卡锡这里，乱伦不再只是美国南方社会价值观的崩溃，或是南方家庭这一共同体解体的象征，而是整个美国社会价值观的崩溃，宣告了美国"上帝选民"神话论的破碎。更重要的是，借小说中美国"新亚当"的代表人物库拉人性的黑暗，麦卡锡宣告了整个人类人性中恶与丑陋的亘古存在。在他看来，人性的沼泽不只触及了人类社会的文明禁忌，更是破坏了人类社会文明结构的稳定性。准确地说，在麦卡锡的笔下，乱伦本身的多样化存在，就是人性中"恶"的惯性和普遍性存在的隐喻。

本书在谈到麦卡锡小说"边境三部曲"时曾经提到，麦卡锡对荒野情有独钟。不仅在生活中身体力行，希望将北美狼引进到美国的西南边陲，甚至在他的小说中，也试图营造一种特有的"荒野美学"。麦卡锡本人对宇宙中"混沌"的存在以及他对混沌理论的熟知，也使得他多次在他的小说中阐发"荒野"与"混沌"的联系。麦卡锡不仅在他的多部小说背景中设置西部边地或者幽暗森林甚至荒漠平原这样的荒野，更是将人物黑暗的内心看作荒野的一部分。在他看来，文明与荒野的关系不仅仅是前者对后者的胜利和征服，很多时候，文明沦为荒野甚至倒退或者返祖，也不过是一小步距离的关系。在他的小说中，人性的恶恰是成就了人性的荒野。在麦卡锡看来，人性中的恶大多时候呈本体论的存在性，并没有受宗教、文化、社会制度乃至法律规则的影响、约束和控制；相反，此种人性恶还会一直蔓延升级，直至沦为人吃人的末世惨象。这一点在他的最近一部小说

①　肖明翰：《威廉·福克纳研究》，外语教学与研究出版社1997年版，第211页。

《路》中有所体现。概言之，在麦卡锡看来，人已不再是人，人业已"死亡"①。可以说，从他的文学创作开始，麦卡锡就有了他对暴力和人性恶独特的书写，并且他也从不顾忌研究者对他的苛责和抨击，而是将自己的创作彻底钻进幽深黑暗的人性沼泽里，真正地"从黑暗到黑暗"，固执地开拓着自己独特的文学疆域。就乱伦这一叙事母题的书写，麦卡锡与他的南方文学前辈福克纳跨越时空，展开了关于人性与人内在本质的对话。

小说《外围黑暗》中的畸形乱伦发生在哥哥库拉与妹妹瑞丝之间。对兄妹乱伦关系的处理，麦卡锡的方法类似霍桑《红字》中对白兰（Hester Prynne）与丁梅斯代尔（Arthur Dimmesdale）"通奸"关系的展开。乱伦或者通奸的罪恶均发生在故事展开之前，而整部小说仅围绕罪恶发生之后双方的负罪和救赎展开。库拉和瑞丝住在一个偏僻的森林里，除了偶尔有一个补锅匠从那里经过，似乎周围没有其他人。他们生活的地点小说没有具体指出，只是模糊地提到这是阿巴拉契亚山区的某处。小说提到库拉要购置一些生活用品，需长途跋涉才能到达一个集镇，但他辛苦到达那里却发现是星期天，暗示他们居住的地方远离集镇，几乎与社会和人群隔离。没有时间概念，住在偏僻的森林里，兄妹俩不仅远离社会和人群，甚至也不参加任何宗教活动，表明他们与社会和人群不仅仅是物理的隔离，更是精神上的疏离。他们或是被社会放逐，或是自我放逐。小说用平行的两条线索分别讲述了兄妹俩的人生之旅，同时穿插了六个斜体部分来讲述三个神秘歹徒（The Triune）的活动，后者与库拉的寻妹之行有所交叉。库拉路上遇到过不同的人，似乎他们知道他是个罪人，甚至有人还担当了审判者的角色。不同于哥哥，瑞丝的寻子途中，遇到的村民、妇女或乡村医生，

---

① 福柯曾将尼采关于"上帝死了"的言论推及"人"，在福柯看来，后现代社会的"人"已经"死"了。综观麦卡锡小说中关于人的描述和表征，麦卡锡的观点接近于福柯，是对启蒙以降大写的人的观点的挑战。在他们看来，人不再是理性的、经验的以及超验的主体。

总能提供一些救助。

　　麦卡锡出身于一个爱尔兰的富裕家庭，父母是虔诚的天主教徒。他在读大学之前，就读的学校均为天主教学校。爱尔兰民族浓郁的宗教氛围以及家庭影响，使得麦卡锡对《圣经》的熟悉程度不亚于福克纳。小说《外围黑暗》也采用了《圣经》的神话原型，典出《旧约·创世记》。库拉与瑞丝分别映射了伊甸园神话中的亚当和夏娃。亚当和夏娃身为上帝的孩子，夏娃还从亚当的肋骨而生，他们原是兄妹关系，却偷吃禁果犯下了乱伦之罪。这是人类史上的原罪，更是人性恶的"原型"，注定要为人类的堕落背负上沉重的十字架。不同于《押沙龙》中的邦和朱迪斯，其乱伦关系属于"天契型"，而库拉与瑞丝的关系却近乎"性爱型"或者"性虐型"。麦卡锡的研究者露丝提出，库拉与瑞丝的乱伦有前者对后者性侵的成分。[①] 毕竟，瑞丝生子后的年龄也不过 19 岁。由此推断，她与哥哥发生乱伦关系的时候是个未成年人。库拉为掩饰罪恶，孩子出生后便将其扔进树林，并对瑞丝撒谎说孩子夭折，疯狂的瑞丝拖着病躯希望为孩子献花。当她用手指在墓地上疯狂地扒寻孩子的尸体时，文本写道，库拉"长长的黑影踩在她的影子上"[②]，而当失望而又徒劳的瑞丝转过身时，正好撞着哥哥的前胸，她竟吓得脆弱地尖叫起来。按照荣格的观点，影子是自我的一部分，那么，文本中库拉与瑞丝的影子不仅重叠甚至还有前者踩踏的描述，而瑞丝对哥哥反应的惊恐度，显然暗示了库拉过去曾经对妹妹施暴。

　　《圣经》中清楚地记载了上帝对亚当和夏娃的惩罚与放逐。耶和华神对女人说："我必大大加重你怀孕的痛苦，你分娩时必受苦楚。"（Genesis 3：16）《外围黑暗》中的瑞丝生产的时候，她的身边不仅没有助产士，更

---

① See Dianne C. Luce, *Reading the World: Cormac McCarthy's Tennessee Period*, Columbia: The Univ. of South Carolina Press, 2009, p.77.

② Cormac McCarthy, *Outer Dark*, London: Picador, 2001, p.33.

谈不上任何医疗条件的施助，是哥哥库拉帮她接生的。库拉论年龄不过年长瑞丝几岁，谈不上任何接生经验和技术。这一对显然为社会所放逐的兄妹俩，住在偏僻的森林深处，他们日常的开支和生存就是个问题，更别提瑞丝怀孕和生产期间所需要的营养和护理。麦卡锡将瑞丝设计成一个"病人"的形象，显然表征了她人类始祖之罪人的身份。小说中的瑞丝枯瘦如柴，整天躺在床上。后来她为了找寻被补锅匠捡走的孩子，孤身一人穿过幽深的森林，走过一个个村庄，甚至与活跃在荒野里的"三恶魔"多次擦肩，并经常食不果腹。体弱的瑞丝不仅没有享受到做母亲的快乐，还要忍受成为母亲的折磨。小说提到她生产后竟然长达六个月的涨奶之痛，从病理常识上说这根本讲不通，但如此设计显然是麦卡锡对她病态情欲关系的一种隐喻，又何尝不是对她身为罪人的一种惩罚之隐喻。不同于库拉从头到尾都在遮掩自己的罪恶，瑞丝母性的病理表现，则隐喻了她对乱伦关系的接受和坦诚态度。等她千辛万苦找到自己的孩子时，故事交代的地点是一片林中空地。这里不仅是三个歹徒处死补锅匠的地方，也是他们杀死瑞丝孩子并将孩子吃掉的地方。麦卡锡选择林中空地这一地点，显然使得小说人物包括库拉与瑞丝、三个歹徒，甚至捡走孩子又拒不交出孩子的补锅匠等的旅程，都汇集在一个空间点上，有其深刻的意蕴。空地上尚有火烤过的痕迹，显然是孩子被杀和被吃的残迹。与朱迪斯不同，前者背负的无非是家族丑陋以及罪孽的诅咒，而麦卡锡笔下的瑞丝，背负的却是冥冥之中神对犯下原罪的人类的诅咒。

成为母亲只是性爱的副产品，真正成为母亲，还有很长的路要走。麦卡锡的小说很少有对女性的正面赞扬，尤其是母亲这一性别角色。一旦小说中有家庭或谈到家庭，麦卡锡总是让母亲在家庭中要么缺位，要么因某种原因而离弃了家庭。《外围黑暗》中的瑞丝，尽管背负的是神对人类的诅咒和惩罚，但她在寻子的路上总能得到救助，这一点显然是麦卡锡要赋予她一抹自我救赎的光亮。可惜，小说的最后，瑞丝面对空地上的一堆灰烬，不仅寻子未果，甚至未来的人生道路也陷入了迷茫。麦卡锡没有像霍桑和福克纳那样，给予他们笔下的女性人物灵魂上救赎的机会，而是彻底将女性这一性别角色钉在了原罪的十字架上。如果我们联想到美国是从欧洲大陆被放逐到美洲新大陆的"子民"，那么，瑞丝这个被上帝放逐出伊甸园的女性，其命运的"无根"，她与人和社会隔离的漂泊，甚至人生未来道路的迷茫，似乎是麦卡锡有意在昭示美国作为"上帝选民"的未来。她与库拉的"私生子"，在母亲的见证下成为一堆灰烬，某种程度上也可以说是麦卡锡对美国身为旧大陆"私生子"之历史身份的一种隐喻，一种反讽。对瑞丝原罪的处理，麦卡锡显然有他深刻的意蕴。

　　相对夏娃所遭受的惩罚，上帝对犯下乱伦错误的亚当，惩罚也很重。他不仅要被逐出伊甸园，还要承受劳作的辛苦和养家糊口的责任。耶和华神对亚当说："因为你听从妻子的话，吃了我所吩咐你不可吃的果子，地必因你而受咒诅。你必终生艰辛劳苦，才能吃到地里出产的食物。地必给你长出荆棘和蒺藜来，你要吃田间长出来的菜蔬。你必汗流满面，才有饭吃，一直到你归回尘土。因为你是尘土造的，也必归回尘土。"（Genesis 3：17—19）库拉在《外围黑暗》中就是个罪人。库拉在小说中始终都在掩饰他犯下的乱伦之罪恶。他不仅丢弃了孩子，还拒绝承认孩子，甚至还成了"三恶魔"手刃亲子的"同谋"和"共犯"。在乱伦这一叙事文学的母题上，麦卡锡比福克纳走得更远。库拉与萨德本一样，犯下了兄妹乱伦和弃子的罪恶。当他发现妹妹离开小屋，便追随妹妹，走上了寻妹的旅途。库拉一边寻找妹妹，一边找工作，尽管有几次找到了工作，但并不是非常顺利。他似乎总与灾难联系，小说中的他经常被人追踪或者驱逐。库拉在小说中被描述成一个似乎携带"传染病菌"的罪人，走到哪里都会带来瘟疫。那些他路上接触过的地主、乡绅或者牧师，都被神秘的"三恶魔"杀死了。三个歹徒俨然上帝派来的"审判者"，他们似乎早已知道库拉的罪恶。不过，他们更像地狱里逃出的恶魔，沿路杀人和吃人。

《外围黑暗》的叙事安排非常独特，除了库拉和瑞丝兄妹二人旅途的经历被作为小说的主线之外，小说穿插了六个斜体字的片段，来描述三个歹徒的行动。这样的叙事安排使得"三恶魔"的形象显得特别神秘，而这种或平行或穿插斜体字的叙事形式，在麦卡锡的小说《老无所依》中继续保持，使得斜体字的文本就如主要文本中人物内心的再现一样。类似《老无所依》中治安官贝尔的内心再现是在斜体部分，实际上，《外围黑暗》中三个歹徒的活动，某种程度上就是库拉黑暗内心的另一种反映。这一斜体部分与正文部分可被看作小说叙事内部的"自互文"，使得貌似平面化的寓言叙事，有了一种较为立体的叙事结构。《外围黑暗》的叙事模式也属于一种路程叙事。具体说来，瑞丝找寻孩子，成就了她追寻补锅匠的旅程；而库拉找寻妹妹，试图掩饰乱伦弃子的罪恶，他们沿途经过的地方实际上大部分有重叠之处，但两个人却从没在同一地点谋面。有趣的是，神秘的三个歹徒却经常能与哥哥库拉和补锅匠相遇，说明他们是超自然和非人类的神秘存在。

小说中的"三恶魔"是扭曲了的基督教中圣父、圣子、圣灵"三位一体"的形象。类似的由三人组成的恶魔小组从小说《外围黑暗》开始，便成了麦卡锡设计恶人并对基督教进行反讽的特色之一。《血色子午线》中的法官、白痴与黑人杰克逊就是典型的"三恶魔"。一般来说，三人中要有一位领导者，就《外围黑暗》来说，长着大胡子的男人就是首脑。其余两个人，一个要有杀人狂魔的特点，小说中对应的便是持枪的歹徒；而另一个经常是白痴，有着最为原始的野性。对神圣的基督教原型做如此演绎和表现，使得麦卡锡的宗教思想尤其特别。如果不是作者对基督教的亵渎，便是作者有意对基督教的讽刺和挖苦，这一点也是麦卡锡研究者经常将他的宗教观看成更古老的原始宗教的原因。他们认为，麦卡锡笔下的宗教其实是一种古老的诺斯替教（gnosticism）。① 诺斯替教盛行于公元二三世纪，其教派众多，教义繁杂，融合了东西方宗教的性质，其思想的核心特质就是神与世界、世界与人之关系的极端二元对立。"gnosis"一词，实际上就是苏格拉底著名的"认识你自己"中的"认识"，学界通常音译为"诺斯"，意译为"灵知"，因此诺斯替教也叫灵知主义。诺斯替教认为，世界不仅荒诞而且彻头彻脑地堕落，人类俗世的生活，就是穿梭在黑暗中的一次灵知的旅行。就库拉而言，他"无论是在精神层面还是在物质层面，都是一个没有灵魂的人"②，显然，库拉没有获得"灵知"，而他在小说中所表现出的无知状态，说明他的肉体和灵魂都在黑暗之中。因此，不仅厄运与他如影随形，更有三个神秘的歹徒能与他相逢。换言之，"三恶魔"就是库拉内心恶的映射，或者就是库拉罪恶的"相"的呈现。"相"是一种表现，是库拉内心黑暗与恶的所指。没有灵魂，身为罪人的库拉其人性的恶体现在"三恶魔"的"相"上。中国小说《西游记》对这种恶之"相"表现得非常清楚，譬如"三打白骨精"和"三菩萨试探取经人"等小说桥段。心灵的恶念，如果体现在外界的物质上，便是一种恶的外在之相。身为罪人的库拉，原本就集乱伦、弃子、杀婴等罪恶于一身。

　　与瑞丝相比，库拉这一人物形象相对复杂。作为罪人，小说中的库拉经常被看成恶魔附体，不仅遭人轻视，受人误解，还被当作杀人犯或盗墓贼，受人追捕。他追寻妹妹的路上遇到的人似乎都知道他的罪恶，不仅工作找得不甚顺利，还经常被当作罪人。这一点可以从他路上遇到赶猪人的

---

① 麦卡锡的研究者露丝和吉耶曼都有过类似的论断。See Dianne C. Luce, *Reading the World: Cormac McCarthy's Tennessee Period*, Columbia: The Univ. of South Carolina Press, 2009, pp.65–68; George Guillemin, *The Pastoral Vision of Cormac McCarthy*, College Station: Texsa A & M Univ. Press, 2004, p.55.

② Christopher J. Walsh, *In the Wake of the Sun: Navigating the Southern Works of Cormac McCarthy*, Knoxville: Newfound Press, 2009, p.109.

猪群，猪群因相互拥挤而掉进了悬崖，得到证明。据《圣经》说，耶稣曾遇到一个被恶魔附体的人，便将恶魔赶到了猪群身上，猪群相互拥挤掉进了悬崖下的河里而淹死（Mark 5：1—20）。显然，小说此处提到的赶猪人是将库拉看成了那个造成猪群坠崖的恶魔。此外，库拉在小说中经常与人辩论。第一次辩论是他和一个地主之间，争论的焦点事关美国的清教伦理。地主明显瞧不上贫穷的库拉，认为库拉之所以一贫如洗，原因是他的懒惰，并教训库拉要勤奋，而库拉则用"贫穷不是罪恶"[①] 来反驳对方。第二次辩论是库拉与一位乡绅之间。库拉被一个农民当成了小偷送到乡绅那里。乡绅充当了法官的角色。听了库拉的辩解之后，乡绅并没有谅解库拉，相反却要求库拉承认罪过。库拉是个文盲，他只好用一个大写的符号"X"来代替签名。用"X"作为库拉的署名，不仅说明库拉身份的不确定性，同时也因"X"这一符号本身的未知，使其身份更加模糊起来。麦卡锡经常将小说人物身份抽象化，《外围黑暗》中他直接就用"他"和"她"来称呼库拉兄妹。人物抽象化的身份说明了罪恶的普遍性。第三次辩论是库拉与赶猪人关于猪是否干净展开争论，非常荒诞。库拉因为猪群掉进悬崖成了赶猪人眼中的罪魁祸首，而就其罪行如何处理，赶猪人与路上遇到的牧师商议，要么吊死库拉，要么将库拉推下悬崖。事实上，库拉路上遇到的种种经历，正是普通人人生旅程的遭遇和遭受的磨难之隐喻。

上面说过，库拉与瑞丝的旅途中有些经过的地方是重叠的，但瑞丝与"三恶魔"的相遇发生他们对孩子行凶之后，而库拉在小说中却有两次与"三恶魔"相遇。第一次库拉掉进了水中，"三恶魔"将他救起。他们对他相对友好，还给了他一块黑色的肉，"上面沾着灰尘，有一种硫黄的味道"[②]。尽管觉得有异味，库拉还是"撕下一大块开始咀嚼，腮帮子鼓得满

---

① Cormac McCarthy, *Outer Dark*, London: Picador, 2001, p.47.

② Cormac McCarthy, *Outer Dark*, London: Picador, 2001, p.178.

满的，很有力的样子"①。库拉仿佛天生就是恶人的同伙，这块"纤维粗糙不太容易咀嚼的"肉，显然是人肉，但库拉却对持枪的歹徒说，"他从来没有吃过这样的肉"②。长满了胡须的歹徒首领，仿佛是从地狱里走来："他的嘴唇是红色的，他的眼睛有着半月形的阴影，那里面什么也没有。"③在这次相遇中，库拉不仅在吃肉方面与歹徒有共同爱好，他们在命名的意义上也意见一致。持枪的歹徒，名唤哈芒（Harmon）。他对库拉说："有些东西最好不要有名字。"④库拉心中暗喜，因为他明白歹徒是在暗示他没有给孩子起过名字甚至丢掉了孩子这一事实，他们的想法如出一辙。当库拉撒谎说孩子死了，瑞丝坚持要去墓地送花，库拉明确告诉瑞丝，送花给一个不知名的人的行为，毫无意义。当瑞丝希望给孩子取名，库拉又声称为死去的孩子命名，完全没有意义。坚持不为孩子命名，库拉显然是在掩饰自己犯下的罪恶。没有名字，自然便没了身份，便不曾有存活尘世的痕迹，如此便可轻松遮蔽库拉的罪恶。"太初有言"，命名在东西方文化中都非常重要。上帝创世之初，便是为世上的万物命名。身为恶人的库拉，不仅拒绝为孩子命名，而且观点也与三个歹徒不谋而合，使得他们之间有了天然的默契。库拉与三个歹徒分手后，他们先是抢走了库拉从地主那里偷来的靴子，接着杀死了赶着马车来追赶库拉的地主。库拉与歹徒不仅穿过同一双靴子，歹徒还帮他摆脱追踪者，这本身就是一种隐喻，说明他们同为恶人的共同特点。

三个神秘歹徒只有与库拉相遇时，才会从小说的斜体部分进入小说的主体叙事部分。麦卡锡小说中的恶人，往往言谈中都有哲学的思辨与深度。麦卡锡应该是借这些神秘人物来述说他本人对世界的观察，使得他的

---

① Cormac McCarthy, *Outer Dark*, London: Picador, 2001, p.178.

② Cormac McCarthy, *Outer Dark*, London: Picador, 2001, p.179.

③ Cormac McCarthy, *Outer Dark*, London: Picador, 2001, p.178.

④ Cormac McCarthy, *Outer Dark*, London: Picador, 2001, p.181.

小说在荒诞之余，却因这些哲思是从恶人嘴里讲出，某种程度又是麦卡锡对知识带来的话语权的一种讽刺。库拉第二次遇见"三恶魔"的时候，他们杀死了补锅匠并正要对孩子下手。处理孩子之前，三个歹徒就眼睛的功能与库拉讨论起来。他们的讨论颇有深意。歹徒首领对库拉说："他一定在别的地方丢了眼睛。还有一只。他本来应该有两只。或许他应该有更多。有些人虽有两只眼睛，但形同瞎子。"① 库拉听到这些言语默不作声。歹徒似乎是在"审判"库拉，指出库拉内心的恶遮蔽了他对善的判断，所以看似有眼实则"瞎子"罢了。小说最后，库拉看到一个盲人正走向沼泽，他却没有做出任何反应，这正是瞎子的所为。实际上，走向沼泽的盲人就是库拉的"魂魄"，更是库拉作为"瞎子"的外在之"相"。小说《上帝之子》中，也有类似表现方法。当白乐德在山道上看到一辆飞驰的公车，窗边一个孩子正将双眼投到窗外，白乐德突然坐在山道上公车飞驰过的尘土里，嘤嘤地哭了起来。如果说车上的少年是白乐德曾有的纯洁魂灵，那么眼瞎了的盲人也可看作库拉的"本相"，是库拉人性恶的"投影"。小说写道，当库拉看着丢了一只眼睛的孩子在歹徒的手里晃荡着，"俨然一只待宰的兔子，一个脏兮兮的娃娃，双脚晃荡着，一只眼睛睁睁闭闭，就如一只掉光了毛的老鹰"②。孩子生死攸关，库拉却不肯承认自己生父的身份，还在竭力为自己的罪恶掩饰。他想救孩子，但却找借口说妹妹瑞丝要照顾这个婴儿。他在孩子被杀和被吃的关键时刻，还在辩解和掩饰，实际上已彻底沦为"三恶魔"的同谋。如果说他第一次将孩子置于危险的境地，无非是扔在了森林让他生死由命，犯下的是弃子的罪恶；而他后来多次追寻瑞丝，试图找到孩子毁灭罪证，无非是害怕乱伦的暴露；可是，当事实真实地摆在他面前，现实让他有机会面对自己的过错，库拉却又一次将孩子

---

① Cormac McCarthy, *Outer Dark*, London: Picador, 2001, p.240.

② Cormac McCarthy, *Outer Dark*, London: Picador, 2001, p.243.

的生死拱手交付给了"三恶魔"。可以说，库拉彻底地放弃了赎罪的机会，从而让自己在罪恶的道路上渐行渐远，万劫不复。

如果将库拉看作亚当原型在小说中的映射，那么这个丢了一只眼睛并要被恶人吃掉的孩子，便是罪人亚当的种子，是美国这个所谓"上帝选民"的"私生子"，也是人类繁衍延续的根。库拉放弃孩子，可以说放弃了美利坚民族的"新亚当"，不仅使得美利坚民族的延续成了"灰烬"，也彻底斩断了人类血缘的纽带，其罪恶就不再那么简单。库拉的罪孽，远远超过了《圣经》中的原型亚当，更是与《押沙龙》中萨德本和邦的罪恶不能同日而语。被父亲放弃直至被杀掉，孩子显然成了库拉罪恶的"燔祭"。背负了人类原罪的库拉，并没有如亚伯拉罕在摩利亚山上献上独子以撒而得到上帝的赐福（Genesis 22∶1–19）；相反，他却多次撒谎，拒不承认自己的错误，在罪恶的深渊里愈陷愈深。小说最触目惊心的一幕，便是孩子被"三恶魔"当着库拉的面杀死。库拉"突然看到刀片在火光下发出耀眼的光芒，如同夜色下猫的斜长而恶毒的眼睛。带着邪恶的微笑，刀插入孩子的喉咙，他瘫坐在地上。孩子没有发出任何声音。他的一只眼睛像一颗湿润的小石子反射出光芒。黑色的血液不断涌出，顺着他裸露的肚子流淌"①。"三恶魔"中的白痴跪在地上，等他的同伙将孩子递给他后，"便一把抓过孩子，用他呆滞的眼睛看着霍姆，便呻吟着把头埋在了孩子的脖颈上"②，开始吸食孩子的鲜血。杀人、食人乃至嗜血，尽管麦卡锡对暴力的直接呈现常被人诟病，但此时的麦卡锡显然要给他的读者重现一副人类末日的景象。如果说《押沙龙》中萨德本百里庄园毁于一炬的末日景象，宣告的是美国南方种植园社会的覆灭，那么，《外围黑暗》中的"三恶魔"将孩子架在火上吃掉的末日景象，则宣布了整个美国社会乃至人类社会的

---

① Cormac McCarthy, *Outer Dark*, London: Picador, 2001, pp.244–245.

② Cormac McCarthy, *Outer Dark*, London: Picador, 2001, p.246.

堕落和邪恶。

麦卡锡的小说题目直接取自《新约·马太福音》。当耶稣进了迦百农，有一个百夫长请求耶稣治愈他的仆人所患的瘫痪病，耶稣答应他会去医好他的仆人。但是，这个百夫长却不让耶稣去往他的家里，说只需要耶稣的一句话，让他自己带到就行。耶稣就对跟随他的人说："我实在告诉你们：我在以色列从未见过信心这么大的人。我告诉你们，将来有许多从东到西的人会在天国与亚伯拉罕、以撒、雅各一同欢宴。但那些本应承受天国的人反而会被赶出去，在黑暗里哀哭切齿。"（Matthew 8：10–12）小说最后，除了补锅匠被三个歹徒"审判"处死之外，小说的主要人物都在罪恶的深沼里迷茫。瑞丝在面对一堆灰烬迷茫，而库拉则看着不知名的盲人一步步走进黑暗的沼泽地。当库拉看着活跃在荒野与城镇边缘的"三恶魔"，将他的婴儿杀死并吞咽他的鲜血无动于衷的时候，可以说，他便选择了堕入"外围黑暗"之中，没有救赎，而且没有未来。

恩格斯说过："如果说家庭组织上的第一个进步在于排除了父母和子女之间相互的性关系，那么，第二个进步就在于对于姊妹和兄弟也排除了这种关系。"① 简言之，人类迥异于野兽的地方，便是人类能够脱离群居乱伦的动物状态，并运用理性和道德伦理等来约束人类的原始野性，从而使得人类告别荒野，走向文明。小说《外围黑暗》中对乱伦母题的选择和重写，并非麦卡锡简单的文字"游戏"，也并非麦卡锡在与他的南方文学"导师"福克纳的小说简单的互文，显然，麦卡锡是在走向传统，融入传统。但是，如果要在传统之上建构自己独特的文学风格，一定要使他的小说具有深厚的意蕴。《外围黑暗》的背景可谓高度抽象，而小说又对基督教的原型进行了挪用和戏仿，使得麦卡锡的小说偏离和超越了乱伦这一文学叙事母题，不仅与世界经典作家在同一叙事主题的书写上，有了共同的文化经验，更是因

① 《马克思恩格斯选集》第 4 卷，人民出版社 2012 年版，第 46 页。

自己的独特创作，使得这一文学传统更加丰厚，其小说也获得了人类寓言的普遍性和共适性。总之，《外围黑暗》的意蕴不仅表现在社会现实层面，有文化乃至生命意识层面的意蕴，更是隐含了道德伦理、文明习俗和人类原始野性之间的亘古矛盾，提醒读者反思人性与文明这一关系的永恒命题。

崇高抑或恐惑：小说审美风格的差异

美国作家纳博科夫认为文学是个五彩的棱镜，充满了喻说、修辞以及虚构，种种社会现实经过这样的棱镜过滤后而变形，从而色彩斑驳。[①] 纳博科夫的棱镜说是从文学对现实的反映这一角度来看，如果从文学文本所具有的互文性特点来看，文学便是个复杂而又美丽的曼陀罗，毕竟此一文本在与他文本的重复、迭代以及多维映射下，便会形成新的形体和颜色。麦卡锡小说整体上的"格式塔"便是一个与他文本多次互文、重复以及迭代且充满多维映射的曼陀罗，复杂而又美丽。

麦卡锡小说《外围黑暗》与福克纳小说《押沙龙》同属南方哥特小说。哥特小说起源于18世纪末的英国，沃波尔（Horace Walpole）的《奥特兰托城堡》（*The Castle of Otranto: A Gothic Story*, 1765）讲述了一则发生在古堡中幽灵显现的故事，是西方文学史上第一部哥特式小说。小说出版后受到读者的热捧，同时也催生和涌现了一批哥特小说作家，如安·拉德克里夫、威廉·布拉福德、马修·刘易斯、安妮·赖斯、斯蒂芬·金等。作为一种小说文类，哥特小说融合了古代传奇和现代传奇两种形式，充斥着中古时代的神秘和恐怖，营造出怪异和恐怖的审美风格。哥特小说在创作范式上几乎高度一致。赛吉维克（E. K. Sedgwick）曾经指出："没有其他现

---

① 　转引自童明：《我独自依着果核睡觉》（木心逝世六周年版），"理想国"微信公众号，2017年12月21日。

代文学形式能有哥特小说这样的影响力，但哥特小说却也相当程式化。一旦你知道它是哥特小说（从小说的标题你就能看出来），你便轻松猜出它的内容。你会知道小说重要的场景特征：令人压抑的残垣断壁，苍凉凄清的风景，天主教统治或是封建社会。你会知道小说主要人物的战战兢兢，了解到她情人的激动暴躁。"① 就哥特小说的含义，马林（Irving Malin）的观点值得借鉴："哥特意味着秩序被打破：年代是混乱的，身份是模糊的，性格是扭曲的，遮蔽的生命突然爆发，如同一场梦。"②

总的来说，传统的哥特小说有着鲜明的哥特特征。首先是场景。城堡通常是哥特小说故事发展的重要载体。此外，闹鬼的大宅、废旧的小木屋以及人迹罕至的边地等也是重要场景。甚至幽暗的卧室、暗房、坟场等一些密闭的空间，或者就是高耸入云的高墙之内，都是常见的场景。这些场景某时候也是小说重要的意象，"以加强受害者的孤独感和无助感"③。其次是人物的类型化倾向。作为欧洲传奇小说的变体之一，哥特小说人物通常成对出现，一个是无助的受害者，另一个则是残忍的施害者。后者"通常与邪恶有关，具有超强和超自然的能力"，而前者则"被一种来自迫害者无法解释的力量所蛊惑"④，体现出天使与魔鬼的品质。再者是氛围。神秘、黑暗、压抑、恐怖和毁灭的小说氛围弥漫在哥特小说中，通常"预示着灵魂的死亡以及人类将成为永久受害者的厄运"⑤。最后是主题。哥特小说大多关于善恶之间永恒的斗争。

---

① E. K. Sedgwick, *The Coherence of Gothic Conventions*, New York: Arno, 1980, p.9.

② Irving Malin, New *American Gothic,* Carbondale: South Illinois Univ. Press, 1962, p.9.

③ 王晓姝：《哥特之魂——哥特传统在美国小说中的嬗变》，知识产权出版社 2010 年版，第 10 页。

④ 王晓姝：《哥特之魂——哥特传统在美国小说中的嬗变》，知识产权出版社 2010 年版，第 10 页。

⑤ 王晓姝：《哥特之魂——哥特传统在美国小说中的嬗变》，知识产权出版社 2010 年版，第 10 页。

鉴于哥特小说多有古堡大宅等恐怖压抑场景的出现，哥特小说通常被认为营造出一种伯克式"崇高"之审美效应。伯克在他著名的《关于崇高与秀美概念起源的哲学探讨》（"A Philosophical Enquiry into the Origin of Our Ideas of the Sublime and the Beautiful", 1757）一文中，曾将"崇高与恐怖之间确立了一种系统性的有机联系"[1]，并对哥特小说这一文类的审美范畴做了重要界定。庞特（David Punter）也撰文指出了"崇高与哥特在西方传统中的纠结"[2]。伯克式崇高对审美主体的决定作用基于恐怖原则，而审美主体的审美快感主要来自主客体之间的审美距离，并非主体的升华。伯克认为，"当痛苦逼得太近时，不可能引起任何欣喜，而只有单纯的恐怖。但当相隔一段距离时……就有可能是崇高"[3]。可以说，伯克式的崇高推崇的是非理性，其审美情感不谈超越，不颂扬人的精神自由，洋溢的只是弗洛伊德生之本能的快感。

既然哥特小说最为重要的美学特征是恐怖和怪诞，那么与哥特小说有关的审美范畴就不仅仅有伯克式"崇高"，"恐惑"也要被考虑进来。关于恐惑这一审美范畴与哥特小说的联系，多数学者相信"从崇高到诡异（恐惑）是哥特小说恐怖形态的一个进化与转化的过程"[4]。作为一种审美范畴，恐惑一词其本身就充满了吊诡。根据泽尔科斯基（John Zilcosky）的理解，恐惑之所以成为一种现代概念，或者至少在理论上成为一种可能，并在 20 世纪 80—90 年代广为流行甚至到了 21 世纪还被人广泛讨论，这要得益于 17 世纪哲学家笛卡儿率先将非理性纳入干扰主体的理性能力之中。[5] 泽尔

---

① See David Punter, *Gothic Pathologies: the Text, the Body, and the Law*, New York: St. Martin's Press, 1998, p.184.

② David Punter, *Gothic Pathologies: the Text, the Body, and the Law*, St. New York: Martin's Press, 1998, p.184.

③ 伯克：《崇高与美：伯克美学论文选》，李善庆译，生活·读书·新知三联书店 1990 年版，第 37 页。

④ 於鲸：《哥特小说的恐怖美学：崇高与诡异》，《四川外语学院学报》2008 年第 2 期。

⑤ See John Zilcosky, *Uncanny Encounters: Literature, Psychoanalysis, and the End of Alterity*, Illinois: Northwestern Univ. Press, 2016, p.17.

科斯基指出，与笛卡儿之后的很多启蒙思想家一样，笛卡儿并没有完全创造一个相对熟悉的宇宙，他也只是建构了一个灵与肉、自我与非我相互区分的世界。① 的确如此，洛克（John Locke）就曾试图打造一个"界限"（boundary），最终将启蒙与黑暗区分开来。但是，要区分两者并非易事，相反，却使得熟悉与奇异不可避免地混淆起来。有趣的是，此种混淆尽管不甚恰当，却在恐惑这一概念的形成上颇具意义，使得包含了熟悉与奇异这一似是而非概念的恐惑一词，因此彻底走进了现代思想的视野。

恐惑一词可追溯到德语词汇"unheimlich"，意思为"非家"。在18世纪之前这一词汇从未被使用过，更不可能被作为概念为人讨论。18世纪之前的人们对"unheimlich"一词的理解不外乎两种：仅是中立地指代"在家之外"的事情（中世纪时期），或者指代巫婆与鬼魂（16世纪和17世纪时期）。直到18世纪，这一词汇才逐渐地有了与我们情感生活相关的现代意义。不过这一词汇丰富的能指发展缓慢，甚至在19世纪之前，只是与"可怕、恐惧"等意思相关，但是一旦出现，该词汇便迅疾有了其相反意义，也就是"熟悉和在家"。就恐惑这一概念来说，德国思想家的讨论最为充分。早在19世纪30年代，谢林（Fredrich W. J. Schelling）就将"恐惑"一词解释为"一切潜藏而又隐蔽的事物逐渐显露出来"②。马克思谈到资本主义时也提到了恐惑。马克思指出，资本主义是对既看不见却又总是出现的"商品"和"资本"这两种恐惑物质的压制中繁荣起来的。商品实际上就是一种鬼魂似的"感官或超感官的物质"，而资本就是一种"死亡的劳动"，"就如吸食活着的劳动的吸血鬼"

---

① John Zilcosky, *Uncanny Encounters: Literature, Psychoanalysis, and the End of Alterity*, Illinois: Northwestern Univ. Press, 2016, p.17.

② John Zilcosky, *Uncanny Encounters: Literature, Psychoanalysis, and the End of Alterity*, Illinois: Northwestern Univ. Press, 2016, p.17.

一样，是一种"死亡劳动"的回归。① 尼采曾经将虚无主义看作是"最为恐惑的客人"，而尼采对这一概念的认识直接引发了他对"意志力"这一重要概念的解释。

不过，19 世纪的思想家们对恐惑一词的认识始终没有系统化。直到 1906 年，精神病医生詹池（Ernst Jentsch）认识到恐惑这一概念在心理学上的重要性，并将其解释为一种就我们周围的物体是否有灵的一种"心理上不确定"的情感。②1914 年，著名心理学家兰柯（Otto Rank）又将"复影"（double）看成了"恐惑"的代名词，而兰柯的这一观点影响到了弗洛伊德 1919 年的《论恐惑》（"The Uncanny"）一文。1917 年，著名神学家奥托（Rudolf Otto）指出，宗教本身就是一种"恐惑"，原因在于我们一神论的神祇提醒了人们宗教本身的泛灵论根源，因为他们毕竟是以"恐惑—恐惧"的"鬼魂似的"代表来示人的。③1923 年，心理分析学家雷克（Theodor Reik）再次提出，宗教情感具有一种"非家"性，在他看来几乎所有的神祇似乎都是恐惑的，因为他们会不停地提醒人们我们古时曾有的泛灵信仰，同时还会压制人们婴幼儿时期的恐惧（也就是阉割恐惧）。④1927 年，海德格尔提出，不仅宗教，甚至现代生活本身就是一种恐惑。然而，与奥托、弗洛伊德和兰柯不同，海德格尔并没有将恐惑看作源自于一种回归后的情感所致，相反却源于现代世界的无根性（uprootedness）。正是技术全球化使得整个世界引发了一种普遍的"不在家"（being not at home）的

---

① Nicolas Royle, *The Uncanny*, New York: Routledge, 2003, p.4.

② Sigmund Freud, "The Uncanny", In *The Standard Edition of the Complete Psychological Works of Sigmund Freud*, 21st ed., Edited by James Strachey, Alix Strachey, Anna Freud, and Alan Tyson, London: The Hogarth Press and The Institute of Psychoanalysis, 1981, p.223.

③ See Siegbert Salomon Prawer, *The "Uncanny" in Literature: An Apology for Its Investigation*, London: Westfield College, 1965, pp.13–17.

④ See John Zilcosky, *Uncanny Encounters: Literature, Psychoanalysis, and the End of Alterity*, Illinois: Northwestern Univ. Press, 2016, p.18.

持续恐惑状态。处于这样的焦虑状态，人们普遍有了"不在家"的恐惑之感。①

理论学家对恐惑这一概念的讨论可谓层出不穷，但真正使得恐惑说系统化的还属心理学家弗洛伊德。在他著名的《论恐惑》（1919）一文中，弗洛伊德大量援引了德国小说家霍夫曼（E. T. A. Hoffman）的哥特小说《沙魔》（*The Sandman*, 1817），并对其中的恐惑现象做了分析。可以说，弗洛伊德对恐惑这一概念的理解完全不同于上述提到的心理学家或者宗教学家，甚至也不同于哲学家海德格尔，他完全打破了笛卡儿将熟悉和奇异二分法的观点，而是坚持认为，即使是"在家"（heimlich）这一词汇本身里，也萦绕着"非家"（unheimlich），反之亦然。但是，与詹池关注恐惑的"不熟悉性"以及海德格尔强调"恐惑"从"在家"转移到我们所"习惯和熟悉"的事物的领域之外有所不同，弗洛伊德尤其强调恐惑的"在家"，也就是这一概念为人"熟悉性"的一面。就这一点来说，弗洛伊德的观点接近兰柯、奥托与雷克，尤其注重恐惑这一情感的"可辨认性"。因此，可以说，弗洛伊德意义的恐惑，指的是一种长久被人熟悉的并为人认识的一种"在家"（heimlich）的感觉，突然在没有任何预兆的条件下出现后带给人的一种恐惧感觉。② 换句话来说，恐惑就是一种古老的被人熟悉的事物的不期回归。实际上，此种"在家的不在家"或者"熟悉的不熟悉"的"恐惑"情感，本身就具备了似是而非的矛盾性。童明认为，恐惑一词甚至可以翻译成"非家幻觉"，原因在于恐惑就是"'压抑的复现'的另一种表述，亦即：有些突如其来的惊恐经验无以名状、突兀陌生，但无名并非无由，当下的惊恐可追溯到心理历程史上的某个源头；因此，不熟悉

---

① See John Zilcosky, *Uncanny Encounters: Literature, Psychoanalysis, and the End of Alterity*, Illinois: Northwestern Univ. Press, 2016, p.18.

② See John Zilcosky, *Uncanny Encounters: Literature, Psychoanalysis, and the End of Alterity*, Illinois: Northwestern Univ. Press, 2016, p.18.

的其实是熟悉的,非家幻觉总有家的影子在徘徊、在暗中作用。熟悉的与不熟悉的并列,非家与家相关联的这种二律背反,就构成心理分析意义上的暗恐(恐惑)"①。

与伯克式崇高类似,恐惑带给审美主体的也是一种负面美学效应,着眼于审美主体的恐惧和畏惧。然而,不完全类似于崇高,恐惑"强烈反对的是资本主义对人的异化,代表的是一种积极的反思能力"②,且令人恐惧的不是事物本身,而是某些其他的因素,比如压抑物和被压抑物的回归,一种无意识缺席的在场。负面美学通常要与荒诞、怪异、扭曲、恐惧、焦虑等诸如此类的负面情绪相关。此类负面美学模式的出现,与现代主义文学的发展可谓呼应。我们知道,现代主义文学的产生不仅源于资本主义的发展带来的人与人的不平等以及人与世界关系的重新审视,更是源于世界范围的战争带给人对神学、宗教、哲学乃至道德伦理体系等一切价值体系的质疑。现代主义文学不仅质疑浪漫主义文学的浪漫本质,更是质疑自由、光明、进步等西方启蒙运动带来的价值体系和价值认同。在他们的作品中,焦虑不安及其背后的种种真相得到现代主义作家的关注,他们强调要对资本主义造成的各种异化现象进行抵抗,表现主义、荒诞戏剧、黑色幽默、怪异的(grotesque)人物形象可谓他们作品新的美学体现。按照布鲁姆的理解,如果崇高关涉正面性质的情感,那么弗洛伊德的恐惑,则是一种"否定的崇高"。布鲁姆指出:"'恐惑'是'崇高'的化身。'恐惑'是我们这个时代的'崇高'。"③ 什么样的时代才是我们的时代?既然恐惑是我们这个时代的"崇高",那么布鲁姆意义上的"恐惑"就是利奥塔意义上的"后现代崇高",换言之,就是一种"去中心"

① 童明:《暗恐 / 非家幻觉》,《外国文学》2011 年第 4 期。

② 童明:《暗恐 / 非家幻觉》,《外国文学》2011 年第 4 期。

③ David Ellison, *Ethics and Aesthetics in European Modernist Literature: From the Sublime to the Uncanny*, New York: Cambridge Univ. Press, 2004, p.53.

的解构美学。在当代美学领域，恐惑"已经成为'崇高'美学发展史中的一个重要现象或阶段，成为当代美学研究中的一个重要术语。其特殊的否定（负面）美学价值及其对现代人存在样态的摹写赋予了其审美现代性的功能"①。

恐惑这一概念可以体现在多种层次上。体现在心理分析上，就是"那种把人带回很久以前熟悉和熟知的事情的惊恐感觉"②，是"被隐藏却熟悉的事物从压抑中冒出"③，强调的是"非家和家"的并存，记忆和忘却的徘徊，同时强调压抑的复现也是一种再创造。实际上，恐惑感产生于无意识中的压抑，能够引起人的恐惧，表示主体的心理位于熟悉与陌生、有生命与无生命之间的模糊界线上。换言之，恐惑是一种压抑的复现和界限的模糊，而恐惑感"是一种边界模糊的暧昧状态，是模糊了主体与客体、自我与他者、内部与外部等之间的界限的一种跨边界现象"④。自从弗洛伊德对哥特小说《沙魔》的分析后，出现了一系列能够引起恐惑的主题，比如阉割焦虑、复影、另一自我和镜像自我、幽灵的散发、被活埋的恐怖幻想、泛灵思想等。恐惑体现在文学作品中，更多的是与"复影"与"重复"（repetition）⑤这一文学叙事策略相联系。很多时候，复影和重复不仅体现在叙事内容上，甚至体现在叙事策略中，有的作家甚至将二者融进小说的

---

① 王素英：《"恐惑"理论的发展及当代意义》，《当代外国文学》2014 年第 1 期。

② Sigmund Freud, "The Uncanny", In *The Standard Edition of the Complete Psychological Works of Sigmund Freud*, 21st ed., Edited by James Strachey, Alix Strachey, Anna Freud, and Alan Tyson, London: The Hogarth Press and The Institute of Psychoanalysis, 1981, p.221.

③ Sigmund Freud, "The Uncanny", In *The Standard Edition of the Complete Psychological Works of Sigmund Freud*, 21st ed., Edited by James Strachey, Alix Strachey, Anna Freud, and Alan Tyson, London: The Hogarth Press and The Institute of Psychoanalysis, 1981, p.246.

④ 王素英：《"恐惑"理论的发展及当代意义》，《当代外国文学》2014 年第 1 期。

⑤ "重复"一词也是西方文论中的关键词之一，经过弗洛伊德、本雅明、德勒兹、米勒和鲍德里亚的解读和阐释，逐渐与"恐惑"、"互文"以及"类象"等概念结下了不解之缘，成为精神分析批评、解构主义批评和文化批评的重要策略之一。

叙事形式和内容上，营造出恐惑的审美效应。

罗尔（Nicholas Royle）认为，恐惑"不仅仅是一种诡异感或异样感。具体来说，它是一种奇特的熟悉与陌生的混杂"①。罗尔所谓的"熟悉与陌生的混杂"等同于弗洛伊德所说的"非家和家"的并存，也类似于混沌叙事中迭代原则带来的熟悉与陌生的"混沌三明治"之文本审美效果，都在强调恐惑所具有的典型的"双重性"（doubleness）。双重性指的是"某物、某种感情、某种现象、某个词内包含了相互矛盾抵触的因素，正反并存——既是自身又包蕴了其反面，具有一定的悖论的意味和二律背反的意味"②。双重性是恐惑的重要特征，实际上也可看作一种混沌性，因为恐惑本身具有的熟悉中的不熟悉、去熟悉化后的再熟悉化、意识中的无意识，使得恐惑具有了悖论性、不确定性和含混性等后现代主义批评的重要特征。总之，恐惑这一概念在后现代语境中，早已超越简单的心理分析的范围，经过德里达、米勒、拉康、西克苏斯、克里斯蒂娃、霍米·巴巴、鲍德里亚、齐泽克等众多学者的进一步阐释以及运用，已经成为当代一个重要的文学和文化批评术语。

尽管哥特小说起源于英国，但并不局限在英国，而是在全世界实现了哥特小说的发展和繁荣，并随着时代的变化从传统走到现代。美国哥特小说要适应北美大陆的自然和人文环境，很自然地要在场景的选择与主题的演变上发生变化。北美辽阔的边地风光，壮美的河岳山川，阴暗的沼泽，废弃的小镇，远离人烟的木屋等都可以替代英国古堡阴暗诡异的场景，同样处处体现出崇高和恐惑之审美范畴。就本节谈到的福克纳和麦卡锡来说，死亡与暴力是他们小说的主线。围绕这一主线，两位世界级的文学大师极尽哥特小说元素铺陈之能事，将腐朽、衰败、丑恶、阴暗、怪诞、恐

---

① Nicholas Royle, *The Uncanny: An Introduction*, Manchester: Manchester Univ. Press, 2003, p.1.

② 何庆机、吕凤仪：《幽灵、记忆与双重性：解读〈献给艾米莉的玫瑰〉的"怪异"》，《外国文学研究》2012 年第 2 期。

怖等哥特意象充斥了小说文本，使得两部小说有了哥特小说这一文类的特色。值得考虑的是，尽管福克纳和麦卡锡的两部小说不仅在乱伦主题的选择上有着跨越时空的互文或者映射，并且在小说文类的选择上，也都有哥特小说的特色这一文类上的互文。然而，具体来说，两个作家无论是从彼此的创作时期还是从他们各自小说采取的叙事策略来看，分别属于现代主义和后现代主义小说。显然，他们的作品尽管同样都有哥特式小说的诡诞，却分别有着崇高和恐惑之美学效应。

文化传统是文学创作的土壤，影响并决定着文学创作的性质。作为现代主义作家，福克纳将他的文学创作深深根植于美国南方这片独特而又根深蒂固的文化传统中，无情批评了旧南方的社会痼疾，将南方的阴暗、残忍、野蛮和恐怖置于艺术舞台的强光之下。福克纳的小说可谓最大程度上批评了美国南方社会潜藏的丑和恶以及父权社会与种族隔离制度对人的压制和剥削，无论是从主题选择还是从意象的运用，都能看到哥特式怪诞之负面美学效应。然而，诚如瑞典文学院颁给福克纳诺贝尔文学奖时所说，福克纳剖析和批判南方的丑恶，并不是要暴露恐惧或者是预言人类末日的厄运，而是要哀悼他"出于正义和人道永远不能忍受的生活方式"①。其笔下怪诞和恐惧的崇高效应，不仅是对主体心灵的净化，更是通过人的惊悚体验，唤醒人类沉睡的灵魂，使得人类重新拥有高贵而不朽的魂灵。从这种意义上来说，福克纳将萨德本家族的覆灭以及人物饱受诅咒的悲惨命运，看作是旧南方父权制奴隶社会抑或整个美国社会的悲剧，还是给读者留下了悲悯和救赎所在，使得他的作品获得了震撼人心的伯克式崇高美学效应。

《押沙龙》是部死亡之书，不仅百里庄园的缔造者萨德本最终死在了受他羞辱的穷白人的镰刀之下；并且他的弃子与女儿相恋，两个儿子骨肉

---

① 福克纳：《福克纳随笔》，李文俊译，上海译文出版社 2008 年版，第 122 页。

相残，而他辛苦建立的百里庄园也毁于一场大火中。伯克指出，人在面对神秘恐怖的对象时，内心会生发战栗和恐惧，而强权则是催生恐惧引发崇高感的重要元素。[①] 作为父权制家长，萨德本"独揽家族大权，既是黑暗阴沉的男性原则的产物，同时也是黑暗阴沉的男性强权的象征"[②]，对弱者的生存构成威胁，使得他周围的人产生匮乏、焦虑和无力之感。哥特小说中的强权者就是恐怖和丑恶的代名词。强权带来的暴力不仅危及弱者的生存，而且会给弱者带来极强的危机感和恐惧感。面对死亡的威胁，萨德本的家人大多呈现弱者的无力，毫无抵御和抗争能力。他的妻子埃伦不仅是个喜怒无常神经质的女人，而且逃避现实，整天沉浸在生活的幻觉中，就如一只脆弱的枯叶蝶，年纪轻轻就离开了人世；而他的两个孩子亨利和朱迪斯从小就生活在没有温暖的家庭里，被一种绝望、压抑、叛逆和自恋的气氛所包围。亨利苍白多疑，敏感脆弱，而朱迪斯则成长为一个类似萨德本的强硬女性，与邦恋爱不成最终摧毁了她强硬的外表，成为萨德本早年罪恶的牺牲品。萨德本就像是个"恶魔"，对于他周围的人来说，无疑是个命运的诅咒，在他的强权恐怖震慑下，他们或脆弱或衰弱，或者直接就将自己关进了黑屋子里，等待尘土一天天成为自己的宿命。罗莎小姐原本是埃伦的妹妹，按道理是萨德本家族的外来者，却也因萨德本所代表的男性强权的逼迫，沦为了南方父权社会的受害者。可以说，萨德本尽管有着坚强的意志和过硬的经营本领，亲手缔造了王朝一样的百里庄园，然而，他的强权意志也是引发家族没落、衰败，最终走向厄运的始作俑者。固化的种族意识与旧南方父权制社会男性的强权和地位，使得萨德本就如死亡的裹挟者一样，成为哥特小说典型的施害者形象。

---

① See Mary Arensberg, "Introduction: The American Sublime", In *The American Sublime*, Edited by Mary Arensberg, Albany: State Univ. of New York, 1986, pp.1–20.

② 胡英：《论〈押沙龙，押沙龙！〉的伯克式崇高美学效应》，《西南科技大学学报（哲学社会科学版）》2017年第1期。

　　相对萨德本恐怖的迫害者形象,罗莎小姐就是《押沙龙》中的哥特女性,是男性强权的受害者。同福克纳笔下大多数贵族家庭一样,罗莎的家庭氛围也缺乏暖色。母亲的过早离世使得罗莎没有母爱的滋养,她的父亲又过于冷漠苛刻,加上她偏执的姑妈自小又"以一条在蜕皮的蛇的盲目、无理性的狂怒"[①],来向她灌输对包括萨德本在内的所有男人的仇恨,使得罗莎的心灵严重扭曲。旧南方一贯标榜自己的贵族社会身份,对女性的要求贯穿"淑女"原则,这一原则不仅要求女性要娇弱端庄、优雅美丽,具有女性气质,更是要求女性以嫁给南方"绅士"成为"家中天使"为最高人生价值。福克纳笔下的旧南方有"圣经地带"之称谓,除了父权制文化的影响,基督教文化对女性温顺以及服从的要求也甚嚣尘上。罗莎深受南方基督教和父权制双重文化影响,加上成长的环境闭塞而又缺乏温情,她不但无意识地以旧南方的淑女原则要求自己,更是将"家中天使"的女性观念当作想当然的枷锁,将自己牢牢地束缚。尽管罗莎与姐姐埃伦的父亲并非地位显赫的贵族,但环境使然,罗莎一方面想成为温婉的贵族女性,鄙视萨德本靠黑奴发家巧取豪夺的过往历史,甚至萨德本不知来路的低微卑贱的姓氏,另一方面,罗莎又不甘于如姑母那样沦为"老处女"那样的社会笑柄,急于有个婚姻来托付终身。可以说,罗莎的内心极为矛盾。尽管罗莎对她的姐夫萨德本充满了鄙视,但对方向她求婚时却对他产生了钦佩和性的渴望。

　　对于罗莎这个身处南方淑女原则与基督教文化双重压迫下的传统女性,福克纳给予罗莎深切的同情和怜悯,但他却将罗莎这个哥特女性受害者的形象塑造得不仅怪诞,而且恐怖,借此揭露旧南方对人性的践踏与罪孽。罗莎的形象是一棵开花的紫藤。紫藤盛开在初夏时分,原本芬芳浪漫,象征了罗莎曾经情窦初开的少女梦幻。但小说中的紫藤却是二度开

---

① 福克纳:《押沙龙,押沙龙!》,李文俊译,现代出版社 2017 年版,第 41 页。

放,花期已远非初夏,而是已近初秋的九月。南方秋日的骄阳将紫藤的芬芳吹进密不透风的屋子,其让人心生厌烦的甜腻,有着极强的性暗示,表明罗莎这个长期遭受压抑的女子对男性的情欲需求。身为传统女性,罗莎不能自主抉择自己的人生,而是把一生的幸福都寄托在勇武高大的男性身上。当她希冀借助萨德本来改变自己卑微女性身份的想法萌动之时,罗莎已经沦为男权社会的受害者。当初萨德本迎娶罗莎的姐姐埃伦时,还希望有个"品行端庄的女子的护卫,好让他的地位稳如磐石"①,并以此达到跻身贵族社会的目的,正是因为这个可悲的"面子",埃伦这个曾经娇若蝴蝶的姐姐在年仅 43 岁时便离开了人世。然而,当年逾六旬的萨德本再次考虑婚姻,希望与罗莎重组家庭,这一次的婚姻却不再是金钱与地位两相匹配的秦晋之好,而纯粹成了一场赤裸裸的交易。在萨德本的眼中,罗莎小姐与母狗、母牛或母马没什么两样,他的求婚无非是"去到她跟前建议他们像公狗母狗那样配对,以恶魔般的狡诈构想出千万年来所有的丈夫和未婚夫都求之不得的方案"②,希望后者可以帮他传宗接代,企图稳固百里庄园的百年基业。一旦罗莎意识到她与萨德本的婚姻不过是后者繁衍后代的工具,备受羞辱的她便逃回了杰弗生小镇,从此将自己关进冰冷孤寂的房子里。曾经浪漫的南方淑女成了小镇的笑柄,而芬芳的紫藤也最终成了阴森恐怖的黑屋紫藤。小说中,罗莎将自己比喻成"地下湖里一条瞎了眼的鱼"③,一个空心的女人,在自我监禁中苟活在萨德本百里庄园宛如冥河般阴森恐怖的土地上,度过了惨淡的一生。

福克纳对于罗莎这个典型的哥特女性,可谓调动了一切哥特元素来塑造她的自闭和自虐,从而揭露旧南方父权制社会对女性的戕害。罗莎不仅连续 43 年都身着"一身永恒不变的黑衣","她身板笔挺……两条腿直僵

---

① 福克纳:《押沙龙,押沙龙!》,李文俊译,现代出版社 2017 年版,第 7 页。

② 福克纳:《押沙龙,押沙龙!》,李文俊译,现代出版社 2017 年版,第 137 页。

③ 福克纳:《押沙龙,押沙龙!》,李文俊译,现代出版社 2017 年版,第 106 页。

僵地悬垂着仿佛她的胫骨和踝关节是铁打的"，嗓音"阴郁、沙哑，带着惊愕意味"，"透露出一股无奈和呆呆的怒气"[①]；身材矮小如少女般的罗莎坐在一张高大的椅子上，"在袖口和领口那一个个花边组成的白蒙蒙的三角形的上方，有一张苍白憔悴的脸"，这个曾经的温婉女性，"看上去像个钉在十字架上的小孩。"[②] 小说借助颜色（黑与白的暗淡）、形状（十字架、三角形）、声音（阴郁沙哑）、意象（铁打以及十字架）等元素，将罗莎恐怖阴森黑屋里活动的活鬼形象勾勒得生动而又让人毛骨悚然。这样怪诞老妇人的形象又与混杂有恶心和死亡气息的紫藤味儿并置一起，表现出一个令人痛苦不安的场景。此外，福克纳也运用了重复的技巧，对丑陋的黑屋紫藤形象反复强调。九月骄阳的曝晒，紫藤令人生厌的甜腻，黑屋子的棺材味儿以及老处女备受压抑的酸臭味儿等相互混杂，将衰败和死亡的体验直陈于前，营造出怪诞恐怖的哥特氛围，不仅逼真地再现了旧南方家庭内部潜存的人性丑陋，更是激起读者丑陋、恐怖、怪诞等令人厌恶的情绪体验。

　　福克纳不仅善于运用哥特元素来烘托小说氛围的恐怖与阴暗，更是借助这些恐怖和阴暗再现南方贵族难逃毁灭的宿命，使得他的小说具有悲剧色彩。小说《押沙龙》里，福克纳多次使用"诅咒"、"腐朽"、"腐烂"、"黑魆魆"、"空荡荡"、"光秃秃"、"死气沉沉"等词眼来描摹萨德本百里庄园，并且诸如"毁灭"、"毁坏"、"荒芜"之类的词语也经常出现在小说对庄园的描摹和再现，用以说明萨德本百里庄园的覆灭。而就萨德本来说，他不仅在罗莎小姐的口中被"魔鬼化"，前者提到他时从未说过他的名字，而总是称他为"鬼怪"、"恶魔"、"罪恶的渊薮"等，而且小说其他人物如昆丁、施立夫以及康普生先生也认为他是小镇的"鬼怪"，神秘怪异，且强

[①] 福克纳：《押沙龙，押沙龙!》，李文俊译，现代出版社 2017 年版，第 1 页。

[②] 福克纳：《押沙龙，押沙龙!》，李文俊译，现代出版社 2017 年版，第 2 页。

权暴虐。曾经辉煌一时的萨德本百里庄园，最后一片荒芜，只有茂密的野草将其堵得严严实实。福克纳这样描写道：

> 它黑压压、高高耸立，方方正正，庞然大物一个，那些烟囱参差不齐，一半坍塌了，屋顶那条水平线有些地方也凹陷了下来；有一瞬间，在他们朝它移动，急急忙忙地朝它靠拢时，昆丁透过房屋明明白白地看到一片支离破碎的天空，里面缀有三颗灼热的星星，好像这幢房子是只有一个平面的，是画在一块帆布帷幕上的，上面撕裂了一个口子；此刻，几乎是在那底下，他们移动在其中的那股腐朽的、火炉里喷出来般的空气，像是慢慢地、故意拖延用力吹出的一股臭味，那是不住人和腐烂的气味，好像用来盖房屋的木料竟是肉体。①

曾经显赫一时的大宅，先是一个法国建筑师花了三年的时间打造，接着萨德本又用了三年的时间来置办家具和摆设，受到镇上人们的艳羡和嫉妒。这个曾经方圆百里大得像座法院似的萨德本庄园，一度也有"庭院深深深几许"的繁华，最后却人去楼空，只剩下斑驳龟裂的墙壁、残破开裂的窗户、桌椅和天花板，以及那些禁锢在庄园里的痛苦、挣扎而又落寞的"鬼魂"们。弥漫在庄园里的腐朽、无力甚至衰亡的气味，正是南方贵族无可逃脱的罪孽与宿命，让人心生悲悯。可以说，萨德本百里庄园的悲剧，是整个美国南方悲剧宿命的缩影。存世102年的巍峨庄园，最后被大火彻底吞噬：

> ……此时一切都结束了，再没剩下什么，此刻那里已一无所有除

---

① 福克纳：《押沙龙，押沙龙！》，李文俊译，现代出版社2017年版，第276页。

了那个小白痴潜伏在那堆灰烬和四根空荡荡的烟囱周围并且还嚎叫，一直到有人来把他赶走。他们抓不住他也没有人似乎能把他轰开多远，他仅仅是停止片刻。可过了一会儿他们又开始重新听到他的声音了。①

实际上，无论是萨德本作为施害者的神秘力量，还是罗莎小姐受害者的自闭和自虐，他们都是南方父权制文化的牺牲品。一句话，福克纳笔下充满阴暗、腐朽以及恐怖的文本世界，正是小说家身处的旧南方现实世界的反映。文本世界与现实世界的相互辉映，可谓福克纳对其所在的美国南方的礼敬，是作家本人对美国南方衰落的审视，同时也体现了福克纳对美国南方给予的希望。在他的小说中，福克纳对南方的丑陋和阴暗不遗余力地揭露和批判，使得作家一度遭到很多南方学者的批评。然而，我们知道，最强烈的恨往往源于最执着的爱。正如诗人艾青的诗句所说："为什么我的眼里常含泪水？因为我对这土地爱得深沉。"②审视过去，是因为对明天有所希冀。福克纳的小说《修女安魂曲》中，也有句名言："过去从来没有死亡。它甚至没有过去。"对于养育自己的美国南方，福克纳的感情是复杂的。他曾经说过："他既爱南方又恨南方，因为他生长在那里，那里是他的故乡，无论故乡南方有多少令人痛心的缺憾，他都仍然保护她。"③对于南方那块邮票大小的家乡，福克纳也借小说人物昆丁之口，表明了他对南方的爱恨情仇：

　　"我不恨它，"昆丁说，马上立刻脱口而出："我不恨它，"他说。
　　我不恨它，他想，在寒冷的空气里，在铁也似的新英格兰黑暗里大口

---

① 福克纳：《押沙龙，押沙龙！》，李文俊译，现代出版社 2017 年版，第 281 页。
② 中国诗人艾青的诗歌《我爱这土地》（1938），表达了诗人对生于斯长于斯的家乡土地的热爱之情。
③ 吴伟仁：《美国文学史及选读学习指南》，中央民族大学出版社 2002 年版，第 255 页。

喘气：我不。我不！我不恨它！我不恨它！ ①

　　总之，小说《押沙龙》除了运用典型的哥特手法制造了恐怖和怪诞的氛围，让读者对人性潜存的丑陋以及种族和父权制社会对人性压制和剥削的恐惧，同时也采用了内聚焦和第二人称叙事视角等多重视角杂糅的现代主义叙事手法，使得小说文本呈现出"众声喧哗"与"复调"的美学特征，从而使得萨德本家族的传奇故事变得扑朔迷离，充满了奇幻和神秘色彩。这一叙事策略不仅使得读者对小说事件真实性的解读有了开放性，并且小说人物的命运也随之有了奇幻和不确定性。可以说，福克纳借助伯克式的崇高美学效应，不仅使得萨德本家族悲惨的命运对于读者有了一种震慑，他们在恐惧之余还会为美国旧南方的逝去和衰落，洒下悲悼的眼泪，更是借悲剧达到警醒和呼唤的目的，试图引起人们对美国南方社会这一"生命体"愈加"更老"②的关注。这或许才是福克纳小说能够超越时空成为世界文学经典，并作为麦卡锡小说创作的"镜像"，在小说《外围黑暗》中与其互文指涉的原因所在。

　　不同于福克纳，麦卡锡的《外围黑暗》是一部典型的后现代寓言小说。小说大量运用了哥特小说的叙事元素，随处可见的怪诞意象，诸如废墟、沼泽地、衰败的小镇、隔绝的林中空地，以及仿佛一张巨大的怪兽的口时刻要将人吞进去的森林等，给予整部小说孤立隔绝而又充满怪诞恐怖的哥特氛围。此外，小说主要人物在他们的人生旅途中，遇到许多怪诞和恐怖的人物，比如没有鼻子的老太婆，撕掉五个孩子的老太太，她的丈夫认为她看起来就如"拍打舌头的老蝙蝠"等，使得麦卡锡的小说显然

---

① 福克纳：《押沙龙，押沙龙！》，李文俊译，现代出版社 2017 年版，第 283 页。
② 关于南方"更老"的说法，是小说人物施洛夫所说的，"南方、耶稣啊。这就难怪你们南方人全都比你们的年龄显得更老，更老，更老"。（参见福克纳：《押沙龙，押沙龙！》，李文俊译，现代出版社 2017 年版，第 281 页。）

有了南方哥特小说的怪诞。然而，不同于福克纳在《押沙龙》中营造的伯克式崇高的美学效应，麦卡锡在小说《外围黑暗》中，大量运用了"复影"（double）这一叙事策略，使得他的小说有了哥特小说之"恐惑"的负面美学效应。

"复影"的基本语义是镜中的影像，译为"复影"取再次出现的影像之意。① 但是，经常有人将其译为"双重人格"或者"异己"，指的是"复影"这种人物形象有着难以调和的内心矛盾的结果，也就是双重人格其人的"异己性"（doubling）。"它表现为内心的分裂——意识中占主导地位的方面，即自我（ego），与其对立面，即改变了的自我（alterego），或者如巴赫金所称之'人中之人'之间的分裂。而互为异己的人物就是这种分裂的形象化。由于他们代表自我和改变了的自我，他们既相同也有着差别，关系极为复杂"②。心理学家兰柯指出，"复影"是人的心理需要的投射，往往和镜中的影像、阴影、保护神以及人们对灵魂的想象和对死亡的恐惧联系在一起。③ 弗洛伊德在兰柯的解释基础上，强调了"复影"在压抑复现过程中的恐惑作用。他指出，恐惑经常伴随着压抑的事物在丢失的同时又回到了同一地点，而内心重复的冲动，最为令人恐惑的结果之一就是"复影"，也即"自我的扰乱"。在他看来，"自我可能会被复制、分裂甚至互换"④，正是复影唤起了恐惑的感觉，尤其是"一个人将自我认同为另一个人，并因此使得真正的自我不确定起来"⑤。因此，

---

① 童明：《暗恐／非家幻觉》，《外国文学》2011 年第 4 期。

② 肖明翰：《〈押沙龙，押沙龙！〉的不可确定性》，《四川师范大学学报（社会科学版）》1997 年第 1 期。

③ 转引自童明：《暗恐／非家幻觉》，《外国文学》2011 年第 4 期。

④ Sigmund Freud, "The Uncanny", In *The Standard Edition of the Complete Psychological Works of Sigmund Freud*, 21st ed., Edited by James Strachey, Alix Strachey, Anna Freud, and Alan Tyson, London: The Hogarth Press and the Institute of Psychoanalysis, 1981, p.143.

⑤ Sigmund Freud, "The Uncanny", In *The Standard Edition of the Complete Psychological Works of Sigmund Freud*, 21st ed., Edited by James Strachey, Alix Strachey, Anna Freud, and Alan Tyson, London: The Hogarth Press and the Institute of Psychoanalysis, 1981, p.142.

伴随着阉割恐惧，自我的分裂就与失落的恐惧有了联系，更广义的意义上来说，就与死亡恐惧有了联系。[1] 因此，复影或不自觉的压抑的重复既可以是造成恐惑的原因，也可以是产生恐惑的手段。小说《外围黑暗》中，就有叙事内容上"复影"的存在，也有叙事形式上"复影"的"双重性"（doubleness）。

如果我们以库拉的压抑为视点，便会发现围绕库拉对触及乱伦这一文明禁忌之罪恶的暴露，他的恐惧便以复影的方式出现了多次。第一个出现的复影便是库拉和瑞丝的孩子，孩子不仅是库拉乱伦罪恶的"复影"，更是能够揭露库拉杀子与弃子罪恶的"复影"，因此，当孩子诞生之初，就不得不死掉。当孩子在荒野中被补锅匠捡走，孩子对于库拉内心引起的焦虑和恐惧便与日俱增。可以说，小说中库拉追寻妹妹的旅程，其目的不仅仅是寻找到因丢失孩子半疯的妹妹瑞丝，而是要找到孩子将他杀死或者想办法掩饰罪证。如此，库拉对乱伦罪恶的焦虑和恐惧的第二个复影，便及时出现了。这就是活跃在荒野边缘的三个歹徒。歹徒可谓库拉心中遮蔽不了的恶的"复影"，他们活跃在荒野边缘，杀人、吃人，专门做坏事。小说中只有库拉和捡到婴儿的补锅匠能与三个恶徒狭路相逢，说明他们都有身为恶人的特质。当然，三个歹徒能从小说安排的斜体部分"逾越"进入文本的正文，正是叙事在物质影像上所做出的形式投射。对于孩子来说，其本身的存在就是罪恶的"复影"，只有被除掉才能掩盖库拉的罪恶；而对于三个歹徒来说，能从文本的斜体部分"逾越"到正文部分，也就是从人类道德理性避免的恶之"不在场"，却因帮助库拉做了自己想做又不能做的事情，从而获得了与库拉共同命运的非理性"在场"，他们正是库拉内心急于掩饰乃至毁灭罪证的恶的第二个"复影"，更是库拉内心潜藏的

---

[1] Sigmund Freud, "The Uncanny", In *The Standard Edition of the Complete Psychological Works of Sigmund Freud*, 21st ed., Edited by James Strachey, Alix Strachey, Anna Freud, and Alan Tyson, London: The Hogarth Press and the Institute of Psychoanalysis, 1981, p.142.

恶的物质影像，不过幻化成了三个歹徒的形象出现罢了。当然，从文本中我们也可以发现诸多库拉与"三恶魔"之间的相似性，比如他们在命名意义的认同上，甚至小说尽管没有交代他们何时认识，但显然后者是认识库拉的，并且知道库拉犯了罪，所以才在库拉遭赶猪人追捕的时候将他从河里救出，甚至还给他肉吃。这些细节在上一节有所交代，这里不再赘述。总之，对于库拉来说，他所犯下的乱伦之罪恶，正是人类被驱逐出伊甸园的原罪。为了人类自身的发展利益，人们制定了很多规则制度，甚至形成了伦理道德来压抑和克制人性中最本初和最原始的欲望，对于逾越者，自然有很多惩罚。这便是乱伦的禁忌。小说中，瑞丝在寻子途中，总能找到人帮忙，比如提供给她住宿的妇人，给她检查看病诊断奶涨的医生，库拉则沿途被人嫌弃，很多时候都找不到工作，即使找到工作，也总是遭人误解。小说中多次他被当作盗墓贼或者小偷，甚至赶猪人直接就认定他是恶魔，斥责他将猪群赶到了悬崖下面，要对他进行惩罚。此外，游走街巷的补锅匠在林中找到孩子，却在遇到孩子的母亲瑞丝时拒绝交出孩子，甚至和她讨价还价，说明补锅匠的身上也有实用主义和自私的罪恶。补锅匠不交出孩子，说明他有将孩子公布于众的可能性，而这一可能性，便是引起库拉恐惧压抑之复现的"恐惑"，因此，补锅匠很自然就成了库拉焦虑和恐惧的第三个复影。

补锅匠看似辛苦救助孩子这一新生命，这是人类之所以存在而为人们熟悉的"在家"行为，然而他却拒绝将孩子还给瑞丝，这是人类利益至上的恶的存在，是一种"非家"行为。实际上，补锅匠的行为，充满了"在家与非家"的悖论。他带着孩子仓皇而逃的"非家"行为，演绎的正是库拉的种种"在家"焦虑，是库拉曾经犯下乱伦、杀子以及弃子罪恶的种种阴影的集大成者。实际上，在补锅匠身上，不仅是"在家/非家"的"恐惑"，更是库拉内心善与恶挣扎的物质影像。补锅匠救助孩子，带着孩子到处寻找奶水，希望孩子存活起来，尽管有他有利可图的一面，但他到处求助，某种程度上和库拉当着三个歹徒，一方面希望掩饰罪证，才会对三个歹徒说他的妹妹瑞丝会养活孩子，希望他们放过手中的孩子，而另一方面，面对自己求助无力孩子被杀的惨剧无法收场的时候，也只好佯装不见，有很强的相似性。集善恶于一身的补锅匠，是库拉内心压抑焦灼恐惧的"复影"，二者既有相似的地方，也有不同的层面。补锅匠最后被三个歹徒杀死在林中，实际上，"三恶魔"对补锅匠的行凶，无非是实现了库拉内心恶的愿望，彻底掩盖了他曾经有过乱伦孽子的罪证。可以说，库拉与三个歹徒是杀害补锅匠甚至自己亲生孩子的同谋。

　　小说结尾将补锅匠的躯体与大树融为一体，让他彻底回归了世界。表面上看，麦卡锡这样的处理是一种生态主义的思想体现，很多学者也因此将麦卡锡解读为一个有着生态主义观点的作家，但从深层原因来看，麦卡锡如此处理补锅匠的去向，已经超越了一般意义上的生态主义。世界属于世界，人类只是这个世界的过客而已。人类的善与恶，最终都将成为宇宙的一部分，从尘土中来，到尘土中去。可以说，麦卡锡的观点恰是混沌理论的宇宙观。在这个宇宙中，并非人类才是中心，大自然的一切都有他们自身的生长和演变规律，并不会受人类的意志来转移。相反，作为世界的一分子，人不仅要适应自然，更是要随着宇宙的演绎而做出自身相应的调节。补锅匠最终与大树融为一体，大树不仅在他的躯体上长出了新芽，甚至鸟儿也将他的头颅做成新窝。此种描述让人恐怖之余，更是一种警醒，也是对补锅匠善恶同体的一种护念，毕竟他的躯体有了新的用途，况且还借世界的新绿，有了生命的另一重轮回。除此之外，麦卡锡也似乎暗示，人类的恶并没有因人的道德与理性而彻底消失；相反，此种乱伦或者人性的恶在文明的进程中总有可能出现。人类要避免这种罪恶，便会用种种办法来克制和压抑。然而，我们的自我，不是一个先验的、固定的思想实体，而是在各种力量的支配下不断发生变化的。压抑的事或物诸如乱伦等文明禁忌，却总会在无意识间，犹如人类无意识中存在的"原型"一样，有重复的冲动，也即有着"复影"的可能性，他们在人类社会里总会"返魅"。

我们之所以用"复影"来说明库拉压抑的焦虑，不仅仅因为小说的确在叙事内容上有这样的安排，更是在小说的叙事细节上也有多处暗示。给予弗洛伊德"恐惑"概念启发的德国小说《沙魔》中，主要人物纳撒尼尔（Nathaniel）的"沙魔"恐惧就是围绕失去"眼睛"而展开，而麦卡锡的小说《外围黑暗》中的人物库拉，其恐惧则主要围绕罪行被人识破而展开。换言之，是担心他人知道，也就是担心被冥冥之中的"眼睛"看到。实际上，"眼睛"这一细节在小说《外围黑暗》中也多处提到。首先是小说的题目，尽管上一节我们有所讨论，题目的命名出自《圣经》，有宗教含义，指的是对宗教的不忠诚所导致的灵魂黑暗。然而，又何尝不是小说最后，库拉看着一名盲人（即失去眼睛，也与眼睛有关）正走向沼泽而无动于衷的寓意所在？犯下原罪之后的库拉，接着便是弃子和杀子，最后又和恶魔沆瀣一气，注定让库拉走向彻底的"外围黑暗"而万劫不复。实际上，那个一步步走向黑暗沼泽的盲人，就是库拉的第四个"复影"，是他失去任何救赎机会走向毁灭的灵魂之现实影像，是心灵失去辨别方向之"眼睛"的物质折射。

小说中另一处关于"眼睛"的讨论，便是三个歹徒在杀死孩子之前关于眼睛与库拉的争论。歹徒中的老大对库拉说："他一定在别的地方丢了眼睛。还有一只。他本来应该有两只。或许他应该有更多。有些人虽有两只眼睛，但形同瞎子。"①库拉听到这些言语默不作声。实际上，歹徒是在"审判"库拉，指出库拉内心的恶遮蔽了他对善的判断，所以看似有眼，实则"瞎子"。这一点恰好与小说结尾库拉站在沼泽边看到一个盲人走向沼泽，有了呼应。三个歹徒也可以被看作库拉乱伦罪恶浮出水面的"眼睛"，不仅因为他们本身就是上帝之三位一体的变异，具有一种超能力，

---

① Cormac McCarthy, *Outer Dark*, London: Picador, 2001, p.240.

从而对库拉形成一种被阉割的恐惧①，更是因为从他们身上，库拉自身恶的形象便会分离出来并回视自己。小说提到，似乎只有三个歹徒知道库拉的罪恶，也只有库拉与他们认同，他们不仅穿过同一只靴子（库拉从地主那里偷走，又被歹徒抢走），更是共用过人肉，甚至在杀掉孩子和补锅匠这一罪行上还是同谋。

小说第三处出现的"眼睛"细节，便是与库拉和瑞丝的孩子有关。在关于孩子寥寥几处的描写中，麦卡锡就用了"眼睛"这一细节。丢了一只眼睛的孩子在歹徒的手里晃荡着，"俨然一只待宰的兔子，一个脏兮兮的娃娃，双脚晃荡着，一只眼睛睁睁闭闭，就如一只掉光了毛的老鹰"②。丢了眼睛的孩子某种程度上也是库拉失去善恶判断的影像之一。而小说写到最为残忍的一幕，便是库拉看到三个歹徒杀死自己的孩子，他"突然看到刀片在火光下发出耀眼的光芒，如同夜色下猫的斜长而恶毒的眼睛。带着邪恶的微笑，刀插入孩子的喉咙，他瘫坐在地上。孩子没有发出任何声音。他的一只眼睛像一颗湿润的小石子反射出光芒。黑色的血液不断涌出，顺着他裸露的肚子流淌"③。杀死孩子的刀片如同"猫的斜长而恶毒的眼睛"，这是库拉内心恶之"眼睛"，也是引起其恐惧要对其审判的"眼睛"之一，同时孩子的"眼睛就像一颗湿润的小石子反射出光芒"，更是引起库拉恐惧要将他内心压抑的东西重新浮现的另一只"眼睛"。

麦卡锡的小说不仅叙事内容上有"复影"的运用，小说的叙事结构也有"双重性"。我们前面已经提到，麦卡锡的小说如霍桑的《红字》一样，几乎没有严格的小说开端，确切地说，小说的开始不像是个开始，因为小说开始以前乱伦的故事已经结束，而整个小说故事是围绕小说人物如何救

---

① 按照精神分析学的说法，无论是纳撒尼尔担心失去眼睛的恐惧，还是库拉害怕触及乱伦禁忌的罪证被发现而得到惩罚，都是男性害怕被阉割的恐惧。

② Cormac McCarthy, *Outer Dark*, London: Picador, 2001, p.243.

③ Cormac McCarthy, *Outer Dark*, London: Picador, 2001, pp.244–245.

赎而展开。当然，麦卡锡的《外围黑暗》又不同于霍桑的《红字》。《红字》中的小说人物皆因面对罪恶的态度不同而获得了不同的结局，他们要么如白兰那样得到灵魂的净化而救赎，要么如丁梅斯代尔那样自我折磨而受到相应的惩罚。同样，麦卡锡小说的结尾也不是传统意义上小说的结尾，不仅将读者重新引到了开始，甚至也将读者引到了小说的中间，也就是小说人物的旅途中。文本最后，麦卡锡让小说出现的所有主要人物都在林中空地相聚而谋面，可以说从恶到恶，从开始到开始，演绎的是个环形结构。其实，这片林中空地就是库拉丢弃瑞丝和他本人孩子的地方，也是瑞丝和库拉曾经避人耳目自我放逐的小木屋的附近。一切似乎都回到了起点。一种似曾相识、恍然若现的复现感，给予读者的只能是恐惧和惊悚。结尾不是终结，相反，却是个新的开端。不仅库拉和瑞丝追寻孩子的旅行就像是个"梦游"；原本就不该来到人世的孩子，成了灰烬；而希望能用孩子换取利益的补锅匠，也被三个歹徒吊死在大树上。如果说福克纳的小说中，朱迪斯能够收养邦的孩子，还是给予了人类未来之感，毕竟小说这样安排，让人性获得了一抹亮色；那么，麦卡锡的小说，却将人类的未来彻底放逐到了荒野上。退一步说，如果补锅匠是因为捡了孩子而被恶魔杀死，他的死亡貌似有为人类的未来而牺牲的意味，但小说却没有让他的牺牲有任何悲悯的指向，一切原本就是荒野的"轮回"，充满了不确定性和模糊性。

此外，小说《外围黑暗》在文本意义上，也存在另一重典型的双重性，具体体现在三个歹徒所在的六个斜体部分与其他小说人物所在的正文部分的并置。对于库拉本人来说，其存在就是一种双重性。库拉能够出现在正常的人类社会，同时也能活跃在超自然的面前，也就是说，他不但是真实生活中的人，却又同时是个"影像"。前面提到，他与妹妹的乱伦或许是他施暴的后果，而他追寻妹妹的旅程其目的也旨在销毁罪证来掩饰其罪恶。小说中他在旅途中遇到的人都似乎知道他的罪恶的存在，而三个歹徒对他的故事更是谙熟于心,所以才会有与他相遇,救他且给他肉吃,替他杀人并掩盖罪证的残酷行为。总之,麦卡锡借叙事内容、叙事结构以及叙事文本上的"复影"和"双重性",使得小说有了哥特小说之充满吊诡的"恐惑"美学效应,不仅彻底解构了西方传统思维模式上的"逻各斯中心",使得小说有了后现代寓言之特点,并且也通过"恐惑"带给读者的神秘和怪异感,反映和引发的是人以及人类对自身认识的反思。

总的来说,如果我们要将麦卡锡小说与美国文学传统做以(外)互文研究,从而探讨麦卡锡小说整体上的曼陀罗结构,并不简单,毕竟麦卡锡涉猎广泛,在他长达半个世纪的创作中,他兼采众家之长,形成了他个人独有的风格。就他的行文风格来看,麦卡锡笔锋老到,遒劲有力,某些时候可与现代派大师海明威相比,这也是很多批评家经常将麦氏的创作与海明威互文研究,称麦卡锡为海明威的传人之一的原因。当然,就善于挖掘人性中的丑陋与邪恶来说,麦卡锡可与麦尔维尔以及福克纳做出互文分析。麦卡锡一贯以暴力美学著称,其笔下反映美国社会与文化的深刻,很容易使人联想到美国南方作家奥康纳,或者著名非裔美国女作家托尼·莫里森,或者当代美国女作家欧茨。如果就麦氏笔下冷峻苍凉的美国西部风景描写以及小说中边疆文化的再现,不仅从中可以看到现代派作家薇拉·凯瑟的身影,而他对西部拓疆文化的重写与孤胆英雄牛仔们的刻画,更是能看到西部作家库柏的渊源。麦卡锡善于对历史反思,从中我们可以看到霍桑历史传奇小说对麦氏创作的影响,而就其对历史的书写,恰好又迎合了美国 20 世纪 60 年代之后反思历史、修正历史的后现代主义潮流,就这一点,我们又可将麦氏小说与后现代主义小说家多克多罗的《欢迎来到艰难时代镇》(*Welcome to Hard Times*)、约翰·巴思的《烟草经纪人》(*The Sot-weed Factor*)、品钦的《梅森与迪克森》(*Mason & Dixon*)等的历史传奇小说做以互文研究,凸显麦卡锡小说的曼陀罗结构。

作为美国文学的传统主题之一，"美国梦"也是麦卡锡小说经常描摹的主题之一，他的多部作品诸如《血色子午线》、"边境三部曲"和《老无所依》都活跃着这一主题，正好可与菲兹杰拉德的《伟大的盖茨比》（*The Great Gatsby*）、德莱塞的《美国悲剧》（*The American Tragedy*）、斯坦贝克的《人鼠之间》（*Of Mice and Men*）以及海明威的《有钱人与没钱人》（*To Have and To Have Not*）的创作传统，遥相呼应。另外，麦卡锡小说经常表现出的青少年在旅行中的"追寻"主题和"成长小说"模式，让他与马克·吐温的小说创作更是有了互文。麦卡锡也有生态主义作家的美名，麦氏笔下的动物意象以及小说中渗透的对环境伦理的思考，使得麦卡锡与美国本土作家希尔科也有了多重关联。麦氏小说时常见到战争的影子，关于这一点，麦卡锡又与越战小说家奥布莱恩有很多可资研究的互文之处。不仅如此，就麦卡锡对后现代社会人类生存状况，诸如符号化、拟像化的揭示与反思，我们可以发现，他与当代美国作家德里罗、品钦，甚至奥斯特（Paul Auster）与鲍 dgv 尔斯等都有很多共通之处。总之，麦卡锡的文学创作与美国源远流长的文学传统同出一脉，其小说不仅有 19 世纪浪漫主义小说以及现实主义小说的影响，也有现代派小说和后现代派小说创作因素的杂糅，既有南方小说常见的宗教与暴力主题，也有西部小说的文明与荒野、善与恶等的冲突与对立，可以跻入当代美国经典作家之列。

限于篇幅，本节在麦卡锡小说的互文性研究中，选取了库柏这一"美国西部文学之父"的经典作品，来与麦卡锡的小说做以互文研究，旨在说明麦卡锡在继承西部文学这一美国文学传统的基础上，使得其小说与美国西部文学传统在荒野书写、荒野审美效果以及印第安人形象塑造上有了多重映射，从而形成了麦氏文本特有的曼陀罗结构。而就麦卡锡作为美国南方文学的继承者这一点上，笔者也将麦卡锡与南方文学的集大成者福克纳做了互文研究，重点讨论乱伦这一南方小说母题在不同作家笔下的书写，以及他们在哥特小说这一小说流派上分别演绎出的崇高与恐惑审美效果的不同，某种程度上也在试图探讨，麦卡锡在传承南方文学传统的基础上，如何做到与其前辈作家的逐渐偏离并达到一定程度上的超越，最终形成了麦氏特有的诗学风格。鉴于上节提到的麦卡锡与诸多美国经典作家在多个领域、多个话题、多个流派等方面的"互文"，尚有很多本书未竟的问题。在以后的研究中，笔者一定会再做努力，以图说明麦卡锡小说整体上独有的与经典作品形成多维映射的曼陀罗结构。

第三节 "温克尔"的现世"幽灵"：麦卡锡
小说的镜像与参照

艾略特在《传统与个人才能》一文中说过："从来没有任何诗人，或从事任何一门艺术的艺术家，他本人就已经具备完整的意义。他的重要性，人们对他的评价，也就是对他和已故诗人和艺术家之间关系的评价。你不可能只就他本身来对他做出估价：你必须把他放在已故的人们当中来进行对照和比较。"[1]生活中的我们也是如此。巴赫金发现，"我们通过他人的观点来评价我们自己，我们尝试在我们的意识本身里加入那些转换成分的阶段，同时借他人对之进行思考；一言以蔽之：我们在别人的意识中紧紧地追踪和摄取我们对生活的反映"[2]。实际上，文学作品就是一段周而复始的记忆，是对"过去"的缅怀或者崇敬，甚至有时也是一种有意的偏离或者超越，而读者对文本过去的阅读因读者的背景乃至生命哲学的投射，则帮助了文本对过去记忆的延伸和拓展。因此艾略特一再强调，后世的作家，其个人的观点远远没有其所在地区或者国家的思想重要。[3]言外

---

① 艾略特：《艾略特文学论文集》，李赋宁译，百花洲文艺出版社 2010 年版，第 3 页。

② 转引自蒂费纳·萨莫瓦约：《互文性研究》，邵炜译，天津人民出版社 2003 年版，第 9 页。

③ See T. S. Eliot, *An American Literature and the American Language*, St. Louis: Washington Univ. Press, 1953, p.1443.

之意，文本离不开传统。要成为伟大的作家，重要的前提之一就是"有意识地发展过去的意识"①。毕竟，文学本身就是"所有曾经写过的诗歌（或散文）尚活着的全部"②。

麦卡锡的小说也不例外。传统和过去的记忆犹如"幽灵"，时刻萦绕在他的小说中，使得麦氏小说文本处处都能发现"自相似"的痕迹。上节我们已经讨论过麦氏小说文本与美国西部和南方文学传统的互文关联，本节我们会继续就麦氏小说人物与美国文学传统乃至其小说本身人物之间的宏观与微观的联系，尤其是麦氏小说人物与美国文学传统"逃逸"主题的联系，来说明麦氏小说人物作为"逃逸者"存在的自互文性。麦氏小说人物实际上自成"镜像"，美国作家欧文（Washington Irving）笔下的"温克尔"（Rip Van Winkle）犹如幽灵一样，几乎出现在麦氏所有的小说文本中。从这个细节出发，我们可以发现麦氏小说文本之间外部与内部相互映照的多维自相似性。也正是因为这些自相似性，才有了麦氏文本"不在此处，却在彼处"的整体曼陀罗构型。

欧文有"美国文学之父"的美誉。在他著名的《见闻札记》（*The Sketch Book*, 1820）中有个名篇《瑞普·凡·温克尔》（"Rip Van Winkle"），塑造了美国哈德孙河畔一个自我流放与逃逸的"瑞普·凡·温克尔"的幽默滑稽形象。温克尔虽然老实、幽默，却偏偏得不到妻子的仰慕和欣赏。为逃避妻子的唠叨与"淫威"，温克尔带着名唤"老狼"的老狗和他心爱的猎枪到卡兹吉尔山里打猎。在山里他巧遇一群玩"九柱戏"游戏的仙人，喝了他们的美酒，一睡便是 20 年。待他醒来时，老狗早已不见，猎枪也锈迹斑斑，山林里只有苍鹰在蓝天上盘旋。20 年的沉睡让温克尔幸福与惋惜并存。

① T. S. Eliot, *An American Literature and the American Language*, St. Louis: Washington Univ. Press, 1953, p.1443.

② T. S. Eliot, *An American Literature and the American Language*, St. Louis: Washington Univ. Press, 1953, p.1444.

幸福的是，曾经唠叨和吆五喝六的妻子已经死去，少了女性的"专制"，温克尔似乎恢复了他的男性气概，从此逍遥自在。可惜的是，从前一起在小酒馆里徜徉喝酒的老友们都已驾鹤西去，温克尔从此形单影只，在熟悉的家乡却成了一个陌生人。20 年的长眠，温克尔的身份有了巨大改变。之前他是英王治下的臣民，现在却是美利坚合众国的公民；之前他是一无是处的"家长"，要负担养家糊口的责任和义务，现在儿女都已长大成人，温克尔反倒成了他们照顾的"幼子"。一切都是新的，温克尔宛若"重生"。

　　"温克尔"的形象，实际上在中国与东亚的民间传说甚至中国的志怪小说中，都有类似叙述。"烂柯人"的文学典故，就是突出的例子。相传晋朝有个名唤王质的人到山中打猎，遇到一童一翁对弈下棋。待棋局结束，王质意欲下山，却发现自己的斧柄已经朽坏。"既归，无复时人"①。山中一日，人间百年。"一睡经年"可以说是世界各地民间传说中反复出现的一个原型意象。② 爱尔兰、以色列、日本、印度等文化传统中都有类似的故事。古希腊哲学家埃庇米尼得斯（Epimenides）早年在克里特岛牧羊时，就曾在山洞里一睡 57 年。中世纪《以弗所七个酣睡人》（*The Seven Sleepers of Ephesus*）一书里就讲述了一群基督徒为躲避罗马统治者的迫害，在洞穴中酣睡 200 年后才醒来。这样的世事变迁，对俗世生活的逃避，乃至对世外桃源的渴望，正好呼应了第一节中我们关于荣格对人类潜意识观察的讨论。无论东方还是西方，荣格发现，几乎每一个受试者心中都有个完美的曼陀罗图形。换句话说，温克尔的故事，应该是世界文学的母题之一，也是人类学讨论的普遍"原型"之一。

　　欧文关于"温克尔"的故事取材于德国民间故事，经由作者丰富的文学想象力，加上他对历史和现实敏锐的洞察力，且融入了北美大陆的殖民

---

① 任昉：《述异记》，中华书局 1985 年版，第 10 页。

② 参见张和龙：《"再创作""去异域化"与隐性的比较文学意识——重访汉译美国小说〈一睡七十年〉》，《外国语》2019 年第 6 期。

历史和美利坚民族的文化内涵，使得温克尔这一"逃逸者"的原型意象有了特定的语言、文化和民族的原创性文化内核，获得了巨大的生命力。在美国文学史上，"温克尔"的人物形象，历久弥新，一再被重写，焕发出蓬勃的艺术魅力，而欧文开创的"逃逸文学"（escapist literature）这一传统的美国文学主题，也融入人类学和世界文学对"逃逸"书写的长河之中。19世纪美国作家马克·吐温就是这一逃逸主题的集大成者，他笔下生活在密西西比河畔14岁的少年哈克就是温克尔的"后裔"，而他大获海明威盛赞的小说《哈克贝利·费恩历险记》①，就是一部"逃逸题材的原型小说"②。逃逸主题在现当代美国文学史上也经久不衰。舍伍德·安德森、理查·怀特、福克纳、凯瑟、斯坦贝克、塞林格、凯鲁亚克以及当代作家麦卡锡的笔下，都有逃逸题材的书写和演绎。加拿大小说家门罗（Alice Munro）更是将"逃离"（run away）这一词汇直接当作了她获诺贝尔文学奖的短篇小说集《逃离》（*Runaway*, 2006）的书名，可见逃逸这一文学主题依然为当代西方文学所钟爱。

一般来说，逃逸者都是"受日常社会不能接受的标准所驱使，而出离法外"③的逃离社会或反抗社会者。逃逸的背后总是与"追寻"（quest）相连，因此"他们反向的长途旅行奥德赛，均以改变共同体内不公平的社会地位为目的，以求获得共同体之外更好的位置"④。哈桑曾经指出，逃逸题

---

① 海明威说过："所有的现代美国文学都来自一本书，那就是马克·吐温的《哈克贝利·费恩历险记》……之前没有之后也再不会有如此好的著作。"See Ernest Hemingway, *Green Hills of Africa*, New York: Scribner's, 1935, p.22.

② Sam Blufarb, *The Escape Motif in the American Novel: Mark Twain to Richard Wright*, Columbus: Ohio State Univ. Press, 1972, p.13.

③ Michael Donne, *Intertextual Encounters: In American Fiction, Film, and Popular Culture*, Bowling Green: Bowling Green State Univ. Popular Press, 2001, p.92.

④ Qtd. in Leslie Harper Worthington, *Cormac McCarthy and the Ghost of Huck Finn*, Jefferson: McFarland & Company, 2012, p.33.

材是美国梦幻灭的反映，是对难以存活的现实的一种苏醒，至少这种苏醒不是人人都有的。① 因此，逃逸者多半都是梦想的幻灭者，不能与社会主流融合的少数派，或是那些不甘庸常生活选择的流浪者。选择放弃之前熟悉的社会环境或社会共同体，旨在追寻新的现实、新的生活或者新的身份。有时，"在路上"（on the road）对于他们来说，其本身就是一种存在。逃逸主题的小说很容易和文学上的追寻主题、旅程叙事、成长小说以及流浪汉小说有所交叉，毕竟"在路上"是逃逸的路径；远离人类进入山林或荒野，甚至为亲近自然成为隐士，是逃逸的必然选择；而逃避文明或社会或家庭或性别的压迫以求追寻幸福和自由，是逃逸的目的。至于逃逸的成功与否，逃逸者是否得到"重生"，逃逸过程中的顿悟或失意之类思想的波动，都必定与逃逸者的成长（成熟）有所联系。鉴于此，麦卡锡笔下居住在阿巴拉契亚山区和美国西部以及新墨西哥地区的小说人物们，大多都可以看作是"温克尔"的现世"幽灵"。这些自我流放的逃逸者，活跃在麦氏小说文本中，不仅延续了美国文学传统的逃逸记忆，也使得逃逸这一传统主题在美国文学史上"世世轮回"。②

一、退守荒野：阿巴拉契亚山区的"温克尔"

麦卡锡的第一部小说《果园看守者》中的亚瑟·欧恩比就是一位逃逸者。熟悉荒野并能在山林中如鱼得水，是温克尔们的最大特点。老亚瑟就是如此。他不仅擅长打猎，甚至本身就是"果园"（桃花源之隐喻）的主人，长久以来一直看守着小说另一人物约翰·威斯利生父的尸体。能偶遇仙人的温克尔，自然要有一定的神力，至少要有一点"迷信"，也就是对

---

① See Qtd. in Leslie Harper Worthington, *Cormac McCarthy and the Ghost of Huck Finn*, Jefferson: McFarland & Company, 2012, p.82.

② 古希腊哲学家毕达哥拉斯、苏格拉底和柏拉图都提到过"轮回说"，而柏拉图甚至说过，知识就是回忆。

山林大自然的"信仰"。小说中的老亚瑟，是"四季的观察者"①，更是"暴风雨的热爱者"②，甚至是威斯利的自然"老师"，经常教后者观察天象："你要读出这些迹象。用你自身去感知它们……但是天会又热又干。如果你不懂其他的话，那么最近的一次霜降就是一种迹象"③。温克尔能在山林中游刃有余，甚至在其他妇女圈子里幽默笑话不断，但一旦面对唠叨的老婆，便和他那条老狗一样，夹起了尾巴。老亚瑟也是这样一个矛盾的人。虽然亚瑟能观察天象并预知天气变化，甚至是个打猎好手，却在南方现代社会的生活里，是个单纯汉。他一直照顾的少年威斯利的父亲莱特纳（Kenneth Rattner），是个"肮脏、懒惰、醉鬼、撒谎、盗窃和残暴"④的恶人，尽管此人是因拦路抢劫赛尔德（Marion Sylder）的财产而被后者所杀，老亚瑟却一直看护着埋葬恶人莱特纳的石坑。他曾经对威斯利说："一个人的肉体尽管死亡了，但灵魂却会依附在猫的身上成为咒语。尤其是那些溺死或者不能得到安葬的人们。"⑤麦卡锡一改欧文笔下温克尔憨厚、老实又为他人照顾的男性角色，在小说《果园看守者》中，老亚瑟是个能够给予少年威斯利自然智慧以及后者成长的指路长者。

　　小说中的老亚瑟害怕猫，因为他从小就相信红枝社区的传说，认为猫能带走人的呼吸。表面上看，老亚瑟害怕猫是对死亡的恐惧，而他担心莱特纳没有安葬的尸体上依然依附着灵魂，却是对死亡的崇敬，这一点不仅说明他的思想依然沉浸在古老的自然信仰上，某种程度上也说明他对"天人合一"思想的珍视，这恰好可以解释他为何能熟知自然，并对自然具有

---

① Cormac McCarthy, *The Orchard Keeper*, New York: Random House, 1965, p.90.

② Cormac McCarthy, *The Orchard Keeper*, New York: Random House, 1965, p.92.

③ Cormac McCarthy, *The Orchard Keeper*, New York: Random House, 1965, p.225.

④ Leslie Harper Worthington, *Cormac McCarthy and the Ghost of Huck Finn*, Jefferson: McFarland & Company, 2012, p.50.

⑤ Cormac McCarthy, *The Orchard Keeper*, New York: Random House, 1965, p.227.

超常的观察能力。与温克尔矛盾的性格接近，老亚瑟虽然害怕猫，却对森林中的美洲豹了如指掌，与森林中的动物为邻，要比他与现代社会中的人相处更加舒适。然而，在现代化来临的南方社会，与自然亲近的老亚瑟，显然是现代社会生活的格格不入者，自然地要被他所在的社会共同体排斥和压迫。小说最后，大胆的老亚瑟向政府安放在大烟山山顶上的丑陋大"箱子"（实际上是水箱）开枪射击，无疑宣告了他与现代文明社会的正式决裂，也使他因此成了"果园"（传统农牧生活方式）的最后看守者，被政府当作"精神病"犯人关押了起来。自我流放的逃逸者，很多时候都是不容于现代文明社会者，他们往往被视作异类或者"疯子"。老亚瑟被政府关了起来，不仅宣告了他所代表的美国南方传统的农牧生活方式的结束，成了现代社会舞台上最后的挽歌，也由此宣布了麦卡锡小说中 14 岁少年威斯利的"向西"而行。

　　"向西"而行，几乎是麦卡锡小说人物尤其是男性小说人物改变命运的必备路径。不仅威斯利要向西寻找自己成长的方向，小说《萨特里》中的同名主人公萨特里的人生选择也是一路"向西"，这不仅和麦卡锡小说创作的"西部"转向有了一致，甚至麦卡锡后来的小说人物，如"边境三部曲"中的牛仔约翰·格雷迪和比利，《路》中没有名姓的小男孩，尽管他们寻求自由和成长的方向是一路向南，但无疑都是一种逃离原有生活去往陌生环境寻求新的发展的另一种隐喻。即使麦卡锡第二部小说中的恶人库拉，小说没有明确说明他追寻妹妹的方向是西或是南，但他的做法一样是离开森林深处相对安全的小木屋，去往危机四伏险象环生的人间社会，而最终在黑暗中越走越远。

　　《外围黑暗》中的库拉就其人生命运的起伏来说，算是一个"沉睡"中的温克尔。温克尔如果说到山林深处遇到仙人从而一醉 20 年来获得现实生活的摆脱，其山林沉醉是命运转机的必然，那么库拉与妹妹犯下乱伦罪藏身森林深处的小木屋，却是人生命运跌宕起伏的开始。我们前

461

面已经说过，库拉与妹妹瑞丝藏身的小木屋远离人间，是躲避世人发现他们乱伦罪恶的"世外桃源"，然而，正是在森林深处，库拉丢弃了他与妹妹乱伦生下的婴儿，才使得他不得不再次"重生"，重返之前违反文明规则不能也不愿逗留的文明社会，由此小说正式开始了兄妹与补锅匠以及"三恶魔"的善恶较量。可以说，库拉的重返社会是一种逆向的"逃逸"。如果将温克尔酒醒后的人生看作一种新生，毕竟他最不愿意面对的妻子已经过世，那么，库拉担心妹妹找到孩子从而暴露他撒谎和乱伦的事实，也是一种"苏醒"，但是此种苏醒毕竟不是新生的开始，却是人性恶的升级，从而让他在人生的沼泽里越走越远。沃尔什（Christopher J. Walsh）认为，"库拉无论在精神层面还是在物质层面都是一个没有灵魂的人"[1]，而小说采用的第三人称叙事视角手法，使得读者始终看不到库拉的内心活动，也难以窥见他心灵忏悔的波动。库拉是否一直生活在一个幽闭的环境中，我们并不得知，但他与妹妹远离人群生活在森林深处，至少说明他是一个被幽禁的人，一个被文明社会放逐甚至被社会准则限制的对象。小说最后，库拉亲眼目睹"三恶魔"杀死自己的孩子并将其烤吃，却不肯面对和承认自己乱伦的罪恶。面对罪恶始终无动于衷的库拉，他对自身罪恶的不作为，是他灵魂沉沦的主动选择，最终使得库拉万劫不复。麦卡锡小说中的恶人，恐怕除了《血色子午线》中的法官霍尔顿，再难有第二个像库拉这样让人难以置信的恶。当他看到盲人一步步走向黑暗的沼泽却不肯对他指明方向的时候，库拉已经在他罪恶的逃逸路上，成了一个灵魂彻底"沉睡"的盲者，永远也回不来了。

似乎为了凸显小说人物库拉的罪恶，麦卡锡让他与妹妹瑞丝的命运截然不同。前者经常遭到追捕、审问甚至迫害，并且在荒野中时常食不果腹，

---

[1] Christopher J. Walsh, *In the Wake of the Sun: Navigating the Southern Works of Cormac McCarthy*, Knoxville: Newfound Press, 2009, p.109.

即使遇到人烟丛生的村落或者小镇，他也很难找到工作，好像他的脸上永远刻有恶人的字眼。库拉多次受人责难，一次是一个地主因库拉贫穷而轻视他；一次是因他在一个空房子里过夜被人扭送到乡绅那里，不仅被判处有罪，还要罚款；第三次是库拉在山路上碰到赶猪的兄弟，与其发生口角，讨论的话题关于猪是否干净，后来又因猪群掉下了悬崖而被扭送到牧师处，处以吊死，却因找不到绳子而被直接扔下了悬崖。瑞丝尽管也在找寻孩子的路上遇到了很多困难，有时要穿过荒无人烟的森林，走过废墟，忍受饥渴的折磨，但瑞丝却经常遇到善人提供食宿。当她因长期积奶而生病的时候，也会有妇人和医生提供救助。瑞丝如同"人类在绝望中寻找希望的典型。她从不掩饰自己的罪，也不寻找救赎的道路，她就这样默默地上路，为爱付出一切"①。尽管瑞丝和福克纳《八月之光》中的人物莉娜（Lena Grove）有相似之处，但瑞丝更像是霍桑《红字》中的白兰，为爱而默默付出，因默默付出而得到灵魂的安宁，至于她是否和白兰一样最终得到救赎，小说没有给出确切答案。麦卡锡这个后现代主义作家，始终都将人物命运放在不确定的荒野中，小说最后，瑞丝还走在漫漫寻子路上。

人人都是其生活的歌者。麦卡锡概莫能外。他的前几部阿巴拉契亚山脉小说几乎都围绕他熟悉的家乡田纳西山区来写，并且他的"温克尔"们无一不熟悉荒野，有过硬的打猎本领，都与自然非常亲近，甚至有一种超能力。老亚瑟能与动物和谐相处，库拉能在荒野里遇到食人恶魔，《上帝之子》中的白乐德尽管是个杀人恋尸狂，却也拥有一种超能力，不仅能与各种动物相处，甚至在退居荒野的孤独寒冷中，还能与动物对话，聊解寂寞。白乐德的逃逸是一种被动选择，关于他从文明到荒野的返祖式退居，前面的研究中有详细论述，这里不再赘述。然而，需要说明的是，白乐德从文明社会到荒野穴居的逃逸，并非要像其他大多数逃逸者一样，做个隐

---

① 贺江：《孤独的狂欢：科马克·麦卡锡的文学世界》，上海三联书店2016年版，第36页。

士；相反，他的放逐不仅是本人杀人恋尸的后果，也是社会规则制度对下层穷苦白人的控制和压迫所致。如果说温克尔的逃逸获得了身份的转换，白乐德的逃逸却使得他的"离心"力逐渐加大，最终走进荒野，甚至成了真正的"野"人。荒野是美国文化赖以形成的重要文化基础，更是美国文学喜欢表现的传统题材之一。如果说美利坚合众国的先祖们是从旧大陆来到新大陆，从花园式的英格兰来到北美荒野，从而获得了在人类聚居的星球上建立崭新美利坚合众国的契机；但是，对于白乐德来说，他的走向荒野，却造成了个体命运的"降格"，逐渐与"荒芜"为伍，甚至从内到外都成了荒野的一分子了。

小说开始，白乐德只是对森林醉酒女子的招呼招致了后者的诬告，使得警察对他有了"莫须有"的指控，接着他因未能得到朋友垃圾工的女儿的青睐而纵火杀人，似乎都"事出有因"，但是，当警察最终在一个远离人烟的洞穴深处抓获白乐德的时候，洞穴里却赫然有七具女性的尸体，她们被摆成各种姿势，俨然家庭生活的样子。对于白乐德来说，杀人成了常态，恋尸却是病态，而后者却是社会或共同体对他的排斥所致。与老亚瑟一样，白乐德一直困守南方农业社会的传统，不善经营农场的他，更是不能适应现代社会重商主义和消费主义的思潮，最终使他丢了祖上留下的农场，居无定所。入不敷出，经常赊欠酒钱的白乐德，可谓赤贫。尽管他与温克尔一样有传统农牧社会男子过硬的打猎本领，也终将丧失吸引女性的男性气质。小说中无论是森林遭遇的醉酒妓女，还是朋友垃圾工与父乱伦的女子，甚至市场上与他眼神偶遇的逛街少女，都对他远而避之，甚至醉酒妓女还到警局诬告他。即使白乐德所在社区的教堂，也因白乐德不能交上周日诵祷的捐款，对他视而不见。随着白乐德杀人恋尸的病态升级，他也一步步远离人群，远离社会，远离现代社会的一切文明规则，而当他退守荒野，便成为另一个被社会遗忘而彻底沉睡的温克尔。可以说，他的一次次逃逸，都并非主动的选择，恰是现代社会与文明放逐的结果。如果说温克尔还可以在 20 年的沉睡之后，有机会酒醒重返家庭和社会。对于白乐德来说，这次"沉睡"似的退守荒野，则彻底结束了他对社会和人群乃至文明的归属，再也回不去了。

小说最后，白乐德先是被当作"疯子"，关在一家精神病医院的笼子里，接着病死后的白乐德又被送往医学院的手术台，由医学院的大学生对其解剖观察，再后来白乐德是被当作垃圾，装在一个黑色的袋子里，送往城外的树林里去了。从哪儿来，到哪儿去。与温克尔的逃逸结果相背离，白乐德的逃逸并没有获得身份的转换，或者彼岸的灵魂自由；相反，却使得他的身份一步步"降格"，最终成了社会的"垃圾"，一件被社会和文明遗弃的物品而已。借用克里斯蒂娃的术语，有着"卑贱"（abject）特质的白乐德，注定要被社会放逐，送往遥远的"愚人船"，随风而去。

沃星顿（Leslie Harper Worthington）指出，小说《萨特里》的同名小说人物萨特里对社会和父亲的放弃，是一种"逃逸"。[①] 的确如此。萨特里出身美国南方贵族家庭，父亲认为"这个世界是由那些愿意为它负责任的人所治理"[②]；然而，萨特里却对南方贵族钟鸣鼎食的奢靡生活感到不安，更不愿接受父亲为他指定的"法庭、商业、政府机关"[③] 等做"人上人"治理社会的人生道路。他放弃社会和家庭责任，抛妻弃子，来到诺克斯维尔城的田纳西河畔，住破旧的船屋，与下层劳动人民一起生活。萨特里要做的就是看河流每天奔腾不息，或沿河流走来走去。与温克尔一样，萨特里的逃逸是一种自我的主动流放，旨在逃逸的过程中找到自我。但他与温克尔又有所不同，萨特里的逃逸不是物质或者行动上的逃逸，更多是一种精神的或内心的"奥德赛"式追寻。他试图做类似东方传统中的"隐

---

① Leslie Harper Worthington, *Cormac McCarthy and the Ghost of Huck Finn*, Jefferson: McFarland & Company, 2012, p.82.

② Cormac McCarthy, *Suttree*, New York: Random House, 1979, p.14.

③ Cormac McCarthy, *Suttree*, New York: Random House, 1979, p.14.

士",在纷繁复杂的世间找到内心的安宁,或者也如基督使徒彼得(Simon Peter)一样,他在田纳西河畔的渔夫生活,正是纯洁肉体找寻精神救赎的必然磨炼。正如小说的叙述者指出:"萨特里从这里经过,这些天中,他充其量就是一条穿过街道的狗。"①

如果说逃逸是重生的可能,那么作别旧的生活方式或者熟悉的生活环境,便是一种死亡的隐喻。死亡在小说《萨特里》中多次出现。先是小说开始时萨特里亲眼见到一个溺死的人。死者脚上花花绿绿的袜子,以及随后人们对他"走秀"似的简陋葬礼,让萨特里见证了死亡的滑稽和丑陋。人已故去,但死者的腕表依然嘀嗒作响。如何在世俗和时间的维度中找到自我并保持存在,似乎一开始就是萨特里逃逸家庭、告别过去的目的。萨特里是麦氏小说中喜欢哲思的人物之一,小说长达 300 多页对萨特里人生经历的记述,某种程度上就是一部关于"死亡"和"存在"的哲学思考。克尔凯戈尔(*Søren Aabye Kierkegaard*)在《非此即彼》一书中提出了他著名的美学、伦理和宗教之人生三阶段理论。作为个体存在的三个领域,上述三种生存向度始终向个体敞开,差别仅在于境界不同。根据克尔凯戈尔的分析,美学阶段的缺陷在于存在参与的缺乏,由此人便转向伦理阶段的存在探索。伦理阶段并非是去洞见善,而是要去做决断。宗教阶段才是克尔凯戈尔提倡的,因为在他看来,人要获得真正的自我,就要获得灵性,这就必须超越前两个阶段。克尔凯戈尔指出,死亡是一种主观性真理,可能"随时"发生,而"人在其自身的外面度过一生是可能的,它可能是纯粹地生活在仪规形式和社会角色之下而从未接触过自己的主观性真理"②。萨特里对死亡这一主观性真理的认识始于他主动选择做渔夫的人生逃逸,除了在河畔见证过溺死者之外,他还与河边捡破烂的隐士就死亡和上帝存

---

① Cormac McCarthy, *Suttree*, New York: Random House, 1979, p.246.

② 唐纳德·帕尔默:《克尔凯戈尔入门》,张全治译,东方出版社 1998 年版,第 44 页。

在的话题有过畅谈。当然，后来他亲自参与了将朋友里奥纳德的父亲投进田纳西河，这次"水葬"过程使得萨特里彻底见识了死亡对于普通人的意义。里奥纳德与母亲为了继续领父亲的养老金，将父亲的尸体藏匿家中，直到天热发臭才匆忙将其投进水中。此次近距离与死亡接触，使得萨特里对死亡有了更多的认识。

　　小说中的萨特里有过多次对死亡的主动体验。他的主动拥抱死亡，是一种积极的存在，而这种积极的存在是他极其清醒地认识到了消极的不存在。可以说，他所做的每一件可能的事情，都是防止一早上醒来却发现自己是个死人的悲剧发生。因此，对他来说，离开贵族家庭，摆脱父亲安排的社会和家庭责任，就是一种死亡；放弃出身上流社会富有的物质生活，来到现代化发展冲击下的大都市诺克斯维尔，体验异于南方传统农业生活方式的都市生活，也是一种死亡；孤身一人生活在都市中的河畔荒野，找寻心灵或精神的救赎，更是一种死亡；甚至他来到田纳西河畔后与多个女性的性爱经历，也可看作一种对死亡的主动拥抱。性爱的极致体验，就是死亡的快感。萨特里和少女宛达的恋爱，与他和妓女乔伊斯（Joyce）或"伊娘"（Mother-She）的鬼混，并无多大差异，上述经历都是他告别旧的自我的一种死亡体验，甚至可以说是他委身自我的肉欲从而在精神上进行逃避的美学存在阶段。萨特里在经历与多个女性的死亡体验中，未能找到真正属于自我的安宁，转而转向了伦理阶段的存在体验。他在田纳西河畔认识了众多生活在大河之畔的下层人民，给人印象最深的是他对从南方农村到诺克斯维尔城讨生活的青年哈罗盖特（Gene Harrogate）的帮助。哈罗盖特与萨特里的关系，演绎了麦卡锡从《果园看守者》就形成的"成对"（paired）人物关系，比如老亚瑟与少年威斯利，"三恶魔"与库拉，前者经常充当后者的导师和指路人。即使这样的准"父子"关系，萨特里也没能在哈罗盖特的"成长"中，找到安宁和梦想实现的快乐。哈罗盖特有各种各样的"美国梦"，总是希望通过超常态的方式，一夜暴富，他要么投毒来捕杀蝙蝠，要么引爆银行金库来抢夺巨额财富。哈罗盖特的美国梦，是以他的死亡来付出代价。不同于萨特里，哈罗盖特事实上从未真正体验过自身的存在，他在俗世的忙碌和财富的追求中，最后也未能发现，人始终处于死亡的阴影中。

小说提到萨特里接受印第安人迈克尔的建议，到大烟山深处独处冥思，这一次他甚至差点在荒野上饿死，这与传统的东方隐士找到自我的方式很是相似，但同时也是基督徒熟悉的亚伯拉罕到山上向上帝献祭的原型呈现。尽管萨特里告别南方贵族生活的同时，也作别了腐败的天主教信仰，小说多次提到他对宗教的质疑，但他独自在山顶体验风雨苦痛，观察苔藓和野花的变化，甚至还"与橡树、桦树交谈"①，都可以看作是他渴望与上帝交流，体验存在本质的一种方式。萨特里这种精神上的"奥德赛"式旅行，正是麦卡锡对温克尔行动上逃逸模式做出的改变，也使得萨特里这一小说人物在麦氏的人物画廊中，因对死亡和存在的反思和体验而格外独特。很多学者指出，萨特里实际上是年轻时候酗酒并放弃天主教信仰的麦卡锡本人，而小说《萨特里》则是麦氏本人的个人传记。②

萨特里在田纳西河畔的死亡体验和主动放逐，以他患上猩红热发烧昏迷中的迷狂体验为结束。柏拉图的"迷狂"说对解释萨特里的"顿悟"有些启发。萨特里被朋友阿布-琼斯（Ab-Jones）送进医院，他在高热的迷狂中体验到了死亡的存在，开始有了自我的"顿悟"。出院后，他彻底告

---

① Cormac McCarthy, *Suttree*, New York: Random House, 1979, p.286.
② 麦卡锡的研究者吉布森说他曾对诺克斯维尔城熟悉麦卡锡的居民采访过，一致认为小说是麦卡锡的传记（See Mike Gibson, "He Felt at Home Here", In *Metro Pulse* 11.9, 2001, Web.6 June, 2018）；摩根认为小说提到的中小学校和天主教教堂都与麦卡锡年轻时候的教育有关（See Wes Morgan, "McCarthy's High School Years", In *Cormac McCarthy Journal*, New Print, Web.12 May, 2018）；伍德沃德对麦卡锡的采访中也提到，小说《萨特里》是对麦卡锡年轻时候混迹酒吧的那些日子的致敬（See Richard B. Woodward, "You Know About Mojave Rattlesnakes?", In *The New York Times Book Review*, 19 April, 1992）。

别南方去往西部。萨特里对人生的顿悟，与小说《上帝之子》中白乐德对存在的"顿悟"有所（自）互文。实际上，麦氏小说中很多看似没有内心活动的男性人物，都有那么一刹那第一次对于自己活着有了认识。被警察到处追捕的白乐德孤身一人走在山路上，当他看到一头骡子和一辆车走在田纳西州的山道上，竟然捧着脸哭了起来。实际上，这一瞬间的热泪盈眶，就是白乐德对死亡和存在的认识，他已然明白，他在活着，并且已经活过。并不是每一个人都能有这样的认识。这就是自我的"灵性"之光辉。

二、走进西部：美国大平原上的"温克尔"

至于萨特里走向西部是否会获得"重生"，麦卡锡没有给予确定性的答案，毕竟人的存在从来都不是确定性的，况且"在路上"很多时候就是麦氏人物的一种存在常态。与麦卡锡个人创作的西部"转向"轨迹相似，萨特里走向西部后的第一个"重生者"，便是《血色子午线》中那位不知名的 14 岁"少年"。"重生"后的"少年"，依然要面临离开家庭到外面流浪的命运。家庭从来都不是麦卡锡男性小说人物能有的生存背景，流浪俨然成了宿命。家庭是过去的隐喻，而父亲"是他们出生的世界；是社会"①，与家庭或父亲分离，就是斩断"与过去的纽带"②，也是告别已有的世界和社会。与《果园看守者》中的威斯利一样，《血色子午线》中的"少年"也被设计成了 14 岁，显然麦卡锡是将他们与美国文学的经典少年哈克互文，这一点很多麦氏研究者都有讨论，事实上哈克的确是温克尔逃逸传统的继承者。"少年"出生时母亲因难产去世，身为中学教师的父亲耽于酗酒，对他很少照顾。与萨特里不同，前者受过高等教育且出身上流社会，后者却

---

① Leslie Harper Worthington, *Cormac McCarthy and the Ghost of Huck Finn*, Jefferson: McFarland & Company, 2012, p.133.

② Leslie Harper Worthington, *Cormac McCarthy and the Ghost of Huck Finn*, Jefferson: McFarland & Company, 2012, p.133.

不会读写，其文盲的身份更接近身为农夫的温克尔。将文盲的逃逸与知识分子的自我放逐并置，且选择一个少年来做萨特里走进西部后的第一个重生者①，麦卡锡无疑将逃逸当作了其小说人物轮回的必然，不仅使得麦氏小说前后连贯彼此指涉，更是有了对人类存在意义探讨的丰富性。

温克尔不满妻子的专制逃往大山，而"少年"离开田纳西州老家去往西部流浪，则是其孤儿身份的必然。自威斯利开始，麦氏的男性人物几乎没有完整的家庭，更少有父母双亲对他们的教育，萨特里是个例外，但却放弃了父母指定的道路。威斯利的母亲，偏执迷信，一直鼓励儿子为父报仇，尽管莱特纳的死咎由自取。"少年"的父亲是个酒鬼，对他谈不上教育或者指导，因为小说对他有过论断，他"不会读写，骨子里早已养成盲目的暴力的嗜好"②。作为《血色子午线》的关键词，暴力不仅体现在小说的题目上，更是可以从文中大大小小的争斗和战争场面，甚至"少年"走入西部后的生活常态，一窥端的。小说《血色子午线》扉页上的引文，也使得类文本与文本的暴力书写有了（自）互文："你的想法是令人恐惧的，你的内心是虚弱的。你可怜和残酷的行为是荒唐的，表现得不平静，仿佛它们是不可避免的。最终，你感受到越来越多的鲜血。鲜血和时间"（保罗·瓦莱里）；"我们并不能认为黑暗的生命浸泡在痛苦和迷失中，仿佛在悲伤中一样。不存在悲伤。因为悲伤被死亡所吞噬，而死亡正是生命中的黑暗"（雅各布·伯麦）。上述引文充分说明生命中充满了暴力，暴力就是人的本性。不同于温克尔一睡 20 年，在沉睡中避免了翻天覆地的独立革命，"少年"的逃逸则要穿越暴力，在血与火的洗礼

---

① 小说一开始介绍"少年"的时候，就有"看这孩子"的句子，显然是对华兹华斯名句"孩子是成人的父亲"的注释，甚至是演绎，而"少年"之后的人生命运恰恰印证了这句话，人性的恶与人类相伴相随。

② Cormac McCarthy, *Blood Meridian; or, The Evening Redness in the West*, New York: Vintage International, 1992, p.3.

中，踽踽前行。

沉睡 20 年的温克尔，不仅国族身份有了改变，甚至家庭身份也有了转换，与女儿组成了新的"代"家庭。走进西部后的"少年"也遇到了"代"父亲，沙漠隐士、图德万、前牧师托宾和法官霍尔顿都是他前行路上的指路人。隐士提醒"少年"认识存在的荒谬，因为"上帝创造了世界但他却没让世界适合每一个人"[①]，甚至警告他了解人性的恶，"你在这小小的生物上可以发现卑鄙，上帝造人的时候，魔鬼就在身边"[②]。图德万在一场雨夜斗殴中认识了"少年"，之后便将"少年"卷入了谋杀和纵火双重犯罪。后来"少年"因参加怀特上尉骚扰墨西哥人的队伍，与图德万有过短暂分离，但图德万却在奇瓦瓦城将"少年"从监狱中带出，加入了格兰顿匪帮。从此"少年"彻底走进了西部大平原，成了屠杀印第安人并猎获印第安头皮的"勇士"。托宾是格兰顿匪帮除法官霍尔顿外最有头脑的一个，一直视法官为对手。他在"少年"的西部旅行中对"少年"照顾有加，但却拿他为武器，与法官对抗，鼓励他杀死法官。至于法官这个麦氏小说中最为复杂和矛盾的人物，很多学者都有专门讨论，无论他是撒旦恶的化身，还是麦尔维尔白鲸复杂多变的人身，甚或是本书讨论过的"混沌"隐喻，有一点必须肯定，法官一直是"少年"西部成长路上的代父，也就是他暴力旅途的引路人。从法官雨夜里第一次看到"少年"与图德万斗殴开始，便对"少年"寄予厚望，之后他们在西部荒野对印第安人的屠杀过程中，一直希望培养他成为暴力之舞的追随者，一名战士，一名冷血杀手。如果说西部荒野是美国神话的发生地，是美国边疆拓殖英雄的冒险地，是普通美国民众实现美国梦的迦南地，那么，法官就是美国

---

① Cormac McCarthy, *Blood Meridian; or, The Evening Redness in the West*, New York: Vintage International, 1992, p.19.

② Cormac McCarthy, *Blood Meridian; or, The Evening Redness in the West*, New York: Vintage International, 1992, p.19.

神话、战争宗教、"天定命运"的信奉和贯彻者。培养"少年"成为战士和杀手，则是培养帝国暴力之舞的继承者。小说最后写道，法官没有消失，他在杀死"少年"之后还在继续狂舞，就是最好的说明。

实际上，走进西部后的"少年"，并没有获得传统逃逸母题意义上的"成长"；相反，经过暴力洗礼后的他，最终又被暴力所毁灭。而沙漠隐士对人性恶的警醒，根本没有改变少年"泥土般的内心"①，尽管小说提到他对墨西哥老妪的忏悔似乎有人性的苏醒，然而他在 45 岁已然成年后，却杀死了路上遇到的一个因战争成为孤儿的男孩。"少年"似乎从参加格兰顿匪帮开始，就已经将灵魂出卖给了魔鬼。"少年"的前世萨特里选择逃逸的路径是密西西比河的分支田纳西河畔，然而，此大河却非彼大河。如果说哈克可以凭借大河密西西比而逃离压抑腐朽的美国南方农村，获得灵魂的提升和暂时的身心自由，萨特里的大河却是流淌着工业污染和人类肉欲的避孕套甚或是里奥纳德父亲的尸体，想做"大隐"的萨特里最终还是没有得到自我灵性的飞升，不得不走向西部。走入西部后的"少年"，美国西部大平原是其人生"在路上"的必然选择。可惜，这片曾经诞生了美利坚合众国，给予许多西行拓疆者梦想实现的大平原上，却处处充满了血腥的杀戮。不仅猎获印第安人头皮的白人雇佣军凶残如狼，甚至那些文学上常常固化为牺牲品的印第安人，也杀人如麻。成堆的美国野牛的尸体，在大平原上堆积如山。如血的残阳，尿色的朝阳，凶残怪异的各种生物，大平原并非是华盛顿·欧文意义上温克尔们的庇护地，也非梭罗意义上人类灵魂的诗意栖息地；相反，麦氏笔下西部大平原的地理景观，它们"坚硬、荒芜，其真正的本性就是石头"②，本身就是人类内心荒野景观的投射。

---

① Cormac McCarthy, *Blood Meridian; or, The Evening Redness in the West*, New York: Vintage International, 1992, p.5.

② Cormac McCarthy, *Blood Meridian; or, The Evening Redness in the West*, New York: Vintage International, 1992, p.30.

　　"少年"在美国西部大平原上的旅行，根本算不上梦想的"追寻"，毕竟他去往哪里，目的何为，"少年"并不明白，而充斥文中"他不断骑行"的句子，更是强调了其内心的荒芜、行动的被动与认知的盲视。可以说，"少年"长达 30 多年西部大平原上的旅行，最多是一种"不完整的旅行"①。借助"少年"西部逃逸的旅程，麦卡锡一改美国西部文学的传统，不仅重写了美国西部神话，也借"少年"在美国西部"重生"的失败，剑指美国的当下社会，再一次与"美国文学之父"欧文站到了同一联盟，都对美国历史上的重大变革，做出嘲讽和批评。如果说温克尔 20 年的沉睡只是小酒馆门前旗帜的变化以及小镇人热衷的"象驴之争"，欧文意在批评独立革命的不彻底和美国民主的病症；那么，麦卡锡却借"少年"的西行，揭示了美国边疆拓殖的暴虐和血腥，不仅批评了西部和边疆神话的虚拟以及神话对大众想象的侵入，也对美国未来的何去何从，做出了文学的预言和评价。毕竟，未来永远都是对过去记忆的延续，"向西而行"却是东西方全人类梦想追寻的亘古母题。"少年"的西部之旅，注定要由牛仔少年格雷迪和比利延续，不过这一次，他们的"西部"却是越过美墨边境，到更西的西部——墨西哥去。

　　边境（border），也可叫作边界，不仅是地理意义上的名词，其本身也暗示了"阈限"的存在。边境意味着冲突，指向交锋，代表两种文化、两种生活方式、两个不同的世界的二元对立。罗尔斯顿（Holmes Rolston Ⅲ）在《哲学走向荒野》一书中提出："具有创造性的个人在与社会形成合适的互反关系时，是处于社会不断生长的边际。因此，一个社会如果对个人生活加以压制，便会停滞不前。这样，荒野与大学有着同等的重要性。真正的生活都是在社会边界上的生活。"② 有鉴于此，边界在麦卡锡的笔下，

---

① Robert L. Jarrett, *Cormac McCarthy*, New York: Twayne, 1997, p.106.

② 霍尔姆斯·罗尔斯顿：《哲学走向荒野》，刘耳、叶平译，吉林人民出版社 2000 年版，第 421 页。

不仅是地理和文化意义上的"杂交地带",更是小说人物人生命运博弈的边界,充满了生与死、自我与他者的对立统一。联系麦氏"边境三部曲"中生活在美墨边境的牛仔少年,边境显然是他们人生有序与无序的挣扎,梦想与现实冲突的必然,更是他们获得真正生活意义的阈限。他们在反抗中成长,在追寻中寻找人生意义和人生价值,使得小说充满了寻觅存在之真谛的哲性反思。

约翰·格雷迪在小说《骏马》中被设置为 16 岁,可谓年轻的"温克尔"。虽然他的家庭状况好于威斯利或"少年",至少还有双亲健在,但小说伊始,格雷迪便面临"孤儿"身份的悲伤。格雷迪的母亲向往都市生活,在格雷迪外公去世后便卖掉了所继承的牧场,尽管格雷迪生日那天,父亲送他一副马鞍做礼物,但是于事无补,因为牧场和家在老格雷迪去世之日就彻底成了过去。格雷迪珍爱的骏马牧场的传统生活方式,随着大平原上采油机的轰鸣,也随着母亲搬往都市,业已成为明日黄花。母亲先是卖掉牧场,接着与父亲离异,成了改变格雷迪人生命运振翅的"蝴蝶",毕竟个体的命运总与时代宏大的进程息息相关。处于时代和家庭双重变革之下的约翰·格雷迪,为了挽回曾经的牧场生活,追寻自己骏马驰骋的牛仔生活,决定与好友罗林斯跨过美墨边境,去往墨西哥。可以说,墨西哥在年轻美国少年心里,就是"边境",就是温克尔向往的"新生",也是他们梦想实现的"黄金国"。他们认为对面的国度一片空白,等待他们如英雄祖先老格雷迪一样,去拓疆,去实现梦想。麦卡锡用诗意的语言抒写了少年离家出走的心情:"他们感觉自己不是在晨星下骑行,而是在星际间驰骋,既恣意放纵,又谨慎小心。那心情就像被释放的囚犯坐在夜间的电动火车里,又像年轻的窃贼踏进了金光灿灿的果园。他们敞开胸怀去迎接黎明前料峭的寒气,去迎接前方的大千世界。"①

---

① 科麦克·麦卡锡:《天下骏马》,尚玉明、魏铁汉译,重庆出版社 2009 年版,第 32 页。

　　尽管少年"英雄"对墨西哥这个古老神秘的国度知之不多，但却如约瑟夫·坎贝尔所言："一旦穿过阈限，英雄就在奇怪的，变幻不定、模棱两可的，梦也似的景色中活动，他必须在这种环境中经受一系列的考验并活下来"①。穿越美墨边境这个阈限之后，命运之神开始时对他们还算青睐。凭着出色的驯马技艺，格雷迪在普利希玛牧场顺利找到了工作，并很快赢得了工头和牧场主罗查的欣赏。离开家乡的时候，格雷迪曾经有过一场恋爱，但女孩子却选择了另一个有小汽车的男孩。格雷迪很快又有了新的恋情，在遥远的普利希玛牧场，年轻貌美的牧场主女儿阿莱杭德拉爱上了他。梦想似乎就在美国之外的"新边疆"，熠熠生辉。沉浸在幸福之中的格雷迪，罗林斯问他打算停留多久，他的回答竟然是"100年"。

　　好景不长。格雷迪在墨西哥的美梦，很快便要苏醒，因为去往墨西哥途中他遇到的同伴布莱文思卷入的盗马案"东窗事发"，他和罗林斯也被当作了嫌疑犯，关进了萨尔蒂略镇迪佩里卡拉监狱。在监狱里罗林斯遭人刺伤，而格雷迪也深处险境，不得已用布莱文斯留下的钱买了小刀用来自卫，并在自卫中杀了人。少年最后被阿莱杭德拉的姑婆阿尔芳莎保释出狱，但后者却开出条件，出狱后格雷迪必须与阿莱杭德拉分手。出身墨西哥上流社会的阿莱杭德拉为了家族的利益，选择了牺牲格雷迪的爱情。阿兰·瑞丁（Alan Riding）说过，"也许世界上没有其他两个地方的邻居对彼此所知甚少。除了发展水平不同，这两个国家被语言、宗教、种族、哲学和历史隔开。美国是一个只有两百年历史却大步迈向21世纪，墨西哥却是有着好几千年历史却依然徘徊在过去"②的国家。对充满暴力和混乱的墨西哥社会与文化的无知，最终造成了格雷迪及其朋友梦想追寻的失败。

---

① 约瑟夫·坎贝尔：《千面英雄》，张承谟译，上海文艺出版社2000年版，第95页。

② Alan Riding, *Distant Neighbors*, New York: Vintage Books, 1989, p. IX.

　　小说《骏马》一改麦卡锡过去几乎只有男性人物的写作惯例，不仅写了女性人物，还设计了男女恋爱的情节，甚至在男女恋爱的叙写中，套用了罗密欧与朱丽叶的故事模式。但是，有一点我们要明白，将罗密欧朱丽叶的爱情模式写进格雷迪追求牛仔生活的梦想中，麦卡锡试图表明的是美墨之间历史、文化乃至价值观的不同，同时也旨在说明，格雷迪这样的牛仔少年赖以生存和追求的旧西部的边疆生活，即使远在墨西哥这个贫穷落后的农牧国家，也会因现代化和商业化的进程一去不复返。人类历史的车轮总在滚滚向前，一切过往的历史的旧的生活方式，注定成为人们的想象，就如格雷迪的父亲送他一副马鞍做礼物那样，毕竟只是骏马的想象，是传统西部牧场生活的载体，而牛仔格雷迪向往青青牧场，与骏马天人合一策马驰骋，注定只是梦想。无视时代变化执意固守旧的西部神话的格雷迪，注定要成为美国西南边陲最后的牛仔。小说借格雷迪的人生际遇为西部生活唱了一曲挽歌，但这挽歌的背后显然弥漫了怀旧的格调，使得麦卡锡的小说某种程度上有了欧文的笔触。淡淡的忧伤，不安的怀旧。实际上，麦卡锡研究者瓦莱克在他对麦氏早期小说的研究中就指出过，阿巴拉契亚山脉小说"或多或少都充斥了对曾经的天堂的怀旧之情，那里青春的生命和天真与之相关"①。小说《骏马》当是如斯。

　　如果说温克尔20年的沉睡，还有女儿与他在苏醒后组成新的准家庭，然而，独立战争后的美国，对于温克尔来说，就是个陌生而又熟悉的国度。不理解旗杆上华盛顿总统肖像的变化和小镇人为民主争执的温克尔，回到家乡的他俨然就是一个"烂柯人"。从过去走到现在，逃离孤儿身份的格雷迪，在美国故乡没有属于他的牧场，在墨西哥尽管有新的牧场和恋人，然而这样的准家庭毕竟存在太多的不确定，他终究是墨西哥这块新边

---

① Rick Wallach, "Editor's Introduction: Cormac McCarthy's Canon as Accidental Artifact", In *Myth, Legend, and Dust: Critical Responses to Cormac McCarthy,* Manchester: Manchester Univ. Press, 2000, pp.xiv–xvi.

疆的"烂柯人"。出狱之后，罗林斯决定回到老家，接受时代的变化，成为油田上的一名工人，而格雷迪却选择回到普利希玛牧场，不仅希望与恋人做最后的解释和告别，也找到了那个开枪击毙布莱文斯的上尉，与他决斗，最后还是将自己和朋友的马带回了家乡。格雷迪的所作所为就是古老牛仔精神的体现，他们忠诚、勇敢、助人为乐、任劳任怨。当他将罗林斯的马送还给罗林斯，开始了又一次的流浪。残阳如血，西部大平原上的采油机如黄昏里振翅的大鸟，而格雷迪独自策马前行的样子，让人顿生悲悯。"他们站在那儿，眼看着他过去，直到他消失在远处的地平线上，仅仅因为他只不过是个匆匆过客而已，或者说仅仅因为他必定会在远方消失"[①]。麦卡锡可谓饱含深情，他笔下格雷迪的形象，不仅是现实意义上为西部牛仔唱的一曲悲歌，也不仅是象征意义上暗示堂吉诃德式骑士的消失，而是重塑了一种哲学意义上人类孤独旅行的亘古影像。他们不甘平庸，孤独地走在路上，试图突破边界，寻找生命的真谛及生存的意义。

　　彻底将边境写进小说背景和主题的是"边境三部曲"中的第二部小说《穿越》，这一次麦氏的牛仔成了少年比利。比利曾三次穿越美墨边境，一次送受伤的母狼回到墨西哥山里，一次追寻父母为印第安人掳走的马匹，一次去往墨西哥找回弟弟的尸骨。如果说格雷迪去往墨西哥是寻觅失落的牧场生活，而比利去往墨西哥却是送回越过边境闯入美国的墨西哥母狼。相比前者，比利的行为更为单纯，也更为浪漫。格雷迪牧场生活的核心是马，其梦想追寻的核心也是马，小说《骏马》有多处谈到格雷迪与马的沟通，甚至单腿残废的老人刘易斯还将马的灵魂与人的灵魂相提并论，认为马的灵魂反映出人的灵魂，并说自己亲眼见过马的灵魂："这灵魂只有在马死的特定时刻才能看到，因为马类共有一个灵魂，而它们各自的生命乃是由全体马使之成形，最终难免一死。他说，如果一个人能

---

① 科麦克·麦卡锡：《天下骏马》，尚玉明、魏铁汉译，重庆出版社 2009 年版，第 302 页。

够认识马类的灵魂,那么他就能理解所有的马了。"老人接着说:"人与人之间没有马类之间那样共通的灵魂,那种认为人类可以相互理解的想法可能只是个错觉。"① 如同《果园看守者》中亚瑟老人对猫和狗的"迷信"认识,马是格雷迪生命的精神支柱,是他了解世界认识世界的手段。类似格雷迪的马,狼在比利的世界中也很重要。如同麦氏本人对荒野的关注,他的小说也充满了荒野中人与世界关系的哲思。从对狼的捕捉到对狼的护送,从对狼的恐惧到与狼的灵魂与共,比利开始对人与世界的关系以及人类在自然界中的位置和处境有了反思。

狼在小说《穿越》中,可以说是比利成长的契机。从比利 6 岁时第一次雪夜里看到狼,狼在他的眼中充满了神秘感,其优雅、自然、充满生命力的奔跳,在少年的心中留下了深刻的印象。再次邂逅狼的比利已然 16 岁,这次他遇到的是一只怀孕的母狼,聪明的她每次都能找到比利父亲设下的捕兽器并将其破坏,父亲不得已带比利去往桑德斯牧场寻找更大的捕兽器。捕狼高手阿尔纳夫老人认为,狼这种动物不仅神秘更是神圣:"狼是一种极有悟性的生灵,它懂得人类所不懂得的事情,它懂得这个世界本无秩序,只有死亡才给它带来了永恒的秩序。"② 长期与狼交往的经验,让阿尔纳夫老人认识到人类本能的残酷和血腥,他希望人和动物能和谐地生活在世界上,彼此联系却互不干扰。但比利开始并不理解老人对狼的认识,更不能明白他对人与自然关系的暗示,只想学到捉狼的技术。老人与他分别时还告诫比利:"如果你想好好看它,你就应当在属于它自己的地方看。如果你抓住它,你就永远失去了它,而且它一旦消失,永不回头,即使上帝也无法让它回来。"③ 最终比利还是没能理解老人对人与自然关系的理解和警示,而是认真地对狼的活动范围和行动特征等做了多方观察,

---

① 科麦克·麦卡锡:《天下骏马》,尚玉明、魏铁汉译,重庆出版社 2009 年版,第 126 页。
② 科麦克·麦卡锡:《天下骏马》,尚玉明、魏铁汉译,重庆出版社 2009 年版,第 52 页。
③ 科麦克·麦卡锡:《天下骏马》,尚玉明、魏铁汉译,重庆出版社 2009 年版,第 52 页。

成功地捉住了母狼。然而,原本要回家告诉父亲成功消息的比利,却作了一个匪夷所思的决定,他想将母狼送回墨西哥山里的家乡,并因此开始了比利对人世黑暗和人心残酷的各种体验。

狼虽然有神圣的一面,但大多数人对狼的认识犹如刚接触狼的比利,狼的神秘却造成了它们在人类认识中的污名化。所谓污名化(stigma),指的是根据一定的社会特点对某人或某群体表示强烈的不满,使得此人或群体不被接受,甚至用以将其与其他社会成员区别开来。① 小说《穿越》中的人们普遍认为狼是不仅吃人,更伤害牧场的野兽。至于比利现有这只母狼,墨西哥人更是有很多关于它的传说。有人认为母狼偷食了一个小孩才被追杀,有人认为比利是想将狼皮卖个好价钱。对母狼的污名化,甚至连带了比利送狼回家的意图,都被污名化了。污名化的结果,不仅母狼是个"罪犯",而且比利自身也是个"疯子"。事实上,随着美国西部开发的热潮,越来越多的人涌向西部,原先活跃在大平原的狼、北美野牛以及山猫等野生动物都在急剧减少。边疆的逐日缩减,使得狼的猎物也在减少,当狼转向以牧场的牲畜为食,它们便遭到了人类大肆的攻击。随着几个世纪的捕杀,狼在北美大陆基本消失殆尽。从狼的角度来看,这一切原本就是自然界适者生存的法则,但一旦狼被污名化,连带送其回乡的比利,从他们开始踏上旅途,就有了"越界"的危险,自然有了与其他社会成员不一样的命运。从这一点来看,比利或狼,都与小说《上帝之子》中的白乐德有了相似性。白乐德第一次被送进监狱,就是因为林中醉酒妓女对他的污名化,甚至警长也认定白乐德就是个潜在的罪犯,对他之后的犯罪做了预见,"让我想想,扰乱法庭、寻衅滋事、聚众斗殴、醉酒、强奸。我想接下来的就是杀人,不是吗?"② 比利途中遇到两个墨西哥骑兵,他们强行扣

---

① See Erving Goffman, *Stigma: Notes on the Management of Spoiled Identity*, New York: Simon & Schuster, 1963, p.1.

② Cormac McCarthy, *Child of God*, London: Picador, 2010, p.54.

下了母狼，随后又将母狼卖给了一个庄园主，让母狼和猎狗在斗兽场里争斗娱乐。比利不忍母狼受辱和受伤，开枪打死了一直驯化守护的母狼。他拒绝商人剥掉狼皮的提议，将狼的尸体带回它的家乡，葬到了墨西哥的群山里。

狼如果是比利成长的契机，那么比利送狼回家的途中，自然会遇到各种各样的"智者"。小说安排了包括摩门教牧师、墨西哥盲人革命家、运送美国失事飞机的吉卜赛人等智者，他们可谓比利成长路上的引路人，告诉他关于世界、生命、死亡、存在、信仰、历史，甚至叙事的内涵。笔者前文探讨过《穿越》中分形的空间构型，对这些智者的言论以及言论的内涵和意义有过讨论。小说《穿越》貌似是一部天真牛仔西部遭遇的故事，实则是麦氏小说中最为复杂也最多哲学言论的小说之一。联系麦卡锡之前小说中塑造的"智者"形象，比利穿越边境途中遇到的智者们，显然可看作温克尔山中遇到的仙人，也可看作类似格雷迪墨西哥恋人阿莱杭德拉的女傅（姑婆）阿尔芳莎，更可看作"少年"的代父法官霍尔顿，他们都对人生与宇宙的内涵有自己独到的理解，对逃逸者有重要作用。

至于母狼，尽管被污名化而成了人类世界的"他者"，但依然也可看作比利成长路上的"智者"之一。母狼因为"越界"遭到灭顶之灾，而比利送狼回家也是一种"越界"，自然使得自己的人生乃至他的家人的生活都发生了变化。法国学者弗朗索瓦·于连（Francois Jullien）指出："一个主体只有在他懂得（敢于）在他的思想里后退（后退是为了看得更远），重新评估文化里那些隐藏以及沉积了的部分才可以重构他自己。也只有从这里开始，他才能重新思考，并在他的思考里发现新的源头。"① 与格雷迪一样，比利离开家乡来到陌生的墨西哥，实则也是一种思想的"后退"，他们唯有在异域文化里，在"他者"的注视下，才有自我重构的

---

① 乐黛云：《传统的变与不变》，"中原文化研究"微信公众号"国学"栏目，2018 年 8 月 31 日。

可能。他们因梦想追求的艰难，不仅彻底懂得了世界的荒谬和人性的麻木，也因对梦想的追寻明白了存在的意义，更是现身说法，揭示了美国西部牛仔神话建构的虚拟性。决定送狼归山的时候，比利的父母尚在人世，但他离开后父母却遭到印第安人的袭击，不仅性命不保，甚至家里的马匹也被洗劫一空。当比利带着侥幸存活的弟弟博伊德南下墨西哥寻找家里丢失的马匹时，年幼的弟弟却在墨西哥爱上了路上遇到的墨西哥姑娘，与比利分手，随后在墨西哥又与马匪打斗，不幸落马身亡。与格雷迪不同，比利的孤儿身份是他主动选择流浪的结果。相比格雷迪，比利的人生充满了"混沌"。其无序的生活归根到底，是他对母狼从好奇到驯化再到理解和关爱的变化使然。从他决定送狼回家的那一刻，他的人生便注定成为悲剧。与母狼成为荒野上流浪者的命运相互映照，比利三次穿越却还是改变不了平原上流浪者的宿命，最终两手空空。这一点在"边境三部曲"的最后一部小说《平原上的城市》中，被麦卡锡继续深化。

《平原上的城市》中，格雷迪和比利是作为"兄弟"一起出现的。他们在墨西哥的阿拉莫戈多牧场干活。这一次麦卡锡的"成对"人物不再年龄相当，而是比利年长格雷迪 8 岁，显然是格雷迪的保护者。格雷迪依然浪漫和感性，这一次他的恋爱对象是"白湖"妓院的妓女玛格达丽娜。跌入爱河的格雷迪希望英雄救美，帮姑娘从妓院里赎身，却不料妓院老板爱德华多也爱上了姑娘。格雷迪的恋爱生活又一次遭遇挫折。《骏马》中他与阿莱杭德拉的恋爱使他身陷囹圄，这一次也同样因为恋爱断送了墨西哥安静的牧场生活。格雷迪卖掉了心爱的马，还将所居的小屋粉刷一新，希望迎接他的新娘，然而姑娘却在逃往边境与他约会的路上被爱德华多杀死。因爱成恨，恼怒的爱德华多与绝望的格雷迪展开了古老的决斗。两败俱伤，格雷迪略占上风而已。刺死情敌之后，格雷迪也因失血过多，倒在了路边流浪狗的小木屋里。临终前，比利将他抱在怀中。《骏马》中比利是将弟

481

弟博伊德的尸体送往家乡，这一次却是送回他的兄弟格雷迪。小说人物关系的设计颇有意思。格雷迪的恋人玛格达丽娜，很容易让人联想到耶稣受难后见证耶稣复活的那位妓女——抹大拉的玛利亚（Mary Magdalene）[①]，可惜小说中没等格雷迪死亡，姑娘已经先行而去；小说结尾格雷迪躺在比利的怀中死去，似乎是对基督教中圣母怀抱圣子这一圣殇原型的戏仿。小说如此设计，显然让格雷迪的死亡有了圣徒牺牲的意味，其最终的献祭还是古老牛仔生活的传统。而小说人物的关系以及命运的逆转，更是为之增添了英雄末路的悲悯。

如果《平原上的城市》只是讲述格雷迪与墨西哥妓女的恋爱故事，小说便落于俗套，但麦卡锡终究是麦卡锡，《平原上的城市》中格雷迪并不是唯一的小说人物，因为小说最后的"尾声"部分，补充讲述了比利在格雷迪死后的流浪故事。尾声的加入，使得这部看似平庸的西部小说有了艺术上的提升。此外，尾声里还穿插了麦氏一贯的哲理性言论，最终将这部讲述美国西部最后的牛仔故事，演绎得婉转而又深沉。阿诺德的评论很是准确，在他看来，"……《平原上的城市》也是（三部曲中）一部必不可少的作品，它不仅指向前两部小说开辟的精彩旅程，并且有了自己的华彩乐章。事实上，它或许最终会被认为是三部曲中最具智慧的一部小说，在其累积效果中，通过回首过去，让我们深受感动"[②]。

《穿越》中的比利在小说最后，将弟弟的尸骨带回美国安葬后，坐在路边哭泣；而《平原上的城市》中，比利却因格雷迪的死懊恼自责，带着

---

① 《马可福音》写道："有些妇女远远地观看；内中有抹大拉的玛利亚，又有小雅各和约西的母亲玛利亚，并有撒罗米。"（See Mark 15：40）《平原的城市》中女性人物的名字有小的改动，从"Magdalene"改成了"Magdalina"。

② Edwin T. Arnold, "The Last of the Trilogy: First Thoughts on *Cities of the Plain*", In *Perspectives on Cormac McCarthy*, Edited by Edwin T. Arnold and Dianne C. Luce, Jackson: Univ. Press of Mississippi, 1993, pp.221–222.

格雷迪留下的小野狗，离开了牧场，从此到处流浪。[①] 有研究者认为，比利的"自我放逐仿佛是俄狄浦斯的自我救赎（挖去双眼、离开城堡、流落他乡）"[②]。实际上，比利的自我放逐，不仅仅是自我救赎，更是一种存在主义意义上的"向死而生"。回不去沦落的故乡，在死亡的困苦中体验生命的真谛，也是一种存在的方式。比利从一个地方流浪到另一个地方，见证了大平原上牛羊的锐减，但他却"不停地往前走着，走着，日复一日，年复一年，一直走到了老态龙钟，走到了白发苍苍"[③]。78岁的比利流浪到亚利桑那州的中部，遇到了另一个流浪者。后者对比利说："人的梦和活动都受人的欲望驱动，人总追求实际的生活和梦想达到一致，但这永远也达不到。"[④] 借流浪者的话，麦卡锡似乎对格雷迪和比利的追寻之旅进行了哲理性的总结。两人都是牛仔生活的追随者，却以不同方式见证了美国牛仔生活的失败和消亡。格雷迪是以死亡彻底终结了西部牛仔生活的传统，而比利则将自己放逐进漫长的人生旅程中。事实上，后者的方式更加悲壮，毕竟活着永远比死去困苦和艰难得多。流浪的比利有时留宿在公路边修建公路的水泥管道里，有时也在电影厂做临时演员，演个牛仔跑跑龙套。具有讽刺意味的是，格雷迪最后死在了为流浪狗搭建的路边小屋，而比利却只能住在象征现代化进程的钢筋水泥管道里，他们的命运让人唏嘘。无论是死亡还是流浪，他们在西部大平原上都不复有理想的家园，无家可归的他们也是"烂柯人"的一种罢了。比利后来靠在电影里出演牛仔

---

① 我们知道，温克尔离家出走的时候也是带着他的猎狗。事实上，麦卡锡的小说中，狗与狼或马一样，是作者表达思想情感的一种媒介。《果园看守者》中陪伴老人亚瑟的也是一只老狗，这只狗在亚瑟被捕入狱后被打死，暗示了亚瑟所代表的南方田园牧歌的破灭。

② 贺江：《孤独的狂欢：科马克·麦卡锡的文学世界》，上海三联书店2016年版，第109页。

③ 科麦克·麦卡锡：《平原上的城市》，李笃译，重庆出版社2011年版，第328页。

④ 科麦克·麦卡锡：《天下骏马》，尚玉明、魏铁汉译，重庆出版社2009年版，第281页。

的小角色养活自己，从另一种角度证明了美国西部传统的农牧生活，终将随着现代化的进程，存活在人们的想象和记忆里。

梦醒后的温克尔回到家乡与女儿生活在一起，而流浪的比利在年事已高的时候，也被新墨西哥州博勒斯城外的一户人家收留。女主人贝蒂（Bettie）理解他接纳他，还希望他能将自己的故事讲给她的孩子们听。小说如此描写贝蒂对比利的印象和他们的对话：

> 她拍拍他的手。这手骨节嶙峋，青筋暴露，布满了绳子勒出的伤痕和太阳晒出的黑斑。从这张手上可以读出他的经历和沧桑，可以看到上帝留下的印记和赐予，可以想见他颠沛劳顿、悲苦孤独的一生……她起身要走。
>
> "贝蒂。"他叫住了她。
>
> "什么？"
>
> "其实……我其实并没有你想象的那么好，我这个人什么也不行。不知道，你为什么待我这么好……"
>
> "哦，帕勒姆老爹，我明白，我知道为什么。"①

从年轻的少年比利到沧桑孤独的帕勒姆老爹，比利的此生，俨然为美国西部谱写了一曲田园牧歌，而他作为这种田园生活的化身，终将成为贝蒂孩子们口中代代相传的传说。比利才是最后一名真正的美国西部牛仔。贝蒂回答比利说，"我知道为什么"，突出了西部牛仔神话对现代人想象建构的必要性。同温克尔一样，比利以及比利所代表的西部牛仔，终将成为历史的"幽灵"，飘忽在现代社会生活中。

---

① 科麦克·麦卡锡：《天下骏马》，尚玉明、魏铁汉译，重庆出版社 2009 年版，第 285—286 页。

三、一直在路上：无处可依的"温克尔"

"逃逸"不仅是传统的文学题材，也是宇宙的一种自然现象。自宇宙大爆炸以来，无论是星体还是其他物质，都在逃离宇宙的中心。月亮逃离地球，地球逃离太阳，太阳也要逃离银河系，而银河系也越来越逃离整个宇宙的中心。实际上，曼陀罗图形也是一种逃逸结构。貌似互不联系的图案都在试图逃离中心，却因彼此的自相似使得整个图形有了多维映射和相互关联的可能。以麦卡锡对自然科学的热爱和他本身具备的知识谱系，应该熟知上述现象。在他的笔下，物质世界的逃逸现象转化成了他对宇宙、世界乃至人类命运的理解，并贯穿在他所有的小说创作上，形成了文本本身的自互文。麦卡锡新墨西哥小说之一的《老无所依》就是献给美国圣菲研究所的。麦卡锡在小说的扉页上写道："本书作者与圣菲研究所有所联系并在那里居住过四年，在此谨向该研究所表达感激之情。"① 圣菲研究所是混沌科学研究的重地，聚集了当今世界上最卓越的科学家，他们的研究方向从分子化学到天体运行，无所不包。研究所建立的宗旨就是希望各学科的不同研究能够相互碰撞，产生无尽的能量。和这些科学家在一起，麦卡锡不仅为接触到新思想感到快乐，也因与他们知识的碰撞而受到启发。他的新墨西哥小说，几乎都有科学的足履。《老无所依》讨论了人类命运的"蝴蝶效应"和不确定性，而小说《路》则讨论了未来人类毁灭的可能性以及毁灭之后人类如何在宇宙中继续生存的问题。

小说《老无所依》与温克尔"逃逸"的互文联系，也有迹可循。小说共有 8 章，每一章都以老治安官贝尔的第一人称独白开始，并以斜体字的形式与小说另一则关于莫斯被追杀的故事分开。这种奇特的叙事结构在麦卡锡南方小说《外围黑暗》中出现过，其中关于"三恶魔"的行踪交代都以斜体字的形式展开。小说中贝尔的内心独白共有 13 处，几乎都是他对

---

① Cormac McCarthy, *No Country for Old Man*, New York: Alfred A. Knopf, 2005, the leaf page.

现实世界的思考，尤其是面对一个无法把握而又无法了解的世界的困惑和忧思。关于莫斯的逃逸故事，就穿插在贝尔的独白思考中。如果说温克尔因不满妻子的唠叨和专制，到山里打猎遇到的是仙人，因此讨得一杯美酒而一睡 20 年，逃脱了家庭的负累和世界的喧嚣，获得了暂时逃逸后的平静；那么，莫斯就没有那么幸运，因为他荒漠打猎偶然遭遇毒贩交易火拼的现场，撞见的并非仙人而是一堆尸体，不仅将他本人甚至将卷入他生活中的所有人，都带上了一条不归路。莫斯与温克尔一样有好奇心，当他发现火拼现场还有一个身负重伤却没有死去的毒贩，便走上前去观察，并因此发现另有一人逃离现场。待莫斯追上此人时，他也已被他人所杀，莫斯捡到了一个装着巨额毒款的箱子。这个箱子俨然是死神留下的潘多拉盒子，不仅引发了莫斯内心潜藏的一夜暴富的欲望，也因此触发了莫斯人生命运系统的所有变化，从他和年幼的妻子简的平静生活，到四处奔逃却又无路可逃的流浪生涯，莫斯的人生从此成了梦魇，他"一直在路上"，无路可逃，也无处可依。

莫斯是一位越战退伍老兵，过着简单贫穷的生活。他与妻子简相识在沃尔玛超市，其恋爱本身就有美国重商主义时代的烙印。两人结婚后一直住在简陋的房车里。捡到巨款的莫斯原以为从此可以逃离贫穷的生活，却没想到他内心尚存的一点善念，送水给交易现场受伤的毒贩时，却一下子触碰了死神的机关，造成他处境艰难。尽管莫斯训练有素，应对人生变化的时候，有勇有谋，素质良好，可惜的是，他不仅要逃离治安官贝尔的追查，毕竟他出现在毒品交易现场，有参与贩毒的嫌疑，也要摆脱毒枭派来杀手的追击。前者尽管追查他，但对他怀有怜悯之心，后者却不仅要拿回钱，还要杀死他。追杀莫斯的两个杀手威尔斯和旭格，都不同凡响。前者曾是美国特种部队的陆军中校，越战结束后成了一名职业杀手，后者类似法官霍尔顿，不仅手段特别，武艺高超，还是个冷酷的杀人狂魔。关于旭格，本书在讨论小说《老无所依》中的"蝴蝶效应"部分有过论述，此处不再赘述。要对付强大的对手，莫斯的逃逸，困难重重。

莫斯唾手而得的巨额财富，显然是不义之财，靠这样的财富实现人生的幸福梦想，莫斯自然不会有温克尔20年沉睡的平静。小说的确也借莫斯妻子简之口，说明金钱这一"恶魔"的本质。当莫斯电话妻子简，约她到墨西哥沙漠旅馆会合，试图让简带着钱箱逃离，自己来与旭格做个了断。夫妻间的对话富有深意：

> "卢埃林，我根本就不想要钱。我只希望我们能回到过去的生活。"
>
> "我们会的。"
>
> "不，不会的。我已认真考虑过，钱是个假神。"[1]

作为"假神"的金钱恰是美国重商主义的肿瘤，也正是对金钱这位"假神"的信仰，使得莫斯的逃逸不仅没有期望的自由和幸福，甚至生活的安宁也一去不复返，不仅自身惨遭旭格杀害，也为亲人招来杀身之祸。旭格曾要求莫斯交出钱箱，条件是他会放过简，但莫斯低估了对方，认为越战老兵的经历，足以让他对付杀手。用暴力解决问题，是美国文化的传统，退伍老兵与杀手旭格更是对以暴制暴坚信不疑。小说讲到两人多次的交锋，无疑也是对美国社会中充斥的暴力气氛的一种嘲弄。尽管麦卡锡常因为小说中的暴力书写遭人诟病，但用暴力书写来反对暴力社会，才应该是麦卡锡的初衷。

旭格不仅杀人的方式特殊，而且他的杀人逻辑也非常病态。他在墨西哥一家旅馆门前杀掉莫斯和搭顺风车的女孩之后，专门找到简，只为了执

---

[1]　Cormac McCarthy, *No Country for Old Men*, New York: Alfred A. Knopf, 2005, p.182.

行他之前对莫斯的承诺，也就是，不交出钱箱便杀掉简。旭格用投掷硬币的方式决定简的生死，最终因简抛掷硬币的结果不合他的期望而杀掉了简。可以说，简的死亡是旭格病态杀人逻辑的后果，但无疑也是对莫斯以暴制暴信仰的嘲弄。用抛掷硬币的方式来决定人的生死，旭格的逻辑显然将自己升格成了操控人类命运的上帝。不幸的是，旭格也是位"假神"，是将死亡和灾难带给人类的撒旦。如此一来，莫斯从荒漠打猎时遭遇死神，到他对金钱和暴力这些"假神"的崇拜，再到他以暴制暴来对付杀手和贝尔的追查，他的逃逸无论是逃脱贫穷生活的现状，还是将个人以及家人的生死与命运之神博弈，最终都是不成功的。作为一名越战老兵，莫斯的人生命运远非个案。小说另一个杀手威尔斯更是身怀绝技，却在越战之后成了专门杀人越货的职业杀手。越战俨然就是美国人的一块疮疤，触之即痛。将莫斯人生命运的偶然性与美国社会的病症联系起来，无疑使得莫斯的人生有了某种程度的普遍性，他终将在这个混乱的人世，"无处可依"。同时，麦卡锡也借莫斯的"无处可依"，对美国文化中的暴力问题以及越战后遗症作了反思，带有强烈的人文关怀。

除了莫斯，小说《老无所依》也借治安官贝尔的内心独白，再现了一个金钱至上、道德败坏、伦理崩溃的当代美国。此样的国度，不仅莫斯这样的人群无路可逃，甚至青壮年和老人，似乎人人都将无处可依。小说伊始，贝尔提到他曾将一个 19 岁的男孩送进毒气室，因为他杀死了一个 14 岁的小女孩。男孩坦然告诉贝尔，从差不多记事的时候开始，他就一直盘算着要将谁给弄死。他说，要是他们放了他，他还是会去杀人。还说，他知道自己肯定会下地狱。[1] 类似男孩这样没有灵魂自甘堕落的年轻人，现实生活中比比皆是。借贝尔对现实的思考和观察，我们发现，20 世纪 80 年代的美国，不仅边境上的毒品交易肆虐，因为毒贩

---

[1]　Cormac McCarthy, *No Country for Old Men*, New York: Alfred A. Knopf, 2005, p.1.

们不但配备了最好的武器，甚至还动用最先进的交通工具，他们还公开修建运输毒品飞机的临时跑道，而且在号称象牙塔的校园里，买卖毒品和发生枪击的案子时有发生。旭格和莫斯两败俱伤之后，他们在路上遇到一伙年轻人，起初这些孩子们还关心旭格的伤势，准备赠他衣物，然而当后者用金钱利诱，年轻人立刻学会了讨价还价，还为如何分钱产生了分歧。邪恶的力量正在吞噬人们的心灵。有意思的是，学校关于教师上课遇到的最大问题做过问卷调查，返回来的问卷答案，令人瞠目。20世纪30年代的调查，无非是作业抄袭或者嚼口香糖之类的答案位居前列，然而时隔40年，也就是小说故事发生的时代，却是"强奸、纵火、谋杀、毒品与自杀"[1]等答案居高不下。贝尔是个二战退伍老兵，当年也曾宏图壮志，试图挽救世界于狂澜，这不仅是他当初退伍后从事警察行业的初衷，也是他试图效仿父辈尽职尽责的梦想。小说中，他希望追到莫斯阻止他进一步卷入毒品交易的深渊，也期望能以个人之力抓到旭格，阻止凶杀的蔓延；然而，事情的走势非他所愿，贝尔总是与杀手失之交臂，不仅最终没有保住莫斯的性命，甚至还让旭格这样的恶魔从眼皮下逃之夭夭。邪恶以及邪恶的衍生物，恰似宇宙中的所有星体和物质，都在逃离宇宙的中心，而邪恶对文明的背离，其所到之处，其侵蚀力量几乎无人可以阻挡。

面对充满暴力、毒品、凶杀的混乱世界，有人试图不看报纸来逃避，毕竟报纸上天天登载的都是凶杀的案子。如此鸵鸟式思维，自然阻挡不了邪恶的力量。社会上还有人专门向老年人出租房屋，然后杀死他们，拿他们的社会保险金支票去兑换。莫斯的岳母已是耄耋之年，不仅要忍受癌症带来的病痛，还要与简一起逃脱杀手的追杀。她们搭乘出租车前往埃尔帕索与莫斯会合的时候，站在雨中的老母亲，其形象着实令人心痛。她对简

---

[1]　Cormac McCarthy, *No Country for Old Men*, New York: Alfred A. Knopf, 2005, p.195–196.

说："瞧我这个样子。竟然是无家可归。"①

"无家可归"（"Not even a home to go to"）是小说《老无所依》的主题之一，麦卡锡借诗人叶芝诗作《驶向拜占庭》中的名句为小说命名，使得题目这个类文本与文本内容有了互文。诗歌写道："那不是老年人的国度。青年人／在互相拥抱；那垂死的时代／树上的鸟，正从事他们的歌唱；／鱼的瀑布，青花鱼充塞的大海，／鱼、兽或鸟，一整个夏天在赞扬。／凡是诞生和死亡的一切存在。／沉溺于那感官的音乐，个个都倏忽。／万古长青的理性的纪念物。"②贝尔在旭格逃脱后感到无力回天，无奈地决定提前退休。他这样描述自己的感觉，"这是一种失败的感受，一种被打垮的感受，一种比死亡还痛苦的感受。"③实际上，贝尔与叶芝诗歌中的叙述者一样，他们已经无法适应充斥着欲望、暴力和邪恶的年轻人的世界，只能逃进过去和平岁月的记忆里，在自我慰藉里寻找心灵的暂时平静。贝尔希望逃离喧嚣纷乱的社会，退休后与妻子在农场过自己的家庭生活，是一种逆向的温克尔式逃逸。麦卡锡的小说人物很少有满意的家庭，甚至女性人物也很少有令人男人满意的角色，贝尔与他的妻子是个例外。当逃逸者无法在现实生活中找到灵魂的归宿和世俗责任实现的路径，只有进到梦境里。不同于温克尔的向外逃逸，贝尔的梦境是家庭幸福的慰藉。然而，覆巢之下焉有完卵？贝尔也只有在无休无止的哀叹和喋喋不休中沉湎在过去的回忆里了。

小说《老无所依》中，贝尔内心独白的斜体部分巧妙地镶嵌了莫斯逃脱毒贩的故事，两者相互交织而又相互映射，使得麦氏这部貌似通俗的西部小说不仅在结构上别具一格，而且在内容上也因对美国社会现实的反思

---

① Cormac McCarthy, *No Country for Old Men*, New York: Alfred A. Knopf, 2005, pp.201.

② 叶芝：《驶向拜占庭》，《叶芝文集》，王家新编选，查良铮译，东方出版社 1996 年版，第 166 页。

③ Cormac McCarthy, *No Country for Old Men*, New York: Alfred A. Knopf, 2005, p.306.

以及人类存在意义的探索，有了深刻的内涵，更是在风格上实现了通俗和高雅的融合，使得该小说有了深度和丰富性。

小说《老无所依》以贝尔的梦境结束。梦中，贝尔正与父亲骑马走过无边的黑暗：

> 我们俩都回到了过去，夜里我骑马翻过一座座山。天很冷，地面上有雪，他骑马超过了我，不停地赶路。没有说一句话。他不停地前行，身上裹着毛毯，头低垂着。当他与我擦肩而过的时候，我看见他带着一个燃着火光的牛角，过去人们常这样做。借着火光我看见了牛角，闪耀着月亮的光泽。在梦中，我知道了他要走在我前面的原因，他要在黑暗而且寒冷的地方生火。我知道无论何时我到达那里，他都会在那里等我。①

身上裹着毛毯骑马穿过黑暗并且为贝尔升起一堆火的父亲，正是麦卡锡获得普利策奖的小说《路》中塑造的另一个"父亲"的形象。在世界被毁灭文明不再的后天启世界里，小说《路》中没有命名的父亲（"the father"）试图穿过尘埃和寒冷，穿过食人族遍布的荒野，为小说同样没有命名的儿子小男孩（"the boy"）寻找一处避难的场所，一处可供安全逃逸的地方。小说《路》自身的题目已经暗示了人类一直在路上的命运，并且父与子在世界灭亡之后首先逃离的不仅仅是自然灾难带给人类的灭顶之灾，更是《老无所依》中贝尔担心的那种"黑暗且寒冷"的人性堕落之恶。小说《路》可以说延续了《老无所依》的结尾，将贝尔内心对人性堕落的困惑直接上升到了人性善恶之争的哲学话题。火种，代表着善和希望。贝尔梦中父亲手中所执的那把牛角火炬，正是《路》中父与子追

---

① Cormac McCarthy, *No Country for Old Men*, New York: Alfred A. Knopf, 2005, p.309.

求的至善和希望所在，也是麦氏所有温克尔们逃脱困境之后希望达到的理想之境。

对理想之境的追求是人类共通的哲学话题，也是乌托邦文学善于表现的题材，而温克尔式的逃逸和流浪，也几乎是所有人类共有的对梦想和未来追求的哲性乡愁。他们不甘平庸生活的乏味，走"在路上"实则是一种生命的存在状态。然而，对理想之境追求的坚持实非易事，《路》中的父亲在世界末日之后荒野上的行走，也经历了很多波折和内心的挣扎，他所有行为的目的只是让儿子能够在世界末日之后活下来，即使活不下去，也不能沦落为食人族口中的美味，更不能堕落成为食人族那样的恶人。小说《路》中人的善恶之分已经降到了最低限度，那就是吃人与否，而判断一个人好坏之分的标准也非常简单，那就是第一，不吃人，第二，帮助他人，第三，信守承诺，第四，永不放弃。① 小男孩是在世界灭亡之后出生的，而小男孩的母亲担心父亲不能负担家庭的生存而放弃了生的可能，将剩下的两颗子弹留给了父子俩。当然，很多学者都讨论了母亲担心被强暴和被吃掉而放弃了生的可能，母亲的担忧的确是后天启社会面临的危险。

生，永远比死艰难。小说中的父亲带着前文明世界剩下的一辆购物车，推着少数必备的物品，穿过黑暗和寒冷，穿过尘埃和雨雪，艰难地带着孩子一路南下，寻找一处温暖而又安全的地方。很多次，父亲都想违背自己对孩子的承诺而选择死亡，但他最后都坚持了下来。父亲竭力做一个好人，也信守"不吃人"和"永不放弃"的承诺，尽管他很多时候出于保护孩子的目的，他也不得不违背做好人的承诺，没有帮助他人，显得有些自私。比如他没有答应小男孩提出的帮助路上遇到的一个遭雷劈的男人；拒绝带街角上遇到的与小男孩同龄的孩子一起前行；没有答应儿子帮助老

---

① 参见贺江:《孤独的狂欢：科马克·麦卡锡的文学世界》，上海三联书店 2016 年版，第144 页。

人伊利的请求，分给他多余的食物；将一个小偷全身扒光并将东西全部抢回的时候，不曾考虑小偷会冻饿而死。

小男孩在小说中是个至纯至善的人，很多麦卡锡研究者都将孩子看成是"耶稣"，而小男孩出现在世界灭亡之后的后天启的世界里，的确有耶稣"第二次降临"世界的感觉。小说中的孩子在父亲的教育下学会了遭受袭击之后开枪自卫保护自己不被吃掉，也学会了如何在艰难的环境下，将文明与仪式传统等传承下去，最重要的是，小男孩在与父亲的相处下，相信了自己就是那个带"火"的人，并且坚持要将善的"火"传下去。不仅孩子其本身就是善的存在，而且在他的善的感召下，父亲也不再冷酷地对待世界，而是变得有爱心起来。"从这个意义上说，父亲护送男孩去南方的过程就是一个自我'成长'的过程，他逐渐恢复了对陌生人的信任，恢复了对未来的信心"[1]。麦卡锡笔下的父子关系大多紧张，他的小说人物都是在逃逸过程中遇到一些智者，从而成为他们人生路上的引导者。《路》一改从前小说的笔触，如果我们联系《血色子午线》中"少年是成人的父亲"的论断，麦氏对父子关系的释然应该是在小说《路》中最终得以实现。

如果说麦卡锡的小说人物都是一路向"西"追寻自己的理想，那么小说《路》则选择了一路向南。实际上，此处的"南方"某种意义上也是麦卡锡有意安排的新"边疆"，就像"边境三部曲"中格雷迪和比利一路南下跨过美墨边境去往墨西哥一样。与格雷迪和比利跨过边境到往墨西哥的命运类似，一路南下到达海边的父子面对的并非心中向往的温暖和饱腹；相反，等待他们的是静寂的大海和大海之上漂浮的尸体和海底沉没多年的大船。安排这样的失败之旅，应该是麦卡锡对美国文化中的边疆神话的解构和嘲弄。小说《路》中的父子尽管面临的世界也是"外围黑暗"，活跃

---

[1] 贺江：《孤独的狂欢：科马克·麦卡锡的文学世界》，上海三联书店 2016 年版，第 145—146 页。

在荒野深处的也是与"三恶魔"一样的食人族，然而，将火传下去的信心，使得麦卡锡最后一部小说中的父与子的旅程，有了史诗英雄般的悲壮。人类一次次灭亡，也一次次存活下来。父与子的坚持，某种程度上肯定了人类存在的意义，也使得他们的奥德赛之旅，成为人类战胜困难追求理想的隐喻。

当他们到达海边的时候，父亲因为长期的肺部感染，最终撒手人寰，离开了小男孩。但父亲给孩子遗留的最大信念就是"继续走下去"和"带着火种"。一直为父亲保护的儿子在父亲信念的鼓励下，独自带着枪，走在大路上。幸运的他，在路上遇到了一个家庭。这个家庭的男人对小男孩说他们也"带着光"，使得孩子相信他们是"好人"。家庭中的母亲更是对小男孩关怀备至，将小男孩搂在了怀里，并对小男孩说，"见到你很高兴"①。至于男孩在未来的道路上是否能生存下来，是否能到达地理意义上的迦南地，麦卡锡并未给出一个明确的答案，而是安排了开放式的结局。然而，遇到了家庭的小男孩，毕竟能与这个家庭中的小女孩、男人和女人共同组织完整的家庭，却是麦卡锡小说中那些从前的温克尔们从未有过的人生命运。给予小男孩家庭的完整，便是给予他梦想实现的可能，也是给予人类一直走下去的希望。况且，小男孩本身作为善的象征与带着火的家庭之合二为一，成为人类战胜邪恶并最终驱除黑暗的力量。或许，福克纳在获诺贝尔文学奖时的发言最能解释小说《路》中麦卡锡为小男孩安排的结局，"我相信人类不仅能够延续，而且能够永存。人类的不朽不是因为在万物中唯有他能永远开口说话，而是因为他有灵魂，有同情心，有牺牲和忍耐精神"②。

从麦卡锡的第一部小说《果园看守者》开始，麦卡锡就将他对人类存

---

① Cormac McCarthy, *The Road*, New York: Vintage International, 2006, p.286.

② William Faulkner, "William Faulkner's Speech of Acceptance upon the Award of the Nobel Prize for Literature", In *The Faulkner Reader*, New York: Random House, 1954, pp.3–4.

在意义的探讨,放置到了他深爱的南方。尽管 14 岁少年威斯利最后是走进了西部,麦卡锡本人也在他的小说《萨特里》完成之后,彻底有了西部小说创作的"转向",然而就在他的最后一部小说《路》中,麦卡锡又将他的关注点和人类应许地的探索,转到了美国南方。尽管南方没有出现温暖,也没有为末日之后的父与子找到理想的生存之地,然而能够给予小男孩以未来之路的希望,并且为他安排与新的家庭一直走在路上,可以说,从南方到南方,弥漫着哲性乡愁的麦卡锡对南方依然深深地眷恋。他的小说创作实际上走了一个圈,最终又回到了起点。

麦卡锡小说创作的"圆形"思维,是他对美国南方的热爱,也是他对家乡田纳西州的致敬。在这一创作之环中,麦卡锡塑造了一个个追求理想逃逸生活困境的温克尔们,他们要么退守荒野,要么走进西部,无论经受失败还是挫折,他们始终没有放弃,而是不断地走向前方,并且他们"一直在路上",不能不说这是麦卡锡对人类存在意义的认识论和本体论的哲学思考。艾略特提出:"传统是个具有广阔意义的东西,传统并不能继承。假若你需要它,你必须通过艰苦的劳动来获得它。"[①]麦卡锡就是这样一个走向传统并在传统中艰苦创作的作家。在当代美国作家中,麦卡锡并不是一个多产的作家,他的多部作品都是精心调研后并假十年之功而创作的。伟大的作家永远都善于在传统中发现自我,从而将自我的完善在他者的参照中丰富。当然,麦卡锡不仅如此,他还将自我的影像融进了他者文本的海洋中,从而最大程度地探索文学的丰富性和可能性。

作为一个能坚持多年沉潜下来并拒绝外界采访的"隐士"作家,麦卡锡始终将他的温克尔们在小说中一以贯之,使得他们相互映照,互成镜像。这种"圆形"的思维模式实际上也是麦卡锡"混沌"思维的一种最好

---

① 艾略特:《艾略特文学论文集》,李赋宁译,百花洲文艺出版社 2010 年版,第 2 页。

体现，毕竟世界环环相扣，联系观照，并且在这一循环往复中，也体现出历史的重复和变化。人类走过了千年，善时刻都有，但恶却如影随形。战争的阴影时时都在，而世界末日的来临也并非艺术家们的杞人忧天。正如《时代》杂志对小说《路》的评述中提到："麦卡锡仿佛是这个即将消失世界的最后幸存者，他把未来发生的那个时刻提早展现给我们看。"① 总之，尽管麦卡锡小说人物各自的流浪命运，有所差异，但始终都能以逃逸为主线自成互文，这也是麦卡锡主动走向传统，在传统中创立自己的特色，最终又融进传统的最好明证之一。

---

① Cormac McCarthy, *The Road*, New York: Vintage International, 2006, the book cover.

结　语

人人都是其存在的歌者。借由歌唱，他才走进了世界。

——科麦克·麦卡锡《平原上的城市》

20世纪下半叶，后现代科学带来了人们对其生活的宇宙认知上范式的改变。混沌理论一改牛顿科学对世界的认识，世界不再是一台有序的机器，而是一个有着有序的无序或者无序的有序的涡旋。秩序指的是稳定、有规则、肯定性、世界的确定性，世界上的事物之间相互联系；无序指的是动荡、无规则、偶然性、世界的不确定性，世界上的事物之间彼此隔离。经典科学认为世界的本质就是秩序，而科学研究的目的则是找到秩序，也就是找到潜藏在无序和表面噪音之下世界上事物的运行规律；混沌理论却认为，有序和无序才是世界上事物的基本存在，两者之间可以相互转换，其转换取决于对初始条件敏感性的依赖。对于混沌理论来说，在一个决定性的系统中，内在偶然性的出现是系统的需要，这意味着事物发展中存在着决定性的不可预测。混沌理论强调对事物的描述而不是对其未来的走向进行预测，从此粉碎了拉普拉斯试图了解宇宙这台大机器神秘性的美梦。作为一个"决定性的混沌"，我们生活的世界根本没有绝对规律，也不存在机械进程，而是充满了不确定性，并且不可预测。当然，世界不再是一个孤立和封闭的系统，其中的事物之间互为联系，且呈开放性。世界也不再是宏观或微观之说，而是呈整体和全息性。作为一个重要隐喻，"混沌"在 20 世纪 80 年代之后早已从科学领域进入了哲学和文学的视域。后现代主义与混沌理论在对世界认识上的重叠，使得艺术和科学在当代社会踏进了同一片领域，造成了 20 世纪美国文学的巨大变化。

"混沌"是麦卡锡作品的核心，也是理解麦卡锡小说艺术魅力的张力所在。本书的中心议题就是讨论麦卡锡复杂而又动态的小说，研究指出，麦卡锡小说的叙事内容、叙事策略、叙事形式乃至整个小说的审美构型都与"混沌"相关。"混沌"不仅在本书中被用于讨论麦卡锡对人性、社会以及自然的理解，并且研究发现，在麦卡锡充满复杂性哲学思考的小说中，人性、社会与自然均呈现出有序的无序和非线性之混沌的特点，不仅麦卡锡小说的叙事内容呈混沌性，麦卡锡的文本世界也呈混沌性。在麦卡锡的小说中，混沌理论的重要原则被用作麦卡锡小说的叙事策略，而混沌理论的重要图形也被用作麦卡锡小说的空间构型。不仅如此，麦卡锡小说整体上也呈多维映射的曼陀罗构型，从而使得麦卡锡的小说有了整体上混沌之特点。

麦卡锡是一个不断迁徙移动的作家。在他的人生生涯中，他很少在一个地方长期停留，而总是从一个地方搬到另一个地方。麦卡锡的家从最初美国东部的罗德岛搬到了南方的田纳西州，又从田纳西州搬到了英格兰，接着搬到了德州的埃尔帕索，最后又迁到了美国新墨西哥州的圣菲。生活中居所的变迁，呼应了麦卡锡小说创作上的变迁。他从早期初涉文坛时的阿巴拉契亚山脉小说有了中期西部"转向"后的西南部小说，再到他最新时期的新墨西哥小说，总之，在他长达 40 年的创作生涯中，麦卡锡的小说创作总与一定的地理环境有关系。无独有偶，不仅小说作者个人的人生经历与其小说创作上的地域变化有一定呼应，麦卡锡小说的主要人物也有一定的"移动性"。他们要么因被动要么因主动要么因为生活中出现的各种变量，经历着从"文明"到"荒野"的逃离和"在路上"的奔波和迁徙。《上帝之子》中的白乐德，《萨特里》中的同名小说人物萨特里，"边境三部曲"中的牛仔格雷迪与兄弟比利，《血色子午线》中的"少年"，《老无所依》中的莫斯，甚至《路》中的"父亲"等，概言之，这些小说人物无一不被卷入了决定性的"混沌"之中。与小说人物的逃离和流浪命运相呼应，麦卡锡小说基本上可看作路程叙事小说，叙事上总与旅行或旅程相关。正是麦卡锡小说人物的"流动性"，使得麦卡锡小说与"混沌"以及混沌理论有了联系，毕竟混沌理论研究的就是非线性动力系统中事物运动的轨迹，小说人物的运动也是动力系统中的事物运动。可以说，正是由于麦卡锡本人及其小说存在的"流动性"，使得本研究选用混沌理论来做研究开展的基本理论，目的在于更加方便也更加可信地探讨麦卡锡复杂而又动态的小说。

麦卡锡钟情于荒野。少年时代的麦卡锡，经常在家乡阿巴拉契亚山区的林间打猎和游荡，这使他不仅熟悉荒野，还掌握了丰富的荒野知识。麦卡锡笔下众多的小说人物都可看作荒野中优秀的"拓疆"人。荒漠、山林、洞穴与平原，都可以成为他们的居所。可惜的是，他们最后都成了荒野上的流浪者。白乐德、"少年"、格雷迪、比利、莫斯以及"父亲"等，就是最好的例子。工业化和都市化的发展造成了荒野的"去自然化"，加上原子弹在 20 世纪的爆炸，人们曾经的居所被剥夺，使得他们不得不流浪，并永远地走"在路上"。今天的世界，似乎再也找不到偏远的地方，人们生活的角落无一不受 20 世纪晚期消费主义与现代性的影响，生活方式发生了巨大改变。麦卡锡理解荒野，也理解邪恶和暴力，以及深藏在人性与人类社会深处的黑暗。在麦卡锡这里，荒野不仅存在于外部，也存在于内部，他的小说很多时候表现的是内外皆荒野的社会和宇宙。麦卡锡曾经对采访者说过："世界上根本不存在不流血的生活，那些认为人性可以改善，人们能够和谐生活的观点，在我看来，非常危险。"①从荒野出发，麦卡锡观察到的世界比荒野更为蛮荒，那里战争频繁发生，二战、冷战、朝鲜战争、越南战争、海湾战争、反恐战争，甚至还有人类反对核武器的战争，战争使得人类世界充满了流血和暴力。在麦卡锡看来，如此的荒野世界，正是人与社会"荒野性"的外在投射，其黑暗和苍凉某时候就是英国作家康拉德笔下那"黑暗的心"，是诗人艾略特眼中整个西方社会"荒原"的别样呈现。

作为麦卡锡小说的"元叙事"，荒野在麦卡锡作品中的呈现不仅是隐喻性的，也是地理意义上的，更是政治意义乃至神话意义上的。作为"混沌"最伟大的隐喻之一，荒野在麦卡锡的小说中与"混沌"同义。我们知道，混沌理论聚焦自然。可以说，自然对后现代科学的返魅，使得人们得以在自然中更好地了解自我以及人与宇宙的关系。自然是非线性的。自然中存在的对称与不对称、有序与无序、美丽与丑陋、规则与不规则等，这些看似并列的两极不是二元对立或非此即彼，而是互相平行、相互转换。上述平行或转换的两极经常出现在麦卡锡的小说中，使得麦卡锡小说充满了"悖论"，这一点正如混沌的荒野向我们人类展示的那样。在麦卡锡的小说中，自然、社会与人都有荒野或混沌的特性，它们不再受制于人们传统上对善与恶、有序与无序、中心与边缘、主体与客体等二元对立概念的认识，而是充满了含混，或者说一种非线性的折衷主义。正是麦卡锡小说对人、社会与自然呈荒野或"混沌"的"越界"表现，使得麦卡锡在当代美国文学领域独树一帜。麦卡锡是个严肃的作家。在他的小说中，他能够聚焦当代文化中的关键问题，并在他对资本主义秩序的质疑中，指出他所生活的后现代社会的病症，并借由他对世界是为"混沌"的观点，批评和拆解了资本主义秩序。

---

① Richard B. Woodward, "Cormac McCarthy's Venomous Fiction", In *The New York Times Magazine*, 19 April 1992.

麦卡锡相信"词即物"。在他看来，生活也是一种叙事。所谓叙事，其核心意思就是建构性和虚构性，具有不确定性和不可预测性之特点，这就使得麦卡锡对世界的认识不同于传统牛顿思维将世界看作稳定性和确定性的认识。麦卡锡小说《骏马》中邪恶的警官就说过："我们可以创造真相。"[①] 无独有偶，他的小说《穿越》中有位前牧师也有类似的言论："一切都是讲述。"[②] 生活在麦卡锡看来，就是一个确定性的"混沌"。人人都有可能会被卷入"混沌"的轨迹中，而生活也的确充满了随机和偶然性。在他的小说中，大多数小说人物都处于"混沌的边缘"。在"混沌的边缘"，有序与混沌能够交替变化，其变化取决于对初始条件内部敏感性的依赖。换句话说，任一微小的干扰，都会引起生命系统巨大的变化。白乐德、格雷迪、比利、莫斯以及"父亲"等的生命就是典型的个案。在他们命运的"混沌"系统中，蝴蝶效应不仅影响甚至改变了他们的生活。从他们生活的涡旋，我们得以印证"决定性混沌"的悖论。概言之，世界上的一切事物互为因果，他们既是主体也是客体，既是节点也是核心，在巨大的复杂的"混沌"之网中，他们相互影响，彼此关联。

麦卡锡的混沌世界观，使得他的作品一方面自身相互联系，另一方面也与美国文学的经典之作互为映射，从而使得他的作品不仅自身存在互为自相似的分形，有了混沌的整体性，更是与美国文学的经典之作有了多方面的关联，从而彻底走向美国文学传统，并最终走入和融入传统的长河之中。从我们对"边境三部曲"的《骏马》和《穿越》中小说空间构型的讨论，可以看出麦卡锡小说文本自身的自相似性。不仅如此，麦卡锡小说文本的自相似性，也可从其小说文本丰富的互文和自互文中看出。互文指的是不同作家不同作品之间的关联，而自互文指的是同一个作家不同作品之间的

---

① Cormac McCarthy, *All the Pretty Horses*, New York: Vintage International, 1992, p.168.

② Cormac McCarthy, *The Crossing*, New York: Alfred A. Knopf, 1994, p.155.

关联，暗示某一作家其作品的演绎和推进。将麦卡锡的小说人物与美国著名作家欧文笔下的"温克尔"们联系起来，本书指出，尽管麦卡锡的小说人物都有逃逸命运的相似性，但毕竟每一个体都存在差异，加上人类命运偶然性因素的捉弄，使得他们并没有完全相同的命运轨迹。尽管如此，我们发现"温克尔"的幽灵依然未能从麦卡锡的小说中走远。无论退守西部还是走向大平原，或者最终选择走在路上，他们始终与逃逸和旅行相关，并因此使得麦卡锡的小说有了强烈的自互文，使得他的小说整体上充满了自相似性。我们讨论小说《血色子午线》的迭代叙事时，也曾就小说主要人物法官霍尔顿和"少年"人物刻画上的互文性，指出麦卡锡小说人物的自相似性。在讨论小说《穿越》时，我们从小说人物比利的荒野幻梦入手，也讨论过麦卡锡小说的互文性。

互文或自互文是讨论和研究麦卡锡小说的"主导"因素，这一点从我们对"边境三部曲"的讨论中可以看出。在这些小说中，自相似的痕迹从来就在小说人物的刻画中，若隐若现。库拉与白乐德，萨特里与格雷迪，萨特里与"少年"，法官霍尔顿与旭格，格雷迪与比利，阿莱杭德拉与母狼，比利与博伊德，格雷迪与阿尔芳莎，阿莱杭德拉与玛格达丽娜，罗查与爱德华多等，他们彼此之间存在着强烈的自相似性。除了麦卡锡小说的主要人物，小说中的其他次要人物也存在强烈的自相似性，从而使得麦卡锡的小说有一种整体上的关联性。我们知道，《外围黑暗》中第一次出现了白痴的人物形象，接着类似的白痴形象也出现在《上帝之子》和《血色子午线》之中。盲人的形象更是贯穿在小说《萨特里》、《血色子午线》、《穿越》、《平原上的城市》以及《路》中，并且他们都是以智者的形象示人。值得注意的是，麦卡锡小说中的这些小人物们，并不像他们被设计成次要角色的地位一样，无足轻重；相反，他们在麦卡锡小说中往往对我们生活的世界有独到的见解。他们对世界的随机和混沌性的观察非常深刻，很多时候不仅仅是个智者，他们实际上根本就是后现代主义思想的哲学家。《上帝之子》中的铁匠,《萨特里》中的捡破烂者和印第安人迈克尔,《血色子午线》中的沙漠隐士、法官霍尔顿以及前牧师托宾,《骏马》中的阿尔芳莎,《穿越》中的前牧师、盲人、吉卜赛流浪者、捕狼人阿尔纳夫,甚至流浪艺人等,《平原上的城市》中的盲人乐师,《老无所依》中的杀人恶魔旭格,《路》中的盲人伊利,等等,他们关于世界、存在、宗教、历史以及人性的观察,都特别独特,某种程度上可能就是麦卡锡本人的观点。

呼应小说人物刻画上的彼此联系和互为自相似的分形,麦卡锡小说中还有一批与随机和"混沌"相关的意象,使得麦卡锡的小说在细节的呈现上,加强了微观角度上的彼此之间的相互联系。地毯、迷宫、木偶线网、硬币制造、地图、抛掷硬币、弈棋以及雪花等意象,散见于麦卡锡的小说中,是麦卡锡用来说明我们生活的世界或宇宙呈随机和"混沌"的重要意象。上述意象出现在麦卡锡的不同小说中,有时与小说人物命运有关,有时只是存在小说人物的对话中,关涉小说人物命运的随机性以及世界的混沌性。譬如小说《穿越》对雪花的讨论,显然是对人类命运随机性的讨论。造币和弈棋出现在小说《骏马》中,显然是小说人物阿尔芳莎用来警示牛仔格雷迪人生命运的混沌性。至于抛掷硬币,出现在小说《血色子午线》以及《老无所依》中,是说明世界随机性以及表现法官霍尔顿与旭格两个"混沌"人物最好的象征。迷宫和地图出现在小说《血色子午线》与《路》中,显然是对语言与符号关系的探讨,反映出麦卡锡的后现代主义世界观。准确地说,这些"混沌"意象的使用,是麦卡锡用来反思后现代主义人类困境,揭示后现代主义时期人与人、人与自然以及人与整个宇宙关系的重要表征。它们从微观的角度,阐释了麦卡锡对个体与人类命运的思考,也表达了麦卡锡对后现代主义时期人们较为关注的话题,包括存在、语言以及叙事等的后现代主义世界观。

麦卡锡的西南部小说中,自互文现象格外突出。某种程度上,我们可以将麦卡锡极具影响力的小说《血色子午线》与"边境三部曲"看作一个整体，称作"边境四部曲"。在这四部小说中，无论是人物刻画，还是后现代西部小说流派的选择，以及小说对边疆或荒野神话的批判与荒野地景的表征，甚至它们共同表现出的强烈的混沌世界观等，都存在着明显的自相似。在麦卡锡看来，历史与神话是社会和文化建构的结果。在对上述四部小说人物荒野旅行的表现中，麦卡锡批评了荒野或边疆神话对普通民众以及年轻人的毒害，并借这一影响的危害性，展现了后现代时期存在着的拟像的"实在性"。他的后现代西部小说文类的选择，无疑使得麦卡锡实现了对建构美国西部传统的神话和历史进行"同谋"式的批评。麦卡锡小说本身拥有的强烈的"自指性"，也使得麦卡锡从西部小说这一文类的内部，对此类小说的传统进行颠覆和解构，从而使得他的小说在走向西部小说传统的同时，其实已经实现了对这一小说传统的偏离和超越。对边境或荒野神话的重写，使得麦卡锡同美国文坛 20 世纪 60 年代之后"重访"历史的时代潮流有了互动和共鸣，也因此使麦卡锡得以与当代的美国文学大师们一起，成为时代的"弄潮儿"。这些美国文学大师们包括多克托罗、巴斯、托马斯·品钦、伊什米尔·里德（Ishmael Reed）和詹姆斯·威尔士（James Welsh）等。值得指出的是，小说文本丰富的互文性，不仅使得麦卡锡的小说有了宏观与微观、整体与部分等多个维度的映射性，更是使得麦卡锡小说自身的文本世界，有了强烈的对话性特征。重要的是，小说文本世界这一丰富的互（内）文性，使得麦卡锡的小说不仅自身彼此联系，而且还与美国文学经典多方关联，形成了小说整体上具有混沌审美的曼陀罗构型。研究发现，麦卡锡小说与美国文学传统上的经典作家譬如欧文、库柏、麦尔维尔、马克·吐温、福克纳都有互文联系，正是这一显著特点，使得麦卡锡的小说在走向传统的同时，也因其自身对经典的杂糅和折中，甚至是偏离和超越，从而走进了传统。

身为圣菲研究所一名跨学科的"研究员"，积极参与研究所工作的麦卡锡，对混沌理论和复杂性理论并不会陌生。我们知道，麦卡锡很早就认

识了圣菲研究所的创始人，也就是著名的物理学家默里·盖尔曼。对于圣
菲研究所这样"一个独立的科学和教育中心……用来进行物理学、生物学、
计算科学以及社会科学等的跨学科合作……试图揭示我们所处的复杂世界
中深刻的简单性之下的运行机制"①，麦卡锡与圣菲研究所的关系和情谊，
使得他的小说创作有意识地与混沌理论的重要范畴和基本原则，有了一致
性。这一点从我们对麦卡锡重要小说《血色子午线》、《路》以及《老无所依》
的叙事策略的讨论中可以看出。在这些小说中，混沌理论的重要概念，如
迭代、不确定性以及蝴蝶效应等都被应用到麦卡锡的小说叙事中，使得他
的小说呈现出美丽的"混沌"之特点，那就是复杂而又动态。除了对混沌
理论的了解熟知外，麦卡锡本人科学的复杂的世界观也反映在他小说艺术
上的创新。将混沌理论的概念、范畴、理论和原则运用到小说的叙事内
容、形式、策略以及空间构型上，使得麦卡锡的小说有了科学的特点。这
一点也使得麦卡锡与他同时代的作家包括冯内古特（Kurt Vonnegut）、品
钦、巴斯以及德里罗等更加接近。

　　形式符合内容。正是对小说形式的准确选择，试图呼应后现代社会呈
现混沌性这一现实内容的实在性，才使得麦卡锡聚焦"混沌"。"混沌"成
了麦卡锡小说的叙事内容和叙事形式。在他的小说中，不仅混沌理论的重
要原则和范畴成为他小说的叙事策略，混沌理论的重要图形也成了麦卡锡
小说的空间构型。奇异吸引子和分形两大重要图形在小说《骏马》和《穿
越》中的运用，就是成功的个案。上述两大图形的运用，使得麦卡锡的文
本世界有了对称的不对称或者有序的无序的空间构型。可以说，正是混沌
理论的重要原则以及图形在麦卡锡小说中的运用，使得麦卡锡的小说有了
典型的动态小说的特点，因为动态小说指的就是"那些在结构上以及通过

---

① George Brosi, "Cormac McCarthy: A Rare Literary Life", In *Appalachian Heritage* 39.1, Winter 2011.

图形、范式和内容等将混沌理论或复杂性理论运用其中的小说"①。

混沌理论强调观察者的介入和干扰，正如著名数学家曼德博对英国海岸线的观察，其长度的长短，取决于度量衡选择的不同。这一点也适应于对麦卡锡小说的观察。实际上，要将麦卡锡的作品准确分类也很困难。尽管麦卡锡的研究者已经就写作模式来说，将麦卡锡的小说归于现实主义或自然主义、现代主义或后现代主义或晚期现代主义等文类；或者他们就文学创作的地域特色，也曾经将麦卡锡的小说看成南方小说、西部小说或西南部小说等。事实上，将一个作家的创作打上某种主义的标签，甚至用某种主义将其归类，都较为偏颇，甚至受限，因为泛泛的归类，只是方便文学史的归类和编撰，终究有可能造成对这一作家和作品理解的束缚，产生众多的误解。就本书讨论的麦卡锡小说世界的混沌性来说，麦卡锡的小说已经逾越了任何批评疆域或者理论话语的限制和界限，因为麦卡锡小说"提供给读者的并非是意义的多重化，而是有着多重释义的一种意义"②。因此，在笔者看来，麦卡锡的读者是被写作者邀请参与到小说的创作中去的，因为麦卡锡明白，尽管面对的是同一个既定的文本，不同的读者会有不同的解释，而这些不同的解释，就如海岸线测量选择不同的度量衡其结果并不一致的情况一样，读者所运用的方法并无好恶之分，都有他相对正确的道理。如果一定要指出麦卡锡的小说到底属于哪一类作品，罗兰·巴特意义上的可写性文本（writerly text）才是唯一可信的答案。这一点麦卡锡的小说《血色子午线》和《穿越》就是很好的个案。

在巴特看来，可写性文本与可读性文本（readerly text）的区别尽管并不绝对，但两者的差别确实存在。可读性文本通常指那些现实主义文本，

---

① Gorden E. Slethaug, *Beautiful Chaos: Chaos Theory and Metachaotics in Recent American Fiction*, Albany: State Univ. of New York Press, 2000, p.8.

② Megan R. McGilchrist, *The Western Landscape in Cormac McCarthy and Wallace Stegner: Myths of the Frontier*, New York & London: Routledge, 2010, p.153.

它们试图模仿现实，来创造出看似真实的感觉，读者对这些文本的反应只能是接受或者拒绝，原因在于，读者参与文本的创造权已被剥夺。不同于可读性文本，可写性文本通常指的是那些所谓"不及物"的作品，其目的旨在聚焦写作本身，写作可以创造现实，而并非只是现实的一面镜子。简言之，可写性文本欢迎读者的介入，并极力邀请读者参与文本的创作中来。从符号学的角度来看，可读性文本是有序的和清晰的，而可写性文本则呈含混的和不清晰的特点。一句话，可写性文本是一种能指，远非所指。就麦卡锡而言，他关于文本的观点，已经借小说《穿越》中的人物前牧师之口，坦白道出：

> 讲故事的人，总会确定一些分类，以便他的听众听故事的时候希望能将他的故事放入某个类别，然而，这个讲故事的人，内心清楚得很，因为叙事本身根本没有类别可分，如果一定要将其分类，则不过又成了所有类别中的一个罢了，毕竟从没有一种叙事可以跳出其叙事的范围之外。所有的故事都是讲述的。一定要清楚这一点，它毋庸置疑。①

英国浪漫主义诗人柯勒律治（Samuel T. Coleridge）著名的《古舟子吟》（*The Rime of the Ancient Mariner*, 1798）中有这样的诗句，或许我们可以用来结束对麦卡锡纷乱迷离的小说世界漫长而又艰辛的研究：

> 我经过一片片陆地，就如黑夜一样
> 我有奇异的言语的能力
> 一刹那间，我看到了他的面颊
> 我知道这个人他一定听到了我

---

① Cormac McCarthy, *The Crossing*, New York: Alfred A. Knopf, 1994, p.155.

我对他讲述了我的故事[①]

作为当代美国文学领域一位杰出的小说艺术家，麦卡锡从南方到西部，从阿巴拉契亚山脉到美国西南部的沙漠和平原，他"奇异的言语的能力"让我们领略了"混沌"的力量和魅力。麦卡锡是位诗人，他对人性乃至我们生活的社会中的恶、暴力、畸形以及病态的观察，时刻警醒我们小心自己身上潜藏的恶、暴力、畸形以及病态，使得我们认识到我们自身某些时候也是邪恶和暴力的。他对我们生活的宇宙中恐怖的美的表现，拆解了西方形而上学中关于主体与客体、人与自然、自然与文化、有序与无序、中心和边缘等的二元对立，使得我们领悟到世界原本是一个"决定性的混沌"。麦卡锡是位哲学家，他激进主义的批评毫无畏惧地披露了他所在的后现代主义社会的时代病症。在他看来，正是这一病症造成了人的异化，不仅为社会上的暴力拜物教赋码，还对荒野进行"去自然"。麦卡锡激进的批判，是对启蒙以来整个西方的认识论发起的挑战。他对人类生活这一混沌系统呈叙事之特点的观察，使得我们得以学会辩证地对待生活、社会以及自然，毕竟，偶然和随机在我们生活的宇宙中占主导因素。麦卡锡是位有着强烈政治意识的作家，他对历史和神话是为建构这一特点的揭示，不仅是对历史和神话腐败性的嘲讽，更是讽刺了它们在美国民族意识中的暴力倾向，也因此彻底颠覆了它们对美国民族身份建构的传统。在他批评边疆或荒野神话对美国普罗大众的恶劣影响时，麦卡锡试图"将这列还在疯狂快跑并用来建构美国国民身份的火车推下轨道，毕竟这列火车一直在控制着国家的话语"[②]。

[①] Samuel T. Coleridge, "The Rhyme of the Ancient Mariner"（1798）, In *Poems: Samuel Taylor Coleridge*, Edited by J. Beer, London: Dent, 1995, Lines 619–623. 此处为笔者的翻译。

[②] Megan R. McGilchrist, *The Western Landscape in Cormac McCarthy and Wallace Stegner: Myths of the Frontier*, New York & London: Routledge, 2010, p.198.

麦卡锡是位讲故事的高手，即使他同时代大多数的作家都承认文学的"枯竭"，而他却凭借混沌理论的重要范畴和原则来做他小说的叙事策略和叙事形式，从而表现了他对世界呈"决定性混沌"这一观点的认识。正是这一点，使得麦卡锡的小说创作有了自己鲜明的艺术特色，并因此跻身于如纳博科夫、巴斯和品钦等世界一流小说大师之列。对于麦卡锡来说，他长达 40 年的小说创作生涯，正好与他生活的时代的两大社会思潮，也即后现代主义和混沌理论，遥相呼应。麦卡锡的小说艺术轨迹，见证了科学与艺术在当代文学创作领域融合的趋势。可以说，麦卡锡早已摆脱了地域主义和创作模式的界限束缚，成为当代美国文学一道独特的风景。他对美国文学的贡献，为他赢取了越来越多的"听众"和"麦粉"，欣赏和聆听他关于人类生命、社会和自然这一"混沌"的系统中伟大的"故事"。

成为麦卡锡故事的一名好的"听众"，并非易事，毕竟他的故事太为复杂，也太为模糊，我们总是远远地望着，似乎已经"看到了他的面颊"。然而，我们的研究不过是对麦卡锡"奇异的言语能力"的小小一瞥，毕竟研究者也是一名"夜晚"的独行者，经过了"一片片陆地"，试图借助混沌理论这一奇异的研究视角，来探究麦卡锡小说世界的丰富宝藏。尽管看似"奇异"，但也拥有无限能力，毕竟我们的研究从麦卡锡小说的叙事内容、叙事策略、叙事形式乃至麦卡锡小说整体上的曼陀罗混沌构型，讲述了笔者关于麦卡锡小说的伟大"故事"。然而，要真正成为麦卡锡"故事"的一名好的"听众"和"讲述者"，对于笔者来说，还有很长的路要走，因为讲故事的高手，他还走"在路上"。麦卡锡迄今宝刀未老，他还在创作，而对他的研究，我们不过才刚刚开始。

参考文献

英文部分

Arensberg, Mary, "Introduction: The American Sublime", *The American Sublime*, Ed. Mary Arensberg, Albany: State Univ. of New York, 1986, pp.1–20.

Arnold, Edwin T., "The Last of the Trilogy: First Thoughts on *Cities of the Plain*", *Perspectives on Cormac McCarthy*, Eds. Edwin T. Arnold and Dianne C. Luce, Jockson: Univ. Press of Mississippi, 1993.

Arnold, Edwin T., "The Mosaic of McCarthy's Fiction", *Sacred Violence: A Reader's Companion to Cormac McCarthy*, Eds. Edwin T. Arnold and Dianne C. Luce, Jackson: Univ. Press of Mississippi, 1995, pp.17–24.

Arnold, Edwin T., "McCarthy and the Sacred: A Reading of *The Crossing*", *Cormac McCarthy: New Directions*, Ed. James D. Lilley, Albuquerque, Univ. of New Mexico Press, 2002, pp.215–238.

Arnold, Edwin T., and Dianne Luce, "Introduction", *Perspectives on Cormac McCarthy*, Eds. Edwin E. Arnold and Dianne Luce Jackson: Univ. Press of Mississippi, 1993, pp.3–12.

Barrera, Cordelia E., *Border Places, Frontier Spaces: Deconstructing Ideologies of the Southwest*, Diss. The Univ. of Texas at San Antonio, 2009, Ann Arbor: UMI, 2009, ATT 3368769.

Barth, John, "PM / CT /RA: An Underview", *Further Fridays: Essays, Lectures, and Other Nonfiction 1984–1999*, Boston: Little, Brown and Co., 1995, pp.280–290.

Bartlett, Andrew, "From Voyeurism to Archaeology: Cormac McCarthy's *Child of God*", *Southern Literary Journal* 24:1, Fall 1991, pp.3–15.

Baudrillard, Jean, *Selected Writings*, Ed. Mark Poster, Standford: Standford Univ. Press, 2001.

Bell, Robert, *Dictionary of Classical Mythology*, Santa Barbara: ABC–clio, 1982.

Bell, Vereen M., *The Achievement of Cormac McCarthy*, Baton Rouge: Louisiana State Univ. Press, 1988.

Berry, K. Wesley, "The Lay of the Land in Cormac McCarthy's Appalachia", *Cormac McCarthy: New Directions*, Ed. James D. Lilley, Albuquerque: Univ. of New Mexico Press, 2002, pp.47–74.

Blake, William, *Complete Writings*, Ed. Geoffrey Keynes, London: Random, 1957.

Bloom, Harold, *Bloom's Modern Critical Views: Cormac McCarthy*, New York: Infobase Publishing, 2009.

Bloom, Harold, "Introduction", *Bloom's Modern Critical Views: Cormac McCarthy*, New York: Infobase Publishing, 2009, pp.1–8.

Bloum, Harold, *Novelists and Novels*, New York: Checkmark Books, 2007.

Blufarb, Sam, *The Escape Motif in the American Novel: Mark Twain to Richard Wright*, Columbus: Ohio State Univ. Press, 1972.

Boon, Kevin A., *Chaos Theory and the Interpretation of Literary Texts: The Case of Kurt Vonnegut,* Lewiston, N. Y. : Edwen Mellen Press, 1997.

Bowers, James, "Reading Cormac McCarthy's *Blood Meridian*", *Western Writers Series*, Ed. John P. O'Grady, Boise: Boise State Univ. Press, 1999.

Brewton, Vince, "The Changing Landscape of Violence in Cormac McCarthy's Early Novels and the *Border Trilogy*", *Southern Literary Journal* 37.1, Fall 2004, pp.121–143.

Brosi, George, "Cormac McCarthy: A Rare Literary Life", *Appalachian Heritage* 39.1, Winter 2011, pp.11–15.

Burke, Edmund, "A Philosophical Inquiry into the Origin of Our Ideas of the Sublime and the Beautiful", *Critical Theory Since Plato*, Eds. H. Adams & L. Searle, New York: Thomson Wadsworth, 2005, pp.332–346.

Cambel, Ali B., *Applied Chaos Theory: A Paradigm for Complexity*, New York and London: Academic Press, 1993.

Campbell, Neil, " 'Beyond Reckoning': Cormac McCarthy's Version of the West in *Blood Meridian or the Evening Redness in the West*", *Critique* 39.4, 1997, pp.55–64.

Campbell, Weil, *The Culture of the American West*, Edingburg: Edingburg Univ. Press, 2000.

Cant, John, *Cormac McCarthy and the Myth of American Exceptionalism*, New York and London: Routledge, 2008.

Cont, Tohn, "Oedipus Rests: Mimesis and Allegory in *No Country for Old Man*", *The Cormac McCarthy Journal* 5.1, 2005, pp.47–58.

Cobb, William J., "No Country for Old Men", *The Houston Chronicle*, 17 July 2005.

Coleridge, Samuel T., "The Rhyme of the Ancient Mariner" [1798], *Poems: Samuel Taylor Coleridge*, Ed. J. Beer, London: Dent, 1995.

Collett-White, Mike, "Movie Remark for McCarthy's Bleak Novel *The Road*", *Thomas Reuters*, 3 Sept. 2009.

Conte, Joseph, *Design and Debris: A Chaotics of Postmodern American Fiction*, Tuscaloosa: Univ. of Alabama Press, 2002.

Cooper, Lydia R., *Cormac McCarthy's Heroes: Narrative Perspective and Morality in McCarthy's Novels*, Diss. Baylor Univ., 2008, Ann Arbor: UMI, 2008, ATT 3316047.

Cory, Donald W. and Robert E. L. Masters, *Violation of Taboo: Incest in the Great Literature of the Past and the Present*, New York: Julian Press, 1963.

Crane, Gregg, *The Cambridge Introduction to the Nineteenth-Century American Novel*, Cambridge: Cambridge Univ. Press, 2007.

Cremean, David, "For Whom the Bell Tolls: Conservatism and Change in Cormac McCarthy's Sheriff from *No Country for Old Men*", *The Cormac McCarthy Journal* 5.1, 2005, pp.21–29.

Culler, Jonathan, *On Destruction: Theory and Criticism after Structuralism*, Ithaca, N.Y.: Cornell Univ. Press, 1982.

Curtis, James M., "Spatial Form in the Context of Modernist Aesthetics", *Spatial Form in Narrative*, Eds. Jeffery R. Smitten and Ann Daghistany, Ithaca and London: Cornell Univ. Press, 1981, pp.161–179.

Dacus, Chris, "The West as Symbol of the Eschaton in Cormac McCarthy", *The Cormac McCarthy Journal* 1, 2009, pp.7–15.

Deresiewicz, William, "It's a Man's World, Man's World", *The Nation*, 12 Sep. 2005, Online. ⟨http: // www. Thenation.cm/doc/20050912/deresiewicz⟩ ,p.1.

Donahue, James J., *Rewriting the American Myth: Post-1960s American Historical Frontier Romances*, Diss. Univ. of Connecticut, 2007, Ann Arbor: UMI, 2007, ATT 3265766.

Donne, Michael, *Intertextual Encounters: In American Fiction, Film, and Popular Culture*, Bowling Green: Bowling Green State Univ. Popular Press, 2001.

Dooghue, Denis, "Reading *Blood Meridian*", *The Sewanee Review* 105. 3, Summer 1997, p.406.

Eaton, Mark A., "Dis (re) membered Bodies: Cormac McCarthy's Border Fiction", *Modern Fiction Studies* 49.1, Spring 2003, pp.155–180.

Eliot, T. S., *An American Literature and the American Language*, St. Louis: Washington Univ. Press, 1953.

Ellis, Jay, *No Place for Home: Spatial Constraint and Character Flight in the Novels of Cormac McCarthy*, New York and London: Routledge, 2006.

Ellison, David, *Ethics and Aesthetics in European Modernist Literature: From the Sublime to the Uncanny*, New York: Cambridge Univ. Press, 2004.

Faulkner, William, *The Sound and the Fury*, New York: The Modern Library, 1929.

Faulker, William, "William Faulkner's Speech of Acceptance upon the Award of the Nobel Prize for Literature", *The Faulkner Reader*, New York: Random House, 1954.

Foucault, Michel, *Discipline and Punish: The Birth of the Prison*, New York: Vintage Books, 1995.

Foucault, Michel, "Of Other Spaces", Trans. Jay Miskowie, *Dicritics* 16.1, January, 1986, pp.22–27.

Foucault, Michel, "Panopticism", *Discipline and Punish: The Birth of the Prison*, Trans. Alan Sheridan, New York: Pentheon, 1997, pp.195–228.

Foucault, Michel, *Power/Knowledge: Selected Interviews and Other Writings 1972–1977*, Ed. & Trans. Collin Gordon, New York: Pantheon, 1980.

Foucault, Michel, *The Order of Things*, New York: Vintage Books, 1973.

Freud, Sigmund, "The Uncanny", *The Standard Edition of the Complete Psychological Works of Sigmund Freud*, 21st ed, Eds. James Strachey, Alix Strachey, Anna Freud, and Alan Tyson, London: The Hogarth Press and the Institute of Psychoanalysis, 1981.

Frye, Steven, *Understanding Cormac McCarthy*, Columbia: The Univ. of South Carolina Press, 2009.

Gallivan, Euan, "Compassionate McCarthy? The Road and Schopenhauerian Ethics", *The Cormac McCarthy Journal*, 6, 2008, pp.98–106.

George, Sean M., *The Phoenix Inverted: The Re-birth and Death of Masculinity and the Emergence of Trauma in Contemporary American Literature*, Diss. Texas A & M U-Commerce, 2010, Ann Arbor: UMI, 2010, ATT 3405822.

Geyh, Paul（et al.）, *Postmodern American Fiction*, New York and London: W. W. Norton & Company, 1988.

Gibson, Mike, "He Felt at Home Here", *Metro Pulse* 11.9, 2001, Web. 6 June, 2018.

Giles, James R., *Violence in the Contemporary American Novel: An End to Violence*, Columbia: Univ. of South Carolina Press, 2000.

Gillespie, Michael P., *The Aesthetics of Chaos: Nonlinear Thinking and Contemporary Literary Criticism*, Cainesville: Univ. Press of Florida, 1996.

Girard, René, *Violence and Sacred,* Baltimore: The John Hopkins Univ. Press, 1977.

Gleick, James, *Chaos: Making a New Science*, New York: Penguin Books, 1987.

Goffman, Erving, *Stigma: Notes on the Management of Spoiled Identity,* New York: Simon & Schuster, 1963.

Grant, Iain H., "Postmodenism and Science and Technology", *The Routledge Companion to Postmodernism,* Ed. Stuart Sim, New York and London: Routledge, 2002, pp.65–77.

Graulund, Rune, "Fulcrums and Borderlands: A Desert Reading of Cormac McCarthy's *The Road*", *Orbis Litterarum,* 65.1, 2010, pp.57–78.

Grimal, Pierre, *The Dictionary of Classical Mythology*, Trans. A. R. Maxwell-Hylop, New York: Blackwell, 1951.

Grove, Lloy, "Gaddis and the Cosmic Babble", Interview with William Gaddis, *Washington Post*, 23 Aug. 1985, B10.

Grubic, Royce P., *Cosmic, Chaos, and Process in Western Thought: Towards a New Science and Existentialist Social Ethic*, VDM Verlag Dr. Muller, 2008.

Guillemin, George, *The Pastoral Vision of Cormac McCarthy*, College Station: Texsa A & M Univ. Press, 2004.

Guinn, Matthew, "Rude Forms Survive: Cormac McCarthy's Atavistic Vision", *Myth, Legend, Dust: Critical Responses to Cormac McCarthy*, Ed. Rick Wallach, Manchester and New York: Manchester Univ. Press, 2000, pp.108–117.

Handley, William R., "Western Fiction: Gery, Stegner, McMurtry, McCarthy", *The Oxford Encyclopedia of American Literature*, Vol. 4, Ed. Jay Parini, New York: Oxford Univ. Press, 2004, pp.334–343.

Harvey, David, *The Condition of Postmodernity*, Massachusetts: Blackwell, 1990.

Hassan, Ihab, *The Postmodern Turn: Essays in Postmodern Theory and Culture*, Columbus: Ohio State Univ. Press, 1987.

Hawkins, Harriett, *Strange Attractors: Literature, Culture and Chaos Theory*, Hertfordshire: Practice Hall / Harverster Wheatsheaf, 1995.

Hayles, N. Katherine, ed., *Chaos and Order: Complex Dynamics in Literature and Science*, Chicago and London: The Univ. of Chicago Press, 1991.

Hayles, N. Katherine, "Chaos as Orderly Disorder: Shifting Ground in Contemporary Literature and Science," *New Literary History* 20.2, Winter 1989, p.306.

Hayles, N. Katherine, *Chaos Bound: Orderly Disorder in Contemporary Literature and Science.* Ithaca and London: Cornell Univ. Press, 1990.

Hayles, N. Katherine, *The Cosmic Web: Scientific Field Models and Literary Strategies in the Twentieth Century*, Ithaca and London: Cornell Univ. Press, 1984.

Hebdige, Dick, "Subjects in Space", New *Formations* 11, 1990, v–x.

Hemingway, Ernest, *Green Hills of Africa*, New York: Scribner's, 1935.

Herzog, Tobey C., *Vietnam War Stories: Innocence Lost*, London: Routledge, 1992.

Hill, Constance, *Incest in Faulkner: A Metaphor for the Fall*, New York: Vintage, 1987.

Holloway, David, *The Late Modernism of Cormac McCarthy,* Connecticut and London: Greenwood Press, 2002.

Hutcheon, Linda, *A Poetics of Postmodernism: History, Theory, Fiction*, New York and London: Routledge, 1988.

Hutcheon, Linda, *The Politics of Postmodernism*, New York and London: Routledge, 1989.

Jameson, Fredric, *Postmodernism, or: The Cultural Logic of Late Capitalism*, Durham: Duke Univ. Press, 1999.

Jarrett, Robert, *Cormac McCarthy*, New York: Twayne, 1997.

Jarretl, Robert, "Genre, Voice and Ethos: McCarthy's Perverse Thriller", *The Cormac McCarthy Journal* 5.1, 2005, pp.36–46.

Joseph, Peter, "Blood Music: Reading *Blood Meridian*", *Sacred Violence: Volume 2: Cormac McCarthy's Western Novels*, 2nd ed., Eds., Wade Hall and Rick Wallach, El Paso: Texas Western Press, 2002.

Kerson, Huang, *I Ching: The Oracle*, Singapore: World Scientific Publishing Co., 1984.

Kinkowitz, Jerome, "Spatial Form in Contemporary Fiction", *Spatial Form in Narrative*, Eds. Jeffery R. Smitten and Ann Daghistany, Ithaca and London: Cornell Univ. Press, 1981, pp.37–47.

Kollin, Susan, "Genre and the Geographies of Violence: Cormac McCarthy and the Contemporary Western", *Contemporary Literature* 42.3, Autumn 2001, pp.557–588.

Kristeva, Julia, *Powers of Horror: An Essay on Abjection*, New York: Columbia Univ. Press, 1982.

Kuberski, Philip, *Chaosmos: Literature, Science and Theory*, Albany: State Univ. of New York Press, 1994.

Kuhn, Thoms S., *The Structure of Scientific Revolution,* 2nd ed., Chicago: Chicago Univ. Press, 1970.

Kundert-Gibbs, John L., *No-Thing is Left to Tell: Zen /Chaos Theory in the Dramatic Art of Samuel Beckett*, Madison / Teaneck: Fairleigh Dickinson Univ. Press, 1999.

Kunsa, Ashley, "'Maps of the World in Its Becoming': Post-Apocalyptic Naming in Cormac McCarthy's *The Road*", *Journal of Modern Literature* 33.1, 2009, pp.57–171.

Kushner, David, "Cormac McCarthy's Apocalypse", *Rolling Stone*, 27 Dec. 2007. Online. ⟨http://members. authorsguild. net/dkushner/work3.htm⟩, Para.43.

Laing, Ronald D., *The Divided Self: An Existential Study in Sanity and Madness*, London: Penguin Books, 1967.

Lang, John, "Lester Ballard: McCarthy's Challenge to the Reader's Compassion", *Sacred Violence: A Reader's Companion to Cormac McCarthy*, Eds. Edwin T. Arnold and Dianne C. Luce, Jackson: Univ. of Mississippi, 1995, pp.87–94.

LeClair, Tom and Larry McCaffery, *Anything Can Happen: Interviews with Contemporary American Novelists*, Urbana: Univ. of Illinois Press, 1988.

Lee, Vernon, *The Ballet of Nations: A Present-day Morality*, New York: G. P. Putnam's Son, 1915.

Lincoln, Kenneth, *Cormac McCarthy: American Canticles*, New York: Palgrave Macmillan, 2009.

Luce, Dianne C., "'When You Wake': John Grady Cole's Heroism in *All the Pretty Horses*", *Sacred Violence: Volume 2: Cormac McCarthy's Western Novels*, 2nd ed., Ed. W. Hall and Rick Wallach, El Paso: Texas Western Press, 2002, pp.57–71.

Luce, Dianne C., *Reading the World: Cormac McCarthy's Tennessee Period*, The Univ. of South Carolina Press, 2009.

Luce, Dianne C., "The Cave of Oblivion: Platonic Mythology in *Child of God*," *Cormac McCarthy: New Directions*, Ed., James D. Lilley, Albuquerque: Univ. of New Mexico Press, 2002, pp.171–198.

Lorenz, Edward N., *The Essence of Chaos*, Washington: Univ. of Washington Press, 1993.

Lorenz, Edward N., "Deterministic Non-Periodic Flow", *Journal of the Atmospheric Sciences*, 20.1, 1963, pp. 130–141.

Lyotard, Jean-François, *The Postmodern Condition: A Report on Knowledge*, Minneapolis: Univ. of Minnesota Press, 1993.

Mackey, Peter F., *Chaos Theory and James Joyce's Everyman*, Cainesville: Univ. Press of Florida, 1999.

Maguire, James H., "Fiction of the West", *The Columbia History of the American Novel,* Ed. Emory Elliott, Beijing: Foreign Language Teaching and Research Press, 2005, pp.437–464.

Malewitz, Raymond, "'Anything can be an Instrument': Misuse Value and Rugged Consumerism in Cormac McCarthy's *No Country for Old Men*", *Contemporary Literature*, 50.5, Winter 2009, pp.721–741.

Malin, Irving, New *American Gothic*, Carbondale: South Illinois Univ. Press, 1962.

Mandelbrot, Benoit B., *The Fractal Geometry of Nature*, San Francisco: W. H. Freeman and Co., 1983.

McBride, Molly, "*The Crossing*'s Noble Savagery: The Wolf, the Indian, and the Empire", *Sacred Violence: Volume 2: Cormac McCarthy's Western Novels*, 2nd ed., Eds. Wade Hall and Rick Wallach, El Paso: Texas Western Press, 2002, pp.71–82.

McCarthy, Cormac, *All the Pretty Horses*, New York: Vintage International, 1992.

McCarthy, Cormac, *Blood Meridian; or, The Evening Redness in the West*, New York: Vintage International, 1992.

McCarthy, Cormac, *Child of God*, New York: Vintage International, 1973, Rpt. in London: Picador, 2010.

McCarthy, Cormac, *Cities of the Plain*, New York: Alfred A. Knopf, 1998.

McCarthy, Cormac, *No Country for Old Men*, New York: Alfred A. Knopf, 2005.

McCarthy, Cormac, *Outer Dark*, New York: Vintage International, 1993. Rpt. in London: Picador, 2001.

McCarthy, Cormac, "Prologue", *The Orchard Keeper*, New York: Vintage International, 1993.

McCarthy, Cormac, *Suttree*, New York: Random House, 1979.

McCarthy, Cormac, *The Crossing*, New York: Alfred A. Knopf, 1994.

McCarthy, Cormac, *The Orchard Keeper*, New York: Random House, 1965.

McCarthy, Cormac, *The Road*, New York: Vintage International, 2006.

McCarthy, Cormac, *The Stonemason: A Play in Five Acts*, Hopewell, N. J.: Ecco Press, 1994.

McGilchrist, Megan R., *The Western Landscape in Cormac McCarthy and Wallace Stegner: Myths of the Frontier*, New York and London: Routledge, 2010.

McHale, Brain, *Postmodernist Fiction*, New York and London: Routledge, 1987.

Metress, Christopher, "Via Negative the Way of Unknowing in Cormac McCarthy's *Outer Dark*", *Southern Review* 37.1, Winter 2001, pp.147–154.

Mickelsen, David, "Types of Spatial Structure", *Spatial Form in Narrative*, Eds. Jeffery R. Smitten and Ann Daghistany, Ithaca and London: Cornell Univ. Press, 1981, pp.63–78.

Mizruchi, Susan L., *The Science of Sacrifice: American Literature and Modern Social Theory*, New Jersey: Princeton Univ. Press, 1998, p.32.

Monk, Nick, "An Impulse to Action, an Undefined Want: Modernity, Flight, and Crisis in the *Border Trilogy* and *Blood Meridian*", *Sacred Violence: Volume 2: Cormac McCarthy's Western Novels*, 2nd ed., Eds. Wade Hall and Rick Wallach, El Paso: Texas Western Press, 2002.

Morgan, Wesley G., "The Route and Roots of *The Road*", *The Cormac McCarthy Journal*, 2008 (6), pp.39–47.

Morgan, Wesley G., "McCarthy's High School Years", *Cormac McCarthy Journal*, New Print. Web. 12 May, 2018.

Morrison, Gail M., "*All the Pretty Horses*: John Grady Cole's Expulsion from Paradise", *Perspectives on Cormac McCarthy*, Eds. Edwin. T. Arnold and Dianne C. Luce, Jackson: Univ. Press of Mississippi, 1993, pp.173–193.

Nabokov, Vladimir, *Strong Opinions*, New York: Random House, 1990.

Nash, Gerald D., "The West as Utopia and Myth", *Montana: The Magazine of Western History* 41.1, Winter 1991, pp.69–75.

Nash, Roderick, *Wilderness and the American Mind*, New Haven: Yale Univ. Press, 1973.

Newman, Charles, *The Postmodern Aura: the Act of Fiction in an Age of Inflation*,

Evanston: Northwestern Univ. Press, 1985.

Oates, Joyce C., "The Treasure of Comanche Country", *The New Yorker Times Review of Books,* 20 Oct. 2005, Online. 〈www.nybooks.com/articles/18359〉

Owens, Barcley, *Cormac McCarthy's Western Novels*, Tucson: The Univ. of Arizona Press, 2000.

Owens-Murphy, Kate, "The Frontier Ethic behind Cormac McCarthy's Southern Fiction", *Arizona Quarterly* 67.2, Summer 2011, p.158.

Parker, Jo A., *Narrative Form and Chaos Theory in Sterne, Proust, Woolf, and Faulkner*, New York: Palgrave Macmillan, 2007.

Parkers, Adam, "History, Bloodshed, and the Spectacle of American Identity in *Blood Meridian*", *Cormac McCarthy: New Directions*, Ed. James D. Lilley, Albuquerque: New Mexico Univ. Press, 2002.

Petrides, Sarah I., *The Postregional Turn in Contemporary American Literature*, Diss. Brown Univ., 2008, Ann Arbor: UMI, 2008, ATT 3318350.

Phillips, Dana, "History and the Ugly Facts of Cormac McCarthy's *Blood Meridian*", *American Literature* 68.2, June 1996, pp.433–460.

Pitts, Jonathan, "Writing on: *Blood Meridian* as Divisionary Western", *Western American Literature* 33.1, Spring 1998, pp.7–25. Rpt. In *Contemporary Literary Criticism*, Ed. Jefferey W. Hunter, Vol. 204, Detroit: Gale, 2005, In *Literary Resource Center*, Web. 13 Nov. 2010 ,〈http://go.galegroup.com〉.

Porush, David, "Fiction as Dissipative Structures: Prigogine's Theory and Postmodernism's Roadshow", *Chaos and Order: Complex Dynamics in Literature and Science*, Ed. N. Katherine Hayles, Chicago and London: The Univ. of Chicago Press, 1991,pp.54–84.

Potts, Matthew, *The Frail Agony of Grace: Story, Act, and Sacrament in the Fiction of Cormac McCarthy*, Diss, Harvard Univ., 2013, 〈http://nrs.harvard.edu/urn-3:HUL. InstRepos: 11125992〉.

Potts, Matthew, "Their Ragged Biblical Forms: Materiality, Misogyny, and the Corporal Works of Mercy in *Suttree*", *Religion and Literature* 47.2, 2016, pp.65–86.

Powers, Richard, *Galatea 2.2*, New York: Farrar, Straus & Girous, 1995.

Prawer, Siegbert Salomon, *The "Uncanny" in Literature: An Apology for Its Investigation*, London: Westfield College, 1965.

Prescott, Orville, "Still Another Disciple of William Faulkner", New *York Times*, 12 May 1965.

Prigogine, Ilya and Isabelle Stengers, *Order Out of Chaos: Man's New Dialogue with Nature*, New York: Bantam, 1984.

Punter, David, *Gothic Pathologies: the Text, the Body, and the Law*, St. Martin's Press, 1998.

Rabkin, Eric S., "Spatial Form and Plot", *Spatial Form in Narrative*, Eds. Jeffery R. Smitten and Ann Daghistany, Ithaca and London: Cornell Univ, Press, 1981, pp.79–100.

Ragan, David P., "Values and Structure in *The Orchard Keeper*", *Perspectives on Cormac McCarthy*, Eds. Edwin T. Arnold and Dianne C. Luce, Jackson: Univ. Press of Mississippi, 1993.

Rebein, Rick, *Hicks, Tribes, and Dirty Realists: American Fiction after Postmodernism*, Lexington: Univ. Press of Kentucky, 2001.

Rice, Thomas J., *Joyce, Chaos and Complexity*, Urbana and Chicago: Univ. of Illinois Press, 1997.

Riding, Alan, *Distant Neighbors*, New York: Vintage Books, 1989.

Rikard, Gabriel D., *An Archaeology of Appalachia: Authority and the Mountaineer in the Appalachian Works of Cormac McCarthy*, Diss. The Univ. of Mississippi, 2008, Ann Arbor: UMI, 2009, ATT 3358514.

Royle, Nicholas, *The Uncanny: An Introduction*, Manchester: Manchester Univ. Press, 2003.

Ruelle, David, *Chance and Chaos*, Princeton: Princeton Univ. Press, 1991.

Schama, Simon, *Landscape and Memory*, New York: Knopf, 1995.

Schaub, Thomas H. "Secular Scripture and Cormac McCarthy's *The Road*", *Remanence* 61.3, Spring 2009, pp.153–206.

Schopen, Bernard A., "'They Rode On': *Blood Meridian* and the Art of Narrative",

Western American Literature 30.2, Summer 1995, pp. 179–194. Rpt., In *Contemporary Literary Criticism*. Ed. Jeffrey W. Hunter, Vol. 204, Detroit: Gale, 2005, In *Literature Resource Center*, Web. 13 Nov. 2010 〈http://go.galegroup.com〉.

Sedgwick, Eve K., *The Coherence of Gothic Conventions*, New York: Arno, 1980.

Shaviro, Steve, "'The Very Life of Darkness': A Reading of *Blood Meridian*", *Perspectives on Cormac McCarthy*, Eds. Edwin T. Arnold and Dianne L. Luce, Jackson: Univ. Press of Mississippi, 1993, pp.145–156.

Shaw, Robert, *The Dripping Faucet as a Model Chaotic System,* Santa Cruz: Aerial Press, 1984.

Simpson, Lewis P., "The Closure of History in a Postsouthern America", *The Braze Face of History*, Baton Roughe: Louisiana State Univ. Press, 1980, pp.255–276.

Slethaug, Gorden E., *Beautiful Chaos: Chaos Theory and Metachaotics in Recent American Fiction*, Albany: State Univ. of New York Press, 2000.

Smith, Henry N., *Virgin Land: The American West as Symbol and Myth*, Cambridge: Harvard Univ. Press, 1973.

Smitten, Jeffery R., "Introduction: Spatial Form and Narrative Theory", *Spatial Form in Narrative.*, Eds. Jeffery R. Smitten and Ann Daghistany, Ithaca and London: Cornell Univ. Press, 1981, pp.15–34.

Snyder, Philip A., "Hospitality in Cormac McCarthy's *The Road*", *The Cormac McCarthy Journal*, 6, 2008, pp.69–86.

Soja, Edward W., *Postmodern Geographies: The Reassertion of Space in Critical Social Theory*, London and New York: Veso, 1989.

Spurgeon, Sara, "The Sacred Hunter and Eucharist of the Wilderness: Mythic Reconstructions in *Blood Meridian*", *Cormac McCarthy: New Directions*, Ed. James D. Lilley, Albuquerque: Univ. of New Mexico Press, 2002.

Stadt, Kevin, *Blood and Truth: Violence and Postmodern Epistemology in Morrison, McCarthy, and Palaniuk*, Diss. Northern Illinois Univ., 2009, Ann Arbor: UMI, 2009, ATT 3358996.

Sullivan, Nell, "The Evolution of the Dead Girlfriend Motif in *Outer Dark* and *Child of God*", *Myth, Legend, Dust: Critical Responses to Cormac McCarthy*, Ed. Rick Wallach, Manchester: Manchester Univ. Press, 2000, pp.68–77.

Sullivan, Walter, "About Any Kind of Measures You Can Name", *Sewanee Review* 93, Fall 1985, p.652.

Sullivan, Waler, *A Requiem for the Renascence: The State of Fiction in the Modern South*, Atherns: Univ. of Georgia Press, 1976.

Sun, Wanjun, *Chaos and Order in Thomas Pynchon's Fiction*, Baoding: Hebei Univ. Press, 2008.

Tabbi, Joseph and Wutz Michael, *Reading Matters*, Ithaca and London: Cornell Univ. Press, 1997.

Toffler, Alvin, *Future Shock*, Bantam Book, 1970.

Toolan, Michael J., *Narrative: A Critical Linguistic Introduction*, New York: Routledge, 1988.

Vanderheide, John, "Varieties of Renunciation in the Works of Cormac McCarthy", *The Cormac McCarthy Journal*, 5.1, 2005, pp.30–35.

Wallach, Rick, "Editor's Introduction: Cormac McCarthy's Canon as Accidental Artifact", *Myth, Legend, and Dust: Critical Responses to Cormac McCarthy*, Manchester: Manchester Univ. Press, 2000, pp. xiv–xvi.

Wallach, Rick, "Judge Holden, *Blood Meridian*'s Evil Archon", *Sacred Violence: Volume 2: Cormac McCarthy's Western Novels*, 2nd ed., Eds. Wade Hall and Rick Wallach, El Paso: Texas Western Press, 2002, pp.1–13.

Wallach, Rick, "Foreword", *The Late Modernism of Cormac McCarthy*, Connecticut and London: Greenwood Press, 2002, pp.1–13.

Wallach, Rick, "Twenty-Five Years of *Blood Meridian*", *Southern American Literature*, 36, 2011, pp.5–9.

Walsh, Chris, "The Post-Southern Sense of Place in *The Road*", *The Cormac McCarthy Journal*, 6, 2008, pp.48–54.

Walsh, Christopher J., *In the Wake of the Sun: Navigating the Southern Works of Cormac McCarthy*, Knoxville: Newfound Press, 2009.

Wardrop, Stephanie, "Last of the Red Hot Mohicans: Miscegenation in the Popular American Romance", *MELUS* 22.2, 1997, pp.61–75.

Weiss, Daniel, *Cormac McCarthy, Violence and the American Tradition*, Diss. Wayne State Univ., 2009, Ann Arbor: UMI, 2009, ATT 3359585.

Weissert, Thomas P., "Representation and Bifurcation: Berges's Garden of Chaos Dynamics", *Chaos and Order: Complex Dynamics in Literature and Science*, Ed. N. Katherine Hayles, Chicago and London: The Univ. of Chicago Press, 1991, pp.223–243.

Werlock, Abby H. P., *The Facts on File Companion to the American Novel*, New York: Infobase, 2006.

West-Palov, Russel, *Space in Theory: Kristeva, Foucault, and Deleuze*, Amsterdam and New York: Rodopi, 2009.

Wihelm, Randall S., "'Golden Chalice, Good to House a God': Still Life in *The Road* ", *The Cormac McCarthy Journal* 6, 2008, pp.129–146.

Williams, Raymond, *The Country and City*, New York: Oxford Univ. Press, 1973.

Winchell, Mark R., "Inner Dark: or, The Place of Cormac McCarthy", *Southern Review* 26.2, April 1990, pp.293–309. Rpt. in *Contemporary Literary Criticism Select,* Detroit: Gale, 2008, In *Literature Review Center*, Web. Nov. 13, 2010 ,〈http://go.galegroup.com〉.

Wood, James, "Red Planet: The Sanguinary Sublime of Cormac McCarthy", *The New Yorker*, 25 July 2005, p.88.

Woodson, Linda, "Mapping *The Road* in Post-Postmodernism", *The Cormac McCarthy Journal* 6,2008, pp.87–97.

Wood, James, "'...You Are the Battleground': Materiality, Moral Responsibility, and Determinism in *No Country for Old Men*", *The Cormac McCarthy Journal* 5.1, 2005, pp.4–13.

Woodward, Richard B., "Cormac Country", *Vanity Fair* (August 2005), July 18, 2001, 〈http://proquest.umi.com/pqdweb〉

Wood, James, "Cormac McCarthy's Venomous Fiction", *The New York Times*, *Magazine*, 19 April 1992, pp.28–31.

Woodwar, Richard B., "You Know About Mojave Rattlesnakes?" *The New York Times*,

Book Review, 19 April, 1992, p.28.

Worthington, Leslie H., *Cormac McCarthy and the Ghost of Huck Finn*, Jefferson: McFarland & Company, 2012.

Zamoria, Lois P., *The Apocalyptic Vision in Contemporary American Fiction: Gabriel Garcia Marquez, Thomas Pynchon, Julio Cortazar and John Barth*, Diss. Univ. Of California, Berkeley, 1997, Ann Arbor: UMI, 1977.

Zhan, Shukui, *Vladimir Nabokov: From Modernism to Postmodernism*, Xiamen: Xiamen Univ. Press, 2005.

Zilcosky, John, *Uncanny Encounters: Literature, Psychoanalysis, and the End of Alterity*, Illinois: Northwestern Univ. Press, 2016.

中文部分

艾略特：《艾略特文学论文集》，李赋宁译，百花洲文艺出版社 2010 年版。

艾略特：《批评的功能》，《现代西方文论选》，伍蠡甫主编，上海译文出版社 1983 年版。

《巴赫金全集》第 3 卷，钱中文主编，白春仁、晓河译，河北教育出版社 1998 年版。

巴赫金：《恋人絮语——一个解构主义的文本》，张寅德译，上海人民出版社 1996 年版。

巴赫金：《文本理论》，张寅德译，《上海文论》1987 年第 5 期。

罗兰·巴特：《叙事作品结构分析导论》，《叙述学研究》，张寅德主编，中国社会科学出版社 1989 年版。

彼得·贝格尔：《神圣的帷幕——宗教社会学理论之要素》，高师宁译，上海人民出版社 1991 年版。

斯蒂芬·贝斯特、道格拉斯·科尔纳：《后现代转向》，陈刚等译，南京大学出版社 2002 年版。

雷·A.比林顿：《美国边疆论题：攻击与辩护》，《美国历史学家特纳及其学派》，杨生茂编，商务印书馆 1984 年版。

柏拉图:《裴德若篇》,《柏拉图文艺对话集》,朱光潜译,人民文学出版社1963年版。

伯克:《崇高与美:伯克美学论文选》,李善庆译,生活·读书·新知三联书店1990年版。

约翰·布里格斯、F.戴维·皮特:《混沌七鉴:来自易学的永恒智慧》,陈忠、金纬译,上海世纪出版集团2008年版。

列维·布留尔:《原始思维》,丁由译,商务印书馆1981年版。

蔡东照:《神秘的曼荼罗艺术》,文物出版社2006年版。

常耀信:《美国文学简史》第3版,南开大学出版社2008年版。

陈爱华:《传统与创新:科马克·麦卡锡小说旅程叙事研究》,中国社会科学出版社2015年版。

陈东成:《大易翻译学》,中国社会科学出版社2016年版。

陈榕:《哥特小说的美国本土化——解读〈最后的莫希干人〉中的边疆叙事》,《外文研究》2015年第6期。

董晓烨:《文学空间与空间叙事理论》,《外国文学》2012年第2期。

段义孚:《恋地情结》,志丞、刘苏译,商务印书馆2018年版。

恩格斯:《反杜林论》,《马克思恩格斯选集》第4卷,人民出版社2012年版。

恩格斯:《家庭、私有制和国家的起源》,《马克思恩格斯选集》第4卷,人民出版社1972年版。

诸思罗普·弗莱:《批评的解剖》,陈慧等译,百花文艺出版社2006年版。

约瑟夫·弗兰克等:《现代小说的空间形式》,秦林芳等译,北京大学出版社1991年版。

福柯:《权力的眼睛——福柯访谈录》,严锋译,上海人民出版社1997年版。

福克纳:《押沙龙,押沙龙!》,李文俊译,现代出版社2017年版。

阿瑟·格蒂斯等:《地理学与生活》,黄润华等译,世界图书出版公司2013年版。

顾晓晓:《都市荒野:文化地理学视阈下的〈萨特里〉研究》,扬州大学2018年硕士学位论文。

郭庆藩(辑):《庄子集释》第1册第3卷(下),中华书局1961年版。

郭巍：《〈拓荒者〉中的纽约地方书写与美国边疆空间生产》，《外国文学研究》2017 年第 2 期。

伊哈布·哈桑：《后现代主义概念初探》，让 - 弗·利奥塔等：《后现代主义》，盛宁译，社会科学文献出版社 1999 年版。

韩振江：《康德美学的当代回响——齐泽克论崇高美》，"第一哲学家"信公众号，2017 年 12 月 11 日。

贺江：《孤独的狂欢——科马克·麦卡锡的文学世界》，上海三联书店 2016 年版。

贺江：《科马克·麦卡锡的戏剧创作》，《戏剧之家》2014 年第 8 期。

何庆机、吕凤仪：《幽灵、记忆与双重性：解读〈献给艾米丽的玫瑰〉的"怪异"》，《外国文学研究》2012 年第 6 期。

胡铁生：《美国文学论稿》，吉林大学出版社 2011 年版。

马克斯·霍克海默、西奥多·阿多诺：《启蒙辩证法》，曹卫东、渠敬东译，上海人民出版社 2006 年版。

江宁康：《美国当代文学与美利坚民族认同》，南京大学出版社 2008 年版。

蒋兴昌：《戏剧翻译中的补偿策略运用：麦卡锡戏剧〈石匠〉的翻译报告》，扬州大学 2018 年硕士学位论文。

恩斯特·卡西尔：《人论》，甘阳译，上海译文出版社 1985 年版。

约瑟夫·坎贝尔：《千面英雄》，张承谟译，上海文艺出版社 2000 年版。

康德：《判断力批判》，邓晓芒译，人民出版社 2002 年版。

迈克·克朗：《文化地理学》，杨淑华、宋慧敏译，南京大学出版社 2003 年版。

孔颖达：《周易正义》，致公出版社 2009 年版。

詹姆斯·费尼泊尔·库柏：《最后的莫希干人》，张顺生译，花城出版社 2014 年版。

赖俊雄：《晚期解构主义》，杨智文化事业股份有限公司 2005 年版。

莱辛：《拉奥孔》，朱光潜译，人民文学出版社 1979 年版。

李海雪：《论麦卡锡小说的圆形思维：从〈果园看守者〉到〈路〉》，扬州大学 2019 年硕士学位论文。

李素杰：《〈拓荒者〉与美国文学传统的建构》，《外国文学》2013 年第 3 期。

李小海：《无序的世界与精神的救赎——〈路〉与〈老无所依〉在后现代语境中的混沌阐释》，上海外国语大学 2013 年博士学位论文。

李杨：《美国南方文学后现代时期的嬗变》，山东大学出版社 2006 年版。

刘进、李长生：《"空间转向"与当代西方马克思主义文学批评研究》，社会科学文献出版社 2015 年版。

陆扬：《空间理论》，《当代西方文艺理论》，朱立元主编，华东师范大学出版社 2005 年版。

E. N. 洛伦兹：《混沌的本质》，刘式达等译，气象出版社 1997 年版。

霍尔姆斯·罗尔斯顿：《哲学走向荒野》，刘耳、叶平译，吉林人民出版社 2000 年版。

罗小云：《美国西部文学》，安徽教育出版社 2009 年版。

卡尔·马克思：《关于费尔巴哈的提纲》，《马克思恩格斯选集》第 1 卷，人民出版社 1995 年版。

科马克·麦卡锡：《穿越》，尚玉明译，上海译文出版社 2002 年版。

科马克·麦卡锡：《路》，杨博译，重庆出版社 2009 年版。

科马克·麦卡锡：《平原上的城市》，李笃译，重庆出版社 2011 年版。

科马克·麦卡锡：《天下骏马》，尚玉明、魏铁汉译，重庆出版社 2009 年版。

科马克·麦卡锡：《血色子午线》，冯伟译，重庆出版社 2013 年版。

毛凌滢：《风景中的政治——库柏小说的风景再现与民族文化身份的建构》，《外国文学》2014 年第 3 期。

杰弗里·帕克：《地缘政治学：过去、现在和未来》，刘从德译，新华出版社 2003 年版。

唐纳德·帕尔默：《克尔凯戈尔入门》，张全治译，东方出版社 1998 年版。

彭谦谦：《论科马克·麦卡锡小说〈上帝之子〉中的权利与边缘化》，扬州大学 2016 年硕士学位论文。

伊利亚·普利高津：《确定性的终结：时间、混沌与新自然法则》，湛敏译，上海世纪出版集团 2009 年版。

斯拉沃热·齐泽克：《意识形态的幽灵》，齐泽克和阿多诺等：《图绘意识形态》，方杰译，南京大学出版社 2002 年版。

任昉：《述异记》，中华书局 1985 年版。

荣格：《东洋冥想的心理学——从易经到禅》，杨儒宾译，社会科学文献出版社 2000 年版。

荣格：《论分析心理学与诗歌的关系》，朱立元总主编：《20 世纪西方美学经典文本》第 2 册，复旦大学出版社 2000 年版。

蒂费纳·萨摩瓦约：《互文性研究》，邵炜译，天津人民出版社 2003 年版。

拉曼·塞尔登：《文学批评理论——从柏拉图到现在》，刘象愚、陈永国等译，北京大学出版社 2000 年版。

奥斯瓦尔德·斯宾格勒：《西方的没落》（下册），齐世荣译，商务印书馆1995年版。

亨利·纳什·史密斯：《处女地：作为象征和神话的美国西部》，薛蕃康等译，上海外语教育出版社 1991 年版。

沈小峰：《混沌初开：自组织理论的哲学探索》，北京师范大学出版社 2008 年版。

爱德华·W.苏贾：《第三空间——去往洛杉矶和其他真实和想象地方的旅程》，陆扬等译，上海外语教育出版社 2005 年版。

孙国华：《论〈周易〉的整体观》，《东岳论丛》1998 年第 1 期。

唐宏峰：《怪熟的遭遇：晚清小说旅行叙事之研究》，《现代中文学刊》2010 年第 4 期。

弗里德里克·J.特纳：《美国边疆论》，董敏等译，中国对外翻译出版公司 2012 年版。

田俊武：《美国 19 世纪经典文学中的旅行叙事研究》，中国人民大学出版社 2017 年版。

童明：《暗恐 / 非家幻觉》，《外国文学》2011 年第 4 期。

童明：《互文性》，"后学术的二次方"微信公众号，2017 年 5 月 18 日。

童明：《我独自倚着果核睡觉》，"理想国"微信公众号，2017 年 12 月 21 日。

王弼著，楼宇烈校释：《王弼集校释》，中华书局 1980 年版。

王树人、喻柏林：《〈周易〉的"象思维"及其现代意义》，《周易研究》1998 年第 1 期。

王素英：《"恐惑"理论的发展及当代意义》，《当代外国文学》2014 年第 1 期。

王晓姝：《哥特之魂——哥特传统在美国小说中的嬗变》，知识产权出版社2010年版。

卫礼贤、荣格：《金花的秘密》，邓小松译，黄山书社2011年版。

吴伟仁：《美国文学史及选读学习指南》，中央民族大学出版社2002年版。

肖明翰：《威廉·福克纳研究》，外语教学与研究出版社1997年版。

肖明翰：《〈押沙龙，押沙龙！〉的不可确定性》，《四川师范大学学报（社会科学版）》1997年第1期。

徐道一：《〈周易〉与当代自然科学》，广东教育出版社1995年版。

杨经建：《"乱伦"母题与中外叙事文学》，《外国文学评论》2000年第4期。

杨秀明：《死亡仪式的文学操演与想象——基于三个文学个案的当代回族文化身份比较研究》，首都师范大学2012年硕士学位论文。

杨仁敬：《论美国后现代小说的嬗变》，《山东外语教学》2001年第2期。

杨艳：《〈日落号街车〉翻译实践报告》，扬州大学2017年硕士学位论文。

姚文放：《中国戏剧美学的文化阐释》，中国人民大学出版社1997年版。

叶舒宪、田大宪：《中国古代神秘数字》，社会科学文献出版社1998年版。

叶芝：《驶向拜占庭》，《叶芝文集》，王家新编选，查良铮译，东方出版社1996年版。

尹晓煌：《全球化语境下的人文与社会科学新思潮》，《西北工业大学学报（社会科学版）》2018年第2期。

余敦康：《周易现代解读》，华夏出版社2006年版。

於鲸：《哥特小说的恐怖美学：崇高与诡异》，《四川外语学院学报》2008年第2期。

乐黛云：《传统的变与不变》，"中原文化研究"微信公众号"国学"栏目，2018年8月31日。

章关键：《想象的智慧——〈周易〉想象学发微》，复旦大学出版社2007年版。

张和龙：《"再创作""去异域化"与隐性的比较文学意识——重访汉译美国小说〈一睡七十年〉》，《外国语》2019年第6期。

张立新：《禁忌、放纵与毁灭——福克纳小说中的"乱伦"母题及其意义》，《国外文学》2010年第2期。

张世英：《哲学之美：从西方后现代艺术谈起》，《江海学刊》2009 年第 4 期。

张小平：《从文明到荒野：论麦卡锡的〈上帝之子〉》，《外国文学》2012 年第 2 期。

张小平：《"混沌三明治"——论麦卡锡〈血色子午线〉中的迭代叙事》，《国外文学》2016 年第 2 期。

张小平：《论麦卡锡小说〈穿越〉中分形的空间构型》，唐伟胜主编：《叙事理论与批评的纵深之路》，上海外语教育出版社 2015 年版。

张小平：《数与混沌——以麦卡锡西南部小说中的数三为例》，《重庆工商大学学报》2017 年第 4 期。

张小平：《随机与混沌——论麦卡锡小说〈老无所依〉中的蝴蝶效应》，《江淮论坛》2014 年第 4 期。

张小平：《"所有的故事都是一个故事"——论麦卡锡〈穿越〉中分形的空间构型》，《国外文学》2014 年第 4 期。

张小平：《"一切都需要仪式"：论〈血色子午线〉中暴力的仪式化》，《外国文学》2017 年第 6 期。

张小平：《在混沌的边缘——论麦卡锡小说〈路〉中的不确定性》，《河北师范大学学报（哲学社会科学版）》2015 年第 5 期。

赵一凡：《从卢卡奇到萨义德：西方文论讲稿续编》，生活·读书·新知三联书店 2009 年版。

赵一凡等：《西方文论关键词》，外语教学与研究出版社 2006 年版。

朱志荣，《夏商周美学思想研究》，人民出版社 2009 年版。

朱熹：《周易本义》，廖名春点校，中华书局 2009 年版。

邹惠玲：《19 世纪美国白人文学经典中的印第安形象》，《外国文学研究》2006 年第 5 期。

附录 图片

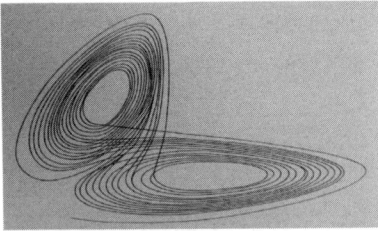

图 1 洛伦兹吸引子 ①

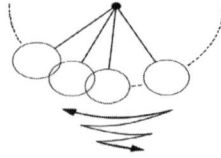

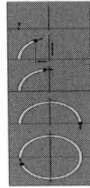

图 2 无摩擦力下钟摆的运行映射图 ②

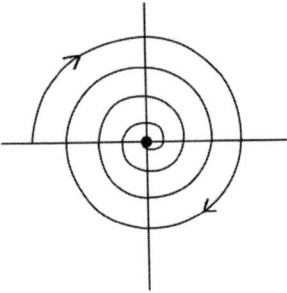

图 3 有摩擦力下钟摆的运行映射图 ③

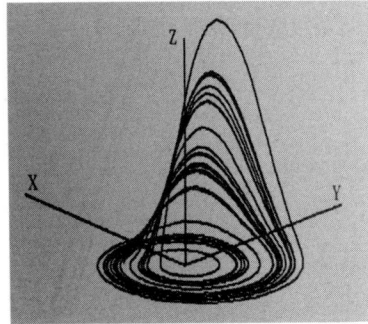

图 4 罗斯勒吸引子 ④

① Gorden E. Slethaug, *Beautiful Chaos: Chaos Theory and Metachaotics in Recent American Fiction*, Albany: State Univ. of New York Press, 2000, p. xxviii.

② James Gleick, *Chaos: Making a New Science*, New York: Penguin Books, 1987, p.36.

③ James Gleick, *Chaos: Making a New Science*, New York: Penguin Books, 1987, p.136.

④ Ali B. Cambel, *Applied Chaos Theory: A Paradigm for Complexity*, New York and London: Academic Press, 1993, p.72.

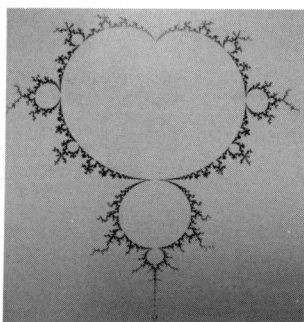

图 5　曼德博集全景图 ①　　　　图 6　曼德博集详图一 ②

图 7　曼德博集详图二 ③

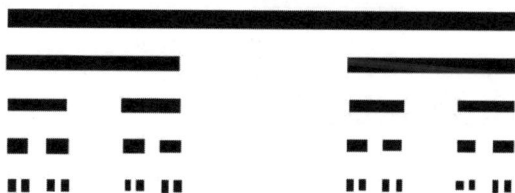

图 8　康德尔图集

---

① James Gleick, "Illustration", In *Chaos: Making a New Science*, New York: Penguin Books, 1987.

② Gorden E. Slethaug, *Beautiful Chaos: Chaos Theory and Metachaotics in Recent American Fiction*, Albany: State Univ. of New York Press, 2000, p.64.

③ Gorden E. Slethaug, *Beautiful Chaos: Chaos Theory and Metachaotics in Recent American Fiction*, Albany: State Univ. of New York Press, 2000, p.64.

图 9　凡考克雪花构型图示

图 10　谢尔宾斯基三角形构型图示

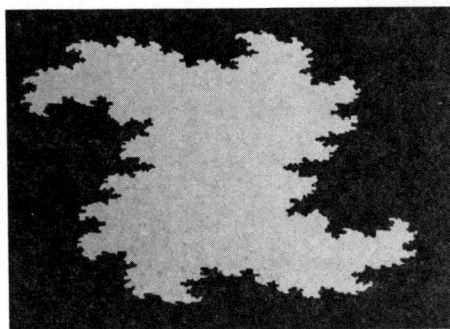

图 11　茱莉亚集 [①]

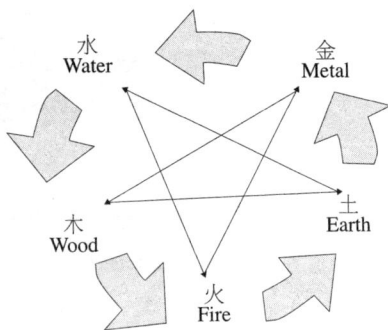

图 12　五行关系图示

① Ali B. Cambel, *Applied Chaos Theory: A Paradigm for Complexity*, New York and London: Academic Press, 1993, p.72.

图 13　先天八卦（伏羲八卦）图　　图 14　后天八卦（文王八卦）图

图 15　曼陀罗图示

后 记

遇到科麦克·麦卡锡，是一个雨夜。这位当代美国文学领域的翘楚，有着一双深邃的眼，他在书中站立的样子，让我久久不能忘怀。书稿杀青并将付梓的此时，也是一个雨夜。很多个不同的雨夜，无论是东南的疾风骤雨，还是江南的绵绵细雨，抑或是北美和英伦的霏霏雨雪，麦卡锡的小说总在案头，这一陪，便是经年有余。

麦卡锡的小说并不好读。血腥、暴力如影随形，黑暗、荒芜也如幽灵。然而，麦卡锡的客观与冷静、深刻与睿智，却如一束光，让你在黑暗中知晓人性，在苍凉中通达人生，更是让你透过"混沌"和荒芜，在震惊和战栗中，学会了解世界、宇宙以及我们所生存的星球。幸运的话，麦卡锡甚至能够带你抵达真相。与智者为伍，是一件快乐的事，尽管研究麦卡锡不能算是一个轻松的任务，尤其是还要将其放入混沌学的研究视野，更是一个冒险的游戏。

正如尼采所说，我们拥有艺术，才不会为真实而死。尼采的眼中，这个世界一定充满了荒谬，所以，艺术是摆脱束缚通往自由的通途。但是，如果艺术只是说谎，真实而又太过黑暗和荒芜，那么何妨追随麦卡锡，亲近这位从不说谎的艺术家，走入他的"混沌"世界，从"混沌"中发现秩序，在荒谬中找寻意义，于有序与无序中找到那只振翅的"蝴蝶"？

想来，我是多么幸运！幼年随母拜谒家乡伊水附近的庄子洞，好奇地看着洞壁上呼之欲出的"庄子梦蝶"石，曾经想过，如果这些绮丽的蝴蝶纷纷飞起，将会是怎样一个世界？当我坐在河南某所高校的石子路上，用石子投注游戏，石子投向何方，那里便有我的梦想。东南。这是石子的方向。东南，有所著名的学府，那里有我的恩师，厦门大学英语教授詹树魁先生。去往东南读书，算得上我人生学术生涯的第一只"蝴蝶"。

感谢恩师，是他慧眼如炬，不仅同意我的提议，用麦卡锡小说作为研究选题，更是建议我独辟蹊径，采用跨学科的方法来阅读和研究麦卡锡。记得我们就麦卡锡小说的研究角度，坐在他那间石头砌成的古色古香的囊萤楼办公室里，有过很多次争论，但第一次提到混沌学与麦卡锡的关系时，先生的眼睛一亮，嘴角也微微有了笑意。世上的事情，总是无巧不成书。混沌学文学批评的"始作俑者"，正是先生早年访问美国加州洛杉矶分校时的合作导师黑尔斯（N. Katherine Hayles）。黑尔斯教授在她的多部著作中，对混沌理论做过演绎，并用美国文学做了例举。黑尔斯教授有物理学的强大学习背景，她不仅将混沌理论，更是将场理论和控制论等，都运用到了美国文学的研究。这样的背景，对于学文科和外语的我来说，自然望尘莫及。这还是要感谢先生，是他的信任，给了我信心。追随多年，先生早已不仅仅是我的博士导师，更是亲人。无论何时遇到困难，他总不厌其烦，详细解答，甚至论文写作中的一个词、一句话，他都要反复琢磨，力求最好最准。

遇到夫君亿法求先生，是我人生学术生涯的第二只"蝴蝶"。夫君从事中国哲学，尤其易学研究多年，《周易》的智慧，早已融入他对天、地、人之间复杂关系的观察和把握。是他对中国混沌学——《周易》的精通和深入，让我坚信，遇见麦卡锡不仅仅是雨夜读书的刻苦所致，更是一种冥冥中灵魂的吸引。家中有这么一位易学老师，让我有了理解和把握麦卡锡的另一扇窗口。

迄今为止，对于麦卡锡小说的阅读和研究，不仅让我顺利完成了博士学位论文《科麦克·麦卡锡小说的混沌世界》，更是主持和完成了麦卡锡小说研究的国家社会科学基金项目"科麦克·麦卡锡小说研究",新的著作《科麦克·麦卡锡小说的圆形思维》也正在撰写中。而麦卡锡创作的10部小说和2部戏剧,我所在的扬州大学的硕士研究生们,近年来已经在我的指导下,全部对其进行逐一讨论,并以其为选题,圆满完成了他们的硕士学位论文。如此,麦卡锡,可谓人生学术生涯的第三只"蝴蝶"。

研究麦卡锡,尽管辛劳冒险,好在我和我的恩师以及学生,已经在这条路上徜徉许久。书中所有成就,归于我的恩师和夫君;书中所有错误,都因本人读书有限。还请读者诸君不吝赐教,多提宝贵意见。

感谢一路走过,帮助我的众多师长和朋友。感谢人民出版社的陆丽云女士,是她的认真和负责,才有了此书的面世。如果此书能在麦卡锡小说研究中尽一份绵薄之力,发出中国学者的声音,那么,希望她是另外一只美丽的"蝴蝶",站在风中,悄悄振动她的双翼。

蝴蝶轻轻地扇动翅膀,便有一场剧烈的飓风发生。如若重蝶一起起舞,在人生的世界里又将出现什么样的"混沌"场景?奇异吸引子抑或分形?

雨夜行文,恍惚一念,宇宙苍茫,倏忽之间:

蝴蝶是我,我是蝴蝶。

是为记。

2021 年 10 月

于扬州逸庐

责任编辑：陆丽云
封面设计：汪　莹

图书在版编目（CIP）数据

倏忽之间：当代美国作家科麦克·麦卡锡小说研究 / 张小平 著 . — 北京：人民出版社，2022.6
ISBN 978 – 7 – 01 – 022996 – 6

I.①倏… 　II.①张… 　III.①科麦克·麦卡锡 – 小说研究 　IV.① I712.074

中国版本图书馆 CIP 数据核字（2020）第 267023 号

倏忽之间
SHUHU ZHIJIAN
——当代美国作家科麦克·麦卡锡小说研究

张小平　著

人民出版社 出版发行
（100706　北京市东城区隆福寺街 99 号）

北京汇林印务有限公司印刷　新华书店经销

2022 年 6 月第 1 版　2022 年 6 月北京第 1 次印刷
开本：710 毫米 ×1000 毫米 1/16　印张：34.5
字数：478 千字

ISBN 978 – 7 – 01 – 022996 – 6　定价：158.00 元

邮购地址 100706　北京市东城区隆福寺街 99 号
人民东方图书销售中心　电话（010）65250042　65289539